ullstein

Daniela Raimondi wurde in der Lombardei geboren. Sie hat zehn Gedichtbände veröffentlicht, die mit wichtigen nationalen Literaturpreisen ausgezeichnet wurden. Ihr Romandebüt *An den Ufern von Stellata* hat es an die Spitze der italienischen Bestsellerliste geschafft und ist in zahlreiche Sprachen übersetzt.

Sobrin

Daniela Raimondi

An den Ufern von Stellata

Roman

Aus dem Italienischen
von Judith Schwaab

Ullstein

Besuchen Sie uns im Internet:
www.ullstein.de

Ungekürzte Ausgabe im Ullstein Taschenbuch
1. Auflage Juli 2023.

Die italienische Originalausgabe erschien 2020 unter dem Titel
La casa sull'argine. La saga della famiglia Casadio bei Casa Editrice Nord, Mailand
Umschlaggestaltung: Cornelia Niere
Titelabbildung: © Kelsey Howard
Satz: Pinkuin Satz und Datentechnik, Berlin
Gesetzt aus Dante MT
Druck und Bindearbeiten: ScandBook, Litauen
ISBN 978-3-548-06833-6

Für Guido

»Im Jahre des Herrn MCCCCXII am 18. Juli kam ein gewisser Herzog aus Ägypten nach Bologna, der auf den Namen Andrea hörte, und mit ihm Frauen, Kinder und Männer seines Landes; wohl an die hundert Personen mögen es gewesen sein.«

Aus der *Cronica gestorum ac factorum memorabilium civitatis Bononie*, herausgegeben von Bruder Hyeronimo de Bursellis, gebürtig in der Stadt Rom anno 1497.
In: Ludovico Antonio Muratori,
Rerum Italicarum Scriptores, Band 23, 1733.

»Wir sind aus solchem Stoff wie Träume sind,
und unser kleines Leben ist von einem Schlaf umringt.«

William Shakespeare, *Der Sturm*, 4. Akt, 1. Szene

PROLOG

»Die Fremde aus dem Wohnwagen war schuld daran, dass wir zu einer Familie von Bastarden wurden.« Das sagte mir oft meine Großmutter, wenn sie in weißer Schürze und mit aufgekrempelten Ärmeln am Küchentisch stand, um den Nudelteig auszurollen. Dann begann sie, unsere Geschichte zu erzählen, und ließ dabei die Eier in den Mehlkrater fallen. Eine kleine Bewegung aus dem Handgelenk, *kricks*, ein Ei; noch eine, *kracks*, wieder ein Ei. Sie knetete den Teig und erzählte und weinte und lachte. Sie war sich sicher, es sei die Schuld eines unserer Vorfahren, der vor zwei Jahrhunderten jene Frau geheiratet hatte, dass die eine Hälfte unserer Verwandtschaft eine helle Haut und himmelblaue Augen hatte und die andere mit rabenschwarzem Haar und dunklen Augen auf die Welt kam.

Doch ihre Erzählungen waren nicht das Gefasel einer alten Frau, die in Erinnerungen schwelgt. Die Ankunft der *zingari*, wie man sie damals nannte, in Stellata, dem kleinen Ort, in dem meine Familie ihren Ursprung hat, ist in einem jahrhundertealten Dokument verzeichnet, das bis zum heutigen Tage in den historischen Archiven der Biblioteca Ariostea in Ferrara verwahrt wird.

An dem Tag, als der Wagenzug des fahrenden Volkes im Dorf eintraf, goss es in Strömen, als hätte der Himmel all seine Schleusen geöffnet. Es war November, und die sintflutartigen Regenfälle dauerten bereits Wochen an. Die Felder standen unter Wasser, und auch die Wege, die Straßen, die Gehöfte und sogar die Piazza waren verschwunden. Die Leute schipperten auf Booten umher, und Stellata hatte sich in eine Art kleines Venedig verwandelt, allerdings in eine elende Ausgabe der Serenissima, die statt Palazzi und Gondeln nur mit heruntergekommenen Häusern und verfaulten Booten aufwarten konnte, die im brackigen Wasser des Flusses dümpelten.

Quietschend hatten sich die Wohnwagen auf den Steg gequält, der wie eine Brücke über den Fluss Po reichte, und waren dann auf dem Dammweg weitergezogen. Von oben prasselte der Regen, und die Pferde sanken mit ihren Hufen tief in den Morast ein. Die Räder blockierten, das Holz knirschte, und am Ende blieben die Wagen im Schlamm stecken. Bis spät in die Nacht hinein ackerten die Männer, um sie zu befreien, doch bei fünf der Gefährte war nichts zu machen, und die Landfahrer mussten im Dorf bleiben, um auf bessere Zeiten zu warten.

Als der Regen endlich nachließ, kamen die Wohnwagen frei, die Räder wurden gewechselt, doch eine Reihe von Vorkommnissen führte dazu, dass sich die Abfahrt der Fremden immer wieder verzögerte: Zuerst musste man den Ausgang einer schwierigen Geburt abwarten, dann erkrankte jemand an der Ruhr, und am Ende verendete auch noch eines der Pferde. Als die *zingari* endlich bereit waren, ihren Weg fortzusetzen, kam der härteste Winter des Jahrhunderts, und das Dorf war im Eis versunken. Sich bei solchen Widrigkeiten auf den Weg zu machen, schien allen ein sinnloses Unterfangen zu sein.

Um sich in der Eintönigkeit des langen Winters Abwechslung zu verschaffen, verdingten sich einige der Landfahrer als Hufschmiede; andere begannen, auf dem Markt Binsenkörbe, Zaumzeug, Siebe und Tamburine feilzubieten; wieder andere spielten als Musikanten bei Taufen und Hochzeiten auf. Der Frühling kam und ging; im Sommer brach das Fleckfieber aus und schnitt das Dorf von der Außenwelt ab. So gingen die Jahreszeiten ins Land, und im Leben der Landfahrer schlich sich unwiderruflich der Alltag ein.

Fast ohne dass die Bewohner von Stellata sich dessen bewusst waren, wandelte sich der anfängliche Groll gegenüber den Neuankömmlingen, und ihre Anwesenheit wurde zur Gewohnheit. Die Alten starben, Kinder wurden geboren, und die jungen Leute verliebten sich, ohne sich um die Unterschiede zu scheren. Und so kam es, dass im Laufe weniger Generationen bei einem Drittel der Bewohner Stellatas fremdes Blut durch die Adern floss.

Genau hier betritt mein Ururgroßvater Giacomo Casadio die Bühne. In Stellata war er als Einzelgänger bekannt, ein Mann von schwerem Gemüt. Doch die Natur hatte ihn auch mit einer großen Vorstellungskraft gesegnet, und schon bald hatte sich sein Ruf als ein Mann gefestigt, der in die Zukunft sehen konnte. Sein Traum war es, Boote zu bauen, doch nicht etwa die gewohnten schlichten Nussschalen, die man entlang der Ufer des Flusses Po sehen konnte. Giacomo hatte gewaltige Schiffe im Sinn, mit Laderäumen, in denen man nicht nur Korn, Holz, Hanf und kleineres Hofvieh transportieren konnte, sondern auch Kühe und Pferde. Kurz gesagt: Giacomo Casadio schwebte etwas vor, das der Arche Noah sehr nahekam.

Die Idee war ihm schon als kleiner Junge gekommen, als er im Pfarrhaus in einer Bibel blätterte und auf das Bild der sagenumwobenen Arche stieß, die zum Auslaufen bereit war. Es war ein wunderschönes Schiff mit einem gewaltigen runden Bauch, die Köpfe von Löwen und Giraffen spähten aus den Fensterluken, weiter unten, noch an Land, warteten geduldig die Enten, die Hähne und Hühner, dann paarweise die Ziegen, Dromedare, Schafe und Esel. Ein Schiff, das der großen Sintflut die Stirn bieten und alle Lebewesen der Erde retten konnte! Genau dieses Bild aus der Bibel hatte seine Wurzeln in Giacomos Vorstellungskraft geschlagen, und kaum war er zum Jüngling herangewachsen, begann er, im Hof Archen zu bauen. Er hatte lange darüber nachgedacht: Schon immer war der Fluss das schnellste Transportmittel für das rege Hin und Her von Menschen, Karren und Vieh gewesen; und dann waren da auch noch die Fischer, die Froschfänger, die Sandgräber … In Stellata, an einer Stelle, wo der Po breit und tief war, könnte ein großer Flusshafen entstehen …

Drei Jahre hatte es gedauert, um sein Projekt zu vollenden. Als die Arche fertig war, wartete Giacomo auf den 4. Dezember, den Tag der heiligen Barbara, der Beschützerin der Seeleute, um das Schiff zu Wasser zu lassen.

An jenem Morgen herrschte große Aufregung in Stellata. Das gesamte Dorf stand auf dem Damm, um sich das Spektakel nicht entgehen zu lassen. Selbst der Priester samt Kruzifix, Messdienern und Weihwasser war angerückt. Ein gewaltiger Karren, von zwölf Ochsen gezogen, schleppte das Schiff zum Fluss. Kaum war sein morastiges Ufer erreicht, traten die stärksten Männer des Dorfes auf den Plan und ließen die Arche auf Baumstämmen, die immer wieder von hinten nach vorne gerollt wurden, zuerst vom Karren und dann am Ufer entlanggleiten. Es wurde gestaunt und geschrien und angefeuert, es gab bange Momente des Wankens und des Zitterns, doch am Ende glitt die Arche gemächlich in die Fluten des Po. Applaus und Jubelrufe brandeten am Ufer auf.

Mit dem schlenkernden Gang, der ihm eigen war, und siegesgewisser Miene ging Giacomo an Bord. Seine himmelblauen Augen funkelten, als er die am Ufer versammelte Menge mit stolzgeschwellter Brust grüßte. Niemals in seinem Leben hatte er ein solches Glück empfunden.

Doch leider kam die Arche nicht weit; in weniger als einer Stunde war sie bereits auf Grund gelaufen.

Der Mann verfiel in einen Zustand tiefer Niedergeschlagenheit, der den gesamten Winter anhielt. Seine Familie war so beunruhigt, dass der Vater ihn am Ende dazu ermutigte, Giacomo solle seinen Grips anstrengen und es noch einmal versuchen. Das nächste Mal würde er seine Arche bis zum Meer bringen. *»At ghè 'na testa fina. La prósima volta la to barca at' la porti fin al mar!«*, sagte er im Brustton der Überzeugung.

Angetrieben von dieser Ermunterung, überwand Giacomo seine Enttäuschung und begann mit dem Bau einer zweiten Arche, doch auch damit hatte er kein Glück. Am Ende zimmerte er ein halbes Dutzend dieser Schiffe, doch sie alle erlitten das gleiche Schicksal und sanken. Um der Wahrheit die Ehre zu geben, hielten sich immerhin zwei tagelang über Wasser, und mit der sechsten Arche erreichte Giacomo sogar Comacchio und das Delta des Flusses Po, doch genau in dem Moment, als er glaubte, sein Vorhaben sei geglückt, begann das Schiff, mit Wasser vollzulaufen, und sank innerhalb weniger Stunden. An jener Stelle war das Wasser des Flusses so seicht, dass sich noch Generationen später die Nachkommen der Aalfischer, die Zeugen der Havarie wurden, erzählten, ihre Vorfahren hätten den Großmast des Schiffes aus dem Wasser ragen sehen.

Zwischen einem Scheitern und dem nächsten erlebte Giacomo Monate der Erschöpfung, die so sehr an seinen Kräften zehrten, dass er nicht einmal in der Lage war, Feldarbeit zu verrichten, bis urplötzlich wieder eine Zeit der Begeisterung kam, der Traum vom Bau einer Arche ihn erneut verfolgte und zum Besessenen machte. Irgendwann kam der Moment, an dem auch der Vater die Geduld verlor. *»Adès basta! At zsé sta bon ad fundáran sié. Tuti zo in d'al Po com ad li predi!«*

Doch auch wenn alle sechs Schiffe, wie sein Vater sagte, wie Steine im Flusse Po ersoffen waren – Giacomos Traum war groß, und seine Eltern wussten, dass der Bau von Archen das Einzige war, das ein wenig Glück ins Leben ihres Sohnes bringen konnte, so schwermütig, wie er schon im Bauch seiner Mutter gewesen war. Und so kam es, dass sich der Hof erneut innerhalb weniger Monate in eine Schiffswerft mitsamt Gerüsten, Bretterstapeln, ganzen Eimern voller Nägel, Seilen, Zangen, Sägen und kunterbunten Taurollen verwandelte. Und mitten in diesem Tohuwabohu aus Holzteilen und Werkzeug war Giacomo am Hobeln und Nageln, am Kleben und Verfugen. Jedes Mal, wenn er wieder eine Arche fertig hatte, wartete er gewissenhaft auf den Barbara-Tag, um das Schiff zu Wasser zu lassen, doch die Patronin der Seeleute hatte einfach nicht vor, ihm zu Hilfe zu eilen, und die Schiffe landeten samt und sonders auf dem Grund des Flusses.

Wenn er nicht auf den Feldern arbeitete oder mit dem Bau eines neuen Schiffes beschäftigt war, verbrachte Giacomo seine Zeit mit sich allein. Freunde hatte er nur wenige, und vor Frauenzimmern hatte er einen solchen Respekt, dass er fünfundvierzig Lenze alt wurde, ohne jemals eine Verlobte gehabt zu haben. Dann, während eines Dorffestes, lief ihm eine *zingara* über den Weg, eine junge Frau aus dem fahrenden Volk, die ihm schon vor einer Weile aufgefallen war – groß gewachsen, von biegsamer Gestalt und mit einer wilden Mähne pechschwarzen Haares gesegnet, das ihr bis zur Leibesmitte reichte. In Stellata sah man sie nur mit keckem Auftreten, in bunten Pluderhosen, einer Vielzahl von Fasanenfedern im Haar, auffallenden Ringen an den Händen und mehreren Ketten um den Hals. Giacomo war ihr, eingeschüchtert von ihrer Überheblichkeit, immer aus dem Weg gegangen; außerdem waren ihm diese fremdartigen Leute nicht geheuer. Doch an jenem Tag trat die *zingara* direkt auf ihn zu und blickte ihm tief in die Augen. Er zuckte erschrocken zusammen, als sie das Wort an ihn richtete, und versuchte, sich aus dem Staub zu machen, doch die Frau packte ihn am Arm und hielt ihn fest. »Wo willst du hin? Ich fresse dich nicht. Ich will dir nur aus der Hand lesen.«

»*Lasa pèrdar*, lass gut sein. Mein Schicksal kenne ich auch so, das brauchst du mir nicht zu sagen.«

Wieder versuchte er zu entfleuchen, doch das Mädchen

gab sich nicht geschlagen und schnappte nach seinen Händen. »Lass mich sehen. Viollca irrt sich nie.«

Doch sie las ihm nicht aus der Hand. Stattdessen betrachtete sie seine Handflächen, nahm seine Hände in ihre, riss die Augen auf und verkündete: »Ach, da bist du ja endlich! Jahrelang habe ich auf dich gewartet!«

Nur wenige Monate später war Viollca guter Hoffnung, und gegen den Willen beider Familien traten die zwei vor den Traualtar.

~ 1800 ~

Es war ein Dorf mit wenigen Hundert Einwohnern, das zwischen der Straße und dem Fluss lag; ein armes Dorf, das allerdings einen so wunderschönen Namen hatte, dass man glaubte, er sei erfunden. Denn abgesehen von seinem sternenfunkelnden Namen war an Stellata nur wenig Poetisches: eine Piazza mit Bogengängen, ein bescheidenes Kirchlein aus dem vierzehnten Jahrhundert, zwei Trinkbrunnen sowie die Ruinen einer alten Festung gleich am Fluss. Nur wenige wussten von seinem glorreichen Ursprung. Seit dem Mittelalter hatte Stellata aufgrund seiner Lage direkt am Flusse Po, dort, wo das Veneto, die Lombardei und die Emilia-Romagna aufeinandertrafen, als strategischer Punkt zur Verteidigung gegen die Eroberungsversuche von Venedig und Mailand gedient. Lucrezia Borgia war auf ihren Reisen gen Mantua des Öfteren dort vorbeigekommen, und auch der Sohn des Ariost hatte in Stellata gelebt. Doch davon hatte nur Don Mario, der Priester des Ortes, Kenntnis, auch weil die Hälfte des Dorfes weder lesen noch schreiben konnte und es der anderen Hälfte sowieso ein Rätsel war, wieso der Dichter im dreiundvierzigsten Gesang seines *Rasenden Roland* ausgerechnet diesen armseligen Weiler erwähnt hatte:

Melara bleibt am Uferrand zur Linken;
Sermide folgt am rechten hinterdrein;
Figarolo, Stellata drauf sich zeigen,
Wo sich des zorn'gen Flusses Hörner neigen.

Zu Beginn des neunzehnten Jahrhunderts gab es den hölzernen Übergang zwischen Ficarolo und Stellata noch. Es handelte sich um eine schwimmende Brücke, bestehend aus alten hölzernen Booten, die durch dicke Taue miteinander verbunden waren; wahrscheinlich unterschied sich der Steg nicht allzu sehr von dem, den Ariost Jahrhunderte vorher beschrieben hatte. Von der Festung hingegen waren nur morsche Balken, eingesunkene Dächer und jede Menge Schafskacke geblieben, die allerorten verstreut war.

Die Familie Casadio lebte direkt außerhalb des Dorfes, in einer kleinen Ortschaft, die wegen des nahen Kanals, der quer durch ihr Land verlief und die Grenze zwischen den Provinzen Ferrara und Mantua kennzeichnete, *La Fossa* genannt wurde. Ihr Haus war ein Backsteinbau, wie man ihn in der Po-Ebene oft findet, mit einem Bogengang, großen Zimmern und hohen Decken. Es gab einen Heuboden, den Stall, den Hof aus gestampftem Lehm, einen Schweinestall und den Weingarten. Die Mauern waren unverputzt und von kleinen Fenstern durchbrochen; von Mai bis Oktober blieben die Läden geschlossen, um Fliegen und Hitze fernzuhalten.

Nach der Hochzeit mit Giacomo zog Viollca zu ihnen. Die Schwiegereltern hatten ihre Mühe, sich an die sonderbaren Gebräuche des neuen Familienmitglieds zu gewöhnen. Die *zingara* hingegen ließ sich nicht auf Kompromisse ein: Sie trug weiterhin ihre bunten Pumphosen und schmückte sich das Haar mit Fasanenfedern. In der Früh tauchte sie mit einem alten Mörser in der Hand in der Küche auf und verbrachte Stunden damit, Aufgüsse aus sonderbaren Kräutern und Wurzeln herzustellen.

Außerdem widmete sie sich ausgiebigen Putzritualen, die jegliche Verunreinigung beseitigen sollten.

»Wie können wir ruhig hier leben, wenn es immer noch etwas gibt, das *marhime* ist?«, sagte sie wiederholt.

»Mari…was?«, fragte ihre Schwiegermutter beunruhigt.

Was denn nun dieses *marhime*, das in der Sprache der *zingari* »verunreinigt« hieß, bedeutete und was nicht, hing mit der Trennung zwischen dem Inneren und dem Äußeren des Hauses zusammen. Während Viollca dafür sorgte, dass die Zimmer des Hauses blitzblank und aufgeräumt waren, oblag es den übrigen Mitgliedern der Familie, sich um die Ställe und die Tenne zu kümmern, denn Abfälle oder Ausscheidungen von Tieren auch nur zu berühren, stellte für die junge Frau eine der schlimmsten Formen von Verunreinigung dar. Auf den Feldern arbeitete sie nie, denn für das fahrende Volk war die Bestellung des Landes tabu; andererseits wandte sie allergrößte Mühe für die Zubereitung von Speisen auf, obgleich ihrer Ansicht nach nur wenige Tiere verspeist oder auch nur berührt werden sollten. Hunde und Katzen verabscheute sie, weil sie sich leckten und deshalb unrein seien. Von allen Sorten Fleisch war ihr das des Igels am liebsten – eines Tieres, das bei ihren Leuten als das allerreinste galt, eben weil es sich wegen seiner Stacheln nicht selbst belecken konnte.

Eine weitere seltsame Angewohnheit Viollcas war es, jeden Abend eine Schale mit Milch auf die Treppenstufe vor der Haustür zu stellen.

»Was machst du denn da?«, fragte Giacomo sie, als er sie zum ersten Mal dieses Ritual vollziehen sah.

»Das ist für die gute Schlange«, antwortete Viollca in aller Seelenruhe.

Die *zingari* glaubten, im Fundament eines jeden Hauses wohne eine gute Schlange mit weißem Bauch und Zähnen, die kein Gift verspritzten, und waren der Ansicht, das gute Tier schlängele sich jede Nacht um die schlafenden Menschen herum, um sie zu beschützen und ihnen Glück zu bringen. Käme die Schlange jedoch zu Tode, so würde jemand in der Familie sterben, während die anderen von Pech und Unglück heimgesucht würden. Aus diesem Grund stellte Viollca immer ein wenig Milch vor die Tür, um der Schlange zu danken und sie für ihre nächtlichen Schutzmaßnahmen zu stärken.

»*C'la sigagna l'è tuta mata!* Diese *zingara* ist vollkommen verrückt!«, beklagten sich die Schwiegereltern. Zugleich jedoch beobachteten sie mit Wohlgefallen die Veränderung, die die junge Frau in Giacomos Leben gebracht hatte. Jener Sohn, der doch immer so schwermütig gewesen war, trällerte auf einmal jeden Morgen, wenn er sich rasierte, und des Nachts empörte er die Familie mit dem unmissverständlichen Gerumpel und Gestöhne, das aus seinem Schlafzimmer zu hören war. Allein der Liebe zu Giacomo war es zu verdanken, dass seine Eltern lernten, mit den Sonderbarkeiten ihrer Schwiegertochter zu leben. Und sie mussten auch zugeben, dass Viollcas geheimnisvolle Tränke ihre Wirkung nicht verfehlten.

»Ich bin eine *drabarno*, und jede *drabarno* kennt sich mit dem Heilen aus«, versicherte die junge Frau. »Ich weiß, wie es bei den Pferden geht, dann klappt es auch bei den Menschen.

Wenn zum Beispiel ein Pferd Bauchweh hat, dann braucht man jemanden, der die Finger so hat, siehst du? Dass Zeigefinger und kleiner Finger sich ohne Mühe am oberen Glied berühren können. Du nimmst von dem Stroh, das unter dem Pferd liegt, genau so mit den Fingern, und wirfst es auf das kranke Tier. Dann noch einmal und noch einmal. Dreimal, dann ist das Pferd geheilt. Bei einem Menschen braucht man allerdings auch noch einen Fuchskopf, nur den Schädel, und lässt ihn daraus dieses Gebräu trinken. Hier, haltet mal«, sagte sie zu ihrem Schwiegervater. »Aus diesem Fuchsschädel haben sogar schon Kinder getrunken, und einen Doktor hat man noch nie gebraucht. Und jetzt kaut das hier.«

»Cus a ghè déntar?«, erkundigte sich der Schwiegervater argwöhnisch nach den Bestandteilen der Arznei, die er da in den Mund nehmen sollte.

»Ich mache Senfpulver und den Saft einiger Wurzeln dran. Dann rolle ich Kügelchen daraus, und die müsst Ihr vor und nach dem Schlafen schlucken. Das nimmt Euch das Feuer aus den Lungen. Und jetzt sprecht mir nach: ›Jesus wurde getroffen, die Dämonen haben sich auf seine Brust gesetzt, doch Gott hat sie vertrieben. Ein Dämon sitzt auf meiner Brust. Weiße Frauen, haltet ihn fern von mir und legt einen großen Stein auf ihn!‹«

»Es gibt keinen Gott!«, entgegnete der alte Mann und schlug mit der Faust auf den Tisch.

»Ist mir egal, ob Ihr an ihn glaubt oder nicht. Hauptsache, herunter damit!«, sagte Viollca, ohne mit der Wimper zu zucken.

~

Am achtzehnten Tag des dritten Monats im neuen Jahrhundert erblickte das einzige Kind von Giacomo und Viollca Casadio das Licht der Welt: ein Junge von vier Kilo, mit rabenschwarzem Haar und dem wilden Blick seiner Mutter. Noch von der Geburt besudelt, schlug das Kind die Augen auf und schaute sich mit so durchdringendem Blick im Zimmer um, dass es die Hebamme in Angst und Schrecken versetzte.

»Heilige Muttergottes … *Al gà du oc cal par un vec!* Der hat ja die Augen eines alten Mannes!«, rief die Frau aus.

Nicht einmal weinen wollte der neue Erdenbürger. Stattdessen drehte er den Kopf nach rechts und nach links und schaute sich in aller Seelenruhe die Welt da draußen an, all das Neue, das auf einmal vor ihm lag.

Viollca hob ein Stückchen Nabelschnur auf und erklärte: »Wenn das getrocknet ist, nähe ich es in ein Säckchen und hänge es ihm um den Hals. Das bringt ihm Glück.«

Kaum war das Kind gewaschen, legte sie es sich an die rechte Brust, die Seite, die für Wahrheit, Glück und das Gute stand. Als dann der Moment kam, einen Namen zu wählen, verkündete sie: »Wir nennen ihn Dollaro.«

»Was soll das denn für ein Name sein?«, fragte Giacomo.

»Das erinnert an eine Münze. Wenn wir ihn so nennen, wird er niemals Hunger leiden.«

~

Auch Don Mario meldete Zweifel an der Namenswahl an; er konnte nicht vorausahnen, dass mit jener Taufe ein Jahrhunderte währender Krieg der Pfarrgemeinde gegen die extravaganten Namen vom Zaun gebrochen würde, die die Casadios ihren Neugeborenen gaben.

»Das Geld ist der Haufen, den der Teufel macht! In meiner Kirche wird kein Dollaro die heilige Taufe empfangen!«, tönte der Priester. »Es braucht den Namen eines Heiligen, der das kleine Wesen beschützt und ein gutes Vorbild ist, sonst ist nichts zu machen.«

Er gab Giacomo und seiner Frau ein Buch, das die Namen aller von der Kirche anerkannten Heiligen mitsamt dem Tag enthielt, der ihnen gewidmet war, sowie eine Liste der Wunder, die ihnen zugeschrieben wurden.

Doch das Paar schaffte es nicht über die ersten Zeilen hinaus. Nach Abbondio, Abraham und Abruncolo blieb Viollca beim heiligen Acario hängen, dem Schutzpatron der schwierigen Charaktere; ihn konnte man anrufen, wenn Wahnsinn drohte, und er half auch ausgezeichnet, um unglückliche Eheschließungen zu vermeiden und Zorn erst gar nicht aufkommen zu lassen. Das schien Viollca ein guter Heiliger zu sein, die Wunder, die er wirkte, waren eine feine Sache, und deshalb gab sie am Ende ihre Zustimmung. So kam es, dass der Junge Acario getauft wurde, ihn jedoch während seines langen Lebens niemand unter einem anderen Namen kannte als Dollaro.

Doch Viollcas Sohn würde nicht nur die Nachbarin, die ihn aus dem Bauch seiner Mutter gezogen hatte, in Erstaunen versetzen. Binnen kurzer Zeit hatten die Casadios begriffen, dass von ihrem Blut nur wenig durch seine Adern floss: Vielleicht hatte er den schmächtigen Körperbau von ihnen geerbt, die Art, beim Gehen ein wenig zu schlurfen, und die Tatsache, dass er immer in Gedanken versunken war. Ansonsten jedoch war der kleine Junge Erbe des geheimnisumwobenen Universums seiner Mutter. Noch bevor er sich auf den Beinchen halten konnte, lernte er sprechen und erwies sich als große Plaudertasche, deren Strom aus Worten schier unversiegbar war. Für Dollaro war das Wort keine Notwendigkeit, es war seine Berufung. In dem Moment, in dem er die Augen aufschlug, begann er, mit jedem zu reden, der gerade zur Hand war, und wenn niemand da war, redete er mit sich selbst.

Auch Viollca hatte mit dem Sprechen begonnen, noch bevor sie ein Jahr gewesen war; deshalb hatte es in der Sippe, in der sie geboren war, geheißen, sie sei von einem Dämon besessen, und alle hatten Angst vor ihr. Dass auch Dollaro besessen sei, dachte niemand, nicht einmal der Priester, der den Kleinen herzlich lieb gewann und ihn im Lauf der Jahre sogar selbst mit jenem gotteslästerlichen Namen anredete, den er zu Beginn abgelehnt hatte. Vom Teufel besessen war Dollaro nicht, nein. Aber sonderbar war er ganz gewiss. Er konnte mit den Tieren sprechen, und ebenso wie seine Mutter hatte er die Gabe, Dinge oder Tiere, die verschwunden waren, wiederzufinden. Es war keine Seltenheit, dass irgendein Nachbar an die Tür der Casadios klopfte, der Hilfe brauchte, weil ihm zum Beispiel sein Pferd abhandengekommen war: *»Viollca, a m'è sparì al cavál.«*

Dann brachte diese Dollaro ans Ufer des Po, hielt ihn über die Fluten und sprach: »O Nivaseya, bei den schwarzen Augen dieses Kindes, bei seinem dunklen Blut, wo ist das Pferd? Rein ist es, dieses Kind, rein wie die Sonne, wie das Wasser und der Mond und die frischeste Milch. Sag mir,

Nivaseya, bei den schwarzen Augen meines Sohnes: Wo ist es, das Pferd?«

Noch bevor es Abend wurde, kehrte das Tier mit Sicherheit nach Hause zurück, oder sein Besitzer fand es irgendwo auf dem Weg.

Doch nicht einmal seine Mutter wusste, dass Dollaro auch die Stimmen der Toten hören konnte. Schon mit weniger als fünf Jahren ging der Junge auf den Friedhof, wartete, bis alle Besucher gegangen waren, und setzte sich dann zwischen die Gräber, um den Seelen zu lauschen, die miteinander plauderten. Niemals richteten sie das Wort an ihn, noch schienen sie überhaupt seiner Anwesenheit gewahr zu sein. Eines Nachmittags jedoch antwortete ein Mädchen auf sein Geplapper. Es hieß Susanna und sagte ihm, es sei schon lange unter der Erde gewesen, als er auf die Welt kam. Von jenem Tag an machte es sich Dollaro zur Gewohnheit, sie zu besuchen.

»Susanna, wie geht es dir? Ist dir kalt da unten?«, fragte er sie zum Beispiel.

»Wenn es regnet, tröpfelt mir das Wasser in die Augen, aber das ist nicht wichtig, weil wir hier unten weder Kälte noch Hitze spüren. Aber die Sonne fehlt mir.«

»Hast du denn nie Hunger?«

»Nein, nie. Aber du, was isst du da?«

»Ich habe Brombeeren gesammelt.«

»Ah, wie lecker. Sag mir, nach was sie schmecken.«

»Sie schmecken … sie schmecken nach Brombeeren. Hier, probier mal.«

Dollaro nahm ein paar Beeren in die Faust und drückte den Saft aus den kleinen Früchten, sodass er auf die Erde tropfte. Susanna lachte, auch wenn ihr Mund die Süße nicht kosten konnte. Doch nicht alle Toten waren wie sie. Manchmal kam über dem Kirchhof die Seele einer Verrückten vorbeigeflogen. Dann bebten die Blätter in den Bäumen, ein Wind kam auf, der so stark war, dass er die Zypressen fast zum Boden bog und alles wegwehte – die Blätter der Pappeln, Blüten, Holzspäne, Samen von den Feldern.

»Aber warum schreit sie denn so?«, fragte Dollaro.

»Das ist Virginia. Sie ruft nach ihrem toten Kind. Am Tage seines Begräbnisses hat sie sich das Leben genommen, und seither sucht sie nach ihm.«

Als Virginias Seele an ihm vorbeikam, mischten sich ihre Schreie unter das Getöse des Donners und das Brausen des Windes, die jedes Mal auf ihr Klagen folgten.

»Ich hasse diesen Regen! Hör nur, wie er prasselt! Die Blumen sind alle tot, und mein Kind, es weint … Wo ist es jetzt? Hört ihr es … Es hungert nach meiner Milch … Wo ist es? Wo? Wo?«

Dann endlich verhallte die schreckliche Stimme. Der Wind ließ nach, in den Wipfeln der Bäume wurde es still. Dollaro verstummte, seine Beine zitterten. Dann rief er nach Susanna, um sich Mut zu machen, doch seine Freundin gab ihm nur selten Antwort; vielleicht war sie eingeschlafen. Da schaute er nach oben: Der Himmel leuchtete wieder blau. Ein Schwarm Schmetterlinge fiel vor seinen Füßen zu Boden. Die bunten Farben ihrer Flügel bedeckten die Gräber.

~

Seit sie mit Giacomo verheiratet war, hatte Viollca die Beziehungen zu ihrer ursprünglichen Familie abgebrochen. Obwohl sich die dunkelhäutigen Fremden mittlerweile an die hiesigen Gepflogenheiten gewöhnt hatten, lehnten viele von ihnen gemischte Ehen noch immer ab. »Wenn du einen *gagé* heiratest, wird dir und deinen Kindern unsere Tür für immer verschlossen bleiben«, hatte ihr Vater ihr mitgeteilt. Und so war es gekommen; selbst Dollaros Geburt hatte die Bande zu ihrer Familie nicht flicken können.

Die Liebe, die sie für Giacomo empfand, half der Frau, jene Trennung zu verwinden. Die fremden Gepflogenheiten wollte sie deshalb jedoch niemals ablegen, auch wenn es am Ende gerade sie es waren, die Sand in das Getriebe ihrer Ehe brachten. Giacomo erlaubte seiner Frau, sich auf ihre exzentrische Weise zu kleiden, untersagte ihr jedoch, der Wahrsagerei nachzugehen; und so musste Viollca schweren Herzens ihre Tarotkarten in einem Holzkästchen ganz tief im Schrank verstauen.

Dollaros Erziehung war ein weiterer Reibungspunkt. Während die Casadios Wert auf Gehorsam und Disziplin legten, wollte die *zingara*, dass ihr Sohn frei und selbstbewusst aufwuchs. Deshalb erlaubte sie ihm schon im Alter von fünf Jahren, bis in den späten Abend hinein im Dorf unterwegs zu sein, und kaum konnte er sich über Wasser halten, ließ sie ihn ganz allein im Fluss schwimmen gehen.

»Er ist gerade mal sechs Jahre alt! Willst du denn, dass er ersäuft?«, tadelte Giacomo sie.

»Ihm wird schon nichts passieren. Ich bringe ihm Freiheit und Mut bei.«

Als für den Jungen die Zeit gekommen war, in die Schule

zu gehen, versuchte sich Viollca zu widersetzen. »Wozu soll das gut sein? Um ein Mann zu werden, bedarf es anderer Dinge.«

»Dollaro wird in die Schule gehen wie jeder andere gute Christenmensch. Und damit hat sich der Fall«, beharrte Giacomo. Und dieses Mal behielt er die Oberhand.

Diese kleinen Scharmützel konnten der Harmonie zwischen dem Paar keinen Abbruch tun, doch selbst ihre Liebe schaffte es nicht, die tiefe Traurigkeit, die seit seiner Geburt auf Giacomo lastete, zu überwinden. Weder halfen die Tränke seiner Frau noch ihre Ergebenheit oder die Zuneigung seines Sohnes. Es kam der Tag, an dem nicht einmal mehr der Gedanke, mit dem Bau einer neuen Arche zu beginnen, einen Funken der Begeisterung in dem Mann zu wecken vermochte. Ganze Tage verbrachte er im Haus, ohne ein Wort zu sagen. Er hörte auf zu arbeiten, dann auch zu essen und am Ende zu leben.

In manchen Nächten wachte Viollca plötzlich auf und sah ihn mit kreidebleichem Gesicht, die blauen Augen weit aufgerissen, neben dem Bett stehen. »Jesus! Was machst du denn da?«, bebte sie.

»Ich hänge mich am Kakibaum auf, dann bist du wenigstens frei!«

»Was redest du denn da? Komm ins Bett, sonst holst du dir noch eine Lungenentzündung«, schimpfte sie ihn.

Giacomo zuckte mit den Achseln, hüllte sich in seinen dicken Mantel und verließ das Haus. Der dichte Nebel verschluckte ihn sofort. Auf der Straße zum Damm traf er auf die Störfischer. Sie kamen, wenn es noch dunkel war, und zogen auf Karren die großen Netze für den Fischfang hinter sich her. Manche der Netze waren achtzig Meter lang und so schwer, dass man sie nur mit Mühe auf den Karren unterbringen konnte. Giacomo sah, wie einige der Männer ihre Boote zu Wasser ließen und in die Mitte des Flusses ruderten, bis sie in der Nacht verschwunden waren. Wenn ihnen ein ausgewachsener Stör ins Netz ginge, würde es vieler Arme bedürfen, ihn an Bord zu hieven; tatsächlich gab es Störe, die über vier Zentner auf die Waage brachten.

Giacomo blieb auf dem Damm stehen und hielt den Blick aufs Wasser gerichtet, doch es war so dunkel und neblig, dass er nichts erkennen konnte. Nur die Stimmen der Fischer und das Klatschen der Netze, wenn sie in die Strömung geworfen wurden, waren zu hören. Wenn ihnen das Glück hold war, würden die Männer ein paar dicke Störe fangen und sich den Verdienst teilen. Mit dem Verkauf eines einzigen dieser großen Fische konnte sich eine Familie mehrere Wochen über Wasser halten.

Giacomo kehrte nach Hause zurück, als es am Himmel hell wurde. Er schlüpfte leise ins Bett, um seine Frau nicht zu wecken, und verbrachte Stunden damit, an die Decke zu starren. Über ihm breiteten sich die feuchten Flecken an der Wand aus wie ungeheuerliche Blüten, dann endlich stahl sich der fahle Schein der Sonne durch die Fensterläden. Giacomo dachte an die Störe, die bis zu hundert Jahre alt werden konnten. Was machten sie eigentlich die ganze Zeit? Hundert Jahre lang, und er wusste nicht einmal, wie er diesen einen Tag ertragen sollte.

Auch dass er jetzt einen Sohn hatte, brachte ihm keinen wirklichen Trost. Oft war ihm Dollaros Anwesenheit lästig, und sein ewiges Geplapper ertrug er nur schwer. »*Tasi!*

Schweig! Wenn nicht, dann schneid ich dir die Zunge aus dem Mund und geb sie dir zu essen«, brüllte er ihn manchmal an.

Doch seine Wutausbrüche taten ihm schnell wieder leid. Er schaute den Jungen an, der sofort verstummt war, schloss ihn in die Arme und drückte ihn so fest, dass es ihm wehtat. *»La colpa l'è mea«*, entschuldigte er sich, nahm den kleinen Dollaro an die Hand und ging mit ihm am Fluss spazieren.

Seite an Seite schlenderten sie über den Damm, ohne ein Wort zu sagen: mit dem gleichen schlenkernden Gang, die Augen fest auf den Boden gerichtet, als suchten sie nach einem verborgenen Schatz. Sie stiegen zwischen Brombeerhecken und Holunderbäumen vom Damm hinab, durchquerten den Pappelwald und kamen zu der Flussaue, die im Winter mit einer dicken Eisschicht bedeckt war. Dollaro blickte in das seichte Wasser, fasziniert von den kleinen Dingen, die unter der glitzernden Oberfläche blinkten: ein Ahornblatt, eine Ähre, ein totes Fischlein.

»Pa', wo gehen eigentlich die Fische schlafen?«

»Ich weiß es nicht. Vielleicht schlafen sie nicht. Vielleicht sind sie ja nie müde.«

Giacomo hingegen war zu müde, um weiterzugehen, und einige Tage später hängte er sich auf. Nicht am Kakibaum hinter dem Haus, wie er so viele Male angekündigt hatte, sondern an einem Balken im Schlafzimmer.

Man fand ihn, als er noch hin und her schaukelte, zog ihn herunter und legte den Leichnam auf den großen Eichentisch in der Küche. Viollca bestand darauf, ihn allein herzurichten. Sie schickte alle aus der Küche und machte die Tür zu. Sie wusch ihn, zog ihm den Anzug aus dunklem Tuch an, den er bei ihrer Hochzeit getragen hatte, und versuchte, die Zeichen seines letzten Kampfes am Hals zu verbergen, ebenso wie sie gerne den traurigen Ausdruck in seinem Gesicht gelöscht hätte, den nicht einmal der Tod ihm hatte nehmen können. Aus dem Zimmer nebenan hörte die Familie sie schluchzen und ihr Schicksal verfluchen, hörte die Liebesworte, die sie ihrem Mann zuflüsterte, und die Vorwürfe, die sie ihm machte, weil er sie mit einem heranwachsenden Kind alleingelassen hatte.

»Wo ist Dollaro?«, fragte auf einmal die Schwiegermutter. In ihrer Erschütterung hatten sie den kleinen Jungen ganz vergessen. Sie begannen, ihn überall im Haus zu suchen, riefen nach ihm, doch vergeblich. Als Viollca die Tür öffnete, teilten sie ihr aufgeregt mit, dass Dollaro nicht aufzufinden sei. Die *zingara* konzentrierte sich, versuchte, ihren Sohn mit der Kraft ihrer Gedanken zu finden, und machte sich dann entschlossen auf den Weg zum Friedhof.

Dollaro saß auf dem Grab eines Mädchens, den Rücken gebeugt, das Kinn gesenkt. Auf Viollca wirkte er auf einmal viel zarter und irgendwie steif, wie gelähmt. Einen Moment lang sah er aus wie ein kleiner alter Mann.

»Was machst du denn hier? Du hast uns allen einen Mordsschrecken eingejagt«, schimpfte sie.

Dollaro hob das Gesicht. Seine Augen waren gerötet, und er wirkte verängstigt. Viollca ging vor ihm in die Knie und umarmte ihn, ohne ein Wort zu sagen.

~

Bei der Totenwache betrachteten die Verwandten lange die untröstliche Miene, die Giacomo noch immer auf dem Gesicht trug. Sie ließen ihn nicht aus den Augen, selbst als vom Glockenturm an der Piazza drei Schläge ertönten.

»Es wäre besser, wenn wir uns für ein paar Stunden aufs Ohr legen«, schlug Viollca vor.

Sie löschten die Lichter, eine Öllampe nach der anderen. Nur die vier dicken Kerzen an den Ecken des Tisches, auf den man Giacomo gebettet hatte, blieben angezündet. Alle verließen das Zimmer und legten sich zu Bett.

Ein paar Minuten später quietschte die Küchentür. Dollaro warf einen Blick hinein, um sich zu vergewissern, dass niemand da war, und trat an den Tisch zu seinem Vater.

Er strich ihm übers Gesicht, das so furchterregend und zugleich wunderschön war, und hielt kurz die Hand unter die Nasenlöcher, um sicherzugehen, dass er nicht mehr atmete. Plötzlich schien es ihm, als bewegten sich die Augen seines Vaters unter den Lidern und verfolgten seine Bewegungen im Halbdunkel. Er machte einen Satz rückwärts und beobachtete den Vater aus sicherer Entfernung, bewegte sich vorsichtig nach rechts, dann nach links. Dann wartete er einige Sekunden ab, doch am Ende war die Neugier in ihm größer als die Angst.

Erneut näherte sich Dollaro dem Tisch, Zentimeter für Zentimeter. Er hätte schwören können, dass der Vater ihn anlächelte. Schließlich nahm er all seinen Mut zusammen und trat ganz nah ans Bett. »Aber seid Ihr denn tot?«, fragte er schließlich.

»So heißt es, ja«, erwiderte der Vater mit einem Seufzen.

»Und wie fühlt es sich an, wenn man tot ist?«

»Es ist so, wie wenn du träumst, dass du läufst, aber keinen Meter vorwärtskommst, oder wenn du schreien willst, aber es kommt kein Ton heraus.«

»So wie auf den Bildern?«, fragte Dollaro und dachte dabei an die Gemälde in der Kirche.

»Ja. Die Dinge kommen dir wirklich vor, und du denkst, du kannst nach ihnen greifen, aber es gelingt dir nicht.«

»Wenn Ihr uns lieb gehabt hättet, wäre es nicht nötig gewesen, dass Ihr sterbt«, sagte der Junge auf einmal.

»Natürlich habe ich dich lieb. So sehr habe ich dich lieb, dich und deine Mutter. Aber manchmal reicht das nicht.«

»Warum nicht?«

Darauf wusste Giacomo keine Antwort.

Dollaro dachte, sein Vater sei deshalb nicht in der Lage gewesen zu leben, weil diese Schwermut auf ihm lastete; Susanna lachte immer noch, obwohl sie unter der Erde war. Daraus zog er den Schluss, dass ein Mensch, der schon im Leben traurig ist, dies auch nach dem Tode bleibt. »Aber fühlt Ihr Euch denn jetzt besser, wo Ihr tot seid?«, fragte er ihn.

»Almén ho fnì ad tribulár.« Er seufzte erneut. Wenigstens sein Leid hatte aufgehört.

Vater und Sohn plauderten noch weiter über den Tod und über süße Schmalzküchlein, über Dollaros Lieblingsspiele, über Pferde, über die Leute aus dem Dorf und über die Fische im Po, die niemals schlafen gingen. Der Junge erzählte seinem Vater auch von Susanna und von Virginias furchterregenden Schreien.

Ganz allmählich, während sie sprachen, wurde er gewahr,

dass der Vater nicht mehr ganz so traurig war. Und er fragte ihn: »Pa', könntet Ihr nicht einfach wieder lebendig werden und zu uns zurückkommen?«

Auf diese Frage gab ihm Giacomo keine Antwort, sondern wechselte das Thema und beklagte seine Müdigkeit.

»Aber was sagt Ihr denn da! Ihr Toten könnt doch nicht müde werden!«

»Aber ja doch! Auch wir müssen uns einmal ausruhen, was glaubst du denn?«

Da küsste Dollaro ihn auf die Stirn, ein Kuss und noch einer. Dann verließ er rückwärts die Küche, weil er es nicht schaffte, den Blick vom Antlitz seines Vaters zu lösen.

~

Als es Morgen wurde, begleiteten sie Giacomo zum Friedhof. Eine Messe wurde nicht gelesen, weil die Kirche einen Selbstmord nicht verzieh, doch am Ende hatte der Priester ein Einsehen, segnete den Verstorbenen und gestattete es, dass er in der Familiengruft beerdigt wurde. In jenem Familiengrab waren mehrere Grabstätten in die Mauer eingelassen. Die größte, in der sie Giacomo zur Ruhe betteten, lag in der Mitte.

Kaum waren sie nach Hause zurückgekehrt, ging Viollca ins Schlafzimmer, öffnete den Schrank und begann, die Kleider ihres Mannes herauszureißen, raufte sich die Haare und warf die Kleidungsstücke mit einer solchen Wut auf den Boden, dass es die Familie in große Unruhe versetzte. Schließlich brachte sie all die Hemden, Beinkleider und Unterhosen des Mannes, den sie geliebt hatte, auf den Hof und zündete sie an, so wie man dies bei ihrem Volk mit der Bekleidung von Verstorbenen eben tat.

Die Verwandten schauten erstaunt dabei zu, wie sie den Scheiterhaufen aus Kleidungsstücken in Brand setzte. Jemand sagte, man müsse ihr Einhalt gebieten, und dass es eine unschöne Geste sei, sich mit solcher Hast der Habseligkeiten eines Verstorbenen zu entledigen.

»Das ist der Schmerz. Lass sie in Ruhe, die Ärmste«, nahmen ihre Schwiegereltern sie in Schutz.

~

An jenem Abend fand Viollca, überwältigt von ihrer Trauer, keinen Schlaf, sondern grübelte über die Tatsache nach, dass sie sich ihr Leid selbst zuzuschreiben hatte: Sie hatte sich in einen *gagé* verliebt und dafür ihre gerechte Strafe bekommen. Besser hätte sie einen Mann geheiratet, den ihr Vater für sie ausgesucht hätte, so wie es ihre Schwestern getan hatten. Er hätte bestimmt einen starken und gesunden Mann für sie gefunden, einen Ehemann, auf den Verlass war, nicht einen wie Giacomo mit seinen gefährlichen Hirngespinsten.

Dann wandten sich Viollcas Gedanken ihrem Sohn zu. Dollaro war ein sonderbarer Junge. Seit er in die Schule ging, grübelte er viel zu sehr, und das konnte ihn nur in Schwierigkeiten bringen. Und dann auch noch diese Angewohnheit, ganze Tage auf dem Friedhof inmitten der Gräber zuzubringen … Auf einmal stieg Furcht in ihr auf: Und wenn auch er die Neigung entwickelt hatte, sein Leben mit dem Kopf in den Wolken und allerlei Flausen zu verbringen?

Und was, wenn auch er, kaum war er erwachsen, versuchte, sich das Leben zu nehmen?

Viollca stand aus dem Bett auf und begab sich mit resolutem Schritt zum Schrank. Sie entnahm ihm ein Holzkästchen, das mit rotem Samt gefüttert und mit Silber beschlagen war. Sie öffnete es. Es enthielt eine Lumpenpuppe, der ein Auge fehlte, die Türkisohrringe, die ihre Schwiegereltern ihr zur Hochzeit geschenkt hatten, sowie einen Fuchsschwanz; außerdem verschiedene Säckchen mit Samen, eine perlenbesetzte Brosche, und am Ende kamen auch ihre Tarotkarten zum Vorschein. Viollca nahm die Karten zur Hand. Seit ihrer Hochzeit hatte sie sie nie wieder nach ihrem Schicksal befragt; das hatte sie ihrem Ehemann, der keine Frau wollte, die Wahrsagerei betrieb, hoch und heilig versprechen müssen. Solange er noch am Leben gewesen war, hatte Viollca Wort gehalten, doch jetzt, wo Giacomo tot war, musste sie unbedingt wissen, was in den Sternen stand.

Mit den Tarotkarten in der Hand nahm die *zingara* auf dem Bett Platz. Auf einmal erhob sich von ferne ein tosender Wind, raste auf das Haus zu und riss das Fenster sperrangelweit auf. Ein heftiger Windstoß wehte herein und brachte die einzige Kerze zum Erlöschen. Viollca stürzte auf das Fenster zu und schloss die Läden. Ihr Haar war zerzaust, ihr Herz klopfte so heftig, dass sie das Gefühl hatte, es wolle ihr aus der Brust springen. Rasch zündete sie die Kerze wieder an und hob die Karten ab. Ohne auf die heftigen Windböen zu achten, die dort draußen die Bäume verbogen und Dutzende von Spatzen tot zu Boden stürzen ließen, schloss sie die Augen und konzentrierte sich so lange auf die Karten in ihrer Hand, bis sie zwischen ihren Fingern zum

Leben erwachten. Erst dann setzte sie an: »Ich glaube an die Sonne und an Gott und rufe durch diese Karten den Geist der Toten, die in ihrem Munde den Zauber der Erde und die Stimme des Windes tragen.«

Sie breitete die Karten auf dem Bett aus. Es war kalt, doch sie bemerkte es nicht einmal. Als sie die erste Karte umdrehte, lag der umgedrehte Eremit mit seinem nach unten geneigten Kopf vor ihr: Er stand für geistige Versenkung, für Träume und eine Loslösung von der Welt. »Das ist Giacomo«, murmelte sie. Die Karte bestätigte ihre Befürchtungen: Indem sie ihn zum Mann genommen hatte, hatte sie ein Geschlecht von Träumern in die Welt gesetzt, schwermütigen Menschen, deren Schicksal es war zu leiden, genau so, wie es auch ihrem Mann ergangen war.

Als sie die zweite Karte umdrehte, kam der Mond: Er stand für alles, das fern der Logik war, für das nebulöse Reich der Träume, für das Mysterium und den Wahnsinn. Da war sie – eine weitere Bestätigung! Dann würden also ihr Sohn und seine Nachfahren ebensolche Visionäre sein wie Giacomo: Menschen, die dazu neigten, sich Illusionen hinzugeben, und folglich unglücklich wurden. Doch warum das Symbol des Geheimnisses und des Wahnsinns? Um zu einem Schluss zu kommen, galt es, auch noch die letzten Karten aufzudecken. Zunächst die Pik Fünf, auf den Kopf gedreht, die Karte, die für das Unglück stand, für Tod und den Verlust der Vernunft. Dann, als zweite Karte, die Liebenden, auch sie auf dem Kopf stehend. Folglich handelte es sich also um eine Unheil bringende Ehe. Als allerletzte drehte Viollca die alles entscheidende Karte um: den Teufel.

Auf einmal flaute der Wind ab, und die Zeit schien stillzustehen. Eine unwirkliche Stille senkte sich über den Raum. Viollca hatte das Gefühl, sie würde schweben, wie auf Flügeln, in einem Zustand vollkommener Schwerelosigkeit. Selbst das Bett, auf dem sie saß, schien sich ein paar Zoll vom Boden zu heben.

Auf der letzten Karte waren drei Figuren zu sehen: in der Mitte der Dämon mit seinen Bocksbeinen, dem gehörnten Kopf, dem großen Geschlecht und weiblichen Brüsten. Rechts und links von ihm sah man einen Mann und eine Frau, nackt, mit verträumten Augen, aber in Ketten geschlagen. Viollca kamen auf der Stelle zwei unglückliche Liebende in den Sinn, die aneinandergekettet ihr Leben in einem Kerker fristeten. Sie richtete ihre ganze Konzentration auf das Bild des Teufels: In seinem Bauch war ein Gesicht zu sehen, das Gesicht eines kleinen Wesens. Es musste sich um ein Kind handeln, vielleicht ein ungeborenes Kind. Lange betrachtete Viollca jenes kleine Ding und versuchte noch immer, sein Geheimnis zu ergründen, als ein großer Schwindel sie erfasste.

Sie spürte, dass die Botschaft immer klarer wurde. Eine Verbindung, die auf einem Fehler beruhte … eine Ehe inmitten jener Familie aus Träumern … und ein großes Unglück, ein tragischer Tod … vielleicht auch mehr als nur einer, in Verbindung mit einem Kind oder auch einer Schwangerschaft.

Je mehr sich Viollca in das Geheimnis hineindachte, das in jener Karte steckte, desto mehr wuchs ihre Angst. Bange schloss sie die Augen und brachte all ihre Kräfte auf, um mehr herauszufinden. Wer aus der Familie würde diese Tragödie erleben? Wann würde sie geschehen, und wie? Doch was vor ihren Augen erschien, waren nur verschwommene Bilder: Sie sah Wasser, sah einen Strudel aus schwarzem Wasser …

Auf einmal hatte Viollca das Gefühl, in einen tiefen, tiefen Abgrund zu stürzen. Sie bekam keine Luft mehr, gleich würde sie ersticken … Ihre Hände griffen an ihre Kehle, sie nahm all ihre Kräfte zusammen, riss den Mund auf und stieß einen Schrei aus.

Dort auf dem Bett sitzend, zitternd wie Espenlaub, versuchte sie zu begreifen, was ihr geschehen war. Erschüttert betrachtete sie die Karten. Dann wischte sie sie mit einer einzigen Handbewegung vom Bett.

Sie musste Dollaro warnen und durch ihn auch seine Kinder und Kindeskinder. Alle in der Familie mussten es wissen, alle mussten begreifen, welcher Schrecken ihnen drohte. Die Casadios hatten den Wahnsinn im Blut, und irgendwann, früher oder später, würde es sie in den Ruin treiben, wenn sie ihren unmöglichen Träumen folgten. Man musste auf der Hut sein, sich vor unbedachten Leidenschaften und vor den verrückten Eskapaden des Herzens in Acht nehmen. Man musste alles tun, um die Tragödie zu verhindern und jener vermaledeiten Verbindung Einhalt zu gebieten.

~

Dollaro erzählte niemandem von der Nacht, in der er mit seinem verstorbenen Vater gesprochen hatte. Nach dem Begräbnis war er immer wieder auf den Friedhof zurückgekehrt, um inmitten der Stille der Grabsteine und des süßlichen Dufts der Blumen die Stimme des Vaters wiederzufinden, doch seit dieser zur ewigen Ruhe gebettet worden war, war es Dollaro nicht mehr gelungen, mit ihm zu sprechen, und auch Susannas Lachen oder Virginias Schreie bei Gewittern hatte er seither nicht mehr vernommen. Zuerst hatte ihn das traurig gemacht, doch dann war ihm der Gedanke gekommen, dass es vielleicht besser so war.

Er wuchs zu einem großen, mageren jungen Mann heran, der nicht nur die gleiche Statur besaß wie Giacomo, sondern auch dessen scharfe Intelligenz, doch die schwarzen Augen und die zauberische Sprechweise hatte er von seiner Mutter. Mit Erleichterung stellte Viollca fest, dass ihr Sohn im Gegensatz zu Giacomo ein heiteres Wesen und einen gutmütigen Charakter an den Tag legte. Allmählich gelangte sie zu der Überzeugung, dass ihre Befürchtungen unbegründet seien. Doch dann bemerkte sie, dass Dollaro offenbar auch die Schüchternheit seines Vaters gegenüber dem anderen Geschlecht geerbt hatte. Wenn er vor einem Mädchen stand, geriet er, die Plaudertasche, ins Stottern und Stammeln, und wenn sich ihm gar eine näherte, ergriff er die Flucht. So ging das, bis er neunundzwanzig Jahre alt wurde und noch immer keine Verlobte vorzuweisen hatte.

Viollca beschloss, die Sache in die Hand zu nehmen, und lenkte seine Aufmerksamkeit auf eine gewisse Domenica Procacci, eine junge Frau von kräftiger Statur, zupackender Art, stabiler Gesundheit und moralischer Standhaftigkeit. Nachdem sie erfahren hatte, dass das Mädchen zarte Gefühle für ihren Filius hegte, rief Viollca Dollaro zu sich. Sie sprach mit ihm über Domenica und sagte, zuallererst werde sie die Tarotkarten befragen. Diese zog Viollca zwar nur bei seltenen Gelegenheiten zurate, doch was gab es Wichtigeres als das Glück ihres einzigen Sohnes?

»Es ist die bedeutendste Entscheidung deines Lebens; du darfst dir keine Fehler erlauben«, erklärte sie ihm und mischte die Karten. Dann ließ sie ihren Sohn sieben Karten ziehen und begann mit der Deutung.

Jedes Mal, wenn sie die Karten abhob, kam Arkana VI: die Karte der Liebenden. Und sie stand nicht auf dem Kopf.

»Der Triumph der Liebe!«, rief Viollca.

»Aber ich habe noch nicht einmal mit ihr geredet.«

»Dafür hast du dein ganzes Leben lang Zeit.«

Doch der Sohn schwieg.

»Was ist denn, gefällt sie dir nicht?«, drängte seine Mutter.

»Sie ist mir zu sehr auf den Mund gefallen. Ich habe noch nie gehört, dass sie etwas gesagt hat.«

»Das hätte uns gerade noch gefehlt, dass du ein Plappermaul, wie du es bist, zum Traualtar führst. Dann würdet ihr rein gar nichts im Leben zustande bringen. Das Mädchen ist gesund und hat keine Flausen im Kopf. Mehr braucht es nicht.«

»Aber ich bin nicht verliebt in sie.«

»Besser so. Nimm dir eine, die kochen kann, eine Frau, die dir treu ist und ein gebärfreudiges Becken hat. Alles andere sind nur Träume.«

»Aber Ihr wart doch auch in Papa verliebt.«

»Genau. Und du siehst ja, wozu das geführt hat. Du darfst nicht den gleichen Fehler machen.«

Doch Dollaro war noch nicht überzeugt. Viollca begriff, dass der Moment gekommen war, um ihm das zu verraten, was sie vor so vielen Jahren aus den Tarotkarten gelesen hatte.

»Dollaro. Jetzt hör mir mal gut zu, denn in dem, was ich

dir gleich sage, ist das Schicksal unserer Familie verborgen. Als dein Vater starb, hatte ich Angst, ich wusste nicht, was uns erwartete. Deshalb habe ich die Karten befragt, damit sie mir die Zukunft voraussagen. Und ich habe schreckliche Dinge gesehen, mein Sohn …« Sie erzählte ihm vom Bild des Teufels, von dem kleinen Antlitz in der Mitte seines Bauches; und sie berichtete ihm von dem angeketteten Paar mit den verträumten Augen, von einem Unglück. Tragische Todesfälle, und auch ein Kind war mit von der Partie. Schließlich schilderte sie ihm die schreckliche Erfahrung, als sie in einen Strudel aus schwarzem Wasser gestürzt war. »Ich weiß nicht, wann dies alles geschehen wird oder wem. Aber die Karten haben mir gesagt, dass ich auf der Hut sein muss: Träume ergeben keinen Sinn, Dollaro, und blinde Leidenschaften sind wie Ketten, die uns in einen tödlichen Abgrund ziehen. Mit den Karten habe ich mich noch nie getäuscht. Du musst aufpassen. Benutze deinen Kopf, wenn du dir eine Frau suchst, und höre nicht auf dein Herz. Nur dann bist du in Sicherheit.«

Er blickte sie ernst an. Dann, nach einigen Momenten des Schweigens, begann er zu lachen. »Dann soll ich also Domenica Procacci nur aus Angst vor dem, was Ihr vor mehr als zwanzig Jahren aus den Karten gelesen habt, zur Frau nehmen? Das ist lächerlich! Seid mir nicht böse, Mama, aber ich habe mir nur aus den Karten lesen lassen, um Euch glücklich zu machen.«

Er erhob sich vom Tisch, küsste seine Mutter auf die Stirn und machte Anstalten zu gehen. »Ihr müsst nicht um mich fürchten. Bei dem Glück, das ich bei den Weibern habe, finde ich nie eine Frau«, fügte er auf der Schwelle hinzu.

Viollca blieb betrübt am Tisch sitzen, doch sie war alles andere als überzeugt. Ganz allmählich jedoch machte sich ein trotziger Ausdruck auf ihrem Gesicht breit: Nein, ihr Sohn würde nicht seinen Willen bekommen. Ob mit gutem Zureden oder harten Worten – er würde ihre Weisung befolgen.

~

An jenem Abend beschloss Dollaro, auf Froschjagd zu gehen. Bei Nacht waren die Tiere leichter zu fangen als bei Tage, indem man sie mit dem Schein einer Lampe bannte und unbeweglich machte. Er griff nach der Öllampe, dem Kescher und hängte sich einen Sack um, in dem er später die erbeuteten Frösche unterbringen wollte. So ausgerüstet, machte er sich auf den Weg zu einem breiten Kanal, nicht weit vom Haus entfernt, einer Stelle, die er erst kürzlich entdeckt hatte und an der es von Fröschen wimmelte.

Es war eine mondlose Nacht, und ringsum war es stockfinster; als Dollaro bemerkte, dass das Öl in der Lampe zur Neige ging, beschloss er, es sich für die Jagd aufzuheben, und löschte das Licht.

Er stieg auf die kleine Holzbrücke, um ans andere Ufer zu gelangen. Es war nichts zu sehen. So vorsichtig er auch ging und sich bemühte, nicht in den Kanal zu fallen, strauchelte er zweimal. *Vorsicht! Vielleicht zündest du ja doch besser die Lampe an, bevor du noch …* Der Gedanke war nicht zu Ende gedacht, als er schon unter Wasser war. Zwar konnte er ein Stück aufsteigen, doch der Froschsack hatte sich verheddert und hing irgendwo fest. Er versetzte ihm einen

Tritt und noch einen, doch es gelang ihm nicht, sich zu befreien. Um ihn herum war alles schwarz. Er bekam keine Luft. Er musste sich endlich befreien … Vorsichtig tastete er sich zu der Stelle vor, wo er festhing. Das Blut pochte ihm in den Schläfen, und er wand sich noch immer, zerrte und zog, doch dann fiel ihm ein, dass es vielleicht besser war, sich nicht so hektisch zu bewegen, sondern sich zu beruhigen. An genau diesem Punkt hatte er Erfolg. Es war, als hätte ihn seine Seele verlassen, als hätte er sich verdoppelt und wäre nicht länger Giacomo Casadios einziger Sohn, sondern eine Frau. Er spürte ganz genau die Ringe an seinen Fingern; spürte das lange Haar, das im Wasser wogte, ihm über das Gesicht strich …

Er konnte nicht mehr. Wenn er jetzt nicht den Mund öffnen und einen Atemzug tun konnte, würde er ertrinken. Er nahm seine letzten Kräfte zusammen, versetzte dem verhängnisvollen Sack einen Tritt, dann war er frei.

Er stieg an die Oberfläche, riss den Mund auf und stieß einen Schrei aus, hielt sich so lange an einem Pfahl fest, bis er seinen Atem wieder unter Kontrolle hatte; dann klammerte er sich an den Balken der kleinen Brücke fest und stieg mit einem kräftigen Schwimmstoß, wie ein Frosch, aus dem Wasser.

Lange lag er ausgestreckt und schwer atmend am Ufer. *Was war das nur für eine Ausgeburt seines Gehirns gewesen? Wer war diese Frau?* Doch es war kein Traum gewesen: Er hatte die Ringe gespürt, die Haare. Erst jetzt kamen ihm wieder die Worte seiner Mutter in den Sinn: Dort in dem schwarzen Strudel, wie in einer Falle, hatte er genau das Gleiche durchgemacht wie das, was auch seine Mutter vor mehr als zwanzig Jahren erlebt hatte, als sie versuchte, die Mysterien der Zukunft zu enthüllen. Es konnte sich nicht um einen Zufall handeln: Es war eine Warnung. Dann stimmte die Prophezeiung also, und es war seine Aufgabe, sie an die zukünftigen Generationen weiterzugeben.

~

Am Tag darauf wurde Viollca unter einem Vorwand im Hause Domenicas vorstellig. Sie stahl ihr ein Paar Schuhe, füllte sie, als sie wieder zu Hause war, mit Weinrauten und versteckte sie unter dem Bett ihres Sohnes. Danach verabreichte sie Dollaro sieben Tage lang jeden Morgen einen Trank aus in Wein aufgekochter Spargelwurzel.

»Was habt Ihr da reingetan?«, fragte Dollaro und verzog den Mund, als er das Gebräu probierte.

»Das ist zum Schutz der Atemwege.«

In Wirklichkeit handelte es sich bei dem Gesöff um einen Liebestrank, der nach einwöchigem Genuss in Viollcas Sohn eine unstillbare Begierde nach dem anderen Geschlecht wecken würde.

Am Morgen des siebten Tages bat Viollca Domenica zu sich nach Hause. Sie ließ sie Platz nehmen, ging dann Dollaro wecken und sagte ihm, in der Küche sitze jemand, der mit ihm sprechen wolle. Kurz darauf verließ sie das Haus in der Absicht, es erst gegen Abend wieder zu betreten.

Als sie endlich wieder auftauchte, hing dem Sohn das Hemd aus der Hose, seine Haare standen in alle Himmelsrichtungen, wie bei einem Stachelschwein, und aus seinem Blick sprach pure Verzückung.

»Bei allen Heiligen des Paradieses!«, stieß sie hervor, weil sie fürchtete, es mit der Dosierung übertrieben zu haben.

»Mama, am voi maridár!«, bekundete Dollaro begeistert seine Absicht, in den Stand der Ehe treten zu wollen.

Man kann nicht sagen, ob es tatsächlich den magischen Fähigkeiten seiner Mutter zu verdanken war, doch ganz gewiss wurde Dollaros Ehe zum Volltreffer. Er war seiner Frau immer treu; Domenica erwies sich als ausgezeichnete Mutter für ihre acht Sprösslinge, die alle kerngesund zur Welt kamen und einen dichten Haarschopf sowie ein beneidenswertes Gebiss ihr Eigen nannten. Fünf von ihnen kamen mit leuchtend blauen Augen und blassem Teint zur Welt, die anderen drei mit dem rabenschwarzen Haar und dem wilden Blick ihrer Großmutter Violca.

~ 1847 ~

Es war ein Morgen Anfang April. Achille Casadio, erstgeborener Sohn von Dollaro und Domenica, durchmaß mit schnellem Schritt das jüdische Getto des Städtchens Cento. Er verspürte großen Hunger und konnte es kaum erwarten, endlich das kleine Wirtshaus zu erreichen, wo er gewöhnlich aß, wenn er in der Gegend war. Der Junge pfiff zufrieden vor sich hin. Gerade hatte er zwei Vollblutaraber zu einem Preis verkauft, der höher lag als der, den sein Vater festgelegt hatte. Dollaro fürchtete, mit seinen siebzehn Jahren könnte Achille vielleicht zu jung sein, um allein derartige Verkaufsverhandlungen zu führen, doch er hatte es geschafft, und wie er es geschafft hatte! Er zählte bereits die Stunden bis zu seiner Rückkehr nach Stellata, um dem Vater alles zu erzählen; zuerst jedoch wollte er sich ordentlich den Wanst vollschlagen.

Achille Casadio war ein blasser Jüngling mit blondem, lockigem Haar und blaugrünen Augen, durchscheinend wie Wasser. Schon von Kindesbeinen an hatte er sich als ausgesprochen aufgeweckter Junge gezeigt. In der Schule war Rechnen sein Lieblingsfach gewesen. Als der Lehrer nicht mehr genügt hatte, um seine Neugier zu befriedigen, hatte

Achille begonnen, den Pfarrer mit Fragen zu bestürmen, und erst wieder damit aufgehört, als der Priester sich bereit erklärte, ihn auch in den Grundfesten der Geometrie zu unterrichten. Mit zehn Jahren konnte der Erstgeborene der Casadios ausgezeichnet Kopfrechnen, war dazu in der Lage, die Maße von Flächen und Längen von Hypotenusen auszuloten, er beherrschte die Prozentrechnung und meisterte selbst komplizierte Teilungen ohne Zuhilfenahme von Blatt und Papier. Den armen Priester bekniete er so lange, bis dieser ihm auch Unterricht in Algebra und Physik gab; und zu guter Letzt hatte ihm der fromme Mann – und wenn es auch nur war, um ihn sich vom Leibe zu halten – sogar erlaubt, die kleine Bibliothek der Gemeinde zu konsultieren.

Domenica musste zugeben, dass dieser Sohn tatsächlich sehr ausgeschlafen war, mit seinen kleinen Marotten jedoch deutlich über das Ziel der göttlichen Gnade hinausschoss. So konnte sie zum Beispiel nicht verstehen, wieso er bei Tisch die Erbsen in akkuraten Reihen, wie kleine Soldaten, aufmarschieren ließ. Manchmal fand sie die Einmachgläser in der Speisekammer nach Größe sortiert vor, von links nach rechts, beginnend mit dem größten. Wenn Achille ihr auf dem Feld half, waren seine Rüben stets zu einem perfekten Kegel aufgetürmt. Es war zum Verrücktwerden! Domenica hoffte, Achille würde diese seltsamen Angewohnheiten ablegen, wenn er älter wurde, doch bislang hatte es nicht den Anschein, als würde sich die sonderbare Passion ihres Sohnes legen.

Mit fünfzehn stand Achille bereits auf vertrautem Fuß mit den Werken von Galileo Galilei und Archimedes. Besonders Galileo hatte es ihm angetan. Eines Morgens war er in der Pfarrbibliothek im obersten Bücherregal auf eine verstaubte Kiste gestoßen. In wunderschöner Schrift hatte darauf jemand verzeichnet: *Index librorum prohibitorum.* Als Achille die Schachtel öffnete, fand er darin, neben der Liste mit den von der Kirche verbotenen Büchern, auch mehrere Bände von Galileo vor, darunter die *Zwei Vorlesungen an der florentinischen Akademie über das Aussehen, die Lage und die Größe von Dantes Hölle.* Hals über Kopf hatte sich der Junge auf das Studium dieses Textes gestürzt, auch wenn das Fehlen einer akademischen Unterweisung dazu führte, dass er nur Bruchstücke des Dargelegten verstehen konnte.

Manchmal traf Domenica ihn in aller Herrgottsfrühe in der Küche an; sein Bett war unberührt, die Augen rot vor Müdigkeit. Tief gebeugt saß er am Tisch, umgeben von einem Wust aus Papieren, Kompassen und sonderbaren Formeln, die seine Mutter samt und sonders für Teufelszeug hielt.

»Darf man erfahren, was du machst, wenn du die ganze Nacht auf den Beinen bist?«, fragte sie ihn eines Tages.

»Ich versuche, die exakte Größe von Dantes Fegefeuer auszurechnen«, erklärte Achille und tauchte mit verzücktem Blick wie ein Schwimmer aus seinen Berechnungen auf.

An diesem Punkt packte Domenica ihren Besen und holte nach ihm aus, in der Hoffnung, vielleicht könnten ja ein paar ordentliche Schläge mit dem Reisig ihn in die Wirklichkeit zurückholen, doch es gelang Achille, sich dem Zorn der Mutter zu entziehen. Domenica raffte alles vom Tisch zusammen, dessen sie habhaft werden konnte, und begann, es im Ofen zu verbrennen. Dollaro hatte ihr erzählt, wie die Träumerei seinen Vater in den Wahnsinn und zum Selbstmord getrieben hatte; und auch ihre Schwiegermutter hatte sie zu Tode erschreckt, als sie ihr die Prophezeiung schilderte, die sie aus den Tarotkarten gelesen hatte. In ihrem blanken Entsetzen war Domenica zur Beichte gegangen und hatte dem Priester davon erzählt, doch dieser hatte ihr gesagt, sie solle dem Gerede kein Gehör schenken, und sie darauf hingewiesen, dass der Glaube an die Wahrsagerei Sünde sei. Domenica jedoch war nicht gewillt, es darauf ankommen zu lassen. Während ihre Kinder heranwuchsen, vergewisserte sie sich, dass diese ihre bizarrsten Träume in Schach hielten und auch nicht unbesonnenen Verliebtheiten anheimfielen. Bei ihren anderen sieben Söhnen hatte es keinerlei Probleme gegeben, doch Achille mit seiner verdammten Manie für Zahlen bescherte ihr regelmäßig schlaflose Nächte.

Auch Dollaro versuchte, seinem Erstgeborenen diese übertriebene und damit gefährliche Passion auszutreiben. »Du bist das Abbild deines Großvaters Giacomo. Kümmere dich lieber mal um die Pferde. Sie müssen gestriegelt und aufgezäumt werden. Deine verschrobenen Ideen bringen kein Essen auf den Tisch«, sagte er wiederholt zu ihm.

Doch der Wissensdurst des Jungen war grenzenlos, und weder die Begegnung mit dem mütterlichen Reisigbesen noch die Ermahnungen des Vaters schafften es, ihn von seinen Studien fernzuhalten.

~

An jenem Aprilmorgen des Jahres 1847 war der Himmel über Cento klar und der Winter nur noch eine ferne Erinnerung.

Als er auf den Hauptplatz des Ortes kam, bemerkte Achille eine Menschenmenge, die sich um die Kirche geschart hatte, und näherte sich neugierig. Dort auf den Treppenstufen des Eingangs stand ein Prediger: Er war jung, bärtig, hatte langes pechschwarzes Haar, und seine Augen funkelten. Er trug ein rotes Hemd und ein großes Kruzifix um den Hals.

»Wer ist das?«, fragte Achille den alten Mann, der neben ihm stand.

»Ugo Bassi. Er ist ein Barnabit, aber auch ein tapferer Kämpfer.«

»Aber wenn er Priester ist, wieso trägt er dann keine Kutte?«

»Das ist doch nicht einfach irgendein Gottesmann. Schau ihn dir genau an, Junge, denn eines Tages wirst du deinen Kindern erzählen können, dass du einen Helden gesehen hast. Niemand schafft es so wie dieser Mann, die Gemüter der Menschen zu entfachen.«

Der Alte erklärte ihm, es heiße, Ugo Bassi habe sein Gelübde nach einer Enttäuschung in Liebesdingen abgelegt, doch seine tiefere Berufung stets im Kampf für die Befreiung Italiens vom habsburgischen Joch gesehen. Er träume von der Geburt einer neuen Nation, geeint und unabhängig. Bassis Predigten seien so mitreißend, dass er sich auf dem gesamten italienischen Stiefel einen Namen gemacht habe. Allerdings hätten diese Sermone ihn auch wegen ihrer patriotischen Inhalte und der sozialen Forderungen, die sie enthielten, in Widerstreit mit den kirchlichen Hierarchien gebracht.

Angezogen von der Leidenschaft, die in den Worten des Barnabiten brannte, blieb Achille stehen, um ihm zu lauschen. Ugo Bassi spornte das Volk dazu an, gegen seine ausländischen Unterdrücker aufzubegehren. »Nicht umsonst hat der Herr gesagt: ›Und fürchtet euch nicht vor denen, die den Leib töten, doch die Seele nicht töten können.‹ Diese Worte Gottes, die so viele im Evangelium zu Aposteln und zu Märtyrern gemacht haben – warum können sie nicht auch anderen ein Ansporn sein, zu Ehren der Wahrheit zu kämpfen?«

Als der Barnabit mit seiner Rede fertig war, trat Achille Casadio auf ihn zu. »Padre, ich bin bereit. Ich möchte mit Euch kommen und für das Vaterland kämpfen.«

Ugo Bassi schaute ihn zweifelnd an. »Wie alt bist du denn? Man muss schon ein Mann sein, um entscheiden zu können, ob man sein Leben in die Waagschale werfen will.«

»Einundzwanzig bin ich geworden«, log Achille.

Noch am selben Tag schrieb er seinen Eltern einen Brief, um ihnen mitzuteilen, dass er sich dem Kampf um die Unabhängigkeit Italiens anschließen wolle.

Als Dollaro das Schreiben öffnete, musste er sich erst einmal hinsetzen, um sich von dem Schlag zu erholen. Dann begann er zu jammern: »Mama hat recht. Wir Casadios haben den Wahnsinn im Blut, sonst ließe sich nicht erklären, warum aus uns ein solch unglückseliger Schwärmer hervorgegangen ist …«

Auf einmal überkam ihn die Angst, und er suchte seine Mutter auf, damit sie ihm aus den Karten las.

Viollca war mittlerweile siebzig Jahre alt, hatte aber noch kein einziges weißes Haar; ihr Gesicht war faltenlos, doch der graue Star hatte sie fast blind gemacht. Nachdem sie von Achilles Brief erfahren hatte, holte sie ihre Tarotkarten, hob ab und begann dann, eine nach der anderen umzudrehen, auch wenn sie sie bis zu ihrer Nasenspitze hochheben musste, um sie auseinanderzuhalten. Die ersten Worte der alten Frau klangen düster, doch dann entspannte sich allmählich ihre Miene, und bei der abschließenden Deutung stahl sich sogar ein Lächeln in ihr Gesicht. »Du kannst ganz beruhigt sein: Dein Sohn wird gesund und wohlbehalten nach Hause zurückkehren.«

»Seid Ihr sicher, Mutter?«

Sie mischte die Karten noch einmal und ließ Dollaro wieder ziehen. Diesmal hielt sie die Karten so nah an ihre kranken Augen, dass Dollaro sich sicher war, sie schnuppere daran.

»Der Tod ist da, das will ich dir nicht verschweigen … Aber schau, das hier ist der Engel, die Karte der Wiederauferstehung …«

»Mutter! Was soll ich denn mit der Auferstehung anfangen? Ich will Achille lebendig wiederhaben, und dann werde ich ihm einen solchen Tritt in seinen Hintern geben, dass es mit seinen verdammten Hirngespinsten ein für alle Mal vorbei ist!«

»Ich sage dir, Achille wird zurückkehren. Da, schau mal. Das ist der Eremit. Dein Sohn ist bei einem gerechten Mann gelandet.« Auf der Karte war Antonius der Große zu sehen, ein Heiliger, der nach der Überlieferung mit einer Laterne, einem Kreuz und einem Schwein an seiner Seite abgebildet wurde. Viollca stieß einen tiefen Seufzer aus. »Das muss ein frommer Mann sein. Die Laterne wird Achille den Weg weisen, und außerdem ist da auch noch das Schwein neben ihm.«

»Was hat denn das Schwein damit zu tun?«

»Na ja, stimmt … was hat das damit zu tun?«, sprach Viollca ihm nach und schien auf einmal selbst zu zweifeln. Vielleicht war sie ja doch zu alt für diese Dinge, dachte sie, und konnte die rechte Konzentration nicht mehr aufbringen. Sie drehte die letzte Karte um, und es erschien der Engel; die Karte lag richtig herum. »Es ertönen die Trompeten, und die Toten stehen wieder auf.«

»Jetzt kommt Ihr mir schon wieder mit dieser Auferstehung! Es stimmt schon, dass manchmal die Toten zu uns sprechen, aber noch keiner hat gesehen, wie sie wiederauferstehen.«

»Ich sage dir, Achille kehrt zurück. Es werden viele Jahre vergehen, aber am Ende werden wir ihn wiedersehen.«

»Und das Schwein?«

»Tja, das Schwein …«, murmelte Viollca, zunehmend verwirrt.

~

In den darauffolgenden zwei Jahren bereiste Achille Casadio an der Seite des revolutionären Priesters Italien der Länge und der Breite nach. Der einzige Kontakt zu seiner Familie waren die Briefe, die er gelegentlich nach Stellata schickte, um seine Eltern zu beruhigen. Mehrere Male wurde er verwundet, doch zum Glück waren es immer nur Kratzer. Schon bald hatte der Junge entdeckt, dass der Krieg nicht nur Heldentum, eine grün-weiß-rot gestreifte Fahne und mutiges Handeln bedeutete, sondern auch Angst, eiternde Wunden und Einsamkeit. Der Krieg – das war Kälte und Hunger, das waren die Schreie der Verwundeten, das war der Wahnsinn, den er in den Augen derer sah, die im Sterben lagen.

Zutiefst litt Achille auch unter dem Chaos, das sein Leben bestimmte, und er ertrug es nur schwer, sich ständig in der Schwebe zu befinden, ohne feste Punkte, ohne Ordnung. Er zwang sich dazu, eine Routine einzuhalten, die ihm die Illusion schenkte, immer noch selbst seine Geschicke zu lenken; so knöpfte er sich zum Beispiel seine Jacke mit allergrößter Hinwendung von unten nach oben zu, ohne jemals einen Knopf auszulassen. Eines Tages, als er von einer Schlacht zurückkehrte, bei der er viele seiner Freunde hatte sterben sehen, bemerkte er, dass er beim Schnüren seiner Stiefel einen Haken ausgelassen, dafür aber den Schnürsenkel doppelt durch den nächsten gefädelt hatte. Er war der felsenfesten Überzeugung, genau das habe ihm das Leben gerettet, und so schnürte er sich fortan seine Stiefel immer so.

In Momenten der Langeweile – die trotz allem immer noch häufig vorkamen – ging Achille im Geiste seine algebraischen Formeln oder Lehrsätze durch und spürte sogleich, wie ihn eine verzehrende Sehnsucht erfasste, als würde er an eine ferne Liebe denken. In seinen Briefen sprach er jedoch nur selten von sich. Stattdessen beschrieb er in aller Ausführlichkeit die Schlachten, die Heldentaten, deren Zeuge er geworden war, und vor allem berichtete er vom Mut und dem Großmut Ugo Bassis. Ende 1848 schrieb er zum Beispiel:

Am 27. Oktober, beim Angriff auf Mestre, führte Pater Bassi die Soldaten an, ohne ihnen von der Seite zu weichen, und schwenkte die Trikolore. Den ganzen November hindurch war er ein Quell des Trostes für uns, er eilte uns zu Hilfe, pflegte die

Verwundeten und ermutigte die Soldaten, nicht nachzulassen. Am Ende erreichten wir Ravenna, die Stadt, aus der ich jetzt schreibe. Gestern Abend hielt Pater Bassi eine Rede in der Nähe von Dantes Grab und wütete voller Inbrunst und Leidenschaft gegen den Feind.

Während Dollaro diesen Brief vorlas, bekreuzigte sich Domenica mehrfach, weil allein der Gedanke daran, welchen Gefahren ihr Sohn ins Gesicht blicken musste, sie erschaudern ließ. »*Sperém che la Madòna as faga la grásia*«, bat sie die heilige Muttergottes, ihre schützende Hand über den abtrünnigen Filius zu halten.

Dollaro hingegen vermaledeite das Laster der Casadios, in ihren Träumen zu leben und unmöglichen Bestrebungen nachzuhängen. »*I puvrét iè sémpar quei chi paga. Ad sicúr i siór in na va brisa a farás masár par d'idei strambaládi.* Bezahlen müssen immer die Armen. Die Herren werden sich ganz gewiss nicht für solch wirre Ideen umbringen lassen«, wetterte er.

Wenn sein Kummer schier unerträglich wurde, dachte Dollaro immer daran zurück, wie seine Mutter aus ihren Tarotkarten gelesen und Achilles Rückkehr vorausgesagt hatte. Vielleicht hatte sie ja recht. Außerdem – wäre sein Sohn gestorben, so hätte er bestimmt bereits mit ihm gesprochen, so wie er es von Kindesbeinen an mit den Seelen der Verstorbenen auf dem Friedhof getan hatte. Doch von Achille kam nicht einmal ein Seufzer. *Gutes Zeichen*, sagte sich Dollaro.

~

Trotz der Proklamation, die am 1. Januar 1849 von Papst Pius IX. herausgegeben wurde und nach der ein jeder, der es wagte, »sich eines wie auch immer gearteten Angriffs auf die zeitliche Macht der Pontefici Maximi Roms« schuldig zu machen, postwendend exkommuniziert werde, setzte Ugo Bassi seinen revolutionären Kampf fort, und Achille war immer an seiner Seite.

Im April des Jahres 1849, als der Barnabit in Rieti zu den Truppen Garibaldis stieß und zum Kaplan seiner Legion wurde, schrieb der junge Mann an seine Eltern:

Am 27. April sind wir in Rom angekommen, mussten jedoch aus Furcht vor Gegenangriffen weiterziehen. Ihr werdet es kaum glauben, welchen Gefahren wir ausgesetzt waren, doch Garibaldi gelang es jedes Mal, uns wieder in Sicherheit zu bringen. Ich hatte ihn mir immer groß und kräftig vorgestellt, doch in Wirklichkeit ist er eher von gedrungener Gestalt; dennoch macht er auf seinem schönen schwarzen Ross großen Eindruck. Die Frauen, ob sie nun reich sind oder einfaches Volk, liegen ihm alle zu Füßen. Seine Frau Anita hat alle Hände voll zu tun, ihn in Schach zu halten.

Nachdem sie Rom hinter sich gelassen hatten, hatten die Garibaldiner Latium, die Toskana und die Marken durchquert, verfolgt von vier Heeren, die aus Frankreich, Spanien sowie Österreich und dem Königreich beider Sizilien geschickt worden waren. Am 31. Juli wurden die gegnerischen Truppen zu Füßen San Marinos vereint, das als fremdes Territorium galt.

Die Uniformen der Freiwilligenarmee waren zerschlissen, die Männer ausgehungert, und die Moral war am Tiefpunkt. Anita Garibaldi, die im fünften Monat schwanger und vom Wechselfieber zermürbt war, ritt stets an der Seite ihres Mannes, nicht etwa im Damensitz, wie er damals üblich war, sondern breitbeinig, wie ein richtiger Soldat. In jenen Tagen jedoch stand es nicht gut um ihre Gesundheit.

Achille bewunderte sie und hatte sich, wie so viele andere, heimlich in sie verliebt. Er sagte sich, eines Tages würde auch er einmal eine so schöne und mutige Frau vor den Traualtar führen. Anita hatte glattes kastanienbraunes Haar, eine hohe Stirn und eine so üppige Brust, dass es selbst in den Männerkleidern, die sie beim Reiten trug, nicht zu übersehen war.

Eines Nachts, als sie unterhalb der Rocca di San Marino ihr Lager aufgeschlagen hatten, bot sich Achille die Gelegenheit, mit ihr zu sprechen. Er hatte Garibaldi eine wichtige Nachricht von Ugo Bassi zu überbringen, doch der General glänzte durch Abwesenheit. Anita, die vor dem Zelt saß, lud ihn dazu ein, auf ihren Gemahl zu warten. »José müsste jeden Moment da sein. Komm.«

Achille setzte sich neben sie. Verlegen schaute er vor sich hin, ohne zu wissen, was er sagen sollte oder wohin mit seinen Händen. Es war sehr heiß und das Zirpen der Grillen ohrenbetäubend.

Sie betrachtete ihn von der Seite. »*Você parece uma criança*, du siehst aus wie ein Kind. Wie alt bist du?«

»Alt genug, um an der Seite des Generals in den Krieg zu ziehen.«

»Der Krieg … Und wozu ist er gut, dieser Krieg?«

»Um die Völker zu befreien, dazu ist er gut.«

»Nein, *menino*, der ist nur dazu gut, die Menschen noch falscher zu machen, noch gieriger und grausamer. Sie haben ihn erfunden, nicht um ihre Ideale zu verfolgen, sondern um ihre Angst vor dem Tod zum Schweigen zu bringen und die Sorge davor, Mittelmaß zu sein.«

»Ich habe keine Angst vor dem Tod.«

»Schön, und mutig noch dazu«, kommentierte Anita lächelnd.

Achille, der wegen des Kompliments vollkommen aufgewühlt war, drehte den Kopf und sah sie an. Sie war bleich, sichtlich leidend, und Schweißperlen standen ihr auf der Stirn.

»Geht es Euch gut, Signora?«

»Das ist diese Hitze. Dabei müsste ich, die ich aus Brasilien stamme, daran gewöhnt sein … Weißt du, wo Brasilien liegt?«

»Unterhalb der Vereinigten Staaten von Amerika, stimmt's?«

Sie lachte. »Ja, aber sehr, sehr weit unterhalb. Dort haben José und ich uns auch kennengelernt.« Sie rollte sich eine Zigarette und zündete sie sich an. »Die Leute regen sich auf, wenn sie eine Frau rauchen sehen, aber mir ist das egal.«

Sie erzählte ihm von ihrer rebellischen Jugend, und dass ihre Mutter, als Anita gerade mal vierzehn Jahre alt gewesen war, sie verpflichtet habe, einen Mann zu heiraten, den sie nicht liebte. »Sie sagte mir, eine Frau gehört an ihren Platz, und mir war dieser Platz eben zu eng. Bis ich eines Tages José begegnete. Den ganzen Abend schaute er mich an, und am Ende kam er auf mich zu. Er sagte nur: ›Du musst die Meine werden‹, aber diese fünf Worte haben genügt. Als

José wieder aufbrach, habe ich meinen Mann verlassen und bin ihm gefolgt. Ich habe nie mehr zurückgeschaut.«

»Fehlt Euch Brasilien?«

»Ein bisschen. Es ist ein schönes Land, weißt du? Zu viel Armut, aber auch viel Schönheit.«

»Wenn dieser Krieg einmal zu Ende ist, könnt Ihr doch dorthin zurück.«

»Dazu wird keine Zeit sein«, sagte sie mit gesenkter Stimme.

Achille schien es, als wären ihr die Worte im Mund vertrocknet.

Anita wechselte das Thema. »Wo ist deine Familie?«, fragte sie.

Er erzählte ihr von dem Dörfchen an den Ufern des Flusses Po, von seinem Vater, der wie eine amerikanische Münze hieß, und von seiner Großmutter, die zum fahrenden Volk gehört hatte und mit Fasanenfedern im Haar umherging.

Sie lachte, augenscheinlich amüsiert, und auf einmal schien die Luft um sie herum ganz leicht zu werden. »Ich könnte wetten, dass du zu Hause ein schönes Mädchen hast, das auf dich wartet.«

»Wer, ich? Nein … Es gab schon Mädchen, die mir gefielen, aber ich weiß nicht, ob ich mich jemals verliebt habe.«

»Wenn es passiert, wirst du es schon wissen. Daran wird kein Zweifel bestehen.«

»Darf ich Euch eine Frage stellen?«

»Gewiss.«

»Was empfindet man, wenn man verliebt ist?«

Sie hielt einen Moment lang inne, dann antwortete sie:

»Es ist wie ein Kreis, der sich schließt. Du triffst jemanden und weißt schon vom ersten Moment an, dass dieser Mensch alles sein wird, er wird das Gute sein und das Schlechte, und du weißt, was er dir alles schenken und wie sehr er dich leiden lassen wird.«

~

Als die österreichischen Truppen das Lager unterhalb des Felsens von San Marino umzingelt hatten, versuchte Garibaldi zu fliehen.

Nach Überwindung allergrößter Hindernisse erreichten in der Nacht vom 1. auf den 2. August zweihundertfünfzig geflüchtete Garibaldiner Cesenatico. Anita saß noch immer neben ihrem Mann im Sattel. Um drei Uhr nachts, nachdem sie ihre Pferde verkauft und Proviant besorgt hatten, liefen die Flüchtigen nach Venedig aus, wo sie den dort kämpfenden Aufständischen zu Hilfe eilen wollten. Garibaldi bestand darauf, dass auch Bassi jenes Schiff bestieg, und da der Priester und Achille einander wie Brüder geworden waren, nahmen sie auch den Jungen mit an Bord.

Am nächsten Tag war die See ruhig. Als es Nacht wurde, setzten die Männer ihre Reise nach Norden fort, überzeugt davon, dass die Dunkelheit sie schützen würde. Doch es war der Mondschein, der sie verriet. Sie wurden von einem österreichischen Schoner überrascht, der sofort anfing, zu schießen und Raketen abzufeuern. Mehrere Schiffe mussten sich ergeben. Nur fünf, darunter das von Garibaldi, konnten sich in Sicherheit bringen.

Trotz allerlei Widrigkeiten erreichten sie schließlich Comacchio. In dem Wirtshaus, wo sie Rast machten, erkannte jemand sowohl Garibaldi als auch Ugo Bassi, und sie wurden verraten. Im allerletzten Moment gelang es dem General, zusammen mit seiner Frau und mehreren Soldaten zu fliehen, doch der Barnabit wurde zusammen mit drei weiteren Männern verhaftet: Fabrizio Testa, Giovanni Livraghi und Achille Casadio.

Die vier wurden nach Bologna verbracht, in den Kerker der Carità, wo nach wenigen Tagen das Todesurteil über sie verhängt wurde, ohne ihnen vorher den Prozess zu machen.

Von seiner Zelle aus schrieb Achille einen Abschiedsbrief an seine Eltern.

Aus diesem Zuchthaus, liebe Mutter und lieber Vater, sende ich euch diesen letzten Brief. Noch mehr als um mein Leben weine ich um den Schmerz, den mein Tod euch verursachen wird. Doch seid nicht verzweifelt und denkt daran, ich sterbe stolz auf mich selbst und auf Ideale, für die es sich zu sterben lohnt.

Es umarmt und küsst Euch
in tiefster Zuneigung
EUER SOHN ACHILLE

Gegen Mittag des 8. August 1849 ließ man die vier zum Tode Verurteilten mit mehreren Priestern allein, die ihnen die Beichte abnehmen und die letzte Ölung verabreichen sollten.

Achille saß mit gesenktem Kopf da, er war niedergeschmettert. Ugo Bassi fand, es wäre besser gewesen, er würde schreien und seinem Schmerz Ausdruck verleihen. Er trat auf ihn zu. »Ich bin schuld daran, dass du sterben musst, und das kann ich mir nicht verzeihen. Als ich dich damals in Cento kennenlernte und nach deinem Alter fragte, war mir sofort bewusst, dass du niemals schon einundzwanzig sein konntest. Eigentlich hätte ich dir befehlen müssen, nach Hause zurückzukehren, doch in deinen Augen erkannte ich eine solche Empörung, solchen Mut … Und ich begriff, es würde unmöglich sein, dich von deinem Vorhaben abzubringen.«

»Sie können uns doch nicht einfach so aburteilen, ohne eine Verteidigung, ja sogar ohne Prozess.«

»Das weiß ich, aber der habsburgische Richter ist ein Ungeheuer mit zwei Köpfen: Richter und Geschworener zugleich. Ich habe zumindest für dich und Fabrizio um Milde gebeten, da ihr beide noch nicht einmal volljährig seid. Ich hoffe, das wird die Österreicher erweichen, und sie geben ihrem Herzen einen Stoß. Nur Mut«, schloss er und umarmte ihn.

»Und Garibaldi, Padre?«

»Er ist in Sicherheit. Anita ist tot.«

~

Es kam die Stunde der Hinrichtung. Die Hände in Ketten geschlagen, ließ man die vier Männer auf einen Karren der Garnison steigen. Von Soldaten umgeben und begleitet von dumpfem Trommelwirbel, brachte man sie zur Via della Certosa, ganz in der Nähe des Friedhofes. Als sie dort ankamen, befahl man nur Ugo Bassi und Giovanni Livraghi abzusteigen. Ein Wachsoldat sagte zu Fabrizio und Achille, man überlege noch, ob man sie begnadigen solle.

Indessen hatte man Ugo Bassi und Giovanni Livraghi Seite an Seite vor die Mauer gestellt. Bis zu seinem letzten Atemzug Herr seiner selbst, verlangte der Barnabit, es solle ein Priester sein, der ihm die Augen verbinde. Dann begann er, das Ave-Maria zu beten.

Zutiefst bewegt ging es Achille durch den Kopf, dass die Stimme des Priesters niemals klangvoller gewesen war.

Gegrüßet seist du, Maria, voll der Gnade,
der Herr ist mit dir.
Du bist gebenedeit unter den Frauen,
und gebenedeit ist die Frucht deines Leibes, Jesus.
Heilige Maria, Mutter Gottes …

Eine Gewehrsalve unterbrach das Gebet.

~

In jener Nacht fanden Achille und Fabrizio keinen Schlaf. Bei jedem Schritt auf dem Flur zuckten sie zusammen, erschraken bei jedem Geräusch.

Als der Morgen graute, öffnete ein Gendarm die Tür. Die beiden jungen Männer setzten sich auf ihren Pritschen auf. Als sie sahen, dass auch ein Priester mit ihm gekommen war, begriffen sie, dass keine Hoffnung mehr bestand.

Man brachte die beiden an denselben Ort wie am Tag zuvor, in die Via della Certosa. Die Luft war kühl, ein leichter Wind spielte in Achilles blonden Locken. Auf dem Boden waren immer noch die Spuren vergossenen Blutes zu sehen. Fabrizio brach in Schluchzen aus und begann, stammelnd die Muttergottes anzuflehen. Achille Casadio betete nicht. Die Augen schon verbunden, dachte er an seinen Vater und seine Mutter. Und er dachte, dass er niemals die Liebe kennenlernen würde. Ein rosiger Schimmer stand am Morgenhimmel, als die erste Salve kam. Achille Casadio fiel auf die Seite, seine Wange berührte den Boden.

~

Sein letzter Brief an die Eltern traf einige Tage nach der Hinrichtung ein. Domenica nahm ihn entgegen. Sie konnte weder lesen noch schreiben, verspürte dennoch eine seltsame Aufgewühltheit, als würde dieses Blatt Papier in ihren Händen brennen. Sie lief aufs Feld zu Dollaro, damit er ihr den Brief vorlas. Ohne die Kratzer zu spüren, die sie sich zuzog, kämpfte sie sich zwischen den dornigen Sträuchern hindurch, die sich über dem Weg schlossen.

Dollaro erbleichte, als er den Brief öffnete, und schloss seine Frau in die Arme. Zwischen zusammengepressten Kiefern hervor stieß er einen Klagelaut aus, der Domenica in Angst und Schrecken versetzte.

»Sie haben ihn uns umgebracht«, gelang es ihm schließlich zu sagen. Ein wenig hielten die Eheleute sich in den Armen, dann fielen sie auf die Knie, immer noch eng umschlungen, zu aufgewühlt, um zu weinen.

Am Nachmittag bereiteten sie den Karren vor und machten sich auf den Weg nach Bologna. Aus dem Datum des Briefes hatten sie geschlossen, dass es vermutlich zu spät war, um Achille noch ein letztes Mal in die Arme zu schließen, und ihnen blieb nur noch, seine sterbliche Hülle mit nach Hause zu nehmen. Erschüttert, ohne Worte, um der Welt ihr Leid zu klagen, nahmen sie auf dem Karren Platz. Dollaro ließ die Peitsche knallen. Die Tiere waren bald schweißüberströmt und hatten Schaum vor den Nüstern.

»Hör auf, du bringst sie noch um«, sagte Domenica voller Bitterkeit. »Jetzt kommt es auch nicht mehr darauf an, ob wir eine Stunde später eintreffen.«

An jenem Tag herrschte eine erstickende Hitze. Kaum betraten sie den Saal des Leichenschauhauses, in dem Achille aufgebahrt war, schlug den Eheleuten ein solcher Gestank entgegen, dass sie sich ein Taschentuch vor die Nase halten mussten. Der Sarg war bereits verschlossen und versiegelt.

»Ich will meinen Sohn ein letztes Mal sehen«, sagte Dollaro zu einem der Gendarmen.

»Es ist drei Tage her, und bei dieser Hitze …«

»Komm, gehen wir, Dollaro. Bringen wir ihn nach Hause«, mischte sich Domenica ein. »Ich will ihn auch lieber so in Erinnerung behalten, wie er war.«

Kaum waren sie wieder daheim, ließ sich Dollaro von seinen anderen Söhnen dabei helfen, den Sarg vom Karren zu ziehen. Viollca beobachtete das Geschehen, stocksteif. *Besser sterben, als einen solchen Schmerz zu erleiden*, dachte sie. Und doch sagten ihr die Karten, dass ihr Enkel lebendig zurückkehren würde. Konnte es denn sein, dass sie sich irrte?

Der Gestank war zu groß, um den Sarg ins Haus zu bringen und eine Totenwache abzuhalten, weshalb sie ihn in der Tenne ließen.

Es war bereits Nacht, und weil für Dollaro und Domenica

nichts mehr zu tun war, zogen sie sich auf ihr Zimmer zurück. Stundenlang lag die Frau im Dunkeln und schluchzte. Dollaro starrte an die Decke und dachte daran zurück, wie er als Kind mit seinem Vater gesprochen hatte, nachdem sich dieser aufgehängt hatte. Bei jenem Gespräch hatte er sich besser gefühlt, so gut, dass die beiden sogar gescherzt und über süßes Schmalzgebäck geredet hatten, über die sonderbaren Leute im Dorf und über die Fische im Po, die niemals schliefen … Bei diesem Gedanken sprang er vom Bett auf.

»Wo gehst du hin?«, fragte Domenica ihn beunruhigt.

»Ich bin gleich wieder da.« Dollaro lief die Treppe hinab und durchquerte die Tenne, bis er vor dem Sarg stand. »Achille! … Achille, hörst du mich? Ich bin's, dein Papa.«

Mit angehaltener Luft wartete er auf eine Antwort. Nichts.

Zärtlich strich er über die Holzlatten, an der Stelle, wo sich das Gesicht des jungen Mannes befinden musste. »Mein Sohn, ich bin's … Ich bitte dich, sprich zu mir.«

Er wartete. Spürte das Blut, das in seinen Adern am Hals pulsierte und in seinen Schläfen pochte. Keine Antwort. Gewiss, dachte Dollaro, er hatte schon so viele Jahre nicht mehr mit den Toten geredet, doch diese Gabe hatte er nun mal empfangen, und solche Dinge gingen nicht einfach vorüber wie eine Erkältung. War es denn möglich, dass diese Gabe ausgerechnet in einem solchen Moment nicht zurückkam? Vielleicht war Gott ja böse auf ihn. Er dachte an Jesus auf dem Hügel von Golgatha, dem Tode nahe, wie er zum Himmel schaute und sagte: »Vater, Vater, warum hast du mich verlassen?« Dollaro fühlte sich genau wie Christus am

Kreuz: Niemals hatte er sich so allein gefühlt und niemals so vergessen.

»Achille, ich beschwöre dich, sag etwas. Ich muss deine Stimme hören. Und wenn es nur ein paar Worte sind … Aber lass mich in dieser Verzweiflung nicht allein.«

Die Luft war schwül und klebrig, der Gestank unerträglich. Auf einmal stieg in Dollaro ein tiefer Groll auf Gott und auf sein eigenes Leben auf. »Na gut!«, brüllte er. »Wenn du beschlossen hast, dass du nicht mit mir reden willst, dann muss ich dir wenigstens ein letztes Mal ins Gesicht sehen. Schauen wir mal, ob du dann immer noch den Mut hast, mich anzuschweigen!«

Er lief in den Verschlag, in dem er sein Werkzeug aufbewahrte, und als er zurückkehrte, hatte er eine Öllampe, einen Hammer und eine Brechstange dabei. Einen nach dem anderen zog er die Nägel aus dem Deckel, mit denen der Sarg verschlossen war, so aufgewühlt, dass er fast außer sich war. Als der letzte Nagel gewichen war, hob er den Sargdeckel ab und hielt die Lampe über den offenen Sarg.

Dollaro Casadio riss die Augen auf, machte einen Satz zurück und stieß einen ungläubigen Schrei aus.

Noch einmal näherte er die Lampe dem Sarg und schaute genauer hin, sank dann daneben zu Boden. Er schlug die Hände vors Gesicht und fing an zu weinen. Doch dann verwandelte sich dieses Weinen ganz allmählich in ein feines Grinsen, in ein nervöses Kichern und dann in ein lautes Lachen, das die ganze Tenne erfüllte und bis ins Haus drang, die Treppe hoch, bis es schließlich bei Domenica im Schlafzimmer anlangte.

Die Frau fuhr erschrocken zusammen. Sie begriff nicht,

ob ihr Mann weinte oder lachte, ahnte jedoch sofort, was er vermutlich gerade getan hatte. Auf bloßen Füßen rannte sie nach unten und durchquerte im Nachthemd den Hof in Richtung Tenne.

Als sie dort ankam, hockte ihr Mann auf dem Boden, und tatsächlich, er lachte aus vollem Halse.

»Dollaro … was lachst du denn, bist du verrückt geworden?«

»Ich habe mich noch nie so gut gefühlt.«

»Hör sofort mit diesem Frevel auf und mach den Sarg zu!«

»Das Schwein! Das hat meine Mutter in den Karten gesehen!«, sagte Dollaro unter Tränen.

»Hast du den Verstand verloren?«

»Ein *gugét*, Domenica … ein Schwein, meine Güte. Beinahe hätten wir ein Schwein zur ewigen Ruhe gebettet!«

~

Der Geruch von Essig unter seiner Nase. Ein gleißendes Licht. Die Augen tun ihm weh, aber mit der Zeit gewöhnen sie sich daran. Dann der Umriss eines Fensters, ein kleiner weißer Tisch mit einer Öllampe und einer Ausgabe des Evangeliums darauf.

Das Gesicht eines Mädchens beugt sich über ihn: schneeweiße Haut, ein kleiner Mund. Sie hat grüne Augen, Wimpern und Augenbrauen sind hell. »Strengt Euch nicht an, Ihr seid noch schwach«, murmelt die junge Frau.

Sie duftet nach Sauberkeit, nach Orangen und Seife. Jetzt bemerkt er auch, dass sie die Haube und das graue Gewand einer Novizin trägt. »Wo bin ich?«, fragt er.

»Im Kloster der Heimsuchung der Jungfrau Maria. Die Leichenträger haben Euch hergebracht, heimlich. Es ist ein Wunder, dass Ihr überlebt habt.«

Langsam kehrt die Erinnerung zurück: die Binde über seinen Augen, Fabrizios Flehen, der Befehl zu schießen. Dunkelheit.

»Als man Euch hierherbrachte, wart Ihr über und über mit Blut besudelt, doch verletzt wart Ihr nur an Armen und Beinen. Selbst die Österreicher müssen Erbarmen gehabt haben, als der Moment kam, auf zwei so junge Männer wie Euch zu schießen. Einige der Soldaten müssen wohl auf die Mauer gezielt haben, andere auf Körperteile, die nicht lebensnotwendig sind. Der Junge neben Euch ist tot. Er ist auf Euch gefallen, und Ihr wart mit seinem Blut bedeckt. Auch das muss Euch geholfen haben.«

»Aber es gab doch bestimmt eine ärztliche Untersuchung? Sie kontrollieren eigentlich immer, ob …«

»Euer Puls muss so schwach gewesen sein, dass nicht einmal der Arzt ihn gehört hat«, unterbricht ihn das Mädchen. »Oder, wer weiß, vielleicht hat ja auch er beschlossen, Euch eine Chance zu geben. Sie hatten Euch schon in den Sarg gelegt, der an Eure Familie geschickt werden sollte. Habt keine Angst, aber er war bereits zugenagelt. Dann hörte einer der Leichenträger Euer Stöhnen, und so wurdet Ihr gerettet. Man hat Euch hierhergebracht, weil Ihr hier in Sicherheit wart, aber als Ihr ankamt, hattet Ihr sehr viel Blut verloren. Eine Woche schwebtet Ihr zwischen Leben und Tod. Wisst Ihr, wie die Schwestern Euch nennen? Lazarus.« Die Novizin lacht und zeigt eine Reihe kleiner Zähne und ein Paar Grübchen. »Ich heiße Angelica«, fährt sie fort. »Hier im Kloster sind nur Nonnen, und da ich noch nicht das erste Gelübde abgelegt habe, wurde mir aufgetragen, mich um Euch zu kümmern.«

»Sagt Eurer Mutter Oberin, dass ich ihr dankbar bin und gehe, sobald es möglich ist.«

»Denkt erst einmal daran, Euch wieder ganz zu erholen.«

»Ich habe große Schmerzen in der linken Hand, und auch mein Arm tut mir sehr weh …«

Sie berührt ihn an der Schulter. »Achille … Ihr heißt doch Achille, stimmt's? Der Arm ist nicht mehr da. Der Arzt hat ihn unterhalb des Ellbogens amputieren müssen. Aber wenigstens seid Ihr am Leben, und zum Glück war es der linke.«

Ohne den Arm ist für ihn Schluss mit Revolution. Das ist das Erste, was Achille denkt, und auch das, was ihn am allermeisten schmerzt. »Meine Familie glaubt, ich bin tot. Habt Ihr sie in Kenntnis gesetzt?«

»Nein. Bevor Ihr das Kloster verlassen könnt, darf niemand wissen, dass Ihr lebt. Das war für die Äbtissin Bedingung dafür, dass sie Euch aufnahm. Ich weiß, es muss schrecklich für Eure Familie sein, aber zum Schutz der Schwestern ist es unabdingbar.«

»Aber … diesen Sarg, wie haben sie ihn abgeliefert?«

»Mit einem Schwein darin. Einem der Leichenträger war eines gestorben, das noch ziemlich klein war und gut hineinpasste.«

~

Zwei Monate lang blieb Achille in dem Kloster versteckt. Zuerst hielt Angelica Tag und Nacht Wache an seinem Bett, doch als seine Genesung fortschritt, wurden ihre Besuche seltener. Sie kam nur in die Zelle des jungen Mannes, um ihm etwas zu essen zu bringen, das Bett frisch zu beziehen oder die schmutzige Wäsche abzuholen. Bei jenen kurzen Begegnungen jedoch fanden die beiden jungen Leute immer die Zeit, um ein wenig miteinander zu plaudern. Angelica schien von lebhaftem Temperament zu sein, was Achille gut gefiel. Wenn sie seine Zelle betrat, brachte sie immer jenen guten, sauberen Duft mit, den er bemerkt hatte, gleich nachdem er zum ersten Mal die Augen geöffnet hatte. Außerdem war die Novizin der einzige Mensch, mit dem er sprechen konnte, auch wenn es nur für ein paar Minuten war.

Sobald er in der Lage dazu war aufzustehen, hatte die Äbtissin ihm einen Zettel mit den Uhrzeiten zukommen lassen, zu denen er sich im Kloster ein wenig die Beine vertreten und den Garten besuchen konnte, ohne die Nonnen zu stören. Mittlerweile war es Herbst. Achille verbrachte viel Zeit damit, zwischen den Rosenbüschen oder unter den Buchen spazieren zu gehen, deren Blätter allmählich gelb wurden. Die Luft war frisch und prickelnd und die Stille, die im Kloster herrschte, erfüllt von einer Ruhe, die weit und leicht zugleich war. Von den Nonnen bekam er außer den frommen Gesängen, die die Schwestern zu den kanonischen Stunden anstimmten, nichts mit. Ansonsten war den ganzen Tag kein anderer Laut zu hören als das Tschilpen der Spatzen und die Stimmen der Bauern, die jenseits der Klostermauern auf den Feldern arbeiteten.

Es war, als fände Achille erst jetzt, umgeben von so viel

Frieden, zum ersten Mal die Zeit, sich mit der Vollkommenheit der Natur zu beschäftigen: dem Tropfen, der langsam über ein Blatt rann, der schillernden Spur einer Schnecke, einer Rosenknospe, die dem ersten Frost trotzte. Ab und zu dachte er an seine Kampfgenossen zurück, an die Mühen, die sie ertragen mussten. Er fühlte sich schuldig dafür, hier zu sein und den ganzen Tag nichts zu tun, während so viele andere ihr Leben riskierten. Beinahe fühlte er sich sogar schuldig dafür, am Leben zu sein.

~

Doch jetzt, wo es ihm besser ging, begann Achille, sich zu langweilen, und so bat er die Mutter Oberin, ihm Zugang zur Bibliothek zu gewähren. Er glaubte, dort gebe es nur fromme Schriften, Gebetsbücher oder die Vitae von Heiligen, doch zu seiner Überraschung fand er darin auch naturwissenschaftliche Texte über Anatomie oder Physik. Er brachte die Bände in seine Zelle und verschlang sie, einen nach dem anderen, erfüllt von einer Erregung, die er nicht mehr verspürt hatte, seit er in der Kiste mit den verbotenen Werken die Bücher von Galileo Galilei entdeckt hatte.

Eines Tages, während er ganz versunken in die Lektüre war, betrat Angelica das Zimmer, um ihm etwas zum Anziehen zu bringen: eine Kutte und andere Kleidungsstücke, die einmal einem Mönch gehört hatten; es war das Einzige, das die Schwestern ihm hatten besorgen können.

»Was lest Ihr denn da?«

»Isaac Newton, ein Naturwissenschaftler.«

»Lasst mal sehen … *Mathematische Prinzipien der Naturphi-*

losophie. Geht es da nicht um die Theorie der Gezeiten und die Berechnung von Äquinoktien?«

»Ja. Woher kennt Ihr das?«

»Ich habe es gelesen. Ich muss studieren, damit ich, wenn ich Nonne bin, unterrichten kann.«

»Ich hätte nicht gedacht, dass das die geeignete Lektüre für Nonnen ist.«

»Wieso?«

»Die Wissenschaft stand immer auf Kriegsfuß mit der Religion. Denkt doch nur an Galileo.«

»Es ist nicht wahr, dass die wissenschaftlichen Entdeckungen die Existenz Gottes leugnen. Die Mathematik zum Beispiel ist von solcher Schönheit und Perfektion, dass sie doch nur den göttlichen Ursprung der Welt bestätigt.«

Vor lauter Staunen wusste Achille darauf keine Antwort und senkte den Blick auf das Buch.

In jenem Moment sah Angelica einen Apfel, der auf dem Boden lag, und bückte sich, um ihn aufzuheben. Dabei fiel ihr die Haube auf den Boden. Rasch stand sie wieder auf, in der Hoffnung, dass Achille nichts bemerkt hatte.

Er jedoch schaute sie an. Ohne ihre Haube war Angelica eine andere. Ihr Haar, das die Farbe von Kupfer hatte, war gewellt und wogte wie eine Krone um ihr milchweißes Gesicht.

»Angelica …«

Sie errötete. Dann griff sie nach ihrer Kopfbedeckung und lief hinaus.

~

Er machte keine Versuche, sie zu verführen. Trotz ihrer Schönheit war und blieb Angelica eine Novizin, eine Frau, die ihr Leben dem Gebet und Gott widmen wollte. Achille hatte sich niemals auch nur die Frage gestellt, ob er an ihn glaubte, an diesen Gott. Aber allein das Begehren, das er für dieses Mädchen empfand, bereitete ihm Unbehagen. Es kam vor, dass er sie sich nackt vorstellte, doch er wurde sofort von schlechtem Gewissen eingeholt. Auf diese Weise an sie zu denken, war so, als würde man einen heiligen Ort entweihen.

Es vergingen einige Tage, an denen Angelica das Tablett mit Essen vor seiner Tür abstellte oder die Zelle nur betrat, wenn sie sich sicher war, dass er im Kreuzgang oder im Garten spazieren ging. Doch auch als die Dinge langsam wieder ihren normalen Gang zu gehen schienen, konnte sie Achille nicht mehr in die Augen schauen. Den Gedanken an jenen Blick von ihm, als ihr die Haube vom Kopf gerutscht war, wurde sie einfach nicht mehr los. Wie er sie in jenem Moment angeschaut hatte, veränderte alles, und es gab keinen Weg mehr zurück.

Auch Achille hatte sich verändert. Wenn sie jetzt vor ihm stand, senkte er den Blick und verspürte einen inneren Aufruhr in sich, der überraschend und unerwartet war. Mittlerweile beschränkten sich die beiden darauf, sich nur kurz zu grüßen oder ein paar belanglose Worte zu wechseln, dann kehrte jeder wieder in seine Welt zurück.

Der Oktober neigte sich seinem Ende zu, und Achille war vollkommen wiederhergestellt. Eines Tages, während Angelica sich anschickte, sein Bettzeug zu wechseln, hielt er sie davon ab. »Das ist nicht mehr nötig, morgen gehe ich fort.«

»Und wohin?«

»Ein Vetter meines Vaters lebt im Hügelland vor den Toren Bolognas. Ich werde ihn bitten, mich bei sich aufzunehmen.«

Sie erwiderte nichts, doch der Gedanke, ihn nie mehr wiederzusehen, war ihr unerträglich. Sie hatte mit allen Mitteln versucht, ihn sich aus dem Kopf zu schlagen. Sie hatte Buße getan, stundenlang gebetet. Nur gebeichtet hatte sie nicht, weil sie befürchtete, dann würde man Achille des Klosters verweisen. Und jetzt war es er, der beschlossen hatte zu gehen.

Reglos stand sie da, die frischen Laken an die Brust gedrückt. »Nehmt mich mit«, sagte sie schließlich zu ihm.

»Wie meint Ihr?«

»Ich kann kein Gelübde mehr ablegen.«

»Wenn das so ist, dann müsst Ihr zu Eurer Familie zurück.«

»Ich will nicht nach Hause … ich … ich will bei Euch bleiben.«

»Angelica … schaut mich an: Ich habe nur noch einen Arm, bin auf der Flucht, ein Vogelfreier, der jeden Moment sein Leben riskiert. Außerdem bin ich nicht verliebt.«

»Das macht nichts.«

»Habt Ihr verstanden, was ich Euch gerade gesagt habe? Ich empfinde nichts …«

Er konnte den Satz nicht zu Ende sprechen, denn sie machte einen Schritt auf ihn zu und küsste ihn. Zuerst war es ein schüchterner, ein linkischer Kuss, doch er währte lang und löschte in Windeseile alles aus – Gott, die Mutter Oberin und die Angst vor der Hölle.

Danach sprachen sie miteinander, hielten sich an den Händen, mit einer Vertrautheit, die ihnen neu war.

»Denk noch einmal darüber nach, bevor du das Kloster verlässt. Ruinier dir nicht das Leben.«

»Das würde ich, wenn ich hierbliebe.«

»Hast du denn keine Angst vor Gott?«

Sie streichelte ihm die Wange. »Aber dein Gesicht ist so nah bei Gott …«

Als Angelica ihn in der Zelle zurückließ, hatte Achille ihr nichts versprochen, und sie hatte ihn um nichts gebeten. Doch sie hatte ihm den Namen des Dörfchens entlockt, in das er fliehen wollte. Sie hoffte nur, dass der Verwandte, der ihm Unterschlupf bieten würde, den gleichen Nachnamen hatte wie er.

~

Achille trug eine Kutte, als er beim Vetter seines Vaters vorstellig wurde. Alfonso war ein Mann von vierzig Jahren, untersetzt und etwas grobschlächtig. Den Körperbau hatte er von seiner Mutter, doch die helle Haut und die himmelblauen Augen von den Casadios. Zu Beginn wollte er nicht glauben, dass es sich bei diesem Ordensbruder um Dollaros Sohn handelte, der doch vor Monaten auf dem Friedhof von Stellata zur ewigen Ruhe gebettet worden war. Außerdem hielt er diese Geschichte von dem begrabenen Schwein für unwahrscheinlich. Gewiss, er musste zugeben, dass da eine Ähnlichkeit war, aber wie konnte man sich sicher sein? Als er Achille das letzte Mal gesehen hatte, war dieser zwölf Jahre alt gewesen.

»Sag mir den Namen des Vaters von Dollaro und auch den seiner Mutter«, befahl er ihm.

»Giacomo Casadio ist der Vater, und Viollca Toska heißt seine Mutter.«

»Und was macht der gute Giacomo heute?«, mischte sich Ada, Alfonsos Frau, ein.

»Er hat sich aufgehängt, als mein Vater noch klein war.«

Die beiden Eheleute schauten sich an.

»Was ist 2345 mal 18?«, fragte Alfonso.

Der junge Mann dachte kurz nach und sagte: »42 210.«

Alfonso griff zu Papier und Feder und rechnete nach. Am Ende hob er den Kopf und schaute ihn an. »Achille, *bòia d'un mond lèder!*«, fluchte er in tiefstem Bologneser Dialekt. »Du bist es wirklich!«

Alfonso und Ada wohnten mit ihren drei Söhnen in einem Bauernhaus in den Hügeln vor Bologna. Wie so viele Landbewohner lebten sie teils vom Ertrag ihrer Felder und teils von der Seidenraupenzucht. Das Haus war von einem Hektar Land umgeben, auf dem nur Maulbeerbäume standen, von deren Blättern sich die Raupen ernährten. Da Achille nur eine Hand hatte und sich aus Vorsicht nicht allzu viel draußen blicken lassen wollte, wurde entschieden, dass er bei den Raupen mithelfen sollte. Erleichtert, dass ihr diese Aufgabe abgenommen wurde, brachte Ada den jungen Mann auf den Dachboden, um ihm zu zeigen, was er zu tun hatte.

Der große Raum unter dem Dach stand voller mehrstöckiger Holzkonstruktionen; jeder Stock bestand aus einem Gitter aus Rohr, das mit Maulbeerblättern bedeckt war; darauf krochen Hunderte von Raupen umher. »Seidenraupen sind kostbarer als Gold und müssen gut behandelt werden. Als Allererstes musst du dir angewöhnen, die Böden und Holzgitter regelmäßig mit Schwefelwasser von Keimen zu befreien. Die Raupen sind empfindlich und anfällig für Krankheiten, daher muss alles immer blitzsauber sein. Außerdem musst du dafür sorgen, dass der Dachboden stets gut gelüftet ist, und es darf niemals zu kalt oder auch zu warm werden. Den Ofen da hinten müssen wir demnächst anschüren, wenn es kälter wird. Wir züchten die Raupen, bis sie sich verpuppen, bringen die Kokons dann nach Bologna und verkaufen sie auf der Piazza del Pavaglione.«

Die Raupen lagen auf Gitterrosten aus Pfahlrohr, dazwischen dienten flache Körbe zum Auffangen der Eier. Während die Raupen schlüpften und wuchsen, wurden sie immer höher gelagert und jeden Tag mit großen Mengen frischer Maulbeerblätter gefüttert. Dort verkrochen sie sich zum Speicheln in die Besen aus Erika, die Ada ihnen bereitlegte, und begannen, den Seidenfaden zu spinnen, aus dem der Kokon entstand. Die besten Kokons wurden verkauft; aus den anderen schlüpften neue Larven, und der wundersame Kreislauf begann von Neuem, wenn sich die Tiere paarten und neue Eier legten.

Für den Umgang mit Seidenraupen bedurfte es Ordnung und Genauigkeit, beides Tugenden, die Achille zu schätzen wusste. Es sei eine wunderschöne Arbeit, erklärte er, die er nur allzu gern verrichten würde.

Zwei Tage nach der Ankunft des jungen Mannes fuhr Alfonso nach Stellata, um seinen Verwandten mitzuteilen, dass Achille am Leben war. Er überbrachte Dollaro die Nachricht mit großer Behutsamkeit, weil er befürchtete, sein Vetter würde bei einer solchen Enthüllung glatt in Ohnmacht fallen.

Der jedoch verlor nicht die Fassung. »Ich wusste es«, sagte er schlicht und erklärte ihm lachend, um keinen Verdacht zu wecken, gehe er mit seiner Familie des Öfteren auf den Friedhof … um einem Schwein Blumen ans Grab zu bringen.

In der Erwartung, der Krieg würde bald zu Ende sein, versprachen Dollaro und Domenica, ihren Sohn mindestens einmal im Monat zu besuchen.

~

Ein paar Wochen nach seiner Ankunft bei Alfonso und Ada war Achille gerade auf dem Dachboden, um den Raupen frische Maulbeerblätter zu bringen, als er das Klirren eines Einspänners hörte, der auf den Hof gefahren kam. Kurz darauf rief Ada aus der Tenne, Achille solle runterkommen, da sei ein Mädchen, das ihn suche: *»Achille, ven zò. A ghè 'na ragazèla cat zerca!«*

Er lehnte sich aus dem Fenster. Dort unten, mitten in der Tenne, saß Angelica, mit den Zügeln in der Hand, auf einem Einspänner; sie trug ein rotes Kleid, einen Schal und ein Hütchen, das mit einer Schleife unter ihrem Kinn festgebunden war.

Angelica erzählte ihm, nach seiner Abreise habe sie das Kloster verlassen, doch Onkel und Tante, ihre einzigen Verwandten nach dem Tod der Eltern, drängten sie, wieder in den Orden zurückzukehren und Nonne zu werden.

»Sie wollen nicht für meinen Unterhalt sorgen, obwohl

sie Geld haben, und zwar jede Menge. Aber in das Kloster will ich nicht mehr zurück«, bekräftigte sie.

»Du kannst es doch anderswo versuchen.«

»Ich will keine Nonne mehr werden. Ich will bei dir bleiben.«

»Zum Donnerwetter, Angelica, ich habe nicht vor zu heiraten. Habe ich dir jemals gesagt, dass ich dich liebe?«

»Du wirst lernen, es zu sagen.«

»Du steigst jetzt sofort wieder auf den Wagen und fährst nach Bologna zurück.«

»Ich werde nicht aufgeben, Achille. Nächste Woche komme ich wieder, und zwar jede Woche, bis ich dich endlich überzeugt habe.«

Achille war verwirrt. Angelicas Entschlossenheit brachte die Ordnung, die er endlich in dem Haus bei den Maulbeerbäumen wiederfand, ins Wanken. Er wusste nicht, wie er auf solches Ungestüm reagieren sollte, auch wenn es genau diese entschiedene Art gewesen war, die er an Anita Garibaldi so geschätzt hatte. Doch Anita war ein unerreichbarer Traum, während Angelica in Fleisch und Blut vor ihm stand, und das stürzte ihn in Verwirrung.

»Du bist verrückt!«, schrie er sie voller Verzweiflung an.

»Verrückt oder nicht verrückt, ich hab dich gern und werde solange hierher zurückkehren, bis du mich auch willst.«

Achille hielt das für einen Scherz, doch das Mädchen hielt Wort. Von jenem Tag an tauchte Angelica jeden Donnerstagmorgen auf Alfonsos Hof auf.

Zu Beginn machte sich Achille nicht einmal die Mühe hinunterzugehen. Kaum hörte er das Klirren des Einspänners, verschloss er die Tür mit einem Fußtritt und ließ sich so lange nicht blicken, bis Angelica wieder weggefahren war. Doch dann wurde ihm die Anwesenheit des Mädchens allmählich zu einer Gewohnheit, mit der er zu leben lernte. Schließlich setzten sie sich gemeinsam mit der Familie an den Tisch und aßen – schweigend, auch wenn sie vergeblich versuchte, mit ihm ein Gespräch anzufangen. Nach dem Mittagessen kam Angelica zu ihm auf den Dachboden, setzte sich an den Ofen und schaute ihm dabei zu, wie er sich um die Raupen kümmerte. Gegen Abend kehrte sie dann nach Bologna zurück, nicht ohne ihm jedes Mal noch einen Brief zu überreichen, den Achille dann nach Tagen wider Willen öffnete, und auch das nicht immer. Es waren allesamt Liebesbriefe.

Alfonso und Ada tat jenes so zarte, aber auch entschlossene Mädchen leid. »Aber wissen denn dein Onkel und die Tante, wo du jeden Donnerstag hingehst?«, fragten sie sie eines Tages.

»Natürlich nicht. Ihnen sage ich, dass ich ein Krankenhaus in der Nähe besuche, um zu helfen und herauszufinden, ob meine Berufung zurückkehrt. Sie hoffen ja, dass ich früher oder später zurück ins Kloster gehe.«

»Uns tut es leid, wegen Achille«, sagten sie ihr, peinlich berührt, wenn er manchmal an ihr vorbeiging und sie nicht einmal eines Blickes würdigte.

»Das ist nicht wichtig. Wenn ihr nichts dagegen habt, komme ich am Donnerstag wieder. Gewiss ändert er eines Tages seine Meinung.«

~

Die wöchentlichen Besuche Angelicas dauerten über ein Jahr an. Jeden Donnerstag fuhr sie in ihrer kleinen Kutsche auf den Hof, das Pferd in einem leichten Trab. Mittlerweile verhielt sie sich, als würde sie zur Familie gehören. Sie half Ada beim Tischdecken und bestand nach dem Mittagessen darauf, das Geschirr zu spülen, oder sie bot sich an, auf die Kinder aufzupassen. Selbst Achille gewöhnte sich mit der Zeit an ihre Anwesenheit, als hätte ihn die Tatsache, dass sie sich regelmäßig bei ihnen aufhielt, den Grund für ihre Besuche vergessen lassen. Nach wie vor bekam er von Angelica Liebesbriefe, und auch wenn er selbst jedes Mal schwor, sie zu verbrennen – am Ende las er sie alle.

Und so kam der Dezember des Jahres 1850. Es war der letzte Donnerstag vor Weihnachten, und draußen schneite es. Um die Raupen warm zu halten, hatte Achille den großen Ofen geschürt. Gerade legte er Holz nach, als er das Klirren des Einspänners hörte, das wie jede Woche Angelicas Besuch ankündigte. Kurz darauf hörte er, wie das Mädchen lautstark »Frohe Weihnachten« wünschte.

»Frohe Weihnachten auch dir, meine Liebe«, sagte Ada zu ihr.

»Und Achille?«

»Der ist oben bei den Raupen.«

»Dann gehe ich hoch.«

»Lass gut sein. Der Esel hat es nicht verdient«, brummte Alfonso.

Angelica stieg rasch die Treppe zum Dachboden hoch. »Hallo, Achille!«

Ohne einen Gruß fuhr er mit seiner Arbeit fort.

Angelica ließ sich nicht entmutigen und reichte ihm einen

Brief. »Frohe Weihnachten! Öffne ihn erst am 25. Ich bin auch deshalb hergekommen, um dir zu sagen, dass das mein letzter Besuch ist. Ich werde dich nicht mehr belästigen.« Dann ging sie so schnell, wie sie gekommen war, hinaus und stieg die Holztreppe hinab.

~

Die Festtage kamen und gingen, und auch der Januar verstrich, ohne dass Angelica zurückgekehrt wäre. Zu Beginn empfand Achille es als Erleichterung. Doch donnerstagmorgens konnte er nicht umhin, immer wieder zum Fensterchen des Dachbodens zu gehen und hinauszuspähen. Er wartete auf das Klirren des Einspänners, aber die Tenne blieb leer, und je länger sie leer blieb, desto größer wurde seine Sehnsucht nach Angelica. Sein Bedürfnis nach Regelmäßigkeit hatte in ihm die Oberhand gewonnen, und zu seiner Überraschung entdeckte Achille, dass ihm jene dickköpfige und entschlossene junge Frau zu fehlen begann. Auf einmal kam ihm der Umschlag in den Sinn, den sie ihm als letztes Geschenk überreicht hatte. Er hatte ihn vollkommen vergessen. Er lief zu seinem Zimmer und öffnete ihn. Darin befand sich nur ein Zettel mit zwei Gleichungen.

$$x1(t) = -a1 \times 1(t) + R1 \times 2(t) + I1(A2)$$
$$x2(t) = -a2 \times 2(t) + R2 \times 1(t) + I2(A1)$$

Achille verbrachte viele Stunden mit Rechnen und nochmals Rechnen, ohne die Gleichung jedoch lösen zu können. Stundenlang brütete er über den Zahlen, wie zerfressen von seinem Verlangen nach Ordnung und dem Bedürfnis danach, auf jede Frage eine genaue Antwort zu finden. Doch Angelica kannte sich in der Mathematik viel besser aus als er, und jene vermaledeiten Gleichungen wollten einfach nicht aufgehen.

Nach zwei Wochen quälender Neugier ging Achille in die Küche. »Ada, wisst Ihr zufällig, wo sie wohnt?«, fragte er mit betonter Beiläufigkeit.

»Wer?«, fragte sie spitz.

»Na, Ihr wisst schon. Angelica.«

»Nein, ich weiß nichts. Nach dem, wie du sie behandelt hast, habe ich nicht daran gedacht, sie zu fragen.«

Achille lief zu Alfonso in der Hoffnung, wenigstens er könne ihm helfen.

»*L'èsen al cgnóss al benefézzi dla cô sol quand an l'ha più.* Der Esel weiß erst, wozu ein Schweif gut ist, wenn er keinen mehr hat«, erwiderte Alfonso und fügte dann hinzu: »Komm.«

Der Mann kramte eine Weile in einer Schublade und förderte schließlich einen Umschlag zutage. Darauf stand in der präzisen und eleganten Handschrift Angelicas: *»Für Achille. Für dann, wenn er es nötig hat.«*

Der junge Mann öffnete staunend den Brief und fühlte sich wie die Maus, die der Käsespur folgt, obwohl sie weiß, dass an ihrem Ende die Katze lauert.

Lieber Achille,

wenn du diesen Brief öffnest, wird das bedeuten, dass du die Rechenaufgabe, die ich dir gegeben habe, bevor ich mich aus deinem Leben verabschiedete, nicht lösen konntest. Doch wenn du diesen Brief öffnest, bedeutet das auch, du hast begriffen, dass die Lösung dieser Aufgabe ebenso wichtig ist, wie den Weg zu finden, der dich zurück zu mir führt. Schreib mir an unten stehende Adresse, und ich werde zurückkehren und dir erklären, was es mit der Gleichung auf sich hat.

DEINE ANGELICA

Achille schickte ihr auf der Stelle ein Telegramm, und am darauffolgenden Donnerstag kehrte Angelica, begleitet vom Klirren ihres Einspänners, in sein Leben zurück.

Kaum hatte er sie in ihrem blauen Mäntelchen mit Goldknöpfen und einem mit weißem Fell besetzten Hut auf der Tenne erblickt, verspürte Achille eine seltsame Fröhlichkeit in seiner Brust.

Dann stand sie vor ihm. Der junge Mann atmete ihren Duft von Orangen und Seife ein und war auf einmal sehr glücklich. Angelica sagte: »Na los, machen wir uns an die Arbeit.« Und er stieg mit ihr auf den Dachboden.

Sie setzten sich nebeneinander an den Tisch.

»Die beiden Verliebten, das sind I1 und I2, und die Menge Liebe, die einer für den anderen empfindet, wird dargestellt durch x1 und x2«, erklärte Angelica. »Das Modell der Theorie wird also dargestellt durch folgende Berechnung …« Und sie begann, ihm die Gleichung zu erklären, und kam schließlich zur Lösung, nach der Liebe aus einer Reihe von Regeln und präzisen Formeln entstehe, die man weder ignorieren noch umgehen könne, denn Folgendes sei wissenschaftlich belegt: »Wenn zwei mikroskopisch kleine Teilchen in einem bestimmten Zeitraum und unter bestimmten Voraussetzungen miteinander agieren und dann getrennt werden, dann kann man sie nicht mehr als zwei sich voneinander unterscheidende Teilchen beschreiben, denn sie teilen in gewisser Weise bestimmte Eigenschaften. Das ist auch bei Menschen so, die sich ineinander verlieben: Auch wenn das Leben sie voneinander entfernt, werden sie immer etwas vom anderen behalten.«

Die beiden Gleichungen würde er zwar nie zur Gänze begreifen, doch während er an jenem Tag neben ihr saß und sie sich gemeinsam auf den lichtdurchfluteten Pfaden der Mathematik vorwärtsbewegten, war Achille auf einmal von der Gewissheit erfüllt, dass Angelica der Mensch war, mit dem er sein Leben teilen wollte.

Sie heirateten still und leise, nur im Beisein von Achilles Eltern, Onkel und Tante der Braut sowieso des Priesters. Alfonso und Ada waren Trauzeugen und hielten auch die drei Kinder, die dem Paar in den darauffolgenden Jahren geboren wurden, übers Taufbecken: den Erstgeborenen Ugo, der den Namen des heldenhaften Priesters erhielt; Anita, zu Ehren von Garibaldis Gemahlin, sowie den kleinen Menotti, das Nesthäkchen, das nach dem aus der Emilia stammenden Helden des Risorgimento benannt wurde.

~ 1861 ~

Nach der Beendigung des Unabhängigkeitskrieges und der Gründung des Königreichs Italien kehrte Achille Casadio nach Stellata zurück. In dem Haus an der Fossa würden noch zwei weitere Kinder des Paares zur Welt kommen: Beppe, der nach General Garibaldi benannt wurde, und Edvige Rosa, deren erster Name auf die Großmutter mütterlicherseits zurückging, während der zweite eine Hommage an Garibaldis Mutter war.

In den Jahren, die sie miteinander verbrachten, widmeten sich Achille und Angelica mit Begeisterung dem Studium der Physik und Mathematik. Außerdem beschloss die junge Frau, sich zur Geburtshelferin ausbilden zu lassen. Um der geringen Anzahl von Hebammen entgegenzuwirken, waren an den Krankenhäusern entsprechende Kurse eingerichtet worden. Obwohl sie erst vor Kurzem geheiratet hatte, hatte sich Angelica voller Elan sogleich eingeschrieben und, Adas Naserümpfen zum Trotz, weil sie damals bereits mit ihrem ersten Kind schwanger war, schon bald ihr Diplom erlangt.

Außer seiner Arbeit auf dem Feld versuchte sich Achille auch als Erfinder. Immer auf der Suche nach neuen Wundertaten des technischen und gesellschaftlichen Fortschritts, gehörte er in Stellata zu den Ersten, die eine automatische Mähmaschine erstanden, ein Gerät, das den Neid des gesamten Dorfes auf sich zog. Einmal schenkte er Angelica zum Geburtstag eine kleine Holzkiste mit einem Objektiv aus Glas und Messing: Damit konnte man Daguerreotypien herstellen – eine französische Neuheit, durch die man das Konterfei von Menschen mit der Genauigkeit eines Spiegels auf einer Kupferplatte festhalten konnte.

Oft jedoch hatte Achille die Neigung, sich auf Studien zu konzentrieren, die rein gar keinen praktischen Nutzen hatten, wie zum Bespiel die Berechnung des Gewichts von Luft oder einem Atemzug; oder er widmete sich Experimenten, die mit der Umwandlung von Metallen zu tun hatten, was Angelica mehr an die alte Kunst der Alchemie erinnerte als an moderne Wissenschaft. Immerhin gelang es Achille, einige kleinere Erfindungen anzumelden, darunter eine Maschine zur Herstellung von gefüllten Nudeln oder ein Gerät zur Unterhaltung von Kindern; bei Letzterem handelte es sich um eine Art Geschirr, das an langen elastischen Gurten hing und in den Ästen von Ulmen oder Pappeln aufgehängt werden konnte. Seine Kinder verbrachten ganze Tage damit, an diesen Apparaten zu hängen und unter glücklichem Gejauchze auf- und abzuschwingen, während ihre Eltern arbeiteten oder auf den verschlungenen Wegen der Wissenschaft unterwegs waren. Außerdem gab es da noch eine Art Anzug aus Kork, der einem Nichtschwimmer dabei helfen sollte, sich über Wasser zu halten, oder gewisse furchterregende mechanische Puppen, die mit den Augen rollten und schrille Schreie ausstießen, was vor allem kleine Mädchen in Angst und Schrecken versetzte. Besessen von der Tatsache, dass er als junger Mann einmal in Gefahr gewesen war, lebendig begraben zu werden, wurde Achille im Jahre 1877 beim Patentamt, dem Ufficio Brevetti, vorstellig und präsentierte eine Bahre, ausgestattet mit einer Art Wetterfahne auf einem Zifferblatt an der Außenseite des Sarges, genannt »Lebenszeichen«, die man aus dessen Innerem mittels einer Reihe von Kurbeln in Bewegung setzen konnte, um sich bemerkbar zu machen. Das Patent blieb ihm jedoch verwehrt; tatsächlich war eine solche Maschinerie seit geraumer Zeit in England in Gebrauch und hatte bereits einem Menschen das Leben gerettet.

~

Das Leben von Achille und Angelica war lang und glücklich. Sie sahen ihre Kinder heranwachsen und erlebten, wie die älteren Mitglieder der Familie das Zeitliche segneten. Nur der erstgeborene Ugo und Edvige, das jüngste Mädchen, bereiteten dem Paar Probleme.

Ugo, Achilles Liebling und bei Weitem das intelligenteste seiner Kinder, widersetzte sich den Wünschen der Familie, indem er zuerst dem Jesuitenorden beitrat und Priester wurde und dann als Missionar nach Brasilien ging, eine Wahl, die ihm sein Vater niemals verzieh. Jahrelang hatten alle Hoffnungen der Familie auf ihm gelegen. Ugo war ein so ausgezeichneter Schüler, dass seine Eltern beschlossen, ihn auf die Universität zu schicken. Achille und Angelica hatten Ländereien verkauft und den gesamten ersparten Erlös aus den Patenten dazu verwendet, ihrem Erstgeborenen ein Studium zu ermöglichen. Ugo war ihr ganzer Stolz: Aus einer einfachen Bauernfamilie stammend, würde er einmal Doktor werden, der allererste Casadio, der es so weit brachte. Nach ihrem Wunsch sollte er Arzt werden und mit seinen Forschungen zum wissenschaftlichen Fortschritt beitragen, doch nur ein Jahr vor dem Doktorabschluss hatte er das Studium abgebrochen, um Novize zu werden. Achille hatte sich nicht einmal von ihm verabschiedet, als er nach Brasilien aufbrach, und niemals auf seine zahlreichen Briefe geantwortet. Angelica war hingegen der Meinung, dies sei der gerechte Preis, den sie Gott dafür zahlen musste, dass sie als junge Frau eine Kehrtwendung vollzogen und für die Liebe auf ein Leben als Nonne verzichtet hatte.

Während ihr Mann schon immer eine Schwäche für seinen Erstgeborenen gehabt hatte, hatte sich Angelica vom ersten Moment an in Edvige verliebt, das Mädchen, das sie erst spät, mit zweiundvierzig Jahren, zur Welt brachte. Schon auf den ersten Blick erkannte Angelica, dass ihr das Mädchen mit dem kupferroten Haar wie aus dem Gesicht geschnitten war, und als Edvige heranwuchs, bemerkte sie, dass sie auch ihre Intelligenz und das romantische Wesen geerbt hatte.

Edvige war die schönste ihrer Töchter, ein Mädchen von sprühender Intelligenz und großer Besonnenheit. Kaum hatte sie mit dem Buchstabieren begonnen, erhielt sie nur die allerbesten Noten, vor allem in Lektüre und Grammatik. Das Mädchen ging leidenschaftlich gern zur Schule. Ach, wie sehr liebte Edvige ihre Fibel und die Lesebücher, auch an die Hefte mit ihren schwarzen Einbänden und die bunte Kreide hatte sie ihr Herz verloren, und dann waren da noch die Landkarten mit ihren Zeichnungen von Flüssen und

Meeren, von Vulkanen und Bergen … Ihre aufregendste Entdeckung war jedoch die, dass man jeden Laut mit einem Zeichen erzeugen konnte. Ihr schien es unmöglich, dass man alle Dinge auf der Welt mit einem Namen versehen und zu Papier bringen konnte, und zwar wirklich alle. Sie erfuhr sogar, dass jedes dieser Wörter in einem der beiden in Leder gebundenen Wälzer zu finden war, die die Lehrerin auf ihrem Schreibtisch stehen hatte. Darauf stand: *Italienischer Wortschatz*. Signora Gina erklärte Edvige, wie man diese Bücher benutzte, und sie wurden prompt zu ihrem allerliebsten Spielplatz. Jedes Nomen, das ihr in den Sinn kam, stand in einem dieser Bücher, und zwar, einer genauen und festgelegten Ordnung folgend, am richtigen Platz, und es bereitete Edvige große Freude, darin zu stöbern.

Als sie zehn war, nahm Achille Edvige von der Schule. Er hatte Ugo, seinen Ältesten, auf die Universität geschickt, doch all die Opfer, die er dafür gebracht hatte, hatte dieser verlorene Sohn ihm damit vergolten, dass er Priester wurde. Diesen Fehler würde er nicht noch einmal machen, erst recht nicht mit einem Mädchen. Monatelang kämpfte Angelica – und zwar mit der gleichen Hartnäckigkeit und Sturheit, die sie vor vielen Jahren an den Tag gelegt hatte, um ihren Mann für sich zu gewinnen – gegen diese Ungerechtigkeit an, doch diesmal sollte ihr Ansinnen nicht gelingen.

»In Naturwissenschaften und Mathematik kannst du sie unterrichten. Alles andere ist Zeitverschwendung«, schloss ihr Mann und war nicht zu erweichen.

Doch es war zu spät: Edvige war längst der Literatur verfallen und ihre Liebe zu Büchern so groß, dass sie ihr ganzes Leben erfüllte. Sie begann, ihre alte Lehrerin zu bitten, ihr

Romane zu leihen, und Signora Gina erfüllte ihr den Wunsch nur allzu gerne. Jeden Monat fuhr die Lehrerin nach Ferrara in die Ariost'sche Bibliothek und kehrte mit einer Tasche voller Bücher nach Stellata zurück. Zuerst lernte Edvige die russischen Schriftsteller kennen. Sie las *Krieg und Frieden, Anna Karenina, Die Brüder Karamasow.* Dann ging sie zu den Franzosen über – Hugo, Balzac, Dumas –, und es folgte eine Entdeckung, die Edvige traf wie ein Blitz: *Madame Bovary.*

> *Im tiefsten Grunde ihrer Seele wartete sie auf das große Erlebnis. Wie schiffbrüchige Seeleute suchte sie mit verzweifelten Augen die Öde ihres Lebens ab und hielt Ausschau, ob nicht in weiter Ferne ein weißes Segel am dunstigen Horizont auftauche.*

Dieser Flaubert schien sie zu kennen, ja, er sprach von ihr! Edvige konnte nicht mehr aufhören zu lesen. Sie tat es heimlich, bei Kerzenlicht, bis spät in die Nacht.

Im Laufe der Jahre war Achilles jüngste Tochter zu einer jungen Frau herangewachsen, die fast zu schön war. Sie hatte helle Augen, ein ovales Gesicht, einen intensiven Blick und einen üppigen Schopf kupferroten Haares, genau wie ihre Mutter. Doch es war weder ihr Äußeres, das den Eltern Sorge bereitete, noch das Heer von jungen Männern, von denen Edvige stets umgeben war, sondern ihr übermäßig romantisches Gemüt. Sowohl Achille als auch Dollaro hatten sofort bemerkt, dass das Mädchen eine ausgeprägte Neigung zum Fantasieren hatte. Zwar litt Edvige weder an Schwermut, noch dachte sie daran, ihrem Leben ein Ende zu setzen wie Giacomo; dennoch war unverkennbar, dass auch sie eine unheilbare Träumerin war. Edvige wollte keine Archen bauen, doch sie hatte eine lebhafte Vorstellungskraft und neigte vor allem in Liebesdingen zu Hirngespinsten, was sie, wie alle fürchteten, früher oder später in den Ruin treiben würde.

Dollaro, der mittlerweile am Ende seines Lebens stand, hatte sie eines Tages beiseitegenommen und ihr haarklein erzählt, was Viollca vor vielen Jahren aus den Tarotkarten gelesen hatte. Damals war Edvige noch ein blutjunges Mädchen, und die Worte des Großvaters beeindruckten sie sehr.

»Wie könnt Ihr denn wissen, dass das alles wahr ist?«

»Am Anfang habe ich auch nicht daran geglaubt, aber dann ging ich eines Nachts auf Froschjagd, bin fast ertrunken und hatte eine Vision. Damals habe ich begriffen, dass meine Mutter sich nicht getäuscht hatte. Ihre Weissagung lastet auf allen Casadios.«

Auch Achille war besorgt. »Wenn die sich einmal verliebt, ist sie zu allem fähig«, warnte er.

Seine Worte erwiesen sich als prophetisch. Im Alter von einundzwanzig Jahren verliebte sich Edvige, und zwar genau wie ihre große literarische Heldin – in den falschen Mann, haltlos und hoffnungslos.

Der Mann, der ihr Leben veränderte, hieß Umberto Cavalli. Er war von der Küste nach Stellata gekommen, um Marta Casadio, eine von Edviges Kusinen, zu ehelichen. Er hatte grüne Augen und ein liebenswertes Wesen, das alle für ihn einnahm. Marta jedoch gehörte zu der Hälfte der Familie, in deren Adern das Blut des fahrenden Volkes floss. Sie hatte braune Haut, einen schmachtenden Blick, eine leichte Adlernase und eine Mähne aus rabenschwarzem

Haar, zu einem langen Zopf geflochten, der ihr bis zu den Hüften reichte. Die junge Frau verlor auf der Stelle ihr Herz an den jungen Mann, doch als Umberto um ihre Hand bat, beschloss sie, sich Zeit zu lassen. »Morgen gebe ich dir eine Antwort«, sagte sie zu ihm.

Die ganze Nacht wälzte Marta sich im Bett herum, erfasst von einer bösen Vorahnung. Die Familie hatte ihr seltsame Ideen über die Gefahren einer falschen Ehe in den Kopf gesetzt, indem sie ihr von einer unheilvollen Prophezeiung erzählt hatten. Als der Morgen kam und sie am Spiegel vorbeiging, glaubte sie darin das Abbild einer Frau mit bunten Federn im Haar zu sehen, doch als sie die Läden aufklappte und Licht hereinließ, sah sie im Spiegel einzig und allein ihr eigenes Antlitz.

In jenem Moment erhob sich unter großem Gezeter aus den Wipfeln der Ulme vor dem Haus ein Schwarm Vögel und stieg gen Himmel. *Die Vögel verheißen nichts Gutes*, ging es Marta durch den Kopf. Doch die Luft war frisch, und die Sonne schien. Die junge Frau beschloss, ein so schöner Tag könne ihr doch nichts anderes bringen als Glück. Sie vergaß die Vögel, schob auch den Gedanken an jenes Abbild im Spiegel beiseite, dachte nicht mehr an die böse Vorahnung, die ihr den Schlaf geraubt hatte, und trat am Ende tatsächlich mit jenem schönen jungen Mann mit den grünen Augen und dem einnehmenden Lächeln vor den Traualtar.

Am Morgen der Hochzeit ihrer Kusine, auf dem kleinen Platz vor der Kirche, erblickte Edvige Casadio Umberto Cavalli zum ersten Mal. Ihr war nicht einmal bewusst, dass es sich um den Bräutigam handelte, und als sie ihren Fehler begriff, war es bereits zu spät.

Hinterher hieß es, sie sei es gewesen, die den jungen Mann in den Ruin trieb, indem sie ihn während der gesamten Hochzeit schamlos anstarrte. Als Edviges Blick dem seinen begegnete, lief es ihm eiskalt über den Rücken. Danach jedoch konnte er die Augen nicht mehr von ihr abwenden. Das ging sogar so weit, dass er sich mehrfach und sogar vorne am Traualtar umdrehte, um in der Menge der Verwandten nach ihr zu suchen.

Edvige und Umberto gingen sich monatelang aus dem Weg und bemühten sich, der Anziehungskraft zu widerstehen, die sie auf der Stelle füreinander verspürt hatten. Doch es nützte nichts, und am Ende gaben sie sich einer Leidenschaft hin, die unweigerlich zwei Familien in den Ruin treiben würde.

Jahrelang musste sich Edvige Vorhaltungen von ihren Verwandten anhören. »Du bist der Schandfleck der Familie«, schimpften sie. »Musst du dich denn ausgerechnet mit einem verheirateten Mann einlassen, und dem Mann deiner Kusine noch dazu!«

Es gab Abende, an denen Angelica ihre Tochter einschließen musste, um sie daran zu hindern, sich mit ihrem Geliebten zu treffen. Angelica war durchaus eine Frau mit modernen Ansichten und liebte diese Tochter von ganzem Herzen, doch das ging zu weit. Hier wurde gerade eine Ehe zerstört, und die Ehe war ein unantastbares Sakrament.

Dort aus ihrem Gefängnis schrie Edvige: »Macht die Tür auf, sonst bringe ich mich um! Ich schwöre Euch, wenn Ihr nicht sogleich aufmacht, schneide ich mir die Pulsadern auf!«

Zwar tat sie das nicht, doch schaffte es Edvige in den

Nächten, in denen sie eingesperrt war, immerhin, zwei Vorhängeschlösser mit einem Stoß ihrer Schultern zu zertrümmern, die Vorhänge herunterzureißen und mehrere Wertgegenstände an die Wand zu werfen und zerschellen zu lassen.

Ihre Eltern waren fassungslos.

»Aber von wem hat sie das nur?«, fragte sich Angelica.

»Daran sind nur diese verdammten Bücher schuld«, schimpfte Achille. Doch er erkannte in seiner Tochter auch das Ungestüm wieder, das ihn selbst während seiner Zeit als Garibaldis Kämpfer befallen hatte.

Eines Abends, als man sie wieder einmal in ihrem Zimmer eingesperrt hatte, öffnete Edvige die Fenster und fing an zu brüllen. »Helft mir, bitte helft mir und ruft die Gendarmen! Die haben mich hier eingeschlossen wie ein Tier!«

Gendarmen ließen sich keine blicken, doch die Familie traf vor dem Haus ein Grüppchen Dörfler an, die mit offen stehendem Mund zum Fenster hochschauten und sich genüsslich das Spektakel zu Gemüte führte, das die Ruchlose dort oben zum Besten gab.

An jenem Punkt beschlossen die Eltern, Edvige aus Stellata wegzubringen. Sie sollte bei den Kindern von Alfonso und Ada unterkommen, die immer noch im Hügelland vor Bologna lebten, denn sie hofften, eine räumliche Trennung könne sie von ihrer ungesunden Leidenschaft kurieren. Man würde sie mehrere Monate dort lassen, wenn nötig, sogar Jahre.

»Nur über meine Leiche!«, schrie die junge Frau, als man ihr diese Entscheidung mitteilte.

»Entweder du packst jetzt deine Koffer und gehst friedlich zu deinen Verwandten, oder wir verkaufen das Haus und emigrieren alle. Nach Amerika oder nach Argentinien. Oder sogar nach Afrika zu den Beduinen – Hauptsache, weit weg von diesem Mistkerl«, antwortete Achille ungerührt.

Edvige begriff, dass sie keine Wahl hatte, und nur eine Woche später verließ sie das Dorf, schluchzend vor Wut und vor Liebe.

Monatelang ließ die Tochter die Briefe ihrer Eltern unbeantwortet und verschloss sich in mürrischem Schweigen. Auf diese Weise verging ein weiteres Jahr. Dann, von einem Tag auf den anderen, begann sie, ihren Eltern Briefe voller Zuneigung zu schicken. Sie erzählte, bei einer Schneiderin Arbeit gefunden zu haben, dass ihre Familie ihr sehr fehle und sie innerlich ein wenig Frieden gefunden habe.

»Klingt ehrlich«, wagte sich Angelica vor.

»Nein, zu ruhig. Ich traue ihr nicht«, entgegnete Achille und zwirbelte mit der verbliebenen Hand an seinem Schnurrbart herum.

Sie hatten ihre Zweifel. Doch am Ende schickte Edvige einen Brief, in dem sie voller Demut für ihre Verfehlungen um Verzeihung bat und den Vater anflehte, bei Marta ein gutes Wort für sie einzulegen, damit sie ihr verzieh. An diesem Punkt stellte Achille alle Bedenken hintan und erklärte sich bereit, die verlorene Tochter wieder in den Schoß der Familie zurückkehren zu lassen.

Nach sechzehn langen Monaten der Abwesenheit packte Edvige erneut die Koffer, nahm die Postkutsche, dann den Zug, dann einen weiteren Zug und kehrte nach Stellata zurück. Nicht einmal vierundzwanzig Stunden später hatte sie ihre Beziehung zu Umberto wiederaufgenommen, noch frevelhafter als je zuvor.

Die junge Frau ertrug die Bestrafung durch den Vater, die Drohungen ihres Beichtvaters, die Szenen Martas und die Gewissensbisse, die die selbst plagten. Und während ihre Kusine ein Kind nach dem anderen zur Welt brachte, opferte Edvige jegliche Hoffnung auf eine Ehe und Nachkommenschaft ihrer Liebe zu Umberto. Ihre Beziehung dauerte Jahre an, bis selbst die Klatschweiber und die Priester ihrer müde wurden. Irgendwann verwandelte sie sich, vielleicht aus reiner Langeweile, in eine Tatsache, die von allen, einschließlich der betrogenen Ehefrau, hingenommen wurde.

~

An einem Nachmittag im Juli war Umberto nach dem Mittagessen unter dem Vorwand, mit seinen beiden Kindern einen Spaziergang zu machen, aus dem Haus gegangen. Er hatte sie an einer seichten Stelle des Flusses zum Spielen zurückgelassen, um zu seiner Geliebten zu eilen, die ihn im Pappelwald erwartete. Zuvor hatte er die Kinder ermahnt, nicht ins Wasser zu gehen.

»Gebadet wird erst, wenn ich wieder zurück bin. Habt ihr mich verstanden?«

Doch an jenem Tag herrschte große Hitze, und so waren die beiden Turteltäubchen nach dem Liebesspiel, von der schwülen Wärme übermannt, Arm in Arm eingeschlafen. Die Hitze waberte wie ein Nebel über dem Fluss, die Schafe ruhten ermattet im Schatten der Bäume, das Zirpen der Grillen lag in der Luft. Dann wurde der Frieden des Nachmittags durch Martas Schreie durchbrochen. Umberto riss die Augen auf. »Die Kinder …« Mehr sagte er nicht. Hastig zog er sich an, so gut es ging, und lief Hals über Kopf zu der seichten Stelle am Fluss, wo er die Kinder zurückgelassen hatte. Mit offenem Hemd und barfuß rannte er durch den Wald, ohne auf Gestrüpp oder Dornen zu achten. Im tiefsten Inneren seines Herzens wusste er bereits, dass sein Leben verwirkt war.

Die beiden Brüderchen hatten lange auf die Rückkehr ihres Vaters gewartet. Der Kleinere wollte unbedingt baden, der Größere nicht, doch es war so heiß, dass am Ende die Lockung des Flusses zu groß wurde. Sie rissen sich die Kleider vom Leib und liefen ins Wasser. Sie lachten, planschten, tauchten mit dem Kopf unter, machten den Mund voller Wasser, spuckten es in hohem Bogen wieder aus. Auf einmal wurde der Kleinere von einem tückischen Strudel erfasst und unter Wasser gezogen. Seinem achtjährigen Bruder gelang es noch, ihn an den Haaren zu packen. Eine Weile konnte er der Strömung widerstehen, doch dann war auch er von den Wassermassen mitgerissen worden.

Gegen vier Uhr nachmittags war Marta, der die Abwesenheit ihres Mannes und der Kinder auf einmal verdächtig vorkam, losgegangen, um nach ihnen zu suchen. Gerade schlug sie den Weg auf dem Damm ein, als sie einen Mann bemerkte, der ihr entgegenkam. Als er sich näherte, spürte sie, wie die Beine unter ihr nachgaben und kalter Schweiß auf ihrer Stirn perlte: Am Hals des Mannes hingen zwei tote Schlangen mit weißem Bauch und abgeschlagenem Kopf.

»Wo habt Ihr die gefunden?«, fragte Marta.

»Dahinten, direkt hinter Eurem Gemüsegarten. Sie waren ineinander verschlungen.«

Da begann Marta außer Atem, in Richtung Fluss zu laufen. Als sie die seichte Stelle erreichte, fand sie dort die Sandalen und Unterhemden ihrer Kinder, auch das Strohhütchen des Kleineren. Sie rief und rief nach den Kindern, schrie ihre Namen, doch sie wusste bereits, was geschehen war.

Drei Tage später wurden die Leichen der Kinder gefunden. Sie trieben fast zehn Kilometer vom Dorf entfernt im Fluss, aufgedunsen und bläulich, wie es manche Tropenfische sind.

Marta verlor den Verstand. Sie verweigerte das Essen und rief jede Nacht schluchzend nach ihren toten Kindern. Eines Abends im Oktober sahen zwei Fischer, wie sie den Damm hinabstieg. Langsam schritt sie den Wall hinunter, die schwarzen Augen auf die Fluten des Flusses Po gerichtet. Sie trug ein Nachthemd, das ihr bis zu den Füßen reichte, ihr langer, dicker Zopf hatte sich gelöst, und ein schwarzer Wust von Haaren fiel ihr bis über die Hüften. Die beiden Männer riefen nach ihr, doch sie ging weiter in Richtung Fluss, ohne sich umzudrehen. Dann stieg sie ins Wasser und wurde auf der Stelle von der Strömung mitgerissen.

Als die Fischer sie an Land zogen, hatte sie das Bewusstsein verloren und die Lungen voller Wasser. Sie legten sie auf dem schlammigen Ufer ab. Ihr langes Haar trieb mit den Spitzen noch immer im Fluss und bildete einen riesigen schwarzen Strahlenkranz um ihr Gesicht, wie das große Rad eines Pfaus. Die Männer ließen sie vor Angst nicht aus den Augen, während sie die Hände auf ihren Brustkorb drückten, auf und ab, auf und ab, bis endlich ein Schwall Wasser aus Martas Mund quoll und sie langsam zu sich kam.

Als sie wieder bei Bewusstsein war, schaute Marta die

Fischer an, als würde sie träumen. Dann sagte sie: »Seid verflucht bei Gott, alle beide.« Sie schloss die Augen, und ihr Mund verzog sich zu der Grimasse, die sie bis zu ihrem letzten Atemzug auf dem Gesicht tragen würde.

Die Frau richtete nie wieder das Wort an jemanden. Sie flüchtete sich in ihre eigene Welt aus Hass und Wut. Wenn sie etwas ausdrücken wollte, so tat sie es nur mit einem Nicken oder Kopfschütteln, doch des Nachts hörte man sie immer noch nach ihren toten Kindern rufen. Nachdem dies alles geschehen war, zog die Familie mit den drei noch lebenden Kindern zu Verwandten in die Gegend von Novara, und man hörte nie wieder von ihnen.

~

Seit dem Tag der Tragödie versank Edvige in einem Schweigen, das ebenso tief war wie der Wahnsinn ihrer Kusine. Aus der Rebellin und Kämpferin von früher wurde ein scheues Wesen mit erloschenem Blick. Sie gab all ihre Kleider weg und trug fortan nur noch Schwarz.

Die Familie nahm jene Tragödie mit der Ergebenheit von Menschen hin, die wissen, dass man eine Schuld früher oder später zu begleichen hat. Was sich zugetragen hatte, war die Frucht ihres Andersseins, eines Menschenschlages, der zu Träumen neigte und das Unglück anzog wie ein Magnet. Es war die Vergangenheit, die sich wiederholte, das, was unweigerlich passieren musste, nachdem sich ihr bäuerliches Blut mit einem wilden und fremden Lebenssaft gemischt hatte. Als sie nach dem Begräbnis der beiden Kinder nach Hause kamen, waren ihre Herzen voll Schwere, doch in ihnen keimte auch die Hoffnung, dass wenigstens die Toten ihre Ruhe gefunden hatten. Im Grunde hatten sich Viollcas Befürchtungen bewahrheitet: Die unglückliche Ehe war ebenso Wirklichkeit geworden wie der schwarze Strudel des Wassers und die ertrunkenen Kinder. Dennoch hörte Viollcas Gespenst nicht auf, sie in ihren Träumen zu quälen, und schon bald begriffen die Casadios, dass die Prophezeiung der schönen Fremden aus dem Wohnwagen sie noch lange heimsuchen würde.

Mit der Zeit gewöhnte sich die Familie an Edviges Schweigen, ja, man begann, sie irgendwann fast zu vergessen. Als sie an Masern erkrankte und nicht in die Küche herunterkam, schien niemand es zu bemerken, nicht einmal ihre Mutter. Als sie noch klein war, hatte Angelica sie mit einer Innigkeit geliebt, die sie ihren anderen Kindern nicht entgegenbrachte, doch jene unziemliche Beziehung hatte ihr schwer zugesetzt, und am Ende hatte auch sie die Geduld verloren. Drei Tage lang blieb Edvige ohne Essen. Als das Fieber sank, schaffte sie es, sich aus dem Bett aufzurappeln und den Flur entlangzutaumeln, doch vor der Speisekammer fiel sie, überwältigt vom Geruch der Knoblauchwürste, die zu Dutzenden von den Deckenbalken hingen, in Ohnmacht.

Nach dem großen Unglück kam Edvige selbst zu der Überzeugung, dass die Liebesgeschichten ihr das Gehirn vernebelt hatten, und schwor sich, nie wieder in ihrem ganzen Leben einen Roman zu lesen. Da für sie eine Heirat unmöglich geworden war, kam ihr der Gedanke, auf andere Weise für ihren Unterhalt zu sorgen. Eine Sache, die sie während ihres Bologneser Exils gelernt hatte, war Nähen, und so stellte sie die alte Singer-Maschine der Familie unter das Küchenfenster und wurde für mehr als ein halbes Jahrhundert die Schneiderin, die allen Frauen von Stellata ihre Brautkleider nähte.

Anfangs sah man sie am Markttag noch im Dorf. Sie fuhr stehend auf ihrem Karren die Straße nach Bondeno entlang, wunderschön und furchterregend zugleich in ihrem schwarzen Gewand, die leuchtend blauen Augen auf den Horizont gerichtet und mit dieser außergewöhnlichen Flut kupferfarbenen Haares, das ihr bis über die Schultern fiel. In der einen Hand hielt sie die Zügel, in der anderen die Peitsche, mit der sie das Pferd antrieb. Ihr Blick war undurchdringlich, der Mund zu einer verächtlichen Grimasse verzogen. Doch mit den Jahren verließ Edvige immer seltener das Haus. Man sah sie nur noch beim Kirchgang oder an Sommerabenden, wenn sie auf dem Damm frische Luft schnappte. Im Alter gab sie dann auch den Besuch der Sonntagsmesse und die Spaziergänge am Fluss auf, und irgendwann geriet sie im Dorf endgültig in Vergessenheit.

Edvige Casadio hörte auf, von Träumen zu leben, und zehrte nur noch von Erinnerungen. Während ihres langen Lebens sah sie einen nach dem anderen dahinsterben, all die Menschen, mit denen sie aufgewachsen war. Ihre Urgroßmutter Viollca hatte bereits vor ihrer Geburt im Jahre 1862 das Zeitliche gesegnet, doch ihr Vater Achille und Großvater Dollaro sprachen so oft von ihr, dass Edvige mit den Jahren zu der Überzeugung gelangte, sie selbst noch gekannt zu haben. Als sie noch klein war, hatte ihr Vater ihr oft eine Daguerreotypie von ihrer Urgroßmutter gezeigt. Er erzählte, das Bild sei angefertigt worden, als Viollca bereits tot gewesen war, um sie für immer in Erinnerung zu behalten. Man hatte den Leichnam, so gut es eben ging, auf einen Stuhl mit Armlehnen drapiert. Dann hatten Dollaro und Domenica auf der einen Seite Aufstellung genommen und Angelica auf der anderen. Die Enkelkinder nahmen auf dem Boden vor der dunkelhäutigen Verstorbenen Platz.

»An jenem Tag sah meine Großmutter aus wie eine Königin auf ihrem Thron«, erzählte Achille stolz. »Sogar die Rüschen der Pumphose hatten wir zurechtgerückt. Siehst du? Ihr Haar war immer noch rabenschwarz, und die Fasanenfedern auf ihrem Kopf standen in alle Himmelsrichtungen, wie eine große Krone. Sie war ein herrlicher Anblick, herausgeputzt wie eine Madonna, mit ihren vielen Ketten und Ringen an jedem Finger.«

»Ihr Blick macht einem Angst«, bemerkte Edvige.

»Weil sie sehen konnte, was sich jenseits der Dinge befand, auch jenseits ihres eigenen Todes.«

An jenem Tag hatte man Ugo zum Fotografen auserkoren. Kaum hatte er die Kupferplatte belichtet, lief Angelica schon los, um sie zu entwickeln. Nach zwanzig Minuten kehrte sie, anscheinend zutiefst verwirrt, zurück. Stumm reichte sie ihrem Mann die belichtete Platte, und Achille erbleichte: Hinter Viollcas Stuhl war ein magerer und kantiger Mann zu erkennen. Er trug eine betrübte Miene zur Schau und hatte eine Schlinge um den Hals.

Nach Urgroßmutter Viollca war Dollaro an der Reihe. Als er starb, war Edvige siebzehn Jahre alt und konnte sich gut daran erinnern. Ihr Großvater hatte den finsteren Blick des fahrenden Volkes und bis ins hohe Alter tintenschwarzes Haar, das in allen Himmelsrichtungen vom Kopf abstand. Allerdings hieß es, mit der Zeit habe er immer mehr Züge seines Vaters Giacomo angenommen, der sich damals das Leben genommen hatte. Auch Dollaro war mit den Jahren schwermütig und schweigsam geworden und hatte sich wie sein Vater angewöhnt, lange Spaziergänge am Ufer des Flusses Po zu machen, wobei er manchmal eines seiner Enkelkinder mitnahm. Edvige hatte ihn oft begleitet. Als kleines Mädchen hatte sie nur mühsam mit ihm Schritt halten können, doch wenn sie nach einem Gewitter ausgingen, lief die Kleine dem Großvater voraus, um die über den Weg kriechenden Schnecken zu retten, denn Dollaro war so in Gedanken versunken, dass die schleimigen Tiere Gefahr liefen, unter seinen zerstreuten Schritten zerquetscht zu werden.

Dann nahm im stolzen Alter von einundneunzig Jahren auch Dollaro Casadio seinen Abschied von der Welt, seit vielen Jahren Witwer, doch umringt von seiner liebenden Familie. Während seiner allerletzten Tage waren seine Kinder und die älteren Enkel stets an seiner Seite, hielten an seinem Bett Wache und drückten ihm die Hand. Kurz bevor er seinen letzten Atemzug tat, riss er die Augen auf.

»Was habt Ihr denn, Großvater?«, fragte Edvige, die zu jener Stunde an seinem Bett wachte.

»*Che stran insoni* … Was für ein seltsamer Traum«, sagte er. Und fing an zu weinen.

»Was habt Ihr denn geträumt?«

»Da war unsere ganze Familie, alle Mitglieder, auch die, die noch nicht geboren sind …«

»Die noch nicht geboren sind?«

»*Sì, a io vist tuti, a io vist bén.* Alle und alles habe ich gesehen. Auch eure Kinder und eure Kindeskinder …«, antwortete Dollaro, der nur mit Mühe seine Stimme fand.

»Nonno, aber warum weint Ihr?«

»Zu viele von ihnen waren nicht glücklich, alle waren sie hinter einem unmöglichen Traum her und hatten sich verloren … und dann … bei Gott, was ich gesehen habe, war so schrecklich …«

»Das war nur das Fieber, denkt nicht mehr dran.«

»Nein, du verstehst nicht! Meine Mutter hatte es nicht geschafft zu begreifen, was geschehen würde, sie konnte es nicht gut erkennen. Ich hingegen … ich weiß jetzt, was geschehen wird. Edvige, hör mir zu, es ist wichtig, dass …«

Mitten im Satz tat er seinen letzten Atemzug. Er starb weinend, und dem Mädchen schien es, als weinte er noch im Tode, lange nachdem er das Zeitliche gesegnet hatte.

Sie begruben ihn in der Familiengruft. Man schob die Marmorplatte beiseite, um den Sarg in der mittleren Grabkammer zu bestatten, in der auch seine Eltern lagen, und erst in diesem Moment erkannte man entsetzt, dass Viollcas Grab geschändet worden war. Jemand hatte den Deckel abgenommen und ihre Ketten und Ringe gestohlen. Alle glaubten an eine Rache der *zingari*, vielleicht sogar Viollcas eigener Familie, die niemals ihrer Ehe mit einem *gagé* zugestimmt hatte. Doch niemand hatte den Mut, diesen Gedanken laut auszusprechen. Auch weil es da noch etwas anderes gab, das noch überraschender war: Während von Giacomo nur noch ein Häuflein Knochen übrig blieb, war Viollca unversehrt. Ihr rabenschwarzes Haar hatte nicht aufgehört zu wachsen und reichte ihr bis zu den Füßen. Selbst die Fasanenfedern waren noch da. Sie betteten Dollaro zwischen Vater und Mutter, neben Domenica, und während man den Sargdeckel wieder über Viollca schloss, hatte einer der Anwesenden das deutliche Gefühl, dass ein kurzes Beben durch den Leichnam gegangen war. Er schwor, sogar gesehen zu haben, wie die Verstorbene kurz zu ihrem Sohn hinübergeschaut und ihm einen Augenblick lang zugelächelt hatte.

~ 1909 ~

Familie Casadio lebte weiter in dem Haus an der Fossa, genau an dem Punkt, wo die Provinz Ferrara an Mantua grenzte. Mittlerweile wurden die Böden aus verblichener Terrakotta, die zuerst von Viollca, dann von Domenica und schließlich von Angelica geputzt worden waren, mit großer Sorgfalt von Armida geschrubbt, der Frau des letzten verbliebenen Sohnes von Achille. Sie lag auf den Knien und schrubbte und wienerte, mit dem Lappen und rotem Holzöl, eine Frau mit kräftigen Armen und breiten Männerhänden. Man sah sie immer emsig mit irgendeiner Hausarbeit beschäftigt, denn für Armida bestand Liebe nicht etwa aus Küssen oder Zärtlichkeiten, sondern aus konkretem Handeln: dafür zu sorgen, dass die Kinder mit sauberen Ohren und gebügelten Schürzen in die Schule gingen; Aprikosenmarmelade einzukochen; die Wollpullover aus den Schubladen zu holen, wenn es Herbst wurde, und sie zusammen mit Kampfer zurückzulegen, sobald die erste Hitze kam. Für Armida waren es diese Dinge, die im Herzen blieben. Davon war sie ebenso überzeugt wie von der Tatsache, dass sie sich glücklich schätzen konnte, von Beppe Casadio zur Frau genommen worden zu sein: ja, ein etwas mürrischer Brummbär, doch ein ehrlicher Zeitgenosse, der noch dazu jede Menge Vieh und einige Morgen Land sein Eigen nannte. Im Stall standen zwei Kühe und ein Pferd; im Schweinestall ein Eber und drei Säue. Im Dorf galt die Familie Casadio als wohlhabend, auch wenn sie viele Kinder hatte und das Geld, das hereinkam, hauptsächlich dafür ausgegeben wurde, dass die Sprösslinge anständig gekleidet und mit Schuhen an den Füßen herumliefen. Immerhin hatten sie ihr täglich Brot, und das, was darauf gehörte, hatten sie auch.

Es waren harte Zeiten, und viele der Familien von Stellata litten Hunger. Jedes Jahr rund um Sankt Martin, wenn die letzten Feldarbeiten beendet waren, bereiteten sich diejenigen, die kein eigenes Stück Land besaßen, darauf vor, die Zelte abzubrechen. Sie luden ihre Habseligkeiten auf einen Karren und begannen, auf der Suche nach Arbeit für die nächste Saison von Gut zu Gut zu ziehen. In langer Reihe zockelten sie durch den Nebel, mit müden Knochen und einem Hunger im Bauch, der niemals gestillt wurde und die Kinder rachitisch machte, während den Frauen die Zähne ausfielen, noch bevor sie ihr vierzigstes Lebensjahr erreicht hatten.

In jenen Jahren wandern Hunderte von Menschen aus. Sie folgen Verwandten oder Nachbarn aus dem Dorf, die schon vor ihnen nach Übersee gegangen sind, um ihr Glück zu suchen. Jetzt schreiben sie, dort drüben in Amerika gebe es Arbeit im Überfluss. Man brauche nur starke Arme und den Willen anzupacken, dann würde der Rubel schon rollen: *moni*, viel *moni*, und Städte mit Straßen, so breit wie Flüsse, und Häusern, so hoch wie Türme, und Funken sprühenden Straßenbahnen, blitzschnellen Zügen und Alleen voller Automobile! Des Nachts werde die Stadt von so vielen Lichtern erleuchtet, dass man glauben möchte, es sei Weihnachten, schreiben sie.

Monat für Monat träumen mehr Leute davon zu gehen. Sie verkaufen die Kuh oder den Esel und brechen auf, mit geflickten Hosen und viel zu wenig Eisen im Blut. Von dem kleinen Bahnhof in Stellata nehmen sie den Zug nach Poggio Rusco, von dort aus dann den nach Mailand. Sie haben Angst davor, unterwegs verloren zu gehen, oder vor Dieben, die ihnen die wenigen Lire stehlen könnten, die sie sich in den Saum ihrer Unterwäsche genäht haben. Und was, wenn sie nicht den richtigen Zug erwischen? Und wenn sie nicht die Namen und Fahrzeiten verstehen, die ihnen der Priester aufgeschrieben hat? Von Mailand aus geht es weiter nach Genua, wo man an der Regia Marina an Bord eines Dampfschiffes gehen wird, um sein Glück in den Weiten Amerikas zu versuchen. In ihrem Koffer haben sie die Fotos ihrer Eltern dabei, die schon alt sind und lieber verhungern, als wegzugehen, denn immerhin kennen sie dieses Elend, das ihnen weniger Angst macht als jenes große, weite Land inmitten des Ozeans, das sie allein beim Gedanken daran erschaudern lässt. Wer bleibt, führt weiter den Kampf gegen das Ungeziefer und gegen die Krankheiten, die das Getreide befallen, er hat Angst vor einem großen Hagel im Sommer oder den Überflutungen durch den Fluss im November – allesamt Unglücke, die damals mit einem Schlag die gesamte Ernte vernichten konnten.

~

Im Jahre 1909 starb niemand in Stellata. Dafür hatte der Priester mit einer spektakulären Anzahl von Taufen und vor allem Segnungen alle Hände voll zu tun, denn in jenem Jahr passierten so viele Seltsamkeiten wie noch nie zuvor. Im Verlauf weniger Monate kamen fünf Paar Zwillinge zur Welt; am Ostersonntag brach der Kirchturm in sich zusammen; und in der Nacht zu San Lorenzo gebar die Stute der Mariettis ein Fohlen mit zwei Köpfen.

Es waren allerlei Spekulationen im Umlauf. »Sie haben zu viele gute Schlangen getötet. Deshalb dreht sich die Erde andersherum«, wisperten viele.

»Was für Schlangen denn?«, fragte Armida, die aus Mantua stammte und nichts von jenem Aberglauben wusste.

Tatsächlich waren in jenem Jahr ganze sieben Schlangen mit weißem Bauch tot im Dorf aufgefunden worden. Irgendein Bauer kannte jene Legende nicht, oder er machte sich nichts daraus und hatte sie getötet, indem er ihnen den Kopf abschnitt. Beunruhigt durch die Anhäufung solcher Sonderbarkeiten vergaßen die Leute in diesem Jahr nie, jeden Abend eine Schüssel mit Milch auf die Schwelle ihres Hauses zu stellen.

Es war in jenem Jahr, das vor Geburten und Monstrositäten nur so strotzte, dass das sechste Kind von Beppe Casadio auf die Welt kam. Das Mädchen wurde im August geboren, mit den Füßen voraus, und als man sie ans Fenster trug, war das Erste, was sie sah, eine Welt, die auf dem Kopf stand: eine winterweiße Landschaft mitten im glühend heißen Sommer der Poebene.

~

Als ihre Fruchtblase platzte, war Armida auf dem Feld und erntete Rüben. Sie rief nach Nellusco und Pasquino, ihren Söhnen, die irgendwo inmitten der Schollen spielten, und machte das Füßchen von Amelia, ihrer jüngsten Tochter, von der Ulme los, an die sie sie gebunden hatte, damit sie nicht weglief. Sie hob sie auf ihre Hüfte und machte sich schwankend auf den Weg zum Haus.

An dem Tag war es so heiß, dass die Schmetterlinge sich die Flügel verbrannten. Die Luft dampfte über den Feldern, glühende Hitze brannte in den Lungen. Plötzlich zog ein riesiger Schatten am Himmel auf, legte sich wie ein schwarzes Tuch über die Erde. Ein Wind kam auf. Armida sah, wie sich in dieser nächtlichen Finsternis die Bäume bogen und wie die Hemden, die sie zum Trocknen auf die Leine gehängt hatte, gleich Gespenstern über den Köpfen der Menschen davonflatterten. Die Enten und Gluckhennen flüchteten unter großem Schnattern und Gackern, während aus den gemähten Feldern Windhosen aus goldener Spreu aufstiegen.

Armida erreichte das Haus, keuchend unter der Last des Kindes in ihrem Bauch und der des kleinen Mädchens auf ihrer Hüfte. Die Wehen waren stärker geworden.

Der erste Mensch, auf den sie traf, war ihre Schwägerin Edvige.

»Setz Wasser zum Kochen auf, das Kind hat beschlossen, zur Welt zu kommen«, befahl sie ihr schweißüberströmt. Ihre Lippen hatten die Farbe von Asche. Als sie nach unten schaute, sah sie, dass ihr ein Rinnsal aus Blut über das Bein lief und auf den Boden tropfte. »Erasmo, geh und ruf die Hebamme«, schrie sie ihren Erstgeborenen an. »Sag ihr, sie soll auf der Stelle kommen, schnell!« Dann, an ihren anderen Sohn gerichtet: »Nellusco, hol deinen Vater. Er muss zum Schmied gegangen sein.«

Die beiden Jungen liefen davon, erschrocken über die besorgte Stimme der Mutter und den Anblick des Blutes.

»Besser, du legst dich ins Bett. Wenn du willst, schaue ich mir an, wie weit du schon bist«, sagte Edvige zu ihr, die sich von ihrer Mutter, der Geburtshelferin, einiges abgeschaut hatte.

»Schon gut, ich warte auf die Hebamme. Halt du lieber die Kinder im Zaum«, bat sie Armida. Mit ihrer Schwägerin war sie nie besonders gut zurechtgekommen. Wenn diese, ganz in Schwarz gewandet und mit der finsteren Miene der schmerzensreichen Muttergottes in die Küche kam, schien es Armida, als wehte auf einmal ein eisiger Hauch durchs Haus, obwohl es mitten im Sommer war.

~

In genau jenem Moment, ohne zu ahnen, was sich bei ihm zu Hause abspielte, war Beppe Casadio auf dem Damm unterwegs. In eine Staubwolke gehüllt, hielt er sich die Nase zu, während ein Automobil an ihm vorbeifuhr. Unter lautem Knattern entfernte sich der Fiat Tipo 1 Fiacre mit dem feinen Herrn des Dorfes, Samuele Modena, und seiner Familie an Bord. Die Modenas waren Juden, es hieß, sie seien die betuchtesten Bewohner Stellatas und dass sie ihren Reichtum angehäuft hätten, indem sie armen Leuten zu Wucherzinsen Geld liehen, auch wenn nichts davon der Wahrheit entsprach. In Wirklichkeit arbeitete die Familie hart für ihren Wohlstand, indem sie Wolle und kostbare Stoffe importierte. Auf ein elegantes Äußeres legten die Modenas großen Wert: Er trug Anzüge nach englischer Façon, sie Handschuhe und Hütchen mit Schleier, die kleinen Buben waren wie Matrosen ausstaffiert, und die Mädchen trugen Spitzenkleidchen und eine Samtschleife in den Locken.

»Diese verfluchten Autos! Zu nichts gut, außer Öl und stinkenden Rauch zu spucken!«, schimpfte Beppe und fuhr sich mit der Hand durch das Haar, so dicht und kraus, dass es kaum zu bändigen war. Dabei gab es viele, die schworen, diese knatternden, fahrenden Untersätze würden schon bald Pferde und Kutschen ersetzen, allen voran sein verrückter Vater Achille, der sich schon immer für neue Entdeckungen begeistert hatte und ein glühender Verfechter des technischen Fortschritts war. *Balle!* Blödsinn! Für Beppe Casadio waren diese lächerlichen, stinkenden Dinger keinen Pfifferling wert. Unnötiger Kram für Reiche ohne Zukunft.

In derlei Gedanken versunken war er, als er es rufen hörte: »Papa! Kommt schnell, der Mama geht es schlecht!«

»Das neue Kind?«, fragte Beppe beunruhigt, die tintenschwarzen Landfahreraugen auf seinen Sohn gerichtet.

»Ich weiß nicht, aber sie blutet und blutet«, antwortete Nellusco mit Entsetzen im Blick.

Die beiden machten sich schnurstracks auf den Heimweg. Der Wind blies stark, und die ersten dicken Regentropfen hatten zu fallen begonnen.

~

Indessen hatte sich Armida, so gut es eben zwischen zwei Wehen ging, gewaschen und sich selbst ins Bett und ihr

Schicksal in die Hände der Muttergottes gelegt. Draußen brachte der Wind die Fensterscheiben zum Klirren, und das Gatter zerrte mit lautem Klappern an den Nerven der Gebärenden.

Schon bald wurde der Schmerz unerträglich. Armidas Schreie mischten sich unter das laute Brausen des Windes, das Mäuse, Spinnen und Hennen in die Flucht schlug. Hinter der Glasscheibe der Anrichte zitterten und klirrten die Wermutgläser, als wären sie vom Teufel besessen.

In der Küche hatte Edvige einen großen Topf Wasser aufgesetzt und frische Handtücher sowie Windeln für das Kind bereitgelegt. Bei jedem Schrei ihrer Schwägerin spürte Edvige, wie es bitter in ihr aufstieg, als hätte sie Galle statt Blut in den Adern. Wie gern hätte sie diese Schmerzen gehabt. Ohne Klage hätte sie sie ertragen. Stattdessen war sie zur alten Vettel geworden und musste wieder einmal einer anderen Frau bei der Geburt beistehen.

Adele, Armidas älteste Tochter, versuchte indessen, ihre Geschwister zu beruhigen, konnte aber nicht aufhören zu weinen, während die Kleinen sich voller Angst balgten und zankten. Die einzig ruhige Person schien Amelia zu sein, die unter dem Küchentisch hockte und die Reste des Abendessens vertilgte, die man am Abend zuvor für die Katzen dorthin geworfen hatte.

Dann war Beppe zurück, pudelnass von Kopf bis Fuß. Er lief zu seiner Frau. »Habt ihr schon die Hebamme gerufen?«, fragte er besorgt.

»Ja, das hat Erasmo erledigt. Bring du die Kinder in den Stall, damit sie sich nicht ängstigen«, entgegnete Armida. Wie gern hätte sie ihre Schwiegermutter an ihrer Seite gehabt und mit ihrer Hilfe, wie so oft zuvor, auch dieses Kind zur Welt gebracht, doch Angelica war im Jahr zuvor an einer Nierenentzündung gestorben. Niemals hatte Armida sie so sehr vermisst wie jetzt.

Beppe kehrte in die Küche zurück und trug Adele auf, mit den kleineren Kindern in den Stall zu gehen. Dann nahm er am Tisch Platz, schenkte sich mit zitternder Hand ein Glas Wein ein und goss auch eines für seine Schwester ein. »Ich kann mich nicht erinnern, dass sie jemals so gelitten hätte«, sagte er traurig.

»Diese Schmerzen bringen nur Glück«, antwortete ihm Edvige mit tonloser Stimme.

Doch Beppe konnte das nicht beruhigen. Nervös zwirbelte er seinen Schnurrbart.

Im Stall hatten die Kinder wieder zu schnattern begonnen. »Hier ist alles für Angelina bereit. Ich gehe wohl besser zu Adele und helfe ihr«, sagte Edvige und ging in Richtung Stall.

Armida musste sich übergeben und legte sich dann, weißer als das Leintuch, zurück, um auf die Hebamme zu warten. Doch Erasmo kam nicht zurück, und auch von der Hebamme war weit und breit nichts zu sehen. Dann schließlich ging die Tür auf, und der Junge lief zur Mutter. »Sie wollte noch nicht mitkommen, hat aber gesagt, bis zum Abend ist sie da.«

»Wie, sie wollte nicht kommen?«, fragte Armida schrill.

Ausgerechnet heute musste sich Angelina mit zwei schwierigen Geburten herumschlagen, die das Schicksal unglücklicherweise auf diesen einen Tag gelegt hatte, an dem auch noch der Mond wechselte. »Wann haben denn die Wehen eingesetzt?«, hatte die Hebamme den Jungen gefragt.

»Ein paar Stunden werden es sein, aber ich habe noch nie erlebt, dass es ihr so schlecht ging.«

»Sag deiner Mutter, ich habe eine Zwillingsgeburt und eine andere Frau, bei der das Kind falsch liegt. Sie soll ganz ruhig bleiben, es ist noch Zeit.«

Doch es war keine Zeit mehr. Armida hatte fünf Kinder geboren und verstand etwas von diesen Dingen. Sie schlug die Hände vors Gesicht. »Oh mein Gott, ich werde sterben«, schrie sie, während eine noch heftigere Wehe sie durchbohrte wie ein Pfeil.

Beppe griff nach Umhang und Hut. »Versuch ruhig zu bleiben, ich rufe den Arzt.«

Er lief hinaus, spannte das Pferd vor den Rollwagen und verschwand im Sturm.

Armida betete zu Gott, er möge sie nicht zu sich holen. Nicht ihretwegen, schwor sie, sondern wegen der Kinder, die noch so klein seien. Adele war schon vierzehn und Erasmo fünfzehn, doch die anderen gingen noch zur Schule, und Amelia konnte noch nicht einmal laufen.

Armidas Leid hatte noch lange kein Ende, ihre Schreie hallten durchs Haus, und draußen tobte das Gewitter. Dann endlich, unter dem lauten Getöse des Donners und den gleißend hellen Blitzen, hörte man zuerst ein Pferd galoppieren, dann ein langes, lautes Wiehern und erregte Schritte, die sich näherten.

Die Tür ging auf, und Beppe kam zusammen mit Dottor Negrini herein.

Armida riss die Augen auf. »Bist du denn von allen guten Geistern verlassen? Was soll der denn hier?«

»Die Hebamme ist nicht da, Dottor Sarti liegt mit Fieber

zu Bett. Wir müssen dem Himmel dankbar sein, dass Dottor Negrini sich bereit erklärt hat …«

»Wo ist die Hebamme?«, wiederholte Armida mit weit aufgerissenen Augen. Ihr Gesicht war verzerrt.

»Hör mal, du musst vernünftig sein«, beharrte Beppe.

»Nein und nochmals nein! Ich bin doch keine Kuh oder Stute! Ich will einen Arzt und keinen Viehdoktor!«

»Gottes Geschöpfe kommen alle auf die gleiche Weise zur Welt«, beeilte sich Negrini zu sagen.

Eine neue Wehe hinderte Armida daran zu antworten. Sie spürte, wie etwas aus ihr herausglitt; als sie die Hand ausstreckte, fand sich etwas Glattes, Glitschiges zwischen ihren Fingern, das alles sein konnte, nur kein Köpfchen. »Oh heilige Muttergottes! … Es kommt mit den Füßen voran.«

Dottor Negrini zog sich nicht einmal die Jacke aus. Er stürzte zu der Frau und schrie, alle sollten hinausgehen. Die Tür schloss sich mit einem dumpfen Knall.

Immer noch pitschnass vom Regen, kehrte Beppe in die Küche zurück. Draußen blies der Wind immer stärker, und am Himmel war es so dunkel, dass sie eine Lampe anzünden mussten.

Dann hörte der Wind urplötzlich auf, und eine unwirkliche Stille senkte sich über das Haus. In diesem Moment begann es zu hageln, Eiskörner so groß wie Walnüsse prasselten vom Himmel und bedeckten innerhalb weniger Minuten die Felder, die Straßen, die Höfe, den Damm des Flusses und die Karren in der Tenne.

Ein Wimmern erhob sich. Beppe sprang auf und lief zu seiner Frau: Armidas Lippen waren bleich und ihr Haar schweißnass, aber sie lächelte. Dottor Negrini reichte Beppe ein Handtuch, in das ein winziges, rotes, runzliges Wesen gehüllt war. Es schrie wie am Spieß. »Noch ein Mädchen, munter wie ein Fröschlein.«

Es hatte zu hageln aufgehört. In genau diesem Moment stahl sich die Sonne durch die Ritzen in den Fensterläden und malte Lichtstreifen an die Wände. Beppe hielt seine jüngste Tochter im Arm und betrachtete sie. Wie er selbst hatte auch sie etwas vom Blut ihrer dunklen Vorfahrin, mit ihrer braunen Haut und dem dicken Schopf schwarzen Haares. Er trug sein Töchterchen ans Fenster, damit es die Welt kennenlernen konnte.

Er klappte die Läden auf und blieb staunend stehen, die Kleine im Arm. Mit all dem Hagel glitzerte die Welt wie unter einem schneeweiß funkelnden Mantel. Fast sah es aus wie Weihnachten, und das an einem Tag im August.

»Mitten im Sommer, und schaut doch mal, das sieht aus wie Schnee. Wie werdet Ihr sie nennen?«, fragte Dottor Negrini.

Beppe dachte nur einen Moment lang darüber nach. »Neve. Wir nennen sie nach dem Schnee. Er wird ihr Glück bringen.«

~

»Neve? Was soll das denn für ein Name sein?«, fragte Armida.

Genau das fragte auch Don Gregorio, als der Moment gekommen war, das Neugeborene zu taufen. Der alte Gemeindepfarrer fuhr sich mit dem Taschentuch über den kahlen Kopf, der vor Schweiß glänzte. »Kommt nicht infrage. Ein Heiligenname muss her. Eine bekannte Heilige mit einem schönen italienischen Namen.« Außerdem, so fuhr er fort, habe er jetzt genug von all den Dollaros, Menottis, Nelluscos und anderen Ketzereien, die die Casadios jedes Mal aus dem Ärmel schüttelten, wenn ein Kind auf die Welt kam. Langsam überspanne die Familie den Bogen. *Neve ... ausgerechnet! Und wie wollt ihr dann eure nächsten Kinder nennen? Gewitter? Hagelsturm? Oder wie wär's mit Sintflut?* Der Priester bekreuzigte sich. Aber er entschied sich, geduldig zu bleiben, das war die Tugend der Heiligen. Trotz ihrer Merkwürdigkeiten waren die Casadios aufrichtige Leute, fleißig und gottesfürchtig, nicht wie diese priesterfressenden Sozialisten, die jetzt überall aus dem Boden schossen wie die Pilze.

Als der Tag der Taufe gekommen war, einigten sich Priester und Eltern auf den Namen Natalia, doch genau wie es damals bei Dollaro gekommen war, nannte niemand das Mädchen bei seinem Taufnamen. Sie blieb für alle Neve.

~

Seine ersten Lebensjahre war das kleine Mädchen sehr anhänglich; immer strich es durch die Beine der Mutter wie ein Kätzchen, oder es spielte unter dem Küchentisch, zwischen den Röcken der Frauen oder den schlammigen Stiefeln der Männer. An Winterabenden konnte die Kleine es kaum erwarten, von der Mutter zu Bett gebracht zu werden, denn dieses war vom sogenannten Priester angewärmt worden, einer Art Holzgestell, gefüllt mit glühenden Kohlen, das Armida zuvor unter die Bettdecke geschoben hatte. Im

Zimmer war es eisig, doch wenn ihre Mama den »Priester« unter den Laken hervorholte, war das Bett warm und einladend kuschelig. Dann mummelte sich Neve genüsslich in die Decke ein, schob den Daumen in den Mund und schlief glücklich nuckelnd ein.

Ab und zu sah die Kleine, wie ihre Mutter oder Adele das Bettzeug abzogen und durch frisches ersetzten, und sie fragte sich, wo die alten Laken geblieben waren. Das Mysterium der entschwundenen Betttücher wurde erst im darauffolgenden Frühjahr gelüftet, als Neve die Laken allesamt in einem Kessel wiederauftauchen sah, den ihre Mutter und Adele auf ein großes Feuer im Hof setzten. So entdeckte sie, dass man die Laken einen Monat auf dem Bett ließ, sie dann wendete und die Leintücher schließlich, endgültig abgezogen, auf dem Dachboden landeten, wo sie auf den Frühling und die *bugada grosa*, die große Wäsche, warteten. Das Bettzeug wurde mit Asche aufgekocht, was es weißer und duftender machte, als wenn man teure Seife benutzt hätte, betonte Armida voller Stolz.

Eines Tages fand Beppes Frau, als sie wieder einmal schmutzige Bettwäsche auf den Dachboden brachte, ein uraltes Holzkästchen mit Einlegearbeiten, das in einer Ecke stand und mit einer dicken Staubschicht und Spinnweben bedeckt war. Neugierig geworden, nahm die Frau das Kästchen in die Hand; es schien sehr alt zu sein und hatte eine Einfassung aus Metall. Sie wischte mit der Hand darüber. *Könnte Silber sein*, dachte sie. Ihre Neugier wuchs, doch die Schachtel ließ sich nicht öffnen.

Mit dem Kästchen unter dem Arm stieg sie die Treppe hinab und suchte nach ihrem Mann. Er war im Stall.

»Beppe, schau mal, was ich gefunden habe. Hast du zufällig den Schlüssel dafür?«

»Ach, das suche ich schon seit zwanzig Jahren. Wo war das Kästchen denn?«

»Auf dem Dachboden. Aber ich kann es nicht öffnen. Scheint sehr alt zu sein …«

»Das ist von meiner Großmutter Domenica. Sie sagte, davor habe es meiner Urgroßmutter Viollca gehört. Gib her … Das wird nicht angerührt.«

Armida verlor bei den Seltsamkeiten ihres Mannes langsam den Überblick. »Aber was ist drin?«

»Erinnerungen, ein Kartenspiel … irgendwelches Zeug«, erwiderte Beppe kurz angebunden. Er nahm ihr Viollcas Holzkästchen ab, wickelte es sorgfältig in einen Baumwolllappen und versteckte es ganz hinten in seinem Kleiderschrank, damit die Kinder es nicht finden konnten. Und dort würde es bleiben, Generation für Generation.

~

Im Sommer begleitete Neve ihre Mutter aufs Feld, und auch für sie kam der Moment, an dem sie mit einem Fuß unter der Ulme angebunden wurde. Die kleinen Sitze an den elastischen Bändern, die Achille erfunden hatte, wurden schon eine Weile nicht mehr benutzt, nachdem mehrere Kinder herausgepurzelt waren.

Dort im Schatten, umgeben von anderen Säuglingen, die in ihren Weidenkörbchen nach Pipi rochen, oder von den größeren Kindern gepiesackt, die halb nackt und staubig um sie herumrannten, suchte Neves Blick stets Armida, die irgendwo tief gebeugt im Weizenfeld zugange war, und beneidete die kleineren Kinder, weil diese, kaum fingen sie zu brüllen an, sogleich von ihren Müttern getröstet wurden, die mit feuchten Blusen und übervollen Brüsten herbeieilten, aus denen bereits die Milch spritzte.

Manchmal döste das kleine Mädchen auf dem heißen Boden ein, den Daumen im Mund, und wachte erst wieder auf, wenn die Frauen ein Lied anstimmten oder sich kurz aus dem Meer aus Ähren erhoben, um sich boshaft zu necken, Anzüglichkeiten, denen Neve lauschte, ohne sie zu verstehen: »Aber sag mal, Marisa, was machst du eigentlich nachts? Schau doch, was du für Augenringe hast! Besser, ihr beiden gönnt euch mal eine Pause, bei all der Arbeit, die hier auf dich wartet. *Sior padrón*, kommt nur her und schaut Euch die Augenringe an, die Marisa heute hat. Die muss mal eine Weile bei uns übernachten, die Ärmste, *puvreta*, sonst geht sie uns noch zugrunde!« Worauf herzlich gelacht wurde.

Wenn sie Pipi musste, rief Neve laut nach Adele. Das war ihre Lieblingsschwester; sie hatte ihr das Sprechen beigebracht, hatte sie an der Hand gehalten, als sie ihre ersten Schritte tat, und ihr gezeigt, wie man mit dem Löffel isst. Adele richtete sich auf und lief zu ihr unter die Ulme. Sie zog ihr das Kleidchen hoch, drehte sie um und hielt sie auf halber Höhe über den Boden.

»Mach schon.«

»Jetzt kommt nichts mehr.«

»Na los, sonst machst du's allein.«

»Wenn ich es allein versuche, wird mein Kleidchen nass.«

»Dann mach jetzt, sonst musst du es selbst hinkriegen.«

Neve konzentrierte sich. Über dem Boden schwebend, von Adele an den Oberschenkeln gehalten, während die Füße baumelten, sah sie das Pipi, wie es aus ihr herausrann, ein kleines Loch im Staub machte und in einem glänzenden Rinnsal über das Feld lief.

Bei Sonnenuntergang band Armida Neves Fuß los und schulterte sie wie ein Lämmchen. Dann versammelte sie ihre restliche Kinderschar um sich, und zu Hause wurden sie, eins nach dem anderen, in einer Zinkwanne mit Brunnenwasser und der Seife gewaschen, die sie im November siedeten, wenn die Schweine geschlachtet wurden.

~

Als sie vier Jahre alt war, wurde Neve ernsthaft krank. Armida bemerkte, dass sie Fieber hatte, dachte zunächst, es sei nichts Ernstes, da das bei ihren Kindern häufig vorkam. Doch gegen Abend verdrehte die Kleine die Augen, und Erasmo holte den Arzt.

»Sie muss auf der Stelle ins Krankenhaus«, sagte dieser ernst, nachdem er Neve untersucht hatte.

Beppe und Armida wickelten die Kleine in eine Decke, stiegen auf ihren Karren und brachten Neve mitten in der Nacht nach Bondeno ins Krankenhaus. Die Kleine reagierte bei der Ankunft noch, fiel aber kurz danach ins Koma. Am Morgen gab sie kein Lebenszeichen mehr von sich.

Ein Arzt nahm die Eltern beiseite. »Wir können nichts mehr tun; sie ist jetzt in Gottes Hand.«

»Aber was hat sie denn?«, hakte Beppe nach.

»Wir wissen es nicht. Wir haben ihr Blut und Urin abgenommen, aber bis das alles untersucht ist, dauert es, und leider verschlechtert sich der Zustand der Kleinen rapide. Ihr Puls ist sehr schwach, und sie hat Schwierigkeiten zu atmen. Ihr solltet Euch auf das Schlimmste gefasst machen.«

»Meine Tochter ist noch nicht tot«, sagte Armida resolut. »Ich bewege mich so lange nicht von hier weg, bis Ihr sie rettet.« Und sie nahm mit trotzigem Blick am Bett Platz.

Eine ganze Woche lang gab es keinerlei Hinweise darauf, dass Neves Zustand sich verbesserte. Beppe und Armida ließen sie nicht einmal eine Minute allein. Schließlich kam der Moment, an dem sie einen Priester riefen, damit er ihr die Letzte Ölung verabreichte. Dann, am Morgen des siebten Tages, schlug Neve die Augen auf, schaute ihre Mutter an und sagte seelenruhig: »Ich hab Hunger.«

Armida sprang auf und drückte ihre Tochter so fest an sich, dass sie fast erstickte. Dann lief sie zitternd los und rief die Ärzte.

Verblüfft begannen diese, das Mädchen mit Fragen zu bestürmen. Sie fragten Neve, wie sie heiße, wie alt sie sei und wer die Frau an ihrer Seite war. Dann untersuchten sie ihre Pupillen und ließen sie mit den Augen einem Bleistift folgen.

»Unglaublich!«, rief einer von ihnen aus und befahl Neve, sich auf die Füße zu stellen. Sie machte Anstalten aufzustehen, doch ihre Beine gaben nach, und sie fiel zu Boden. Zuerst dachten sie, sie sei noch zu geschwächt, doch da täuschten sie sich: Neve war von der Leibesmitte abwärts gelähmt.

Ihre Eltern brachten das Mädchen nach Hause und versuchten, sich mit der Tatsache zu trösten, dass Neve wenigstens noch am Leben war. Dann holten sie einen kleinen rollenden Stuhl vom Dachboden, den ihr Großvater Achille einmal gebaut hatte, bevor Neve auf die Welt gekommen war. Der Rollstuhl hatte seitlich zwei Räder, die das Mädchen selbst in Gang setzen konnte. Wenn sie sich an den Gebrauch erst einmal gewöhnt hatte, würde sich Neve selbstständig bewegen können.

Beppe fand sich mit der Situation ab, Armida aber nicht. Sie beschloss, wenn es der Wissenschaft nicht gelungen war, Neve wieder ganz gesund zu machen, dann würde sie die Muttergottes oder auch einen Heiligen um ihren Beistand anflehen, denn ein Wunder konnte man nicht auf sich beruhen lassen, wenn es nur zur Hälfte bewirkt worden war.

Sie ging zum Priester, vertraute ihm an, welche Hoffnungen sie hegte, und Don Gregorio empfahl ihr, sich auf der Stelle nach Bologna zu begeben. »Bitte die heilige Katharina um ihre Gnade. Sie kann dir bestimmt helfen, meine Tochter.«

Und er erzählte ihr die Geschichte der Katharina von Bologna und ihres wundersamen Begräbnisses. »Sie war Klarissin, und nachdem sie ein langes und frommes Leben in Wort und Tat geführt hatte, war auch für sie der Moment gekommen, zu unserem Herrn heimzugehen. Wie es damals bei den Nonnen üblich war, hatte man Katharina im Garten des Klosters an der Via Tagliapietre bestattet, in ein einfaches Bettlaken gehüllt. Doch noch Tage nach der Bestattung ging von jener bescheidenen Grabstätte ein geheimnisvoller Schimmer aus, sodass die Schwestern schließlich beschlossen, den Leichnam zu exhumieren. Nach achtzehn Tagen in der Erde stellten sie fest, dass die sterbliche Hülle ihrer Mitschwester auf wundersame Weise unversehrt war, bis auf das Antlitz, das von den Spuren der Spaten und Schaufeln gezeichnet war. Man legte Katharina in einen Sarg, um ihr ein würdigeres Begräbnis angedeihen zu lassen, doch am Morgen darauf lag sie wunderschön, weiß und glatt darin«, schilderte der Priester, sichtlich ergriffen, und fuhr fort: »Außerdem verströmte sie einen ganz besonderen Duft, mal nach karamellisiertem Zucker, mal nach Narzissen oder Rosen. Deshalb beschlossen die Nonnen am Ende, sie gar nicht zu beerdigen, und verfügten einige Jahre später, sie in der Kirche auszustellen, auf einem golddurchwirkten Sitz. Dazu bedurfte es auch einer Anordnung durch die Äbtissin, welche Katharina befahl, trotz ihrer Totenstarre auf jenem Thron Platz zu nehmen. Seither sitzt sie dort, und es heißt, wenn die Schwestern ihr ein anderes Kleid anziehen, ist die Heilige ihnen dabei behilflich und hebt Arme und Beine, um es ihren Mitschwestern leichter zu machen. Die Wunder, die sie bewirkt hat, sind ohne Zahl«, schloss Don Gregorio mit einem gütigen Lächeln.

Die Geschichte beeindruckte Armida sehr, und sie beschloss auf der Stelle, zu der Heiligen zu fahren und sie um Beistand für Neve zu bitten.

Und so begab sie sich gleich am nächsten Tag mitsamt dem rollenden Stuhl und dem gelähmten Mädchen zu dem Kloster an der Via Tagliapiete. Die Nonnen verschafften ihr Zugang zu der Kapelle, wo im Halbschatten auf einem imposanten und vergoldeten Thron, nur von mehreren Reihen Kerzen erleuchtet, die Heilige saß.

»Bleibt ruhig so lange, wie Ihr es braucht«, sagten sie und verabschiedeten sich.

Dann stand Armida allein vor der Mumie. Zum Glück schlief Neve; so wundersam die Heilige auch sein mochte –

Armida machte sie Angst, wie sie da auf ihrem Thron saß, den Kopf leicht nach vorne geneigt und die Haut so dunkel und welk, dass sie aussah wie Leder. Statt der Augen waren da nur zwei Löcher, und der Mund war zu einer Fratze verzogen, als wäre die Heilige nicht gerade begeistert von ihrem Dasein. Doch Armida fasste Mut und begann zu beten.

Auf einmal schien ihr, der Ausdruck auf dem Gesicht der Heiligen verändere sich, und es gab einen Moment, in dem sie sogar glaubte, einen Seufzer zu hören. Fast hätte sie das Mädchen genommen und mit Neve das Weite gesucht, doch dann betrachtete sie ihre Tochter, die in dem Rollstuhl schlief, und verspürte großes Mitleid. Und so schloss sie die Augen und betete weiter. Beim zweiten Rosenkranz wurden ihre Worte undeutlich, und noch bevor sie am Ende angekommen war, sank ihr das Kinn auf die Brust, und sie schlief.

Als Neve aufwachte, schnarchte ihre Mutter. Die Kleine rieb sich die Augen und erblickte voller Staunen den goldenen Thron und die sonderbare, in Schwarz gewandete Gestalt, das Gesicht, dunkel wie Maische. Ihr kam sie wie eine Puppe vor, nur größer. Plötzlich schien es ihr, als bewegte sich eine Hand, dann hörte sie eine Stimme.

»*Vieni, mò vieni … Avanti, camina. Mè a la to età a saltaa i fòs par la longa!* Na komm schon, auf geht's, lauf! Ich in deinem Alter bin kreuz und quer über die Gräben gesprungen!«

Neve stieg von ihrem Rollstuhl und ging mühelos auf die Heilige zu, ohne sie aus den Augen zu lassen, mehr verzaubert als eingeschüchtert, und als sie an den brennenden Kerzen vorbei war, sprang sie der Heiligen auf den Schoß und begann, sie mit Fragen zu bestürmen. Sie fragte sie, wie alt sie sei, wieso denn ihre Haut so dunkel war, warum sie so viele Runzeln und Falten habe, warum sie sprechen könne, obwohl sie doch tot sei, warum sie auf jenem Thron sitze, und …

»*Mochè, mochè! Lasa po lì ad bacajàr, c'at mè bèla fat gnir al mal ad testa!* Hör auf mit dem Plappern, ich hab ja jetzt schon Kopfweh«, unterbrach sie die Heilige.

Neve verstummte, setzte jedoch ihre Inspektion der Mumie fort, indem sie sie von rechts und von links betrachtete und ihr schließlich prüfend mit dem Zeigefinger zuerst in die Augenhöhlen und dann in die Nase stach.

»Au!«, schrie das Mädchen. Die Heilige hatte sie in den Finger gebissen.

»*E atenti che la prósima volta at riva un scupazón!*«, warnte Katharina sie, beim nächsten Mal würde sie ihr den Finger abbeißen.

Bei Neves Schrei öffnete ihre Mutter die Augen. »Aber … aber wie bist du denn dorthin gekommen?«, brachte sie stammelnd hervor.

»Die hat mich gebissen!«, entgegnete Neve, stieg vom Knie der Heiligen und lief auf die Mutter zu.

Die Äbtissin und ein Priester eilten herbei. Ebenso erschüttert und erstaunt wie Armida, fielen sie auf die Knie, um der Heiligen zu danken. Anschließend nahm der Priester die Frau beiseite und gab ihr den Ratschlag, niemandem etwas davon zu erzählen, denn solche Wunder, erklärte er, bedurften medizinischer Untersuchungen, und darüber müsse man zuerst mit dem Bischof reden.

Ohne recht zu begreifen, warum man eine solch schöne Neuigkeit geheim halten sollte, und weil sie wusste, dass es in Stellata sowieso schwierig sein würde, sie für sich zu behalten, nickte Armida nur.

Am Ende machte die Nachricht von der wundersamen Heilung rasch die Runde und verbreitete sich wie ein Lauffeuer. Männer von der Zeitung ebenso wie Neugierige und Gläubige auf der Suche nach den neuesten Wundern begannen, in dem Haus an der Fossa vorstellig zu werden, und wollten Neve sehen, wollten mit ihr sprechen und sie berühren. Eine Fotografie des Mädchens landete sogar in der Zeitung von Ferrara mit der Überschrift: *Wunder! Gelähmtes Mädchen lernt durch göttliche Gnade wieder gehen!*

Dann geriet das wundersame Ereignis ganz allmählich wieder in Vergessenheit, und das Leben der Familie kehrte in normale Bahnen zurück. Armida beschränkte sich darauf, einmal im Jahr zu der Heiligen zu pilgern und ihr handbestickte Manschetten aus Leinen zu bringen. Allerdings konnte sie nicht umhin zu bemerken, dass sich Neve seit dem Tag des Wunders verändert hatte. Seither ging ein köstlicher Duft von ihr aus, der in Momenten großer Freude besonders intensiv wurde. Im Sommer sah man sie nicht selten singend auf dem Feld umherlaufen, gefolgt von einem Bienenschwarm. Viele der kleinen Tiere fielen ihr trunken vor die Füße, weil sie den Weg zurück in den Bienenkorb nicht mehr fanden, so überwältigt waren sie von dem süßen Aroma, das Neve verströmte.

~ 1915 ~

Als der Krieg ausbrach, war Neve sechs Jahre alt. Eines Morgens, als sie in die Küche kam, saß ihre Mutter weinend am Tisch, einen Brief in den Händen. Einige Tage später gingen sie alle zum Bahnhof, um Erasmo zu verabschieden, der an die Front fuhr.

Neve hing am Rockzipfel ihrer Mutter und lutschte am Daumen. Bei ihnen war auch Nina, Erasmos Verlobte. Er hatte vor einiger Zeit eine feste Arbeit in der Werkstatt des Hufschmieds gefunden, und die beiden hätten im Frühjahr heiraten sollen, doch dann war der junge Mann an die Front gerufen worden. Neve konnte kaum den Blick von der Freundin ihres Bruders wenden, wie hypnotisiert von den Augen des Mädchens, die von durchscheinend hellem Grün waren. Eines Tages hatte Neve gehört, wie ihre Mutter sagte, Nina sehe fast aus wie eine Blinde, und seither fürchtete sich die Kleine vor ihr.

Die Großen hielten sich beiseite, damit die beiden Verlobten einen Moment für sich hatten, doch kurz darauf fuhr der Zug ein. Erasmo küsste Nina auf den Mund, was er vor den Eltern noch nie getan hatte. Dann ertönte der Pfiff des Bahnhofsvorstehers, und Erasmo musste den Zug besteigen. Kurz darauf erschien er am Zugfenster, zusammen mit anderen jungen Männern aus dem Dorf, die wie er in den Krieg mussten. Niemand sagte etwas: weder die jungen Männer im Zug noch die Familien, die stumm am Bahnsteig standen. Die Frauen hielten sich schluchzend ein Taschentuch vor den Mund, die Männer kneteten ihre Hüte mit den Händen.

Die Lokomotive pfiff. Zunächst löste sich der Zug nur mit Mühe, gewann dann aber schnell an Fahrt und entfernte sich inmitten einer großen Dampfwolke. Sie sahen, wie Erasmos Kopf immer kleiner wurde und irgendwann nur noch ein Pünktchen war. Seine Eltern standen reglos da, den Wind in den Haaren, und auf einmal wirkten ihre Gesichter viel älter. Die Frauen schnäuzten sich, jemand betete.

Neve schaute sich um und bekam es mit der Angst zu tun.

»Was ist das, Krieg?«, fragte sie, doch niemand gab ihr eine Antwort.

~

Seit sein ältester Sohn in den Krieg gezogen war, war Beppe Casadio noch griesgrämiger und schweigsamer als zuvor, doch an den Tagen, an denen Post von Erasmo kam, wirkte er auf einmal um zehn Jahre jünger. Bei Tisch erzählte er Witze und trank ein Glas über den Durst. Auch Armida lachte an jenen Tagen, ohne dass es einen Anlass gab, und briet ihnen zur Feier des Tages Schmalzküchlein aus Brotteig.

Nach dem Abendessen setzten sie sich mit den Kindern vors Feuer, und Armida las den Brief laut vor:

10. 12. 1915
Front

Liebe Eltern,
ich danke euch für euren Brief, den ich soeben erhalten habe, und freue mich, dass es euch allen gut geht. So kann ich euch mitteilen, dass ich wohlauf bin und, dem Herrn sei's gedankt, bislang alle Gefahren überstanden habe.
Mittlerweile liegen wir in der Nähe von Treviso an einem Fluss, der Piave heißt, und hoffen, dass es uns hier besser geht als im Trentino, wo es viel Schnee gab. Ich habe mich mit einem jungen Mann aus Como angefreundet, der Danilo heißt. Kennengelernt haben wir uns auf dem Truppentransport in Richtung Front, und seither sind wir immer zusammen. Danilo spricht keinen Dialekt, weil er ein Studierter ist. Immerhin kann ich ihn verstehen, aber es gibt Soldaten aus Süditalien, für die ihre Vorgesetzten Dolmetscher anfordern müssen, um ihnen Befehle zu erteilen; die erkennt man schon von Weitem, weil sie eine Binde um den Arm tragen. Viele von meinen Kameraden haben vorher noch kein einziges Wort Italienisch gehört. Damit sie sich merken können, wo rechts und wo links ist, musste man ihnen ein rotes Band an den Arm binden, und dort haben sie es gelassen, damit sie immer wissen, rechts ist da, wo das Band ist. Für die Generäle und Hauptmänner ist es angenehmer. Sie haben sich von zu Hause einen Bediensteten mitgebracht, der ihnen etwas zu essen macht, ihre Wäsche wäscht und ihre Stiefel wienert. Danilo ist Leutnant, will aber Anwalt werden und wird mit Sicherheit bald befördert. Die anderen machen sich über ihn lustig, weil er mit Büchern im Koffer angereist ist, und wegen seines fehlenden Akzents.
Es freut mich, dass ihr mir nur Gutes von den Geschwistern

berichten konntet und dass Nina euch besucht hat. Wie geht es euch? Und Amelia, Nellusco, Neve? Und Adele? Hat sie endlich ihren Zukünftigen gefunden? Besser, sie heiratet so schnell wie möglich und wartet nicht auf mich; wer weiß, wann sich das alles hier wieder beruhigt.
Nun sei es genug, liebe Eltern, und ich sende euch meine allerbesten Grüße und viele Küsse, in der Hoffnung, immer nur gute Nachrichten für euch zu haben, so wahr mir die Muttergottes helfe. Verbringt schöne Weihnachten, das wir im nächsten Jahr hoffentlich wieder zusammen feiern können. Nun muss ich los.
Viele liebe Grüße von
EUREM SOHN UND BRUDER ERASMO

Die Kinder lauschten andächtig und versuchten, sich das alles vorzustellen: die Soldaten, den Fluss Piave, die Gewehre und die Generäle. Als Armida mit dem Vorlesen fertig war, faltete sie den Brief sorgfältig zusammen und brachte die jüngeren Kinder zu Bett.

Zurück in der Küche, weichte sie die Bohnen ein, setzte sich ans Feuer und las sich noch einmal den Brief ihres Ältesten durch. In jenem Moment kam es ihr vor, als wären sie ganz allein im Raum, nur sie und er, so wie damals, als Erasmo die Masern gehabt hatte und dort, in der Wärme der glühenden Kohlen, in ihren Armen einschlief.

Sie saß noch immer vor dem Kamin, als sie sah, wie Beppe Milch aus der Speisekammer holte.

»Hast du noch Hunger?«, fragte sie.

»Ist nicht für mich.«

»Und was machst du dann mit der Milch?«

»Meine Sache«, antwortete er, und das war's. Er goss ein

wenig Milch in eine Schüssel und stellte sie auf die Schwelle des Hauses.

Armida wusste von der Legende von der guten Schlange, die im Fundament des Hauses wohnte. Für sie ergab die Geschichte keinen rechten Sinn, aber immerhin hatte sie einen Sohn im Krieg, und deshalb sagte sie an jenem Abend nichts. Im Grunde konnte sie ja nicht schaden, diese sonderbare Sitte.

~

Es regnet seit Tagen. Sie stecken bis zu den Waden im Schlamm, die Uniformen trotz der gewachsten Umhänge, die sie darüber tragen, bleischwer vom Wasser. Da stehen sie, mit steifen Beinen, nebeneinander aufgereiht in diesem stinkenden Graben. Zwei Wochen warten sie jetzt. Schmutzig, zitternd vor Kälte. Im Sommer haben die Fliegen und die Hitze sie gequält, doch jetzt, wo die Kälte da ist, ist es noch schlimmer. Bei Regen riecht die Erde nach alter Pisse, nach Kot. Es ist kein Platz da, um sich die Beine zu vertreten. Der Schützengraben ist ein enger Stollen, abgedichtet von Sandsäcken und voller Männer, Munitionskisten, Gewehren und Unrat. Die mit Stoffen bespannten Tragen stehen in Reihen für die Schlacht bereit. Wer auf ihnen transportiert wird, kann sich glücklich schätzen, denn oft genug lassen sie die Toten einfach mitten auf dem Schlachtfeld zurück, wo sie langsam verrotten. Begraben werden nur verwestes Fleisch, aufgedunsene Körper mit unkenntlichen Gesichtern.

Die Soldaten stampfen mit den Füßen, um sich aufzuwärmen. Einige rauchen, manche schreiben an ihre Familien.

Erasmo denkt an Nina. Sein Freund liest einen Brief von seiner Mutter. Sie schreibt ihm, dass sie andere Vorhänge für das Wohnzimmer brauche und dass sie im Garten neue Rosenstöcke pflanzen wolle. Sie verspricht ihm, Geld zu schicken, und ermahnt ihn, bis dahin vorsichtig zu sein und keine unnötigen Risiken einzugehen. Als Stärkungsmittel empfiehlt sie ihm eine Arznei, von der sie gehört hat. Wenn sie sich recht erinnere, trage sie den heldenhaften Namen »Eroina«. Sie werde sich erkundigen und ihm dann Bescheid geben.

Erasmo weiß, dass er bisher Glück hatte. Zweimal war er bereits bei einem Angriff dabei, und jedes Mal hat er es mit ein paar Kratzern überstanden. Bei der ersten Attacke befand er sich in der Nähe eines Friedhofs. Ein Kanonenschlag, und Leichen flogen durch die Luft. Einige Teile trafen ihn, er schüttelte sie angewidert ab. Der Gestank in der Luft war grauenvoll. Kurz darauf, angelockt durch den Geruch von Verwesung, kamen die Ratten. Große Ratten, viele Ratten, die sich auf die Leichenteile stürzten und sie unter lautem Quieken fraßen, hier eine Hand, da einen Schädel. Ihm war übel geworden, er musste sich übergeben. Damals konnte er sich nicht erklären, wie er aus dieser Hölle lebendig herausgekommen war. Danach hatte er den Wahnsinn in den Gesichtern der anderen Überlebenden gesehen, hatte die vielen, vielen Maultiere gesehen, die von der Front kamen, mit den Leichen der getöteten Fußsoldaten auf dem Rücken. Sie kamen in Dutzenden, eine Reihe, die nicht enden wollte.

»Das sind Todesfälle, mit denen gerechnet wird, Verluste, die in die Statistiken miteinbezogen sind«, hat ihm Danilo einmal gesagt. Und er erklärte, das sei auch der Grund, warum die Hälfte der Soldaten beim Angriff kein Gewehr hatte. »Die Generäle wissen, dass fünfzig Prozent der Männer fallen werden, deshalb bekommen auch die Fußsoldaten die Anweisung, die Waffe des ersten Soldaten zu benutzen, der neben ihnen zu Boden geht.«

Erasmo hat gelernt, dass man im Krieg zu einem schlechten Menschen wird. Im Falle eines Sieges verstecken sich viele und schießen auf die in die Flucht geschlagenen Deutschen, ohne Grund. Der Krieg macht die Menschen schlecht und böse. Der Hass wächst von Tag zu Tag, mittlerweile von Stunde zu Stunde. Natürlich Hass auf den Feind, aber vielleicht noch mehr der Hass auf die eigenen Offiziere, die, die diesen Krieg gewollt haben. Sie halten die Ordnung aufrecht, indem sie mit Erschießung drohen und diese manchmal sogar wahllos durchführen, sei es an denen, die sich tatsächlich etwas zuschulden haben kommen lassen, sei es an Unschuldigen. Einmal ist der Versuch, sich zu widersetzen, mit dem Tod von zehn Soldaten vergolten worden, deren Namen nach dem Zufallsprinzip gezogen wurden. Dabei waren am Tag des Aufstands zwei der Männer, die ausgewählt wurden, noch nicht einmal an der Front gewesen. Einer von ihnen fiel in Ohnmacht, als er vor dem Erschießungskommando stand. Der andere, schon mit Augenbinde, sagte wieder und wieder: »Herr Oberst, ich war doch an dem Tag des Aufstands gar nicht da.« Und der Oberst, der verpflichtet war, ihm eine Antwort zu geben, sagte am Ende: »Wenn du unschuldig bist, weiß es Gott und wird es dir vergelten.«

Es regnet weiter. Erasmo sieht, wie die Unteroffiziere

Schnapsflaschen unter den Soldaten verteilen. Mittlerweile weiß er: Wenn sie sie mit Alkohol abfüllen, wollen sie ihnen Mut zum Sterben machen. Die Soldaten setzen die Flaschen an den Hals und trinken gierig, geben sie weiter, ohne sich anzuschauen.

Erasmo sucht den Blick seines Freundes. Danilo ist zweiundzwanzig Jahre alt, hat aber noch den Körper eines Jünglings und ein Gesicht ohne den Hauch eines Bartes. Gestern Nacht hat er ihn weinen gehört, aber Erasmo hat nichts getan, um ihn zu trösten. Das tut niemand. Jetzt beobachtet er, wie sein Freund sich einschenkt, das Glas in seiner schmalen Hand, der Hand einer Frau. Er führt es an seine Lippen und kippt den Schnaps auf einmal hinunter.

Als Nächstes kommen die Carabinieri. Die Offiziere lassen sie hinter den Soldaten aufmarschieren, und wenn die Zeit des Angriffs gekommen ist, werden sie auf jeden schießen, der zögert, aus dem Schutz der Gräben hinauszutreten; es gibt immer Leute, die Angst davor haben, von den Maschinengewehren der Österreicher niedergemäht zu werden.

Danilo steht neben Erasmo. Es ist, als würde die Anwesenheit seines Freundes ihn beschützen und ihm Glück bringen.

Ein Automobil fährt vor. Der Schlag öffnet sich, und der General steigt aus.

»Heilige Muttergottes … dann wird's ernst heute«, murmelt jemand. Der General ist ein blonder Mann, frisch rasiert und mit glänzend polierten Stiefeln. Er spricht zu ihnen unter einem Schirm hervor, den ihm ein Soldat über den Kopf hält. Seine Stimme ist glasklar, sein Ton gebieterisch, aber zugleich auch warm, väterlich. Er spricht von Mut und Courage, von Müttern, die voller Stolz auf sie warten, von Kindern, die es zu verteidigen gilt, damit sie sich eines Tages »Italiener« nennen können.

»Blödsinn!«, sagt Danilo leise. Er spricht nie vom Vaterland, aber vom Marxismus und von einer Gesellschaft ohne Grenzen; er spricht von den Reichen, die sie ausbeuten und in den Tod schicken, nur um ihr Kapital zu retten. Für Erasmo klingt das, als hätte Danilo nicht alle Tassen im Schrank.

»Mich beutet niemand aus. Ich arbeite als Hufschmied, und mein Dienstherr hat mich über das Taufbecken gehoben. Abends spielt er mit meinem Vater Karten, und er hat mir immer meinen Lohn ausgezahlt. Manchmal gibt er mir sogar noch was obendrein.«

Doch Danilo will das nicht verstehen. Er redet weiter über Ausbeutung und über das Geld, das sein Herr auf der Bank hat, wo es immer mehr wird. Zu viele Bücher haben ihm offenbar ins Hirn geschissen. Und warum hat er eigentlich etwas gegen die Reichen, wo er doch selbst einer von ihnen ist?

Sie warten auf den Moment des Angriffs. Erasmo schaut in Richtung der feindlichen Schützengräben. Der Boden ist so hart, dass er keinen Regen aufsaugt, sondern das Wasser sich darauf ausbreitet wie das Delta eines Flusses. Was sollen sie bloß hier? Auf diesem Landstrich wächst nicht einmal Unkraut.

In der Nacht hat er einen seltsamen Traum gehabt. Da war eine Frau in einer bunten Hose und mit vielen Federn im Haar. Sie hielt ihm die Hände hin, aber er wollte sie nicht berühren und wich vor ihr zurück. Trotzdem gelang es ihr, ihn zu umarmen, so fest, dass er fast nicht mehr atmen konnte. Als er aufwachte, war er schweißgebadet, und das Herz zappelte wie wild in seiner Brust.

Jemand singt mit leiser Stimme, andere beten. Die Älteren küssen die Fotos ihrer Frauen und Kinder. Manche rennen zur Latrine und machen noch im Laufen ihre Hose auf, so groß ist die Angst vor der Schlacht und davor, sich zu besudeln. Die Luft ist schwül, der Regen prasselt. Die Männer warten mit gesenktem Kopf. Alle harren auf das Kommando des Leutnants.

»*Avanti*, Männer! Es lebe Italien!«

Sie stoßen und drängen sich aus den Schützengräben, brüllen: »Es lebe Italien!« Direkt hinter ihnen postieren sich die Carabinieri, bereit, auf jeden zu schießen, der wegläuft oder umkehrt. Und so laufen sie.

»Avanti, avanti!« Mit einem Schrei ergießen sie sich auf dem Boden des Karsts, und dann laufen sie nur noch und laufen und laufen. Sie wissen nicht, wohin oder warum, aber sie laufen, manche mit dem Gewehr in der Hand, andere ohne. Der Lärm ist ohrenbetäubend, der Himmel gleißend. Fast wie in der Nacht des Schutzheiligen der Stadt, wenn die Feuerwerkskörper knallen und die Dunkelheit sich mit Lichtern füllt. Die Kugeln pfeifen rund um die Soldaten wie wild gewordene Vögel. Eine zischt am Gesicht von Erasmo vorbei und trifft den Mann neben ihm. Erasmo bückt sich und nimmt ihm das Gewehr ab. Ein weiterer Soldat fällt, und noch einer. Erasmo rennt weiter. *Wo ist Danilo?* Noch vor einem Moment war er an seiner Seite. Er dreht sich um, um nach ihm zu suchen.

Ein Zischen, ein Flirren, und der Karst verschwindet hinter einem weißen Licht. Es wird still. Es ist, als wäre ein Blitz in sein Fleisch eingeschlagen, so wie damals, als er noch ein Kind war und manchmal am Sonntag, in der Kirche, von den Dämpfen des Weihrauchs ohnmächtig wurde. Er hört weder die Schreie der Soldaten, noch spürt er die Todesangst, die sich in seine Gedärme frisst. In einem einzigen Moment sieht er das Haus an der Fossa wieder, das Gesicht seiner Mutter, die Nächte von Stellata … Ninas klare, durchscheinende Augen …

Dann ist da die Dunkelheit des mütterlichen Leibes, da sind Energie und Musik, das Universum, das in seinen Augen explodiert. Er ist nicht mehr der Sohn seines Vaters und nicht mehr der Sohn seiner Mutter, der Bruder, der Freund, und auch nicht mehr Ninas Liebster. Er ist nur noch er. Ohne Körper. Ohne Schmerz. Ohne Zeit.

~

Beppe Casadio schreckte aus dem Schlaf hoch. *Madonna santa*, was für ein furchtbarer Albtraum!

Nach Luft ringend, stand er auf, legte sich die Jacke über die Schultern und ging in Richtung Küche.

Er drehte den Wasserhahn auf und goss sich ein Glas Wasser ein. Seine Hände zitterten immer noch, als er ein leises Klirren hörte.

»Hallo, Papa!«

Beppe Casadio ließ das Wasserglas auf den Boden fallen. Ohne sich umzudrehen, blieb er an der Spüle stehen, obwohl er sich nur mit Mühe auf den Beinen halten konnte. Erst nach einer Weile, die ihm wie eine Ewigkeit erschien, brachte er den Mut auf, sich umzudrehen. Was er sah, war nur ein Umriss aus Licht, ohne genaue Form, doch er erkannte ihn sofort.

»*Poar al mé putlét.* Mein armer Junge«, stammelte er, dann versagte ihm die Stimme.

»Du musst dir keine Sorgen um mich machen. Mir geht es so gut, das kannst du dir gar nicht vorstellen.«

Beppe verspürte einen Schmerz, wie er ihn noch nie zuvor verspürt hatte, einen messerscharfen Schnitt. »Was soll ich denn jetzt bloß deiner Mutter sagen?«, stieß er hervor.

»Sag ihr, niemand macht so gute Schmalzküchlein mit Zwiebeln wie sie, und sie soll keine Angst vor dem Tod haben, der ist kaum der Rede wert.«

»Aber wie sollen wir nur weitermachen? Wo finden wir die Kraft?«

Es kam keine Antwort, aber Beppe spürte, wie eine Welle der Hitze auf ihn zukam, ihn fest drückte und ihm durch und durch ging. Etwas – oder jemand – umarmte ihn, wie der sanfte, warme Abdruck eines Fingers, eine Wärme, die ihm ins Blut ging und bis zu seinem heftig schlagenden Herzen strömte. Dann ließ der Druck allmählich nach, schwand dahin. Das Licht schien sich zu sammeln, als würde es sich kleiner machen, und entfernte sich langsam, den Flur entlang, bis es schließlich ganz verschwunden war.

Beppe spürte wieder, wie kalt es in dem Raum war. Er versuchte, den Mund zu öffnen, nach seinem Sohn zu rufen, doch ihm entfuhr nur ein Seufzen. Er beugte sich über das Spülbecken, stocksteif, überzeugt davon, dass sein Herz nicht mehr lange mitmachen würde. Erst nach einer Weile schaffte er es, ins Schlafzimmer zurückzukehren.

»Armida, Armida, wach auf! Erasmo ist gegangen«, stammelte er unter Tränen.

»Wohin ist er gegangen?«, antwortete seine Frau, ohne die Augen zu öffnen.

»Er ist tot. Ich habe ihn gerade gesehen. Er hat mir gesagt … ich soll dir sagen, es geht ihm gut … und dass niemand so gute Schmalzküchlein mit Zwiebeln macht wie du.«

»Schmalz… was? Bist du dir sicher, dass du bei Sinnen bist?«

»So hat er es gesagt, und dann … dann hat er noch gesagt, sterben ist gar nicht so schwer.«

»Es ist nur die Angst, die sich diese Scherze mit dir erlaubt«, sagte Armida und betrachtete ihn argwöhnisch.

Mit der Geschichte von den Schlangen war es nicht genug. Die Frau hatte auch sagen hören, in der Familie ihres Mannes gebe es einige, die manchmal mit den Toten redeten. Beppe selbst hatte ihr von seinem Großvater Dollaro erzählt, der als kleiner Junge mit seinem verstorbenen Vater gesprochen hatte, und dass auch er als Kind diese Gabe besessen habe. Mit etwa sechs Jahren habe er Freundschaft mit den Seelen von Nino und Clemente geschlossen, zwei Fischern, die vor fünfzig Jahren in den Fluten des Po ertrunken waren. Ab und zu habe er sich ans Ufer gesetzt, und sie kamen, um ihm ihre Geschichte zu erzählen, doch als Beppe seiner Mutter davon berichtete, habe Angelica ihn ausgeschimpft und gesagt, das habe er nur geträumt. Deshalb behielt er seither seine Plaudereien mit Nino und Clemente für sich, und im Laufe der Jahre hatte er dann auch nicht mehr nach den ertrunkenen Fischern Ausschau gehalten und jene wundersamen Gespräche ganz vergessen.

Armida jedoch wollte von solchen Geschichten nichts wissen. »Du wirst schon sehen, morgen bekommen wir einen Brief von ihm, und du wirst ganz beruhigt sein«, schloss sie. Trotzdem dauerte es noch Stunden, bis sie wieder einschlafen konnte.

Am Morgen darauf schien die Frau ihre seltsame nächtliche Unterhaltung vergessen zu haben. Von Beppe konnte man das nicht behaupten. Er wusste es, dazu brauchte er keine Bestätigung. Als das Telegramm eintraf, übergab er es mit gesenktem Blick seiner Frau. Nicht einmal öffnen musste er es.

~ 1918 ~

Neve pustete auf die Schüssel mit Milch, ihre Beine baumelten vom Stuhl. Sie zupfte mit spitzen Fingern die Haut von der Milch und tauchte die Brotstückchen ein, die ihre Mutter ihr zurechtgeschnitten hatte. Der Krieg war vorüber, im Kamin brannte ein Feuer, und die Katze schlief zusammengerollt in der Asche. Die Welt war wieder in Ordnung.

Von seinem Konterfei über der Anrichte lächelte Erasmo in seiner Uniform auf sie herab.

»Wie fühlt es sich an, wenn man tot ist?«, fragte die Kleine unvermittelt.

Es war November, und Armida kramte in den Schubladen nach den wärmeren Pullovern, die von den größeren Kindern an die kleineren vererbt werden konnten. Sie hielt inne, in der Nase den Kampfergeruch der eingemotteten Kleidungsstücke. Kurz strich sie über die verfilzte Wolle.

»Man fühlt sich … man fühlt sich gut, weil man keine Schmerzen und keine Sorgen mehr hat. So ist das Paradies.«

»Aber sieht uns Erasmo aus dem Paradies?«

»Natürlich. Auch jetzt ist er hier, zusammen mit uns.«

Was sollte das heißen?, fragte sich Neve. Dass er auch zuschaute, wenn sie in der Nase bohrte? Oder wenn sie auf dem Plumpsklo hinter dem Haus saß und ihr großes Geschäft machte?

»Und ist es nur er, der mir zuschaut, oder sind es auch die ganzen anderen toten Verwandten?«, wollte die Kleine mit besorgter Miene wissen.

»Ach, woher soll ich das denn wissen!«, erwiderte Armida, der allmählich die Antworten ausgingen.

Aber sie dachte, dass sie vielleicht selbst Schuld an jenen Fragen hatte. Sie nahm die Kleine oft mit auf den Friedhof, und anscheinend hatte diese Nähe zu den Toten bei dem Mädchen einen Eindruck hinterlassen. Andererseits nahm sie alle ihre Kinder ans Grab mit, aber nur Neve stellte solche Fragen wie eben.

Auf dem Friedhof machten sie das Familiengrab sauber, wechselten im Sommer das Wasser in den Vasen und stellten ein paar frische Blumen hin, die sie auf dem Feld gepflückt hatten. Als Neve lesen gelernt hatte, begann sie, die Namen auf dem Grabstein zu entziffern:

GIACOMO CASADIO 1754–1808
VIOLLCA TOSKA IN CASADIO 1777–1862
ACARIO CASADIO, genannt DOLLARO 1800–1891

»Wer ist das?«, fragte sie ihre Mutter.

»Das sind die Urgroßeltern und der Großvater deines Vaters.«

»Violl-ca Tos-ka. Warum heißt sie so komisch?«

»Sie kam von außerhalb. Sie gehörte zum fahrenden Volk.«

Neve dachte gern an diese Vorfahrin mit dem seltsamen Namen, die zu diesem noch seltsameren Volk gehört hatte.

Sie stellte sich vor, dass sie schön gewesen war, mit bunten Röcken und vielen Federn im Haar. Niemand hatte sie ihr jemals beschrieben, aber so stellte sie sich diese Viollca vor.

In letzter Zeit hatte die Familie bemerkt, dass die Kleine ein seltsames Gebaren an den Tag legte. Da war dieses viele Sprechen vom Tod und dann die Angewohnheit vorauszuahnen, dass jemand zu Besuch kam.

»Gleich kommt Onkel Neno«, verkündete sie zum Beispiel, ohne auch nur den Blick vom Schulheft zu nehmen. Kaum hatte sie den Satz beendet, klopfte es schon an der Tür, und stets handelte es sich um genau die Person, die Neve gerade genannt hatte.

»Der Priester kommt, um das Haus zu segnen«, tönte das Mädchen bei einer anderen Gelegenheit.

»Das kann nicht sein. Don Gregorio hat gesagt, er macht erst am Donnerstag seine Runde«, korrigierte ihre Mutter sie.

In genau diesem Moment klopfte es an der Tür. Armida und ihr Mann warfen sich einen Blick zu. Beppe ging zur Tür, um sie zu öffnen.

»Gelobt sei Jesus Christus. Eigentlich sollte ich am Donnerstag kommen, aber da wurde ich überraschend in die Diözese gebeten.«

~

In dem Sommer, in dem Neve elf wurde, sagte Armida zu ihr, sie könne jetzt nicht mehr auf Bäume klettern oder ihre Röcke ausziehen, um mit den anderen Kindern im Po zu baden.

»Aber wieso denn nicht?«, maulte das Mädchen.

»Du bist jetzt ein junges Fräulein, da gehört es sich nicht, vor Jungs den Rock zu lupfen.«

Neve bemerkte voller Beunruhigung die Veränderungen, die in ihrem Körper vorgingen. Ihre Brüste reckten sich keck unter dem Kleid, und es wuchsen ihr auf einmal Haare, unter den Achseln und auch dort unten, zwischen den Beinen. Ihre Schwester Adele, die bereits eine richtige Frau war, erklärte ihr, ein jedes weibliche Wesen müsse, um Mutter werden zu können, Blut verlieren, so wie das auch bei Lena, ihrer Hündin, gewesen sei. Als sie dann tatsächlich zum ersten Mal ihre Regel hatte, empfand Neve zuerst Angst und dann Ekel. Stundenlang setzte sie sich in der Küche ans Fenster, mit dem Daumen im Mund, ohne zu wissen, wie sie mit der Angelegenheit umgehen sollte.

»Was machst du denn da um diese Zeit, ohne Sinn und Ziel?«, fragte ihre Mutter, als sie mit dem Wäschekorb an ihr vorbeikam. Neve zuckte mit den Achseln, und Armida ging wieder hinaus.

Es wurde Abend, und das Mädchen hatte immer noch nicht vor, neben Adele, mit der sie sich das Bett teilte, unter die Decke zu schlüpfen.

»Jetzt nimm den Daumen aus dem Mund und komm, damit ich das Licht ausmachen kann«, forderte ihre Schwester sie auf.

»Ich kann nicht«, antwortete Neve leise. Doch Adele war nicht zu erweichen, und so musste die Kleine ihr gestehen, was vorgefallen war.

Adele fing an zu lachen. Dann ging sie zu ihrer Kommode, holte einen Baumwollstreifen, ein Gummiband und ein paar Sicherheitsnadeln heraus und zeigte Neve, wie sie das alles befestigen sollte. Mit gesenktem Blick hörte ihre kleine Schwester ihr zu und dachte, dass sie nicht erwachsen werden wollte. Kinder wollte sie auch keine, und erst recht wollte sie nichts mit Lena gemein haben.

Als sie später neben ihrer großen Schwester im Bett lag, fragte sie sie: »Adele, willst du keine Kinder?«

»Zuerst muss ich noch den richtigen Mann finden, mit dem ich sie haben will.«

»Willst du nicht heiraten?«

»Jetzt schlaf, es ist schon spät«, schnitt ihr Adele das Wort ab. Sie löschte das Licht und drehte ihr den Rücken zu.

Neve lag noch lange wach. Sie fand Adele schön, sie war die Schönste ihrer Schwestern. Sie hatte helle, immer etwas traurige Augen und eine Haut wie Honig. Ihre Haare waren gewellt, genau wie ihre, aber kastanienbraun. Eine Strähne an ihrer Stirn war bereits weiß, doch statt sie alt zu machen, schenkte sie ihr einen ganz besonderen Reiz. Adele war hochgewachsen und von eleganter Haltung, sodass selbst das schlichteste Kleid an ihr wirkte, als wäre es von der besten Schneiderin der Stadt genäht. Wenn sie bei ihr für ein neues Kleid Maß nahm, sagte ihre Tante Edvige zu ihr, sie sei besser gebaut als eine Statue und dass an ihr sogar ein Sack noch gut aussehen würde. Doch obwohl sie auf die dreißig zuging, hatte Adele noch keinen Verlobten. Da war etwas, das Neve nicht verstand, etwas, das mit ihrer Schwester zu tun hatte und von dem alle in der Familie wussten, worüber aber niemand sprechen wollte.

Eines Tages hatte sie gehört, wie ihre Mutter Adele anschrie: »Du wirst noch eine alte Jungfer werden, so wie deine Tante Edvige. Das wirst du!« Ein anderes Mal hatte ihr Vater die Schwester am Arm gepackt und ihr eine Ohrfeige gegeben, aber eine richtige, nicht eine Kopfnuss, wie Neve ab und zu selbst eine bekam. Was hatte ihre Schwester denn bloß angestellt? An jenem Abend wollte Neve sie danach fragen, aber Adele drehte ihr einfach nur den Rücken zu.

Sie lag lange wach und dachte über die unglückseligen Kinder nach, die genauso auf die Welt kommen mussten wie die Katzen, die Kälbchen und die wuscheligen Hündchen von Lena. Sie dachte auch an die schallende Ohrfeige, die ihr Vater Adele gegeben hatte, und wie das geknallt hatte, fast wie ein Schuss. Hinterher hatte Adele eine rote Wange gehabt, und ein bisschen Blut war an ihrer Lippe, aber geweint hatte sie nicht, nicht eine Träne. Noch schlimmer aber waren die Worte der Mutter gewesen, als sie zu Adele gesagt hatte, sie habe ihr Leben ruiniert und würde genauso enden wie ihre Tante Edvige.

Fast zwanzig Jahre waren seit jenem Unglück vergangen, als die beiden Kinder ertrunken waren, doch Beppe Casadio befürchtete, seine Tochter könnte dasselbe Schicksal ereilen wie seine Schwester. Ab und zu brummte er: »Das Unglück in unserer Familie wiederholt sich und ist immer gleich. Wir Casadios sind ewig auf der Suche, und das hat mir auch mein Großvater Dollaro gesagt. Seine Mutter habe es in den Karten gelesen, meinte er.«

»Jetzt reicht's«, unterbrach ihn Armida jedes Mal. »Du kannst doch nicht in ständiger Angst vor dem leben, was eine *zingara* einmal gesagt hat. Die Toten sind tot, Beppe, und ihre Worte sind dort unten begraben, so wie ihre Gebeine.«

»*N'è brisa vera*, das stimmt doch nicht. Ich weiß, wohin die Toten gehen: Nirgendwo gehen sie hin, weil sie nie weg waren. *I mort i resta chi!* Die Toten bleiben hier«, wiederholte er.

»Ihr Casadios habt doch nicht alle Tassen im Schrank!«, schloss die Frau und schüttelte den Kopf.

Und da hat sie nicht ganz unrecht, dachte Beppe. Doch für ihn war es einfach nicht möglich, sich von der Anwesenheit der Toten zu befreien, erst recht nicht von dem, was sie gesagt hatten. Schon sein ganzes Leben lang hatte Beppe Casadio Viollcas Prophezeiungen gefürchtet und zog seine Kinder in der Angst auf, dass sie die Neigung zum Träumen und zur Tragödie von ihren Verwandten geerbt hatten. *Und wer ist jetzt an der Reihe?*, fragte er sich, doch im Grunde wusste er es: Es war Adele, die den unverwechselbaren Blick der Träumer hatte. Das hatte er richtig gesehen. Auch sie würde sich am Ende in einen verheirateten Mann verlieben, doch im Gegensatz zu ihrer Tante nahm sie ihre Rolle als Geliebte hin, ohne jemals einen Skandal heraufzubeschwören.

Jahrelang lebte Adele im Schatten eines gewissen Paolo, eines hageren und bleichen Zeitgenossen, der bei der Gemeinde von Bondeno arbeitete. Er war eher klein, hatte schütteres Haar und trug eine Brille mit fingerdicken Gläsern. »Was findet sie denn bloß an dem?«, fragten sich Beppe und Armida. Und doch hatte sich Adele verliebt. Sie war mit kurzen, heimlichen Stelldicheins zufrieden, mit einem gelegentlichen Brieflein und dem Traum von einer Reise nach Rom oder nach Florenz, die sie und Paolo irgendwann unternehmen würden. Doch die Leute redeten, und so war es nicht verwunderlich, dass Beppes und Armidas älteste

Tochter noch mit dreißig Jahren keinen einzigen Heiratsantrag bekommen hatte.

Ihre Eltern hofften immer noch darauf, dass sich irgendwann einer finden würde, der bereit war, sie trotz ihres schlechten Rufes zu nehmen. Zum Glück war sie schön und kleidete sich dank der Schneiderkünste ihrer Tante mit einer gewissen Erlesenheit. Was ihren Eltern vorschwebte, war ein Mann reifen Alters: ein Witwer oder einer von auswärts, der bezüglich Adeles Vergangenheit ein Auge zudrückte. Ihre Mutter spornte sie sogar an, nicht untätig zu bleiben. »Wenn du nicht ausgehst, findest du keinen Mann mehr«, warnte sie. Und auch Adele wusste, dass eine Heirat innerhalb des Dorfes unmöglich geworden war.

Edvige beobachtete ihre Nichte, die vor ihren Augen alt wurde, und fühlte sich allzu sehr an ihr eigenes Leben erinnert. Und so beschloss sie nach Jahren des Schweigens, dass es an der Zeit war, das Heft in die Hand zu nehmen.

Eines Tages wartete sie, bis Adele und sie allein waren. Sie legte das Brautkleid, das sie gerade fertig nähte, auf ihren Knien ab und schaute ihre Nichte über die Brille hinweg an.

»Dann hast du also beschlossen, dein Leben zu ruinieren«, erklärte sie.

»Wie meinst du, Tante?«

»Du willst in diesem Haus verrotten, so wie ich es getan habe, und für den Rest deines Lebens den Kindern anderer den Hintern abwischen?«

»Ehemänner kann man sich wohl kaum mit der Post bestellen.«

»Liebhaber im Übrigen auch nicht«, erwiderte Edvige zornig. Sie zupfte mehrere Fäden von dem Kleid und fügte hinzu: »Glaub ihm nicht, wenn er dir sagt, er liebe seine Frau nicht mehr. Die Männer können mit zwei Frauen nur gewinnen. Sie nehmen sich das, was sie können, von der einen und von der anderen, und haben keine Probleme damit. Und die Frau? Was erwartest du – sie hat ein Haus, Kinder, einen Mann, der jede Nacht an ihrer Seite schläft. Und du? Was bleibt dir?«

Adele dachte schon darüber nach, ihr eine gesalzene Antwort zu geben und damit dieser allzu schmerzlichen Unterhaltung ein Ende zu bereiten, doch auf einmal wurde ihr Atem schneller. Sie brach in Tränen aus und sank auf einem Stuhl zusammen.

Edvige strich ihr über den Kopf. »Für Tränen ist es zu spät. Wir müssen einen guten Mann für dich finden, und dein Vater und ich haben auch bereits jemanden im Sinn.«

»Wer ist es?«, fragte Adele und putzte sich die Nase.

»Unser Bruder Ugo hat in seinem jüngsten Brief aus Brasilien über ihn geschrieben. Scheint eine gute Partie zu sein. Die Eltern kamen aus Italien, aber er ist dort geboren. Dein Onkel sagt, er ist ein ehrlicher und fleißiger Mann. Jetzt, wo seine Eltern gestorben sind, sucht er nach einer Frau, und es soll eine Italienerin sein. Ich bin mir sicher, wenn er ein Bild von dir sieht, wird er nicht Nein sagen.«

Es war Edvige, die sich um alles kümmerte, die einen Brief an ihren Bruder, den Missionar, schrieb und eine Fotografie ihrer Nichte ans andere Ende der Welt schickte. Einige Wochen später, als der Postbote die Antwort brachte, öffnete sie mit bebenden Fingern den Umschlag, doch dann lächelte sie.

Kaum stand sie vor Adele, setzte sie eine siegesgewisse Miene auf. »Ich hab dir ja gesagt, dass du ihm gefallen würdest. Er heißt Rodrigo und scheint durchaus angetan zu sein. Er ist sechsunddreißig Jahre alt und erfreut sich bester Gesundheit. Seine Eltern haben ihm eine Kaffeeplantage hinterlassen. Wenn du ihn heiratest, wirst du ein vornehmes Leben führen können.«

Adele nahm das Bild in die Hand. Der Mann auf dem Pferd war hager, sein Gesicht halb vom Hut verdeckt. Man sah nur die Stirn und ein Auge; der Rest des Gesichts lag im Schatten. Sie dachte kaum mehr als eine halbe Minute nach, dann sagte sie: »Na gut. Schreib ihm, ich bin einverstanden. Ich werde seine Frau.«

~ 1925 ~

Adele begab sich zusammen mit ihrem Vater zuerst in die Kirche und dann ins Gemeindehaus in Bondeno, um einen Pass und die Papiere für die Hochzeit zu beantragen.

»Gut, dass du von hier weggehst«, sagte Beppe, der neben ihr auf dem Karren saß. »Mit diesem Mussolini an der Regierung drehen alle durch, aber sie werden schon bald merken, mit was für Verbrechern wir es zu tun haben.«

Drei Jahre waren seit dem Marsch auf Rom vergangen, ein Ereignis, das zwar Todesopfer gefordert hatte, doch trotz aller Befürchtungen vom Volk mit einer Mischung aus Staunen und Bewunderung aufgenommen worden war. Für Giuseppe Casadio blieben die Faschisten anmaßende Hochstapler und Mussolini ein Fanatiker, dem nicht zu trauen war. Als der Duce dann am 3. Januar den faschistischen Staat ausgerufen und als Diktator die Macht ergriffen hatte, kam das für Beppe alles andere als überraschend.

»Was für eine schreckliche Welt! Und es gibt immer noch Leute, die ihm applaudieren«, fluchte er.

Während Adele mit ihrem Vater zum Rathaus unterwegs war, schickte Armida Neve zum Bäcker, wo sie ein wenig Sauerteig für ihre Mutter kaufen sollte. Es war ein wunderschöner Morgen im September, das Licht war weich, und die Sonne brannte nicht mehr. Neve sang, und ihr war so froh ums Herz, als wäre es schon Weihnachten. Das lag nicht nur daran, dass es ein so schöner Tag war, sondern dass sie sich am Abend zuvor die Haare abgeschnitten hatte. Sie war die Zöpfe leid gewesen. Neve wollte einen Kurzhaarschnitt, genau wie die amerikanischen Schauspielerinnen, die in der Filmzeitschrift *Eco di Cinema* abgebildet waren. Sie wollte anders sein, wollte sich von den übrigen Mädchen in Stellata abheben. Ihre Eltern hätten ihr allerdings niemals erlaubt, dass sie sich die Haare abschnitt. Ihr Vater sagte oft, die Schönheit einer Frau liege in ihrem Haar: Je länger es war, desto faszinierender das Frauenzimmer. Neve hingegen hatte beschlossen, wenn sie mit der Zeit gehen wollte, musste sie das tun, was sie sich in den Kopf gesetzt hatte. Sie hatte einfach die Schere genommen und sich, *schnipp, schnapp*, eine Strähne nach der anderen, die Haare abgeschnitten, ohne auch nur einen Moment zu zögern. Am Ende stibitzte sie noch den Lippenstift ihrer Schwester – leuchtend rot –, den sich Adele in einem Geschäft in Ferrara gekauft hatte, trug ihn ganz akkurat auf und posierte lange vor dem Spiegel: in Dreiviertelansicht, mit schmachtendem Blick. *Na also!* Und wie neidisch ihre Freundinnen sein würden, wenn sie sie mit den kurzen Haaren sahen!

Nachdem sie sich ausgiebig bewundert hatte, wischte sich Neve den Lippenstift wieder ab und ging mit einer bangen Vorahnung die Treppe hinab.

Ihre Mutter erstarrte bei ihrem Eintreten in die Küche zur Salzsäule, und ihrem Vater blieb der Löffel vor dem Mund stehen.

»Was fällt dir ein? Wie kannst du denn so etwas machen?«, rief Beppe aus.

Doch Neve hatte sich eine Antwort zurechtgelegt. »Das ist ein Gelübde, das ich vor der heiligen Katharina von Bologna abgelegt habe.«

»Was denn für ein Gelübde?«, fuhr ihre Mutter sie an.

»Ich habe es für Adele getan. Ich habe der Heiligen mein Haar geopfert, damit die Ehe meiner Schwester glücklich wird.«

Die Eltern schauten sich perplex an, doch am Ende hatte sich ihr Vater nur darauf beschränkt hinzuzufügen: »Na ja, wenn es ein Gelübde an die Heilige ist … Aber bedecke wenigstens deinen Kopf, wenn du unter die Leute gehst, du siehst ja aus wie ein Clown.«

Am Tag darauf hüpfte Neve munter an den Gräben entlang, froh über ihr neues Aussehen als modernes Mädchen. Und wie immer in solchen Zuständen der Begeisterung gab sie jenen betörenden Duft ab und wurde schon bald von einem großen Bienenschwarm umgeben.

Trällernd betrat sie den Bäckerladen. Die Frau des Bäckers stand hinter der Theke.

»Was hast du denn gemacht?«, rief die Frau aus, die nicht einmal in der Stadt jemals eine solche Frisur gesehen hatte.

»Nichts, ein Gelübde. Könnt Ihr mir ein wenig Sauerteig geben?«

»Mein Mann ist hinten in der Backstube; frag ihn selbst.«

Neve trat ins Hinterzimmer und blieb wie vom Blitz getroffen stehen, denn dort stand ein junger Mann, von Kopf bis Fuß mit Mehl bedeckt, mitten in dem Lichtkegel, der durch das Fenster hereinfiel. Wie angewurzelt verharrte sie auf der Schwelle. »Wer bist du, der Erzengel Gabriel?«, gelang es ihr zu stammeln.

Er brach in Gelächter aus. »Nein, der Schutzheilige der Bäcker. Hast du keine Angst vor all den Bienen?«

»Die folgen mir nun mal«, flüsterte sie.

Der Heilige der Bäcker wollte ihr schon eine Antwort geben, als aus der Backstube gerufen wurde: »Radames! Kommst du oder nicht?«

»Ich muss gehen …«, fügte er nur hinzu und verließ mit schnellen Schritten den Raum.

Neve folgte mit dem Blick dem Erzengel Gabriel, bis er ganz hinter der Tür verschwunden war. Mit weichen Knien und schwitzenden Händen blieb sie dort im Hinterzimmer stehen. Einige Momente später lief sie in die Backstube, traf aber nur den Bäckermeister an. Immer noch verwirrt, bat sie ihn um den Sauerteig, vergaß sogar, das Geld, das er ihr herausgab, mitzunehmen, und machte sich auf den Heimweg. Was und wen sie da im Hinterzimmer gesehen hatte, ging ihr nicht mehr aus dem Kopf.

~

Es war in jenen Tagen im September, nur wenige Wochen nachdem Adele beschlossen hatte, nach Brasilien zu gehen, dass Neve verkündete, sie wolle sich für die Abendschule anmelden, die die Faschisten im Dorf eröffnet hatten.

»Kommt überhaupt nicht infrage«, antwortete ihr Vater, ohne auch nur den Blick von seiner Hühnerbrühe zu heben. »Du musst deiner Mutter helfen, jetzt, wo deine Schwester bald abreist. Sie wird dich mehr brauchen.«

»Der Mama helfe ich sowieso, und außerdem hat sie gesagt, für sie ist es in Ordnung.«

Beppe Casadio öffnete den Mund, fand aber nicht die Worte, um auf diese Unverschämtheit zu antworten, und richtete stattdessen den Blick auf seine Frau.

»Ich habe nur gesagt, es sei deine Entscheidung«, rechtfertigte sich Armida.

Nach der vierten Klasse hatten sie Neve von der Schule genommen. Zu viele Bücher könnten ihr nur schaden, man brauche sich nur anzuschauen, was mit ihrer Tante Edvige passiert sei. Damals hatte Neve die Entscheidung ohne großes Murren akzeptiert, doch als sie von den Abendkursen erfahren hatte, hatte sie beschlossen, dass sie doch noch einmal die Schulbank drücken wollte.

Am Ende bekam sie tatsächlich ihren Willen.

Am ersten Abend nahm sie zwei Stufen auf einmal, während sie die Treppe der Schule hochstieg. Kaum hatte sie den Klassenraum betreten, war sie von einem Dutzend älterer Männer mit faltigen, von der Sonne verbrannten Gesichtern umringt. Die Älteren taten so, als wäre es ihnen nicht peinlich, dass sie sich mit der italienischen Sprache schwertaten, doch sie hatten schon große Mühe, den Bleistift richtig zu halten. Nur ein weiteres Mädchen war in ihrer Klasse: Luciana, die Tochter des Krämers. Ihr Vater war erst vor ein paar Wochen gestorben, und ihre Mutter, die weder lesen noch schreiben konnte, befand sich auf einmal in der misslichen Lage, mit den Lieferanten über Preise und Rabatte sprechen zu müssen. Ihr Laden war der einzige Laden im Dorf, und dort bekam man alles: von der Knoblauchsalami bis zur Einkaufstasche aus Stroh, von Sandalen bis zum Öl, getrocknete Bohnen ebenso wie grüne, und auch wer einen neuen Geldbeutel, einen Reißverschluss, Sicherheitsnadeln, Baumwollgarn, Frischkäse oder Gallseife brauchte, wurde hier fündig. Aber jetzt? Was sollte die Kaufmannsfrau tun, wo ihr Mann zwei Meter unter der Erde war? Von Panik ergriffen, hatte sie ihre einzige Tochter dazu verdonnert, sich für die Abendkurse einzuschreiben. Die Ärmste hatte versucht, sich zu widersetzen, doch ihre Mutter wollte nichts davon hören. Mit ihren hundertzehn Kilo, die auf unglaublich winzigen Füßen ruhten, baute sie sich mitten im Laden vor ihr auf, umgeben von Fässern und Schinken, stützte die Hände in die Hüften und ermahnte ihre Tochter, wenn diese sich nicht auf der Stelle und blitzschnell Grammatik und Mathematik aneigne, sehe sie sich gezwungen, das Geschäft zu verkaufen; niemand könne ihr jedoch die Genugtuung versagen, die es ihr bereiten würde, Luciana vorher noch die Augen auszukratzen, sie dann eigenhändig zu erwürgen und mit einem großen Stein am Hals im Po zu versenken. Dann könnte sie wenigstens eine Tote beweinen. An diesem Punkt hatte das Mädchen sich dann in den Kurs eingeschrieben.

Als Neve sie nun erblickte, dankte sie Gott im Himmel dafür, dass es ein weiteres weibliches Wesen hier gab, und setzte sich sogleich neben sie.

Gerade hatte der Appell begonnen, als die Tür aufging. Der junge Mann, der auf der Schwelle stand, war so groß, dass er sich fast bücken musste, um einzutreten. Er hatte ein hageres, aber ansprechendes Gesicht, kastanienbraune Augen und feine Gesichtszüge. Nur die lange Nase, die zum Überfluss auch noch einen kleinen Haken hatte, tanzte ein wenig aus der Reihe. Er blieb verlegen vor dem Lehrer stehen und überlegte offenbar, ob er bleiben oder sich lieber gleich aus dem Staub machen sollte.

Als sie ihn sah, stockte Neve der Atem: der Erzengel Gabriel …

Indessen erklärte dieser, auf die Frage des Lehrers antwortend, mit lauter Stimme: »Ich heiße Radames Martiroli.«

»Du bist nicht von hier.«

»Meine Familie ist erst vor Kurzem hierhergezogen. Wir stammen aus Polesine.«

»Aha, gut. Radames, hast du gesagt?«

»Jawohl, Signore.«

»Was soll das für ein Name sein?«

»Das ist aus *Aida*, Herr Lehrer. Der Oper, meine ich. Mein Vater liebt Opern und hat all seinen Kindern Namen aus Opern gegeben.«

»Das ist ein schöner Akt der Vaterlandsliebe. Sehr gut, Radames. Dann setz dich.«

~

Bagonghi kam jedes Jahr mit dem ersten Nebel, den hageren Körper in einen Mantel aus zerschlissenem Samt gehüllt, auf dem Kopf einen ledernes Fliegerbarett aus dem Ersten Weltkrieg, das er wer weiß wo gefunden hatte. Ihm genügte ein Teller Suppe oder eine Flasche Wein, und schon breitete er einen unendlichen Fundus an Geschichten aus – Seemannsgarn über Matrosen, die im Mittelmeer verschollen waren, Märchen über Hexen und Verwünschungen, Lieder von neapolitanischen Tingeltangelsängerinnen oder Erzählungen aus Dantes Reise in die Hölle. Und das alles aus dem Gedächtnis.

An jenem Abend im Oktober trat Bagonghi im Stall von Beppe Casadio auf, einem der geräumigsten in ganz Stellata. Am Nachmittag hatten Armida und Adele die Kacke von den Kühen gewaschen, den Boden aus gestampftem Lehm mit Asche und kochendem Wasser gewischt, frisches Stroh ausgelegt, die Tiere auf der einen Seite aufgereiht und zwei Bankreihen für die Christenmenschen aufgestellt. Jetzt war alles bereit: Der Atem des Viehs machte die Luft im Stall feucht und warm, und die Tücher, die Armida zum Trocknen auf ihren Rücken ausgelegt hatte, dampften und erfüllten den Stall mit einem warmen Dunst. Am liebsten hätte sich Neve in die erste Reihe gesetzt, doch dort saßen die Allerkleinsten, und sie war ja mittlerweile schon ein großes Mädchen. Immer wieder wurde sie abgedrängt, und so musste sie am Ende mit der hintersten Reihe vorliebnehmen.

Bagonghi hatte gerade mit seinem Vortrag begonnen, als die Familie Martiroli Einzug hielt: Vater, Mutter und ihr halbes Dutzend Kinder. Der Älteste überragte sie alle: ein Jüngling mit fein gezeichnetem Gesicht und einem Gardemaß von einem Meter neunzig. Radames schaute sich um. Die Plätze vorne waren allesamt belegt, und der einzige freie Platz war der neben Neve. Natürlich erkannte er sie sofort wieder, doch er sagte kein Wort, als er neben ihr Platz nahm, sei es aus Schüchternheit oder weil er schier überwältigt war von dem wundervollen Duft von Karamell und Narzissen, den sie verströmte.

Bagonghi erzählte weiter. Es war eine neue Geschichte,

ausgeschmückt mit vornehmen französischen Wörtern, aber zum Brüllen komisch, vor allem wenn er die Frauenrolle sprach und einen hohen, schrillen Ton anschlug. Neve jedoch konnte der Geschichte nicht mehr folgen. Sie hatte bemerkt, dass das Bein von Radames ihres berührte. Sie waren zu viele auf dieser Bank, und ihr schien, als würde sich der ganze Körper des jungen Mannes an sie pressen. Der Geschichtenerzähler wedelte mit den Händen, delektierte sein Publikum mit allerlei Verbeugungen, plötzlichen Hüpfern, Ausrufen und Schreien, doch Neve war mittlerweile endgültig erstarrt, wusste nicht mehr, wohin mit den Händen, und war von einem solchen Gebräu aus Gefühlen übermannt worden, dass ihre Brust mit jedem Atemzug mehr anzuschwellen schien. Aufgewühlt, wie sie war, konnte sie einem alten Drang aus Kindertagen nicht widerstehen und begann, am Daumen zu lutschen, was ihren Banknachbarn in Staunen versetzte, während die Nähe zu dem Mädchen auch ihn in ein Gefühlswirrwarr stürzte. Er verspürte eine heiße Welle, die ihm durch die Adern rauschte, und es wurde ihm flau in der Magengrube und eng in der Hose. Kaum war die Aufführung des Geschichtenerzählers vorbei, hatte sich Radames Martiroli bis über beide Ohren verliebt.

Alle erhoben sich und strömten hinaus. Draußen auf dem Hof sah sich Radames nach Neve um. Sie stand mit dem Rücken zu ihm und plauderte mit ein paar Freundinnen. *Ich zähle jetzt bis fünf. Wenn sie sich umdreht, bevor ich bei fünf bin, wird sie mein Liebchen*, redete er sich ein. *Eins, zwei … drei … vier …* Er wurde langsamer, hielt bei der Vier inne, weil er fürchtete, gleich würden sich alle seine Hoffnungen zerschlagen … *fünf.*

Neve stand immer noch mit dem Rücken zu ihm und lachte. Radames hatte den Eindruck, sie lache über ihn. Dann rief seine Mutter nach ihm. Er war fast bei ihr, als Neve sich endlich umdrehte. Es war nur eine Sekunde lang, aber sie lächelte ihm zu.

Der Junge war verwirrt. *Sie hat sich erst nach der Fünf umgedreht. Gilt das trotzdem?* Er ging aufgewühlt und in Gedanken versunken nach Hause und versuchte zu entschlüsseln, was das Schicksal für ihn bereithielt.

In den darauffolgenden Tagen konnte er nur noch an Neve denken und grübelte die ganze Zeit darüber nach, wie er sie ansprechen sollte, wenn er ihr am Abend, in der Schule, über den Weg lief. In seinen kühnsten Momenten hatte er sich die feurigsten Liebeserklärungen zurechtgelegt, von denen er in seinem tiefsten Inneren durchaus wusste, dass er sie nie und nimmer aussprechen würde, denn jedes Mal, wenn Neve vor ihm stand, war seine Zunge wie festgewachsen, und er brach in Schweiß aus. Er fand sie wunderschön, auch wenn Neve Casadio in Wirklichkeit zwar anmutig, aber auch klein, schmächtig und eher unscheinbar war. Doch sie besaß zwei schwarze und tiefe Augen, sie roch köstlich nach karamellisiertem Zucker und wirkte ein winziges bisschen burschikos, vor allem jetzt, mit ihren kurzen Haaren.

Die Tage vergingen, ohne dass irgendetwas geschah. Außerdem war Luciana immer im Weg. In der Schule saß das Mädchen neben Neve, und nach dem Unterricht hatte sie sich angewöhnt, sie nach Hause zu begleiten. Radames dachte, vielleicht würde es eines Wunders bedürfen, damit die Dinge sich veränderten. Und genau das trat am Ende auch ein.

Als die Tochter des Krämers eines Abends in die Schule kam, war ihr Gesicht von einem Abszess geschwollen. Der Schmerz war so stark, dass sie nach einer Stunde wieder nach Hause gehen musste.

Jetzt oder nie, nahm sich Radames vor.

Als der Unterricht zu Ende war, erhoben sich alle von den Bänken, nahmen ihre Sachen und gingen hinaus. Allein geblieben, ordneten Radames und Neve mit nervenaufreibender Langsamkeit ihre Blätter und Stifte. Irgendwann machte er Anstalten zu sprechen, doch die gleiche Idee war auch seiner Angebeteten gekommen. Im genau selben Moment stammelten sie etwas und zogen sich dann erneut in Schweigen zurück. Ein quälender Moment des Wartens trat ein.

»Ich wohne an der Fossa, und du?«, sagte Neve schließlich.

»Ich am Ponte della Rana.« *Bin ich denn von allen guten Geistern verlassen?*, dachte der Junge, noch bevor er seinen Satz zu Ende gebracht hatte. Und er beeilte sich hinzuzufügen: »Aber wenn du willst … ich meine, wenn du nichts dagegen hast, dachte ich … könnten wir ein Stück zusammen gehen.«

»Ist gut«, sagte sie kurz angebunden.

Am Abend danach, als Neve Luciana erklärte, es sei nicht mehr nötig, dass sie sie nach Hause begleitete, und als die Krämertochter sah, wie Neve und Radames zusammen davongingen, fühlte sie sich verraten. Von jenem Moment an begann sie, den beiden nachzuspionieren. Sie hatte sofort bemerkt, wie es um die zwei stand, denn sie suchten immer nach einer Gelegenheit, einander nahe zu sein, und lachten und kicherten ohne Grund. Einmal erwischte sie sie sogar dabei, wie sich ihre Hände unter der Bank berührten. Jeden Abend auf dem Heimweg weinte Luciana wie ein Schlosshund, ohne zu wissen, was dieser Schmerz zu bedeuten hatte.

~

Neve und Radames hatten begonnen, sich auch tagsüber heimlich zu treffen. Sie verbrachten Stunden damit, sich zu küssen, und kehrten jedes Mal voll innerer Unruhe nach Hause zurück. Es war wie ein leichtes Fieber, das sich ihrer bemächtigt hatte.

Eines Nachmittags im November, während die anderen Menschen im Dorf vor dem Kamin ein Nickerchen machten, liefen die beiden zu dem Pappelwald neben dem Damm, genau dem Fleckchen, in dem Edvige sich vor so vielen Jahren mit ihrem Liebhaber getroffen hatte. Die Sonne schien, die Luft war mild, obwohl das Jahr schon weit fortgeschritten war. Neve und Radames legten sich im Schutz eines Strauches nieder. Lange küssten sie sich, schwer atmend, wie betört. Dann schob er eine Hand unter Neves Bluse. Unbeholfen streichelte er sie, denn er wusste nicht recht, was er tun sollte.

»Der Duft unter deinen Achseln macht mich verrückt«, flüsterte er ihr ins Ohr. Immer kühner geworden, wanderte er langsam mit der Hand nach unten, schob sie ihr unter den Rock, doch ihm fehlte der Mut weiterzumachen, als er an ihrem Schritt angelangt war.

Neves Augen glänzten feucht, ihr Atem wurde schnell.

Sie zog ihn auf sich. Er zitterte so sehr, dass er mehrere Anläufe brauchte, um seine Hose aufzuknöpfen.

»Verdammt und zugenäht!«, fluchte er. »Geht auf, ihr Scheiß-Knöpfe!« Erst nach weiteren Verwünschungen gelang es ihm, seine Beinkleider herabzulassen. Neve hörte ihn schnaufen, als würde er um Luft ringen. Anscheinend konnte er wirklich nur fluchen oder ihren Namen flüstern. Dann unterbrach er sich auf einmal und schaute sie mit einer Intensität an, bei der ihr ganz flau wurde. Neve biss sich auf die Lippe, und er glitt in sie hinein.

~ 1926 ~

Im Januar wunderte sich Armida darüber, dass Neve, die sonst regelrecht verfressen war, keinen Appetit mehr hatte.

»Ich hab Bauchweh«, rechtfertigte sich das Mädchen, dem vom öligen Geruch des Schweineeintopfs schlecht geworden war. Kurz darauf sprang sie auf und lief auf den Hof, um sich zu übergeben.

Die Mutter erbleichte. Zwar war ihr nicht entgangen, dass Neve schon seit Monaten die kleinen Stoffstreifen für ihre Regel nicht mehr gewaschen hatte, aber sie war noch sehr jung, und in ihrem Alter kam das vor. Doch ihre Tochter hatte auch einen so gewaltigen, prallen Busen bekommen, dass sich von einem Tag auf den anderen die Knöpfe ihrer Bluse nicht mehr schließen ließen. Armida begann zu zittern, denn auch sie hatte diese Bohnenstange von jungem Mann bemerkt, der in letzter Zeit immer in der Nähe des Hauses herumlungerte. Deshalb hegte Neves Mutter an dem Abend, als ihre Tochter sich in hohem Bogen auf den Hof übergab, nicht einmal mehr den leisesten Zweifel. Sie legte den Löffel ab und war mit wenigen großen Schritten bei ihr.

»Ich weiß, was mit deinem Bauch los ist! Von wegen Magenverstimmung!« Nur das sagte sie, dann stampfte sie, mit der Tür schlagend, ins Haus zurück.

Neve blieb neben dem Brunnen stehen. Sie zitterte vor Kälte. Durch das Fenster sah sie ihre Eltern streiten. Ab und zu schlug ihr Vater mit der Faust auf den Tisch, und jedes Mal zuckte Armida dabei zusammen.

»Wenn das wahr ist, dass sie schwanger ist, dann ist es deine Schuld! Du hättest sie nicht aus den Augen lassen sollen, verdammt noch mal!«, schrie er.

»Sie *ist* schwanger, Beppe, das spüre ich!«, jammerte seine Frau und brach in Tränen aus.

»Signor, dam la pasiensa!«, flehte ihr Mann Gott um Geduld an und breitete die Arme aus. Dann zeigte er mit ausgestrecktem Finger auf sie. »Du bist die Mutter, deshalb ist es auch deine Aufgabe, die Mädchen in Schach zu halten! Und schau dir bloß an, mit welch großartigem Ergebnis: Die eine ruiniert sich das Leben wegen eines verheirateten Mannes und die andere mit einem Kind im Bauch, und wir wissen noch nicht mal, von wem es ist.«

Doch auch Beppe hatte den langen Lulatsch mit der Hakennase, mager wie Jesus am Kreuz, bemerkt. Eines Nachmittags, als er sich am Fenster rasiert hatte, hatte er im Spiegel der Scheibe gesehen, wie sie sich küssten. Er war nach draußen gelaufen, in wollener Unterhose und mit Seifenschaum im Gesicht. Als er die beiden vorfand, hatten sie Stroh im Haar und machten große Augen. Auf einmal hatte Beppe kalten Schweiß im Nacken, genau da, *sul cupìn*, und packte Neve am Arm.

»Du gehst auf der Stelle rein. Und du … geh deinem Vater helfen, du bist ja noch feucht hinter den Ohren. Und wenn ich dich noch einmal hier sehe, schlag ich dir mit dieser Faust den Schädel ein, darauf kannst du Gift nehmen, du Lümmel!«

Von jenem Abend an wartete Neves Bruder Nellusco vor der Schule, um sie abzuholen, aber diese Überwachung hatte offenbar nichts gefruchtet, und jetzt erwartete sie ein Kind. Das Mädchen stand immer noch am Brunnen und klapperte vor Kälte mit den Zähnen. Armida saß kreidebleich in der Küche und wusste nicht, was sie auf die Anschuldigungen ihres Ehemannes erwidern sollte.

Als sein Zorn verraucht war, ging Beppe auf den Hof hinaus. Seine Tochter saß, in sich zusammengesunken, auf dem Boden und sah auf einmal wie ein kleines Mädchen aus, das zu allem Überfluss am Daumen lutschte. Ein Vögelchen. Einen Moment lang dachte er, seine Frau sei verrückt geworden, und Neve leide tatsächlich nur unter einer Magenverstimmung.

»Neve, schau mich an. Ich hab gesagt, schau mich an, zum Teufel noch mal!«, befahl er ihr.

Sie hob den Blick nur eine Sekunde und senkte ihn dann wieder. Beppe hob kurz die Hand, um ihr eine Ohrfeige zu geben, ließ sie dann aber mitten in der Luft schweben. Dann kehrte er ins Haus zurück. Geredet wurde über die Sache nicht mehr.

Beppe überließ die ganze Angelegenheit seiner Frau.

~

Sobald die Hebamme die Schwangerschaft bestätigt hatte, nahm Armida ihren ganzen Mut zusammen und wurde bei Familie Martiroli vorstellig.

Die frohe Botschaft überbrachte sie ihnen am Küchentisch, vor sich ein Gläschen gelben Likör, den man ihr serviert hatte, doch sie brachte keinen Tropfen davon herunter.

Sofia Martiroli sah mit ihrer hellen Haut, den feinen Gesichtszügen und einer blonden Wallemähne aus wie die Jungfrau Maria auf einem alten Gemälde. Sie erwartete gerade ihr siebtes Kind und weinte bei der Nachricht von Neves Schwangerschaft, als hätte sie gerade erfahren, dass jemand gestorben war. Auch ihr Mann Anselmo erbleichte und musste den Inhalt seines Likörglases auf einen Satz herunterstürzen, um wieder zu sich zu kommen. Kaum hatte sich die erste Verwirrung jedoch gelegt, stand der Mann auf und begann, mit finster zusammengezogenen Augenbrauen und unter Anrufung verschiedener Heiliger in der Küche auf und ab zu marschieren. Dazwischen trat langes, ja manchmal sehr langes Schweigen ein; eine Leere, in der das Wort »Heirat« deutlich in der Luft schwebte, ohne dass auch nur einer oder eine es aussprach. Niemand außer Armida.

»Man muss etwas tun«, wagte sie zu sagen.

»Radames ist achtzehn Jahre alt, noch ein Kind«, stammelte Sofia.

»Aber Euer ›Kind‹ hat es geschafft, meine Tochter zu schwängern.«

»Wenn die ihre Beine zusammengekniffen hätte, wäre es nicht passiert«, erwiderte Sofia zornentbrannt.

Armida spürte, wie ihr vor Wut alles Blut in den Kopf stieg, doch der gesunde Menschenverstand sagte ihr, dass es besser war, ruhig zu bleiben. Ja, sehr ruhig musste sie bleiben. Die Ruhe selbst. *Komm, bete ein Ave-Maria und schluck die Kröte.* Ja, sie musste sich auf ihre guten Manieren besinnen und direkt ins Herz dieser Leute zielen. Sicher, die Martirolis konnten ihrer Tochter nur ein Leben in Armut und Entbehrungen bieten, aber wenn die Familie sich stur stellte, blieb Neve noch bis ans Ende ihrer Tage mit ihrem Bankert bei ihnen zu Hause sitzen, und das kam nicht infrage.

»Nur Mut, Sofia! Der Schaden ist angerichtet … Warum versuchen wir nicht, statt zu weinen und zu jammern, eine Lösung zu finden?«

Die andere schüttelte den Kopf und begann wieder zu wehklagen, als hätte ihr letztes Stündlein geschlagen. Anselmo Martiroli wiederum zog ein Gesicht, als wäre der Tag des Jüngsten Gerichts angebrochen.

»Heiliger Strohsack, es ist doch niemand gestorben!«, rief Armida am Ende aus.

Anselmo kratzte sich am Kopf, Sofia schniefte, doch das Wort »Heirat« wollte einfach nicht heraus. Die Kuckucksuhr an der Wand tickte und tickte, die Zeit verstrich. Armida Casadio drehte das Likörgläschen in den Händen und befürchtete das Schlimmste. *Ticktack, ticktack.* Hin und her schlug das Pendel inmitten der Stille.

»Ich rede mit meinem Sohn«, sagte Anselmo irgendwann.

Er ging hinaus zu Radames, der im Stall wartete. »Weißt du, warum Armida Casadio hier ist?«, fragte er ihn.

»Ja, ich weiß es«, antwortete Radames mit gesenktem Blick.

Der Vater schaute ihn an, und ihm ging durch den Kopf, dass sein Sohn wirklich noch aussah wie ein kleiner Junge, mit seinen Pickelchen und dem Bartflaum, den er höchstens einmal im Monat abrasieren musste. Er räusperte sich. »Und du, hast du nichts zu sagen?«

»Die Neve, die hab ich lieb. Wenn's nach mir geht, heirate ich sie.«

»Aber was willst du denn heiraten, hä? Wie willst du denn heiraten, wenn du nicht mal deinen eigenen Popel aus der Nase kriegst?« Der Mann nahm den Hut vom Kopf und schlug damit mehrfach an die Wand, was seinen Sohn jedes Mal zusammenzucken ließ. Am Ende schloss er die Augen, atmete tief durch und sagte: »Wenn ein Kind unterwegs ist, dann muss man mit dem Priester reden. Besser, ihr heiratet, bevor der Frühling kommt, denn da gibt es zu viel Arbeit auf dem Feld.«

Er kehrte in die Küche zurück und verkündete, sobald das Aufgebot bestellt sei, würden die beiden jungen Esel vor den Traualtar treten. Sofia Martiroli brach in Tränen aus. Armida Casadio löste den Druck ihrer Finger um das Likörgläschen und gelobte der heiligen Muttergottes zehn Rosenkränze und ein Silberherz.

Anselmo Martiroli ging erneut in den Stall. Er näherte sich seinem Sohn, gab ihm eine Ohrfeige mitten ins Gesicht und zog ihn dann an seine Brust. »Na komm, alles ist unter Dach und Fach.«

Gemeinsam kehrten sie ins Haus zurück. Anselmo stieg in den Keller hinab und kam mit einer staubbedeckten Flasche zurück. Es war ein guter, lange gereifter Wein, den er für besondere Gelegenheiten wie diese aufgehoben hatte.

~

Hochzeit wurde am 26. Januar 1926 gefeiert, früh am Morgen und in Eile, wie es so üblich war, wenn die Braut ein

Kind unter dem Herzen trug. Die Temperatur lag unter dem Gefrierpunkt. »*Un fréd esagerà, come quand iè mort li vidi.* Viel zu kalt, wie damals, als uns die Weinstöcke eingefroren sind«, erinnerte sich Beppe. Während der Nacht hatte man mehrere dumpfe Schläge gehört, wie Kanonenschüsse; das war die Rinde der Bäume gewesen, die platzte, weil der Pflanzensaft gefroren war und sich ausgedehnt hatte.

Neve trug ein helles Seidenhemd, ein Kleid aus blauem Samt und darüber einen Mantel mit Goldknöpfen; sie sah weniger wie eine Braut als wie eine Klosterschülerin aus. Ihre Mutter versuchte, ihr Haar unter dem Schleier unterzubringen, was sich als schwierig darstellte, weil es so kurz war.

Beppe Casadio hob seine Tochter auf den Wagen und bemerkte, wie federleicht sie war. Dann stieg er selbst auf den Bock, musste aber mehrmals die Peitsche knallen lassen, bevor sich das Pferd in Bewegung setzte. In dem Wagen hinter ihnen saßen Adele, Tante Edvige und Alfonsos Söhne, die aus den Hügeln von Bologna angereist waren. Neves Brüder gingen zu Fuß hinter dem kleinen Wagenzug her. Neben ihrer Tochter saß Armida, die nur schwer die Tränen zurückhalten konnte und vor sich hin murmelte: »Dieses dumme Ding hat sein Leben zerstört, noch bevor es begonnen hat. Einen zu heiraten, der kaum mehr besitzt als das Hemd auf seinem Leib … Schlechter hätte sie es nicht erwischen können.«

Als sie die Piazza Pepoli überquerten, bemerkten sie mehrere Personen, die dabei waren, in großen Lettern etwas an die Mauer zu schreiben: GLAUBEN, GEHORCHEN, KÄMPFEN. Gleich daneben stand einer mit einem großen Pinsel, der schrieb: IHR KÖNNT MICH MAL!

Vor der Kirche angekommen, banden sie die Pferde an und traten ein.

Radames wartete vor dem Altar. Sein Gesicht war von der Kälte gerötet, und er hatte einen winzigen Blutfleck am gestärkten Kragen, so unbeholfen war er beim Rasieren seines bescheidenen Bartwuchses.

Während der Trauungszeremonie antworteten die beiden jungen Leute wie artige Schüler auf die Fragen des Priesters. Als dieser sich an Radames wandte und ihn fragte, ob er die anwesende Natalia Casadio zur Frau nehmen wolle, antwortete er mit einem so schneidigen »Jawoll!«, dass alle Anwesenden lachen mussten.

Als die Hochzeitsgemeinde die Kirche verließ, schneite es. Alles war weiß, genau wie an dem Tag, an dem Neve zur Welt gekommen war, mit den Füßen voraus und munter wie ein Fröschlein. Die junge Braut bestieg den Wagen ihrer neuen Familie, zusammen mit Radames und den Schwiegereltern. Als sie zu ihren Eltern zurückblickte, sah sie, dass Armida rote Augen hatte.

»Und? Darf man erfahren, was es hier eigentlich zu weinen gibt?«, fragte Beppe barsch.

»Erasmo wäre an der Reihe gewesen. Er war der Älteste, und heute hätte er da vorne am Traualtar stehen sollen.«

Beppe Casadio wandte den Kopf ab und strich mit der Hand über den Kutschbock, um den Schnee abzuwischen. Er murmelte nur: »Zum Henker, muss das auch noch schneien!«

Armida wies ihn darauf hin, dass sie sich immer noch vor einem heiligen Ort befanden, und wenigstens am Hochzeitstag seiner Tochter könnte er doch das Fluchen lassen. Worauf er unwirsch antwortete: »Heiliger Strohsack, was war das denn schon? Ich hab nur gesagt, dass es schneit!«

Auf dem Wagen der Martirolis nahm Radames die Hand seiner Braut, aber er tat es heimlich, ohne sie anzuschauen, damit seine Eltern es nicht merkten.

~

Beppe und Armida blieb keine Zeit, sich an Neves Abwesenheit zu gewöhnen, denn schon bald kam auch für Adele der Moment ihrer Abreise. Am 10. März 1926 umarmte die junge Frau ihre Brüder, die Schwester und den Schwager, ganz am Schluss ihre Tante Edvige. Was sie empfand, war weniger Vorfreude als vielmehr Zweifel und die Angst vor einer ungewissen Zukunft. Das schloss ihre Tante aus ihrem Blick.

»Was im Leben zählt, ist Mut«, sagte sie ihr.

»Bei mir ist es nicht der Mut, sondern die Angst vor einem solchen Leben, einem Leben ohne Hoffnung.«

»*Chi a ghè sol di gugét e d'la nebia.* Hier gibt es nur Schweine und Nebel. *Va', cori, che se no at fè tardi.* Beeil dich, mein Herz, sonst kommst du noch zu spät.«

Tante und Nichte umarmten sich fest und stumm. Dann trat Adele zu ihren Eltern, die im Hof warteten. Ihr Bruder Nellusco brachte alle drei zum Bahnhof. Beppe und Armida würden ihre Tochter bis zum Hafen in Genua begleiten. Ihr Verlobter in Brasilien hatte angeboten, für die Schiffspassage seiner zukünftigen Braut aufzukommen, was Beppe gekränkt hatte; durch seine Schwester hatte er ihm mitteilen lassen, Adele reise auf seine Kosten und habe auch ihre Mitgift im Gepäck.

An jenem Tag war die Luft kalt und der Himmel so grau wie das Meer. Adele, elegant in ihrem neuen himmelblauen Mantel, den Edvige ihr genäht hatte, und der weißen Strähne, die unter ihrem Hut hervorlugte, küsste zum Abschied bleich ihre Eltern und bestieg dann die schmale Gangway des Dampfschiffes *Principessa Mafalda*, mit Ziel Rio de Janeiro. Sie zwang sich zum Lächeln, doch ihre Hände waren eiskalt, die Beine steif. Auf der Hälfte des schmalen Steges, der an Bord des Schiffes führte, drehte sie sich noch einmal nach den Eltern um. Zuerst bereitete es ihr Mühe, sie in der dichten Menschenmenge zu erkennen, doch dann hatte sie sie erspäht. Auf einmal sahen sie in ihren Augen aus wie zwei Greise, die sich gegenseitig stützten, doch sie lächelten, wie um ihr Mut zu machen. Adele blieb stocksteif stehen, die Hand am Seil der Gangway. Es wurde gedrängelt, Menschen drückten sich von hinten an sie, aber sie wollte nicht mehr weitergehen. *Was mache ich denn da?*, fragte sie sich nicht zum ersten Mal. *Was habe ich mir nur dabei gedacht, einen Unbekannten zu heiraten?* Auf einmal wollte sie nur noch runter von dem Schiff. *Weiter, weiter!* Sie drehte sich um und begann, in die entgegengesetzte Richtung zu gehen, stemmte sich dem Strom der anderen Passagiere entgegen. Doch niemand bemerkte sie, bis sie anfing zu schreien: »Lasst mich durch! Ich muss aussteigen … Um Himmels willen, lasst mich durch!«

Auf einmal hatte sie eine Wand aus menschlichem Fleisch vor sich, eine Barriere aus verschwitzten Körpern, Taschen, Bündeln, Jacken und Umhängen. Mit gesenkten

Köpfen drängte und schob sich die Menge der Auswanderer vorwärts in Richtung Brücke, ohne auf Adeles Flehen zu reagieren. Adele kämpfte gegen diese Flut aus Menschen an, auf der Suche nach einem Gegenstrom, der sie wieder in Richtung Festland treiben würde. Sie drängte und schrie, sie müsse zurück, unbedingt müsse sie zurück an Land. Doch alles war umsonst. Männer, Greise, Frauen und Kinder kamen ihr entgegen, unbeirrbar. Sie spürte, wie sie von der Menge mitgerissen wurde, wie Hände sie umdrehten und in Richtung Schiff schubsten, umschlossen von Armen und Fingern, wie in einem Schraubstock, weiter und weiter, bis sie zusammen mit der Welle aus Menschen auf die Hauptbrücke des Dampfschiffes gespült wurde.

Sie lehnte sich über die Reling. Sie hatte ihren Hut verloren, ihr Haar war zerzaust, das Gesicht mit Schweißperlen bedeckt. Als sie nach unten schaute, sah sie, wie die Gangway eingezogen wurde. An die Reling geklammert, stand sie lange da, inmitten dieses Tohuwabohus aus Rufen und Schluchzen, aus schreienden Menschen, weinenden Kindern, flatternden Taschentüchern, aus Tränen und Fluchen. Ein letztes Mal versuchte sie, ihre Eltern zu erspähen. *Vielleicht sind sie ja schon gegangen*, dachte sie, doch schließlich hatte sie sie in der Menge gefunden. Sie hob die Hand, winkte und war sich dessen gewiss, dass sie sie nie mehr wiedersehen würde.

~

Die darauffolgenden Tage verbrachte die junge Frau, sooft es ging, auf der Brücke, um dem Gestank der dritten

Klasse zu entfliehen. Die Entfernung, die sie zurücklegen musste, um Paolo zu vergessen, schien ihr genau den gegenteiligen Effekt zu haben, denn jetzt dachte sie nur noch an ihn. Und Angst hatte sie, große Angst: Es erwarteten sie eine unbekannte Welt und ein Ehemann, von dem sie rein gar nichts wusste. Mit Rodrigo hatte sie nur einen kurzen Briefwechsel gehabt, in dem sie sich immer noch formell mit »Ihr« angesprochen hatten. Brasilien stellte sie sich wie ein Land der Wilden vor, mit Häusern voll riesiger Insekten und Gärten, in denen giftige Schlangen lauerten. »Ich werde immer Stiefel tragen und viel Schwefel ausstreuen«, sagte sie laut zu sich selbst.

Die Tage glichen sich auf der langen Überfahrt. Das Meer war ruhig, der Himmel wolkenlos. Dann, in der Mitte des Ozeans, kamen Stürme auf und dauerten fast eine ganze Woche an.

Ganz allmählich senkte sich Grabesruhe über das Schiff. Am dritten Tag lagen die meisten Passagiere in ihren Kojen, selbst zum Jammern und Klagen waren sie zu schwach. Auch Adele schaffte es kaum mehr, den Kopf zu drehen oder sich von ihrer Pritsche zu erheben, sich zur Latrine zu schleppen und das wenige, was noch in ihr war, zu erbrechen.

Die erste Nacht, in der alles ruhig war, verging in großer Stille, wie der Schlaf eines kranken Kindes, wenn das Fieber gesunken ist. Dann kam der Morgen, und die Brücken füllten sich wieder, doch die Menschen waren bleich und abgemagert. Mit besudelten Kleidern und tiefen Ringen unter den Augen saßen sie da und richteten ihren starren Blick auf den Horizont.

An einem feuchten Morgen lief das Schiff in den Hafen

von Rio de Janeiro ein; die Luft war heiß und drückend. Niemand ahnte, dass nur wenige Monate später die *Principessa Mafalda* auf genau dieser Route sinken und Hunderte von Auswanderern mit sich in die Tiefe und den Tod reißen würde.

Am Landepier ging es zu wie in einem Zirkus. Menschen, die schrien, Karren, hoch beladen mit Tabak, mit Zuckerrohr und nie gesehenen Früchten. Überall am Hafen waren Stände aufgebaut, auf denen Stoffballen feilgeboten wurden, es wimmelte von Pferden, Eseln, Blumenverkäuferinnen, alten Kutschen und funkelnagelneuen Automobilen; dazwischen ganze Horden von Kindern, Bettlern, Papageien, Nonnen, Tierkadavern, Sonnenschirmen aus Seide und Wolken aus Schmetterlingen.

Wie benommen von dem Durcheinander, schaute sich Adele um und ging mit unsicherem Schritt, um nur ja auf nichts zu treten, weiter. Dann entdeckte sie inmitten der wartenden Menge einen groß gewachsenen Mann, gut angezogen und mit einem Priester an seiner Seite. *Das sind sie*, schloss sie und ging schneller.

Als er seine zukünftige Braut vor sich hatte, ließ sich Rodrigo keinerlei Regung anmerken. Er drückte Adele voller Herzlichkeit, aber auch mit einer gewissen Reserviertheit die Hand, so wie er es mit einem neuen Geschäftspartner getan hätte.

»Willkommen in Brasilien«, beschränkte er sich mit starkem ausländischem Akzent zu sagen.

»Angenehm. Adele Casadio.« Adele erwiderte den Händedruck, machte sich aber sogleich wieder los.

Die Eheschließung vollzog ihr Onkel Ugo, der Priester,

in einer Kirche ganz in der Nähe des Hafens und mit zwei Passanten als Trauzeugen. Ugo hatte stacheliges schwarzes Haar, die dunklen Augen seiner Ahnen und einen langen Bart. Es war sehr heiß, und er wischte sich mehrmals den Schweiß von der Stirn.

Als die Zeremonie zu Ende war, wurde in einem feinen Restaurant in der Innenstadt gespeist. Adele schaute ihren frischgebackenen Ehemann verstohlen an, immerhin ermutigt durch die Tatsache, dass er ein ansprechendes Äußeres hatte: regelmäßige Gesichtszüge, dicke Augenbrauen, hellbraune, gelassen dreinblickende Augen, lange Wimpern. Trotz seines noch jungen Alters wurden seine Haare bereits grau.

Ugo erzählte, wie er ihn kennengelernt hatte. »Ich war sein Philosophielehrer am Jesuitenkolleg. Er ist einer der wenigen Studenten, mit denen ich immer noch Kontakt gehalten habe, vielleicht weil er von allen Schülern der undiszipliniierteste war – und der schlechteste!«, sagte er lachend.

Adele bemerkte, dass ihr Ehemann sorgfältig das Fett vom Fleisch abschnitt und den Wein in kleinen Schlucken trank, nachdem er ihn ausgiebig im Glas geschwenkt hatte. *Diese feinen Manieren hat er sich bestimmt im Kolleg angeeignet*, mutmaßte sie. Sie hingegen fühlte sich in dem Lokal unwohl, denn sie konnte das Besteck nicht auseinanderhalten und goss sich prompt das Wasser ins falsche Glas.

Kaum war das Dessert verzehrt, verabschiedeten sich die Brautleute vom priesterlichen Onkel und begaben sich zum Bahnhof, um die lange Reise nach Hause anzutreten: zu der *fazenda* in Cachoeira Grande, einer Kaffeeplantage im Tal des Rio Paraíba.

»Ich bin mir sicher, die *cafezal* wird dir gefallen. Die Hügel dort sind herrlich. Auf dem höchsten gibt es auch einen großen Wasserfall. *Cachoeira Grande* bedeutet genau das. Als ich klein war, bin ich mit anderen Kindern oft zum Baden dort gewesen. Ein Ort, wie verzaubert.«

~

Der Zug fuhr durch Felder, die endlos schienen. Riesengroße Plantagen ohne ein einziges Haus, ohne eine Kirche oder auch nur den Schatten eines Dorfes; Weiten, die undenkbar waren in Adeles kleiner Welt in der Po-Ebene.

Den größten Teil der Reise legten die Eheleute schweigend zurück. Ab und an versuchte Rodrigo, ein Gespräch in Gang zu bringen, doch jedes Mal verlief es wieder im Sande.

Als die Nacht hereinbrach, zogen sich beide in ihr jeweiliges Schlafabteil zurück.

»Schlaf gut«, wünschte er ihr und löschte das Licht.

Adele wünschte ihm ebenfalls eine gute Nacht, erleichtert, dass ihr frisch Angetrauter ihr keine amourösen Avancen gemacht hatte. Sie schloss die Augen, war jedoch so aufgewühlt von all dem, was geschehen war, dass sie erst Stunden später Schlaf fand.

Am Nachmittag des darauffolgenden Tages stiegen sie an einem kleinen Bahnhof mitten im Niemandsland aus. Eukalyptusbäume spendeten dem Bahnhofsgebäude und dem Vorplatz aus gestampftem Lehm Schatten. Es war niemand zu sehen außer einem Arbeiter von Rodrigos *fazenda*, der mit einem Wagen auf sie wartete. Auf diesen wurde das Gepäck der Braut verladen, und weiter ging die Reise. Drei

Stunden später, nachdem sie an zahllosen Kaffeeplantagen vorbeigekommen waren, bogen sie auf eine steil ansteigende Schotterstraße ab. Oben angelangt, erblickte Adele eine kleine Villa im Kolonialstil.

»Das ist dein neues Zuhause«, teilte ihr Rodrigo mit.

Vor dem Haus angelangt, half er Adele, vom Wagen zu steigen, und umfasste dabei einen Augenblick länger als nötig ihre Taille. Kurz schwebte sie in der Luft, spürte den Atem ihres Mannes an der Wange, dann setzte er sie ab.

Das Haus war aus weiß getünchtem Holz, der Türbogen von einer Bougainvillea eingerahmt. Alles wirkte sauber und ordentlich, doch es fehlte dem Haus an Fröhlichkeit und einer liebevoll sorgenden Hand. Nur zwei Gemälde schmückten die Wände, doch niemand hatte auch nur versucht, die Räume etwas heimeliger zu machen. Fast sah es so aus, als wäre das Haus seit Jahren nicht mehr bewohnt.

Von den Fenstern aus blickte man auf Hügel, dicht an dicht mit Pflanzen bewachsen, die dicke, glänzende Blätter hatten. Sie hingen voller roter Beeren.

»Das ist Kaffee«, erklärte ihr Rodrigo. »Jetzt, wo du da bist, werde ich noch Land dazukaufen und neue Felder anlegen. Komm, ich möchte, dass du alle kennenlernst.«

Er brachte sie zur *senzala*, der Unterkunft der Farmarbeiter. Hier hatten noch vor ein paar Generationen die Sklaven gehaust, doch das waren andere Zeiten gewesen.

Adele verspürte sofort eine gewisse Befremdung. Die Männer nahmen den Hut ab; die Frauen, die ein wenig beiseite standen, starrten sie an. In dem Stimmengewirr, das auf ihr Auftreten folgte, bemerkte Adele, wie sich ein Ausdruck des Staunens auf ihren Gesichtern breitmachte.

»Warum schauen sie mich so an?«

»Sie sind nur neugierig«, erwiderte Rodrigo knapp. Dann rief er, an die Gruppe der Frauen gewandt: »Núbia, komm her.«

Adele sah, wie eine kräftig gebaute schwarze Frau nach vorne trat. Sie trug ein gestrenges Gebaren zur Schau; man sah sofort, dass sie nicht leicht einzuschüchtern war. Ihr Gesicht war alterslos. Nur ein paar graue Strähnen in ihrem Haar wiesen darauf hin, dass sie nicht mehr ganz jung war.

»*Benvinda, Dona* Adela«, sagte sie und sprach ihren Namen nach hiesigen Gepflogenheiten aus.

»Obrigada«, antwortete Adele mit dem einzigen Wort auf Portugiesisch, das sie gelernt hatte, und streckte ihr die Hand hin.

Núbia nahm die Hand nicht, sondern starrte sie immer noch an. Dann wandte sie sich an Rodrigo und sagte etwas, das Adele nicht verstand, fuhr sich dabei durchs Haar.

»Sei nicht gekränkt. Sie sind es einfach nicht gewöhnt, Weißen die Hand zu geben«, erklärte Rodrigo und fügte dann hinzu: »Das ist Núbia Vergara. Sie kennt mich seit meiner Geburt. Sie wird dir bei der Hausarbeit helfen und dir alles beibringen, was es hier zu lernen gibt. Sie hat gesagt, dass sie dich sehr elegant findet … und deine Haare gefallen ihr.«

Adele hatte den Eindruck, dass er log.

An jenem Abend speisten die frisch Vermählten zum ersten Mal bei sich zu Hause. Sie tranken Wein, der ihnen ein wenig die Zunge löste. Dennoch hatte Adele das Gefühl, dass ein gewisses Unbehagen zwischen ihnen herrschte, etwas, das über die offensichtliche Tatsache hinausging, dass sie noch nicht miteinander vertraut waren. Er wollte mehr über ihre Familie und über das Dorf erfahren, aus dem sie stammte. Adele erzählte von Stellata, vom Po, und dass vor einem Jahrhundert ein Vorfahre von ihr eine Frau aus dem fahrenden Volk geheiratet hatte.

»Dir sieht man das nicht an, aber es stimmt, dass dein Onkel unter seiner Kutte etwas von einem *zingaro* hat«, bemerkte Rodrigo.

»In unserer Familie ist die eine Hälfte blass und blauäugig, und die andere Hälfte hat dunkle Haut und schwarze Augen, genau wie Ugo«, erklärte Adele.

»Dann schauen wir mal, welcher Hälfte unsere Kinder ähneln werden«, scherzte Rodrigo und berührte ihre Hand, doch Adele zog sie schnell weg. »Aber das hat noch Zeit«, fügte er rasch hinzu. Dann wünschte er ihr eine gute Nacht und zog sich in sein Schlafzimmer zurück.

~

Wochen vergingen, und Adele musste alles lernen, was das Leben in der *fazenda* anging: wo der Brunnen war, an dem man Wasser holte, wo man es dann lagerte, wie man Speisen zubereitete oder haltbar machte. An das Portugiesisch gewöhnte sie sich nur schwer, ebenso an das Essen, das hauptsächlich aus Bohnen, Reis, Trockenfleisch und tropischen Früchten bestand. Es war in jeder Hinsicht ein Neuanfang: Sie musste die Sprache lernen, mit ihrem Ehemann vertraut werden, sich an eine völlig fremde Umgebung gewöhnen. Núbia Vergara brachte ihr bei, wie man die *feijoada* zubereitete, einen Eintopf aus Bohnen und Schweinefleisch, der laut ihr das am weitesten verbreitete Gericht in ganz Brasilien war. Auch mit anderen kreolischen Spezialitäten machte sie Adele bekannt – Schmalzgebäck aus Maniok, einer Süßspeise aus *abóbora*, einer Art Kürbis aus der Gegend, oder Reis, in Kokosmilch gekocht. Sie zeigte ihr, was im Haus zu tun war und wie sie am besten mit den Arbeitern der *fazenda* umging.

All das Neue führte dazu, dass Adele jeden Abend am Rande der Erschöpfung war. Sie nahm dann ein Bad und streckte sich nackt auf dem Bett aus. Bereits seit zwanzig Tagen war sie in Brasilien, doch sie und Rodrigo schliefen immer noch getrennt. Adele wusste, dass er sie begehrte. Sie spürte es an der Art und Weise, wie er sie anschaute, wie er sie bei jeder sich bietenden Gelegenheit berührte. Anscheinend wartete er auf eine Ermunterung ihrerseits, den nächsten Schritt zu tun, und Adele fühlte sich schuldig, weil sie ihm diesen Schritt verwehrte. Doch sie konnte es einfach nicht; Paolo war immer noch viel zu präsent in ihren Gedanken. Es wäre ihr vorgekommen, als würde sie ihn betrügen.

Auf dem Bett liegend, hörte sie die Stimme ihres Mannes, der jenseits der Holzwand mit Núbia über einen neuen Erntehelfer sprach. Mittlerweile verstand Adele ein paar Worte und konnte sie zu Sätzen zusammenfügen. Da war etwas an Rodrigo, das ihr gefiel: seine entschiedene Art, die guten Manieren, die Entschlossenheit, die er offenbar besaß; doch zugleich irritierten sie sein verschlossener Charakter und ein gewisser Hochmut. Wenn er Befehle erteilte oder mit seinen Untergebenen sprach, wirkte er arrogant. Sorgen machte ihr jedoch etwas anderes: Es war, als ginge er gleichzeitig auf sie zu und wiese sie zurück. Manchmal sprach er freundlich mit ihr, doch es kam auch vor, dass er einen ruppigen Ton anschlug und sein Blick urplötzlich grausam wurde. *Das ist, weil er sich zurückgewiesen fühlt*; davon war sie überzeugt.

Die Wochen vergingen, und Adele schlief noch immer allein. Es gelang ihr nicht, sich die Erinnerung an Paolo aus dem Herzen zu reißen. *Ich habe alles falsch gemacht*, sagte sie sich wieder und wieder und wusste nicht, wie lange Rodrigo die Situation noch hinnehmen würde. Doch nach Italien konnte sie nicht zurück: Sie hatte eine Wahl getroffen, und das war jetzt ihr Zuhause. Sie musste die Vergangenheit hinter sich lassen, und um das zu schaffen, musste sie endlich mit ihrem Eheleben beginnen. Und so nahm Adele eines Abends nach dem Essen, während sie ein Hemd flickte und ihr Mann, über ein paar Rechnungen gebeugt, am Tisch saß, all ihren Mut zusammen.

»Ich warte später auf dich«, sagte sie, ohne den Blick von ihrer Flickarbeit zu heben.

An jenem Abend kam Rodrigo zu ihr ins Zimmer. Adele wartete zugedeckt auf ihn. Er setzte sich auf die Bettkante und begann sich, mit dem Rücken zu ihr, auszuziehen. Dann schlüpfte er unter die Decke. Ganz langsam erkundete er ihren Körper, behutsam, aber ohne jegliche Zärtlichkeit. Plötzlich packte Rodrigo sie an den Haaren und zwang sie, ihn anzuschauen: Sein Gesicht war angespannt, verzerrt, die Lippen zitterten. Er riss sie so fest an den Haaren, dass es wehtat. Es war nur ein kurzer Moment, dann ließ er sie los. Sie blieb reglos, wie versteinert, liegen, weil sie diesen Blick voller Hass nicht mehr aus dem Kopf bekam. Ihr Mann bestieg sie. Es war wie ein Ritual. Draußen prasselte der Regen, und hinten im Hof bellten die Hunde.

~

Bei Neve setzten die Wehen mehrere Wochen zu früh ein. Es war eine schwere Geburt, wozu das junge Alter der Gebärenden ein Übriges tat. Als die Wehen stärker wurden, ergriff sie Panik. Sie wollte weglaufen, woran ihre Mutter sie nur unter Aufbietung aller Kräfte hindern konnte. Schließlich schrie sie: »*Du a vèt, cat ghè al putìn pront par násar! Vot fáral par strada?* – Wo willst du denn hin, das Kind kommt gleich auf die Welt! Willst du es etwa auf der Straße kriegen?«

Doch Neve stammelte irgendwelches unsinnige Zeug und versuchte mit solcher Kraft, sich aus ihrem Griff zu entwinden, dass Armida Radames zu Hilfe rufen musste, um sie festzuhalten. Erst um Mitternacht, nach dreiundzwanzig Stunden Wehen, kam das Kind zur Welt. Es war ein magerer kleiner Junge, mit runzliger, dunkler Haut. Er weinte nicht, schaute sich aber voller Neugier um. »Jesus … diese Augen! Er hat Augen wie ein Erwachsener!«, rief die Geburtshelferin voller Angst aus, ohne zu wissen, dass mehr als ein Jahrhundert zuvor eine andere Hebamme genau diese Worte in diesem Haus gesagt hatte, als sie Dollaros Mutter bei der Geburt beistand.

»Aus Neves Umfang hätte ich geschlossen, dass er mindestens vier Kilo schwer ist, aber der hier wiegt nicht einmal die Hälfte«, kommentierte Armida, die sich wie immer auf die konkreten Aspekte des Lebens konzentrierte.

»Warte mal … aber wir sind ja noch gar nicht fertig«, fügte die Hebamme kurze Zeit später hinzu.

Einige Minuten später kam ein weiterer Junge zur Welt, dieses Mal ein Kind mit heller Haut, Pausbacken und doppelt so schwer wie sein Zwillingsbruder.

»Wer hätte das gedacht, dass die aus ein und demselben Bauch kommen«, bemerkte amüsiert die Nachbarin.

Neve war wieder zur Ruhe gekommen und lächelte. Ein zarter Duft hing im Zimmer, und fünf Bienen summten durchs Fenster herein. Niemand wusste, woher sie kamen.

~

Als der Moment kam, Namen für die Kinder auszusuchen, hätte Anselmo gerne die bewährte Operntradition fortgesetzt und seinen ersten Enkel »Nabucco« und seinen Zwillingsbruder »Rodolfo« nach dem Helden von *La Bohème* genannt.

»Nabucco? Da lachen ja die Hühner!«, warnte ihn seine Frau Sofia.

»Neve würde ihn gern Guido taufen. Lassen wir ihr doch ihren Willen. Und du, Papa, darfst dann den Namen für den zweiten Zwilling aussuchen«, schlug Radames vor.

Und genau so kam es. Den Erstgeborenen nannten sie Guido, und der Zweite wurde ein Rodolfo, auch wenn man den Namen der Bequemlichkeit halber meistens mit »Dolfo« abkürzte.

Am Tag der Taufe gab es ein großes Fest, bei dem Dutzende von Weinflaschen geköpft wurden. Die Martirolis waren eine gesellige Familie und feierten die Feste, wie sie fielen. Vielleicht auch wegen dieser umgänglichen Art der Familie hatte sich Neve schnell gut eingewöhnt. Während ihre eigenen Eltern eher scheu und von strengem Gemüt waren, legten ihre Schwiegereltern ein fröhliches, fast sorgloses Wesen an den Tag. Bei ihnen gab es nicht allzu viele Regeln oder Einschränkungen, die es zu beachten galt. Die Kinder aßen, wenn sie Hunger hatten, und gingen zu Bett, wenn sie sich vor Müdigkeit kaum mehr auf den Beinen halten konnten.

Anselmo war ein schöner Mann, groß gewachsen wie sein ältester Sohn, aber kräftig, mit intelligenten Augen und einem kolossalen Schnurrbart, dessen Spitzen er ständig zwirbelte. Ein halbes Jahrhundert später würde sein Konterfei seine Enkel immer an den Mann erinnern, der auf dem Etikett der Biermarke Moretti abgebildet war. Anselmo Martiroli liebte das Leben, und vor allem liebte er die Oper, den Wein und die Genüsse des ehelichen Bettes. Er war ein fleißiger Mann, der stets zur Stelle war, wenn es etwas zu verdienen gab, doch seine Abende in der Bar ließ er sich nicht nehmen. Dort spielte er Karten, gab seine Lieblingsarien zum Besten, gönnte sich dabei ein Fläschchen Wein und auch ein paar Gläser Vecchia Romagna, was ihm laut einem alten Wunderheiler auch dabei half, ein Problem mit dem Herzen zu kurieren. Erst nach Mitternacht, wenn die Bar schloss und man ihn buchstäblich auf die Straße beförderte, machte er sich auf den Heimweg. »Unmöglich, die Leute auf die Straße zu setzen!«, schimpfte er und torkelte über den menschenleeren Platz. Dann setzte er seinen Hut auf, klopfte sich den Staub von der Jacke und ging mit der Sieger-Arie *Ritorna vincitor* aus *Aida* auf den Lippen nach Hause.

Sofia Martiroli hatte alles versucht, ihren Gatten von der Trunksucht abzubringen, von Gebeten über Drohungen, von Wutanfällen bis zu einem hartnäckigen Schweigen, das unter Umständen eine ganze Woche anhalten konnte und von einer kategorischen Weigerung begleitet wurde, das Bett mit ihm zu teilen. In jenen Tagen der Abstinenz schwänzelte Anselmo immer um sie herum und flüsterte ihr Koseworte oder anzügliche Bemerkungen zu. Er fand die Enthaltsamkeit in Liebesdingen, die ihm seine Frau an den Tagen, an denen sie stritten, auferlegte, unerträglich, und so verabschiedete er sich jedes Mal von seinem geliebten Weinbrand und schwor feierlich, nie wieder ein Glas Wein anzurühren. »Nie wieder!« Und jedes Mal gab Sofia irgendwann nach. Sie schickte die Kinder auf den Hof und schloss sich mit ihrem Gatten im Schlafzimmer ein, um das Ende der Enthaltsamkeit zu feiern, die sowieso nicht ihre Art war.

Dennoch säte ihre Freude am Liebesspiel auch einen gewissen Zweifel in ihr. »Das wird doch hoffentlich keine Sünde sein, oder?«, fragte sie manchmal ihren Mann.

»Aber nein, bestimmt machen das sogar die Priester«, erwiderte Anselmo lachend.

Trotzdem, Sofia kam es sonderbar vor, dass sich diese leiblichen Genüsse tatsächlich der göttlichen Strafe entzogen. »Vielleicht bin ich ja zu heißblütig«, beharrte sie.

Er gab ihr ein paar Klapse auf den Hintern und lachte, um sie zu beruhigen.

Doch Sofia hatte nicht nur Schuldgefühle, was ihren Gefallen am Liebesspiel anging – oft schämte sie sich auch ihrer Gefräßigkeit, denn wenn der Wein die große Schwäche ihres Mannes war, so war die Naschhaftigkeit die seiner Frau.

Sofia Martiroli war eine ausgezeichnete Köchin, und jetzt, wo Neve im Haus war, um ihr zur Hand zu gehen, hatte sie damit begonnen, zusätzlich für die Familie des Dorfarztes zu kochen. Ach, wie sehr sie sie liebte – die gut abgehangenen Schinken, mal mager, mal durchwachsen, die in der Speisekammer des Doktors hingen, ganz zu schweigen von den Focacce mit Zwiebeln, den frischen Feigen und den in Schnaps eingelegten Früchten! In der ärztlichen Küche kostete Sofia mit genüsslich geschlossenen Augen die Soßen mit der gleichen Hingabe, mit der sie in der Kirche die Hostie empfing.

Eines Tages hatte ihre Herrschaft Sofia Mandelgebäck geschenkt, damit sie es für ihre Kinder mit nach Hause nahm. Sie machte sich mit dem festen Vorhaben auf den Weg, es nicht anzurühren, doch dann konnte sie einfach nicht widerstehen. *Nur ein Kleines, einfach zum Probieren*, hatte sie sich vorgenommen. Zuerst hatte sie nur einen Keks geknabbert, dann noch einen, und am Ende waren nur noch so wenige übrig geblieben, dass sie beschlossen hatte, es sei besser, sie aufzuessen, damit die Kinder sich nicht darum streiten mussten, wer was davon abbekam. Und so hatte Sofia die Mandelkekse alle selbst verspeist, was ihr jedoch eine schlaflose Nacht bereitete.

Am Morgen danach ging sie schweren Herzens zur Kirche, um die Beichte abzulegen. »Padre, vergebt mir, denn ich habe gesündigt«, hatte sie zum Priester gesagt, überwältigt von ihrer Reue.

»Ach, Sofia, was hast du denn diesmal verbrochen?«

Sie stieß einen tiefen Seufzer aus und machte dann ihrem schlechten Gewissen Luft, indem sie erstens die Sünde der Unzucht und zweitens ihre Maßlosigkeit bezüglich der Naschereien gestand. Es waren immer die gleichen Schwächen, die sie beichtete, und gleich waren auch die Bußen, die der Priester ihr auferlegte: drei Ave-Maria für die Sünden des Fleisches und fünf Vaterunser für die Sünden des Leckermauls, zusammen mit der Empfehlung, sich ein wenig zu mäßigen, ob es nun in der Küche oder im Bett war.

~ 1927 ~

Innerhalb weniger Monate hatte Adele alles gelernt, was den Anbau von Kaffee betraf – zum Beispiel, wie man den Befall mit Schädlingen verhinderte oder die Pflanzen vor dem Austrocknen bewahrte. Längst kannte sie die Kriterien, nach denen man die besten Bohnen aussuchte, konnte ihren Reifegrad anhand der Färbung erkennen und wusste, welche Mondphasen am besten für die Ernte waren. Da Rodrigo oft auf Geschäftsreise war, hatte sie schon bald viele seiner Aufgaben auf der Plantage übernommen, darunter auch die Bezahlung der Belegschaft und das Anheuern von Saisonarbeitern.

Die Beziehung der Eheleute hatte sich nicht zum Besseren entwickelt. Rodrigo war zuvorkommend, aber kühl. Abgesehen von seltenen Ausbrüchen der Ungeduld, behandelte er Adele nicht schlecht, doch wenn sie sich des Nachts liebten, so geschah es ohne echtes Verlangen, als handelte es sich für alle beide nur um eine Pflicht. Von Anfang an hatte das Paar versucht, ein Kind zu zeugen, doch auch zehn Monate später war Adele noch immer nicht guter Hoffnung.

»Vielleicht sollten wir einmal einen Facharzt aufsuchen«,

sagte sie eines Abends zu ihm. Gerade hatte sie einen Termin ausgemacht, als sie feststellte, dass sie schwanger war.

Rodrigo gab für alle Arbeiter der *senzala* eine Runde Caipirinha aus und war so aufgeregt, dass er in jener Nacht kein Auge zutat. Irgendwie hatte es den Anschein, als würde die gute Nachricht ihn weicher machen. Mehr als ein Mal ertappte ihn Adele dabei, wie er sie mit einem anderen Ausdruck auf dem Gesicht betrachtete, einem Ausdruck, der vielleicht nicht gerade der eines Verliebten sein mochte, doch immerhin von Zuneigung getragen war. Aber er fragte sie nie nach ihrer Vergangenheit, noch erkundigte er sich danach, was ihr durch den Kopf ging, wenn sie wieder einmal traurig dreinblickte und eine nachdenkliche Miene zeigte. Adele bemerkte es und wurde rot, denn es war Paolo, an den sie in jenen Momenten dachte.

Wie dumm!, tadelte sie sich selbst. Es war an der Zeit, jene Hirngespinste endlich hinter sich zu lassen. So war also ihre Ehe: Sie führte ein ruhiges Leben, ein Leben mit einer Zukunft, die sie gemeinsam gestalteten, im Kampf für ihr Land, ihr Haus, ihre Kinder. Doch Adele hatte das Temperament der Träumer in ihrer Familie geerbt, und sosehr sie sich auch bemühte – es gelang ihr nicht, die Erinnerung an ihren Geliebten zu verscheuchen. Lange Zeit hoffte sie, eines Tages einen Brief von ihm in der Post zu finden. Wenn er wollte, dachte sie, hätte er durchaus an ihre Adresse kommen können, und so malte sie sich aus, wie Paolo ihre Abwesenheit nicht ertragen konnte und, um sie wiederzuhaben, seine Frau verlassen und sich auf den weiten Weg zu ihr machen würde. Manchmal kam ihr auch der Gedanke, Rodrigo könnte irgendwann einsehen, dass seine Ehe gescheitert war, und es stünde ihr endlich frei, nach Italien zurückzukehren. All diesen Mutmaßungen und Vorstellungen gab sie sich hin, um sie sogleich zu bereuen. Sie erwartete ein Kind von Rodrigo, und sie musste endlich aufhören zu träumen. Doch als sie eines Tages nach Hause kam und Núbia ihr sagte, ein Mann aus Italien habe nach ihr gefragt, dachte Adele sofort an Paolo.

»Hat er dir einen Namen gesagt oder eine Nachricht hinterlassen?«

»Nein, *senhora.* Er sprach nur Italienisch.«

»Aber er wird doch versucht haben, dir etwas mitzuteilen.«

»Vielleicht, dass er morgen noch einmal wiederkommt, aber ich bin mir nicht sicher.«

»Wie sah er denn aus? Groß, klein?«

»Er war … normal. Ein Weißer mit Brille, eher mager.«

Adele spürte, wie ihr die Knie weich wurden. Auf einmal sah sie wieder die typische Geste Paolos vor sich, die ihr so vertraut war: wenn er müde war und die Brille abnahm, um sich die Stelle zwischen den Augenbrauen zu massieren. Natürlich – es konnte sich nur um ihn gehandelt haben.

Sie verbrachte eine schlaflose Nacht, in der sie sich Vorwürfe machte, ohne die Erregung und das Hochgefühl ignorieren zu können, die sich in ihr breitmachten.

Am Tag danach, beim Mittagessen mit ihrem Mann, war sie mit den Gedanken ganz woanders. Rodrigo sprach mit ihr, doch es gelang ihr nicht, ihm zu folgen.

»Was hältst du davon?«, fragte er sie.

Adele merkte nicht einmal, dass er sie angesprochen hatte. Mit gesenktem Blick rührte sie in ihrer Suppe.

»Adele!«

»Ja?«

»Ich habe dich nach deiner Meinung gefragt!«

»Worüber denn? … Bitte verzeih, ich war in Gedanken.«

»Das kommt in letzter Zeit öfters vor.«

Adele war zerknirscht. Schon wollte sie sich entschuldigen, als es an der Tür klopfte. Sie sprang so schnell auf, dass ihr Stuhl umkippte, und sie machte sich nicht einmal die Mühe, ihn aufzuheben. »Ich geh schon!«, schrie sie Núbia zu. Sie war so aufgeregt, dass sie zitterte, und bereit zu allem.

Sie riss die Tür auf. Ihre Enttäuschung war so deutlich zu sehen, dass der Mann mit der Brille, ein Landsmann, der gerade in Brasilien angekommen war und nach Arbeit suchte, sich bemüßigt fühlte, sich zu entschuldigen. »Wenn es der falsche Moment ist, komme ich ein anderes Mal vorbei.«

»Nein, es ist nichts. Komm nur herein«, antwortete sie ihm. Doch sie war dermaßen mitgenommen von jenen vierundzwanzig Stunden der Träume, Hoffnungen und der inneren Konflikte, dass sie nur noch das Bedürfnis verspürte, sich zu entfernen. »Ich gehe nur kurz rüber. Setz dich, ich bin gleich wieder da.«

Vom Esszimmer aus hatte Rodrigo das Verhalten seiner Frau beobachtet: wie sie zusammengezuckt war, als es klopfte, wie sie den Stuhl umgekippt hatte und dann reglos verharrt war, kaum hatte sie die Tür geöffnet. Er hatte gehört, wie ihre Stimme ernst geworden war, als sie den Fremden hereinbat. Und als sie sich dann umdrehte, hatte Rodrigo seine Mühe, in ihrem aufgewühlten Gesicht die Frau wiederzuerkennen, die er vor einem Jahr geheiratet hatte.

Er bat sie nicht um eine Erklärung. Nach jenem Vorkommnis ging Rodrigo erneut auf Distanz. Er tat es mit Maß, mit einer Kühle, die nur angedeutet war, doch es bestand kein Zweifel daran, dass er sich zurückzog. Adele bemerkte es, doch sie machte keinerlei Anstalten, Abhilfe zu schaffen.

~

Adele versuchte herauszufinden, wer ihr Mann wirklich war. Sie wusste so wenig über ihn, und wenn sie ihn nach seiner Vergangenheit fragte, wich er ihr aus oder wechselte das Thema. Und so fragte sie gelegentlich Núbia nach seinen Eltern, oder wie Rodrigo als Kind gewesen war.

»Ein kleiner Teufel, das war er! Seine Mutter hatte alle Hände voll zu tun, ihn zu bändigen. Er lief die ganze Zeit umher. Ich erinnere mich nicht, ihn jemals einfach gehen gesehen zu haben oder dass er ruhig für sich spielte. Als dann Antonio zur Welt kam, kamen sie vom Regen in die Traufe. Rodrigo war eifersüchtig. Mehr als ein Mal hat er versucht, die Wiege umzuwerfen …«

»Ich wusste gar nicht, dass Rodrigo einen Bruder hat. Wo lebt er?«

Núbia stutzte. Als sie antwortete, sah man ihr deutlich an, wie unangenehm es ihr war. »Antonio … ist tot.«

»Tot? Aber wo ist er denn begraben? An der Familiengruft steht sein Name nicht.«

»Ich bitte Euch, sagt nichts zum Herrn. Es ist besser für alle, wenn Ihr nichts sagt.«

»Mach dir keine Sorgen. Wenn Rodrigo nicht mit mir

darüber redet, werde ich ihn ganz gewiss nicht darauf ansprechen.«

~

Im vierten Monat war Adele wieder voller Energie. Die Schwangerschaft verlief ohne Probleme, und mithilfe von Núbia nähte sich Adele ein paar größere Kleider, in die sie auch in den letzten Monaten ihrer Schwangerschaft hineinpassen würde. Auch ihre Frisur veränderte sie leicht und kämmte das Haar nach links, um ihre weiße Strähne noch besser zur Geltung zu bringen. Zum ersten Mal, seit sie nach Brasilien gekommen war, fühlte sie sich, wenn nicht gerade glücklich, so doch wenigstens ruhig und zufrieden.

Eines Nachmittags jedoch begann sie, Blut zu verlieren, und in der Nacht verlor sie das Kind.

Es war ein Junge. Núbia nahm den Fötus und den Mutterkuchen und begrub sie, ohne dass ihre Herrin davon erfuhr, zusammen mit einem lebenden Hahn auf einem Feld. Dann machte sie Feuer und verbrannte die blutigen Laken zusammen mit Eukalyptusblättern und Weihrauch, um die bösen Geister aus dem Bauch ihrer Herrin zu vertreiben.

Wochenlang gingen sich die Eheleute aus dem Weg. Es schien, als hätten sie sich nichts mehr zu sagen, nichts, was nicht mit der Erinnerung an jenes Kind zu tun hatte, obwohl doch beide versuchten, es an einem dunklen Ort in ihrem Herzen zur Ruhe zu betten. Doch das Leben auf dem *cafezal* konnte nicht warten. Es kam die Zeit der Ernte, und sich im eigenen Unglück zu suhlen, war nicht mehr möglich. Rodrigo und Adele stürzten sich mit ganzer Kraft auf die

Arbeit. Sie begannen wieder, über Geschäfte zu sprechen, miteinander zu Abend zu essen, sich – ohne Zärtlichkeit – zu lieben, doch dabei blieb die Angst davor, sich erneut Illusionen hinzugeben.

Sechs Monate nach der Fehlgeburt war Adele wieder schwanger. Dieses Mal feierte niemand die gute Nachricht, und beide warteten auf die Geburt, fast ohne das Kind zu erwähnen. Als die Wehen einsetzten, war es Núbia Vergara, die Adele beistand. Das hatte sie schon bei vielen Frauen der *senzala* getan, es war nichts Außergewöhnliches für sie. Einen Arzt würde man nur rufen, wenn sich Probleme einstellten.

Núbia streichelte Adeles Bauch und sang dabei leise alte Wiegenlieder, die das kleine Wesen dazu ermutigen sollten, den mütterlichen Körper zu verlassen. Als die Presswehen kamen, forderte die Bedienstete Adele auf, in die Hocke zu gehen. Es war Núbia, die das Kind mit ihren Händen auffing, als wäre es eine reife Frucht.

Beim allerersten Schrei kam Rodrigo ins Zimmer gestürzt. »Ein Junge!«, rief er und hob das von der Geburt noch verschmierte Kind in die Höhe. Dann ging er zu seiner Frau und küsste sie zärtlich auf den Mund.

Es war einer der Momente, die man niemals vergisst, einer jener raren, gesegneten Augenblicke, die ein Mensch sein ganzes Leben lang in Erinnerung behält. Rodrigo ging mehrere Tage nicht aufs Feld, sondern trat immer wieder an die Wiege, um seinen kleinen Sohn zu bewundern. »Ich hätte gute Lust, ihn zu wecken, nur damit ich ihm in die Augen sehen kann.«

»Untersteh dich! Aber wäre es nicht langsam an der Zeit,

wieder zu arbeiten? Es ist jetzt schon eine Woche her, dass du dich auf dem *cafezal* hast blicken lassen.«

»Ich glaube, ich schaffe es noch nicht, mich von ihm zu trennen.«

An ebendiesem Nachmittag sagte Rodrigo jedoch zu ihr: »Wir müssen Setzlinge pflanzen. Ich gehe rüber auf die Plantage.«

Adele war gerade eingenickt, als ihr Mann wieder im Zimmer stand. In der Hand hielt er eine Schlange mit abgeschlagenem Kopf. »Die beißt keinen mehr«, verkündete er zufrieden.

»Sie hat einen weißen Bauch«, murmelte sie.

»Na und? Aber was ist denn? Du tust ja so, als hättest du den Leibhaftigen gesehen!«

»Ach nichts. Das sind Dinge, die man bei uns im Dorf immer erzählt hat, alter Aberglauben.«

In jener Nacht starb das Kind im Schlaf. Er war perfekt: ein kleiner Junge mit leichtem Flaum auf der Haut und von blauen Venen durchzogenen Augenlidern.

Adele bestand darauf, zum Begräbnis zu gehen. Die Sonne schien gleißend auf die Grabsteine, und die Blumen in den Vasen waren vertrocknet. Fast niemand war auf dem Friedhof: nur sie, Rodrigo, der Priester und Núbia. Sie bestatteten den kleinen weißen Sarg in der Familiengruft. Als sie die Nische mit ihrem Sohn zumauerten, spürte Adele, wie ihr die Sinne schwanden, und Rodrigo musste sie stützen. Núbia Vergara weinte, wie man nur um sein eigenes Fleisch und Blut weint.

~

Als sie wieder zu Hause waren, verkündete Adele ihrem Mann: »Ich möchte eine Weile allein schlafen.«

»Es ist nicht der Moment, um allein zu sein.«

»Ich kann nicht schlafen und würde dich am Ende noch stören.«

Er blickte sie starr an. »Wie du willst.« Und beharrte nicht weiter darauf.

Adele schloss die Läden, legte sich ins Bett und blieb mehrere Wochen auf ihrem Zimmer.

Sie verbrachte ihre Tage wie begraben im Schatten des Zimmers, fast ohne ihr Essen anzurühren; auch die Fenster durften nicht geöffnet werden. Bei Nacht lag sie wach und grübelte über den einen Gedanken: dass sie versagt hatte. Zwei Schwangerschaften, nur mit Mühe erlangt, und beide vergebens. Sie war nicht in der Lage dazu gewesen, Rodrigo ein Kind zu schenken, und nur dafür hatte er sie geheiratet.

Bei Morgengrauen brachte Núbia ihr den Kaffee, um neun Uhr kam dann der Arzt. Er stellte ihr viele Fragen, bekam aber nur einsilbige Antworten, ja, nein. Kopfschüttelnd verließ der Mediziner das Zimmer. Er verschrieb ihr etwas, das ihr beim Einschlafen helfen sollte, doch schon bald erwiesen sich auch die Schlafmittel als wirkungslos. Adele lag mit geschlossenen Augen im Bett, ohne sich um das zu scheren, was um sie herum vorging. Jede Minute, die verging, war ihr unerträglich. Wenn es Abend wurde, betete sie darum, einzuschlafen und nie wieder aufzuwachen. Zu sterben wäre für sie ein Geschenk des Himmels, eine Geste der Barmherzigkeit.

In jenen Tagen musste sie oft an den Vorfahren denken, der sich vor so vielen Jahren das Leben genommen hatte.

Jetzt verstand sie, was er getan hatte. Sie begann, darüber nachzudenken, wie sie ihrem Leben am besten ein Ende bereiten könnte: Es musste schnell und bei Nacht vonstattengehen, wenn kein Risiko bestand, entdeckt zu werden.

Der Arzt merkte, dass sich die Situation zuspitzte, und nahm Rodrigo beiseite. »Es wäre besser, wenn Ihre Frau niemals allein bleibt.«

»Was kann ich tun?«

»Wir könnten sie in ein Sanatorium bringen, aber vielleicht würde das nur alles schlimmer machen. Warten wir ab. Bis dahin rate ich Ihnen dringend, sie nicht allein zu lassen.«

Rodrigo ordnete an, die Tür zu dem Zimmer, in dem Adele schlief, solle immer offen bleiben, und er selbst schlief fortan auf einem Feldbett im Zimmer nebenan.

Die Monate vergingen, und bei Adele gab es keine Zeichen der Besserung.

~

Eines Nachmittags, als der Regen vom Himmel prasselte, stand auf einmal Núbia im Zimmer und verkündete mit aufgeregter Stimme: »*Senhora* da ist Besuch für Sie.«

»Sag ihm, er soll wiederkommen, wenn Rodrigo da ist, und …« Doch Adele hatte nicht die Zeit, ihren Satz zu Ende zu sprechen, denn sie hörte eine bekannte Stimme sagen: »Na, wo ist denn meine Lieblingsnichte?«

»Onkel Ugo … Was machst du denn hier?«

»Ich hatte dir doch versprochen, dich einmal zu besuchen, oder hast du mich vielleicht schon vergessen?«

»Rodrigo hat dich darum gebeten.«

Er setzte sich zu ihr ans Bett und nahm ihre Hand. »Ja. Dein Mann macht sich große Sorgen. Was euch widerfahren ist, ist schmerzlich, Adele, aber du musst wieder auf die Beine kommen.«

Sie drückte seine Hand, klammerte sich an sie, als stellte er ihre allerletzte Hoffnung dar. »Ich will nach Italien zurück. Ich bitte dich, Onkel, hilf mir …«

»Was sagst du da? Dein Zuhause ist hier.«

»Ich habe Rodrigo enttäuscht. Wenn ich nach Italien zurückkehre, tue ich auch ihm einen Gefallen.«

»Red keinen Blödsinn. Dein Mann liebt dich. Und außerdem … ist es für ihn auch nicht leicht. Hör mir zu, Adele: Ich weiß nicht, ob es richtig ist, mit dir darüber zu sprechen, aber du musst es wissen. Sieh mal, Rodrigo hat in der Vergangenheit viel gelitten. Für ihn ist es schwierig, sich zu öffnen und einer Frau wieder Vertrauen zu schenken.«

»Was willst du mir damit sagen?«

»Vor Jahren, als er noch sehr jung war, hatte er eine Verlobte. Jenes Mädchen hatte ihm völlig den Kopf verdreht. Seine Eltern waren dagegen, es gab viele Gerüchte um sie, aber Rodrigo wollte nichts davon hören. Sie wollten heiraten, es war nur noch eine Woche bis zur Hochzeit, dann … ist sie verschwunden. Mit einem anderen durchgebrannt.«

»Einem anderen?«

»Ja … mit Antonio, dem Bruder deines Mannes.«

»Ich dachte, er sei tot.«

»Für Rodrigo ist er das. Von da an hat er von Frauen nichts mehr wissen wollen. Ich war es, der ihn davon überzeugt hat, es sei an der Zeit, sich eine Frau zu suchen, und der ihm von dir erzählt hat.«

»Das erklärt alles, seine Kälte, und …«

»Am Anfang vielleicht, aber nicht mehr. Ich kenne ihn, seit er noch ein Junge war, und glaub mir, Adele, dein Mann hat dich sehr gern.«

»Wenn ich hierbleibe, werde ich sterben.«

»Komm erst einmal wieder zu Kräften, das Weitere sehen wir dann. Aber denk daran: Zuhause ist kein Ort, es ist ein Gefühl. Etwas, das wir in uns behüten wie einen Schatz, den wir jeden Tag von Neuem erschaffen, mit Mühen und mit viel Willen. Erinnerst du dich noch, was ihr euch gelobt habt, als ich euch zu Mann und Frau gemacht habe? Zusammenzubleiben in Gesundheit und Krankheit, in guten wie in schlechten Zeiten. Das ist ein Gelöbnis, das ihr vor Gott abgelegt habt und für das ihr euch einsetzen müsst. Ihr müsst alles tun, um eure Ehe zu retten. Rodrigo ist bereit dazu. Jetzt ist es an dir.«

Ugo blieb eine ganze Woche in Cachoeira Grande. Den Tag verbrachte er damit, bei Adele zu sitzen. Er tröstete sie, gab ihr Ratschläge, und um sie abzulenken, erzählte er ihr unterhaltsame Episoden aus seiner Kindheit, zum Beispiel wie sein Vater sich der Erfindung der verrücktesten Dinge und den seltsamsten Experimenten verschrieben habe. »Er hat mir nie verziehen, dass ich Priester geworden bin. Meine Mutter hat alles getan, um ihn dazu zu bringen, meine Berufung zu akzeptieren, doch es war vergebens. Ich hatte schon beschlossen, nach Italien zurückzukehren und zu versuchen, mit ihm zu reden, doch dann starb er nur wenige Tage vor meiner Ankunft, als ich noch unterwegs war.«

Wenn Adele sich müde fühlte, nahm Ugo an ihrer Seite Platz und las ihr aus einem großen, ledergebundenen Buch vor, das er aus dem Kloster mitgebracht hatte. Manchmal hörte sie, wie er Sätze auf Latein flüsterte oder vor Bewunderung seufzte, wenn eine Passage ihn besonders berührte. Die Abende hingegen leistete der Onkel Rodrigo Gesellschaft. Sie hörte die beiden bis spät in die Nacht reden, wenn sie draußen auf der Veranda saßen. Einige Tage linderte Ugos Anwesenheit die Einsamkeit, die auf dem Haus lastete, doch kaum war er wieder abgereist, stand das Paar vor den gleichen Problemen wie vorher.

~

Eines Tages reichte Núbia Adele eine Tasse. »Trinkt, *senhora*. Ihr werdet sehen, dann geht es Euch besser«, ermunterte sie sie.

»Lass nur, ich will nichts.«

»Nehmt, es ist etwas Wunderbares. Eine Medizin, von Gott gesegnet. Wir verwenden sie in der Kirche, um mit den Seelen der Toten zu sprechen.«

»Das ist so bei deinen Leuten. Ich weiß nicht, was ich damit soll.«

»Die *senhora* glaubt, alles besser zu wissen, hat aber noch eine Menge zu lernen«, erwiderte die Frau in gekränktem Ton.

Núbia war der Mensch, dem sich Adele am nächsten fühlte, und sie konnte es nicht riskieren, sie zu vergraulen. »Entschuldige, ich wollte nicht unhöflich sein. Her mit dem Zeug.« Adele richtete sich am Kopfende des Bettes auf und leerte die Tasse in einem Zug.

Innerhalb weniger Minuten zeigte das Getränk Wirkung.

Adele hatte das Gefühl, ihren Körper zu verlassen. Ihre ganze Wahrnehmung – die Geräusche, die Umrisse, die Farben –, alles war verschwommen, federleicht, flüchtig. Es gab keine Erinnerung mehr, nur ein großes Gefühl von Frieden. In den Träumen, die der Trank heraufbeschwor, fühlte sich Adele an einen Ort versetzt, der von sonderbaren, aber auch seltsam vertrauten Gestalten bevölkert war. Da war ein großer, magerer Mann mit schlenkerndem Gang und schwermütigem Blick, der ihr zu Hilfe eilte, an seiner Seite ein schwatzhafter kleiner Junge, der auf sie zuhüpfte und ihr dabei allerlei Fragen stellte. Doch inmitten all dieser Gestalten hob sich besonders eine Frau mit dunkler Haut und rabenschwarzen Augen ab, die dieselbe Form und Intensität hatten wie bei ihrem Onkel und dem einen Strang der Familie. Sie trug kunterbunte Röcke und hatte Fasanenfedern im Haar. Adele wusste, wer das war. Das Bild war so real, dass sie in manchen Momenten das deutliche Gefühl hatte, Viollca drücke ihr die Hand. Einmal glaubte sie sogar zu hören, wie sie ihr ins Ohr flüsterte: »Denk nicht an den Tod. Du hast eine lange Zukunft vor dir. Mit viel Schmerz, aber auch Momenten großen Glücks. Du wirst viel Geld haben, und ich sehe großen Erfolg. Aber du musst stark sein und Mut haben.«

»Ich will nur, dass alles aufhört.«

»Das zu entscheiden, liegt nicht bei dir. Es ist der Weg, der für dich vorgesehen ist, und du musst ihn bis zum Ende gehen.«

»Aber ich bin die Frau von der Teufelskarte, stimmt's? Ich weiß von deiner Prophezeiung. Papa hat sie immer gefürchtet, und als wir groß wurden, hat er sie uns Geschwistern erzählt. Es war meine Ehe, die nur Unglück bringen würde, und meins ist auch das tote Kind, das du in den Karten gesehen hast.«

»Nur der Zufall hat dir deine Kinder genommen, und deine Ehe ist besser, als du denkst.«

In diesem Moment schien sich der Strudel aus Stimmen und Trugbildern zu entfernen und in Luft aufzulösen.

Adele hörte eine Stimme, die nach ihr rief. Sie öffnete die Augen einen Spaltbreit und murmelte: »Violica …«

»Was hast du gesagt?« Rodrigo beugte sich über sie.

»Ich hatte einen seltsamen Traum …«

Aber waren das wirklich Träume gewesen? Das fragte sich Adele jedes Mal, wenn sie aus jenen Zuständen der Benommenheit wieder auftauchte. Danach fühlte sie sich seltsam beruhigt, als könnten jene Gestalten ihr Mut einflößen und ihre Tage erträglicher machen. Sie begann, Núbia zu beknien, ihr täglich größere Dosen des Trunks zu bringen, doch die Frau weigerte sich. »Nein, *senhora.* Gott will nicht, dass sich die Menschen allzu sehr der Geisterwelt nähern.«

»Die Welt der Geister, sie ist hier, mitten unter uns«, antwortete Adele. Genau das hatte ihr Vater auch gesagt.

Rodrigo besuchte seine Frau gleich am Morgen und dann am Abend, wenn er von den Feldern zurückkam. Er brachte ihr Früchte mit, Kokosgebäck oder die Brühe, die Núbia zu diesem Zweck in der Küche bereithielt. Und er stellte ihr immer die gleichen Fragen: wie es ihr gehe, ob sie gegessen und sich ausgeruht habe. Deprimiert von ihrer Einsilbigkeit, ließ er sie dann wieder allein. Kurz darauf hörte Adele das Klacken seiner Stiefel auf dem Holz im Portikus, und seine ganze Präsenz schien in diesen Schritten zu sein. Manchmal hielten sie plötzlich inne, als wäre ihm etwas Wichtiges eingefallen. Später hörte sie dann, wie er das Haus wieder betrat und sich auf der Pritsche im Zimmer nebenan zur Ruhe begab. Seine Lampe wurde gelöscht, und Dunkelheit senkte sich über das Anwesen.

Auf diese Weise verging Weihnachten, dann Ostern. Adele war mittlerweile so geschwächt, dass sie sich an der Wand abstützen musste, wenn sie ins Bad ging, und sich nur langsam, Schritt für Schritt, vorwärtstasten konnte. Sie hörte auf, sich zu waschen, und lag nur noch im Halbdunkel da, wie eine tropische Pflanze, feucht und träge. Bald glaubte sie, einen Schatten auf ihrer Haut zu sehen, als würde ihr Körper anfangen zu schimmeln. Sie glaubte verrückt zu werden, und wahrscheinlich wäre es auch so weit gekommen, wenn nicht eines Nachmittags ihr Ehemann eingegriffen hätte.

Er war von seinem täglichen Ausritt früher nach Hause gekommen. Ein Pferd wieherte, dann das Geräusch der schlagenden Haustür. Kurz hielt er auf der Schwelle zu ihrem Zimmer inne, dann näherte er sich dem Bett.

Mit einer ausladenden Handbewegung fegte er die Medizinfläschchen vom Nachttisch. Sie zuckte zusammen, hielt die Augen jedoch geschlossen. Er ging zum Fenster, riss es auf. Adele bedeckte ihre Augen, die kein Licht mehr gewöhnt waren, mit der Hand. Rodrigo trat an ihr Bett. Diesmal packte er sie an beiden Armen und begann, sie zu schütteln. »Jetzt reicht's. Du wirst jetzt aufstehen, hast du verstanden? Wir werden wieder Kinder bekommen, Adele. Du wirst sehen, sie kommen, und wenn nicht … gibt es doch immer noch uns zwei. Dich und mich!«

Sie blieb reglos liegen, die Lider geschlossen, der Körper schlaff. Sie spürte den Atem ihres Mannes, stellte sich seine

Augen vor, die sie betrachteten. Es gab einen Moment des Zögerns, des Wartens. Dann zog Rodrigo sie an seine Brust. »Ich brauche dich … verdammt noch mal!« Ein paar Sekunden lang hielt er sie so, dann ließ er sie behutsam zurück aufs Bett gleiten.

Jetzt geht er weg, dachte Adele und fühlte eine Leere in sich, eine Sehnsucht nach dem Moment, den sie gerade erlebt hatte.

Rodrigo jedoch rührte sich nicht von der Stelle und sagte nach einer Weile: »Núbia packt die Koffer. Morgen reisen wir ab.«

Es war noch dunkel, als er bei Morgengrauen des darauffolgenden Tages Adele aus dem Bett hob und sie auf seinen Armen hinunter zum Wagen trug. Als es hell wurde, bestiegen die Eheleute einen Zug in Richtung Norden.

~

Adele verbrachte den ganzen Tag in einem Dämmerzustand. Ab und zu betrachtete sie aus halb geschlossenen Augen ihren Ehemann, wie er vor ihr saß: die tiefe Falte auf seiner Stirn, die fast komplett ergrauten Haare. Und ihr ging durch den Kopf, dass Rodrigo in den wenigen Jahren, die sie zusammen verbracht hatten, zum alten Mann geworden war.

Als es Nacht wurde, wartete Adele, bis er eingeschlafen war, und setzte sich dann ans Fenster. Eine frische Brise wehte herein und trocknete ihr den Schweiß. Adele schaute zu den kleinen Gruppen von Lichtern in der Ferne, dem Schatten von ein paar Häusern, den schwarzen Umrissen der Bäume; dann waren da nur noch Felder, ein leerer Himmel und das monotone Rattern des Zuges. Sie musste an Paolo denken. Das war schon lange nicht mehr geschehen, und in jener Nacht wurde ihr bewusst, dass sie nichts mehr für ihn empfand. Es war, als hätte der Schmerz der vergangenen Monate jegliche Erinnerung ausgelöscht und jedes Gefühl zerstört, das sie mit der Vergangenheit verband.

Die Sonne schien auf rostfarbene Erde, auf gewaltige freie Flächen ohne Bäume, ohne Bewuchs. Man sah nur verdorrte Felder, Sanddünen und Tiergerippe an den Ufern ausgetrockneter Seen. Dann kamen wieder Wälder, tief hängende, blaugraue Himmel, Cashewbäume, Plantagen, auf denen Bananen, Kokosnüsse und Passionsfrüchte angebaut wurden. Die Luft war gesättigt vom Duft nach Melasse und dem durchdringenden Parfüm tropischer Blüten. Dann tauchte am Horizont die Stadt Salvador de Bahia auf.

In der ersten Nacht im Hotel schlief Adele wenig und schlecht und wachte am Morgen übellaunig auf. Am liebsten hätte sie gleich die Augen wieder geschlossen, doch Rodrigo zwang sie dazu aufzustehen. »Komm, ein bisschen frische Luft tut dir gut.« Er stützte sie an der Taille, bis sie die Terrasse erreicht hatten. Dort wartete ein Tisch auf sie, der mit Kaffee, Eiern, Brot und Obst gedeckt war.

»Ich habe keinen Hunger.«

Rodrigo achtete nicht auf ihre Worte. Als er sich anschickte, ihr Kaffee einzuschenken, winkte Adele ab, doch er gab sich nicht geschlagen. Er strich Butter auf eine Scheibe Brot und begann, sie damit zu füttern.

Die Terrasse ging auf einen Platz der alten Stadt hinaus, der von portugiesischen Palästen gesäumt war. Im Lauf der Jahrhunderte hatten diese viel von ihrer Glorie verloren, und Jahre glühend heißer Sonne und tropischer Regengüsse waren nicht spurlos an ihnen vorübergegangen. Die Farben waren verwaschen, und die Feuchtigkeit hatte die sonderbarsten Male auf den Mauern hinterlassen, löchrig wie geklöppelte Spitze; sie sahen aus wie zerknüllte Blätter, Engel, Tiere, Vogelschwärme. Adeles Blick ruhte auf zwei schwarzen Frauen, die sich aus dem Fenster gegenüber lehnten und lachten – ihre bunten Turbane, die schönen nackten Schultern, das Lachen der einen, das vom Gelächter der anderen erwidert wurde, so ansteckend, so fröhlich und unbeschwert. Weiter unten, auf der Straße, spielten ein paar barfüßige Kinder Fangen. Eine Frau hielt beide Hände unter einen Brunnen und trank; neben ihr zerschlug ein alter Mann Kokosnüsse. Rodrigo lächelte ihr zu. »Es ist eine magische Stadt. Du wirst sie lieben lernen.«

Sie verbrachten ein paar Wochen in der Stadt, und ganz allmählich hatte es den Anschein, als würde neues Blut durch Adeles Adern strömen. Sie konnte wieder schlafen und gewann ihren Appetit zurück. Einem neuen Morgen entgegenzusehen, machte ihr nicht mehr so viel Angst. *Ein Tag nach dem anderen, Adele. Einer nach dem anderen*, sagte sie sich.

Einen Monat nach ihrer Ankunft schaffte es Adele, wieder einen ganzen Morgen auf den Beinen zu sein. Die beiden Eheleute standen früh auf, frühstückten und gingen dann, um die noch kühlen Morgenstunden zu nutzen, lange in den Straßen der Stadt spazieren. Wenn Adele müde wurde, setzten sie sich irgendwo in den Schatten und tranken kühlen Zuckerrohrsaft oder das herrlich erfrischende Wasser der Kokosnuss.

Irgendwann begannen sie, offen über den Schmerz zu

sprechen, den es ihnen bereitet hatte, zwei Kinder zu verlieren, doch sie sprachen auch über ihre Träume, erzählten sich Geschichten aus ihrer Kindheit und sinnierten über eine gemeinsame Zukunft. Stundenlang plauderten sie und konnten fast nicht genug bekommen von diesen Gesprächen, wie zwei Liebende, die sich gerade erst kennengelernt haben. Sie scherzten über ihre kleinen Fehler, zogen sich gegenseitig für ihre Marotten auf. Ablenken ließen sie sich nur von so mancher Schönheit, die irgendwo in einem verborgenen Eckchen der Stadt wartete, oder von Szenen, die unerwartet hinter einer Straßenbiegung auftauchten: schwarze Kinder, die zum Klang von Tamburinen tanzten, oder eine Gruppe ganz in Weiß gewandeter Frauen, die sich zu einem Kreistanz versammelt hatte. Adele schien sie förmlich in sich aufzusaugen, diese Energie, die hier allerorten vibrierte. Sie erlernte das Leben neu, und sie tat es zusammen mit dem Unbekannten, der schon seit Jahren an ihrer Seite war.

~

Eines Morgens wachte sie beim ersten Licht des Tages auf. Sonnenlicht stahl sich in langen Strahlen durch die angelehnten Fensterläden. Die Luft war weich, der Ventilator an der Decke surrte und hauchte eine angenehm frische Brise über ihre nackten Körper. Von der Straße stieg Kaffeeduft empor, zusammen mit dem Tschilpen der Spatzen und fernen Stimmen. Sie konnte das Geschwätz der Hausfrauen ausmachen, den Singsang von Kindern in einer Schule. Adele drehte den Kopf und schaute ihren Mann an – sein Haar war zerzaust, eine Hand ruhte auf dem Bauch. Er lächelte. Am

Abend zuvor hatten sie bis spät in die Nacht auf der Terrasse gesessen und die kühle Frische genossen. Es war ein ruhiger Abend gewesen. Unten auf dem Platz saß eine Frau auf der Schwelle ihres Hauses und stillte ihr Kind; jemand sang. An einem gewissen Punkt hatten sie aufgehört zu reden und sich angeschaut. Er hatte ihr Gesicht gestreichelt, und dieses Mal war Adele nicht zurückgewichen. Rodrigo beugte sich zu ihr und küsste sie.

Zum ersten Mal nach Monaten hatten sie sich geliebt. Es war etwas Neues gewesen, etwas ganz anderes. Es war, als wäre Rodrigo ein anderer Mensch, doch Adele ging durch den Kopf, dass es vielleicht auch sie war, die sich anders fühlte. Als er sie küsste, war es ohne Hast gewesen. Zuerst den Mund, dann den Hals, die Innenseite der Arme, jeden Teil ihres Körpers. Sie hatte die Augen geschlossen und sich einfach gehen lassen, hatte jeden bösen Gedanken verscheucht. So groß war ihre Lust gewesen, dass Rodrigo ihr die Hand auf den Mund legen musste, um sie zum Verstummen zu bringen.

Jetzt betrachtete Adele aus der Nähe sein Gesicht: den geraden Schnitt seiner Nase, den halb geöffneten Mund, die kleine Ader, die an seiner Schläfe pochte. *»Meu marido«*, murmelte sie auf Portugiesisch.

Rodrigo öffnete die Augen und lächelte. »Gestern Nacht hast du einen ganz schönen Lärm gemacht. Ich hatte Angst, die Feuerwehr würde anrücken«, sagte er mit ernster Miene.

Sie wandte sich ab, so peinlich war es ihr. Rodrigo brach in Gelächter aus und zog sie an sich.

~

Sie setzten ihre Reise durch den Norden des Landes fort. In Recife gingen sie an Bord eines Bananenbootes und fuhren den Amazonas entlang. Für Adele war es eine neue Welt, und jedes Mal, wenn der Fluss eine Biegung machte, war sie erneut verzaubert von den Dörfern der Indios, an denen sie vorbeikamen: kleinen Ansammlungen von Hütten, vor denen Frauen Feuer machten oder am Fluss Wäsche wuschen, wo kleine Kinder umherliefen. Wenn sie sich näherten, sprangen die größeren Kinder ins Wasser und schwammen unter großem Geschrei und Geschnatter auf das Boot zu. Rodrigo hatte recht, dachte Adele. Alles an dieser Reise war wie ein Wunder: die üppige Vegetation, der majestätisch dahinströmende Fluss, die tropischen Vögel, die Schreie der Affen. Die Frauen waren praktisch nackt, schienen sich aber kein bisschen zu schämen. Genau so musste es gewesen sein, das Paradies auf Erden.

Bei Sonnenuntergang tauchte Manaus am Horizont auf, wie eine Fata Morgana aus Licht, das sich auf dem Wasser spiegelte. Es war eine kleine Stadt inmitten von jungfräulichen Wäldern, doch in den letzten Jahren hatten die Kautschukplantagen ihr verschlafenes Aussehen verändert: Sie war gewachsen, und man hatte sogar ein Opernhaus gebaut. Das Gebäude thronte in seiner ganzen Pracht über der Stadt, Zeugnis des Reichtums, den man hier dank des Kautschuks angehäuft hatte, und der heldenhaften Bemühungen einiger Liebhaber des Gesangs, die Stein für Stein quer durch die Wälder des Amazonas herangeschafft hatten.

Bei ihrer Ankunft in einer neuen Stadt begaben sich Adele und Rodrigo sogleich aufs Postamt, um die Telegramme, die Núbia geschickt hatte, in Empfang zu nehmen. Ab und zu fanden sie auch eine Postkarte mit Grüßen von Onkel Ugo vor, der sie ermutigte, ihre großartige Reise fortzusetzen. Aus Cachoeira Grande kam eher der Druck, endlich wieder nach Hause zu kommen, aber die *fazenda* wirkte so weit weg. Rodrigo warf die Briefe weg, ohne sie zu lesen. Er nahm Adele in die Arme und neckte sie, sie habe zugenommen, doch ihm gefielen Frauen, die mehr Fleisch auf den Rippen hätten, weil sie lüsterne Gedanken in ihm weckten.

»Der Kaffee kann warten«, sagte er zu ihr.

»Nein, wir müssen zurück. Ich bin schwanger«, verkündete sie eines Tages.

Maria Luz erblickte im November des Jahres 1930 das Licht der Welt, als Getúlio Vargas bereits seinen Schatten auf die Zukunft Brasiliens warf. Sie kam fast vollkommen schmerzlos zur Welt, im Morgendämmern der Revolution, die für immer das Leben von Cachoeira Grande und der gesamten Nation verändern würde.

~

Es waren kaum mehr als zwei Jahre seit der Geburt der Zwillinge vergangen, als Neve erneut schwanger wurde. Dieses Mal setzten die Wehen noch früher ein, als sie noch nicht einmal den siebten Monat erreicht hatte, und es kam ein kleiner Junge zur Welt, so winzig, dass er fast in eine Handfläche gepasst hätte. Das Kind hatte eine bläuliche Haut und war am ganzen Körper mit einem zarten Flaum bedeckt.

»Ho fat násar na simia«, rief Neve voller Angst aus. Sie befürchtete, ein Äffchen zur Welt gebracht zu haben.

»Äffchen? Blödsinn! *Al gà adós al vel ad la Madóna, al sarà un putín fortunà.* Er hat den Schleier der Madonna an sich, das wird ihm Glück bringen«, versicherte ihr Armida, doch Neves Mutter war sofort klar, dass das Kind es schwer haben würde zu überleben.

Sie wuschen und wickelten es und legten es in eine Schuhschachtel, die mit Watte ausgefüllt war. Rund um die Schachtel stellten sie zum Wärmen Flaschen mit heißem Wasser auf, die ausgetauscht wurden, sobald das Wasser abgekühlt war.

Mehrere Male am Tag kam der Arzt vorbei, um nach dem Kleinen zu schauen, allerdings diente dies mehr dazu, die Familie zu trösten, als dass er in diesem verzweifelten Fall wirklich helfen konnte. Er versuchte, Neve Mut zu machen, doch den anderen verriet er, wie ohnmächtig er sich selbst fühlte. »Die Lungen sind noch nicht gut genug entwickelt«, sagte er. »Er ist in der Hand Gottes.«

Beppe beklagte gegenüber Armida, dass bei ihnen derlei Schicksalsschläge offenbar in der Familie lagen: Zuerst war es bei Adele so gewesen, die bereits zwei Kinder verloren hatte, und jetzt traf es Neve. »In der Prophezeiung war von toten Kindern die Rede. Das Schicksal lässt sich nicht ändern.«

»Aber was denn für ein Schicksal?«, fiel seine Frau ihm ins Wort. »Kennst du eine einzige Familie, die nicht schon ein totes Kind beweint hat?«

Sofia schlug ihrer Schwiegertochter vor, einen Priester zu rufen. Neve antwortete ihr kurz angebunden, niemand liege hier im Sterben, und sie denke nicht im Traum daran, jemanden für die Letzte Ölung zu holen. Doch kaum war sie allein mit dem Kind, taufte sie es selbst und gab ihm den Namen Vittorio. Dann betete sie lange zur heiligen Katharina von Bologna. Schließlich hatte diese bei ihr selbst ein Wunder bewirkt, als Neve noch klein war, und sie hatte sie nie wieder um etwas gebeten. Jetzt jedoch flehte sie sie an, ihren kleinen Sohn zu retten.

Neve ließ den Neugeborenen keinen Moment lang aus den Augen, aus Angst, er könnte sterben, wenn er allein war. Immer wieder versuchte sie auch, ihn zu stillen, doch wenn sie sich Vittorio an die Brust legte, gab er kurze Zeit danach alles wieder von sich. Er weinte viel, und wenn er schlief, durchliefen ihn immer wieder Zuckungen.

Am dritten Tag trank er etwas mehr als sonst und guckte seine Mutter danach mit ruhiger Miene an. »Radames, schau doch mal … du wirst sehen, er schafft es«, flüsterte Neve ihrem Mann zu. Kaum hatte sie diesen Satz gesagt, wurde der Kleine von heftigen Zuckungen geschüttelt. Radames lief die Treppe hinunter und rief laut nach seiner Mutter. Als Sofia ins Zimmer kam, standen dem Neugeborenen Speichelbläschen vor dem Mund. Ein letztes Beben ging durch seinen Körper, dann hörte er auf zu atmen. Nicht einmal die Heilige von Bologna hatte ihn retten können.

~

Kurz nach der Geburt des Kleinen hatten sie die Zwillinge zu ihrer Großmutter Armida gebracht. Als Radames drei Tage später zu ihr kam, um ihr die traurige Nachricht vom Tode des Neugeborenen zu überbringen, schlief Dolfo, und Guido spielte auf dem Hof. Sein Vater hatte ihm die Haare verwuschelt und war dann ins Haus getreten, ohne ein Wort zu sagen. Plötzlich hatte Guido keine Lust mehr zum Spielen und war ihm gefolgt.

Als er in die Küche kam, lagen sich alle in den Armen und weinten. Guido ging zu seinem Vater, nahm seine Hand und drückte sie, ohne ihn jedoch anzusehen. Die Erwachsenen flüsterten. Er hörte, wie Großmutter Armida sagte: »Es war nur eine Frage der Zeit.« Und eine Tante fügte hinzu: »Jetzt ist er bei den Engeln.« Als er das hörte, fing auch Guido zu weinen an und begann, nach seiner Mama zu rufen. Armida nahm ihn in den Arm und trocknete ihm das Gesicht, aber das genügte nicht, um ihn zu beruhigen. Radames beschloss, ihn mit nach Hause zu nehmen.

»Lass Dolfo schlafen, den bringen wir euch morgen«, schlug Armida vor.

Vater und Sohn gingen über die Felder und schlugen dann den Weg auf dem Damm ein. Als sie die Piazza erreichten, verstummten die Gespräche der Leute, die vor der Bar saßen. Guido bemerkte, dass sie ihn mit einem seltsamen Gesichtsausdruck betrachteten, als wäre es ihnen peinlich. Radames zog den Jungen am Arm weiter, doch als dieser immer wieder stolperte, nahm er ihn auf die Schultern.

Zu Hause angekommen, lief der Junge zu seiner Mutter und barg das Gesicht an ihrer Brust. Der Duft ihrer Haut beruhigte ihn, und er war sich sicher, dass ihm jetzt nichts Schlimmes mehr passieren konnte. Erst dann sah er sein kleines Brüderchen auf dem Tisch liegen. Seine Augen waren geschlossen, er trug ein weißes Kleidchen. Guido bemerkte auch, dass die Augen seiner Mutter geschwollen waren und sie nur mit Mühe sprechen konnte. Er drückte sich noch fester an sie. So blieb er sitzen, das Gesicht an ihrer Brust vergraben, und schlief schließlich ein.

Hammerschläge weckten ihn. Er machte die Augen auf: Er lag ganz allein im Bett seiner Eltern, und draußen war es dunkel. Ein Lichtstreifen tastete sich unter der Tür zur Küche hindurch. Guido stand auf, ging zur Tür und öffnete sie.

Um den Tisch herum standen lauter Menschen, die er kannte; nur sein Vater fehlte. Die Frauen beteten den Rosenkranz, die Männer hielten den Kopf gesenkt, hatten ihre Hüte in der Hand. Ein glatzköpfiger Mann stand hinter einer Holzschachtel, die auf langen Metallbeinen ruhte. Jetzt bückte er sich und steckte den Kopf unter ein schwarzes Tuch. Wieder hörte Guido Hammerschläge; sie kamen aus dem Stall.

Nach ein paar Minuten betrat sein Vater die Küche. Unter dem Arm hatte er eine kleine hölzerne Kiste. Bei diesem Anblick fing Neve zu weinen an. Die Frauen nahmen sie in ihren Kreis, die Männer blickten zu Boden. Großmutter Armida trat an den Tisch und legte ein besticktes Kissen auf den Boden der kleinen Kiste. Seine Mutter nahm das Kind in ihre Arme und küsste es auf die Stirn. Damit schien sie nicht aufhören zu wollen, und sie zitterte so sehr, dass Guido Angst hatte, sie könnte das Brüderchen zu Boden fallen lassen. Dann sah er, wie sie den kleinen Jungen in die Holzkiste legte. Auch der Vater beugte sich über ihn, gab ihm einen Kuss und drückte seine Hand. Dann legte er den Deckel auf die kleine Kiste, nahm den Hammer und begann, sie zuzunageln.

Guido stürzte in den Raum und schrie: »Er kriegt keine Luft! Mein Brüderchen kriegt keine Luft!«

Radames hielt mit dem Nageln inne. Neve lief zu ihrem

Sohn, doch um das um sich tretende Kind zu trösten, bedurfte es der festen Umarmung Armidas.

~

Am Morgen danach, noch bevor es hell wurde, weckte Neve Guido. Draußen war es unter null Grad, und Eiszapfen hingen von den Fensterrahmen. An den Scheiben hatten sich seltsam geformte Eisblumen gebildet, die aussahen wie Fächer, wie die Krallen von Spatzen, wie Spitzendeckchen.

Guido wollte die wohlige Wärme des Bettes nicht verlassen, doch Neve nahm ihn auf den Arm und setzte ihn vors Kaminfeuer.

»Wo gehen wir hin?«, fragte er und rieb sich verschlafen die Augen.

»Wir holen das Bild von Vittorio. Dann können wir dein Brüderchen betrachten, wann immer wir Lust dazu haben.«

Kurz darauf verließen sie das Haus und machten sich auf den Weg in das Pappelwäldchen, das zum Fluss führte. Das erste Licht des Tages färbte die Welt in ein bleiches Hellblau. Die Bäume waren vereist, und die Erde knirschte unter ihren Füßen. Eingemummelt in mehrere Schichten aus Pullovern und dicken Wintermänteln, gingen Mutter und Sohn mit schnellen Schritten, und ihr Atem schien das einzig Lebendige in dem vom Winter versteinerten Wald zu sein. Ab und zu blickte Guido zu seiner Mutter, doch ihr Gesicht war halb unter einem Schal verborgen. Er konnte nur ihre schwarzen Augen und eine widerspenstige Strähne ihres rabenschwarzen Haares erkennen. Eine halbe Stunde brauchten sie, dann hatten sie den Damm erreicht. Die beiden überquerten die Pontonbrücke über den Po und befanden sich auf einmal im Dorf Ficarolo.

Noch bevor es acht Uhr schlug, standen sie vor dem Atelier des Fotografen, aber Neve war viel zu ungeduldig, um noch länger zu warten. Der Mann im Atelier sah die beiden durch die angelaufenen Scheiben des Fensters, noch im Schlafanzug und mit einer Tasse Kaffee in der Hand. Es war fast noch eine Stunde, bis er aufmachte, doch anscheinend hatte er Mitleid mit den beiden, die da verfroren auf den Treppenstufen vor seinem Laden saßen und warteten. Er warf sich seinen Umhang über und machte ihnen auf.

»Bitte entschuldigen Sie, dass ich Sie so früh belästige«, sagte Neve.

»Aber ich bitte Sie … Kommen Sie herein, das Bild ist fertig.«

Die Fotografie von Vittorio war an einem Faden aufgehängt. Der Mann nahm sie ab und reichte Neve das Porträt eines runzeligen Neugeborenen mit einem dicken Haarschopf und einem Schatten um die Augen. Sie nahm das Bild feierlich entgegen, als wäre es eine Reliquie. Niemand sprach. Guido ließ das Gesicht seiner Mutter nicht aus den Augen, das auf einmal wunderschön war und zu leuchten schien.

Mutter und Sohn verließen den Laden und machten sich auf den Heimweg, doch kaum hatten sie das Dorf verlassen, blieb Neve stehen. Sie holte die Fotografie aus der Tasche, bedeckte sie mit Küssen, steckte sie wieder ein. Diese Szene wiederholte sich mehrmals. Sie gingen ein Stück, dann blieben sie stehen, und Neve nahm das Bild aus der Tasche, um es zu streicheln und zu küssen.

Sie brauchten unendlich lange, bis sie zu Hause waren. Guido hatte Hunger, doch bevor sie ihm Frühstück machte, holte Neve das Bild von ihrer Hochzeit aus seinem Rahmen und ersetzte es durch das Konterfei ihres toten Sohnes. Dieses stellte sie auf die Anrichte und trennte sich von diesem Tag an nie wieder von dem Bild. Am Abend trug sie es in ihr Schlafzimmer, und jeden Morgen stellte sie es wieder in die Küche, um es immer bei sich zu haben – ein Ritual, das sie bis ans Ende ihrer Tage vollzog.

~ 1930 ~

Getúlio Vargas kam im November 1930 durch einen Staatsstreich und mit Unterstützung des Militärs und der Großindustriellen an die Macht. Er versuchte, sich auch beim einfachen Volk einzuschmeicheln, indem er Gesetze zur Unterstützung der Ärmsten erließ und eine Art Gewerkschaft ins Leben rief, die an die faschistischen Organisationen erinnerte. Adele erklärte von Anfang an: »Das ist ein neuer Mussolini!«

»Schauen wir mal, was er so macht, bevor wir ihn verurteilen«, wies Rodrigo sie zurecht. Er wusste noch nicht, dass in dem Traum von der Modernisierung Brasiliens kein Platz mehr für Kaffee war.

Schon mehrere Monate zuvor waren die Preise für tropische Produkte, auf denen die Wirtschaft des Landes schon immer gefußt hatte, deutlich gesunken. »Das sind die Auswirkungen der Großen Depression. In ein paar Monaten ist das wieder vorbei«, behauptete Rodrigo.

»Das glaube ich nicht. Vargas hat gesagt, er will Brasilien zu einem Industriestaat machen, und zwar in wenigen Jahren. Was kümmern ihn da noch Zuckerrohr oder Kaffee?«, hielt seine Frau dagegen.

Innerhalb weniger Monate wurde der Kaffee zu einem

unterschätzten, nahezu nutzlosen Produkt. Früher war er der Motor des Landes gewesen, doch jetzt verrottete er überall auf den Plantagen des Südens.

Die neue Regierung versuchte, der Krise entgegenzusteuern, indem sie den Produzenten zentnerweise Kaffee abkaufte und ihn dann verbrennen ließ. Die *cafezals* in ganz Brasilien begannen, sich mit riesigen Scheiterhaufen zu füllen. Gewaltige Rauchsäulen stiegen in den Himmel, und der säuerliche Geruch der verrottenden Bohnen lag in der Luft.

Auch Cachoeira Grande blieb von der Krise nicht verschont. Machtlos musste Rodrigo dabei zusehen, wie die gigantischen Feuer in wenigen Stunden alles zerstörten, was im Laufe von Generationen aufgebaut worden war. Durch die Kaffeekrise gab es auch für Dutzende von Männern und Frauen, die sich ihr Leben lang für seine Familie aufgeopfert hatten, keine Arbeit mehr. Rodrigo war gezwungen, mehr als die Hälfte seiner Angestellten zu entlassen, Menschen, die in Cachoeira Grande geboren und aufgewachsen waren, musste er den Verdienst und ihr Heim nehmen. Er tat es mit einer Kälte, die bei seinen Arbeitern auf Unmut stieß und auch seine Frau erboste.

»Du kannst doch deine Leute nicht so behandeln. Du kennst sie schon seit Ewigkeiten, mit vielen hast du die Schulbank gedrückt«, warf Adele ihm vor.

»Was willst du denn? Wir haben nicht mehr das Geld, um sie zu bezahlen.«

»Versuch es ihnen zu erklären, und zeige wenigstens ein bisschen Fingerspitzengefühl.«

»Ich nehme ihnen ihr Zuhause und ihre Arbeit. Wie soll ich das deiner Meinung nach mit Fingerspitzengefühl tun?«

Adele wusste, dass Rodrigo keine andere Wahl hatte: Ganze Ernten waren zerstört worden, und ihre Ersparnisse waren aufgebraucht. In jenen Zeiten gab es keinen Raum für Kompromisse. Man stand auf der einen oder auf der anderen Seite, und in den Augen vieler war ihr Mann der Feind.

Es verging nicht viel Zeit, bis Rodrigo mit blutigem Gesicht und zerrissenen Kleidern nach Hause kam. Man hatte ihn auf der Straße überfallen, und nur das Eingreifen der Polizei hatte ihn davor bewahrt, gelyncht zu werden. Einige Tage danach stellte Adele fest, dass jemand mit Hammerschlägen die Familiengruft zerstört hatte. Von jenem Moment an konnte auch sie aus Angst davor, zum Ziel von Vergeltungsschlägen zu werden, die *fazenda* nicht mehr verlassen. Sie lebten in einer Art Belagerungszustand, und ihr Haus wurde zum Gefängnis. Damals begann Adele, auf Rodrigo einzuwirken, er solle den *cafezal* verkaufen.

»Verkauf! Wir müssen Maria Luz in Sicherheit bringen.«

»Und wo sollen wir hin? Nach Rio, nach São Paulo? Und was würde ich dort machen? Ich bin mit dem Kaffee aufgewachsen, ich kann nichts anderes.«

»Du bist noch jung, etwas werden wir schon finden. Hier gibt es doch nichts mehr für uns zu tun.«

»Verlang das nicht von mir, Adele. Ich bin hier geboren, das ist mein Leben.«

An jenem Abend gingen die Eheleute erschöpft und angegriffen von der Diskussion zu Bett und kehrten sich den Rücken zu. Stundenlang fand keiner von ihnen Schlaf, so ausgelaugt waren sie von ihrem Streit, doch keiner war bereit, einen Schritt in Richtung Versöhnung zu machen.

Am Morgen danach stand Rodrigo zur gewohnten Stunde auf und frühstückte allein. Er zog seine Stiefel an, nahm den Hut und ging.

Adele verließ das Bett erst, als die Sonne schon hoch am Himmel war. Die Luft stand. Núbia half ihr bei der Hausarbeit. Sie bezogen das Bett neu, wischten den Holzboden und schlossen die Läden, um die Räume kühl zu halten.

Um die Mittagszeit spielte Maria Luz auf dem Teppich, während Adele kochte. Aus dem Grammofon ertönte die Stimme von Beniamino Gigli, der sich aus der Ferne nach seiner Heimatstadt Neapel und seinem Viertel, Santa Lucia, verzehrte.

Santa Lucia,
luntano 'a te,
quanta malincunia!
Se gira' o munno sano,
se va a cercá furtuna,
ma, quanno sponta 'a luna,
luntano 'a Napule
nun se po' stá!

Noch vor einigen Jahren hätte Adele diese Platte nicht anhören können, ohne dass ihr die Tränen gekommen wären. Wie sehr sich ihr Leben verändert hatte! Dort neben der Spüle stehend, dachte Adele an Rodrigo. In der Nacht zuvor hatten sie sich nicht mehr versöhnt, und als ihr Mann aufgestanden war, schlief sie noch. Auf einmal sehnte sie sich danach, ihn wiederzusehen. Sie wollte ihn in die Arme nehmen, ihm sagen, dass er recht hatte und dass sich alles früher oder später wieder einrenken würde. Doch auch als es Mittag wurde, war er noch nicht zurück. Adele wusste, dass er manchmal in der *senzala* zu Mittag aß, und war deshalb nicht weiter beunruhigt.

Gegen zwei Uhr nachmittags legte sie das kleine Mädchen schlafen und streckte sich auf der Hängematte im Innenhof aus. Fast war sie eingenickt, als sie mehrere Pferde hörte, die sich im Galopp dem Haus näherten. Sie blinzelte. Núbia Vergara öffnete die Tore. Das Grüppchen Männer stieg aus dem Sattel und umringte sie, redete aufgeregt auf sie ein. Adele beobachtete, was geschah, schaute sich die Männer, offenbar Bauern, an, ihre angespannten Mienen. Sachte bewegte sich die Hängematte, kein Lüftchen regte sich. Eine Fliege summte um ihr Gesicht.

Die Stille wurde von Núbia Vergaras Schrei durchbrochen. Adele sprang auf und stürzte auf den Hof. Núbia machte Anstalten, ihr entgegenzugehen, doch je näher sie kam, desto mehr gerieten ihre Schritte ins Stocken. Adele trat auf sie zu, Núbia wurde langsamer, bis die beiden Frauen voreinander standen.

»*Dona* Adela …« Núbia konnte nicht weitersprechen und schlug die Hände vors Gesicht.

»Wo ist er?«

»Sie bringen ihn auf einem Karren. Sie haben mir gesagt … es ist besser, wenn Ihr ihn nicht seht, *senhora*. Er hat kein Gesicht mehr. Sie haben ihm mitten ins Gesicht geschossen.«

Diese Worte ergaben keinen Sinn. Sie waren wie ein Schwarm Vögel, der um Adele herumflog, ohne sie zu berühren. Ihr schien, als ginge sie das nichts an, als widerführe all das einem anderen Menschen und nicht ihr. Stocksteif stand sie dort mitten im Hof und schaute Núbia ausdruckslos an, als hätte sie aufgehört zu atmen. Dann legte sie ihr den Arm um die Schulter, als wäre Núbia es, die getröstet werden musste, und als müsste Adele einen Schmerz lindern, den sie selbst noch nicht empfand. »Komm, wir müssen Wasser aufsetzen, um ihn zu waschen, und die Kleider herauslegen, die wir ihm anziehen.«

Als sie später vor Rodrigos Sarg saßen, sagte Adele zu Núbia: »Wir müssen Antonio benachrichtigen. Er ist sein Bruder und hat ein Recht darauf, es zu erfahren. Es muss auch über die Aufteilung des *cafezal* gesprochen werden. Weißt du wirklich nicht, wo er sich aufhält?«

»Wartet!«

Núbia ging in ein anderes Zimmer und kam kurz darauf mit einem Umschlag in der Hand zurück. »Immer wenn ein Brief von ihm kam, bat mich Rodrigo, ihn wegzuwerfen. Den hier habe ich jedoch aufgehoben, und da steht eine Adresse drauf. Nehmt ihn, er ist sehr alt, aber nach den ersten Monaten kam nichts mehr. All die Jahre haben sie nicht miteinander gesprochen und wohnten doch nur dreißig Kilometer voneinander entfernt.«

»Schick du das Telegramm. Er weiß ja gar nicht, wer ich bin.«

Zwei Stunden später diktierte Núbia dem Angestellten auf dem Postamt folgendes Schreiben:

RODRIGO VERSTORBEN. BEERDIGUNG FREITAG UM ZWEI. WIR ERWARTEN EUCH. NÚBIA.

Am Morgen des Freitags, viele Stunden vor der Beerdigung, klopfte es an der Tür. Adele und die Hausangestellte wechselten einen Blick, dann ging Núbia zur Tür, um zu öffnen.

»Heléna!« Núbia umarmte die Frau, die vor ihr stand. »Komm herein«, fuhr sie fort. »Diese Dame hier ist Adele, Rodrigos Frau. … Aber – Antonio?«

Die andere gab keine Antwort. Stumm stand sie vor Adele. Die beiden schauten sich an, ebenso fasziniert wie erschrocken vom Anblick der anderen, denn es war wie ein Blick in den Spiegel, so ähnlich sahen sie sich: die gleichen hellen Augen, der gleiche schlanke Körper, sogar die gleiche hellere Strähne über der Stirn.

Nach einem ersten Moment des Staunens war es Adele, die das Wort ergriff. »Entschuldigt bitte. Kommt doch herein. Willkommen!«

Die andere Frau trat zögernd ein und schaute sich langsam in dem Haus um, das vor so vielen Jahren das ihre hatte werden sollen. Ein Beben ging durch ihren Körper, dann drehte sie sich wieder um. »Ich wollte schon viel früher einmal zu Euch kommen, um allein mit Euch zu sprechen. Antonio ist schon vor Jahren gestorben. Ich hatte Euch geschrieben, aber nie eine Antwort bekommen.«

Als sie diese Worte hörte, musste sich Núbia setzen. »Gestorben … aber wie?«

»Er wurde von einem Automobil überfahren.«

»Wir wussten nichts davon. Rodrigo warf Eure Briefe weg, ohne sie zu öffnen.«

»Das habe ich mir gedacht. Als ich von Rodrigos Tod erfahren habe, wusste ich nicht, was ich tun sollte; aber am Ende habe ich beschlossen, dass wenigstens ich mich von ihm verabschieden sollte. Kann ich ihn sehen?«

»Kommt«, sagte Adele.

Als sie vor dem Toten standen, schien Heléna kurz zu taumeln.

»Wir haben sein Gesicht abgedeckt, nach dem, was passiert ist …«, erklärte Núbia.

»Ja, ich habe es gehört.« Sie trat näher und berührte mit der Hand das Tuch, das Rodrigos Gesicht bedeckte. »All die Jahre des Schweigens und die Gewissensbisse … meine, die seines Bruders.«

Sie erklärte, Antonio sei nur wenige Monate nach ihrem Durchbrennen gestorben. Eigentlich hatten sie heiraten wollen, doch nur eine Woche vor der Hochzeit hatte es den Unfall gegeben.

»Sein Tod war eine Strafe Gottes. Das habe ich immer schon gedacht.«

Adele sah sie an und empfand großes Mitleid mit ihr, doch noch mehr erstaunte sie von Neuem ihre außergewöhnliche Ähnlichkeit mit Heléna … die einzelne helle Strähne und diese Augen … Jetzt ergab alles einen Sinn: der Ausdruck peinlicher Berührtheit in Núbias Gesicht an dem Tag ihrer Ankunft, das Staunen der anderen Angestellten, vor allem aber das widersprüchliche Verhalten ihres Ehemannes … *Wegen dieser Ähnlichkeit hat er mich geheiratet.* Zu diesem Schluss kam sie.

Sie erinnerte sich an seine Kälte zu Beginn, als sie sich zum allerersten Mal geliebt hatten, an den hasserfüllten Blick, den sie damals einen Moment lang auf dem Gesicht ihres Mannes gesehen hatte. Offenbar hatte Rodrigo sowohl den Hass als auch die Liebe, die er immer noch für Heléna empfand, über ihr ausgeschüttet. *Nein, das kann nicht sein,* dachte sie kurz darauf. Vielleicht in der ersten Zeit, doch dann hatten sich die Dinge zwischen ihnen verändert. Rodrigo hatte sie, Adele, geliebt und nicht ein Wesen aus seiner Erinnerung. Doch jetzt war ihr Mann nicht mehr da und würde diesen Zweifel niemals ausräumen können; sie würde bis ans Ende ihrer Tage damit leben müssen. Vielleicht hatte sie Rodrigo gar nicht gekannt, nicht wirklich. Bis zum Ende war er der geblieben, den sie damals in Italien auf dem Foto gesehen hatte: ein Mann, dessen Gesicht halb im Schatten lag.

Adele konnte nicht weinen; erst nach der Beerdigung tat sie es. Sie antwortete auf Fragen, organisierte die Bestattung ihres Mannes, wie eine Maschine, ohne sich wirklich dessen bewusst zu werden, was geschehen war. Erst als der Priester wieder ging, als Rodrigos sterbliche Hülle unter der Erde war, erst als die Arbeiter sich auf den Heimweg machten, als es Nacht wurde, eine Nacht, die ewig anzudauern schien, ließ Adele ihrem Schmerz freien Lauf. Dann gab es keinen Gott mehr und auch kein Verzeihen. Es war kein Trost, als sie erfuhr, wer Rodrigo umgebracht hatte – ein Arbeiter, den er kurz zuvor entlassen hatte – und dass der Mann festgenommen worden war. In Adele brach sich der Hass Bahn. Sie hasste jenen Mann, sie hasste Cachoeira Grande, sie hasste das ganze Land. Ohne Rodrigo war das nicht mehr ihr Zuhause.

Sie verlor das Interesse am Geschick des *cafezal* und anscheinend sogar an ihrer kleinen Tochter.

Einige Wochen später sprach Núbia sie darauf an. »Die Kleine braucht ihre Mutter, *Dona* Adela, und auch wir brauchen Euch.«

»Ich will verkaufen, Núbia.«

»Was sagt Ihr da?«

»Finde jemanden, der den *cafezal* kaufen will. Ich kehre nach Italien zurück. Hier ist mir nichts mehr geblieben.«

»Das ist nicht der Moment, um zu verkaufen; man wird Euch eine erbärmliche Summe dafür geben.«

»Mir reicht es, dass sich jemand um euch und um den *cafezal* kümmert.«

Adele war nicht umzustimmen. Am Ende nahm sie das Angebot der Güiraldes an. Das waren ihre Nachbarn, von denen Rodrigo Jahre zuvor zur Feier der Ankunft seiner italienischen Braut Land gekauft hatte. Jetzt nahmen sie das zurück, was sie damals verkauft hatten, zusammen mit dem Rest des Grundstücks, und zwar zum halben Preis.

Einen Monat später war alles bereit. Um den Verkauf rechtskräftig zu machen, bedurfte es nur noch der Unterschrift von Julio Güiraldes.

Sechs Jahre nach ihrer Ankunft in Brasilien stand Adele wieder einmal mit gepackten Koffern auf der Terrasse, ihre kleine Tochter auf dem Arm. In der Tasche hatte sie zwei Fahrkarten für das Schiff nach Europa. Sie war siebenunddreißig Jahre alt, hatte aber das Gefühl, ihr Leben sei zu Ende.

Einen nach dem anderen verabschiedete sie sich von den Arbeitern, die gekommen waren, um ihr Adieu zu sagen. Viele hatten Tränen in den Augen. Núbia Vergara bestand darauf, ihre Herrin zum Bahnhof zu begleiten, der Station, an der Adele damals zusammen mit Rodrigo angekommen war. Sie luden das Gepäck auf den Wagen. Núbia knallte mit der Peitsche, und das Gefährt setzte sich in Bewegung, fuhr quer über den Hof. Die Arbeiter standen immer noch da. Jemand wünschte Adele eine gute Reise, doch sie drehte sich nicht um. Dann fuhr der Wagen durch das Tor von Cachoeira Grande und verschwand hinter einer Biegung der Straße.

Adele wiederholte in entgegengesetzter Richtung die Reise, die sie vor sechs Jahren unternommen hatte, um zu ihrem neuen Zuhause zu gelangen, doch seither hatte sich vieles verändert. Um sie herum erstreckte sich eine trostlose Landschaft, eine tote Welt. Sie kamen an verlassenen Plantagen vorbei, sahen leere Felder, bergeweise brennenden Kaffee, von dem schwarzer Rauch in den Himmel aufstieg. Viele der Häuser hatten verrammelte Türen und Fenster. Die Obstbäume waren vertrocknet, die Gärten mit Unkraut überwuchert.

Maria Luz saß auf den Knien ihrer Mutter. Adele ging durch den Kopf, dass sie das Einzige war, was ihr von jenen Jahren blieb. Sie dachte auch an die lange Zeit ihrer Krankheit und an die Worte, die ihr Viollca im Traum gesagt hatte. Sie hatte sie davor gewarnt, dass es viel Schmerz auf ihrem Weg geben würde, und jetzt war dieser Schmerz gekommen und lag wie ein Mühlstein auf ihrer Brust.

In diesem Moment drehte Maria Luz den Kopf und lächelte sie an. Adele hatte das Gefühl, ihr Herz stünde still. Mehr als in diesem Augenblick hatte sie noch nie die außergewöhnliche Ähnlichkeit zwischen dem kleinen Mädchen und seinem Vater bemerkt. Es war wie ein Gedankenblitz, die Intuition eines Moments. Adele begriff, dass es ihr rein gar nichts bringen würde, wenn sie die vergangenen sechs Jahre ihres Lebens rückwärts abspulte, um sie zu vergessen, in der Hoffnung, wenn sie erst einmal wieder in Italien sei, wäre alles, was sie erlebt hatte, aus ihrer Erinnerung verschwunden. Sie hatte jetzt eine Tochter, und es war Rodrigos Tochter. Sie betrachtete Maria Luz, und je länger sie sie anschaute, desto klarer und deutlicher wurde es ihr: Dieses Mädchen gehörte nach Cachoeira Grande, und nur auf dem *cafezal* würde es die Anwesenheit seines Vaters spüren. Rodrigos Leben war in den Kaffeebohnen, die zum Trocknen ausgebreitet waren, es war im Rauschen des Wasserfalls oben auf dem Hügel, es war in Núbias Erzählungen und in den Liedern der *senzala*.

Núbia saß neben ihr, die Zügel des Pferdes fest in den Fäusten. Sie schaute nach vorne, einen unergründlichen Ausdruck auf dem Gesicht. »Wie spät ist es?«, fragte Adele sie.

»Fast sechs.«

»Wenn wir umkehren, schaffen wir es dann rechtzeitig zum Haus?«

Núbia zog ruckartig die Zügel an, und das Pferd kam wiehernd zum Stehen. Die Sonne stand schon tief, ein warmes Licht strahlte auf Núbias alterslosem Gesicht, auf ihren großen, liebenswerten runden Augen, auf ihrem krausen, grau melierten Haar. »Ihr meint Cachoeira Grande?«

»Ja. Schaffen wir es, bevor Julio Güiraldes den Vertrag unterzeichnet?«

Núbia brach in Gelächter aus. Sie lachte und lachte, wie jemand, der sehr zufrieden mit seinem Leben ist. Dann knallte sie mit der Peitsche und trieb das Pferd an. »Na klar schaffen wir das, *Dona* Adela, und wenn wir auf einem Bein humpeln!«

~ 1936 ~

Rom, 9. Mai 1936. Schon vor Sonnenaufgang war die Piazza Venezia überfüllt. Im ganzen Land warteten Millionen Italiener vor den Radioapparaten. Um Viertel vor zehn erschien der Duce auf dem Balkon und verkündete der erregten Menge: »Ein großer Augenblick vollzieht sich, das Schicksal von Äthiopien ist besiegelt.« Und dann fügte er hinzu: »Erhebt, o Legionäre, die Standarten, die Waffen und die Herzen, um nach fünfzehn Jahrhunderten das Wiedererscheinen des Imperiums auf den schicksalhaften Hügeln des Imperiums zu begrüßen! Seid ihr seiner würdig?«

Ein Aufschrei ging durch die Menge, ein einziges gewaltiges »Ja!«.

Es dauerte nur fünfzehn Minuten, erwies sich jedoch als einer der gelungensten Auftritte des Duce.

Die Skeptiker bezweifelten, dass aus den ausufernden Bestrebungen Italiens als Kolonialmacht etwas Gutes herauskommen könne. Mussolini wage zu viel, hörte man es leise flüstern. Die Reaktion vieler Regierungen im Ausland war jedoch überraschend. Zu Beginn zeigten sich Frankreich und England wohlwollend gegenüber dem imperialistischen Traum des Duce, weil sie glaubten, dadurch eine mögliche

Allianz Mussolinis mit Nazideutschland abwenden zu können. Erst später würde die Staatengemeinschaft Italien Sanktionen auferlegen, was den Patriotismus des dortigen Regimes jedoch nur noch mehr anheizte. In Italien wurde mobilgemacht, und die Italiener folgten scharenweise den Appellen Mussolinis, der die Frauen dazu aufforderte, dem Vaterland das Gold ihres Eherings zu spenden. Königin Elena war die Erste, die sich dazu bereit erklärte, und der Komiker Totò brach nach Abessinien auf, um die Truppen bei Laune zu halten. Um den öffentlichen Hass gegen die Sanktionen zu schüren, ließ das Regime in den italienischen Gemeinden Tafeln mit der Aufschrift A PERENNE INFAMIA A CHI VOLLE E FAVORÌ E CONSUMÒ IL CRIMINE ASSURDO aufhängen, auf denen »ewige Schande« für all diejenigen heraufbeschworen wurde, die jenes »absurde Verbrechen«, sprich, die Sanktionen, gewollt, befürwortet und begangen hätten. Außerdem ließ das Regime unzählige Propaganda-Postkarten im Land verteilen. Eine von ihnen zeigte einen grinsenden Sohn der römischen Wölfin auf dem Töpfchen, neben sich eine Rolle Klopapier, auf der LE SANZIONI, also »die Sanktionen«, stand.

In Abessinien kamen bei kriegerischen Auseinandersetzungen und willkürlich angesetzten Vergeltungsschlägen Tausende von Menschen ums Leben, Tausende verhungerten oder starben an Krankheiten, die durch den Krieg ins Land kamen. Um den Widerstand im Land zu brechen, wurden außerdem Bomben mit 350 Tonnen Giftgas, darunter Senfgas, über abessinischem Gebiet abgeworfen, eine Tatsache, die die italienische Regierung erst sechzig Jahre später zugeben würde.

Im Jahre 1936 gingen Guido und Rodolfo Martiroli in die vierte Klasse der Volksschule. Ihr Lehrer hatte ihnen beigebracht, dass der faschistische Gruß mit erhobener Hand einem Händedruck vorzuziehen sei und dass Mussolini Italien gerettet habe. In ihrer Fibel stand:

»Es sind die Augen des Duce, die euch ansehen. Was in diesem Blick liegt, das kann niemand sagen. Er ist ein Adler, der seine Schwingen öffnet und in den Raum fliegt. Er ist eine Flamme, die in eurem Herzen ein brennend rotes Feuer entfachen will. Wer wird diesem brennenden Blick, mit Pfeilen bewaffnet, widerstehen? Seid versichert, für euch werden sich die Pfeile in Strahlen der Freude verwandeln.«

»Was für ein Schwachsinn!«, schimpfte Neve, nachdem sie das gelesen hatte. Und an ihren Mann gewandt, fügte sie hinzu: »Oder das hier: ›Ein junger Mensch, der sich zwar nicht weigert, zu gehorchen, aber fragt: Warum?, ist wie ein Bajonett aus Blech … Gehorcht, weil ihr gehorchen müsst … Ein Glaube, der das Reich erschaffen hat, ist der: Mussolini hat immer recht.‹«

Radames stieß einen Fluch hervor, in dem die Mutter des Duce verunglimpft wurde, doch er tat es leise, damit die Kinder es nicht hörten. Dabei stellten Neve und Radames in den Augen des Faschismus, der Unverheiratete mit Strafen belegte, ein wahrlich vorbildliches Paar dar, denn kleine Italiener hatten sie immerhin schon sieben in die Welt gesetzt, und das noch vor Neves dreißigstem Lebensjahr.

»Du musst ihm sagen, er soll besser aufpassen«, empfahl ihr Armida. »Sonst macht er dir noch zehn.«

Sie legte die Betonung auf dieses *aufpassen*, das allerdings zu viele intime Details beinhaltete, um zwischen Mutter und Tochter erörtert zu werden. Radames versuchte ja *aufzupassen*, aber ohne Erfolg, denn jedes Jahr hatte seine Frau erneut einen dicken Bauch.

Für die Familie waren es sehr harte Zeiten. Schon vor Jahren hatte Radames seine Arbeit in der Bäckerei verloren, da sich der Bäcker nur einen Lehrling für wenige Stunden in der Woche leisten konnte. Eine Weile hatte er seinem Vater in der Halbpacht geholfen, doch nachdem eins nach dem anderen so viele Kinder zur Welt gekommen waren, musste er sich notgedrungen eine andere Arbeit und ein anderes Haus suchen. Schließlich hatte er eines in einem Weiler namens Pilastri gefunden: drei schlecht belüftete Zimmer mit einem Boden aus gestampftem Lehm, einer Wasserpumpe auf dem Hof, und es gab nicht einmal ein Außenklo. Radames konnte nur saisonweise als Tagelöhner arbeiten und wurde dafür mies bezahlt. Um eine Anstellung zu finden, waren viele Mitglieder der Partei geworden, doch keiner von Anselmo Martirolis Söhnen hätte dies auch im Entferntesten in Betracht gezogen.

Neve, die als Mädchen ein raubeiniger Spitzbube im Rock gewesen war, hatte sich innerhalb weniger Jahre in eine ausgemergelte Frau verwandelt, die ewig müde und zunehmend vom Leben enttäuscht war. Ihre eigene Familie war zwar nicht reich, aber doch einigermaßen wohlhabend, und sie hatte einen Mann geheiratet, der ihr nur ein Leben von der Hand in den Mund bieten konnte. Dennoch war sie zu stolz, um sich zu beklagen, erst recht nicht bei ihren Eltern. Trotzdem versuchten diese, ihr zu helfen, so gut es ging.

Wenn Markttag war, füllte Armida zwei Einkaufstaschen mit getrockneten Bohnen, Salami und Focacce, stieg aufs Fahrrad und strampelte sich keuchend bis zu dem Haus in Pilastri ab. Die Kinder erwarteten sie bereits an der Straßenbiegung, und wenn sie ihre Großmutter in der Ferne erblickten, liefen sie ihr unter Jubelschreien entgegen.

In jenen Jahren hatte sich die Verbindung zwischen den Familien Martiroli und Casadio durch zwei weitere Eheschließungen gefestigt. Zwei Schwestern von Radames, Mimì und Violetta, waren mit Neves großen Brüdern Nellusco und Pasquino vor den Traualtar getreten. Die Martirolis freuten sich darüber, denn Optimismus und Fröhlichkeit gehörten zu ihrer Natur; außerdem gefiel es ihnen, dass ihre Töchter in eine Familie einheirateten, die über Grundbesitz und Vieh verfügte. Beppe und Armida hingegen waren die zunehmenden Verbindungen innerhalb ein und derselben Verwandtschaft leid. Die Ehen, die dabei geschlossen wurden, ähnelten sich so sehr, dass sie begannen, die Angeheirateten miteinander zu verwechseln, und ihre Schwiegertöchter sogar manchmal mit dem falschen Vornamen ansprachen.

»Jetzt reicht's«, rief Beppe, an seine eigenen Kinder gerichtet, aus, als sie nach der dritten Hochzeit mit den Martirolis aus der Kirche traten. »Wir müssen endlich mal wieder über unseren eigenen Tellerrand schauen.«

Am Ende blieb es bei jenen drei Eheschließungen zwischen den beiden Familien, doch ihrer aller Schicksal würde auch in den kommenden Jahren miteinander verwoben sein.

Tatsächlich erbten die beiden älteren Brüder von Neve mehrere Morgen Land von ihren Verwandten aus dem Bologneser Hügelland, den Söhnen von Vetter Alfonso, die keine direkten Nachkommen hatten. Von einem Tag auf den anderen machte das Testament Pasquino und Nellusco zu betuchten Grundbesitzern. Trotz dieser glücklichen Fügung wurden beide Paare nicht glücklich, weil ihre Ehen kinderlos blieben. In Neves Augen war das eine Ungerechtigkeit: Wer das Geld hatte, um für Kinder zu sorgen, dem gelang es nicht, auch nur einen Sprössling in die Welt zu setzen; sie hingegen hoben jedes Frühjahr ein neues Kind über das Taufbecken, und bei ihnen gab es bestenfalls eine wässrige Suppe, Polenta mit Milch oder Brot zu essen. Eines Winters ging es ihnen so schlecht, dass Radames Feuerholz für den Ofen stehlen musste und die kleineren Kinder nicht mehr auf dem Hof spielen konnten, weil sie keine Schuhe an den Füßen hatten.

Es war in jenen Jahren des großen Elends, dass Neves Brüder die Möglichkeit andeuteten, zwei der Kinder zu adoptieren. Eines Tages stellten sie sich mit ihren jeweiligen Frauen in dem Haus in Pilastri ein. Zunächst redeten sie um den heißen Brei herum, dann rückten sie mit der Sprache heraus.

»Ihr kommt doch nicht mehr über die Runden«, begann Pasquino. »Wenn ihr jedem von uns ein Kind gebt, seid ihr euch wenigstens sicher, dass sie versorgt sind, und sie hätten die Aussicht darauf, eines Tages all das zu erben, was jetzt uns gehört.«

»Außerdem kommen sie ja nicht in fremde Hände. Schließlich sind wir alle ihre leiblichen Onkel oder Tanten«, beeilte sich seine Frau Violetta hinzuzufügen.

»Was sagt ihr da? Ihr redet von meinen Kindern«, erwiderte Radames, der es kaum glauben konnte.

»Sei doch nicht so egoistisch. Du musst an ihr Wohl denken«, warf Mimi ein.

Am Ende zog Pasquino seinen letzten Trumpf aus dem Ärmel. »Es geht nicht nur um die Kinder. Wir können auch euch helfen. Wir geben euch Geld, dann könnt ihr endlich aus diesem Loch heraus.«

Worauf Radames sie alle vier hochkant hinauswarf.

Monatelang herrschte Funkstille zwischen den Familien. Nur Neve konnte sie schließlich wieder miteinander versöhnen. »*Andar in còlara l'è da om, stàragh l'è da bestia.* Wie sagt man so schön: Wütend sein ist menschlich, aber nur ein Tier verharrt in seiner Wut«, sagte sie ihrem Mann wieder und wieder.

»Wir sind arm, aber nicht so, dass wir unsere Kinder verkaufen müssen. Irgendwie schaffen wir das schon.«

»Ach ja? Und wie, wenn du im Moment nur dafür arbeitest, die Schulden des vorigen Jahres zu zahlen?«

»Dann gehe ich eben fort, nach Afrika.«

»Klar, nach Afrika. Geh du nur, dann werde ich wenigstens eine Weile nicht mehr schwanger.«

Eine Bemerkung, die Radames ein schlechtes Gewissen bereitete, denn er hatte begriffen, dass seine Frau es ernst meinte.

In jenen Monaten gab es in der Tat so manchen, der nach Ostafrika ging, um im Straßenbau zu arbeiten. Am Anfang hatte sich Radames dagegen gewehrt, doch vor die Wahl gestellt, ob er seine Kinder weggeben oder in die Kolonien gehen sollte, entschied er sich für das geringere Übel und bewarb sich für eine zweijährige Tätigkeit in Abessinien.

Am Tag seiner Abreise wurden seine Augen feucht. Er

küsste seine Kinder, rührselig bei dem Gedanken, dass sich die Kleineren vermutlich nicht an ihn erinnern würden, wenn er zurückkehrte. Neve schien ihm hingegen ungerührt zu sein. Sie war die ewigen Schulden leid und ausgelaugt von den vielen Schwangerschaften. Sie spürte, dass ihre Liebe zu Radames über all dem Elend und den vielen Kindern, die es aufzuziehen galt, eingeschlafen war. *Die Liebe macht die Leute zu großen Kindern*, sagte sie sich. Das war ihrer Schwester Adele so gegangen und dann auch ihr selbst, als sie Radames mit sechzehn zum ersten Mal erblickt und für den Erzengel Gabriel gehalten hatte. Ihr Ehemann war ein guter Mensch und auch ein guter Vater, der es sich nicht nehmen ließ, seinen Kindern den Mantel zuzuknöpfen, wenn es draußen klirrend kalt war, oder ihnen mit einem warmen Handtuch die Haare abzurubbeln, wenn sie nach einem Wolkenbruch pudelnass nach Hause kamen. Radames war ein gerechter Mann, ein Mann mit dem Herzen am rechten Fleck. Das sagte sich Neve immer wieder, doch sie spürte, dass ihre Gefühle für ihn über Zuneigung nicht mehr hinausgingen. Zehn Jahre Ehe hatten sie zermürbt. Sie stand vor dem Spiegel und seufzte. Mit ihren siebenundzwanzig Jahren wirkte sie fast wie eine alte Frau, auch wenn alle ihr sagten, ihre Augen seien wie zwei Edelsteine und ihr Haar dicht und glänzend. Neve hatte ihre ganz eigene Anmut, doch wenn sie sich mit ihren Schwestern verglich, vor allem mit Adele, dann konnte sie nicht umhin, sich zu fragen, wieso ausgerechnet sie so unscheinbar und mager geraten war. Als sie noch jünger war, hatte sie jenen betörenden Duft verströmt und war manchmal von Bienen umsummt worden, die ganz trunken von Neves Odem waren. Doch das kam nur vor, wenn sie wirklich glücklich war, und sie wusste schon seit Jahren nicht mehr, wo dieses Glück geblieben sein mochte.

Als die ersten Geldsendungen aus Abessinien kamen, bezahlte Neve einen Teil ihrer Schulden im Krämerladen ab und stockte ihre Küchenvorräte mit Öl, getrockneten Bohnen, einem Sack Reis und zwei Säcken Mehl auf. Bevor der Winter kam, kaufte sie den Kindern, die in die Schule kamen, Schuhe und Mäntel.

Jede Woche schrieb sie an ihren Mann. Die Briefe ähnelten sich; sie schrieb über die Kinder, über alltägliche Dinge, über das Wetter. Und jede Woche kam pünktlich eine Antwort von ihm.

Liebe Frau,
wir sind dabei, eine Straße zu asphaltieren, die kein Ende zu haben scheint, und bei dieser Hitze ist das wirklich hart. Ich arbeite den ganzen Tag ohne Hemd und bin mittlerweile so dunkel gebrannt, dass ich fast aussehe wie einer von hier. Doch ich habe Arbeit und bin zufrieden. Wenn ich abends heim in die Baracke komme, bin ich hundemüde, denn der Tag ist lang. Eigentlich kann man nur in den frühen Morgenstunden ein paar Stunden arbeiten, danach ist die Hitze kaum auszuhalten.
Du fehlst mir. Fehle ich dir auch? Es umarmt dich voller Liebe und Leidenschaft

DEIN MANN RADAMES

Diese letzte Frage beantwortete sie nie.

Die Familie rechnete nicht damit, dass Radames vor Ende

der zwei Jahre zurückkehren würde, doch ein Jahr nach seiner Abreise bekam er ein paar Tage Heimaturlaub. Neve hieß ihn willkommen, so wie es sich für eine Ehefrau geziemte. Sie kochte eine Brühe aus zwei Kapaunen und ein paar Spannrippen und rollte einen Nudelteig aus acht Eiern aus, der so hauchdünn war, dass man hindurchschauen konnte. Die Kinder freuten sich wie die Schneekönige darüber, dass ihr Vater wieder da war. Die Kleinen stritten sich darum, wer bei ihm auf dem Knie sitzen durfte, und abends waren sie so aufgedreht, dass es jedes Mal ein Kampf war, sie zu Bett zu bringen. Manchmal gab es dann eine Kopfnuss, und es flossen Tränen.

Wenn er mit seiner Frau allein war, versuchte Radames, zu der Vertrautheit ihrer ersten Zeit zurückzufinden. Doch ihm schien, es sei ihr gar nicht willkommen, ihn wieder bei sich zu Hause zu haben, und erst recht nicht bei sich im Bett. Wenn er versuchte, sie zu umarmen, wandte sich Neve brüsk ab und schob irgendeine Ausrede vor. Außerdem hatte er bemerkt, dass sie beim Liebesspiel starr an die Decke schaute. Danach hätte er sich gerne noch ein wenig an sie gekuschelt, mit ihr geredet, doch er spürte, dass Neve ihre Mühe damit hatte, ruhig in seinen Armen zu liegen. »Wenn du mich so fest drückst, kann ich nicht schlafen«, sagte sie ihm dann nach einer Weile und rutschte an die Bettkante.

Einige Tage tat er so, als wäre nichts, doch eines Nachts brach es aus ihm heraus. »Ich war ein ganzes Jahr fort. Ich habe nur darauf gewartet, dich wiederzusehen, und jetzt habe ich den Eindruck, es widert dich an, mit mir zu schlafen … Du hast doch nicht etwa einen anderen?«

»Aber nein, wie kommst du denn darauf, wo ich so viel zu tun habe …«

»Wenn man so weit weg ist, dann kommen einem einfach solche Gedanken, man stellt sich Fragen … Sag mal, Neve, was meinst du, wenn ich zurückkomme, dann könnten wir doch mal wohin fahren, nur wir zwei, vielleicht nach Venedig. Stell dir doch mal vor, wir zwei in einem Hotel in Venedig, wie feine Herrschaften! Wir können uns doch auch mal was gönnen. Weißt du, ich mache nämlich Überstunden und lege mir jeden Monat etwas beiseite, genau dafür. Meine Mutter könnte für ein paar Tage die Kinder nehmen. Das wäre doch schön, oder? Du und ich in einer Gondel … Neve? Neve, bist du noch wach?«

Sie gab keine Antwort. *Sie wird eingeschlafen sein*, dachte er. Aber es blieb ein seltsames Unbehagen in ihm – die Furcht, dass sie ihm vielleicht einfach nicht hatte antworten wollen.

~

Am Sonntag gab Radames den Zwillingen etwas Geld, damit sie ins Kino gehen konnten.

Es war Juli. An der Plakatwand des Cinema Cristallo verblichen die Bilder von Clark Gable und Myrna Loy an der Sonne. Der Boden war staubtrocken, und die Hitze flimmerte über den Feldern, ein dichtes, milchiges Wabern, das an Nebel erinnerte.

Hinter einer Straßenbiegung tauchte der Umriss einer Frau auf dem Fahrrad auf. Das war Itala Palula, die *sensa gnanca un dent in boca*, also ohne einen einzigen Zahn im

Mund, auf einem alten Drahtesel der Marke Legnano in beachtlichem Tempo dahinradelte. An ihren Lenkern hingen zwei große Taschen mit *brustoline*, gerösteten Kürbiskernen, die sie im Kino verkaufen wollte. Als die Frau am Horizont erschien, ertönte ein lautes Pfeifen, und Itala erstarrte. Kurz darauf tauchte eine Schar kleiner Jungs aus dem Nichts auf und begann, sie wie ein Schwarm Insekten zu verfolgen. Itala trat noch heftiger in die Pedale, kurzatmig und rot im Gesicht. Mit ihren beiden bis zum Rand mit Kürbiskernen gefüllten Taschen holperte sie über die Schlaglöcher, während hinter ihrem großen Gesäß die Kinder sie verhöhnten:

»Palula, alte Schlampe, isst nur noch Brei und Pampe!«

»Verzieht euch, ihr Drecksbuben!«, schrie sie.

Angetan mit einer langen Unterhose, die an ihrer Leibesmitte zusammengezurrt war, und einem schwarzen Kopftuch zeigte Itala ein deutliches Hinken, wenn sie auf Schusters Rappen unterwegs war, doch ihre Zunge war noch flink, und beim Sparen kannte sie sich aus. Statt Zucker zu kaufen, klaubte Itala die Zuckertütchen von den Tischen in der Bar von Quatrelle, dem Dörfchen in der Nähe von Mantua, wo sie lebte und seit Jahren *La Voce di Mantova*, die journalistische Stimme der Gegend, austrug.

Manchmal neckte sie jemand: »He, Itala, hast du noch 'ne Stimme?«

»Klar«, antwortete sie.

»*Alora siga!* Dann schrei!«, höhnte ein anderer. Worauf Itala mit einigen saftigen Fluchen antwortete.

Es war das Jahr 1937 und Itala schon lange kein Sahneschnittchen mehr, dem man hinterherschaute. Heutzutage trug sie klobige Männerschuhe, die ihr ein verstorbener

Nachbar vermacht hatte, und einen Schnurrbart, der ihr das Aussehen eines kleinen Seehundes verlieh. Im Laufe der Jahre war sie halb blind geworden, und wenn sie vor dem Kino ihre knusprigen Kürbiskerne verkaufte, musste sie sich die dafür eingewechselte Münze fünf Zentimeter vor das noch gute Auge halten, um sich zu vergewissern, dass es sich nicht um ein Stück wertloses Blech oder einen Knopf handelte. Doch in jungen Jahren war Itala Palula eine Schönheit gewesen. Schön, ohne jeden Zweifel, und großzügig noch dazu, und zwar in jeder Hinsicht. Viele im Dorf hatten daran so ihre Erinnerungen, und sie selbst war stolz auf ihre ruhmreiche Vergangenheit. »Die schönsten Männer des Dorfes habe ich vernascht«, erklärte sie oft kichernd, wenn sie in der Bar zu tief ins Glas geschaut hatte.

Guido Martiroli besuchte die Alte manchmal, um sich von ihr die garibaldinische Uniform zeigen zu lassen, die ihrem Vater gehört hatte. Itala öffnete ihm murrend die Tür, doch es gab immer Kekse und Limonade für ihn. Wenn er seine Vesper beendet hatte, befahl sie dem Jungen, sich die Hände zu waschen, und führte ihn dann in das Zimmer hinüber, wo sie mit großem Trara den Schrank öffnete und die rote Uniform herausholte. Dann erzählte ihr Guido, dass auch sein Urgroßvater Achille unter Garibaldi gekämpft habe, seine Uniform bei der Hinrichtung jedoch von Kugeln durchsiebt worden sei.

»Hinrichtung?«, fragte Itala, auch wenn sie die Geschichte schon ein paarmal gehört hatte.

»Ja, sie hatten ihn festgenommen und vor ein Erschießungskommando gestellt, aber er hat überlebt.«

»Was du immer für Schoten erzählst«, antwortete sie,

denn sie glaubte ihm kein Wort. Indessen breitete sie die Uniform ihres Vaters auf dem Bett aus und strich zärtlich darüber.

»Darf ich sie anfassen?«, flüsterte Guido.

»Ja, aber ganz vorsichtig, damit sie nicht kaputtgeht«, antwortete Itala jedes Mal und immer so leise, dass Guido sie kaum verstand.

Als sie nun vor dem Cinema Cristallo angekommen war, stieg Itala von ihrem Drahtesel. Sie war schweißüberströmt und erhitzt. Guido und Dolfo waren ihre ersten Kunden.

»Hallo, Itala. Gibst du uns eine Tüte Kürbiskerne?«

»Euch beiden gebe ich gar nichts. Ich hab euch genau gesehen, ihr wart bei denen, die sich da draußen auf der Straße danebenbenommen haben.«

»Aber wir sind doch gerade erst gekommen«, sagte Dolfo mit schelmischer Miene.

»Ich bin vielleicht alt, aber blöd bin ich deshalb noch lange nicht. Da habt ihr eine. Aber passt auf, irgendwann gehe ich doch noch zu eurer Mutter und erzähle ihr ein paar Streiche von euch, von denen nur ich weiß.«

Itala Palula gab den Zwillingen Martiroli eine spitze Papiertüte, die randvoll mit Kürbiskernen war, und schaute ihnen hinterher, wie sie in Richtung Kino gingen. Guido wirkte jünger als die elf Lenze, die die beiden zählten. Er war dunkel und mager, wie seine Mutter, und von ihr hatte er auch die hellen Augen ihrer träumerischen Vorfahren; Dolfo hingegen geriet mehr und mehr nach seinem Vater: ein kräftiger Junge, mindestens eine Handbreit größer als sein Zwillingsbruder, mit dem blonden Haar seiner Großmutter Sofia und dem kühnen Schritt von Großvater Anselmo. In der Schule wusste er nie, wo man die kleinen Häkchen auf die Wörter machte, und auch mit seinen Rechenkünsten war es nicht sehr weit her, doch wenn ihm jemand in die Quere kam oder es sich erlaubte, seinen Bruder Guido zu ärgern, ließ Dolfo gerne die Fäuste fliegen. In der fünften Klasse wagte es nicht einmal mehr der Lehrer der Volksschule, ihn zurechtzuweisen. Guido hingegen war schüchtern und blieb, statt wie die anderen Trauben zu stibitzen oder den Frauen beim Baden aufzulauern, lieber zu Hause und brütete über einem Buch, das er sich im Pfarrhaus ausgeliehen hatte. *La vita dei santi*, ein Kompendium der Lebensgeschichten von Heiligen, war sein Lieblingsbuch, das er bereits dreimal gelesen hatte. Der Priester machte sich Hoffnungen, der Junge wolle vielleicht Geistlicher werden, doch in Wirklichkeit waren es die abenteuerlichen Erlebnisse der Märtyrer, ihr Mut und ihr oft bizarres gewaltsames Ableben, die Guido faszinierten.

An jenem Sonntag im Juli betraten die beiden Zwillinge den Kinosaal und suchten sich einen Platz in der ersten Reihe. Die Vorführung hatte bereits begonnen, und auf der Leinwand mimte Vittorio De Sica einen Zeitungsverkäufer, der sich als den reichen Herrn Signor Max ausgab und Assia Noris den Hof machte, die alles andere als reich war. Die Zwillinge hatten gerade erst die Entdeckung gemacht, dass Erwachsene mit der Zunge küssten, was sie anfangs eklig gefunden hatten, aber mittlerweile konnten sie es kaum erwarten, das Paar auf der Leinwand zu sehen, wie es sich inniglich herzte.

»Dolfo, sag mal, glaubst du, die Schauspieler machen das auch mit der Zunge?«

»Die Amis bestimmt, aber bei unseren weiß ich nicht so recht«, antwortete ihm sein Bruder mit vollem Mund.

Die Kürbiskerne waren fast verputzt, und die leere Seite aus der Zeitung, die jetzt auf Dolfos Knien lag, zeigte die Worte ES LEBE DER DUCE in Großbuchstaben. Darunter schienen die Augen Benito Mussolinis sie förmlich zu durchbohren, doch die beiden schenkten seinem einschüchternden Blick keine Beachtung, denn sie hatten nur Augen für die Küsse von De Sica und Assia Noris und grübelten über die Frage nach, ob sie nun mit oder ohne Zunge vonstattengingen.

~

Im Sommer war es für die Zwillinge die größte Attraktion, im Po schwimmen zu gehen. Sie rissen sich die Kleider vom Leib, sprangen in die Fluten, und los ging es, mit großen, kräftigen Schwimmzügen tauchten sie in das Wasser hinein und wieder hinaus und boten sowohl den Strömungen als auch den Stromschnellen die Stirn. Oft schwammen sie um die Wette und erkoren denjenigen zum Sieger, der als Erster am anderen Ufer anlangte. Wenn sie außer Puste ans Ufer von Stellata zurückkehrten, warfen sie sich erschöpft auf den glühend heißen Sand und schliefen beim ohrenbetäubenden Gezirpe der Grillen ein. Erst die Stimme eines Bauern, der an ihnen vorbeikam, oder das Pfeifen von Nena Casini, die wie jeden Tag mit ihren drei Hunden spazieren ging, weckte sie.

Nazzarena Casini: hagerer Körperbau und männlicher Schritt, kleine, tief eingesunkene, aber schlaue Äuglein, blitzend vor Leben. Ans Rudern und an harte Arbeit gewöhnt, hatte Nena Oberarme wie ein Mann. Sie war unverheiratet. Allerdings hatte sie als junge Frau einen Sohn bekommen, und jeder im Dorf hatte sich gefragt, wer das wohl gewesen sein konnte, der sie geschwängert hatte, wo sie sich doch niemals in Begleitung eines Mannes hatte blicken lassen. Der kleine Junge hatte drei Jahre gelebt und war dann gestorben. Weder hatte sie jemals geheiratet noch weitere Kinder bekommen, doch Nena liebte Kinder, vielleicht wegen des durchlebten Schmerzes, und verbrachte gerne Zeit mit ihnen. Sie las ihnen Märchen oder Legenden vom Fluss vor, so wie die vom *paradìs di putìnangà*, dem Paradies der ertrunkenen Kinder, das hinter der Schleife des Po lag, wo der Fluss einen Strand bildete, mit Sand, so fein wie Talkumpuder. Genau dort waren auch die Söhne von Marta ertrunken, die daraufhin verrückt geworden war.

Im Dorf war Nena eine Legende. Lachend erzählte man sich, bei der letzten Volkszählung habe sie auf die Frage, ob sie ein eigenes Bad oder eine Gemeinschaftstoilette besitze, mit bierernster Miene geantwortet, hier würden alle gemeinsam scheißen: »*Nuáltar caghém in comunità.*«

Eines Nachmittags sahen die Martiroli-Zwillinge, wie Nena sich mit einem Stör abmühte, der an die zwei Zentner wiegen mochte. Die beiden Jungen ruhten sich gerade nach dem Schwimmen am Ufer aus, als sie sie fluchen hörten: »Dir geb ich's! *A t'al dagh mi!* Jawoll, dir geb ich's!«

Guido und Dolfo sprangen auf und liefen zu ihr.

Der Stör war in Nenas Netz gelandet, aber so riesig, dass sie es nicht schaffte, ihn an Land zu ziehen. Sie stand auf ihrem Boot, die zum Zerreißen straff gespannte Angel in der Hand, und zog und zog. Am Ende fasste sie sich ein Herz und sprang einfach selbst ins Wasser, voll bekleidet und sogar mit Stiefeln an den Füßen. Sie packte das gewaltige Tier, und es gelang ihr sogar, es zu besteigen wie ein Pferd. Der Fisch warf sich wie wild herum und wehrte sich nach Kräften, doch Nena ließ nicht locker auf seinem Rücken, immer noch mit der Angel in der Hand. Sie sieht aus wie eine Kriegerin, eine Art Amazone, ging es Guido durch den Kopf, dem Zwilling, der deutlich belesener war als sein Bruder. Der Kampf war noch in vollem Gange, als der Stör unter Wasser verschwand und auch Nena mit sich riss.

Die beiden Zwillinge am Ufer hielten den Atem an.

»Sie wird doch nicht ertrunken sein?«, fragte Guido nach einer Weile.

Dolfo gab keine Antwort, so gebannt starrte er suchend auf den Fluss hinaus, die Fäuste geballt und mit angehaltenem Atem. Doch da tauchten sie beide wieder auf. Nena, die immer noch an dem Tier hing, ging erneut darauf los und versuchte, mit der Angel nach ihm zu schlagen, doch dann, urplötzlich, ließ sie den Fisch los. Ohne den Stör aus den Augen zu lassen, sah sie, wie er in den Fluten verschwand, und schwamm dann mit ein paar kräftigen Zügen zurück zum Boot. Sie stieg ein und ruderte es zurück ans Ufer.

Die Zwillinge liefen ihr entgegen. »Nena, aber warum bloß? Nach all der Mühe, die du dir gegeben hast!«

Während sie das Boot an einem Pfahl festmachte, sagte sie: »Er hat mich mit zwei Augen angeschaut … Und er sah aus wie ein Christenmensch. Ich habe es einfach nicht übers Herz gebracht.«

~

Im Herd brannte ein Feuer, und die nackten Leiber der Kinder dampften. Neve hatte die Kleineren von ihnen in der Zinkwanne gewaschen und auch die Knie, den Hals und der Falte hinter den Ohren eingeseift. Sie hatte ihre Schuhe geputzt, die Jacken ausgebürstet und dem kleinen Mädchen ein Band in die Locken gebunden. Dann hatte sie das Haus verlassen, den Kleinsten auf dem Arm, einen anderen an der Hand. Ihre größeren Kinder folgten ihr. Sie gingen schnell, mit gesenktem Blick, die Körper eng in die Mäntel gemummelt. An jenem Morgen wollte Neve ein Bild von sich machen lassen: Sie wollte eines mit all ihren Kindern, um es ihrem Mann zu schicken.

Der Fotograf stellte die ganze Bande auf wie einen Blumenstrauß, strich hier eine Haarsträhne zurück, rückte dort eine Schleife oder einen Kragen zurecht. Dann mussten alle stillhalten, auf dem Gesicht den gleichen Ausdruck des Staunens. In der Fotografie muss alles am rechten Fleck sein: der Vorhang aus Damast, die durchgedrückten Rücken, Dolfos Hand, die auf Guidos Schulter ruht. Starr blicken sie auf den Mann, der unter dem schwarzen Tuch in Deckung gegangen ist. Niemand lächelt. Bei dem einen sitzt der Hut schief, der andere hat einen verfilzten Pullover an. Neve schaut ihre Kinder an, fasst sich dann an den Bauch: Das Kind hat gerade wieder getreten.

Später wird sie in der Küche sitzen, zu Bleistift und Papier greifen und an Radames schreiben.

Lieber Mann,
uns geht es gut. Die Kinder wachsen und gedeihen, und obwohl Noemio einen hartnäckigen Husten hat, will ich mich nicht

beklagen. Der Kleinste hat gerade zwei Zähne bekommen; ich warte darauf, dass du mir wieder Geld schickst, damit ich den Zwillingen dicke Pullover und den Mädchen warme Unterhemden kaufen kann. Hier ist es sehr kalt. Heute habe ich ein Bild von den Kindern machen lassen. Alle sieben sind drauf, und sobald ich es habe, schicke ich es dir.

Sie schreibt ihm nichts von dem Eis auf den Kanälen, vom Reif an den Fenstern und von der Muttersau, die geworfen und dann den gesamten Wurf Ferkel aufgefressen hat. Und sie erzählt ihm auch nicht von dem achten Kind, das sie unter dem Herzen trägt und dessen winzige Tritte sie bereits spürt.

Es ist passiert, als er auf Heimaturlaub war. Nur drei Wochen war er geblieben, doch das hat gereicht, um sie erneut schwanger zu machen. Jede Nacht berührte er sie im Dunkeln, mit diesem Geruch von Afrika an seinem Körper; weder mit Seife noch mit Backpulver hatte sie es geschafft, ihn abzuwaschen. Er legte sich auf sie, und Neve flüsterte: »Mach nicht so viel Lärm, damit die Kinder nichts hören.« Dann verstummte sie, den Blick an die Decke gerichtet und mit der Angst, er könnte ihr wieder ein Kind machen. Und tatsächlich.

Noch ein Kind, das konnte sie nicht. Neve beriet sich mit einigen Nachbarinnen, die ihr sagten, es gebe eine Frau in der Gegend von Mantua, die ihr helfen könne. Und so machte sie eines Morgens die größeren Kinder für die Schule fertig und brachte die Kleineren zu ihrer Schwiegermutter.

»Sofia, kannst du für mich ein paar Stunden auf sie aufpassen? Ich habe Schmerzen, hier im Bauch. Ich möchte zum Arzt gehen.«

»Geh du nur. Ich kümmere mich um die Kinder.«

Doch Neve war nicht zum Arzt gegangen. Stattdessen hatte sie das Rad genommen und war zehn Kilometer auf dem Dammweg bis zu dem Dorf geradelt, wo jene Frau lebte, die ihr helfen konnte.

Das Haus war leicht zu finden – eine heruntergekommene Behausung, die in einer Senke stand. Inmitten einer Reihe von Pappeln stieg Neve vom Rad und lehnte es an eine Mauer. Sie bemerkte, dass in den Fensterläden einige Latten fehlten, das Radio lief. In dem Lied beweinten drei Frauen bei Vollmond den Tod eines gewissen Maramao, dessen Name sich auf Miau reimte.

Quando tutto tace
e su nel ciel la luna appar,
col mio più dolce e chiaro miao,
chiamo Maramao.

Sie klopfte. Nur wenige Augenblicke später erschien eine Frau und öffnete die Tür. Sie hatte viele Falten, und vorne fehlte ihr ein Schneidezahn, doch ihr Haar war rabenschwarz und ihre Haltung kerzengerade. Aus dem Radio kam immer noch das Geträller des Trio Lescano, das sich nun fragte, warum Maramao sterben musste, wo er doch alles gehabt hatte, Brot und Wein und Salat …

Maramao perché sei morto
pan e vin non ti mancava.
l'insalata era nell' orto
euna casa avevi tuuuu …

»Ja?«

»Ich komme … ich bin gekommen, weil ich Sie brauche«, stammelte Neve.

»Wofür brauchst du mich?«

Im Radio konnte offenbar selbst das verliebte Schnurren der Katzen Maramao nicht mehr zurückholen, und seine Tür blieb für immer verschlossen:

Le micine innamorate
fanno ancor per te le fusa,
ma la porta è sempre chiusa
e tu non ritorni più.

»Ich bin schwanger«, sagte Neve. »Daheim habe ich schon sieben, und mein Mann arbeitet in Afrika. Ich … Nein, schauen Sie, es ist nicht so, wie es den Anschein hat. Es ist das letzte Mal passiert, als er nach Hause kam, und …«

»Komm rein, über diese Sachen redet man nicht zwischen Tür und Angel.« Die Frau ließ sie eintreten und schloss die Tür hinter ihr ab.

Maramao, Maramao,
fanno i mici in coro.
Maramao, Maramao,
mao mao mao mao …

Die Katzen aus dem Lied miauten und miauten, bis die Frau das Radio ausschaltete. »Wie weit bist du?«

»Dritter Monat. Ich … ich hab das noch nie gemacht. Ich habe große Angst davor, weil man hört, dass manche Frauen … na ja, Blutungen kriegen oder eine Infektion …«

»Darüber musst du dir keine Sorgen machen. Ich bin Krankenschwester, und zwar seit zwanzig Jahren.«

»Wie viel kostet es, wenn Sie … wenn Sie mir helfen?«

»Darüber reden wir später. Jetzt zieh erst mal deinen Mantel aus, dann die Unterhose, und leg dich auf den Tisch.«

»Auf den Tisch?«

»Ich muss doch sehen, wie weit du schon bist.«

Neve fragte sich kurz, warum sie die Frau eigentlich immer noch siezte, während die andere immer Du sagte, aber sie hatte andere Sorgen. Sie zog den Mantel aus, schlüpfte aus Rock und Unterhose und legte beides ordentlich auf einen Stuhl.

Die Frau hatte indessen irgendwelches Zeug vom Tisch geräumt und ein Handtuch darauf ausgebreitet. Die Küche war dunkel, aber sauber. Es roch nach Kohl. Auf dem Herd simmerte eine Gemüsesuppe.

Neve wartete. Die Frau wusch sich die Hände, krempelte die Ärmel hoch, schaltete das Licht ein und trat näher. Neve ließ es über sich ergehen, dass die Lampe, die von der Decke baumelte, ihr Geschlecht beleuchtete. Sie spürte, dass die Frau mit einem Finger ihre Scheide betastete und die andere Hand auf ihren Bauch legte. Sie hielt den Atem an. Die andere verharrte ein paar Sekunden schweigend, dann sagte sie: »Du bist schon zu weit, mindestens im vierten, wenn nicht sogar im fünften. Da kann ich nichts mehr machen.«

»Es sind nicht mehr als drei«, versuchte Neve, sie zu überzeugen.

»Du bist mindestens am Ende des vierten. Das Risiko ist zu groß, tut mir leid.«

»Ich bitte Sie, ich habe schon sieben Kinder …«

Die andere schaute sie schweigend an, und man sah, dass sie Mitleid mit Neve hatte. »Wenn du nach Hause gehst, versuch, so viel wie möglich mit den Füßen im Wasser zu sein. Von morgens bis abends und, wenn es geht, auch über Nacht. Aber wenn du dann Blutungen bekommst, geh sofort ins Krankenhaus, weil das nach drei Monaten gefährlich wird.«

Neve zog ihre Unterhose an, dann den Rock, rückte ihre Strumpfbänder zurecht. Das alles, ohne etwas zu sagen, aber sie kämpfte mit den Tränen.

»Wenn es nicht funktioniert, dann ergib dich in dein Schicksal. Wenn es erst mal da ist, wirst du es lieb haben wie die anderen.«

Neve gab ihr keine Antwort. Leise sagte sie: »Danke«, und ging hinaus, stieg auf ihr Fahrrad und radelte nach Hause. Sie trat kräftig in die Pedale, wütend, ohne nachzulassen, und überholte alle Fahrräder, die auf dem Damm unterwegs waren. Bald war sie außer Atem, und der Schweiß floss ihr in Strömen übers Gesicht.

Sie holte die Kinder bei Sofia ab und fuhr nach Hause. Dort ließ sie die Kleinen auf den Hof und schloss sich in der Küche ein. Sie ließ sich auf einen Stuhl fallen und legte den Kopf auf die Hände. Erst dann brach sie in Tränen aus, schluchzte und schluchzte ohne Unterlass, ohne die Kinder zu beachten, die sie von draußen hörten und beunruhigt nach ihr riefen, gegen die Tür traten. Neve rührte sich nicht vom Fleck und ließ sie schreien, bis sie müde wurden und aufhörten zu toben.

So saß sie die ganze Nacht da, die Füße in einer Schüssel mit Wasser. Ab und zu fielen ihr die Augen zu, der Kopf wurde ihr schwer. Es gab Momente, in denen sie glaubte zu träumen, dann wachte sie mit einem Ruck auf, glitt fast vom Stuhl. Dann sah sie hinter dem Fenster das erste Licht des Tages: ein weißlicher Streifen, der sich vom grauen Horizont der Felder abhob. Sie hatte immer noch die Füße im Wasser, doch es fühlte sich nicht anders an als vorher: kein Krampf, nicht einmal der geringste Schmerz.

In den Tagen, die folgten, versuchte sie, eine Sprossenleiter in verkehrter Richtung hinunterzuklettern, mit dem Rücken an den Sprossen. Sie zwang sich, viel Petersilie zu essen, und befolgte all die anderen Ratschläge, die ihre Nachbarinnen ihr gaben, doch nichts half. Fünf Monate später schenkte sie weiteren Zwillingen das Leben: Vasco und Clara. Sie kamen drei Monate vor der endgültigen Rückkehr ihres Mannes aus Abessinien zur Welt.

~ 1938 ~

Als Radames aus Afrika zurückkehrte, hatte er zehn Kilo abgenommen, seine Haut war sonnenverbrannt, und er trug einen Bürstenschnitt. Die verlorenen Kilos waren schnell wieder da, auch die Haut wurde wieder hell, doch den Bürstenschnitt behielt er bis ans Ende seiner Tage bei.

Mit dem, was sie sich auf die hohe Kante gelegt hatten, kaufte er einen Wagen und ein Pferd und begann, Alteisen zu sammeln, um es in Ferrara weiterzuverkaufen. Jedes Metall war ihm recht: Kupfer, Zinn, ausgediente Rohre, löchrige Kochtöpfe, verrostete Fahrräder – eben alles, was die Leute wegwarfen. Damals warf man in Wirklichkeit nur wenig weg, aber ihm gefiel diese Arbeit, und so machte er sich nicht abhängig von den Faschisten, die damals nur diejenigen unterstützten, die ein Parteibuch hatten. Doch das Problem war, dass Radames manchmal sein Herz an irgendwelche geheimnisvollen Apparate aus vergangenen Zeiten verlor und sie am Ende behielt. So sammelte er in kurzer Zeit eine alte Kaffeemühle, eine riesige Voliere, eine Nudelmaschine aus neapolitanischer Herstellung sowie einen Schrankkoffer aus napoleonischer Zeit an. Neve beklagte sich, dass sie dringend Geld brauchten, wohl kaum aber irgendwelchen alten Krempel. Eines Tages jedoch erschien Radames mit einer wunderschönen Wiege aus Schmiedeeisen. Sie schien sehr alt zu sein und hatte vermutlich einmal einer vornehmen Familie gehört. Dieses Mal ließ sich auch Neve von seiner Begeisterung anstecken und beschloss, ihrem Mann beim Putzen und Aufmöbeln des alten Teils zu helfen. Beim Polieren entdeckte sie eine seltsame Gravierung. Langsam trat ein Bild zutage, und sie war sich sicher, darin den Teufel zu erkennen.

»Da lege ich keins von meinen Kindern rein. Schmeiß das weg, es bringt Unglück«, sagte sie schließlich, weil sie wieder an die alte Prophezeiung denken musste, die die Familie seit Generationen verfolgte.

Das Bild des Teufels auf einer Wiege beängstigte auch Radames, und so war er ohne Murren damit einverstanden, das alte Kinderbett wieder loszuwerden.

Nachdem die Zwillinge die fünfte Klasse Volksschule hinter sich gebracht hatten, begann Dolfo, bei der Feldarbeit mitzuhelfen, während Guido in den Alteisenhandel seines Vaters einstieg, der allmählich Früchte zu tragen begann. Endlich kam Geld in die Familienkasse, doch ausgerechnet als sich eine Wendung zum Guten anzudeuten schien, machte ihnen ein Unfall einen Strich durch die Rechnung.

Vater und Sohn waren nach einem langen Arbeitstag auf dem Weg nach Hause. Das Pferd zockelte friedlich vor sich hin, als ein Lastwagen außer Kontrolle geriet und seitlich in den Wagen hineinfuhr. Guido flog durch die Luft, landete jedoch in einer Wiese und kam mit ein paar kleineren Schrammen davon. Sein Vater hingegen wurde auf die Straße geschleudert und kurz darauf von einem anderen Lastwagen überrollt. Man brachte ihn ins Krankenhaus, rechnete fest damit, dass er schon auf dem Transport seinen letzten Atemzug tun würde, doch er überlebte, was laut den Ärzten ein reines Wunder war.

»Die einzigen Körperteile, die an Ihrem Mann noch heil sind, sind der Kopf und das Rückgrat. Sie können der Muttergottes eine Kerze spenden«, sagte einer der Weißkittel zu Neve.

Es gibt nichts, wofür ich der Madonna danken könnte, dachte diese. Schlimmer hätte es nicht kommen können: Ihr Mann war dem Tode nah, der Wagen nur noch Kleinholz, und das Pferd hatte man zum Abdecker bringen müssen, nachdem es sich ein Bein gebrochen hatte.

Radames verbrachte Monate im Krankenhaus, und es war an Neve, die Familie durchzubringen. Das schaffte sie dank der Hilfe ihrer Eltern und der Großherzigkeit der Nachbarn, die ihr ab und zu einen Topf Suppe vorbeibrachten.

Eines Tages kam Beppe zu Besuch und zog eine trächtige Kuh an einem Seil hinter sich her.

»Wenn sie das Kälbchen geboren hat, schenk ich es dir, und die Milch kannst du gut brauchen.«

Drei Wochen später kam ein weibliches Kalb zur Welt, das sie auf den Namen Serafina tauften. Neve päppelte es mit der gleichen Hingabe auf, die sie auch ihren eigenen Kindern entgegenbrachte, und gewann das kleine Tier so lieb, dass sie mit ihm zu sprechen begann. Seufzend erzählte sie dem Kälbchen von den Träumen ihrer Jugend und von alldem, was ihr seither widerfahren war.

Nach so viel Unbill waren das Eintreffen der Kuh und Finas Geburt das einzig Gute, was Neve seit Langem widerfahren war. Jetzt hatte sie Milch für die ganze Familie, und was übrig blieb, brachte sie in eine Käserei in der Nähe von Bondeno. Jeden Abend stieg sie aufs Fahrrad und radelte, die Milchkanne zwischen die Beine geklemmt, mit ihrer kostbaren Fracht durch das Feld mit den Heilkräutern in Richtung Ponte della Rana. Das tat sie tagaus, tagein, bei Regen und bei Wind. Und am Samstag, wenn Zahltag war, kehrte sie zufrieden nach Hause zurück, in der Tasche genug Geld, um Einkäufe zu machen.

So schwer das Leben für sie auch war – jene Zeit brachte Neve den kühnen Geist zurück, der sie von Kindesbeinen an geprägt hatte, jene Willensstärke, die sie als junges Mädchen dazu gebracht hatte, mit der heiligen Katharina zu plaudern und sich die Haare abzuschneiden, als wäre sie ein Junge. Trotz all dem, was ihr widerfahren war, machte sie die Entdeckung, dass sie es auch ganz allein schaffen konnte: Ohne Hilfe ihres Mannes brachte sie die Familie über die Runden, verhandelte die Preise mit dem Käser und verdiente ein schönes Sümmchen mit dem Verkauf der Milch. Neve fand, dass sie auf die Füße gefallen war: Sie hatte es geschafft, und zwar aus eigener Kraft. An gewissen Sommertagen, wenn das Korn auf den Feldern reifte und die Mohnblumen blühten, traf man sie manchmal sogar singend an, von trunkenen Bienen umschwirrt, die nach so langer Zeit wieder ihrer duftenden Spur folgten.

~

Einige Monate nach dem Unfall wurde Radames aus dem Krankenhaus entlassen und kam nach Hause. Er war gerade mal dreißig Jahre alt und ging für den Rest seines Lebens am

Stock, hatte ständig Schmerzen im linken Bein, das er nicht mehr abwinkeln konnte.

»Wenn es Krieg gibt, können sie mich mit diesem nutzlosen Bein wenigstens nicht mehr einziehen«, scherzte er.

Nur wenige Monate später trat Italien in den Zweiten Weltkrieg ein.

Es war zu jener Zeit, dass Neve begann, in ihren Träumen von bösen Vorahnungen geplagt zu werden. Schon von klein auf war es für sie ganz normal gewesen, Geschehnisse vorauszusehen. Noch bevor sie in die Schule kam, hatte sie gespürt, dass sie anders war, dass sie zu Dingen in der Lage war, die andere für bizarr oder gleichweg für unmöglich hielten, so wie zum Beispiel die Gedanken von Menschen zu lesen oder zu wissen, wer gleich an die Tür klopfen würde. Manche dieser seltsamen Fähigkeiten schien sie im Lauf der Zeit abgelegt zu haben, doch dann begann sie von einem Tag auf den anderen, von Menschen zu träumen, die kurz darauf verstarben. So geschah es mit dem Venezianer Cicci, dem Wassermelonenverkäufer, und auch mit Giovanni, dem Seilmacher – Leuten, die ihr sonst gar nicht in den Sinn kamen und von denen sie nun träumte, kurz bevor sich die Nachricht verbreitete, dass sie das Zeitliche gesegnet hatten. Doch Neve gewöhnte sich rasch wieder daran und schenkte alldem keine besondere Aufmerksamkeit. Sie hatte andere Sorgen.

Nach Radames' Unfall kam von Pasquino und Nellusco erneut der Vorschlag, zwei der Kinder zu adoptieren, und diesmal riskierte keiner von ihnen mehr, hinausgeworfen zu werden.

Neve schickte die Kinder in den Hof und setzte sich zusammen mit ihrem Mann, den beiden Brüdern und den

Schwägerinnen in die Küche. Radames hielt den Blick gesenkt. Neve putzte sich ein paarmal die Nase und schob das Taschentuch dann in ihren Ärmel.

Pasquino ergriff das Wort. »Ihr könnt sie sehen, so oft ihr wollt. Sie werden immer wissen, dass ihr ihre Eltern seid.«

»Aber wenn sie zu uns kommen, dann wird es für immer sein«, fügte prompt seine Frau hinzu. »Wir gehen zum Anwalt und bringen alles zu Papier: Es soll eine richtige Adoption sein. Um die Kosten braucht ihr euch nicht zu kümmern, außerdem geben wir euch genug, damit ihr endlich aus diesem Hühnerstall herauskommt.«

Vor seinem Unfall hätte sich Radames eine solche Unverschämtheit nicht gefallen lassen, doch an jenem Tag beschränkte er sich darauf, den Kopf zu senken. Neve drückte seine Hand. Sie war blass, aber gefasst.

»Wen habt ihr im Sinn?«

»Die kleinen Zwillinge. Vasco käme zu uns und Clara zu ihnen«, antwortete Nellusco.

»Sie sind zu klein. Ich stille sie noch.«

Radames drückte das Glas in seiner Hand. Ohne den Kopf zu heben, sagte er: »Wer dann? Welches deiner Kinder bist zu bereit wegzugeben?«

Neve blieb ihm eine Antwort schuldig. Sie wurde rot.

»Hier wird keiner weggegeben. Die Kinder bleiben in der Familie«, mischte sich Mimi ein.

»Kinder habt ihr jede Menge, und sie sterben euch unter den Augen weg«, fügte ihr Ehemann hinzu.

Neve und Radames schwiegen. Am Ende gaben sie sich geschlagen. »Na gut. Ihr bekommt die kleinen Zwillinge, aber nicht gleich.«

»Wann?«

»In einem Jahr, wenn sie nicht mehr gestillt werden.«

»Aber sie können doch schon sprechen!«

»In einem Jahr oder gar nicht.«

»Und Geld wollen wir keins von euch«, präzisierte Radames.

Man kam überein, noch ein Jahr zu warten, doch der Krieg machte ihnen einen Strich durch die Rechnung. In dem Gebiet am Po wurde es wegen der Bombardierungen zu gefährlich, und am Ende konnten seine Schwäger Radames davon überzeugen, dass es im Hügelland, wo sie lebten, sicherer war.

»Sie haben recht. Besser, wir bringen die Sache gleich hinter uns«, gab Neve zu.

Zwei Wochen später trafen sich die leiblichen Eltern und die Adoptiveltern in einer Anwaltskanzlei in Ferrara. Die Vereinbarungen wurden ihnen laut vorgelesen, viele Papiere unterzeichnet. Am Ende zog der Anwalt einen großen Umschlag aus der Schublade. »Und das hier ist für euch.«

»Ich hab doch gesagt, ich will kein Geld von euch«, wandte Radames ein.

»Nimm es, ihr braucht es so dringend«, beharrte seine Schwester Violetta.

Er wollte noch einmal ablehnen, doch Neve drückte seine Hand und nahm mit der anderen das Geld entgegen. Sie war wieder schwanger und konnte es sich nicht erlauben, stolz zu sein. Es war Ende 1940. Nur wenige Tage später begannen die Zwillinge ihr Leben bei Onkel und Tante im Haus der Seidenraupen, im Hügelland des Bologneser Apennins.

Mit dem Geld, das sie erhalten hatten, konnten sich Neve

und Radames endlich ein Haus kaufen, wobei sie auch von der Tatsache profitierten, dass sich die Preise durch den Krieg halbiert hatten. Sie fanden eines im Dorf, direkt hinter dem Damm. Es war sehr geräumig und ohne jegliche Anzeichen von Feuchtigkeit, eigentlich ein wahres Schnäppchen, wenn es nicht, so nah am Damm gebaut, in Gefahr gewesen wäre, ein leichtes Ziel für Bomben zu werden.

»Und wenn sie uns bombardieren?«, fragte Neve wieder und wieder ihren Mann.

»Wenn wir warten, bis der Krieg zu Ende ist, haben wir kein Geld mehr, um etwas zu kaufen«, sagte Radames zu ihr. Und so beschlossen sie am Ende, das Risiko einzugehen.

Das Haus hatte zwei Stockwerke und war Teil einer ganzen Reihe von Gebäuden, die noch vor einem Jahrhundert als Kornspeicher gedient hatten. Um zum Eingang im Erdgeschoss zu gelangen, musste man eine kleine Backsteintreppe hinabsteigen, die seitlich am Damm entlang verlief; in den oberen Stock kam man über eine Reihe von Stegen, die direkt von der Straße darüber zu erreichen waren. Die Zimmer hatten sehr hohe Decken und waren fast übertrieben groß, denn sie waren mehr darauf angelegt, Berge aus Getreide aufzunehmen als die spärlichen Möbel, die die Familie ihr Eigen nannte. Neves Schlafzimmer war so riesig, dass ihr Bett dort drinnen aussah wie ein Spielzeug. Um ans Fenster zu kommen, mussten sie sich eine kleine Treppe bauen, und um hinauszuschauen, musste man erst die Stufen hochsteigen und sich dann noch auf Zehenspitzen stellen.

Doch auch der Umzug in ein gut erhaltenes Haus mit einem Boden aus Terrakottafliesen und trockenen Wänden half dem Paar nicht, die Trennung von den Zwillingen zu verkraften. In den ersten Monaten besuchten Neve und Radames sie alle vierzehn Tage. Das Geld für die Fahrt kratzten sie irgendwie zusammen; auch wenn sie dafür ab und zu ein Essen auslassen mussten – sie fuhren trotzdem. Jedes Mal, wenn es dann wieder an der Zeit war, nach Hause zu fahren, mussten sie sich buchstäblich von den Kindern losreißen, die sich an die Hose des Vaters klammerten oder der Mutter hinterherliefen und sie unter Schluchzen anflehten, sie wieder mit nach Hause zu nehmen. Es war ein richtiger Kampf, sie sich vom Leibe zu halten, und einmal musste Radames sogar dem Jungen eine Ohrfeige geben, damit er ihn losließ.

Im Jahre 1941, als ihr zehntes Kind, ein Junge, zur Welt kam, nannten sie ihn passenderweise Decimo: Nach so vielen Kindern gingen ihnen allmählich die Namen aus. Nach der Taufe sagte Neve zu ihrem Mann: »Jetzt, wo er geboren ist, wirst du im anderen Zimmer schlafen.«

Radames dachte zuerst, sie mache einen Scherz, doch noch bevor es Abend wurde, hatte sie ihm ein Bett im Zimmer der Jungen hergerichtet und machte es sich zur Gewohnheit, ihr Zimmer abzuschließen, wenn sie zu Bett ging.

Er bat und bettelte, er flehte sie an und drohte sogar, sich eine Geliebte zu nehmen, doch Neve blieb gelassen. »Wenn du dir das wünschst, werde ich keine Tragödie daraus machen.«

Radames war sprachlos, nahm aber nach wenigen Tagen den Kampf wieder auf und warnte seine Frau, wenn sie nicht mit diesen Geschichten aufhöre, würde er sie anzeigen. »Es ist deine eheliche Pflicht, mit deinem Mann zu schlafen; das sagt der Staat und auch die Kirche.«

Doch sie gab einfach nicht nach.

Eine Weile besuchten sie die kleinen Zwillinge noch regelmäßig alle vierzehn Tage, doch mit der Zeit bemerkten sie, dass sich die Kinder an ihr neues Leben gewöhnten. Jetzt weinten sie nicht mehr, wenn ihre Eltern wieder fuhren, einmal weigerte sich Vasco, von Neve auf den Arm genommen zu werden. Und es kam der Tag, an dem sie klar und deutlich hörten, wie Clara ihre Tante »Mama« nannte.

»Seit wann nennt sie dich so?«, wollte Neve von ihrer Schwägerin wissen.

»Jetzt, wo sie in den Kindergarten geht, hört sie, wie die anderen ihre Mutter Mama nennen. Du weißt ja, wie Kinder sind«, antwortete Violetta.

An jenem Abend weinte Neve während der ganzen Heimfahrt, und als sie später zu Bett ging und die Tür hinter sich abschloss, begann sie erneut zu schluchzen. Noch nie war ihr das Bett so kalt erschienen. Sie spürte, wie ihr Atem schneller ging und ein unmäßiger Schmerz in ihrem Herzen aufstieg. So viel Einsamkeit konnte sie einfach nicht ertragen, nicht in dieser Nacht.

Sie stand aus dem Bett auf, schlich sich zu dem Zimmer, in dem die Jungen schliefen, drehte den Schlüssel im Schloss und trat ein. Das Herz klopfte ihr bis zum Hals, wie damals, als sie noch ein junges Mädchen gewesen war. Sie wollte ihren Mann mit einem Kuss wecken und blieb verwirrt stehen: Radames' Bett war leer. Sie schaute aus dem Fenster, weil sie dachte, er sei vielleicht hinausgegangen, um seine Notdurft zu verrichten, doch er war weit und breit nicht zu sehen.

Erschrocken kehrte sie in ihr Bett zurück und blieb wach, bis sie ihn im Morgengrauen zurückkehren hörte.

Sie stand auf. Ganz leise ging sie zur Tür und öffnete sie einen Spalt. Radames schlich auf Zehenspitzen über den Flur, die Schuhe in der Hand, um keinen Lärm zu machen.

Im Grund hatte Neve gewusst, dass es früher oder später passieren würde. Sie schloss die Zimmertür wieder ab, und das würde sie fortan jede Nacht tun.

~

Von dem Tag an, als Clara die Tante »Mama« genannt hatte, waren Neve und Radames zu dem Entschluss gelangt, es sei besser, wenn sie die Zwillinge nicht mehr so oft besuchten. Zu schmerzhaft war es zu sehen, wie ihre Kinder lieber auf dem Hof spielten, als mit ihnen zusammen zu sein; und es tat weh zu begreifen, dass die Adoptiveltern der Kinder allmählich ihren Platz im Herzen von Vasco und Clara einnahmen.

Sie beschlossen, sie nur noch einmal im Jahr zu besuchen, zu Weihnachten, um ihnen ein Geschenk zu bringen. Doch auch dann hatte Radames das Gefühl, irgendwie fehl am Platze und nicht willkommen zu sein.

»Das ist nur dein Eindruck«, versuchte ihn Neve zu beruhigen, obwohl auch sie spürte, dass sie nur noch störten.

Radames verzieh seinen Schwägern nie, dass sie ihm die kleinen Zwillinge weggenommen hatten, noch konnte er die Tatsache verdauen, dass die beiden so in Geld schwammen. »Dein Bruder Nellusco hat einen verkürzten Arm, und der andere kommt vom anderen Ufer. Alle wissen, dass er einen Liebhaber in Bologna hat, den er aushält.«

Doch Neve hörte gar nicht, was er sagte.

Als die reiche Verwandtschaft ihre kleinen Zwillinge mitnahm, wurde Radames zum Kommunisten. Er, der sich bis dahin nicht wirklich für Politik interessiert hatte, begann, zuerst den Faschismus zu hassen und dann, als der Krieg zu Ende war, auch die Christdemokraten. Mehr als nur ideologische Inbrunst steckte bei ihm der Groll gegen seine reichen Verwandten dahinter. Neve machte das Geschehene niemandem zum Vorwurf, doch auch sie verzieh sich nie, ihre beiden Kinder weggegeben zu haben. Den Rest ihres Lebens verbrachte sie mit dem Trugbild der Zwillinge im Herzen. Wohin auch immer sie ging, die beiden verfolgten sie, sie weigerten sich heranzuwachsen und hingen an ihrem Rockzipfel. Für Neve blieben sie immer kleine Kinder, die brüllten, um auf den Arm genommen zu werden, und um ihre Liebe buhlten.

Während ihr Mann jene Leerstelle in ihrem Leben mit politischem Feuereifer füllte, fand Neve Trost im Glauben. In der Kirche hatte sie sich immer darauf beschränkt, höchstens zweimal im Jahr, an Weihnachten und Ostern, ihrer ganz persönlichen Schutzheiligen für jenes Wunder in der Kindheit zu danken, doch auf einmal ließ sie keine Messe mehr aus. Sie besuchte die erste Frühmesse, noch vor Sonnenaufgang, an der bestenfalls ein alter Mann teilnahm, der an Schlaflosigkeit litt. Außerdem machte sie es sich zur Gewohnheit, den Rosenkranz zu beten, bevor sie schlafen ging. Jeden Abend brummelte Radames, der als Kommunist die Priester verabscheute, genervt: »Bete nur, bete. Da oben hört dich sowieso keiner. Da oben ist nämlich nichts, rein gar nichts.«

~ 1941 ~

Als in Europa der Zweite Weltkrieg ausbrach, hatte Getúlio Vargas versucht, seine Neutralität zu bewahren, indem er zwischen den Achsenmächten und den Alliierten hin- und herlavierte, auch nach dem Angriff auf Pearl Harbor am 7. Dezember 1941. Erst im August 1942 beschloss Vargas, an der Seite der Vereinigten Staaten in den Krieg einzutreten, eine Entscheidung, die vor allem wirtschaftlichen Interessen geschuldet war; allerdings hielt sich die Beteiligung Brasiliens an den kriegerischen Auseinandersetzungen in Grenzen.

Immerhin trug das Bündnis mit den USA zu einem Aufschwung im Handel mit Kaffee bei, der als Produkt in zunehmend großen Mengen in die Staaten exportiert wurde. Damit wendete sich auch das Schicksal vieler Produzenten, einschließlich dem von Adele, die sich dank ihrer erworbenen Erfahrungen und der neuen Allianz mit Nordamerika in jenen Jahren zur erfolgreichen Unternehmerin entwickelte.

Viele Männer wären damals glücklich gewesen, sie zur Frau zu nehmen. Auch Núbia ermunterte Adele dazu, die Augen offen zu halten. »Mit sechsundvierzig Jahren seid Ihr zu jung, um allein zu bleiben«, sagte sie.

»Diese Zeiten sind für mich vorbei; außerdem brauche ich keinen Mann.«

Eigentlich war Adele nicht um die halbe Welt gereist, um ihr Leben als einsame Witwe zu fristen, doch mittlerweile fehlte ihr die Kraft, um noch einmal nach einem Bräutigam Ausschau zu halten. Sie dachte an ihre Tante Edvige, an jene Tragödie, die nur der Liebe wegen so viele Leben zerstört hatte. Sie hatte ihre Lektion gelernt. *Ich habe meine Tochter, da brauche ich keinen Mann mehr*, sagte sie sich. Doch irgendwo in den Gemächern ihres Herzens, einer dunklen Ecke, die sie sogar vor sich selbst zu verbergen suchte, spürte Adele, dass an ihrer Liebe zu Maria Luz etwas fehlte. Gewiss, sie war ihre Tochter, und sie hatte sie gern. Doch es gab Momente, in denen sie nur mit Mühen erkannte, dass dieses Mädchen wirklich ihr eigen Fleisch und Blut war.

Schon früh hatte sie bemerkt, dass es ihr schwerfiel, eine Beziehung zu ihr aufzubauen. Nach der Geburt ihres ersten Kindes, das nur eine Woche gelebt hatte, hatte Adele eine große Zufriedenheit empfunden, doch mit Maria Luz war es von Anfang an schwierig gewesen. Die Kleine wollte nicht an ihre Brust. Jedes Mal, wenn Adele versuchte, sie zu stillen, machte sich die Kleine ganz steif, brüllte wie am Spieß und lief rot an. Nach zwei Tagen der vergeblichen Versuche hatte sie sie schließlich in die Obhut einer Amme gegeben. Und auch als Maria Luz älter wurde, hatte sich die Situation nicht gebessert. Manchmal ertappte sich Adele dabei, wie ihre Gedanken bei den Mängeln des Mädchens verweilten: den allzu schmalen Lippen, den zu zarten Schultern … Vor allem bemerkte Adele an dem Kind ein apathisches Wesen, das Fehlen jenes leidenschaftlichen Gemüts, das doch sowohl ihr selbst eigen war als auch ihrem verstorbenen Ehemann. Hätte sie sich doch nur mehr in diesem kleinen Mädchen wiedererkannt – so ging es ihr manchmal durch den Kopf –, dann wäre es ihr möglich gewesen, es zu lieben: ein Gedanke, für den sie sich kurz darauf wieder schämte. Dann sprang sie auf, lief zu ihrer Tochter und drückte sie an ihre Brust, versuchte, ihre Schuldgefühle auszulöschen. Doch in Wirklichkeit spürte Adele, dass sie dieses Kind vor allem gewollt hatte, um ihrem Ehemann zu gefallen. Sie hatte das getan, was alle von ihr erwarteten, doch Adele konnte sich nicht erinnern, jemals die Sehnsucht in sich verspürt zu haben, Mutter zu werden. Neve zu pflegen, als sie noch klein war, war womöglich in ihrem Empfinden das gewesen, was einem mütterlichen Instinkt am nächsten kam. Gewiss hatte sie unter dem Tod ihres ersten Kindes gelitten und auch unter der Fehlgeburt. Maria Luz hatte überlebt, und doch war sie ihr immer wieder und immer noch fremd. Dass dies so war, empfand Adele als einen Makel, eine Verirrung der Gefühle, die – dessen war sie sich sicher – ganz bestimmt keine andere Frau empfinden mochte. Abgesehen davon blieb auch jegliche Bemühung ihrerseits, sich dem Mädchen anzunähern, vergebens. »Komm mal zur Mama«, sagte sie zu ihr, in dem Bemühen, liebevoll zu sein. Wenn sie die Kleine umarmte, entwand sie sich; und wenn sie versuchte, sie anzulächeln, brach das kleine Mädchen in Tränen aus.

Nun, da sie Witwe geworden war, widmete Adele ihre ganze Energie der Leitung von Cachoeira Grande und ließ ihre Tochter in Núbias Obhut. Dennoch empfand sie Neid, wenn sie die beiden zusammen sah, wenn sie irgendein

Kinderlied trällerten oder ohne offensichtlichen Grund in Gelächter ausbrachen. Núbia hob Maria Luz hoch und gab ihr viele Küsschen, und Adele schien diese Zuneigung bei Weitem stärker zu sein als die Liebe, derer sie selbst fähig war. Sie fühlte sich wie eine Rabenmutter und ging gegen diese Schuldgefühle an, indem sie das Kind mit Geschenken überhäufte oder für Maria Luz kleine Partys veranstaltete, auf denen sie sich schnell langweilte.

Maria Luz wiederum hatte, mit der Hartnäckigkeit, die Kindern eigen ist, die Zuneigung ihrer Mutter gesucht, doch als sie noch klein war und unbedingt auf den Arm genommen werden wollte, hatte sich Adele oft unter dem Vorwand, sie habe zu tun, vor ihr zurückgezogen; versuchte sie, auf ihren Schoß zu klettern, schob die Mutter sie weg und sagte, sie zerknittere ihr das Kleid. So waren ganz allmählich ihre Versuche, ihre Zärtlichkeit zu erheischen, weniger geworden und hatten schließlich ganz aufgehört.

Ein Vorkommnis war Maria Luz besonders in Erinnerung geblieben. Im Alter von vier Jahren war sie ins Krankenhaus gekommen, weil man ihr die Mandeln herausnehmen musste. Ihre Mutter hatte sie hingebracht, doch Núbia musste sie begleiten, weil ausgerechnet an jenem Tag eine große Ladung Kaffee verschickt werden musste und Adeles Anwesenheit auf der Plantage unverzichtbar war. Maria Luz würde niemals den Moment vergessen, in dem sich ihre Mutter aus ihren Armen frei machte, sie der Hausangestellten übergab und sich dann auf dem Flur des Krankenhauses entfernte. Adele hatte ihr einfach den Rücken zugekehrt und war mit schnellen Schritten davongegangen, ohne ihr Schreien und Flehen zu beachten. Sie hatte sich nicht ein einziges Mal umgedreht.

~

Maria Luz spürte, dass das Leben ihr die Liebe ihrer Mutter verwehrt hatte, und suchte deshalb mit allen Mitteln nach der Liebe anderer. Sie war entschlossen, die Bewunderung der ganzen Welt auf sich zu ziehen, und nahm sich fest vor, eines Tages berühmt zu werden. An Talent mangelte es ihr nicht: Sie war intelligent und hatte eine starke künstlerische Ader, doch es fehlte ihr an Selbstvertrauen, was dazu führte, dass sie nicht lange bei einem Vorhaben blieb und folglich ihre Ziele nicht erreichte. Bei jedem Scheitern machte sie dann ihrer Mutter den Vorwurf, die Ursache für all ihre Probleme zu sein.

Jedes Mal ergriff Núbia Adeles Partei. »Sie hat es nicht verdient, dass du sie so behandelst. Nach all dem, was sie für dich getan hat.«

»Und wo war sie, als ich noch klein war? Sie und ihre Arbeit! Ich bin ohne Vater aufgewachsen und im Grunde auch ohne Mutter!«

»Aber sie hat dir doch jeden Wunsch von den Augen abgelesen!«

»Ach, was weißt du denn schon! Als wäre es genug, mich mit Geschenken zu überhäufen«, schloss Maria Luz entnervt.

Maria Luz besuchte Schauspiel- und Tanzkurse, anschließend eine Musikakademie, und am Ende begann sie mit der Bildhauerei. Auch wenn sie niemals wirklich etwas zu Ende brachte, gelang es ihr, ihre Mutter davon zu überzeugen, dass sie sich an einer kostspieligen Kunstschule in Rio einschreiben durfte, doch auch diese besuchte sie mit nur bescheidenen Ergebnissen.

Nachdem sie ihre künstlerischen Bestrebungen ad acta gelegt hatte, begann Maria Luz, die elegantesten Cafés von Rio zu frequentieren, denn sie wollte unbedingt in die exklusiven Kreise der Stadt aufgenommen werden. Schön war sie nicht, doch sie hatte die Eleganz ihres Vaters und das dichte, wellige Haar ihrer Mutter geerbt. Vor allem aber verfügte sie über genügend Reichtum, um das auszugleichen, was ihr fehlte.

Bei einer dieser mondänen Zusammenkünfte fand die junge Frau den richtigen Kandidaten für eine Ehe. Es war ein attraktiver junger Mann, der sich nicht für Kultur interessierte und weder die Musik zu schätzen wusste noch etwas von Kunst verstand, doch er war in sie verliebt und von adliger Herkunft. Wenn sie ihn heiratete, so hoffte Maria Luz, würde sie immerhin einen Adelstitel in ihrem Namen tragen können.

Als Adele Maria Luz' Verlobten bei einem Abendessen kennenlernte, bemerkte sie sofort, was der Haken bei ihm war. »Du hast dich gelangweilt, sobald er den Mund aufgemacht hat. Das hat man dir deutlich angesehen«, sagte sie zu ihrer Tochter.

»Wie ist es eigentlich möglich, dass du wirklich mit nichts von dem, was ich tue, einverstanden bist?«

»Ich sage nur, dass er mir nicht passend erscheint. Wie sollt ihr ein ganzes Leben miteinander verbringen, wenn du es nicht einmal ein Abendessen mit ihm aushältst?«

»Aber warum sorgst du dich auf einmal um mich?«

»Natürlich sorge ich mich um dich. Ich bin deine Mutter, und ich habe mehr Erfahrung.«

»Und mit welcher Erfahrung hast du damals geheiratet?«

»Was hat das damit zu tun? Ich will nicht, dass du es hinterher bereust.«

»Von dir nehme ich keine Ratschläge an. Ich bin volljährig, und ich werde heiraten, ob mit deiner oder ohne deine Zustimmung.«

Am Ende gab Adele nach und beugte sich dem Willen ihrer Tochter. Eingeschüchtert vom gesellschaftlichen Status ihres zukünftigen Schwiegersohnes, gab sie ein Vermögen für die Hochzeit aus, und am Ende überschrieb sie Maria Luz als Hochzeitsgeschenk die Hälfte der Ländereien von Cachoeira Grande, auch wenn Núbia sie mit Engelszungen davon abzubringen versuchte.

»Das ist dafür, dass du dir ein Leben aufbauen kannst. Du brauchst es jetzt, nicht erst wenn ich unter der Erde bin. Ich bin mir sicher, dein Vater wäre damit einverstanden gewesen«, erklärte sie ihrer Tochter.

Sie wollte Maria Luz zu Verantwortung erziehen, ihr zeigen, dass sie Vertrauen in sie hatte, doch Maria Luz verstand nichts von Kaffee, und ihr Ehemann noch viel weniger. Innerhalb weniger Jahre hatte sich das Erbe in Luft aufgelöst, aufgebraucht durch den kostspieligen Lebensstil des Paares und einige bizarre Investitionen: eine Zucht von Edelkatzen, die Eröffnung einer Galerie, teure Reitkurse. Unternehmungen, die allesamt zum Scheitern verurteilt waren.

Um den Schulden die Stirn zu bieten, war Maria Luz schließlich gezwungen, ihren Anteil von Cachoeira Grande Morgen für Morgen zu verkaufen. Voller Verzweiflung musste Adele dabei zusehen, wie sich die Reichtümer der Familie verflüchtigten, doch sie konnte es nicht hinnehmen, dass Cachoeira Grande in fremde Hände gelangte. Über Jahre hinweg lief sie den neuen Besitzern hinterher und kaufte ihnen, Grundstück für Grundstück, die Ländereien wieder ab, die ihre Tochter abgestoßen hatte. Sie tat es heimlich, um sie in ihrer Eigenliebe nicht zu kränken, und bezahlte den doppelten Preis, für den sie verkauft worden waren.

Núbia befürchtete, dass die Führung des *cafezal* früher oder später ihren Tribut an der Gesundheit ihrer Herrin fordern würde. Diesmal war sie es, die Adele den Rat gab zu verkaufen: Wenn sie sich selbst retten wollte, dann musste sie sich von Cachoeira Grande befreien.

»Ihr müsst aufhören, diesen Krieg an einsamer Front zu führen«, flehte sie sie immer wieder an.

Adele stand am Fenster und antwortete, ohne den Blick von ihren Ländereien zu wenden: »Ich muss es für ihn tun. Die Toten haben viel mehr Macht als diejenigen, die auf der Erde zurückbleiben, und weit mehr Einfluss als wir selbst.«

~ 1942 ~

Schließlich wurde es zu riskant, während des Krieges an einem strategischen Punkt wie der Brücke über den Po zu leben. Und so kam es, dass Neve und ihr Mann nach der Geburt von Decimo ihr neues Haus verließen und mit ihren Kindern zu Beppe und Armida umzogen, in der Hoffnung, dass die Gefechte in wenigen Monaten zu Ende sein würden.

Auch in dem Haus an der Fossa sorgte Neve dafür, dass sie und ihr Mann in getrennten Betten schliefen. Armida bemerkte dies sogleich und verlangte von ihr eine Erklärung.

»Er schnarcht. Ich kann es mir nicht erlauben, die ganze Nacht wach zu liegen«, beschränkte ihre Tochter sich darauf zu erklären.

Armida überzeugte dies nicht, doch Beppe wies sie darauf hin, dass Neve erwachsen sei, und Armida solle ihre Nase nicht in fremde Angelegenheiten stecken.

Nachdem er wegen des Unfalls nicht mehr arbeiten konnte, hatte Radames sich etwas anderes ausgedacht, um Geld ins Haus zu bringen: Er erschlug Katzen und verkaufte sie als Kaninchen an Restaurants in Mantua und Verona. Auf die Jagd ging er bei Nacht, indem er die Tiere anlockte und mit Fischstückchen aus dem Fluss fütterte. Die Katzen steckte er dann in einen Sack und tötete sie am nächsten Morgen auf dem Hof. Wenn es so weit war, versteckten sich die Kinder unter den Betten, und Neve lief weg und hielt sich die Ohren zu. Einige der Tiere landeten auch in ihrem eigenen Kochtopf, doch die meisten wurden an die Restaurants geliefert.

In jener Zeit begann Armida Casadio, unter Panikattacken und unkontrollierbaren Ängsten zu leiden. Sie, die immer Courage und gesunden Menschenverstand an den Tag gelegt hatte, wurde auf einmal ein furchtsames und gequältes Wesen. Den Bomben war mit Vernunft sowieso nicht beizukommen, und Armida spürte, dass sie allmählich die Kontrolle verlor. Doch ihre Ängste beschränkten sich nicht nur auf die Bomben – sie fürchtete sich auch vor Erdbeben, Blitzschlägen, Hagelstürmen und Überschwemmungen. Außerdem entwickelte sie eine ausgeprägte Angst vor Krankheiten, Dieben und Räubern und überhaupt vor Fremden. Sie war felsenfest davon überzeugt, früher oder später würde sie jemand umbringen wollen, weshalb sie eines Tages das Jagdgewehr ihres Mannes an sich brachte und in der Küche versteckte. Wenn sie allein zu Hause war, schloss sie die Tür dreimal ab und machte niemandem auf. Klopfte es, schrie sie, entgegen jeglicher Logik, es sei niemand zu Hause.

»Andè a ca' vostra, che chi an' ghè nisún!«, rief sie und richtete die Mündung des Gewehrs auf die Tür.

Beppe dachte, wenn der Krieg erst einmal vorüber war, würde seine Frau wieder ganz die Alte sein, doch so lange wartete Armida nicht. Sie starb während eines Luftangriffs an einem Infarkt, der ihr Herz entzweiriss. Alle hatten sich in den Luftschutzkeller zurückgezogen, als Neve bemerkte, wie ihre Mutter kreidebleich wurde. Sie drückte ihr den Arm, um ihr Mut zu machen. Ohne die Augen zu öffnen, bedeutete Armida ihr mit einem Kopfschütteln zu schweigen, lehnte den Kopf an die Wand und schien sich zu beruhigen. Alle dachten, sie sei eingeschlafen. Erst als der Angriff vorüber war und sie sich anschickten, nach Hause zu gehen, bemerkten sie, dass Armida tot war.

Armidas Ableben war ein schwerer und schmerzlicher Verlust für die ganze Familie, doch Beppe war untröstlich. Ohne seine Frau an seiner Seite wurde er griesgrämiger als je zuvor und zog sich immer mehr zurück. In den Monaten, die auf das Begräbnis folgten, entwickelte er auch so manche Eigenart. Trost fand er in den Gesprächen mit einer Henne, die er schon als Küken gehegt und gepflegt hatte, gab ihr Kosenamen und fütterte sie mit Kleie, Milch und Maismehl. Das Huhn hatte sich so sehr an ihn gewöhnt, dass es ihm durchs ganze Haus folgte; wenn Beppe sich setzte, hockte es sich prompt neben ihn, wie in einem Nest, und auch wenn er am Fluss spazieren ging, wich das Federvieh nicht von seiner Seite. Er ging mit gesenktem Kopf, die Hände auf dem Rücken verschränkt, so wie es früher sein Großvater Dollaro und davor sein Urgroßvater Giacomo getan hatten. Beiden ähnelte er nicht nur im Gang, sondern auch in der – erst seit Kurzem erlangten – Angewohnheit, Selbstgespräche zu führen. Wer ihm begegnete, grüßte ihn, doch Beppe grüßte nur selten zurück und fuhr stattdessen mit seinen laut vorgetragenen Selbstgesprächen fort, ohne sich um die erstaunten Blicke der Dörfler zu scheren. Ab und zu unterbrach er sich, und dann hörte man ihn ausrufen: »Ach, ach,

ach …« Er, der früher im Leben nur selten einen Zwist vom Zaun gebrochen hatte, suchte auf einmal aus den banalsten Gründen überall Streit.

»Der Hund da braucht dringend ein bisschen Wasser. Seht ihr eigentlich nicht, dass er Durst hat?«, rief er zum Beispiel einem Passanten zu. Wenn dann der Herr des Hundes nicht reagierte, empörte er sich: »He, du, hast du etwa Angst, ihm einen Schluck Wasser zu geben? Das kostet dich doch nichts!« Und sollte der andere immer noch nicht auf ihn hören, kam es vor, dass Beppe auf den Mann zustürmte und mit ihm ein endloses Streitgespräch darüber anfing, wie man ein Tier zu behandeln habe, dass Tiere oft besser seien als Menschen, und ganz gewiss sei dieses Hundetier besser als sein Besitzer.

»*Va', Bepe, va' a ca' toa cl'è mèi.* Komm, Beppe, geh nach Hause, es ist besser so«, kam es dann vom anderen.

Worauf Beppe seinen Hut zurechtrückte, das Huhn auf den Arm nahm und »Ach, ach, ach« brummelnd von dannen ging.

Neve kam die alte Geschichte von ihrem Ururgroßvater Giacomo in den Sinn, der sich erhängt hatte, und begann zu fürchten, ihr Vater könne sich ebenfalls etwas antun. »Hoffen wir nur, dass wir ihn nicht auch eines Tages an einem Deckenbalken baumelnd auffinden«, sagte sie manchmal zu ihrem Mann.

Vor allem beunruhigten sie jene sonderbaren Träume, die ihr seit geraumer Zeit den bevorstehenden Tod von Menschen ankündigten. Solange es sich um irgendwelche Leute aus dem Dorf handelte, konnte sie darüber hinweggehen, doch sie hatte auch den Tod ihrer eigenen Mutter vorhergesehen, und jeden Abend ging Neve mit der Furcht zu Bett, vom Ableben ihres eigenen Vaters zu träumen.

Da sie ja auch Gedanken lesen konnte, beschloss sie, es mit ihrem Vater zu probieren. Eines Nachmittags, als er gerade nach seinem Hut griff und zu seinem gewohnten Spaziergang aufbrechen wollte, lief Neve ihm hinterher. »Warte, ich komme mit.«

»Um was zu machen?«

»Nichts, ich habe einfach Lust, spazieren zu gehen.«

»Willst du mich etwa im Auge behalten?«, fragte Beppe und schaute sie misstrauisch an.

»Aber nein, ich habe nur einfach manchmal Lust auf einen Spaziergang, das ist alles.«

»Mach, was du willst«, gab er sich schließlich zufrieden. Sie kamen etwa zweihundert Meter weit, als Beppe plötzlich stehen blieb, sein Huhn auf den Arm nahm und es zu streicheln begann. »Ich habe nicht die Absicht, mich aufzuhängen, wenn es das ist, worum du dir Sorgen machst.«

»Aber, Papa …«

»Glaubst du etwa, du bist die Einzige hier, die Gedanken lesen kann?«

»Ach … du auch? Warum hast du denn nie was gesagt?«

»Das ist doch nicht etwas, das man herumposaunt!«

Vater und Tochter schauten sich an. Neve sah in den Augen ihres Vaters eine unsagbare Traurigkeit und einen Hauch von Verrücktheit, doch sie fand in seinem Blick tatsächlich keinerlei Anzeichen dafür, dass er sich umbringen wollte.

»Ja, du bist wirklich meine Tochter«, sagte er nach einer Weile und fügte hinzu: »Ich weiß, es ist nicht einfach, mit dem Wissen zu leben, dass früher oder später das Unglück über uns hereinbrechen wird, das Viollca in den Karten gesehen hat. Wer nicht über unsere Gabe verfügt, der glaubt nicht an solche Dinge, aber für uns ist das anders, weil wir wissen, dass es wahr ist. Keiner kann dem Schicksal Einhalt gebieten, Neve, aber wir können unseren Kindern beibringen, sich von Träumen und Gefahren fernzuhalten.«

»Sei ganz beruhigt, Papa. Das werde ich tun.«

Und so setzten sie ihren Spaziergang am Fluss fort, tauschten ihre Gedanken untereinander aus, er mit ihr und sie mit ihm, und dabei fiel kein einziges Wort. Als es Zeit zum Abendessen war, gingen sie nach Hause. In jener Nacht schlief Neve endlich tief und fest.

~

Es war im Jahre 1942, Armidas Todesjahr, dass Luciana, Neves Freundin schon seit der Abendschule, sich einen Mann suchte. Es war ein Typ aus Ferrara, mit gepflegten Händen, Pomade im Haar und einem Kamm, der immer einsatzbereit aus seiner Hemdtasche lugte. Luciana war nicht in ihn verliebt, aber sie hatte die Grenze der dreißig überschritten und beschlossen, dem Druck ihrer Mutter nachzugeben, die tagein, tagaus auf sie einwirkte. »In deinem Alter kannst du nicht wählerisch sein, und so einen findest du nicht mehr: Er ist reich, sieht gut aus und hat feine Manieren.«

Der junge Mann hieß Attilio Coppi, hatte ein Diplom und war Sohn eines Bürgermeisters. Ganz gewiss war er ein Mann von eleganter Art, der an das Leben in der Stadt gewöhnt war: Seine Schuhe kaufte er in erstklassigen Geschäften, er trug englische Hemden und Kaschmirpullover, nahm seinen Aperitif in den schicksten Cafés und aß in den besten Restaurants.

Es war eine Hochzeit, wie nur reiche Leute sie feierten, mitsamt einem schleifengeschmückten Automobil, einem Hochzeitsmahl im Hotel, einer dreistöckigen Torte und weißen Tischdecken. Die Braut trug ein langes Kleid, was in den Jahren des Krieges eine Seltenheit war. Die Gäste bekamen Konfekt als Geschenk, es wurden ganze Fässer Wein geleert, und bis zum Morgengrauen wurde das Tanzbein geschwungen. An jenem Tag konnte man in Stellata fast vergessen, dass Krieg herrschte.

Das einzige Detail, das die geladenen Gäste erstaunte, war die Tatsache, dass die reichste Familie des Dorfes nicht an der Hochzeit teilnahm. Inmitten der festlich gedeckten Tische und der Kellnerschar, die Platten mit Fasanenbraten und anderen herrlichen Gerichten herumreichten, ging das Gerücht, Samuele Modena habe die Einladung zu der Hochzeit abgelehnt, ohne dies einer Erklärung würdig zu befinden.

»Er ist einfach ein unverschämter Jude, wie alle seiner Art«, murmelte Attilio Luciana ins Ohr. »Aber es bleibt ihm nicht mehr viel Zeit, um den Hochnäsigen zu spielen. In Deutschland gibt es schöne Unterkünfte, die schon auf ihn warten.«

»Uns waren sie immer die besten Kunden«, nahm sie die Modenas in Schutz.

»Alles deine Schuld. Ich hätte nicht auf dich hören und sie gar nicht erst einladen sollen, aber du kannst Gift darauf nehmen, dass sie mir für diese Frechheit früher oder später büßen werden.«

»Aber haben sie denn nicht schon längst gebüßt? Durch

die Rassegesetze sind ihnen die Hände und auch die Füße gebunden. Sie mussten ihre Möbel und ihr Gold verkaufen und ihre Dienstboten entlassen, weil es ihnen nicht erlaubt ist, Arier zu beschäftigen. Der älteste Sohn hat seinen Platz an der Uni verloren, nur weil er Jude ist. Sind wir denn nicht alle vom gleichen Fleisch und Blut?«

»Was soll das? Habe ich etwa eine Revoluzzerin geheiratet?«

»Von Politik verstehe ich nichts, aber ich finde es nicht gut, die Kinder in getrennte Schulen zu schicken. Was haben denn Kinder für eine Schuld daran?«

»Du hast es selbst gesagt: Von Politik verstehst du nichts, also hältst du besser den Mund.«

Schon bald erkannten Luciana und ihre Mutter, dass Attilios herrschsüchtige Art nicht sein einziger Makel war. Der junge Mann liebte das Glücksspiel: Er wettete auf der Pferderennbahn, spielte Poker, setzte bei Hunderennen, alles. Als er Lucianas Mutter, die Inhaberin des Krämerladens, kennengelernt hatte – eine Frau von der Statur eines Schranks, aber immerhin Besitzerin eines Geschäfts, das gut gelegen in der Mitte des Dorfes war –, hatte er sofort begriffen, dass er nicht mehr weitersuchen musste. Er heiratete ihre Tochter, ohne auf seine Geliebten zu verzichten, und brachte den Krämerladen innerhalb weniger Jahre an den Rand des Ruins.

Die Laster des Spiels und seine Untreue sollten sich nicht einmal als seine schlimmsten Seiten herausstellen. Schon zu Beginn ihrer Ehe kam Luciana des Öfteren ins Geschäft und war mit blauen Flecken übersät oder hatte ein geschwollenes Auge.

»Du musst etwas machen. Das kannst du doch nicht für den Rest deines Lebens über dich ergehen lassen«, sagte Neve ihr wiederholt

»Was soll ich denn machen? Außerdem ist ein Kind unterwegs.«

»Wenn er noch mal Hand an dich legt, ruf die Polizei.«

»Aber was denkst du denn? Sein Vater ist ein hohes Tier. Wer wird sich schon mit dem anlegen?«

Lucianas Mutter erkrankte am Herzen. Der Arzt machte ihren mittlerweile monströsen Leibesumfang dafür verantwortlich, doch in Wirklichkeit war es der Schmerz, den es ihr bereitete zuzusehen, wie der Laden seinem Ruin entgegensah und ihre Tochter in einer Ehe zugrunde ging, zu der sie sie selbst ermuntert hatte.

Als ihre Mutter erkrankte, musste Luciana nicht nur den Laden ganz allein weiterführen, sondern sich auch gegen die zunehmenden Schikanen ihres Ehemannes zur Wehr setzen. Im Übrigen schien sich Attilio nur ihr gegenüber von seiner schlimmen Seite zu zeigen. Im Dorf hielt man ihn für einen sanften und freundlichen Mann; auf der Piazza wechselte er mit jedem ein paar Worte und bot sich gerne an, Leute im Automobil mitzunehmen, die in die Stadt mussten. Auch der Priester lobte ihn als gutes Beispiel; niemand, so sagte er, sei so großzügig gegenüber den Armen und Alten, die im Hospiz ihr Leben fristeten. In ihren eigenen vier Wänden zeigte Attilio ein ganz anderes Gesicht. Kaum waren sie verheiratet, hatte er seiner Frau seine Hilfe bei der Führung des Geschäfts angeboten und behauptet, er könne sich um die Buchhaltung kümmern. Außerdem habe er mit dem Geschäft Großes vor und wolle zum Beispiel Produkte aus dem

Ausland importieren oder vielleicht sogar ein kleines Restaurant an der Piazza eröffnen. Er denke an etwas Schickes: wenige Tische, doch in einer schönen Atmosphäre, Hintergrundmusik und mit größtem Augenmerk auf Qualität und Feinheiten. Doch Luciana ließ sich nicht täuschen.

»I è bon tuti a ser bondant coi besi ad la mujér. Du tust dich leicht, mit dem Geld deiner Frau als Großkotz aufzutreten«, warf sie ihm vor. Außerdem seien das sowieso allzu hochfliegende Pläne für ein kleines Provinznest.

Attilio warf ihr vor, eine altbackene Krämertochter zu sein, die keine Ahnung habe. Sie erwiderte, besser, man sei eine wenig gebildete Krämertochter als ein Angeber, der nur das Vermögen seiner Frau verprasse.

»Das Geschäft gehört mir, und ich führe es allein«, schloss sie.

Luciana lehnte jeden Vorschlag ihres Mannes ab, und er – gekränkt von so viel Ablehnung – ließ seine Wut an ihr aus. Wenn er besonders wütend auf sie war, schloss er sie manchmal im Schweinestall ein. Luciana traute sich nicht, mit jemandem darüber zu sprechen, nicht einmal Neve gegenüber erwähnte sie es.

Am Ende war es Radames, der es entdeckte. Es geschah durch Zufall an einem Tag, an dem er zu ihr gegangen war, um ihr Eier zu verkaufen.

In der Küche war niemand. Gerade wollte er schon gehen, als er einen Klagelaut hörte. Zunächst verstand er nicht, woher er kam. Er rief laut, doch es kam keine Antwort. Erst als er mitten im Hof stand, wurde ihm klar, dass das Geräusch aus dem Schweinestall kam. Das kaputte Bein hinter sich herziehend, lief er zum Koben, entfernte die Stange, mit der die Tür von außen verschlossen war, und fand Luciana darin vor: Sie kauerte zwischen den Säuen am Boden, über und über mit blauen Flecken und Schweinekot bedeckt.

»Wo ist er?«

»Lass gut sein, du bringst dich nur in Schwierigkeiten.«

»Wo ist er?«

»Bitte … nachher lässt er es nur an mir aus.«

Radames griff nach seinem Stock und humpelte in Richtung Piazza. Als er die Bar betrat, saß Attilio an einem Tisch und spielte mit drei faschistischen Offizieren Karten. Ohne ein Wort zu sagen, stürzte sich Radames auf ihn und begann, ihn mit Fäusten zu traktieren. Nach einem ersten Moment der Überraschung packten die drei Soldaten ihn und zerrten ihn nach draußen, wo er mitten im Staub landete. Gerade wollten ihn die Faschisten verprügeln, als Attilio zu ihnen trat.

»Lasst ihn. Um den kümmere ich mich selbst.«

Radames versuchte aufzustehen, doch das kaputte Bein behinderte ihn. Er hatte es noch nicht geschafft, als ein Faustschlag ihn erneut zu Boden schickte. Jetzt begann Attilio, ihn zu treten und schrie dabei: »Blöder Krüppel, du Hundesohn, dir geb ich's! Scheißkommunist!«

Es bildete sich eine Menge um sie. Alle schauten dabei zu, wie Lucianas Ehemann Anselmo Martirolis Sohn mit Tritten traktierte, doch machen konnten sie nichts: Die drei Offiziere sorgten mit ihren Gewehren im Anschlag dafür, dass niemand das Spektakel unterbrach. Erst als Radames reglos am Boden liegen blieb, wurde Attilio es müde, ihn zu verprügeln. Er hielt inne, sah wie gebannt dabei zu, wie dem Mann das Blut aus der Nase und dem Mund quoll. Radames rührte sich nicht. Attilio begann zu fürchten, er habe das Bewusstsein verloren oder sei vielleicht sogar tot. Voller Angst bückte er sich und packte ihn am Arm. »He, sag was … Mensch, sag was. Großer Gott!«

Nach einer Weile machte Radames vorsichtig ein Auge auf.

»He, was hast du denn erwartet? Du hast es nicht anders gewollt«, sagte der andere erleichtert. Er klopfte sich den Staub von der Jacke und sagte, an den Barbesitzer gerichtet: »Gib ihm ein Glas Wasser, und dann bringt ihn nach Hause. Wenn es was zu zahlen gibt, setzt es auf meine Rechnung.«

Radames blieb auf dem Boden liegen, das Gesicht mit Staub und Blut verschmiert. Attilio war noch damit beschäftigt, sich zu säubern, als er sah, wie der rote Bugatti von Samuele Modena neben der Piazza anhielt. Der reiche Jude starrte ihn an.

»He, was macht der da? Das Spektakel ist vorüber. Weg da, verpiss dich!«

Samuele Modena ließ den Motor seines Automobils wieder an, doch bevor er weiterfuhr, spuckte er auf den Boden. Dann verschwand der Bugatti hinter der Straßenbiegung.

Attilio blieb mitten auf der Piazza stehen. »Ich schwöre bei Gott, dass du das noch bereuen wirst«, murmelte er vor sich hin.

~

In der darauffolgenden Nacht drang ein Dutzend Faschisten, angeführt von Attilio Coppi, in die elegante Villa der Familie Modena ein. Frauen und Kinder wurden in ein Zimmer gesperrt. Kurz darauf nahmen die Faschisten Samuele und seine beiden Söhne in die Mitte und schubsten sie unter hämischem Gelächter, Beleidigungen und demütigenden Bezeichnungen hin und her. Dann zückten die Angreifer ihre Schlagstöcke, und das war der Moment, als alles außer Kontrolle geriet. Was eigentlich nur eine kleine Strafaktion hatte sein sollen, artete in zügellose Gewalt aus. Attilio und zwei andere begannen, auf Samuele Modena einzuprügeln. Der ältere Mann ging sofort zu Boden. Zusammengekrümmt lag er da, als die drei bemerkten, dass ihm eine beträchtliche Menge Blut aus dem Kopf strömte. Bestürzt sahen sie den Blutfleck, der sich mit beunruhigender Geschwindigkeit auf dem Teppich ausbreitete. Einen Moment lang bewegte sich niemand.

»Weg hier, sofort«, schrie Attilio.

Als er zu Hause angelangt war, versuchte Lucianas Mann, ins Bett zu schlüpfen, ohne seine Frau zu wecken, doch die hatte einen leichten Schlaf und machte das Licht an. Sie bemerkte sofort die Bestürzung in seinem Gesicht. Attilio näherte sich und flüsterte: »Wenn du morgen gefragt wirst, dann war ich heute Nacht zu Hause und habe mich nicht von hier wegbewegt. Hast du verstanden?«

Sie roch sofort, dass er eine Fahne hatte. »Wieso? Wo bist du denn gewesen? … Um Gottes willen, was ist denn passiert?«

Er gab ihr keine Antwort und kehrte ihr den Rücken zu.

Am Tag danach verbreitete sich die Nachricht vom Tode Samuele Modenas wie ein Lauffeuer im Dorf.

Radames Martiroli wusste sofort, wer hinter dem Mord steckte, doch ihm war auch klar, dass der Schuldige gedeckt wurde und seinen Kopf ungestraft aus der Schlinge ziehen würde.

»Diese Verbrecher werden früher oder später für ihre Untaten bezahlen müssen«, erklärte er voller Wut Neve, nachdem er ihr erzählt hatte, was geschehen war. Sie rührte in der Polenta und kam aus dem Kopfschütteln nicht mehr heraus. Die kleineren Kinder spielten bei ihnen, ohne zu begreifen, was der Vater da gesagt hatte, doch die beiden heranwachsenden Zwillinge spürten, wie ihnen von Satz zu Satz der Kamm schwoll.

»Wenn sie das niemand büßen lässt, dann sorge ich dafür«, sagte Dolfo entschlossen.

Neve fuhr zu ihm herum. »Das sind Dinge, die nur Männer etwas angehen, und du hältst dich raus, verstanden? Lass die Finger von der Politik, Dolfo, sonst kriegst du es mit mir zu tun!«

Doch ihr Sohn starrte nur zurück und hielt störrisch ihrem Blick stand.

~

In der Tenne spielte das Grammofon auf höchster Lautstärke, und Irma gab einer Gruppe von jungen Leuten aus Stellata Tanzunterricht. In diesem Moment tanzte sie mit Dolfo, der dem neuen Swing besonders zugetan war. In dem schwungvollen Lied wünschte sich ein junger Mann nichts sehnlicher als eine Frau fürs Herz:

Oh mamma, mi ci vuol la fidanzata.
Uh mamma, mi ci vuol la fidanzata.

Io vorrei quella cosa tanto cara, deliziosa,
che fa il cuore sospiroso,
che fa il cuore palpitaaar.

Mit flinken Schritten bewegten sich die beiden, perfekt im Takt, über die Tanzfläche, die Körper enger aneinandergepresst, als es nötig war. Guido beobachtete sie mit empörter Miene. Sein Bruder drückte sie viel zu fest an sich, und diese Blicke, die sich die beiden zuwarfen! So blöd waren die Leute doch nicht. Irma hatte einen Mann, der im Krieg war, und sein Bruder hätte ihr nicht so unverschämt den Hof machen dürfen. Doch anscheinend war Dolfo das Gerede der Leute vollkommen gleichgültig, und ihr ebenso.

Jetzt wurde der Rhythmus noch schneller, und es hatte den Anschein, als wäre der junge Mann aus dem Lied nicht nur erwachsen, sondern auch in Liebesdingen fündig geworden:

Mamma non son più quel capriccioso ragazzino
che sgridavi sempre pel suo fare birichino.
Ora son cresciuto e sento un fremito nel cuore,
oh, mamma, è il segnale dell'amore!

Dolfo führte Irma in eine Pirouette und nahm sie dann wieder lachend in die Arme, packte sie an der Taille und ließ die Hände langsam zu ihren Hüften hinabgleiten. In perfekter Harmonie und voller Sinnlichkeit bewegten sich ihre Körper über die Tanzfläche. Dabei ließen die beiden sich nicht eine Sekunde aus den Augen. Dolfo führte, hielt sie immer an den Hüften, zog sie dann an sich. Schnell drehten sie sich, eng aneinandergeschmiegt. Jemand machte eine spitze Bemerkung. Guido spürte, wie Wut in ihm aufstieg.

Mittlerweile wussten es alle, dass Dolfo Martiroli und Irma ein Paar waren. Er war sechzehn, sie zehn Jahre älter, doch sie hatte beschlossen, dass Dolfo ein schöner Junge war; außerdem war er seinem Alter um einiges voraus.

Für einen Menschen, der so sehr ins Leben verliebt war wie Irma, war es ein unerträgliches Schicksal, ihren Mann im Krieg zu wissen. Sie hatte damals sehr früh geheiratet, doch was wusste sie mit siebzehn Jahren schon von der Ehe? Drei Monate später hatte sie es schon bereut. Außerdem war sich Irma ihrer Schönheit bewusst und hatte große Ambitionen, denn sie wollte Filmstar werden, ja, das wollte sie. Sie kannte die Namen aller Schauspielerinnen und Sänger, wusste jede Kleinigkeit über ihre Karriere und über ihre Liebschaften, ob öffentlich bekannt oder geheim. Zwar konnte sie kaum mehr schreiben als ihre eigene Unterschrift, doch das schien Irma nicht weiter zu beunruhigen. Während sie darauf wartete, berühmt zu werden, tat sie alles dafür, ihr blendendes Aussehen zu bewahren. Bei der Feldarbeit trug sie selbst im August lange Ärmel und Handschuhe, damit ihre Haut schön hell blieb, und bevor sie spazieren ging, sammelte sie Staub in Leinensäckchen, um ihre Haut damit zu pudern und so vor der Sonne zu schützen.

Eines Tages war Irma zum Fotografen gegangen und hatte mehrere Porträts mit nackten Schultern und einem lasziven Blick von sich machen lassen. Die Fotografien hatte sie dann in die Cinecittà geschickt und den Umschlag vorher geküsst. Drei Wochen später kam dann eine Antwort aus Rom – man lud sie zu Probeaufnahmen ein. Dem Mädchen war fast schlecht geworden vor Aufregung. Schon sah sie sich auf einer großen Leinwand, wie Assia Noris in *Mein Leben für dich* oder Alida Valli in *Noi Vivi*. Entschlossen, den Vorsprechtermin wahrzunehmen, hatte sie ihrem Mann, dem Soldaten, nichts davon gesagt und auch ihre Familie, die versucht hatte, sie davon abzubringen, zum Schweigen verdonnert.

»*Li dòni dal cinema iè tuti putani*«, beharrte die Mutter – Frauen beim Film seien alles Schlampen. Doch Irma spürte, dass ihr Leben nicht hier enden konnte, in diesem Dorf der Schweine und des Raureifs: Sie war zu Höherem geboren und wusste, dass sie eines Tages berühmt sein würde.

In der darauffolgenden Woche war sie mit wasserstoffblonden Haaren und großen Hoffnungen nach Rom gefahren. Drei Tage später kehrte sie zurück, die Augen verweint und geschwollen. Sie hatte niemandem erklärt, was passiert war, sondern sich in ihrem Zimmer eingeschlossen und in einem Zustand solcher Erschöpfung im Bett gelegen, dass ihre Mutter sich bemüßigt fühlte, den Arzt zu rufen.

»Eure Tochter hat ein allzu romantisches Gemüt, und ihr Ehemann ist weit weg«, lautete das Urteil des Mediziners, nachdem er sie untersucht hatte.

Irma hatte nie jemandem erzählt, was in Rom geschehen war, doch nach jener Reise gab sie ihre cineastischen Ambitionen auf. Stattdessen beschloss sie, Tanzunterricht zu geben, denn sie war nicht nur eine schöne Frau, sondern auch eine ausgezeichnete Tänzerin. Und so kam es, dass sie der Jugend von Stellata die Mazurka, die Polka und den Walzer beibrachte. Es kam jedoch vor, dass sich ihr Unterricht nicht nur auf die richtigen Tanzschritte im Tango oder Foxtrott beschränkte, und genau das war mit Dolfo Martiroli passiert. Zuerst wollte sie nicht, doch Dolfo hatte sie so lange umgarnt, bis sie schließlich eines Abends im Bett gelandet waren. Der junge Mann wurde ihr Geliebter und sollte es bleiben, bis Irmas Ehemann aus dem Krieg zurückkehrte.

Für Guido kam erst zwei Jahre später der Tag, an dem er in die Mysterien der geschlechtlichen Liebe eingeweiht wurde. Es war der Frühling des Jahres 1944. Sie hieß Marilena: ein Mädchen mit einem Auge, das manchmal aus der Reihe tanzte, aber einem wohlgeformten Körper und einer strahlenden Haut. Dem Jungen sagte sie, sie sei siebzehn Jahre alt, doch im Dorf hieß es, sie habe bereits die dreißig überschritten.

Eines Samstagabends lud Guido sie ins Kino ein. Im Dunkel des Kinosaals drückte er ihre Hand, und sie ließ ihn gewähren. Als die Vorstellung zu Ende war, fragte er sie, ob er sie nach Hause begleiten dürfe. Sie gingen einen Feldweg entlang, als sie, ohne Vorwarnung, stehen blieb, auf die Zehenspitzen ging und ihn auf den Mund küsste.

Sie landeten hinter einer Stallmauer. Nachdem sie sich eine Weile geküsst hatten, nahm sie seine Hand und schob sie in ihren Ausschnitt. Vorsichtig befingerte Guido ihre weiche Brust, die warme Haut, doch weiter wagte er sich nicht. Marilena drückte sich an ihn, liebkoste sein Ohrläppchen, doch von ihm kam – nichts! *Verdammter Krieg*, dachte sie. Mittlerweile gab es in ihrer Umgebung nur noch alte Männer und Jüngelchen wie den, den sie vor sich hatte und dem man offenbar alles beibringen musste. Guido küsste sie unbeholfen und schien einfach nicht zu begreifen, wozu sie ihn aufforderte. Nach einer Weile verlor Marilena die Geduld.

»Lassen wir's gut sein«, brummte sie, knöpfte sich hastig die Bluse zu, kehrte ihm den Rücken und ging ohne ein Wort, nur mit einem Winken, davon.

Der Junge wischte sich den Schweiß von der Stirn. Er war sich nicht sicher, ob ihm dieses Küssen gefallen hatte. Auf dem Weg nach Hause hielt er an einem Brunnen an und spülte sich gründlich den Mund aus.

Am Tag darauf erzählte er Dolfo, was geschehen war.

»Aber bist du denn blöd? Da findest du eine, die dich mir nichts, dir nichts ihre Brüste anfassen lässt, und machst nichts?«

»Was sollte ich denn machen?«

»Lebst du denn auf dem Mond? Beim nächsten Mal machst du weiter, wenn sie dich lässt. Soll ich dir eine Zeichnung anfertigen?«

Guido hatte sich fest vorgenommen, am darauffolgenden Samstag wieder mit Marilena auszugehen und sich diesmal nicht zu blamieren, doch es kam alles anders, denn am Dienstag davor traf ein Einschreiben aus Ferrara ein. Darin stand, in drei Tagen müsse sich Guido zum Militär melden.

Für Dolfo war kein Einberufungsbefehl gekommen, denn er war bereits vor Monaten wegen seiner schlechten Augen ausgemustert worden. Schon im Alter von dreizehn hatte ein Augenarzt bei ihm eine starke Kurzsichtigkeit diagnostiziert. Neve und Radames hatten geweint, als sie das hörten, ohne zu wissen, dass es sich Jahre später als Dolfos Glück herausstellen würde. Guido hingegen war genommen worden und musste nun einrücken.

Der Junge sprach zuerst mit seinem Vater und dann mit Anselmo.

»Wenn du schon an die Waffe musst, dann kämpf lieber für die Partisanen«, riet ihm sein Großvater.

Guido lief noch in derselben Nacht von zu Hause weg. Vier Tage versteckte er sich in einem Maisfeld und litt unter der großen Hitze. Als es dunkel wurde, brachten ihm einige Männer aus dem Dorf Brot und eine Scheibe Käse. Eines Abends gab es ein Unwetter, doch aus Angst davor, sich aus der Deckung des Feldes zu bewegen, legte er sich einfach die Jacke über den Kopf und blieb so sitzen, patschnass bis auf die Unterhosen.

In jenen Tagen des Wartens dachte sich der junge Mann Methoden aus, um sich die Zeit zu vertreiben, und als Erstes ließ er die berühmtesten Opernarien Revue passieren, die er einmal gehört hatte. Diese Passion für den Belcanto hatte er kurz nach seinem Stimmbruch entdeckt. Damals hatte er die schönsten Liebesarien Verdis und Puccinis durch seinen Großvater Anselmo kennengelernt, später dann dank der Schallplatten des Metzgersohnes, der ein echter Opernliebhaber war. Guido hatte ein musikalisches Gehör, er lernte schnell und mühelos, doch er war schüchtern und genierte sich davor zu singen, sodass selbst seine Geschwister lange Zeit nichts von seiner Passion wussten. Bis zu dem Tag, an dem er in der Bar an der Piazza zusammen mit seinem Großvater Anselmo zu tief ins Glas geschaut hatte. An einem gewissen Punkt hatte der Großvater *L'addio alla madre* aus der *Cavalleria Rusticana* angestimmt. Die Anwesenden hatten begonnen, ihn damit aufzuziehen.

»*Tási* Anselmo, hör auf! Wenn dich Mascagni hört, zeigt er dich an!«, sagte einer.

Die ganze Bar war in Gelächter ausgebrochen. Guido,

der bereits ein wenig beschwipst war, konnte die Schmähungen nicht mehr ertragen. Er legte seine sprichwörtliche Schüchternheit ab, schloss die Augen und begann, mit geballten Fäusten ein weiteres Lied aus der *Cavalleria* zu schmettern, in dem es um die Lola mit den rosengleichen Wangen ging:

O Lola ch'ai di latti la cammisa
si bianca e russa comu la cirasa,
quannu t'affacci fai la vucca a risa,
biato cui ti dà lu primu vasu!

Die ganze Bar war verstummt. Keiner rührte sich, Spielkarten schwebten ebenso in der Luft wie Kaffeetassen oder Zeitungen. Alle hatten Gänsehaut, alle waren verzaubert von dieser glasklaren Stimme. Dem Großvater blieb der Mund offen stehen, er war wie versteinert.

'Ntra la porta tua lu sangu è sparsu,
e nun me mporta si ce muoru accisu …
E s'iddu muoru e vaju mparadisu
Si nun ce truovo a ttia, mancu ce trasu.
Ah, ah, ah …

Als die Liebesarie ihr tragisches und blutiges Ende gefunden hatte, liefen Anselmo Martiroli die Tränen übers Gesicht.

»Ganz der Großvater!«, rief er aus und schloss Guido in seine Arme.

Und so war beschlossen worden, dass Guido, obwohl es mit der Frömmigkeit der Familie Martiroli nicht weit her war, dem Kirchenchor beitreten sollte. »Dann ist dieser Priester wenigstens zu was gut«, wetterte Anselmo.

Der Junge hatte sofort große Fortschritte gemacht, so sehr, dass man ihn schon bald bat, auf Hochzeiten zu singen, wo er mit Erfolg Schuberts *Ave Maria* zum Besten gab. Sein bestes Pferd im Stall war und blieb jedoch die Arie *Una furtiva lagrima* aus Donizettis *L'elisir d'amore.* Die hatte er sogar schon im Theater von Legnago gesungen, eines Tages, als der Metzger seinen Sohn und ihn zu einem Konzert in jenes Städtchen mitgenommen hatte. Guido hatte die Arie vor Hunderten von Menschen zum Besten gegeben, und als er fertig war, hatten sich alle erhoben und Beifall geklatscht. Ein professioneller Tenor hatte ihm die Hand gedrückt und gesagt, so schön könne selbst er nach vielen Jahren der Übung die Arie nicht singen.

Der junge Mann träumte davon, Gesang zu studieren und ein echter Tenor zu werden. Die Stimme hatte er, und an Leidenschaft fehlte es ihm auch nicht. Doch Neve, der es Angst machte, dass Guido offenbar dem träumerischen Teil der Familie angehörte, hatte versucht, ihn davon abzubringen. »Wenn du sie nicht im Zaum hältst, werden die Träume dich zugrunde richten. Sie waren immer schon der Fluch, der auf unserer Familie lag«, sagte sie ihm wiederholt. »Das hätte uns gerade noch gefehlt, dass du der neue Caruso wirst und Musik studierst! Das ist nur was für Reiche, rausgeschmissenes Geld!«, klagte sie. »Ich weiß, dass du an die Weissagung nicht glaubst, aber schau dir an, was mit unseren Vorfahren passiert ist: erst Giacomo mit seinen Spinnereien, der sich am Ende im Dachboden aufhängt; dann Achille, der zum Helden werden wollte und nur durch ein Wunder nicht erschossen wurde. Deine Tante Edvige hat allein zwei Familien ruiniert; und dann meine Schwester Adele, die am anderen Ende der Welt gelandet ist und fast sofort Witwe wurde. Denk dran – wenn wir ihnen keinen Einhalt gebieten, dann werden die Träume uns eine Tragödie bescheren, die noch viel schlimmer ist als all das, was uns schon widerfahren ist. Das hat unsere Vorfahrin, die *zingara*, aus den Karten gelesen, und sie hat sich nie getäuscht.«

»Ach komm, Mama! Prophezeiungen, die Karten einer Frau aus dem fahrenden Volk … Glaubst du da wirklich dran?«

»Natürlich! Und das solltest du besser auch! In der Kirche zu singen, kann dir nur guttun, aber alles andere ist eine Schnapsidee.«

Nachdem er vier Tage in dem Maisfeld verbracht hatte und sich die Zeit damit vertrieben hatte, im Geiste Opernarien Revue passieren zu lassen oder auch die Tonleitern und liturgischen Gesänge, die ihm der Priester beigebracht hatte, kamen zwei Männer und nahmen Guido zu den Partisanen mit. Am Ende landete er zusammen mit drei weiteren jungen Männern, die ihren Einberufungsbefehl erhalten hatten, in einem Kellergeschoss in der Nähe von Sermide, wo sie tagelang eingesperrt waren, ohne dass etwas passierte. Dann schließlich, eines Abends, kamen die Partisanen und brachten sie fort.

»Heute Nacht wird eingekauft«, verkündeten sie.

»Und wo?«

»Ganz bestimmt nicht im Krämerladen«, antworteten sie lachend.

Sie brachen zu viert auf. Es war schon spät, und niemand

war mehr unterwegs. Sie gingen quer über die Felder, bis sie zu einem Teil von Sermide kamen, der Caposotto hieß. Als ein gelbes Bauernhaus mit zwei Türmchen rechts und links in Sicht kam, bedeckten sie ihre Gesichter mit Halstüchern. Einer hatte ein Gewehr, der andere eine Pistole.

»Nur meine Waffe ist geladen, und wir wollen auf gar keinen Fall Gewalt anwenden«, sagte der Älteste. »Ist das klar? Wir holen uns was zu essen, bedanken uns, und dann gehen wir wieder.«

Die anderen nickten.

An der Tür des Bauernhofes trafen sie auf die Tochter des Halbpächters und ihren Verlobten.

»Macht die Tür auf, und dann rein! Ich hab gesagt rein, und zwar dalli!«, befahlen sie.

Die beiden gehorchten, halb tot vor Angst. Kaum waren sie im Haus, schloss der letzte der Partisanen die Tür mit einem Fußtritt. In der Küche fanden sie die Eltern des jungen Mädchens und mehrere Kinder vor.

»Ihr braucht keine Angst zu haben. Wir müssen uns nur Proviant besorgen«, verkündete der Älteste.

Guido stand neben dem Mädchen, das er gerade ins Haus geschubst hatte. Er fand sie richtig hübsch: große Augen, lockiges Haar und ein wohlgeformter Mund. Dann blieb sein Blick bei drei kleinen runden Narben hängen, die sie auf der Stirn hatte. *Das waren die Windpocken*, dachte er sich. Auch er hatte ein paar davon am Hals.

Der Bauer klebte an seinem Stuhl und war totenbleich geworden. »Wir haben hier nichts. Unser Herr bringt alles weg nach Mantua«, gelang es ihm hervorzustoßen.

»Aber ein Schwein habt ihr doch.«

»Von wegen. Wegen des Krieges ist es verhungert, als es noch ein Ferkel war.« Der Mann versuchte, sich eine Zigarette anzuzünden, zitterte aber so sehr, dass es ihm nicht gelang.

»Erzählt uns keinen Quatsch, das Schwein wurde vor zwei Tagen auf dem Hof gesehen«, sagte Guido und kam ihm mit einem angezündeten Streichholz zu Hilfe.

»Ich schwöre euch, es ist tot!«, antwortete der Halbpächter und riss verängstigt die Augen auf.

Er log. In genau jenem Moment war das Schwein bei ihrem dreizehnjährigen Sohn, dem sie eine Stunde zuvor aufgetragen hatten, draußen zu bleiben und ein Auge auf die ältere Schwester und ihren Verlobten zu haben. Im Schatten verborgen, hatte der Junge die vier Männer mit den verdeckten Gesichtern ankommen sehen und sofort begriffen, wonach sie suchten. Kaum waren die Partisanen im Haus verschwunden, war er auf den Hof gelaufen und hatte die Sau losgebunden. Jetzt zerrte er sie unter leisen Anfeuerungen an einem Seil in Richtung Weingarten und betete zur Madonna, dass das Tier nicht anfing zu grunzen.

So wurde der allererste Auftrag, an dem Guido als Partisan teilnahm, zur Pleite. Sie fanden nichts und erst recht keine Sau.

Guido blieb eine weitere Woche in dem Kellergeschoss in Sermide, dann kam jemand, um ihn und die drei anderen jungen Partisanen abzuholen. Sie bestiegen einen Lastwagen, der sie ins Hügelland oberhalb von Brescia brachte, wo sie bei einem Bataillon der Brigate Garibaldi zum Kämpfen ausgebildet würden. Doch lange würde der junge Martiroli dort oben nicht bleiben: Nur wenige Tage nach seiner

Ankunft flogen die Partisanen auf, und die ganze Gruppe wurde von faschistischen Garden festgenommen. Sie alle landeten als politische Gefangene im Gefängnis von Brescia.

~ 1944 ~

Die Flöhe, bereit zu entfliehen, hüpften gegen die Wände der umgedrehten Gläser.

»Wenn ich gewinne, geben Sie mir zwei Päckchen Nazionali, und wenn ich verliere, kriegen Sie meine Wochenration Brot«, versprach Guido.

Der Mann, der ihm gegenübersaß, schaute ihn verstohlen an: Dieser Junge da bekam sein gutes Brot von zu Hause, doch er war sich sicher, dass er ihm seine Ration wirklich überlassen würde, obwohl der Hunger bereits deutliche Spuren auf seinem Gesicht hinterlassen hatte.

Beim letzten Luftangriff hatten die Bomben die Türen des Ostflügels, in dem die politischen Gefangenen saßen, aufgesprengt, und niemand hatte sich die Mühe gemacht, sie zu reparieren. Die Türstöcke waren immer noch da, mitsamt den Angeln, doch man gelangte ungehindert auf die umlaufenden Balkone. Seit jenem Tag hatten sich die Gefangenen frei von Zelle zu Zelle bewegen können, und so waren der Professor mittleren Alters und Guido Freunde geworden.

»Von wegen die Türen reparieren! Die haben doch momentan ganz andere Sorgen. Die Tage der Republik von Salò sind gezählt!«, sagte der Professor oft.

Doch die Bomben fielen weiterhin, und die Erinnerung an den letzten Luftangriff steckte den Gefangenen immer noch in den Knochen. An jenem Tag hatten sie alle auf dem Boden gekauert und den Kopf in den Händen verborgen, hatten mit ausgetrocknetem Mund darauf gewartet, dass die nächste Bombe sie endgültig in die Luft sprengen würde; dann ein großer Knall, die Wände zitterten, Ziegel fielen herunter, Glassplitter überall. Scherben flogen umher, Zementstücke, Verputz. Und sie alle mittendrin, die Knie gegen das Kinn gedrückt, während ihnen der Urin die Hose hinablief. Reglos und vor Angst zitternd, saßen sie da, bis endlich das Dröhnen der abziehenden Flugzeuge zu hören war, dann nur noch das Heulen der Sirenen, und schließlich wurde es still.

Niemand hatte sich bewegt: Sie alle hatten immer noch den Kopf in den Händen, ihre Beine wollten sie nicht tragen. Erst ein paar Minuten später standen sie wieder auf und gingen auf die Treppenabsätze hinaus.

Die Welt dümpelte in einer Wolke aus Kalkstaub, die die Zellen bedeckte, die Treppen, die Flure mit dem umlaufenden Geländer. Von Kopf bis Fuß in eine weiße Schicht gehüllt, bewegten sich die Männer zwischen den Wänden, die zu schweben schienen. Ganz langsam tasteten sie sich voran, wie Wesen aus einer anderen Welt, die Gesichter fingerdick mit Staub bedeckt, mit roten Augen. Staub hing in ihren Haaren, ihrer Kleidung, er lag auf ihren Augenbrauen und kitzelte in ihren Nasen, auf den Lippen, in den Lungen. Sie bewegten sich wie Schlafwandler, taub geworden durch die Bomben, wie verloren inmitten all der Weiße. Wenn sie plötzlich vor einem anderen Gefangenen standen, schauten sie sich stumm an, ergriffen von einer seltsamen Furcht, einander zu berühren oder miteinander zu sprechen.

Guido hatte eine ganze Woche gebraucht, bis er wieder durchschlafen konnte, ohne jede Stunde aus dem Schlaf hochzuschrecken, weil die Angst immer wieder in ihm hochkam. Wenn es ihm dann nicht gelingen wollte, noch einmal einzuschlafen, ging er bei der Zelle des Professors vorbei und fand diesen oft ebenso schlaflos vor. Dann verbrachten die beiden den Rest der Nacht mit Reden, sprachen über Politik, rauchten oder spielten Karten. Sie kratzten sich am Kopf und unter den Achseln und bewahrten in einem Weckglas Flöhe auf, um sie um die Wette hüpfen zu lassen.

Kaum war die Möglichkeit da, sich freier zu bewegen, war in Guido auch wieder die Lust aufs Singen erwacht. Selbst dort im Zuchthaus hatte er einen gewissen Ruhm erlangt, und oft forderten ihn die anderen Gefangenen auf, eine Arie zum Besten zu geben.

»Komm, sing was aus *Rigoletto*«, bat ihn einer, und ein anderer fragte: »Kennst du eigentlich *Un dì, felice, eterea*?«

Wenn die Arie zu Ende war, brandete Applaus auf, und jedes Mal rief der Professor: »Eine solche Stimme darf man doch nicht verschwenden! Du, mein Lieber, musst unbedingt Gesang studieren. Wenn wir hier rauskommen, suche ich dir einen guten Lehrer. Was das Geld angeht, so finden wir schon eine Lösung, aber du musst singen, unbedingt musst du singen! Du bist dafür geboren!«

Guido lachte und erklärte ihm, all diese Arien habe er vor allem gelernt, um seinen Großvater Anselmo glücklich zu machen, der all seine Kinder nach Opernhelden benannt und ihm diese Leidenschaft für den Belcanto vererbt hatte.

Während der Professor von seiner Stimme begeistert war, bewunderte Guido ihn für all das, was er ihm in den vergangenen Monaten beigebracht hatte. Dieser Mann mit dem zähen Charakter und dem sonnigen Wesen hatte ihm eine neue Welt gezeigt. Er hatte Guido die Kraft der Ideen und die Kunst der Worte nahegelegt; alles Dinge, die er bis dahin nur aus der Ferne wahrgenommen hatte, wie durch einen Nebel. Wenn der Professor von Geschichte erzählte, von Dialektik und Poesie, dann hätte Guido ihm stundenlang zuhören können. Doch manchmal sprachen die beiden auch nur über den Garten hinter dem Haus, über die Zucchini, die im vorigen Jahr dick wie Menschenarme gewesen waren, und über Fedra, die Frau des Professors. »Ach ja, Fedra«, seufzte der Professor. Sechsmal war seine Frau in jüngeren Jahren guter Hoffnung gewesen, ohne die Schwangerschaft zu Ende bringen zu können. Der Professor sagte, zur Not hätte er auch ein Kind adoptiert, doch das wollte Fedra nicht: Sie behauptete, es sei noch genügend Zeit, und zuerst sollten sie gemeinsam versuchen, Eltern zu werden. Sie wollte ein Kind von ihrem eigenen Fleisch und Blut, wollte seine Tritte in ihrem Bauch spüren, auch wenn sie blaue Flecken davon bekam. Doch dann waren sie alt geworden, und es hatten sich keine Kinder eingestellt. Manchmal verstummte der Professor dann und wechselte das Thema.

Ab und zu bekam Guido Päckchen von zu Hause: eine Knoblauchsalami von seiner Großmutter Sofia, Seife, um sich zu waschen, und von seiner Mutter DDT gegen die Flöhe. Neve legte oft auch noch handgestrickte dicke Pullover oder von seinen Schwestern selbst gemachte Wollstrümpfe hinein. Dazu steckte sie immer einen Brief. Im letzten hatte seine Mutter geschrieben:

Uns allen geht es gut. Wir können es kaum erwarten, dass dieser Krieg endlich zu Ende ist, weil wir immer müder werden und es uns schwerfällt, die Hoffnung nicht zu verlieren. Doch mein lieber Sohn, ich bete immer zur Muttergottes und flehe sie an, dir zu helfen, denn sie ist schließlich auch Mutter und hat um ihren Sohn gelitten. Vergangenen Sonntag habe ich eine Pilgerfahrt nach Bologna gemacht, um die Heilige zu besuchen. Ich habe zwei Kerzen angezündet und über dich gesprochen, über das, was dir widerfahren ist. Sie sollte wissen, dass ich sie niemals wegen Kleinigkeiten stören würde.

Die Zeit der Ruhe, die auf die Bombardierung folgte, bei der fast alle Türen des Gefängnisses aus den Angeln gerissen worden waren, währte nicht lange. Im Dezember des Jahres 1944 wurden mehrere Militärs der Republik Salò im Gefängnis vorstellig. Sie hatten eine Liste mit Namen dabei, allesamt politische Gefangene. Fünfzehn Männer wurden aufgerufen. Man ließ sie im Hof des Gefängnisses antreten und lud sie auf einen Lastwagen. Dann gingen die Tore auf, und der Lastwagen verschwand in den Straßen von Brescia. Das Gleiche geschah eine Woche später, und auch in der darauffolgenden. Sie kamen, riefen Namen auf und brachten die Leute wer weiß wohin. Von ihnen hörte man nie wieder etwas. Jedes Mal traf es einen Freund, einen Zellengenossen, einen, von dem man wusste, dass er gerade Vater geworden war und sein Kind noch nie gesehen hatte. Am Ende faltete der Militär das Blatt zusammen, und wer nicht aufgerufen worden war, dem wurde leichter ums Herz, und er hielt nicht mehr die Luft an. Man sank auf seinem Stuhl zusammen und schloss die Augen, um sich nicht anmerken zu lassen, wie froh man war, denn in Momenten wie diesem schämte man sich dafür, froh zu sein. Dann liefen die Gefangenen an die Fenster, um ihre Gefährten ein letztes Mal zu sehen. Schweigend drückten sie die Nase an die Gitterstäbe. Doch die Aufgerufenen drehten sich niemals um. Einer nach dem anderen und mit beängstigender Ruhe stiegen sie auf den Lastwagen.

Der Januar des Jahres 1945 verging ohne Razzien. Die Gefangenen begannen zu hoffen, der Albtraum sei endlich zu Ende, doch Anfang Februar waren die Militärs der Republik Salò wieder da. Dieses Mal schien die Liste kein Ende zu haben. An jenem Tag riefen sie Dutzende von Männern auf – die gesamte Abteilung politischer Gefangener –, und auch der Professor und Guido waren dabei.

Sie wurden in den Hof gebracht und in Reihen aufgestellt. Ein Hauptmann im schwarzen Hemd trat aus dem Büro und faltete mehrere Dokumente zusammen. Es wurden Befehle erteilt, und die Wachleute öffneten die Tore. An jenem Tag gab es keine Lastwagen. Die Gefangenen verließen das Gefängnis zu Fuß und marschierten, bewacht von den Gewehren der faschistischen Miliz, durch die Straßen Brescias.

Guido und der Professor blieben beieinander. Seite an Seite marschierten die Gefangenen in einer Stille, die beängstigend war. Auf den Bürgersteigen hielten die Frauen inne und betrachteten sie bestürzt, alte Männer zogen den Hut.

»Jetzt bringen sie uns alle um«, flüsterte einer.

Der Professor war so geschwächt, dass er bereits außer

Atem war. »Wohin bringt ihr uns?«, fragte er einen der Militärs.

»Halt die Klappe und geh, so schnell du kannst«, antwortete der ihm. Es war so still, dass man nur noch ihre Schritte hörte, als wäre die ganze Welt um sie herum zum Stillstand gekommen.

Dann lag die Altstadt hinter ihnen, und sie erreichten einen unbefestigten Weg, der auf die Felder führte. Guido verstand nicht: wieso zu Fuß? Sie hatten die gesamte Abteilung der politischen Gefangenen antreten lassen, aber wohin würde man sie bringen? Vielleicht wollte man sie ja erschießen, ohne dass es Zeugen gab, sie an unbekanntem Ort verscharren. Doch warum ließ man sie dann vorher am helllichten Tage durch die Stadt marschieren? Sie waren seit fast einer Stunde unterwegs, und am Straßenrand waren keine Häuser mehr zu sehen, sondern nur noch Felder, mit Raureif bedeckt, Bäche, Weißdornbüsche. Der Himmel war wie blank geputzt, die eisige Luft brannte auf ihren Gesichtern. Nach all den Monaten, die sie im Gefängnis eingesperrt gewesen waren, wieder unter freiem Himmel zu sein, durch lichtdurchflutete Felder zu laufen und diese prickelnde Luft einzuatmen, war ein überwältigendes Gefühl.

Kaum hatten sie Brescia hinter sich gelassen, schulterten die Militärs ihre Gewehre. Ein Blondschopf zog ein Päckchen Zigaretten aus der Tasche und bot eine davon Guido an. »Da, nimm. Mach dir keine Sorgen, alles wird gut.«

An der Straße nach Nave trafen sie auf eine Reihe von Fahrzeugen, die auf sie warteten. Der Professor und Guido landeten auf verschiedenen Lastwagen. Bevor sie einstiegen, umarmten sie sich.

»Viel Glück! Wenn der Krieg vorbei ist, besuch mich mal. Und wohlgemerkt: Hör nicht mit dem Singen auf!«

Guido versprach es, bestieg dann einen anderen Lastwagen, und die Fahrt ging los. Ihre Wege trennten sich.

An jenem Morgen waren beinahe hundert politische Gefangene von einer Gruppe Partisanen befreit worden, die gefälschte Papiere hatten und die Uniform der Faschisten trugen. Als die Wachleute des Gefängnisses den Schwindel entdeckten, waren die Männer über alle Berge und bereit, zu den Brigate Garibaldi zu stoßen.

Guido wurde in die Berge von Botticino San Gallo gebracht, wo man ihm Essen gab, ihn von den Flöhen befreite und aufpäppelte. Dann bekam er zum ersten Mal ein Gewehr. Das Ende des Krieges war in Sicht, und in der Gegend wurden immer wieder versprengte Deutsche gesichtet. Guido wurde aufgetragen, die Gegend rund um Serle und den Monte Maddalena zu durchkämmen. Aus dem Dorf wurde von bewaffneten Auseinandersetzungen und aufgeknüpften Partisanen berichtet; es habe viele Tote gegeben. Doch dort, wo er war, geschah nie etwas dergleichen. Am Morgen ging er los, um die Wälder zu durchkämmen. Ganz allmählich hielt der Frühling Einzug. Die Bäume waren voller Knospen, entlang der Wege sprossen Primeln und Veilchen. Guido lernte, mit dem Gewehr umzugehen, zielte ab und zu auf einen Hasen, und wenn er Glück hatte, hatte er ein paar davon über der Schulter hängen, wenn er abends ins Quartier kam. Von versprengten Deutschen keine Spur.

Guido hatte die Adresse des Professors in der Tasche. Er fragte sich, ob er ihn jemals wiedersehen würde, fürchtete jedoch, wenn der Krieg vorüber und alles wieder so wäre wie früher, hätten sie sich vielleicht nichts mehr zu sagen. Darüber sinnierte er gerade, als urplötzlich ein Deutscher vor ihm stand – abgemagert, mit zerschlissener Uniform und ausgehungerter Miene.

»Hände hoch!«, schrie Guido und richtete das Gewehr auf ihn.

Der Deutsche riss die Augen auf, kehrte ihm dann den Rücken zu und begann zu laufen.

»Stehen bleiben, oder ich schieße!«, rief Guido. Doch ihm fehlte der Mut, um auf den Abzug zu drücken.

Alles geschah ganz schnell, wie eine Abfolge von verschwommenen Bildern. Der Deutsche rannte, Guido stand da und richtete das Gewehr auf ihn. Auf einmal ging die Tür eines abgelegenen Hauses auf, und ein Bauer rannte dem Flüchtenden hinterher. Der Mann musste mindestens siebzig Jahre alt sei, stürzte sich aber dennoch ohne Zögern auf den Soldaten und warf ihn zu Boden. Guido lief auf die beiden zu, als er sah, wie der Deutsche ein Messer zog und es dem Alten mehrfach in den Bauch rammte. Bis zum Heft stieß er es hinein. Das Gesicht des Bauern verzerrte sich, er wand sich dort im Gras, mit aufgerissenen Augen, den Mund weit geöffnet. Guido spürte, wie Wut in ihm aufstieg und sein Mund sich mit Speichel füllte.

»Das war doch bloß ein alter Mann!«, schrie er.

Der Soldat starrte ihn erschrocken an. Guido sah, dass er vermutlich in seinem Alter war. Der Deutsche wich vor ihm zurück, stürzte, rappelte sich wieder auf, versuchte erneut, die Flucht zu ergreifen. Guido zielte auf ihn. Ein Schuss. Zwei Schüsse. Drei Schüsse. Er sah, wie der Junge die Arme ausbreitete, stehen blieb. Wie gekreuzigt verharrte er an der

Stelle und fiel dann mit dem Gesicht nach unten zu Boden. Guido ließ ihn nicht aus den Augen, das rauchende Gewehr in den Händen.

Zuerst lief er zu dem alten Mann, kniete neben ihm, berührte seine Kehle: Er war tot. Dann näherte er sich dem Deutschen. Der Junge flüsterte etwas vor sich hin: Vielleicht rief er nach seiner Mutter, oder er betete. Eine Blutlache breitete sich unter seinen Schulterblättern aus, und er hatte eine Wunde an der Wade. Guido lud ihn sich auf den Rücken und brach fast unter dem Gewicht zusammen.

»Konntest du dich nicht einfach ergeben? Was hätte es dich gekostet?« Er fluchte.

Als er sich den Körper des Soldaten besser auf den Rücken gelegt hatte, machte er sich auf den Rückweg. Es waren vier Kilometer bis zum Unterschlupf der Partisanen, und fast alles ging bergab; er glaubte, er könnte es schaffen. Doch es ging nur mühsam voran; der Soldat auf seinem Rücken stöhnte. Vielleicht weinte er ja, und geweint hätte Guido am liebsten selbst. Nach einigen Minuten wurden die Klagelaute des Deutschen leiser, dann verstummten sie ganz.

Er ist tot, dachte Guido, aber einige Augenblicke später setzte das Wimmern wieder ein. Er begann, ihm Mut zuzusprechen, oder vielleicht machte er sich auch nur selbst Mut. »Halt durch, bald sind wir da. Da gibt es auch einen Arzt. Ein paar Monate im Gefängnis, dann schicken sie dich nach Hause … Was zum Teufel sagst du da? Ich versteh dich nicht … Außerdem hab ich dich nur in den Rücken geschossen, ins Bein … daran stirbt man doch nicht gleich.«

Er redete und redete, nur um das Wimmern und Stöhnen des Jungen nicht zu hören. Es war ein Schotterweg, auf dem er ging, und oft rutschte Guido auf den kleinen Steinchen aus, verlor das Gleichgewicht. Er spürte, wie ihm das Blut des Deutschen über den Hals lief, wie es seinen Pullover und den Rücken durchtränkte. »Nicht sterben, ich bitte dich«, murmelte er. Zweimal stürzte er, rappelte sich wieder auf, sah nach, ob der andere noch lebte, lud ihn sich dann wieder auf die Schultern und setzte seinen Weg den Berg hinab fort.

Es war eine halbe Stunde vergangen. Guido spürte seinen eigenen Körper nicht, wusste nicht mehr, wo er selbst aufhörte und der andere begann. Der Deutsche hatte aufgehört zu stöhnen. *Vielleicht hat er das Bewusstsein verloren*, dachte er. Weit konnte es nicht mehr sein; noch ein Hang, eine Kurve, dann waren sie da. »Halt durch, wir sind fast da«, sagte er wieder und wieder.

Die Partisanen sahen ihn aus dem Wald treten; da war einer, über und über mit Blut bedeckt, und er hatte den Körper eines deutschen Soldaten auf den Schultern. Sie liefen ihm entgegen. Guido brach zusammen. Einer der Partisanen rollte den Soldaten auf dem Gras herum und betastete die Halsschlagader.

»Er ist tot«, sagte er.

~ 1945 ~

Am Abend des 25. April 1945 flieht Mussolini aus Mailand, nachdem das Komitee für die Nationale Befreiung Oberitaliens zum Umsturz aufgerufen hat; als Leichnam kehrt er am 29. desselben Monats zurück und wird mit dem Kopf nach unten an der Überdachung einer Tankstelle am Piazzale Loreto aufgehängt, an genau der Stelle, an der am 10. August 1944 fünfzehn Partisanen erschossen worden waren. Neben ihm hängen, dem Volkszorn ausgeliefert, die Leichen von Nicola Bombacci, Alessandro Pavolini, Achille Starace und Mussolinis Geliebter Clara Petacci; mit Letzterer hat jemand Erbarmen und fixiert ihr den Rock mit einer Sicherheitsnadel an den Beinen, damit er nicht herunterrutscht. Am 1. Mai wird ganz Norditalien befreit, und fünfzehn Jahre faschistische Diktatur sowie fünf Jahre Krieg finden ein Ende.

Es waren Tage großer Begeisterung im Volk, doch auch Zeiten der Gewalt und der Abwege. Zahllos waren die Hinrichtungen, bei denen kurzer Prozess gemacht wurde, die Racheakte, die Vergeltungsschläge. In Stellata fühlte sich Lucianas Ehemann plötzlich allein auf weiter Flur. Von einem Tag auf den anderen waren alle zu Gegnern des Regimes geworden. Selbst Leute, die vorher bei den faschistischen Paraden mitmarschiert waren und voller Stolz die Hand zum Gruß gehoben hatten, sangen jetzt auf der Piazza Pepoli die *Internationale* und schwenkten die rote Fahne. Attilio Coppi wusste sehr wohl, dass er im Dorf mehr als einen Feind hatte. Im November 1943 war die gesamte Familie Modena festgenommen worden. Zuerst war sie im Zuchthaus an der Via Piangipane gelandet und dann später nach Deutschland deportiert worden. Im Dorf hielt sich das Gerücht, diese Deportation sei auf Wunsch von Attilio höchstpersönlich geschehen. Und genau deshalb hatte er jetzt Angst: Er musste aus Stellata verschwinden, und zwar sofort.

Er lief nach Hause und bat seine Frau, die Kinder bereit zu machen und Koffer zu packen.

»Geh du nur, wenn du willst. Ich und die Kinder, wir rühren uns nicht von der Stelle. Ich muss mich um den Laden kümmern, außerdem habe ich hier keine Feinde.«

Attilio machte nicht einmal den Versuch, sie zu überzeugen. »Besser so. Für mich ist es einfacher, wenn ich allein unterwegs bin. Gib mir Geld, ich werde es brauchen.«

Luciana gab ihm mehr, als er gehofft hatte. Trotz der Schikanen, denen er sie ausgesetzt hatte, war Attilio immer noch der Vater ihrer Kinder, und sie konnte sich nicht wünschen, dass sie ihn mit dem Kopf nach unten an einer Pappel aufknüpfen würden, so wie es gerade dem Duce passiert war.

»Pass auf dich auf«, flüsterte seine Frau und drückte ihm das Bündel Geldscheine in die Hand. Sie sagte es ohne jeden Groll; vielleicht ahnte sie, dass es die letzten Worte sein würden, die sie an ihn richtete.

Attilios Auto wurde außerhalb von Bondeno angehalten, bei der Straßenkontrolle einer Partisanengruppe. Zwei von ihnen stammten aus Stellata und erkannten ihn sofort. »Das ist Attilio Coppi, der Samuele Modena erschlagen hat«, sagte der Jüngere von beiden.

Sie zerrten ihn aus dem Auto. Attilio konnte nur etwas Unzusammenhängendes stammeln. Die Haare, die er immer perfekt pomadisiert nach hinten gestrichen hatte, hingen ihm ins Gesicht. Ein paar Minuten berieten sich die Partisanen untereinander, dann teilten sie ihm mit, er sei zum Tode verurteilt worden, und stellten ihn vor ein Stück Einfriedungsmauer. An diesem Punkt geschah etwas Seltsames: Attilio Coppi hörte auf, zu klagen und zu zittern. Er schien ganz ruhig zu sein, als hätte ihn die Angst vor dem Tod, das schreckliche Wissen, dass ihn nur kurze Zeit später eine Salve von Schüssen durchbohren würde, ja, jegliches menschliche Gefühl verlassen. In gemessenem Ton sagte er: »Ich habe niemanden umgebracht. In jener Nacht wollte ich Samuele Modena nur einen Schrecken einjagen, doch als er fiel, hat er sich den Kopf eingeschlagen.«

Keiner sagte etwas. Jemand gab den Befehl, das Feuer zu eröffnen. Von den Schüssen wurde Attilio Coppi gegen die Mauer geschleudert und glitt dann langsam nach unten zu Boden, hinterließ eine lange Blutspur auf dem Kalkstein.

Die fünf Männer des Erschießungskommandos schauten ihn lange an, die Gewehre gesenkt. Unter ihnen war auch ein Neunzehnjähriger von großer, kräftiger Gestalt, mit blondem Haar und tollkühnem Auftreten: Dolfo Martiroli.

Nach der Befreiung gehörte Dolfo zu denjenigen, die die Partisanen dazu anstachelten, ihre Gewehre nicht abzugeben. Es sei der Moment zu kämpfen, sagte er. Das Volk sei auf ihrer Seite, so hieß es, und die Zeit reif für die Revolution. Es gab einen Moment, in dem die Kommunistische Partei ins Wanken geriet, doch dann beschloss sie dennoch, auf die Rückgabe der Waffen an die Armee der Befreier, sprich, die Amerikaner, zu pochen.

Dolfo erzählte niemandem von der Erschießung, an der er in den Tagen der Befreiung teilgenommen hatte, noch würde er jemandem verraten, dass ihm dieser Tod eines Menschen für immer schwer wie Blei auf der Seele lastete.

~

Am neunten Mai, einige Tage nach der Befreiung, hielt ein kleiner Militärlastwagen mit zwei grün-weiß-roten Fahnen an den Seiten auf der Piazza Pepoli. Der Postbote sah zwei junge Männer aussteigen: Einer von ihnen war Guido Martiroli. Der Postbote stieg rasch auf seinen Drahtesel und radelte zur Fossa, weil er wusste, dass die Familie des Jungen immer noch im Haus von Beppe wohnte. Die Temperaturen waren bereits sommerlich heiß, das Korn auf den Feldern reif und voller Mohnblumen. Als der Mann bei Beppe ankam, war er schweißüberströmt. Er traf Beppe auf dem Hof an, wo der alte Mann einen Strohstuhl richtete. Noch bevor er ihn erreichte, fing der Postbote an zu schreien: »Beppe, lauf, dein Enkel ist da!«

»Wer?«

»Guido!«

»Wie … aber wo?«

»Ein Militärwagen hat ihn gebracht. Ich habe ihn auf der Piazza Pepoli gesehen, aber jetzt kommt er bestimmt hierher.«

Beppe Casadio ließ Stuhl Stuhl sein, stieß gegen einen Eimer und fing an zu laufen. Er trug einen Strohhut, ein Unterhemd und Schlappen. Er nahm den Weg, der ins Dorf führte, versetzte dem Hund, der bellend hinter ihm herlief, einen Tritt und lief weiter in Richtung Hauptstraße, ohne zu wissen, woher er eigentlich noch diese Luft hatte, doch an Guido rannte er vorbei, ohne ihn zu erkennen. Was vor einem Jahr noch ein fast kindlich anmutender Junge gewesen war, hatte sich in einen abgemagerten erwachsenen Mann verwandelt, das Gesicht von all den Entbehrungen und den Monaten, die er im Gefängnis verbracht hatte, schwer gezeichnet.

Es war Guido, der ihn schließlich am Arm packte. »Großvater, wo rennst du denn hin?«

Einen Augenblick lang schaute Beppe ihn verwirrt an, dann drückte er ihn an seine Brust. Zum Weinen fehlte ihm die Stimme.

»Und Mama und Papa?«

»Sie sind bei euch, um das Haus herzurichten. Jemand wird es ihnen schon gesagt haben. Komm, gehen wir heim.«

Und so saßen sie bei einem Glas Wein beisammen, Großvater und Enkel, und sprachen lang und breit über all die Dinge, die in dem Jahr der Trennung passiert waren. Im Dorf waren viele gestorben, und viele andere waren nie zurückgekehrt.

»Ermordet oder in Russland geblieben«, erklärte Beppe. Dann fügte er hinzu: *»Ma la guera l'angà mai una sola divisa.«* Dass der Krieg viele Gesichter hatte, das hatte auch Guido erfahren.

Beppe erzählte ihm, in letzter Zeit habe er Deutsche gesehen, die versuchten zu desertieren und sich in dem Versuch, den Fluss zu überqueren, an Spaliere, Türen oder Fässer klammerten. Sie flohen auf notdürftig gezimmerten Floßen oder windigen Booten, die oft kenterten. Viele von ihnen seien ertrunken, weil sie nicht schwimmen konnten. *»I paréa balár in mêz a tuta cl'acqua«*, fast habe es so ausgesehen, als würden sie in den Wassermassen tanzen, berichtete Beppe und schüttelte den Kopf. Er habe sie schreien hören, und dann seien sie in den Fluten verschwunden: zuerst ihre Körper, dann die Augen, die Haare, die Finger.

In jenen Tagen war Nena Casini nicht auf Störfang gegangen, sondern mit dem Boot hinausgefahren, um die sterblichen Überreste dieser Menschen aus dem Wasser zu bergen. Wenn sie dort gegen die Flut anruderte, sah sie manchmal einen Kopf aus dem Wasser ragen, eine Hand, die mitten im Fluss dümpelte, als würde sie grüßen, oder eine aufgedunsene Leiche, die sich in einem Strauch am Ufer verfangen hatte. Dann ruderte Nena zu dem Kadaver hin, machte ihn am Boot fest und zog ihn in Richtung Damm, um den oder die Tote irgendwo in den Auen zu begraben, wo der Boden weicher war und leichter ihrer Schaufel nachgab. Wenn es ihr gelang, den Namen des Toten herauszufinden, ritzte sie diesen mit einem kleinen Messer in das Holzkreuz, damit die Angehörigen die sterblichen Überreste finden konnten, so wie das in den folgenden Jahren auch tatsächlich manchmal geschah.

Doch das war nicht der Moment, um über so traurige Dinge zu sprechen. Zum Erzählen würde noch Zeit genug sein, und auch Zeit, um sie alle zu beweinen, die Toten dieses Krieges.

»Komm, trink noch einen Schluck, du musst wieder zu Kräften kommen«, sagte Beppe zu seinem ältesten Enkel und verschüttete vor lauter Rührung ein wenig Wein auf dem Tischtuch.

~

In genau jenem Moment betraten Neve und ihr Mann das Haus am Damm zum ersten Mal seit langer Zeit. Wie durch ein Wunder war das Gebäude während der Kriegsjahre instand geblieben, doch seit sie an die Fossa umgezogen waren, hatten sie es nicht mehr betreten. Überschwemmungen hatte es in jenen Jahren zum Glück nicht gegeben, doch es waren mehrere Winter mit Regen, Eis und Feuchtigkeit vergangen.

Neve und Radames machten die Tür einen Spaltbreit auf und blieben auf der Schwelle stehen, um ihre Augen an die Dunkelheit zu gewöhnen, dann erhob sich aus dem Halbdunkel das Gespenst der Verlassenheit. Auf dem Boden stand ein Fingerbreit das Wasser, wahrscheinlich Folge eines Rohrbruchs während der Wintermonate. Die Küche hatte sich in eine Art Sumpf verwandelt, in dem die Frösche quakten und Libellen flirrend in der Luft standen. Riesige Spinnennetze spannten sich von einer Zimmerecke zur anderen, und wo das Wasser nicht hingekommen war, wuchs üppig der Schimmelpilz. Die Nägel in den Türrahmen waren verrostet, und über allem lag ein starker Modergeruch.

Mit vorsichtigen Schritten betraten die Eheleute den Raum. Plötzlich schob sich der Vogel der Kuckucksuhr aus seinem Gemach und verkündete die volle Stunde. Neve und ihr Mann schauten sich an: Die Uhr wurde mit der Hand aufgezogen – wie konnte sie noch funktionieren? Langsam schlurften sie durch das Wasser. In der Mitte des Raumes blieb Radames stehen. Eine riesige Ratte huschte zuckend neben ihnen aus dem Nichts, lief auf die Wand zu, verschwand in einem Loch. Auch er bewegte sich nicht. Schweigend, die Arme an die Seiten gelegt, betrachtete er die Stätte der Verwüstung.

Neve war die Erste, die reagierte. Sie ging zum Fenster, kämpfte sich durch eine dicke Schicht Spinnweben, drückte gegen das Glas und öffnete das Fenster. Sie klappte die Läden auf, drehte sich zu ihrem Mann um und sagte voller Entschlossenheit: »Was stehst du da rum? Auf geht's, hier gibt's jede Menge zu tun!«

~

Am darauffolgenden Abend gingen Guido und Dolfo in einem Saal tanzen, der erst kürzlich zu diesem Zweck in Sermide aufgemacht hatte. Sie trugen weiße Hemden, gebügelt von Neve, und Brillantine im Haar.

Kaum hatten sie den Saal betreten, bemerkten sie zwei Mädchen, die an einem kleinen Tisch saßen; die eine war klein und braunhaarig, mit Locken und vollen Lippen; die andere war größer und hatte feuerrotes Haar und einen etwas frechen Blick, der sofort Dolfos Aufmerksamkeit weckte.

»Ich die Rote und du die Braune. Ist es dir recht?«, schlug er vor.

»Mehr als recht«, antwortete sein Bruder.

Sie gingen auf die beiden zu. Die Braunhaarige hatte drei kleine, runde Narben auf der Stirn. *Dann ist sie es wirklich*, dachte Guido. Und offenbar hatte sie auch keinen Verlobten mehr …

Das Orchester stimmte ein klangvolles Lied an. Darin ging es um die Hoffnung auf ein Wiedersehen, und die beiden Brüder dachten, das sei genau das Richtige, um die beiden Schönheiten für sich zu gewinnen.

Tornerai da me
perché l'unico sogno sei del mio cuor,
tornerai, tu, perché
senza i tuoi baci languidi, non vivrò.
Ho qui dentro ancor la tua voce
che dice tremando »amor«,
tornerò perché tuo é il mio cuooooor …

Dolfo hielt das Mädchen mit den roten Haaren fest in den Armen. Sie gefiel ihm wirklich, und er wollte nicht zu dreist erscheinen. Als er sie in die Arme nahm, tat er es behutsam, und ein Beben durchfuhr ihn, ein winziger Aufruhr, wie er ihn noch nie empfunden hatte. Er schloss die Augen beim Tanzen und dachte, wie gut doch ihre Haare rochen: nach Talkumpuder und nach Lavendel. Am Ende des Tanzes wollte die Rote an ihren Tisch zurückkehren, aber Dolfo hielt sie am Arm fest.

»Wo gehst du hin? Ich lass dich nicht mehr gehen.«

»Du bist mir dreimal auf die Füße getreten. Für heute reicht mir das. Schleich dich!«

»Um ehrlich zu sein, bist *du mir* auf die Füße getreten.«

»Ach ja? Dann such dir eine, die besser tanzt.«

»Aber du gefällst mir, auch wenn du als Tänzerin eher eine Niete bist.«

»Wirst du auch noch frech?«

»Wie heißt du?«

»Was geht dich das an?«

»Wenn wir heiraten und mindestens vier Kinder kriegen, dann muss ich doch wenigstens deinen Namen wissen.«

»Klar, auf dich hab ich gewartet.«

»Wir machen Folgendes: Ich tanze nicht mehr mit dir, aber wenn du darauf bestehst, kannst du mich auf ein Getränk einladen. Ich heiße Dolfo«, sagte er zu ihr und streckte ihr die Hand hin.

»Und ich Zena«, erwiderte sie lachend. »Aber das Getränk gibst du mir aus.«

Als das Lied zu Ende war, machte auch die Brünette, mit der Guido tanzte, Anstalten, sich wieder zu setzen.

»Sie haben mir nicht gesagt, wie Sie heißen«, sprach Guido sie an.

»Elsa.«

»Ich kenne Sie nämlich.«

»Das glaube ich nicht.«

»Sind Sie denn nicht aus Caposotto?«

»Doch …«

»Wohnen Sie zufällig in dem gelben Bauernhaus hinter der kleinen Kirche, mit den zwei Türmchen?«

»Woher wissen Sie das?«

»Ich war während des Krieges bei Ihnen zu Hause.«

»Bei mir zu Hause?«

»Ja, wir wollten das Schwein mitnehmen.«

Das kam bei dem Mädchen zunächst nicht besonders gut an, doch am Ende beschloss Elsa, über den Anlass ihrer ersten Begegnung hinwegzusehen, denn ein Jahr später heiratete sie den verhinderten Schweinedieb.

Der Abend wurde für die Zwillinge ein Glücksgriff, denn nicht nur Guido fand eine Frau, sondern auch Dolfo, der zwei Monate nach seinem Bruder mit Zena vor den Traualtar trat.

Beide lebten fortan in Caposotto, dem Heimatdorf ihrer Ehefrauen, und im Oktober des Jahres 1947 wurde Guido und Elsa ein Mädchen geboren. Großvater Anselmo schlug vor, die Kleine Aida zu nennen, und rümpfte die Nase angesichts der Proteste von Elsa, die einen moderneren Namen wollte. Am Ende einigte man sich auf einen Kompromiss und nannte das Mädchen Norma, was zwar ebenfalls ein Name aus der Oper war, zugleich aber auch der Name der Großmutter mütterlicherseits.

Auch Dolfos Frau erwartete ein Kind und stand kurz vor der Geburt. Es war eine seltsame Schwangerschaft gewesen. In den letzten Monaten hatte Zena keine Tritte des Kindes mehr verspürt. Ihr Bauch wuchs und wuchs, ihre morgendliche Übelkeit ließ nicht nach, doch sie hatte das Gefühl, dass sich in ihrem Bauch nichts mehr rührte. Sie befürchtete, das Kind sei tot, doch jedes Mal, wenn sie sich untersuchen ließ, konnte der Arzt sie beruhigen.

»Das Herz des Kindes schlägt, und Ihr Bauch wird größer. Vermutlich ist es einfach eine große Schlafmütze.«

Doch Zena fand keine Ruhe. Sie wusste, dass Schwangere manchmal sonderbare Gelüste hatten, doch bei ihr waren sie wirklich sonderbar. Zum Beispiel hatte sie eine schier unwiderstehliche Lust auf gebratenen Igel, und noch mehr stand ihr der Sinn nach bestimmten seltsamen Wurzeln, die sie auf den Feldern fand und kochte. Je näher der Geburtstermin rückte, umso sonderbarere Dinge widerfuhren ihr. Als sie eines Tages auf dem Hof saß und ein Huhn rupfte, kam ein großer Wind auf, und sie saß inmitten eines gewaltigen Wirbels aus Federn. Um Luft zu holen, begann sie, wild um sich zu schlagen, und als sich der Sturm legte und sie sich die Federn aus dem Haar zupfte, entdeckte sie, dass es nicht nur weiße Hühnerfedern waren, sondern auch größere, bunte. Fast sahen sie aus wie Fasanenfedern.

Eines Nachts hatte Dolfo einen seltsamen Traum. Es war Winter, und draußen war es dunkel. Er stand am Rand einer Straße, als er sah, wie sich ein Wagen des fahrenden Volkes näherte. Der Wagen kam langsam auf ihn zu, schwankte hin und her. Er war voller hüpfender Kinder. Töpfe und Pfannen fielen scheppernd auf den Boden, ab und zu kullerte auch eines der Kinder heraus. Bei Tag wäre das nicht so schlimm gewesen, weil der *zingaro*, der den Wagen fuhr, einfach hätte anhalten und Töpfe, Pfannen oder Knirpse einsammeln können, doch bei Nacht ging in der Dunkelheit alles verloren. In einer Kurve geriet der Wagen so gefährlich ins Wanken, dass Dolfo ein Bündel vor die Füße fiel, das er aufhob. Dort im Mondlicht, das sich plötzlich zwischen den Wolken hervorstahl, erschien ihm ein wunderschönes neugeborenes Mädchen: Es war nackt und pausbäckig, und es hatte dunkle Augen und einen rabenschwarzen dicken Haarschopf. Dolfo spürte, wie ihn eine heiße Welle der Liebe durchströmte, er steckte das Kind unter seinen Umhang und beschloss, es mit nach Hause zu nehmen.

Der Traum wurde durch Zena unterbrochen, die zwischen nassen Bettlaken aufgewacht war. »Die Wehen haben begonnen!«, sagte sie zu ihrem Mann. Wenige Stunden später kam ein Mädchen mit himmelblauen Augen und einem rabenschwarzen Haarschopf zur Welt. Erstaunt betrachtete Dolfo die Kleine. Soweit er wusste, hatte in seiner Familie bislang noch kein Kind die typischen Eigenschaften der beiden Zweige, die sich in ihr vereinten, miteinander vermischt: Jeder und jede, die auf die Welt kamen, gehörten unverwechselbar entweder den Träumern mit den blauen Augen und der hellen Haut an oder den übernatürlich Geprägten, die auf das fahrende Volk zurückgingen und dunkle Augen und rabenschwarzes Haar hatten. Ihm schien es ein gutes Zeichen zu sein, dass die beiden Stränge seiner Familie sich endlich miteinander vermischt hatten. Zärtlich streichelte er das winzige Gesicht seiner Tochter und dachte an jenen seltsamen Traum zurück, den er gerade gehabt hatte und in dem ihm ein kleines Mädchen vor die Füße gekullert war, das seiner Tochter glich wie ein Ei dem anderen. Er dachte ein wenig darüber nach und verkündete dann: »Wir nennen sie Donata, die Geschenkte, denn sie wurde uns geschenkt!«

~

Auch Neve staunte über die Vermischung von Charakteristika bei Donata. Je mehr sie sie anschaute, desto mehr kam sie ins Grübeln: *Seltsam, bis heute haben sich die beiden Zweige unserer Familie niemals vermischt. Was soll uns das alles sagen?*

Dolfos Tochter wuchs schon bald zu einem kräftigen und unbeschwerten Kind heran. Statt der Spiele der Mädchen bevorzugte sie die der Jungen: Sie rollte Murmeln oder lief mit anderen Kindern auf dem Dammweg um die Wette. Mit vier Jahren verbrachte sie viel Zeit bei dem Automechaniker Melampo, der seine Werkstatt in ihrem Hof in Caposotto hatte. Donata hatte bereits einige Bezeichnungen für Motorteile gelernt, und jedes Mal, wenn sie nach Hause kam, mit schwarzem Motoröl verschmiert, bekräftigte sie ihren Berufswunsch: Wenn sie groß war, würde sie auch Autos reparieren wie Melampo. Dolfo lachte dann, während Zena mit Engelszungen auf Donata einredete, dass dies kein Beruf für ein Mädchen sei; außerdem kriege man die Ölflecken nicht mehr aus den Kleidern heraus. Jedes Jahr zu Weihnachten bekam Donata eine Puppe geschenkt, die sie jedoch nicht einmal anschaute.

Neve erinnerte diese Enkelin ein wenig an sich selbst, als sie noch klein gewesen war und darauf bestanden hatte, mit den Jungs im Po schwimmen zu gehen. Donata war ein mutiges kleines Ding, und das gefiel ihr, doch zugleich dachte sie, früher oder später würde sie sich in Schwierigkeiten bringen.

Neve war auch sofort klar gewesen, dass Norma zu den Träumern in ihrer Familie gehörte, denn es war ihr nicht entgangen, wie ihre Enkelin, noch bevor sie sprechen konnte, mit ihren großen blauen Augen den Schatten an der Decke folgte, lachte und in die Hände klatschte.

»Pass gut auf sie auf und achte darauf, dass sie nicht zu sehr in ihrer Fantasie lebt«, sagte sie eines Tages zu ihrer Schwiegertochter.

»Was kann ihr denn ein bisschen Fantasie schaden?«

»Wenn Kinder groß werden, dann wachsen mit ihnen auch

die Träume. Bei unseren Leuten hat das immer nur Schwierigkeiten gebracht«, erwiderte Neve kurz angebunden.

Als Norma drei Jahre alt wurde, kaufte Guido ihr ein Malbuch und bunte Stifte. Norma begann zu zeichnen und hörte nie mehr damit auf. Als ihr die Buntstifte ausgingen, kaufte er ihr eine Schachtel mit Pastellkreiden. Auch damit zeichnete das Mädchen auf alles, was ihr in die Finger kam: leere Blätter, Hefte, Seiten aus der Zeitung; selbst die Wände der Küche und des Schlafzimmers waren zum großen Kummer ihrer Mutter nicht vor ihr sicher.

Die Erzieherinnen im Kindergarten bemerkten sofort ihr Talent und ermunterten sie. Guido freute sich darüber, doch als Neve von der Passion der Kleinen hörte, warnte sie davor: »Wenn du ihr jetzt nicht Einhalt gebietest, dann wird deine Tochter einmal böse enden«, sagte sie immer wieder zu ihrem Sohn. Dennoch fuhr Norma darin fort, jede verfügbare Fläche zu bemalen, und am Ende blieb ihren Eltern nichts anderes übrig, als sie gewähren zu lassen.

Sie begannen zu leben wie in einem Traum, umgeben von fantasievollen und oft auch beunruhigenden Bildern. Ihre Suppe aßen sie in Gesellschaft von Drachen und Feen, wenn sie schliefen, hielten Vulkane und brennende Sonnenuntergänge über sie Wache, und wer in ihrem Haus unterwegs war, stieß auf Schritt und Tritt auf Sterne und weiß glühende Kometen. Sie fristeten ihr Dasein wie in einem Dämmerschlaf, umringt von surrealen Szenen, selbst die Flure waren mit sonderbaren Schriftzeichen, geheimnisvollen Alphabeten und spektakulären Berglandschaften bemalt – und das im Flachland von Mantua, wo die wenigen Meter des Dammes die höchste Erhebung darstellten.

»Wo hat sie diese Bilder nur her?«, fragte sich Elsa. Sie versuchten mit allen Mitteln, die überbordende Schaffenskraft des Mädchens in Schach zu halten, kauften ihr Hefte und teilten ihr mit, von nun an dürfe sie nur noch in diese malen. Doch nach nur wenigen Tagen hatte Norma bereits alle Blätter benutzt und begann von Neuem, Türen, Wände und alles, was sie in die Finger bekam, zu bemalen. Wenn sie groß war, wolle sie Malerin werden, betonte sie immer wieder. Als die Buntstifte und die Malkreiden aufgebraucht waren, begann Norma, die Stifte ihrer Freundinnen zu stibitzen, was zu ständigen Streitereien mit den Nachbarn führte.

»Was sollen wir nur machen? Wir haben alles versucht«, beklagte sich ihre Mutter. Und fügte seufzend hinzu: »Wenn sie doch wenigstens Donata zum Spielen hätte.«

Drei Monate zuvor waren Dolfo und seine Familie nämlich nach Viggiù umgezogen, einem Dörfchen im Varesotto an der Grenze zur Schweiz. Dort gab es Arbeit für alle, und Dolfo hatte sofort einen Posten als Hilfsarbeiter in einer Tessiner Baufirma gefunden, während Zena in einer Hemdenfabrik in Mendrisio arbeitete.

So viele waren weggezogen. Das Ende des Krieges hatte den Frieden gebracht, doch in den Dörfern der Po-Ebene kämpfte man immer noch ums nackte Überleben. Nach seiner Heirat war Guido als Saisonarbeiter in der Zuckerfabrik von Sermide untergekommen; Elsa arbeitete auf dem Feld, aber nur in der Erntezeit. Im Winter hingegen verdienten alle beide kein Geld, und es kam der Moment, in dem sie im Krämerladen nicht mehr anschreiben durften. Aus Viggiù schrieb Dolfo, es gehe ihnen gut. Beide brachten Schweizer Franken nach Hause und kamen damit, weil sie auf italienischem Boden lebten, nicht nur gut über die Runden, sondern konnten sogar etwas auf die hohe Kante legen.

Kommt doch her, hier herrscht ein ganz anderes Leben, schrieb er oft in seinen Briefen.

Doch Guido und Elsa konnten sich mit dem Gedanken nicht anfreunden, so weit weg von der Heimat zu leben. »Auch wenn es noch Italien ist, fühlt es sich so an, als wäre man in der Fremde. Du wirst schon sehen, Elsa, früher oder später wird alles besser«, sagte Guido jedes Mal, wenn seine Frau sich über ihre ärmlichen Verhältnisse beklagte, doch bald verließ ihn selbst der Glaube daran.

~ 1951 ~

Es regnete seit Tagen. Der Pegelstand des Flusses wurde immer alarmierender. Am 13. November konnte man, wenn man auf dem Damm stand, die Wasseroberfläche mit der Hand berühren. Die Felder standen unter Wasser, ebenso wie die Flussauen, aus denen man bereits die Menschen evakuiert hatte. In seinen aufgewühlten Fluten führte der Po ganze Baumstämme, Äste und Tierkadaver mit sich.

»Al Po al crés dimondi«, hieß es im Dorf, der Po steigt und steigt. Die Männer vom Genio Civile, dem Zivilschutz, schichteten Sandsäcke auf, wo der Damm zu brechen drohte. Sogar der Priester packte mit an. Das Radio blieb immer eingeschaltet. An jenem Tag meldete der *Gazzettino Padano*, in den Provinzen Mantua und Rovigo habe der Fluss seinen Höchststand erreicht.

Voller Angst liefen Elsa und Guido die Treppen auf und ab und brachten Tische, Stühle, Fahrräder, Kartons mit Geschirr, Kalender, Kaffeemaschinen, Käsereiben und Säcke mit Reis und Mehl in den höher gelegenen Schlafzimmern und auf dem Dachboden in Sicherheit. Die Anrichte, die zu sperrig war, um sie durch das schmale Treppenhaus zu transportieren, hatten sie an Seilen über die äußere Mauer hochgezogen.

»Die Fenster nicht zumachen und auch die Tür offen lassen, denn wenn der Damm bricht, kann der Po einfach durchfließen und richtet weniger Schaden an«, meinte Guido.

Norma, die damals vier Jahre alt war, stand im Hof und reckte die Nase in die Luft, um mit ihren großen himmelblauen Augen das Möbelstück zu betrachten, das sich, an Seilen hängend, langsam die Backsteinmauer hochhangelte. Die Anrichte würde tagelang dort oben vor der Mauer des zweiten Stockes hängen, mit einer wasserfesten Plane bedeckt und mit einem Geflecht aus Seilen gesichert.

Ohne zu wissen, wo sie hinsollte oder was zu tun war, beobachtete die Kleine das aufgeregte Treiben der Erwachsenen. Überall schien sie fehl am Platz zu sein, weshalb sie schließlich zum Spielen in den Hof ging. Ab und zu sah sie ihre Mutter auf der Schwelle zur Küche auftauchen, rot im Gesicht, die Wollstrümpfe bis zu den Waden hinuntergerollt und mit einem Band um den Kopf, das die Haare in Schach hielt.

Am 14. November begannen auf dem Damm von Caposotto, der als sicherer galt als der von Revere oder Moglia, Dutzende von Menschen aufzutauchen, der eine mit einer Kuh oder einem Schwein im Schlepptau, andere mit ganzen Körben voller Hühner. Wieder andere zogen Karren hinter sich her, die bis zum Umkippen mit allem beladen waren, was darauf passte. Die Männer arbeiteten ohne Unterlass mit Spaten und Schaufel; die Alten starrten gen Himmel und fragten sich, wo denn nur dieses ganze Wasser hinging, denn der Boden war so gesättigt, dass er nicht einmal ein Glas voll in sich aufnehmen konnte. Alle warteten darauf, dass von einem Moment auf den anderen die Dämme brechen und der Po über seine Ufer treten würde. Die Anspannung war so deutlich spürbar, dass auch die Kinder sie wahrnahmen. Viele fingen an zu weinen, und ihre Mütter drückten sie an ihre Brust und spähten mit Angst in den Augen gen Fluss.

Dann tat es auf einmal einen Knall, der tief aus der Erde zu kommen schien. Es wurde still, alle warteten, reglos. Bis von der Straße jemand durch ein Megafon rief: »Er ist durch! Der Damm bei Occhiobello ist gebrochen!«

~

Am Morgen danach war Elsa in der Küche dabei, den Milchkaffee zuzubereiten, als sie im Radio hörte, welche Ausmaße die Tragödie hatte, die nur wenige Kilometer von ihrem Zuhause entfernt stattgefunden hatte. Sie blieb mitten im Raum stehen, den Milchtopf in der Hand. Eine unpersönliche Stimme berichtete, in Occhiobello und Canara hätten die Dämme dem Druck nicht standgehalten, und das Wasser habe sich auf Felder und Dörfer ergossen. Kaum waren die Wassermassen befreit, seien sie in Bauernhäuser eingedrungen, hätten Ställe und Scheunen zerstört und Tausende von Tieren und Hunderte Christenmenschen getötet. Gut neunundachtzig Menschen seien in einem Lastwagen ums Leben gekommen, der zu ihrer Rettung gekommen und von den Fluten überrascht worden war. In den Tagen, die folgten, stiegen weitere Leichen von Erwachsenen wie auch von Kindern an die Wasseroberfläche und trieben neben den Kadavern von Kühen und Schweinen im Wasser.

Anselmo Martiroli, der aus einem der überfluteten Dörfer stammte, erfuhr vom Tod eines seiner Vettern, der zusammen mit seiner Frau und seinem sechsjährigen Sohn sein Leben gelassen hatte. Eine Frau aus seinem Dorf hatte mitten in der Nacht in einem Boot, mit dem ihr Mann sie in Sicherheit brachte, ein Kind auf die Welt gebracht.

Elsa betete für die Toten und ebenso für die Lebenden, die in ihrer Trauer und ihrem Elend zurückgeblieben waren, konnte jedoch nicht anders, als auch Erleichterung, dass es vorbei war, zu empfinden, denn jetzt konnten sie endlich wieder mit ihrem Leben weitermachen.

Kaum war die Gefahr gebannt, brachten sie die Kartons mit ihren Sachen vom Dachboden herunter, und auch die Anrichte wurde vorsichtig herabgelassen und nahm wieder ihren Platz in der Küche ein. Elsa war fest entschlossen, diesen hässlichen Moment hinter sich zu lassen. Doch für Guido war das anders. Er war immer noch nervös, schüttelte häufig den Kopf. Er wollte seine Heimat nicht verlassen, doch das Geld reichte nie, und dann war da auch noch die Demütigung durch den Mann im Krämerladen, der ihn nicht mehr anschreiben ließ. Und so wurde das Hochwasser von 1951 zum Wendepunkt.

Eines Tages, als sie am Mittagstisch saßen, fragte Guido, wo denn das Brot sei.

»Ich habe kein Geld, um welches zu kaufen«, antwortete ihm Elsa.

Er starrte seine Frau finster an. »Jetzt reicht's. Wir gehen von hier weg.«

»Wohin denn?«, fragte sie, während sie ihm Suppe in den Teller goss.

»Zu Dolfo, nach Viggiù.«

»Du hast immer gesagt, da wolltest du nicht hin.«

»Früher oder später bringt uns der Fluss noch um, und wenn er es nicht schafft, dann der Hunger. Heute schreibe ich an meinen Bruder. Nach den Feiertagen gehen wir weg.«

Kurz nach Weihnachten wollten sie aufbrechen, doch in jener Zeit wurde Elsas Mutter krank, und die Abreise nach Norden wurde für ein paar Jahre aufgeschoben. Kaum war seine Schwiegermutter jedoch unter der Erde, war Guido von seinem Plan nicht mehr abzubringen.

Es war Anfang 1954. Norma besuchte die erste Klasse der Grundschule, und es wurde beschlossen, sie bis zum Ende des Schuljahres bei ihrer Großmutter Neve zu lassen, so lange, bis Guido und seine Frau sich in Viggiù häuslich eingerichtet hatten. An einem kalten, aber sonnigen Tag Anfang Februar machte sich das Paar auf den Weg.

Der Möbelwagen wartete vor der Tür. Die Möbel selbst waren bereits eingeladen, und die Eheleute waren dabei, dort, wo noch Platz war, Kisten mit Wäsche und Töpfen unterzubringen. Nur Elsa konnte sich immer noch nicht mit dem Gedanken anfreunden wegzugehen. Es waren nur dreihundert Kilometer, doch für sie hätte jenes Bergdorf genauso gut am anderen Ende der Welt liegen können. Auch der Erfolg von Totòs Film über die Feuerwehrleute von Viggiù hatte sie nicht für den Plan einnehmen können. Sie hasste ihn jetzt schon, den Ort, wo die Häuser, wie Zena schrieb, statt aus Backstein aus grobem Gestein waren und wo man, um sich verständlich zu machen, zwangsweise Italienisch reden musste. Um gegen ihre Schulden anzukämpfen, hatte Elsa begonnen, einen Teil ihrer Aussteuer zu verkaufen, aber am Ende musste sie sich dem Willen ihres Mannes beugen. Und so hatte sie eben begonnen, ihre Siebensachen zusammenzupacken, und stand jetzt voller Unmut vor dem Möbelwagen, der sich einen Teil ihres Lebens nach dem anderen einverleibte, um das alles in ein Dorf zu bringen, das ihrer Vorstellung nach nichts anderes war als eines der Lager, von denen in Kriegszeiten so viel die Rede gewesen war.

Ohne jede Vorwarnung stieg die Frau auf einmal auf den Wagen und begann die Kisten, die ihr Mann so sorgfältig unterbracht hatte, wieder auszuladen. Guido lud ein und Elsa holte unbeirrbar alles wieder herunter, ohne sich von den Verwünschungen ihres Mannes davon abbringen zu lassen. Was er auf die Ladefläche stellte, zerrte sie hartnäckig wieder herunter, ein Kampf, der fast etwas Lächerliches hatte. Der Fahrer des Lastwagens schaute den beiden zu und wusste nicht, ob er sich einmischen oder lachen sollte.

Plötzlich fing Elsa zu schreien an. »Ich komme nicht mit da hoch, und in die Fabrik gehe ich auch nicht! Ich will da sterben, wo ich geboren bin und wo meine Wurzeln sind. Ich habe meine ganze Familie hier. Und meine Mutter? Wie soll ich ihr Blumen ans Grab bringen, wenn ich jetzt weggehe?«

Bei diesen Worten schien sich Guidos Wut zu legen. Er nahm seine Frau in die Arme, flüsterte ihr etwas ins Ohr und küsste sie auf die kleinen Windpockennarben, die sie auf der Stirn hatte. Norma ließ ihre Mutter, die immer noch schluchzte, nicht aus den Augen und sah zu, wie ihr Vater

Elsa am Arm nahm und sie in den Garten hinter dem Haus führte.

Das Mädchen blieb mit dem Fahrer des Möbelwagens allein, setzte sich neben ihn und kämmte seine Puppe, während er eine Zigarette rauchte. Der Mann klopfte nervös mit dem Fuß auf den Boden, *tap-tap*, fast ein kleiner Trommelwirbel. Dann kehrten ihre Eltern endlich zurück. Ihre Mutter hatte sich beruhigt, sah aber immer noch traurig aus. Die beiden Eheleute packten den Möbelwagen fertig, ohne ein Wort zu sprechen, und eine Stunde später machte sich der Wagen auf den Weg nach Viggiù.

Jetzt war der Moment gekommen, Norma zu ihrer Großmutter zu bringen. Alle drei stiegen auf die Lambretta, die der Mechaniker Melampo, ihr Nachbar, ihnen geliehen hatte: das kleine Mädchen stehend vorne, dann Guido und hintendrauf Elsa im Damensitz, mit dem Koffer des Mädchens auf den Oberschenkeln.

Neve stand am Fenster, als sie ankamen, und lief rasch die Treppe zum Damm hoch. »Norma, komm, gib deiner Großmutter einen Kuss!«, sagte sie und streckte die Arme nach ihrer Enkeltochter aus. Dann wechselte sie noch rasch ein paar Worte mit ihrem Sohn und der Schwiegertochter, die es eilig hatten, sich auf den Weg zu machen.

Elsa verabschiedete sich von ihrem kleinen Mädchen. »Gehorch den Großeltern und mach keine Scherereien, hast du verstanden? Ich komme bald zurück und bring dir eine Puppe mit, die sooo groß ist und ganz neu.«

Auch ihr Vater gab Norma einen Kuss. Sie stand auf der Dammstraße und sah ihren Eltern hinterher, wie sie mit unsicheren Schritten zur Lambretta gingen. Guido trat einmal kurz aufs Pedal, der Roller sprang an, dann ging es los. Eine Staubwolke hing über der kiesbestreuten Straße.

»Wir sind bald wieder da! Sei brav!«, schrie die Mutter. Sie trug einen grauen Mantel und ein Kopftuch mit rosa und himmelblauen Blumen, das sie sich ums Kinn gebunden hatte. Sie war wunderschön, dachte das Mädchen. Aber sie ging fort. Zwar hatte sie gesagt, sie würde wiederkommen und sie mitnehmen, aber Norma wusste nicht, ob sie ihr glauben sollte. Ihre Mutter schickte ihr viele Luftküsschen, doch mit diesen Küsschen verriet sie ihre kleine Tochter, ebenso wie ihr Papa sie verriet. Norma schaute ihren Eltern hinterher, wie sie auf der Straße verschwanden, und dachte, es sei für immer.

An jenem Abend aß sie ihre Suppe, machte ihre Hausaufgaben und setzte sich dann an den Tisch, um zu zeichnen. Sie war vollkommen in ihre Fantasien versunken und zeichnete und zeichnete, bis ihre Großmutter ihr das Blatt aus der Hand nahm. »Jetzt reicht's. Zeit, ins Bett zu gehen«, sagte Neve barsch.

Jetzt, wo Norma bei ihr war, war Neve fest entschlossen, das Mädchen zurück in die Wirklichkeit zu holen. Malerin wollte sie werden … *Klar, eine Hungerleiderin*, sagte sie sich. Aus diesem Grund zog sie ihr auch gleich am ersten Abend Malbuch und Stifte unter der Nase weg und forderte sie auf, stattdessen das Abendgebet mit ihr zu sprechen.

Radames saß am Tisch und las die *Unità*, brummelte aber vor sich hin, es sei nicht richtig, ein kleines Mädchen zu indoktrinieren, denn dieser Rosenkranz, das sei nur dummes Geschwätz, und sie solle die Kleine in Ruhe lassen. Neve hörte nicht auf ihn. Sie brachte Norma ins Schlafzimmer und begann das *Engel Gottes*, doch statt zu beten, schlüpfte Norma unter die Decke und drehte ihr beleidigt den Rücken zu. Neve gab ihr einen Kuss aufs Haar und ging aus dem Zimmer.

Als sie in die Küche zurückkehrte, erkannte sie, dass ihr Mann offenbar nicht mit Normas Behandlung einverstanden war. Sie beschloss, ihn zu ignorieren, doch Radames sagte: »Es war ein schwieriger Tag. Du musstest ihr nicht gleich die Farben wegnehmen.«

»Es ist nur zu ihrem Besten.«

»Blödsinn! Du wirst immer böser, das ist es.«

Neve spürte, wie sich ihr Magen zusammenkrampfte. »Du hast mir nie verziehen, dass wir nicht mehr miteinander schlafen.« Als er darauf nichts sagte, fuhr sie fort: »Du hast eine Geliebte. Das weiß ich schon seit Jahren.«

»Du hast es nicht anders gewollt.«

Einen langen Moment sprach keiner von ihnen. Am Ende sagte Neve: »Dann frage ich dich jetzt und dann nie mehr: Denkst du darüber nach, mich zu verlassen und mit ihr zu leben?«

Radames senkte den Kopf. Irgendwie schien er all seine Kräfte zusammennehmen zu müssen, um ihr eine Antwort zu geben.

»Nein«, sagte er nur. Seit jenem Abend schnitt Neve das Thema nie wieder an.

~

Zusammengerollt in ihrem Bett, fand Norma keinen Schlaf. Sie schlang die Arme um die Knie und beschloss, ihre Tränen herunterzuschlucken. Ihr war kalt. Sie weinte nicht, blieb aber wach, bis die Glocke des Kirchturms zweimal schlug.

Als sie die Augen wieder öffnete, war es Morgen. Zuerst brauchte sie ein bisschen, um zu begreifen, wo sie sich befand. Steif blieb sie im Bett liegen, atmete nur ganz leicht. Regen klopfte an die Fensterscheiben, prasselte auf den Kies der Straße, auf die ganze Welt. Sie schloss die Augen wieder, versuchte, zu dem Traum zurückzufinden, den sie gerade zurückgelassen hatte. Der Regen fiel und fiel. Vielleicht würde er ja nie wieder aufhören, dachte sie.

~ 1954 ~

Als Elsa und Guido in Viggiù ankamen, war es bereits dunkel. Es hatte geschneit, und das Dorf lag unter einer glitzernden weißen Schicht verborgen. Die Zweige der Tannen waren weiß, und weiß waren die Gärten der Häuser, die Pflastersteine, die Garibaldi-Statue; weiß auch der Piazzale vor der Kirche und die Hügel rund um den Ort.

Es war ein Dorf von dreitausend Seelen, eine Ansammlung von lauter alten Steingebäuden, engen Gassen und im Halbschatten liegenden Höfen. Ein Ort voll verschlossener Menschen, die daran gewöhnt waren, ein karges Stück Land zu bestellen, und nur das Nötigste sprachen. Zu Beginn des zwanzigsten Jahrhunderts hatten die gute Luft und die schöne Landschaft die Mailänder Bourgeoisie angelockt, die in Viggiù den Sommer verbrachte und begann, elegante Jugendstilvillen in die Hänge zu bauen. Nach dem Krieg jedoch zogen die Mailänder die Riviera als Sommerfrische dem Bergdorf vor, und der Ort hatte sich zu einer zweiten Heimat für die Emigranten entwickelt, die in der nahe gelegenen Schweiz Arbeit suchten. Und so kam es, dass von einem Tag auf den anderen Tagelöhner und ländliche Hilfsarbeiter aus den ärmsten Gegenden des Landes auf den

Baustellen Tessins arbeiteten oder Straßen asphaltierten, während ihre Frauen in den Fabriken in Stabio, Arzo und Mendrisio Hemden nähten, Menschen, wie hin- und hergerissen zwischen zwei Welten und zwei Währungen, weil sie Franken verdienten und Lire ausgaben. Zur Arbeit fuhren die Männer auf Lambrettas oder Vespas; die Frauen gelangten oft auf Schusters Rappen in die Schweiz, indem sie die drei Kilometer Steigung, die zwischen Viggiù und der Grenze lagen, zu Fuß zurücklegten. Kaum hatten sie die Grenze erreicht, verteilten sie sich auf die verschiedenen Fabriken und verwandelten sich in Arbeiterinnen; sie lernten, Krägen und Manschetten zu nähen, Futter in Jacken zu hängen und Uhrwerke oder andere Getriebe für eine im Aufschwung befindliche Industrie zusammenzusetzen.

Für Guido und Elsa war die erste Zeit in Viggiù nicht einfach. Zena hatte für sie zwei Zimmer gefunden, in denen die im Lastwagen herangeschafften Möbel so gut untergebracht wurden, wie es nur ging.

»Es ist nichts Besonderes, aber es kommen jetzt jeden Tag neue Leute, und eine Wohnung zu finden, wird immer schwieriger«, erklärte Zena, als sie Elsas Enttäuschung bemerkte.

Es handelte sich um zwei enge Zimmer in einem Haus mit umlaufendem Geländer. Der ebenerdige Raum fungierte als Küche, doch es gab darin nur ein Waschbecken aus Stein und einen Wasserhahn mit kaltem Wasser. Die Wände waren feucht, und das einzige Zimmer ging auf einen Innenhof hinaus, der fast immer im Schatten lag. Das Schlafzimmer befand sich ein Stockwerk höher; auch hier gab es wenig Licht, das durch zwei winzige Fenster hereinkam, die nur einige Stunden am Tag überhaupt von der Sonne beschienen wurden. Seine Notdurft verrichtete man in einem Außenklo, einem übel riechenden kleinen Raum, der von allen Familien des Innenhofes benutzt wurde. Norma erinnerte sich später als Erwachsene daran, dass sie manchmal so dringend gemusst hatte, dass ihr beim Warten vor dem ständig besetzten Klo fast die Blase platzte, und dachte voller Grauen an die Würmer, die aus dem stinkenden Loch gekrochen kamen und denen selbst die Eimer voll Chlorbleiche, die ihre Mutter hineinschüttete, nichts anhaben konnten. Es war eine armselige Behausung, selbst für diejenigen, die bereits zu Hause im Elend gelebt hatten, doch Guido und Elsa waren noch jung und entschlossen, für eine bessere Zukunft zu kämpfen.

»Arbeit gibt es, so viel ihr wollt. Eine Woche, dann seid ihr untergekommen«, versuchte Zena, ihre Schwägerin aufzumuntern.

Die erste Nacht verbrachten Guido und Elsa bei ihren Verwandten und behalfen sich mit zwei Matratzen auf dem Küchenboden. Es war sehr kalt, und bevor sie zu Bett gingen, schob Zena den »Priester« zwischen die Laken, jenes Holzgestell mit einem Topf voll glühender Kohlen, das sie aus Caposotto mitgebracht hatten. Elsa hatte Zahnschmerzen und machte in jener Nacht kein Auge zu. Am Morgen nahm sie die letzten zehntausend Lire, die ihnen geblieben waren, und ließ sich den verfaulten Backenzahn ziehen. Doch wie Zena vorausgesehen hatte, arbeitete ihre Schwägerin bereits eine Woche später in einer Lederjackenfabrik in Arzo, während Guido als Handlanger in der Zimmerei angestellt worden war, in der auch Dolfo arbeitete.

Das junge Paar konnte es kaum glauben, dass es auf einmal nicht nur einen, sondern gleich zwei Löhne bekam, und das auch noch regelmäßig. Sie waren nur wenige Monate in Viggiù, als sie ihre Schulden im Krämerladen von Caposotto begleichen konnten. Kaum war ihm diese Last von den Schultern genommen worden, unterzeichnete Guido einen Wechsel und kaufte damit eine bananengelbe Vespa 125.

Als im Juni das Schuljahr zu Ende war, fuhren sie nach Stellata und holten ihre Tochter zu sich. Sie kauften ein ausklappbares Bett und brachten das Mädchen in der Küche unter. Norma brauchte eine Weile, um den Schmerz zu vergessen, den es ihr bereitet hatte, als ihre Eltern sie dort am Damm zurückgelassen hatten. Sie wusste noch nicht, ob sie den beiden trauen konnte. Auch dauerte es, bis sie sich an all das Neue in jenem Bergdörfchen gewöhnt hatte, das so anders war als die flache Welt, die sie kannte. Doch der quietschgelbe Roller half ihr dabei, die neue Situation zu akzeptieren. Jeden Sonntag fuhr die kleine Familie damit an den Strand von Porto Ceresio, man machte einen Ausflug nach Lugano oder fuhr zum Picknick an die Ufer des Lago Maggiore. Auch Dolfo, Zena und ihre Tochter Donata waren mit von der Partie; die drei quetschten sich auf den Sitz einer knatternden roten Gilera.

Während Elsa die Vespa auf elegante Weise im Damensitz erklomm, im schmalen Schlauchrock oder auch einem der angesagten weiten Kleider mit Petticoat, gehörte Zena zu den ersten Frauen, die Hosen trugen und die Gilera zünftig rittlings bestiegen. An den Stränden des Luganer Sees hatte sie ihren Spaß daran, im modischen Zweiteiler, wie ihn auch Lucia Bosè oder Sophia Loren bei den ersten Miss-Wahlen nach dem Krieg getragen hatten, die Spießer zu empören. Sie pfiff darauf, wenn jemand ihr sagte, als Mutter müsse sie doch mit gutem Beispiel vorangehen; Zena schwamm gerne gegen den Strom, ein auffallender und immer etwas exzentrischer Typ. Während Elsa sich darauf beschränkte, einen Lippenstift und einen Hauch Puder aufzutragen, benutzte Zena Lidschatten in schreienden Farben wie Grün oder Türkis. Sie behauptete, die Farben brächten ihr rotes Haar besonders gut zur Geltung, das sie – entgegen den damals üblichen Gepflogenheiten – lang und ohne Dauerwelle trug.

So wie ihre Väter, die Zwillinge, wurden auch Norma und Donata unzertrennlich. Mit dem hellen Haar und den himmelblauen Augen der Träumer in ihrer Familie, mager und von zurückhaltender, schüchterner Art, war Norma das Abbild ihres Vaters Guido. Auch Donata hatte leuchtend blaue Augen, jedoch das rabenschwarze Haar ihrer fahrenden Ahnen. Wie Dolfo war sie groß gewachsen und athletisch gebaut, und schon in jungen Jahren zeigte sich, dass sie mit ihrer kecken und kühnen Art ihren beiden Eltern in nichts nachstand. Donata hatte vor nichts Angst und war immer in Bewegung, ständig mit irgendeinem Spiel beschäftigt, und wenn es nichts zu laufen gab, dann erfand sie etwas anderes Aufregendes, das sie prompt und regelmäßig in Schwierigkeiten brachte. Um die Wahrheit zu sagen, gerieten beide Mädchen von einem Schlamassel ins nächste, wenn sie ihre Hausaufgaben nicht machten oder die kleineren Aufgaben im Haushalt nicht erledigten, die die Eltern von ihnen erwarteten. Lieber posierten die beiden am Nachmittag stundenlang vor dem Spiegel, probierten die Kleider und die hochhackigen Schuhe ihrer Mütter an, Elsas Schleierhütchen oder

Zenas leuchtend roten Lippenstift. Donata hatte an sich für auffallende Schminke oder elegante Kleider nicht viel übrig, doch beide liebten es, sich zu verkleiden und mal als vornehme Gräfinnen, mal als feine Damen aus der Stadt durch die Wohnung zu paradieren, kleine improvisierte Theaterstücke, an denen sie große Freude hatten. Oder die beiden spielten mit Marcellino, Salvatore und den anderen Kindern aus dem Hof *Himmel und Hölle.* Jeden Nachmittag trafen sie sich auf dem Platz vor der Kirche zu einer Runde *Ochs am Berg*, einem Spiel, bei dem man auf Kommando immer wieder und in den lächerlichsten Positionen erstarren musste, mit angehaltener Luft und Schweißperlen auf der Stirn. Die Stunden flogen nur so dahin, und auf einmal schlug die Kirchturmuhr sechsmal. Schon Abend – und sie hatten weder ihr Bett gemacht noch das Wasser für die Nudeln aufgesetzt. Also schnurstracks nach Hause, um die hochhackigen Schuhe, die Halsketten und Hüte aufzuräumen, und rasch in die Küche, um den Tisch zu decken und das Gas unter dem Nudeltopf aufzudrehen. Oft genug erwischten ihre heimkehrenden Mütter sie unvorbereitet, sie wurden ausgeschimpft, oder es gab auch mal einen Klaps auf den Hintern.

Doch die allergrößte Leidenschaft der beiden Kusinen Martiroli war es, in den Wäldern, die auf den Hügel Sant' Elia führten, umherzustreifen. Zwischen Kastanienbäumen und der Macchia aus Robinien und Pinien ging es eine Stunde die steilen Wege hoch, bis man die kleine Steinkirche am Gipfel des Berges erreicht hatte, dann weiter durch ein von Tannen beschattetes Stück bis zu einer kleinen Lichtung, vor der der Abgrund gähnte, ein Felshang, der mehrere Hundert Meter in die Tiefe führte. Von hier aus sah man am Horizont die verschneiten Gipfel der Alpen, und darunter schlängelte sich zwischen Tälern und Hängen das leuchtende Kobaltblau des Luganer Sees. Norma und Donata blieben erst wenige Schritte vor dem Abgrund stehen. Direkt vor ihnen gähnte ein großes Loch, halb von den Kastanienblättern verborgen. Es hieß, das sei das Ende eines Tunnels, der vom Gipfel bis direkt zum See führte. Zu Kriegszeiten, munkelte man, habe man Menschen dort hinabgeworfen. Die beiden Mädchen stellten sich die Gerippe vor, die sich dort unten türmten, und machten einen Schritt rückwärts aus Furcht, auf den Blättern auszurutschen und selbst dort hineinzufallen. Hätten ihre Mütter gewusst, dass sie sich dorthin gewagt hatten, wäre der Ärger groß gewesen. Elsa selbst hatte Norma, die ihr als die Vernünftigere von beiden erschien, ausdrücklich befohlen, sich von Sant' Elia fernzuhalten.

»Da sind überall Schlangen! An so einem Abgrund kann man leicht einen falschen Schritt machen, und schon ist es passiert. Kommt überhaupt nicht infrage, dass ihr da hochgeht. Hast du verstanden?«

Norma bejahte und versprach ihr hoch und heilig, niemals dorthin zu gehen. Lieber würde sie zu Hause bleiben, mit ihren Heften und den Buntstiften, denn wenn sie Malerin werden wolle, müsse sie üben. Doch am Ende erwies sich die Verlockung, eine Grenze zu überschreiten, als unwiderstehlich. Der Sommer war lang, die Sonne brannte, und dort oben in den Bergen gab es noch viele geheimnisvolle Stellen, wie die Grotten des Monte Orsa mit ihren Schützengräben aus dem Zweiten Weltkrieg. Und so ließ Norma Zeichenblöcke und Pinsel zurück und verbrachte die langen Sommernachmittage mit Donata, um zwischen Farnen und

Efeu zu wandern, den leicht fauligen Geruch modernder Blätter einzuatmen und mit federndem Schritt über den samtigen Teppich des Waldbodens zu schreiten, der von Regengüssen butterweich geworden war. Sie erreichten die Befestigungen der Soldaten, wo unter den Schießscharten immer noch Patronenhülsen lagen. Von dort oben sah man in Richtung Norden die Schweizer Berge, in Richtung Süden kilometerweit Felder. An klaren Tagen waren sogar die nadelspitzen Türme des Mailänder Doms zu erkennen.

Letzte Etappe jenes herrlichen Streifzuges war der Besuch bei Belòn, einem alten Mann, der ganz oben am Berg in einer Hütte wohnte. Dort führte er in Gesellschaft eines Dutzends Hunde ein sagenumwobenes Leben, nachdem man ihn vor Jahren des Dorfes verwiesen hatte. Belòn kam nur ins Dorf, wenn Markt war, um etwas Öl, Salz oder Maismehl zu kaufen. Schmutzig, mit langem Bart und zerlumpter Kleidung schlurfte er durch das Dorf, immer in Begleitung seiner Hundeschar. Es ging das Gerücht, dass er gelegentlich auch einen der Vierbeiner erschlug, um ihn zu verspeisen. Vielleicht war das alles nur Gerede, doch auf die Kusinen Martiroli übte Belòn eine unwiderstehliche Anziehungskraft aus. Es gab nichts Abenteuerlicheres und Aufregenderes, als um sein Haus zu schleichen und nach einem Beweis für seine gruseligen Mahlzeiten Ausschau zu halten.

In dem Sommer, in dem beide acht wurden, wagten sich die Mädchen sogar bis zu seinem Fenster vor.

»Gehen wir zurück«, flüsterte Norma.

»Jetzt komm schon. Wir schauen rein, und dann hauen wir schnell ab«, versuchte Donata, sie zu beruhigen.

An der Hütte angelangt, warfen sie einen Blick ins Innere,

die Nasen an die Scheibe gedrückt. Da saß Belòn, mit einem Messer in der Hand, und schnitzte an etwas, vielleicht einem Zweig oder einem Brett. Doch das Allererste, was sie sahen, war, dass er splitterfasernackt war. Zunächst schien der Alte ihre Anwesenheit nicht zu bemerken, doch dann hob er plötzlich den Blick und schaute Norma in die Augen. Ein Moment der Panik, und weg!

Die Mädchen liefen quer über die Wiese und dann Hals über Kopf den Waldweg hinab. Beide hatten das Gefühl, Belòns Atem im Nacken zu spüren, trauten sich jedoch nicht, sich umzudrehen, um festzustellen, ob es stimmte oder ihre Fantasie ihnen einen Streich spielte. Gleich würde eine Hand sie von hinten an den Haaren packen oder ein Hund ihnen in die Wade beißen, dachten sie. Und so liefen und liefen sie, ohne sich umzudrehen, atemlos, bis sie wieder im Dorf waren.

Als sie die Piazza Albinola erreichten, ließen sie sich auf eine der Bänke zu Füßen der Garibaldi-Statue fallen. Sie schauten sich an und brachen in Gelächter aus: Auch diesmal waren sie mit heiler Haut davongekommen.

Ab und zu lernte Donata eine neue Freundin kennen und verschwand für ein paar Tage, schloss ihre Kusine von ihren Spielen aus. Norma war zwar traurig darüber, zog dann aber die Schublade mit ihren Farben und Pinseln auf und malte: Paradiesvögel, Tiger, Türme mit vielen, vielen Reihen von Fenstern. Sie war immer noch überzeugt davon, dass sie einmal Malerin werden würde. Donata wollte Friseurin werden, wie sie in letzter Zeit überall verkündete, und wenn es nur dafür war, ihre Freundinnen davon zu überzeugen, dass sie sich von ihr einen Pony schneiden lassen würden. Malerin zu werden, war eine große Sache, viel besser als Haareschneiden. Dann, nach einer Woche, stritt sich Donata mit ihrer neuen Freundin und kehrte zu Norma zurück.

Zu den Dingen, die beide Mädchen am allermeisten liebten, gehörte die Bäckerei von Signor Pippo. Ihr Eingang befand sich an der Piazzetta della Madonnina, doch die Öfen und die Werkstatt lagen nach hinten, direkt auf den Hof hinaus, wo Norma wohnte, die jeden Morgen vom Duft von Hefe, von Vanille oder von Zitronentorte geweckt wurde. Und jeden Freitag buk Signor Pippo Pizza, etwas so Gutes, wie es die beiden Kusinen noch nie gegessen hatten; allein von dem Duft lief einem das Wasser im Mund zusammen.

»Hier im Norden ist das was ganz Neues, aber in *Nuova Yorke* hat sich meine Verwandtschaft eine goldene Nase damit verdient. Ach … da müsste ich hingehen!«

Signor Pippo kam aus Bompietro, einem Dorf in der Nähe von Palermo, und verkaufte ein so gutes Brot, dass er in nur wenigen Jahren so viel Geld zusammenhatte, um sich ein Auto zu kaufen: einen Fiat Topolino 500 C, schwarz, glänzend, wunderschön. Er verbrachte Stunden damit, ihn voller Hingabe und Behutsamkeit zu wienern und zu polieren. Manchmal lud er die Kinder vom Hof ins Auto und fuhr mit ihnen zum Eisessen nach Varese oder Porto Ceresio. Kerzengerade saß er am Steuer, zeigte jedem stolz seinen Topolino und trotzte all denjenigen, die ihn verächtlich einen *terún*, einen Hinterwäldler aus dem Süden, nannten. Konnte ihm das im Grunde nicht egal sein? *Er* hatte das Auto und fuhr damit spazieren, so viel er wollte! Während der Fahrt stimmte Signor Pippo oft alte sizilianische Lieder an, wie das von dem munteren Rappen, der doch auch ein wenig wie

Herrn Pippos schwarzer Fiat war. Und schon bald sangen Norma, Donata und die anderen Kinder aus dem Hof aus vollem Halse und gnadenlos falsch mit:

Tira mureddu miu, tira e camiiina,
cu st'aria frisca e duci di la chianaaaa,
lu scrusciu di la rota e la catina,
ti cantu sta canzuna paisanaaa.

»Langsam, langsam! Ihr singt ja wie ein ganzer Hühnerstall! Nicht so schnell … Und immer im Takt!«

Amuri, amuri miu, ppì ttia cantu,
lu cori nun mi duna cchiù avventuu!

»*Ragghiu di sceccu nunn'arriva 'n cielu* … Der Schrei des Esels kommt niemals im Himmel an«, seufzte Signor Pippo dann und schüttelte den Kopf.

Da in Viggiù Immigranten aus den verschiedensten Regionen Italiens zusammenlebten, vermischten sich auch ihre Gewohnheiten, ihre Sitten und Gebräuche. Während die Leute aus der Emilia und dem Gebiet um Mantua sich gerne im Sitz der kommunistischen Partei zu großen Festen der Unità trafen, bei denen viel diskutiert, aber auch geschwoft und riesige Mengen mit Fleisch gefüllter Nudeln vertilgt wurden, veranstaltete die große Gemeinschaft der Sizilianer fantasievolle und farbenfrohe religiöse Prozessionen, die manchmal die Grenze der Gotteslästerung streiften, so wie die sogenannte *Festa dei Giudei*, die seit undenkbarer Zeit in San Fratello, einem Dorf in der Provinz Messina, abgehalten wurde. Die zahllosen Emigranten aus jener Gegend hatten doch tatsächlich beschlossen, jene Tradition auch in Viggiù fortzuführen, bei der man in der Osterwoche in roten und gelben Gewändern umherzog und als *giudei*, also Juden, den Tod Christi feierte.

Im Laufe eines Jahrzehnts hatte die gewaltige Welle von Zugereisten das Gesicht des Ortes mehr gewandelt, als viele Jahrhunderte Geschichte es vermocht hatten. Lange hatten sich die Alteingesessenen dagegen gewehrt, doch am Ende mussten sie sich der numerischen Überlegenheit der Neuankömmlinge beugen.

Auch die Familien Martiroli machten sich so manche Neuerung zu eigen. Zena zum Beispiel hatte von einer sizilianischen Arbeitskollegin gelernt, mit Salz bestreute Zitronenscheiben zu naschen, und Elsa bereitete neuerdings *olivi cunzati*, also »Quetsch-Oliven« zu, die mit pikantem Peperoncino, Oregano und Knoblauch gewürzt waren. Die Freundin, die ihr dieses Rezept beigebracht hatte, hieß Carmelina Premilcuore. Sie war eine unermüdliche Arbeiterin, so flink mit den Händen wie mit dem Mundwerk. Sie verbrachte ihr halbes Leben in der Fabrik und schaffte es mit ihrem Verdienst, drei Kinder auf die Universität zu bringen. Wann immer sich die Gelegenheit ergab, sie zu treffen, nahmen Norma und Donata an ihrer Seite Platz und lauschten fasziniert ihrer äußerst bunten Wortwahl, zu der auch jede Menge Kraftausdrücke im Dialekt gehörten; so konnte zum Beispiel *sciatara e matara* Bewunderung und Ablehnung zugleich ausdrücken, ebenso wie *Buttana è!* Jedes Mal, wenn Carmela ihrem Staunen Ausdruck verleihen wollte, rief sie: »*Miu Gesù di tern'amuri!*« Beklagte sie sich hingegen bei Zena über eine ungerechte Bevorzugung am Arbeitsplatz, verzog sie den Mund und sagte dann: *»Idda è bedda pumata pi li caddi.«* Die Mädchen verstanden nur Bahnhof und wussten nicht, dass es sich um einen Fall von Schmiergeldzahlung handelte; rätselnd stellten sie sich eine Frau vor, die, statt tief gebeugt über ihrer Nähmaschine zu sitzen, ihre Arbeitszeit in der Fabrik damit verbrachte, sich die Schwielen mit Pomade einzureiben.

~

Fast schien es ein Wunder: Die Leute kamen nach Viggiù mit einem alten Koffer aus Pappmaschee in der Hand, doch binnen Kurzem konnten sie sich ein Auto leisten, aßen am Sonntag in der Trattoria und hatten nur wenige Jahre später genug gespart, um sich ein Haus zu kaufen. Der Wohlstand der Viggiùteser war allerdings nicht nur der Tatsache geschuldet, dass sie Franken verdienten, sondern auch einer nächtlichen und geheimen Aktivität: Im Dorf gab es einen blühenden Schwarzhandel mit Zigaretten. Jedes männliche Wesen unter vierzig, das kräftige Beine und gesunde Lungen hatte, verdiente sich nämlich einiges dazu, indem es säckeweise Muratti und Marlboro über die Gebirgsgrenze von der Schweiz nach Italien brachte. Man nannte sie *spalloni*, weil sie die Säcke auf ihren Schultern schleppten, und die Schmuggelsäcke selbst hießen *bricolle*. Jede *bricolla* fasste 749 Päckchen, und zwar nicht eines mehr, denn wenn man mit 750 Päckchen erwischt wurde, kam man ins Gefängnis, während man mit weniger bestenfalls eine Geldstrafe erhielt.

Die Schmuggler galten als romantische Wesen, teils, weil

sie während des Krieges die Partisanen bei ihrem Freiheitskampf unterstützt hatten, aber auch, weil nicht wenige Juden und politisch Verfolgte es ihnen zu verdanken hatten, dass ihnen die Flucht in die Schweiz gelungen war. Im Grunde betrachtete man den Schmuggel als Kavaliersdelikt, etwas, das man eben traditionell so machte, um sein Gehalt aufzubessern. Oft saßen Schmuggler und Grenzpolizisten gemeinsam in der Wirtschaft, um ein Gläschen Weißwein zu trinken, bevor es dann »an die Arbeit« ging. Es kam auch vor, dass ein Polizist, wenn er einen *spallone* schnappte, ein Auge zudrückte, den Ertappten laufen ließ und als Gegenleistung einfach die Ware konfiszierte. Jedenfalls gab es zwischen der Gebirgspolizei und den Schmugglern eine stillschweigende Übereinkunft: Beide Partien ließen die Pistolen daheim, wenn sie zu ihrer »Nachtschicht« aufbrachen. Kam es dann zu einer tätlichen Auseinandersetzung in den Bergen, wurde bestenfalls kurz der Schlagstock geschwungen. Unter dem Strich war es eine Welt mit einer eigenen Moral.

Gaggiolo, Saltrio, Viggiù, Clivio: Grenzorte, in denen geschmuggelt wurde, was das Zeug hielt. Der Großteil der Häuser, die zu jener Zeit in der Gegend gebaut wurden, waren Ergebnis dieses Zusatzverdienstes. Damals gab es waghalsige Verfolgungsjagden, nächtliche Stellungskriege und jede Menge Tricks und Strategien, die dazu dienten, die prall mit Zigarettenpäckchen gefüllten *bricolle* ungehindert durch das Überwachungsnetz der Grenzpolizei zu bringen. Sogar ein Priester wurde einmal verhaftet; beim Zoll war entdeckt worden, dass er unter seinem Talar mehrere Stangen Zigaretten versteckt hatte. Um die Kontrabande aus Marlboro über die Grenze zu schaffen, ließ man sich einiges einfallen; sogar unter Wasser, über den Lago Ceresio, wurde Schmuggelware transportiert. Nachdem man von schlichten Booten Abstand nehmen musste, weil sie eine Spur auf der Wasseroberfläche hinterließen und auch im Dunkeln gesichtet werden konnten, hatte man Transportwege unter Wasser entwickelt, die schwerer abzufangen waren; dazu gehörten das sogenannte *maialino*, also Schweinchen, und das zigarrenförmige *sigaro*, echte Mini-U-Boote, die in der Garage irgendeines erfindungsreichen Freizeitschmugglers gebaut worden waren.

Guido gehörte zu den wenigen, die niemals etwas mit der Schmuggelei zu tun haben wollten. Obwohl Dolfo ihm versicherte, das Risiko, ins Gefängnis zu kommen, gehe gegen null, betonte sein Zwillingsbruder immer wieder, er ziehe es vor, des Abends mit reinem Gewissen schlafen zu gehen. Doch tatsächlich währte auch Dolfos Karriere als *spallone* nicht lange, denn trotz seiner großen physischen Kraft, die selbst bei jüngeren Männern Bewunderung hervorrief, stand es um sein Augenlicht immer schlechter.

Eines Nachts, als er mit der *bricolla* auf den Schultern in den Bergen unterwegs war, traf ein Lichtstrahl seine Augen.

»Hände hoch!«, rief ein Grenzpolizist.

Dolfo ließ den Sack mit der Schmugglerware fallen und begann, den Weg hinabzulaufen, doch auf seiner Flucht verlor er seine Brille. Er begriff sofort, dass es für ihn keinen anderen Ausweg gab, als die Arme zu heben und zu sagen: »Ich gehöre euch. Aber sucht mir meine Brille, sonst könnt ihr mich nämlich auf dem Arm ins Dorf runtertragen.«

~

Eines Samstagnachmittags ließ Norma ihre Mutter beim Bügeln in der Küche zurück und lief zu einer Runde Ballspiel mit den anderen Kindern auf die Straße. Jemand versetzte dem Ball einen Tritt, und sie rannte los, um ihn zu holen. Auf einmal quietschten Reifen auf dem Asphalt, und der Kühler eines Autos stoppte nur wenige Zentimeter vor ihrem Gesicht.

Ein Mann stieg aus, kreidebleich um die Nase. Er lief auf sie zu, packte sie am Arm und drückte so fest, dass sie nach Luft schnappte. »Wo ist deine Mutter?«

Norma zeigte auf das Haus, in dem sie wohnten.

Der Mann zog sie in Richtung der Haustür. Sie war abgeschlossen. Er fing an, mit den Fäusten daran zu trommeln. Er klopfte und klopfte.

Man hörte die genervte Stimme von Elsa. »Ich komme schon … einen Moment!« Sie öffnete die Tür, rot im Gesicht und mit ungekämmtem Haar. Hinter ihr tauchte Onkel Dolfo auf.

Der Mann aus dem Auto schrie sie an, Kinder dürfe man nicht unbeobachtet auf die Straße lassen, fast hätte er ihre Tochter totgefahren. Elsa zitterte. Dolfo blickte zu Boden und fuhr sich mit der Hand durchs Haar. Keiner von beiden sagte etwas.

An einem gewissen Punkt rief der Mann: »Jetzt gebt dem Mädchen wenigstens mal ein Glas Wasser!«

Die beiden suchten nach der Wasserflasche, aber sie war leer. In ihrer Verwirrung fanden sie nur die mit dem Wein, gossen ein wenig davon ein und reichten das Glas Norma, doch die zitterte so sehr, dass der größte Teil auf ihrem Kleid landete.

Der Mann ging hinaus und knallte die Tür hinter sich zu.

Norma blieb auf ihrem Stuhl sitzen; sie zitterte immer noch wie Espenlaub. Keiner sagte etwas.

Nach einer Weile trat ihre Mutter zu ihr und streichelte ihr über den Kopf. »Sag nichts dem Papa. In Ordnung?«

»In Ordnung«, antwortete Norma, war sich jedoch nicht sicher, was das nun genau war, was sie ihrem Vater verschweigen sollte.

~

An jenem Abend stieg Norma die Treppe hoch bis zum obersten Stock, wo Linda, die Besitzerin des Hauses, wohnte. Seit ihr Mann verstorben war, hatte die Frau Angst, allein schlafen zu gehen, und bat deshalb oft das Mädchen, ihr Gesellschaft zu leisten.

Linda war über fünfzig, zu allen Tages- und Nachtzeiten geschminkt und gekleidet wie aus einer Modezeitschrift. Sie trug eng anliegende Hosen, die ihr bis zum Knöchel reichten und die man damals Caprihosen nannte. Ihre Wohnung hatte glänzende Holzböden, und über einem Möbelstück aus Nussbaum hing eine antike Uhr; bei ihr gab es immer frische Rosen in einer Kristallvase. Sie trug hohe Absätze und auffallende Ohrringe. Die Haare färbte sie sich aschblond, und sie war immer wie aus dem Ei gepellt, wenn sie das Haus verließ, auch wenn sie nur Brot kaufen wollte. Elsa sagte, es sei eine Schande, in ihrem Alter noch aufzutreten wie ein junges Mädchen. Einmal hatte Norma sie ihrer Freundin Carmelina Premilcuore zuflüstern hören: »Von dem verlangt sie ganz bestimmt keine Miete.« Dabei wies

Elsa mit dem Kinn in Richtung eines etwa zwanzig Jahre alten Mannes, der aus dem Süden hergezogen war und auch in ihrem Haus wohnte.

Dem Mädchen jedoch war Linda sympathisch, und sie freute sich immer darauf, bei ihr zu schlafen. Ihr gefiel die elegant eingerichtete Wohnung und die Tatsache, dass es stets frische Rosen gab. Linda liebte Blumen. Sie sagte, Schönheit sei gut für den Geist. Aufs Essen hätte sie verzichtet, aber auf ihre Rosen niemals. Außerdem hingen Drucke von Matisse und van Gogh an ihren Wänden, die Norma wundervoll fand und manchmal zu kopieren versuchte.

An jenem Abend schlüpfte das Mädchen sogleich ins Bett und schaute Linda dabei zu, wie sie sich, schweigend vor dem Spiegel sitzend, zuerst den Lippenstift und dann die Augen abschminkte. Das war ein langsamer und sehr sorgfältiger Prozess, den Norma stets fasziniert beobachtete. Am Ende stand die Frau auf und kam zu ihr. Ihr Gesicht war bleich, die Wangen eingefallen. Auf einmal war sie alt geworden.

Mit ihrem knochigen Körper schlüpfte sie in ihr Nachthemd aus Chiffon, glitt unter die Bettdecke und seufzte: »Hör nur, wie der Wind tobt.« Ihre Stimme erstarb. Nach einer Weile fügte sie hinzu: »Wenn du groß bist, geh fort von hier. Studiere, Norma. Geh nach Mailand oder ins Ausland. Die Leute hier sind böse.«

Sie wünschte ihr eine gute Nacht und löschte das Licht. Das Mädchen lag noch lange wach.

Unten auf der Straße lachte jemand. Aus der Jukebox in der Bar gegenüber kam Musik.

È giunta mezzanotte,
si spengono i rumori,
si spegne anche l'insegna
di quell'ultimo caffè.
Le strade son deserte,
deserte e silenziose,
un'ultima carrozza
cigolando se ne va…

Dieses Lied, das auch ihr Vater immer sang, handelte von einer Bar, bei der um Mitternacht das Licht ausgeht, von verlassenen, stillen Straßen, auf denen quietschend eine Kutsche davonfährt. Genauer gesagt *hatte* er es gesungen. Früher. Als sie noch eine glückliche Familie waren. Doch seit geraumer Zeit hatte sich die Stimmung bei ihnen zu Hause geändert. Ihre Eltern waren angespannt und wechselten bei Tisch kein Wort. Nur Norma sprach, doch ihr schien keiner zuzuhören.

Dolfo kam fast gar nicht mehr zu Besuch, und manchmal verschwand ihre Mutter stundenlang. Wenn sie dann zurückkehrte und Norma sie fragte, wo sie denn gewesen sei, gab ihr Elsa immer eine ausweichende Antwort.

»Aber wo warst du?«, beharrte Norma.

»Ich habe auch das Recht auf ein bisschen Glück!«, erwiderte Elsa eines Tages aufbrausend. Dann setzte sie sich auf einen Stuhl und fügte hinzu: »Norma, bitte entschuldige. Ich wollte nicht … Diese Sachen sind schwer zu begreifen in deinem Alter.«

»Ich bin schon groß, ich bin zehn.«

Sie lächelte. »Ja, das stimmt, du bist groß geworden … und ich bin bald alt.«

Seit jenem Tag stellte das Mädchen ihr keine Fragen mehr.

Einige Monate später hörte ihre Mutter auf, plötzlich zu verschwinden. Doch Norma bemerkte, dass sie oft rot verweinte Augen hatte. Sie hörte kein Radio mehr, nicht einmal die Sendung vom Musikfestival von Sanremo, für die sie früher stundenlang vor dem Apparat gehangen hatte.

So ging es lange Zeit weiter. Bis zu dem Moment, als es den Anschein hatte, als würde alles in die Brüche gehen.

Norma war mittlerweile elf Jahre alt. Sie hatte den ganzen Nachmittag damit verbracht, geflügelte Katzen und Sirenen mit Flöten und Gitarren zu zeichnen. Als ihre Mutter von der Arbeit heimkehrte, hatte das Mädchen weder die Betten gemacht noch den Tisch gedeckt. Elsa kam zur Tür herein, und Norma sah sofort, wie bleich sie war. Normalerweise schimpfte ihre Mutter sie in solchen Situationen aus, weil sie hundemüde von der Arbeit war und nie auf ihre Hilfe zählen könne. Doch an jenem Abend sagte sie nichts. Sie zog den Mantel aus, legte ihre Tasche weg und setzte sich. Und saß da, ohne etwas zu tun. *Jetzt steht sie auf und wischt mir eine*, dachte Norma. Sie suchte gerade nach einer Ausrede, um ihren Kopf aus der Schlinge zu ziehen, als Elsa in Tränen ausbrach.

»Ich räum gleich auf, dauert nur eine Minute«, beeilte sich das Mädchen zu sagen.

»Nichts, ist gleich vorbei.«

»Geht es dir nicht gut?«

Die Mutter gab ihr keine Antwort. Sie trocknete ihre Augen, stand auf, zog die Schürze an und begann, Zwiebeln zu schneiden.

»Stell dich drauf ein, dass es bald nur noch uns zwei geben wird, dich und mich«, fügte sie nach einer Weile hinzu.

»Und Papa?«

»Dein Vater zieht aus, und dann sehen wir weiter.«

In jenem Moment kam Guido nach Hause. Kaum setzte er seinen Fuß in die Wohnung, nahm Elsa ihren Mantel und ging unter dem Vorwand, sie müsse noch Dosentomaten kaufen, hinaus.

Vater und Tochter blieben allein zurück.

Norma ergriff als Erste das Wort. »Vorhin hat Mama geweint.«

Er gab keine Antwort. Er zündete sich eine Zigarette an und setzte sich ans Fenster.

Von jenem Abend an würde Norma nie wieder den Geruch der angebratenen Zwiebeln und diese bleierne Stille vergessen, die nur vom Ticken des leckenden Wasserhahns durchbrochen wurde. Noch deutlicher als alles andere jedoch blieb ihr das Profil ihres Vaters in Erinnerung, wie er am Fenster saß, hinausschaute und gierig an seiner Zigarette zog, ohne ein Wort zu sagen. Norma hatte das deutliche Gefühl, dass er in Gedanken bei einer anderen Frau war.

Es kam eine Zeit der unterschwelligen Konflikte und der verborgenen Wahrheiten. Sie hörte ihre Eltern streiten, doch kaum betrat sie das Haus, verstummten sie. Und das war auch besser so, denn wenn sie sich in ihrer Anwesenheit anschrien und der verschiedensten Vergehen bezichtigten, hielt Norma es nicht lange aus und ging hinaus, um mit den Söhnen von Signor Pippo zu spielen.

Mehr als alles andere fehlte ihr die Zuneigung ihres Vaters. Seit die Streitereien bei ihnen zu Hause begonnen hatten, war er immer schlechter Laune und schien keine Zeit mehr für sie zu haben. Norma sehnte sich nach der Zeit zurück, als sie noch klein gewesen war. Vor allem damals noch auf dem Hof in Caposotto, wenn ihr Vater sie auf den Arm genommen hatte und ihr etwas vorsang, um sie zum Lachen zu bringen, zum Beispiel das Lied mit den vielen ulkigen Reimen, in dem es um einen Erdkundelehrer und seine Mühen mit den kleinen Eseln auf der Schulbank ging.

»Signorina Maccabei
enga fuori, dica lei
ove sono i Pirenei?«
»Professore, io non lo so, lo dica lei.«
»E sentiamo Massinelli
il mio re degli asinelli
dove sono i Dardanelli?«

Sie hörte ihm zu und lachte, den Kopf an seine Brust gedrückt, und zupfte ihm dabei ein paar Härchen vom Arm. Es war immer ihr Vater gewesen, der mehr Zeit mit ihr verbrachte, der Elternteil, von dem sie sich mehr geliebt fühlte. Ihre Mutter hingegen hatte alle Hände voll zu tun, um das Haus auf Vordermann zu bringen und dafür zu sorgen, dass sie über die Runden kamen. Und neuerdings auch die Familie zusammenzuhalten.

In den Erinnerungen an ihre Kindheit sang ihr Vater immer. Nach dem Krieg hatte er seinen Traum, Tenor zu werden, ganz und gar aufgegeben, obwohl der Professor Wort gehalten und sich gemeldet hatte. Sein alter Gefängnisgenosse wollte Guido dabei helfen, ein Stipendium für eine Gesangsausbildung zu bekommen, und bis dahin hatte er ihm sogar angeboten, ihm Gesangsstunden bei einem Lehrer in Ferrara zu zahlen, der ein Freund eines Freundes war. Doch nur wenige Monate nach seiner Rückkehr nach Hause war Elsa schwanger geworden, und mit einer Ehefrau, bei der ein Kind unterwegs war, wurde Guido bewusst, dass der Zug für ihn abgefahren war. Seine Mutter hatte recht behalten: Träume waren nur etwas für Reiche. Besser, man vergaß sie und stellte sich der Wirklichkeit. Immerhin gehörte er dem Kirchenchor an und sang einige Jahre weiter mit der ihm eigenen Leidenschaft. Als sie nach Viggiù gezogen waren, bemühte er sich sogleich um eine Aufnahme im dortigen Kirchenchor und wurde mit seiner Stimme sofort genommen. Als sich dann jedoch die häusliche Situation verschlechterte, gab Guido das Singen komplett auf. Der Priester hatte ihn mehrfach aufgesucht, um ihn zu einer Rückkehr in den Chor zu bewegen, doch davon wollte er nichts hören.

Auch seine Opernplatten hatte Guido schon lange nicht mehr aufgelegt, eine Sammlung, mit der er begonnen hatte, kaum hatte er Arbeit in der Schweiz gefunden. Die Aufnahmen von Giuseppe di Stefano, Mario del Monaco und Renata Tebaldi landeten schon bald irgendwo im Schrank und gerieten in Vergessenheit.

Am Ende verließ Guido seine Familie nicht, wurde jedoch zu einem schweigsamen Zeitgenossen, einem Vater, der nach dem Essen sogleich aufs Zimmer ging, um zu lesen oder Kreuzworträtsel zu lösen. Für Norma wurde er zum verstummten Gott, einem, der seine Träume für die Familie aufgegeben hatte und sich aus reinem Verantwortungsgefühl in sein Schicksal ergeben hatte.

Eine Fotografie zeigt Norma zusammen mit ihrem Vater. Es ist Winter, ein verschneiter Tag. Die beiden stehen auf der Straße, die zum Monte Orsa führt. Guido trägt eine Sportjacke und raucht Pfeife. Er sieht ein wenig aus wie John F. Kennedy, auch wenn er magerer ist und seine Augen heller. Norma trägt ein dunkles Mäntelchen und ein Barett mit Pompom. Sie hält seine Hand und lächelt, ihre Augen sind geschlossen, weil die Sonne sie blendet. Gemacht hat Dolfo das Foto im ersten Winter des Mädchens in Viggiù. Auf den Gesichtern der beiden sieht man nichts anderes als Glück.

Nur wenige Jahre später hatte sich alles in ihrem Leben verändert. Sie schleppten sich von Tag zu Tag, ohne zu klagen, so wie es viele Menschen tun: aus Gewohnheit, aus Mangel an Alternativen, aus Pflichtgefühl. Sie blieben nur aus dem Grund zusammen, weil sie Angst hatten, allein zu sein. Um ihr Gewissen zum Schweigen zu bringen und aus Furcht vor dem, was die Leute sagten.

~ 1958 ~

Jeden Sommer verließen die Familien Martiroli Viggiù und kehrten nach Stellata zurück, um dort die Ferien zu verbringen. Ferien bei den Großeltern – sie standen vor allem im Zeichen des Müßiggangs. Am Morgen streiften die beiden Kusinen durch das Haus, kramten in den Schubladen der Anrichte oder in der Kommode in Großmutters Zimmer. Neugierig betrachteten sie die Porträts ihrer verstorbenen Verwandten. Darunter waren auch das Konterfei eines Neugeborenen mit viel zu großer Haube und magerem Gesicht und das Foto eines Soldaten in einer Uniform aus dem Ersten Weltkrieg.

Nach dem Mittagessen nahm Großvater Radames die Mädchen zum Welsangeln am Po mit. Sie suchten sich einen Platz am Ufer, Radames spießte einen Wurm auf den Angelhaken und warf die Schnur in die Strömung. Die beiden Mädchen saßen nebeneinander im Sand und bemühten sich, nicht zu viel Lärm zu machen, um die Fische nicht zu verscheuchen. Am Sonntag hingegen besuchte man das Cinema Cristallo, um sich einen Film mit Totò oder einem Kraftprotz als Helden, wie zum Beispiel *Die unglaublichen Abenteuer des Herkules*, anzuschauen. Waren sie dann wieder zu Hause, halfen die Mädchen Neve dabei, für das Abendessen Erbsen zu pulen oder Bohnen zu putzen.

»Nonna, erzähl uns doch mal, wie es war, als du arm warst«, bettelten sie. Auf Norma und Donata übte die Armut, die Neve den größten Teil ihres Lebens durchlitten hatte, eine außergewöhnliche Faszination aus. All diese Geschichten über Entbehrungen, über Brot, das auf dem Tisch fehlte, über den kleinen toten Sohn in Windeln waren viel besser als die Sendungen, die sie manchmal im Fernseher von Signor Pippo anschauen durften. Wenn Neve dann lustige Episoden erzählte – was sie sich zum Beispiel dabei gedacht hatte, als junges Mädchen ihre Haare kurz wie ein Junge zu schneiden –, lachte sie nach Herzenslust, und schon waren die Bienen wieder da und summten um sie herum. Die Mädchen wussten, das passierte ihr immer wieder, seit die Heilige ein Wunder bei ihr bewirkt hatte, und rätselten nicht mehr.

Nachdem ihre Kinder aus dem Haus waren und sie auch keine Miete mehr zahlen mussten, stand es um Neve und Radames deutlich besser. Er hatte sich einen kleinen Obstgarten mit Birnbäumen der Sorte Williams außerhalb des Dorfes gekauft. Dieser war zum Verkauf gestanden, als der Besitzer verstarb und die Erben, die mittlerweile in der Stadt lebten, kein Interesse daran hatten, ihn zu erhalten. Es war ein echtes Schnäppchen, und so hatte Radames all seine Ersparnisse zusammengekratzt und für das, was noch fehlte, die Zwillinge, die damals bereits in Viggiù lebten, angepumpt. Neve hingegen hatte eine Heimarbeit angenommen: Sie legte für eine Strickwarenfabrik in Mirandola, die sie wie viele andere Frauen im Dorf jede Woche belieferte, letzte Hand an die Bündchen und Ausschnitte von Pullis und Pullovern.

Nun, da die wirtschaftlichen Sorgen weniger geworden waren, achtete Neve auch wieder mehr auf ihr Äußeres. Auf ihre Haare hatte sie immer schon großen Wert gelegt, und da diese mittlerweile grau waren, ging sie jeden Monat zum Friseur, um sie sich färben zu lassen. *»Vecia sì, ma anca bruta no!«*, war ihre Devise – alt könne eine Frau sein, doch hässlich noch lange nicht. Neve war immer ein wenig neidisch auf die Schönheit ihrer Schwester Adele gewesen, ebenso wie auf das attraktive Äußere ihrer Schwiegermutter Sofia, die mit ihrer blonden Mähne und ihrem Madonnengesicht selbst mit über fünfzig immer noch die Aufmerksamkeit der Männer auf sich zog, dann jedoch sehr dick geworden war und sich hatte gehen lassen. Neve hingegen war trotz ihrer vielen Schwangerschaften immer noch schlank und holte in späteren Jahren deutlich auf. Zu den Familientreffen kam sie immer mit frisch gelegter Dauerwelle, und wenn jemand schwärmte: »Du wirst aber auch immer jünger!«, lachte sie und sagte: »Das wird ein weiteres Wunder meiner Heiligen sein!«

Als ihre Kinder noch klein waren, hatte Neve nicht die Zeit dazu gehabt, sie zu verwöhnen, doch jetzt konnte sie es sich erlauben, dies mit ihren Enkelkindern zu tun, vor allem mit Norma und Donata, die sie nur so selten zu Gesicht bekam. An Markttagen fuhr sie mit den beiden im Postbus nach Bondeno. Während der Fahrt erzählte Neve Witze, manchmal sogar schmutzige, und wenn sie angekommen waren, bestellte sie den beiden Mädchen Cola oder Fanta in einer Bar, etwas, das sie früher nie getan hatte und das ihr das Gefühl gab, auf der Höhe der Zeit zu sein.

Am Nachmittag stellte sich bei den Mädchen Langeweile ein. Dann hörten sie im Radio die neuesten Schlager: Ihr Lieblingslied war *Nel blu dipinto di blu*, doch richtig lustig fanden sie den schmalzigen Tony Dallara, der *Co-o-me prima, più di prima, t' amerò* schluchzte.

Neve unterwarf sich mit großer Geduld den Spielen ihrer Enkeltöchter. Zum Beispiel machte Donata ihr eine »Maske«, wobei es sich um einen Brei aus Milch und Mehl handelte, der, kaum auf dem Gesicht aufgetragen, so hart wurde, dass sie am Ende aussah wie eine Mumie. Wenn sie sich die Paste dann vom Gesicht waschen wollte, war das Mädchen unerbittlich: »Du musst sie drauflassen, Nonna, dann gehen alle deine Falten weg.«

»Klar, wer schön sein will …«, sagte Neve gutmütig.

Am Sonntagmorgen krempelte Neve ihre Ärmel auf und machte sich an die Zubereitung des Pastateigs. Zuerst schichtete sie einen Mehlkrater auf und schlug mehrere Eier hinein. Sie redete und redete und knetete dabei den Teig. Wenn er fertig war, spülte sie das Brett ab und bestäubte den Teig – eine ausholende Geste, die aussah, als würde sie ihn segnen – mit einer hauchdünnen Schicht Mehl. Dann kam der aufregendste Teil der Prozedur: Sie griff zum Nudelholz und rollte innerhalb weniger Minuten den Teig zu einem perfekten Kreis aus, gelb und leuchtend wie eine Sonne. Als Nächstes ging es an die Zubereitung der Brühe. Neve bat ihre Enkelinnen, ein Huhn zu fangen, auch wenn sie wusste, dass ihnen das am Ende nicht gelingen würde.

»*Gnanca boni ad ciapár 'na galina!* Nicht einmal ein Huhn fangen könnt ihr!«, rief sie dann und ging selbst auf die Jagd.

Schnell landete das Federvieh auf dem Brett, und *zack!* war der Kopf ab.

Einmal entwischte ihr ein Huhn, das bereits geköpft war, und hopste ohne Kopf auf dem Hof herum, während das Blut ihm aus der Halsöffnung quoll. »*Ciapèla, ciapèla*, fangt es«, schrie Neve, und die Mädchen liefen, trotz ihres Entsetzens über das schaurige Schauspiel, kreuz und quer über den Hof und versuchten, sich des Huhns zu bemächtigen.

Wenn ihnen die Ideen ausgingen, nahmen Norma und Donata den Feldweg, der zum Haus an der Fossa führte, wo Edvige wohnte. Die Frau hatte noch immer ein exzentrisches Äußeres: langes graues Haar, das sie wild in alle Richtungen wachsen ließ, und ausschließlich schwarze Kleidung. »Modell *Belle Epoque*«, nannte sie das. Noch immer versetzte sie die Leute in Angst und Schrecken, wenn sie über ihre Brille hinweg voller Verachtung in die Welt hinausblickte. Auch ihre Großnichten empfing Edvige stets mit einer mürrischen Bemerkung. »Ach, wen haben wir denn da … die beiden Schweizer Kusinen. *Via, andé a zugar in tal curtìl, c'an gò mia temp da pérdar!*« Die ersten Male waren Norma und Donata von dieser etwas barschen Aufforderung, zum Spielen in den Hof zu gehen, weil ihre Großtante keine Zeit zu verplempern habe, etwas verunsichert, doch Edvige schien sich doch über ihren Besuch zu freuen, denn sie kam nach zehn Minuten mit einem Teller Bonbons und Keksen zu ihnen, man setzte sich unter die Pergola, und sie brachte ihnen Kartenspiele wie Briscola oder Scopa bei.

Eines Tages sagte Donata zu ihr, sie würde gerne an ihrer alten Singer-Maschine nähen lernen, um sich ihre Kleider selbst machen zu können.

»Bist du des Wahnsinns? Meine Singer ist empfindlich und darf niemals berührt werden«, konterte ihre Großtante, gab dann aber doch nach und brummte, wenn Donata etwas kaputt mache, müsse sie es von ihrem Taschengeld reparieren lassen. Dann bewaffnete sie sich mit einer Schere, Kreide, Stecknadeln und Schnittmustern und brachte ihr bei, wie man einen Glockenrock oder eine Matrosenbluse schneiderte.

Eines Nachmittags, als sie im Schrank ihrer Großtante stöberten, stießen die Mädchen auf ein Holzkästchen mit silberner Einfassung. Norma versuchte, es aufzumachen. »Ich krieg es nicht hin«, schnaufte sie nach mehreren Versuchen.

»Lass mal sehen«, sagte Donata, nahm ihr das Kästchen aus den Händen und konnte es ohne Mühe öffnen.

»Aber wie hast du das gemacht?«, staunte Norma.

»Pah! Bei mir ging es gleich auf.«

Das Kästchen war mit rotem Samt gefüttert, der alt und zerschlissen war. Es enthielt eine Lumpenpuppe, der ein Auge fehlte, ein Paar Türkisohrringe, einen Fuchsschwanz, verschiedene Samen und ein altes Tarot-Kartenspiel.

»Was ist das denn?«, rief Donata. Sie nahm das Band ab, das die Karten zusammenhielt, und begann, sie auszulegen.

»Komisch sehen die aus … Wer weiß, wozu die da sind«, kommentierte Norma.

»Ach, aber schau mal, wie schön sie sind.«

Eine Weile brachten sie damit zu, sich kleine Geschichten zu den abgebildeten Figuren auszudenken, dann rief Edvige sie aus der Küche. Die beiden packten die Sachen in das Kästchen zurück, doch die Karten legte Donata beiseite.

»Was machst du denn?«, fragte Norma sie.

»Die Karten behalte ich ein bisschen, zum Spielen.«

Während sie sich das Päckchen in die Tasche steckte, fiel eine der Karten heraus auf den Boden. Donata bückte sich, um sie aufzuheben. Abgebildet war darauf der Teufel, und in der Mitte seines Bauches sah man ein kleines Gesicht. Rechts und links von ihm standen ein Mann und eine Frau, in Ketten geschlagen. Donata spürte, wie ein Windstoß ihr das Haar zerzauste und es ihr eisig über den Rücken lief. »Wie kalt es auf einmal ist!«, rief sie aus.

»Aber heute ist doch eine Bullenhitze!«

»Wer weiß, was das zu bedeuten hat …«

Edvige rief wieder nach ihnen. Donata steckte auch die letzte Karte in ihre Tasche, und die beiden liefen lachend in die Küche.

~

Donata verbrachte den Rest der Ferien mit den Tarotkarten. Auch als der Tag der Abreise kam, versteckte sie sie in ihrem Koffer und nahm sie mit.

Sie hatte schon seit geraumer Zeit bemerkt, dass sie die Gedanken anderer Leute lesen konnte. In der Schule zum Beispiel wusste sie, wenn der Blick der Lehrerin über die Schüler wanderte, immer schon vorher, wen von ihnen sie sogleich an die Tafel rufen würde. Oder in dem Moment, in dem ihre Mutter überlegte, ob sie am Abend Reis und Erbsen kochen solle, erschreckte sie Zena mit einem Satz wie: »Ach, Erbsen nicht, Mama, die hast du doch erst gestern gemacht.«

Ihre hellseherischen Fähigkeiten waren auch in der Familie aufgefallen, als sich an Weihnachten Verwandte und Freunde zu einer Tombola einfanden. Zena hatte die Tabelle mit den Zahlen in der Hand und las sorgfältig die Nummern vor: »77, die Frauenbeine; 88, die Brille des Bischofs; 47, der sprechende Tote …« Kurz bevor Zena den Zettel entfaltete, verkündete Donata schon die Zahl, und es stimmte jedes Mal.

»Da muss es doch einen Trick geben«, protestierte einer der Spieler.

Dolfo bedeutete Donata, sie solle den Mund halten, sonst dürfe sie bei der Tombola nicht mehr mitspielen.

»Das hat sie vom fahrenden Volk«, sagte er später zu seiner Frau. Unweigerlich fiel ihm wieder der Traum aus jener Nacht ein, als seine Tochter auf die Welt gekommen war, und er sah vor sich, wie das Schicksal das Kind aus einem Wohnwagen fallen und ihm als Geschenk direkt vor die Füße kullern ließ.

~

»Hast du den Grauen reingebracht?«

»Was für einen Grauen? Wir haben doch nie Esel gehabt!«

»Und die Kälbchen, hast du sie gefüttert?«

»Ja, Anselmo, sie haben ihr Futter gekriegt.«

»Und meine Mama, wo ist die?«

»Die ist seit dreißig Jahren tot.«

»Ach …«

»Ich gehe jetzt einkaufen. Sei schön brav, ich bin bald zurück. Versprichst du mir, brav zu sein?«

»Ich versprech dir gar nichts! Sofia, du, hör mal … schlägt dich dein Mann eigentlich?«

»Was redest du denn da? Du bist doch mein Mann, und du hast noch nie die Hand gegen mich erhoben.«

Sofia hatte sich dermaßen an Anselmos Gedächtnislücken gewöhnt, dass sie ihr gar nicht weiter auffielen; schließlich vergaß auch sie im fortgeschrittenen Alter manchmal, wie ihre Enkel oder die Schwiegertöchter hießen. Außerdem hatte Sofia ihre eigenen Probleme. Abgesehen davon, dass sie nach den Wechseljahren zugenommen hatte, litt sie auch seit einiger Zeit unter Schlaflosigkeit. Den lieben langen Tag konnte sie wunderbar ein Nickerchen nach dem anderen machen, doch nachts lag sie wach. Wenn man um die Mittagszeit bei ihr klopfte, konnte es gut sein, dass sie auf dem Sofa eingeschlafen war, doch vor Morgengrauen traf man Sofia eher beim Schweinefüttern, in der Küche beim Marmeladekochen oder beim Aufschlagen von Eiern für einen Rührkuchen an als im Bett.

Sofia war daran gewöhnt, im Dorf zu den schönsten Frauen zu zählen, und wollte sich nicht mit ihrer Fettleibigkeit abfinden, weshalb sie des Öfteren eine Diät anfing. Dann nahm sie ein paar Kilo ab und eine Woche später prompt drei wieder zu. Auch litt sie ständig unter Hitzewallungen. Sommers wie winters wedelte sie sich mit einem Fächer Luft zu, auf dem Geishas und Kirschblüten abgebildet waren und den sie auf dem Dorfjahrmarkt erstanden hatte. Kurz gesagt, Sofia Martiroli war viel zu sehr mit sich selbst beschäftigt, um zu bemerken, wie sich der Zustand ihres Mannes verschlimmerte.

Es war im Sommer des Jahres 1958, als Guido und Dolfo bewusst wurde, wie ernst es um ihren Großvater stand. Wenn sie Anselmo besuchten, fanden sie ihn meistens unter der Pergola sitzend vor, noch immer mit durchgedrücktem Kreuz und schneeweißem Schnurrbart. Doch sein lebhafter Blick, den gab es nicht mehr. Wenn Anselmo sie anschaute, schien es aus sehr großer Entfernung zu sein. Erst nach einer Weile umarmte er die Zwillinge und auch Zena, Elsa jedoch beäugte er voller Argwohn. Wenn sie sich dann näherte, wich er zurück.

»Und Sie, wer sind Sie?«

»Wie, wer bin ich? Guidos Frau …«

»Was für ein Guido?«

»Na, der hier. Ihr Enkel.«

»Aha. … Habt ihr beiden gerade erst geheiratet?«, fuhr Anselmo, immer verwirrter, fort.

Sofia erklärte ihnen, seit einiger Zeit vergesse ihr Mann auch die Namen seiner Kinder, oder er wisse nicht mehr, wie er in die Bar an der Piazza Pepoli oder von dort wieder nach Hause komme. »Einmal haben die Carabinieri ihn mir nach Hause gebracht. Er stapfte seit Stunden in Bondeno herum und hatte vergessen, wie er heimkommen sollte.«

Sofia ließ sich davon überzeugen, einen Arzt zu konsultieren, und dieser diagnostizierte bei Anselmo Alzheimer, was man damals noch beschönigend »Arterienverkalkung« nannte.

Als man versuchte, Anselmo seine Krankheit zu erklären, warnte man ihn davor, dass er bald ganz sein Gedächtnis verlieren würde, doch das schien ihn nicht zu beunruhigen. »Die Erinnerungen, die zählen, sind nicht die im Kopf, sondern die hier im Herzen, *in tal cor*«, sagte er im Brustton der Überzeugung.

In seinen lichten Momenten versuchte Anselmo immerhin, Dinge, die ihm noch auf dem Herzen lagen, zu klären oder in Ordnung zu bringen. Er machte seinen Frieden mit Leuten, mit denen er gestritten hatte, ging seine Brüder besuchen, die er seit Jahren nicht mehr gesehen hatte, und lud sogar den Priester auf ein Fläschchen Wein ein. Denn auch nachdem er von seiner »Verkalkung« erfahren hatte, hörte Anselmo Martiroli nicht mit dem Trinken auf; er war überzeugt davon, der schönste Tod sei der, wenn man ordentlich einen gezwitschert hatte: *»La più bèla mort l'è murir pin ad vin.«*

Anselmo beschloss auch, es sei an der Zeit, ein paar alte Träume Wirklichkeit werden zu lassen; zum Beispiel wollte er endlich einmal das Meer sehen. Obwohl er sein ganzes Leben nur fünfzig Kilometer von der Küste entfernt verbracht hatte, war er niemals dorthin gekommen. Jetzt jedoch wollte er unbedingt hinfahren und war ganz erfüllt von dem Gedanken. Er sprach von nichts anderem, ob zu Hause oder in der Bar an der Piazza Pepoli.

»L'è pran bèl al mar! Na roba che luccica e si muove tutta. L'an finìs mai«, schwärmte ihm sein Freund Nanni von der Schönheit des Meeres vor, das funkele und glitzere und unendlich groß sei. Im Gegensatz zu Anselmo war er immerhin einmal dort gewesen.

Dass es außer dem Himmel noch etwas auf der Welt gebe, das kein Ende habe, war ein Gedanke, der Anselmo begeisterte. Er beschloss, sogar mit den Füßen in diese große, glitzernde Weite steigen zu wollen und mit eigenen

Augen zu prüfen, ob es da am anderen Ende des Wassers nicht doch etwas gab.

»Nächsten Sommer fahre ich mit dir hin«, versprach ihm Dolfo, als er sich am Ende der Ferien von seinem Großvater verabschiedete. Doch es sollte nicht mehr dazu kommen, denn drei Wochen später erlitt Anselmo einen Schlaganfall und starb, ohne sein glitzerndes und unendliches Meer gesehen zu haben.

Am 7. September, dem Tag vor Mariä Geburt, tat er seinen allerletzten Atemzug.

In Stellata war an jenem Tag Jahrmarkt, und die Piazza Pepoli war mit Lichterketten und Girlanden aus kleinen bunten Bällen geschmückt. Auf dem Platz hatte man lange Holztische und eine Feldküche aufgebaut. Die Brühe mit den fleischgefüllten Nudeln, den *cappelletti*, simmerte in den Töpfen, und der Duft von Gebratenem und gegrillten Würsten lag in der Luft.

Bei der Trauerfeier für Anselmo Martiroli war die Kirche zum Bersten gefüllt. Alle Verwandten waren gekommen, und zu Ehren seines Großvaters stimmte Guido, tief bewegt, das *Miserere nobis* an.

Als die Messe vorüber war, luden Anselmos Söhne den Sarg auf ihre Schultern, als Erster Radames, der es sich trotz seines kaputten Beines nicht nehmen ließ, seinen geliebten Vater zu Grabe zu tragen. Dann setzte sich der Trauerzug in Richtung Friedhof in Bewegung, vorbei an der geschmückten Piazza und am Jahrmarkt. Vor dem Stand mit der Zuckerwatte standen die Kinder Schlange, bei den Autoscootern war jede Menge los, es wurde gebremst und geschubst, bis die Funken flogen. Der Trauerzug bewegte sich in gefasstem Schweigen an dem bunten Treiben vorbei, und aus den Lautsprechern drang scheppernd Paul Ankas *Diana.* Zu den Klängen dieses Liedes wurde Anselmo Martiroli zur letzten Ruhe gebettet. Es war ein sonderbarer Tag, an dem sich die düstere Stimmung des Begräbnisses mit der Fröhlichkeit des Festes mischte; so nahe waren Freude und Trauer beieinander.

Jenen Tag würde auch Neves alte Freundin Luciana für immer im Gedächtnis behalten. Nach Attilios Tod seit nunmehr dreizehn Jahren verwitwet und mit zwei heranwachsenden Kindern, lernte sie bei den Feierlichkeiten zu Ehren der Schutzheiligen endlich ihre große Liebe kennen. Sie verlor ihr Herz an eine Tanzlehrerin aus Ferrara, eine Frau mit androgynem Aussehen, die bei ihrem Auftauchen für viel Getuschel und Klatsch gesorgt hatte. Luciana sah sie eine Milonga tanzen und verliebte sich Hals über Kopf in sie. Die Liebe traf sie wie ein Blitzschlag oder, wie ihre Mutter meinte, wie ein Schlag aufs Hirn, das fortan nicht mehr zu gebrauchen gewesen sei. Als sich die Blicke der beiden Frauen trafen, wurde Luciana puterrot und begann zu schwitzen. Die andere Frau trat auf sie zu und lud sie auf ein Gläschen ein, und Luciana folgte ihr mit weichen Knien.

»Ich würde auch so gerne Tango lernen«, sagte sie aufgewühlt.

»Kann man machen«, erwiderte die andere und zwinkerte ihr zu.

Es war eine leidenschaftliche Liebe, die das ganze Dorf empörte, doch das üble Gerede sollte Lucianas Glück nicht trüben. Diesmal konnte nicht einmal ihre Mutter sie davon abbringen. Diese wog mittlerweile über hundertzwanzig

Kilo und bewegte sich auf einem Rollstuhl vorwärts, doch die Frau versuchte dennoch, alle Register ihres dramatischen Könnens zu ziehen, um ihre Tochter davon zu überzeugen, sich von jenem Frauenzimmer fernzuhalten, das nach ihrem Dafürhalten eine schamlose Schlampe war. Sie versuchte es mit Bitten und Gebeten, mit Flehen und mit Fluchen und rief sogar die Muttergottes um ihren moralischen Beistand an. »Du bringst mich noch um! Du hast Kinder, die du noch verheiraten musst … wenn sie doch wenigstens schön wäre, aber wie kann man den Kopf bei so einer verlieren, die eine Brust wie ein Brett hat, flache Schuhe trägt und wie ein Bauer geht, wenn sie nicht gerade tanzt?«

Luciana war das alles vollkommen gleichgültig, und sie begann eine Liebesaffäre, die bis zu ihrem Tod anhalten sollte. Ihre Mutter brachte sie schließlich in einem Altersheim unter, verpachtete den Laden und zog mit ihren Kindern zu ihrer Geliebten. Als die Kinder selbstständig genug waren, verkaufte Luciana den Laden ganz, gab ihnen die Hälfte des Erlöses und verprasste das, was übrig blieb, für Luxuskreuzfahrten. Die letzten Jahre ihres Lebens verbrachte sie damit, in einer Kabine der ersten Klasse Champagner zu trinken und sich mit ihrem Herzblatt zu vergnügen. Als sie in den Armen ihrer Geliebten einem Herzinfarkt erlag, legte ihr Schiff gerade im Hafen von Alexandria an. Luciana hatte ein kleines Vermögen verpulvert, doch Tango tanzen lernte sie nie.

~ 1962 ~

Dass Radames auf Geistliche nicht gut zu sprechen war, fand seinen Höhepunkt in der priesterlichen Vorliebe für technologischen Schnickschnack, die so typisch für die Sechzigerjahre war und den Priester von Stellata dazu brachte, eine Lautsprecheranlage anzuschaffen, über die seine Predigten ins ganze Dorf übertragen werden konnten. Eines schönen Tages setzte sich Don Romano mit einer Firma für Musikinstrumente in Ferrara in Verbindung, und zwei Wochen später war das gesamte Dorf mit funkelnagelneuen Megafonen ausgestattet. Allein auf der Piazza Pepoli hingen vier davon, eins in jeder Ecke; weitere wurden auf dem Kirchturm installiert, wieder andere über dem Kirchenportal sowie an der Fassade der Schule. Von nun erschallte die Stimme des Priesters jeden Sonntag im ganzen Dorf, begleitet von gregorianischen Gesängen und Kirchenliedern auf Latein. Don Romano war damit äußerst zufrieden, zumal er mittlerweile fast vollkommen taub war, was es im Übrigen auch schwierig machte, bei ihm die Beichte abzulegen, denn wenn seine Schäflein von ihm die Absolution erteilt haben wollten, mussten sie ihre Sünden hinausbrüllen, so laut es ging, sehr zum Vergnügen aller, die in der Nähe waren.

Dass Don Romano seine Predigten über Lautsprecher ertönen ließ, trug nicht nur zum Unmut der Kommunisten bei, sondern ließ auch die Zustimmung für die Christdemokraten im Dorf merklich schwinden. Neves religiösem Feuereifer konnte es allerdings nichts anhaben; sie besuchte nach wie vor jeden Morgen die Messe und betete vor dem Schlafengehen den Rosenkranz, während Radames sie davon zu überzeugen suchte, dass all das Gerede über Hölle und Paradies Ammenmärchen seien, die nur den Zweck hätten, arme Leute einzuschüchtern.

»Die Hölle, das ist das hier. Wir durchleben sie hier, und zwar jeden Tag!«, tönte er.

Radames hatte immer noch eine Geliebte – immer dieselbe –, auch wenn er sie im Verlauf der Jahre seltener traf. In der ersten Zeit hatte Neve vor allem befürchtet, ihr Mann könnte auch mit jener anderen Frau Kinder in die Welt setzen, doch das war aus für sie unerklärlichen Gründen nicht geschehen. Vielleicht war die Geliebte schlauer als sie, oder sie konnte keine Kinder bekommen, dachte sie. Denn – dessen war sie sich sicher – die Tatsache, dass diese Frau nicht schwanger wurde, hatte gewiss nichts mit der Zeugungsfähigkeit ihres Mannes zu tun.

Radames hatte auch gelegentlich Annäherungsversuche an seine Frau gemacht, doch die beiden waren an die Abwesenheit von intimen Handlungen so gewöhnt, dass sie auch Radames am Ende seltsam vorkamen. Beim letzten Mal, als er einen Versuch gemacht hatte, hatte er sich Neve von hinten genähert, die gerade Geschirr spülte. Ohne ein Wort zu sagen, umarmte er sie, presste sich an sie, damit sie sein Verlangen auch körperlich spürte. Neve blieb stocksteif stehen, hob dann den Arm vom Spülbecken und drückte ihrem Mann, ohne sich umzudrehen, die Hand. »*A sem vec, ormai*«, sagte sie zu ihm.

Ja, sie waren alt geworden. Von jenem Tage an hatte er es nie wieder versucht.

~

Im Jahre 1959, fünf Jahre nach ihrer Ankunft in Viggiù, begannen Guido und Dolfo, sich ein Haus zu bauen. Bevor sie emigriert waren, hatten sie noch keine einzige Mauer zusammengefügt, doch mittlerweile hatten sie gelernt, wie es ging, und waren echte Heimwerker geworden. Sie kauften sich ein Stück Land kurz vor der Grenze zur Schweiz. Darauf stand ein kleiner Birkenwald, den sie komplett abholzen mussten, um das Fundament für ein bescheidenes zweistöckiges Gebäude auszuheben – je eine Wohnung pro Bruder.

Drei Jahre in Folge schufteten sie jedes Wochenende auf der Baustelle. Wenn größere Arbeiten wie etwa das Betonieren des Bodens anstanden, baten sie Bekannte aus dem Dorf um Hilfe, eine Gefälligkeit, für die sie sich früher oder später revanchieren würden. Auch Elsa und Zena halfen mit: Sie hielten den Wasserschlauch, wenn Zement und Sand gemischt wurden, schafften mit dem Schubkarren Backsteine herbei oder kauften Nägel und andere Kleinigkeiten, die fehlten.

Bei den Gebrüdern Martiroli drehten sich alle Gespräche um die Arbeiten am Haus. Man sprach über die Böden oder die Fliesen im Bad, oder welche Art von Spüle in die Küche eingebaut werden sollte. Donata, die mittlerweile ganz besessen von den Tarotkarten war, verbrachte viel Zeit damit, diese zu allen möglichen Dingen zu befragen, ob groß oder klein. Solange sich das Haus im Bau befand, waren die Karten, die vor zwei Jahrhunderten ihrer Ahnin Viollca gehört hatten, ihre ständigen Begleiter, und nicht selten kamen bei ihren Konsultationen sonderbare Antworten heraus.

»In diesem Haus werden wir nur ein paar Jahre leben. Ich werde die Erste sein, die weggeht, dann bist du dran«, sagte sie zu Norma. »Aber die Karten sagen, dass wir am Ende alle diesen Ort verlassen.«

»Was sagst du denn da? Nach all den Mühen, die unsere Eltern auf sich genommen haben, um das Haus zu bauen?«, erwiderte Norma.

»Wenn ich es dir sage – wir gehen alle wieder weg. Ich sehe einen Kreis, etwas, das sich dreht und dreht und zu seinem Anfang zurückkehrt.«

»Ich glaube, das sind die Rädchen, die sich in deinem Kopf drehen«, antwortete ihre Kusine mit der passenden Handbewegung und lachte.

Im Januar des Jahres 1962 kam nach drei Jahren der Mühen und Entbehrungen endlich der Tag des Umzugs. Die Mädchen, die mittlerweile vierzehn waren, konnten es kaum glauben, dass sie endlich ein Bad mit fließend warmem Wasser und gefliestem Boden, ein Klo mit Spülung und ein Bidet hatten. Da gab es keine Würmer mehr, die aus der Latrine krochen, und man musste auch kein Wasser mehr auf dem Herd warm machen, wenn man baden wollte. Die Martirolis fühlten sich wie reiche Leute, auch wenn noch keine Heizung eingebaut war und das Grundstück selbst immer noch wie eine Baustelle aussah.

Nach der Errichtung des Hauses stellten sich weitere Anzeichen von Wohlstand ein. Als Norma eines Samstags von der Schule nach Hause kam, hörte sie die aufgeregte Stimme ihrer Mutter, die sie aus dem Bad rief. Dort stand die gerade gelieferte, funkelnagelneue Waschmaschine und davor ihre Mutter und Zena, die wie gebannt und mucksmäuschenstill, als wären sie im Kino, dem außergewöhnlichen Waschgang für Baumwolle beiwohnten. Mit angehaltenem Atem beobachteten sie die Drehungen der Trommel, wie sie zwischendrin stehen blieb, sich dann weiterdrehte, mal leise, mal unter großem Rumpeln. Als der Schleudergang einsetzte, zuckten alle erschrocken zusammen, und ihnen entrang sich ein staunendes »Oh!«.

»Aber kriegt die denn die Arbeitshosen richtig sauber?«, fragte sich Zena. Auf einmal fühlten sich die beiden Frauen wie Faulpelze, die einfach nur dastanden und eine ganze Stunde nichts taten, während die Maschine die Arbeit machte, und empfanden eine Mischung aus kindlicher Erregung, dem üblichen Misstrauen gegenüber der Technik und auch einem winzigen bisschen schlechtem Gewissen.

Norma und Donata besuchten damals die Oberschule in Varese. Die Familien wollten, dass ihre Töchter einmal ein besseres Leben haben würden, doch als der Moment gekommen war zu wählen, hatten sie sie gedrängt, sich an Schulen einzuschreiben, die sie so schnell wie möglich auf einen Eintritt in die Arbeitswelt vorbereiteten. Mit ihrer Leidenschaft für die Malerei hätte Norma gerne Kunst studiert, vielleicht in Mailand, doch ihre Eltern waren vehement dagegen.

»Das ist zu weit weg. Und was, wenn du fertig bist? Du musst doch einen Beruf erlernen, dir deinen Lebensunterhalt verdienen. Besser, du gehst auf eine berufsausbildende Schule, damit du später im Büro arbeiten kannst.«

Norma hatte versucht, sie zu überzeugen, dass das Malen das Einzige war, was sie im Leben machen wollte.

Guido verstand sie. Er sah in seiner Tochter seine eigene jugendliche Passion für den Gesang widergespiegelt, doch er hatte auch gelernt, dass Träume ein Luxus waren, den sich nur die Reichen erlauben konnten, und das würde auch seine Tochter früher oder später begreifen müssen.

»Was für eine Zukunft ermöglicht dir ein Kunststudium?«, fragte er sie immer wieder.

»Wenigstens würde aus mir kein Mensch, der so unzufrieden und frustriert ist wie du!«

Guido senkte den Blick und verließ das Zimmer ohne ein Wort. Von der Kunstschule war er nicht zu überzeugen, doch am Ende erlaubte er seiner Tochter, die Mittelschule zu besuchen und eine Ausbildung zur Grundschullehrerin zu machen. Donata hingegen beharrte darauf, auf ein klassisches Gymnasium zu gehen.

Jeden Morgen um sieben nahmen die beiden Kusinen den Postbus nach Varese und trafen sich nach der Schule, um unter den Arkaden ein Brötchen zusammen zu essen. Manchmal verbrachten sie den Nachmittag in einer der vielen Studentenbars. Sie spielten Flipper, schäkerten mit dem einen oder anderen Jungen und fütterten die Jukebox mit Hundert-Lire-Münzen, um sich die neuesten Hits von Sam Cooke, den Beatles und den Rolling Stones anzuhören. Zu Hause drehten sich ohne Unterlass die wenigen Single-Scheiben, die sie besaßen.

She loves you, yeah, yeah, yeah!
Sie loves you, yeah, yeah, yeah!
With a love like that,
you know you should be glaaad oh oh!

Ihre Mütter brüllten, sie sollten die Musik leiser machen, doch Norma und Donata taten so, als hätten sie nichts gehört. Den Musikgeschmack ihrer Eltern fanden sie grauenvoll. Tony Dallara, der sie früher zum Lachen gebracht hatte, oder Domenico Modugno und Bobby Solo, bei denen ihre Erzeuger stehen geblieben waren – für sie alles Musik aus grauer Vorzeit.

Es waren Jahre großer gesellschaftlicher Umwälzungen. Die jungen Leute kleideten sich ganz anders als ihre Eltern, und auch die Kusinen Martiroli begannen, gegen die ältere Generation aufzubegehren. In den letzten Jahren der Oberschule wurden die eleganten Lackschuhe eingemottet und die weiten Röcke der Fünfziger weggegeben. Die Haare wurden nicht mehr toupiert; man ließ sie offen bis über die Schultern fallen – auch die Jungs. Jetzt trugen Norma und Donata Miniröcke, große Schlapphüte, Ketten aus buntem Glas und so enge Jeans, dass ihre Großeltern, wenn sie sie in Stellata besuchten, empört waren.

»Eine Frau in Hosen ist so elegant wie ein Esel, der pisst«, brummte Radames, wenn er sie so aufgeputzt herumlaufen sah.

Es war auch die Zeit der ersten Studentenaufmärsche. Die beiden Kusinen waren beide Mitglieder der FGCI, der Jugendorganisation der Kommunistischen Partei. Am Abend traf man sich im Büro der Partei an der Via Roma, diskutierte über die amerikanische Außenpolitik oder plante das Fest der Unità. Auch Dolfo war oft dabei. Nach der Befreiung war er nur ungern der Entscheidung der Partei gefolgt, die Waffen niederzulegen und sich für ein demokratisches System einzusetzen. Doch schon bald, bei den Wahlen, hatte man feststellen müssen, dass die Kommunisten niemals an der Regierung beteiligt werden würden. Jedes Mal, wenn die Wahlergebnisse verkündet wurden, sagte Dolfo Martiroli seufzend: »Da können wir lange hoffen. Damals hätten wir die Macht ergreifen müssen!«

Nach dem Einmarsch der Russen in Ungarn wollte Guido von politischem Engagement nichts mehr wissen. Zwar wählte er weiter Togliatti und später Berlinguer, doch mehr aus Tradition. Dolfo hingegen versuchte, den Einmarsch in Ungarn 1956 und die Niederschlagung des Prager Frühlings 1968 zu rechtfertigen. Er blieb der Kommunistischen Partei immer treu, wurde Parteisekretär in der Sektion Viggiù und reiste in dieser Funktion sogar nach Moskau und nach Kuba. Als er nach Hause zurückkehrte, war sein politischer Feuereifer neu entfacht, und er erzählte, wie perfekt in der Sowjetunion alles funktioniere, dass es Wohnraum für alle, Arbeit und eine gute medizinische Versorgung gebe. Die Kindergärten seien kostenlos und auch das Busfahren praktisch gratis.

»Bist du denn dort jemals mit dem Bus gefahren?«, fragte ihn Guido.

»Nein, aber was hat das damit zu tun? Die haben uns mit einem Kleinbus herumkutschiert.«

In Kuba gab es laut Dolfo die besten Ärzte der Welt, und Fidel – den er mit Vornamen nannte, als hätten sie zusammen Schweine gehütet – habe in wenigen Jahren Schluss mit der Korruption und dem Analphabetismus gemacht.

»Und wieso hauen dann so viele von dort ab?«, wagte sein Bruder, ihn zu fragen.

»Du musst nicht alles glauben, was sie im Fernsehen sagen. Das ist nur kapitalistische Propaganda.«

»Mag sein. Aber die Fotos in den Zeitungen von all den Booten, auf denen sie fliehen?«

»Das sind Verräter, Großgrundbesitzer aus der Zeit vor Fidel.«

Dolfos politisches Engagement führte dazu, dass auch Donata sich radikalisierte und innerhalb weniger Jahre noch linker war als ihr Vater. Schon seit dem Gymnasium lehnte das Mädchen die Kommunistische Partei ab und bezeichnete sie als revisionistisch; als sie dann in Mailand auf die Uni ging, wurde sie Mitglied einer Partei, die ein Loblied auf die proletarische Revolution sang.

Auch zwischen Norma und Donata traten mit den Jahren immer deutlicher Differenzen zutage. Während Norma kein Interesse an Politik zeigte, ihre ganze Freizeit mit Malen verbrachte oder der Musik von Genueser Liedermachern lauschte, las Donata *Das andere Geschlecht, Zehn Tage, die die Welt veränderten* oder Lenins *Was tun?*. Die *Unità* landete im Müll, und Sam Cooke und die Beatles wurden von Protestsängern wie Bob Dylan oder Joan Baez abgelöst. Das Eingreifen der Amerikaner in Vietnam hatte sich in einen blutigen Krieg verwandelt und den Zorn vieler junger Menschen in der ganzen Welt geschürt. Revolution lag in der Luft.

~ 1968 ~

11. März 1968. Eine Menschenkette aus Studenten blockierte den Eingang der Universität von Mailand, und aus einem Fenster im ersten Stock hing ein Spruchband mit der Aufschrift: UNIVERSITÄT BESETZT. Die Stimmung war aufgeladen. Die Polizei, die bereit war, beim kleinsten Funken des Aufruhrs einzugreifen, hatte den Eingang zur Universität von beiden Seiten abgeriegelt.

Donata Martiroli gehörte zu der Gruppe von Studenten, die den Zugang zum Gebäude versperrten. Gerade wurde diskutiert, was an diesem Tag anstand. Der *Avanguardia operaia* sollte ein Interview gegeben werden, eine Anfrage von der RAI wurde abgelehnt, denn beim letzten Interview hatte der staatliche Sender schamlos alles verdreht, was gesagt worden war. Am wichtigsten jedoch war es, den Studenten, die in den Vorlesungssälen campierten, etwas zu essen zu bringen, vor allem, um dem Staat zu zeigen, dass die Situation unter Kontrolle war.

»Wenn wir einmal ins Wanken geraten, sind wir geliefert. Wir müssen ruhig bleiben. Es muss klar sein, dass wir nicht weichen werden«, bekräftigte einer der Genossen.

Sie waren noch am Diskutieren, als sich eine Stimme über

dem Gewirr erhob. »Na los, Leute, heute Morgen halten wir die Vorlesung hier ab.«

Donata drehte den Kopf. Stefano Lorenzi, ein Dozent aus einem der Seminare, die Donata besuchte, versammelte ein schüchternes Grüppchen von Streikbrechern um sich. Die junge Frau verließ ihren Posten und baute sich vor ihm auf: die Hände in die Hüften gestützt, langer bunter Rock, eine üppige Mähne aus rabenschwarzem Haar, die ihr bis auf den Rücken reichte. »Professor Lorenzi, können Sie eigentlich lesen?«, wandte sie sich mit kämpferischer Miene an ihn.

Trotz ihres unverfrorenen Auftretens vermochte er sich der Tatsache nicht zu entziehen, dass sie an diesem Morgen absolut unwiderstehlich aussah. »Die Universität ist besetzt, aber der Platz davor gehört allen«, antwortete er seelenruhig.

Das Mädchen machte einen Schritt auf ihn zu. »Der Hof gehört dem Volk. Und Sie?«

»Sind Sie sich sicher, dass Sie wissen, was das Volk will?«

»Besser als ihr Dozenten, daran besteht kein Zweifel.«

Da lächelte Stefano Lorenzi, doch nur ganz leicht, und machte ein Gesicht dazu, das Donata erst recht auf die Palme brachte. Dann drehte er sich zu der Studentengruppe um. »Kommt, verschwenden wir nicht noch weiter unsere Zeit.«

Sie spürte, wie sich in ihr der Stachel reckte. Was fiel diesem Lorenzi eigentlich ein, so mit ihr zu reden? Es sei Zeitverschwendung, mit ihr zu reden, als wäre sie irgendein Dummchen, das nicht weiter zu beachten sei? Sie machte einen Schritt nach vorne, entschlossen, ihm seine blöden Blätter aus der Hand zu reißen, doch ein Genosse packte sie am Arm. »Hör auf. Darauf warten die doch nur.« Er begleitete seine Worte mit einem Blick in Richtung Polizei. Donata bemerkte, wie die Polizisten bereits in Angriffsposition gingen: angespannte Körper, die Schilde gehoben, die Visiere heruntergeklappt.

»Na gut«, lenkte sie ein.

Am 25. März setzten sich vor dem Eingang zur katholischen Universität zwanzigtausend Studenten zu einem Protestmarsch in Bewegung. Angeführt wurden sie von Mario Capanna, der kürzlich genau dieser Universität verwiesen worden war. Drei Tage war es her, dass die Ordnungskräfte die Cattolica, die staatliche Universität an der Via Festa del Perdono und das Polytechnikum geräumt hatten. Alle drei Universitäten waren auf unbestimmte Zeit geschlossen.

An jenem Nachmittag warnte Capanna den Rektor per Megafon, er habe genau eine Viertelstunde, um die Universität wieder zu öffnen. »Sonst sorgen wir dafür«, fügte er hinzu. Nachdem eine Viertelstunde verstrichen war, ohne dass etwas passierte, versuchten die Studenten, die Absperrungen zu durchbrechen. Als die Polizei eingriff, kam es zu massiven Auseinandersetzungen, bei denen 86 Polizisten und 30 Studenten verletzt wurden. Capanna und andere Genossen wurden festgenommen und aufs Polizeipräsidium gebracht. Unter ihnen war auch Donata Martiroli. Doch ihr Arrest dauerte nur wenige Stunden an; um zwei Uhr nachts wurden alle aus dem Polizeigewahrsam entlassen.

Am Morgen darauf fand eine weitere große Kundgebung der Studenten auf der Piazza del Duomo statt. Dann wurden peu à peu die Vorlesungen wieder fortgesetzt, wenn auch nur in eingeschränktem Maße.

Zu den Dingen, die Donata am schwersten fielen, gehörte die Tatsache, dass sie irgendwann wieder diesem Lorenzi begegnen musste. Sie tat alles, um ihm nicht über den Weg zu laufen. Wenn er in der Vorlesung eine Frage stellte, hütete sie sich davor zu antworten, und wenn sie ihm auf dem Flur begegnete, schaute sie in die andere Richtung.

»Guten Tag, Martiroli«, grüßte er dann jedes Mal.

Donata machte einen Schritt rückwärts.

»Martiroli, heute sollten Sie die Vorlesung nicht schon wieder verpassen. In letzter Zeit waren Sie nicht oft da.«

Was soll das jetzt, kontrolliert der mich etwa?, dachte sie und schnaubte.

»Martiroli, hier, nehmen Sie«, sagte Lorenzi eines Tages, als er ihr einen Aufsatz zurückgab.

Donata nahm die Blätter entgegen und ging davon, ohne ihm zu danken.

Später, in der Mensa, überflog sie rasch die zusammengehefteten Blätter, bis sie zum Kommentar kam.

Eine gute Arbeit. Aber, Martiroli, achten Sie darauf, es nicht so zu machen wie derzeit viele, die Marx auf ein paar Slogans reduzieren und damit nicht nur die Komplexität seines Denkens leugnen, sondern ihn auch als historisch gescheitert dastehen lassen, indem sie die Gestalt dieses großen Denkers in allzu starre und unangebrachte Formen pressen. Hinter der Diktatur des Proletariats, *hinter* Proletarier aller Länder, vereinigt euch! *verbirgt sich nämlich auch ein genialer und manchmal zutiefst widersprüchlicher Philosoph, der es verstanden hat, Geschichte, Soziologie, Ökonomie und Anthropologie zu einem Opus von kontinuierlicher Evolution zu vereinen. Reduzieren Sie Marx nicht auf eine Handvoll vereinfachender Formeln. Wenn Sie Lust haben, können wir dies alles und Ihren Aufsatz einmal bei einer Tasse Kaffee diskutieren.*

Sie nahm ihre Tasche, packte den Aufsatz mit der anderen Hand und begab sich zur Bibliothek, wo sie sich sicher war, Lorenzi anzutreffen. Und da saß er, in die Lektüre vertieft.

»Was soll das heißen, ich reduziere Marx auf einen Slogan? Und wo sind diese angeblich ›vereinfachenden Formeln‹? Da, zeigen Sie's mir!«, griff sie ihn an und fuchtelte mit der Arbeit vor seiner Nase herum.

Ein paar Studentinnen, die an ihnen vorbeikamen, warfen sich einen erstaunten Blick zu.

Lorenzi ließ sich nicht aus der Ruhe bringen. »Pscht … Wir sind hier in einer Bibliothek. Es ist, wie gesagt, ein sehr guter Aufsatz«, murmelte er.

»Also?«

»Es war eine Provokation. Ich wollte mit Ihnen ins Gespräch kommen, das ist alles.«

Donata starrte ihn einen Moment lang verwirrt an. »Was für ein …«, fluchte sie, machte auf dem Absatz kehrt und ging.

Eine Stunde später, als sie draußen auf die Straßenbahn wartete, war sie immer noch so wütend und gekränkt und empört, dass sie, als die Trambahn vor ihr hielt, nicht einstieg und erst merkte, dass es ihre gewesen war, als diese bereits wieder davonfuhr.

Zu Hause angekommen, versuchte sie, sich abzulenken. Sie kochte sich ein paar Spaghetti und schaltete das Radio ein, um es kurz danach wieder auszumachen. Sie spülte das Geschirr und fluchte dabei zuerst auf Lorenzi und dann auf ihre Mitbewohnerinnen, die sich nie dazu herabließen, sauber zu machen.

Nach dem Abwasch setzte sie sich aufs Sofa, telefonierte mit ein paar Freundinnen und rief dann Norma an.

»Was hast du denn? Du kommst mir gestresst vor«, sagte ihre Kusine prompt.

»Nichts, ich ärgere mich nur über so einen Idioten an der Uni, einen Assistenten.«

»Sieht er gut aus?«

»Darum geht's doch nicht.«

»Aber warum bist du denn so sauer auf ihn?«

Donata fasste kurz das Geschehene zusammen, woraus Norma schloss: »Na, für mich ist klar, dass der auf dich steht.«

Als Donata den Hörer auflegte, war sie noch aufgewühlter als vorher. Stefano Lorenzi sollte auf sie *stehen* – dieser bourgeoise Arsch, dieses Muttersöhnchen, das nur an seine Karriere an der Uni dachte? Und von wegen gut aussehend! Wie sah der denn überhaupt aus? Sie konnte sich gar nicht erinnern. Und wie alt der wohl war? Dreißig? Nein, weniger. *Scheißegal.* Ob er jetzt zwanzig war oder siebzig, machte keinen Unterschied. Er stand auf sie? Blödsinn!

Sie saß noch eine Weile auf dem Sofa und trommelte mit den Fingern auf den Couchtisch, schlug die Beine übereinander, rechts über links, links über rechts. Sie zündete sich eine Zigarette an, nahm ein paar Züge, drückte sie wieder aus.

Sie stand auf, zog den Aufsatz aus dem Beutel aus peruanischem Stoff und las noch einmal den Kommentar. Am

Ende knallte sie das Heft auf den Tisch, nahm ihre Jacke und ging. Um neun hatte sie eine Parteisitzung. Dafür war es noch deutlich zu früh, aber sie hielt es zu Hause nicht mehr aus. Besser, sich einen Film anzusehen oder einfach herumzulaufen. Ein bisschen frische Luft zu schnappen. Genau das brauchte sie jetzt.

Als sie nach der Parteisitzung nach Hause kam, war es nach Mitternacht. Sie war todmüde und legte sich gleich ins Bett, doch kaum schloss sie die Augen, tauchte vor ihr Lorenzi auf. Lange wälzte sie sich im Bett hin und her und versuchte, den Gedanken an ihn zu verscheuchen. Es nützte nichts.

Es war nach ein Uhr, als sie aufstand und zu ihrer Kommode hinüberging.

Sie wühlte in einem Knäuel aus Strumpfhosen, Socken, Unterhosen, Fotos, alten Strom- und Gasrechnungen. Endlich, da waren sie. Donata nahm die Tarotkarten und setzte sich an den Tisch.

Sie begann, abzuheben und die Karten auszulegen, und als sie sich bereit fühlte, drehte sie die erste Karte um. Zuerst war sie nur perplex. Dann drehte sie eine Karte nach der anderen um, und auf ihr Gesicht trat zuerst ein Ausdruck der Überraschung und dann der Ungläubigkeit. Schließlich kam der Moment, in dem sie die wichtigste und entscheidendste Karte umdrehte.

»Um Himmels willen …«, flüsterte sie.

~

Am Morgen danach lief Donata dem Dozenten über den Weg, der eine Ankündigung ans Schwarze Brett heftete.

»Professore, gilt die Einladung zum Kaffee noch?«, fragte sie ihn ohne Umschweife.

»Klar«, antwortete er sichtlich überrascht.

Sie gingen in die Bar an der Ecke. Zehn Minuten lang sprachen sie über den Aufsatz und dann über alles Mögliche andere. Dieser eine Nachmittag, bei dem sie sich gegenübersaßen, genügte, und sie hatten sich ineinander verliebt.

Als sie sich trennten, war es fast Abend.

»Magst du Jazz?«, fragte er sie.

»Geht so.«

»Ist er dir … zu bourgeois?«

»Nein. Ich weiß nicht viel darüber.«

»Da ist eine Kneipe am Naviglio, das *Capolinea*. Die veranstalten super Konzerte, und man isst gut. Hast du heute Abend was vor?«

»Nein, überhaupt nichts.«

Gegen acht holte Stefano sie mit einem gelben 2CV ab. Er war guter Laune, und seine Augen glänzten. Er bemerkte, dass sie sich geschminkt hatte, was unter den politisch engagierten jungen Frauen eher selten war. Außerdem hatte sie sich schick gemacht und trug einen schwarzen Rock und eine schulterfreie Bluse mit Blumenmuster.

»Wow! Du siehst toll aus!«

»Ach, Quatsch, ich hab einfach das angezogen, was mir gerade unter die Finger kam«, log sie.

Im *Capolinea* redeten sie die ganze Zeit und achteten gar nicht auf die Jazzmusik. Dabei tranken sie eine Flasche Wein und waren ziemlich beschwipst, als sie später das Lokal verließen. Sie beschlossen, ein paar Schritte zu gehen, um den Alkohol abzubauen, wie sie sagten, doch in Wirklichkeit hatte keiner von beiden Lust, sich vom anderen zu trennen. Am Ende gingen sie stundenlang am Naviglio spazieren, und eine Flut aus Worten, aus Gelächter, aus Diskussionen über Politik, Musik und Literatur riss sie mit sich fort.

»Wie spät ist es eigentlich?«, fragte sie an einem gewissen Punkt.

»Moment … Drei vorbei.«

»Um Himmels willen! Jetzt bringst du mich besser nach Hause.«

Bevor sie aus dem Auto stieg, sagte Donata: »Magst du mal zum Essen kommen? Morgen Abend oder …«

»Morgen Abend passt super.«

Sie lächelte und gab ihm einen Kuss auf die Wange, streifte dabei aber ganz leicht seine Lippen.

»Dann bis morgen, schlaf gut!«

Während er in seiner Ente nach Hause fuhr, dachte Stefano Lorenzi an jenen Kuss, der fast ein Kuss gewesen war, und an den zärtlichen Ton, mit dem Donata ihm eine gute Nacht gewünscht hatte. Und er lächelte dieses unverwechselbare, etwas törichte Lächeln, das sie alle haben, wenn sie verliebt sind.

~

Donata wohnte im obersten Stockwerk eines Hochhauses am Stadtrand, eingezwängt zwischen zwei Reihen von verrußten Gebäuden. Nirgendwo auf den Balkonen war auch nur eine einzige Pflanze zu sehen, nicht einmal Geranien, doch Donata war das egal: Wenn man hier oben ankam, war man fast in den Wolken und konnte den Lärm der Stadt hinter sich lassen. Es war eine einfache Behausung, doch die großen Fenster, durch die das Licht hereinflutete, machten alles wett. Die Küche aus blassblauem Resopal sah aus wie aus einem Fünfzigerjahre-Film; im Wohnzimmer thronte nur ein großes Sofa, davor lag ein Teppich, an den Wänden standen Regale voller Bücher. Daneben hingen ein Poster von Lenin sowie verschiedene Manifeste, die ein Loblied auf die kulturelle Revolution sangen.

Stefano kam mit einem Blumenstrauß und einer Flasche Wein in der Hand. »Schön hier«, sagte er und schaute sich um.

»Fühl dich wie zu Hause. Ich bin gleich wieder da.« Donata ging in die Küche und schüttete die Nudeln ins Wasser. Stefano trat ans Fenster. »Hier zu wohnen, muss ein bisschen so sein, als würde man auf dem Gipfel eines Berges stehen.«

»Auf dem Dach sind zwei Storchennester, man glaubt es kaum«, antwortete sie, als sie mit zwei Weingläsern zurückkehrte.

Sie aßen auf dem Teppich: Spaghetti *Amatriciana*, Salat, danach gab es Eis. Sie sprachen über sich selbst, über ihre Zukunftspläne, über die Uni, über Lyrik. Um die Wahrheit zu sagen, sprach vor allem Donata. Stefano hörte ihr zu, wie verzaubert von ihrer lebenssprühenden Art.

Nach dem Abendessen zogen sie aufs Sofa um. Er nahm ein Buch aus dem Regal und begann, laut vorzulesen. Es war ein Gedicht von Cesare Pavese.

Für alle hat der Tod einen Blick.
Der Tod wird kommen und deine Augen haben.
Das wird sein wie das Ablegen eines Lasters,
wie wenn man ein totes Gesicht
wieder auftauchen sieht im Spiegel
oder auf eine verschlossene Lippe horcht.
Wir werden stumm in den Strudel steigen.

»Der Tod wird kommen und deine Augen haben …«, wiederholte Donata und verspürte auf einmal einen Schmerz in der Magengegend.

»Was ist?«

»Nichts, schon vorbei. Mach weiter, du liest so schön.«

Stefano las weiter. Sie hörte ihm zu, doch sie war auch beunruhigt. Warum hatten diese Worte sie so betroffen gemacht, dass es ihr auf einmal gar nicht gut ging? Stefano las, und ganz allmählich beruhigte sich Donata.

Sie betrachtete ihn. Wie war das möglich, dass sie ihn, bevor sie Kaffee miteinander getrunken hatten, kaum bemerkt hatte? Er war groß wie sie und zu dünn. Doch er hatte eine warm klingende Stimme, große Augen, ein längliches Gesicht, das etwas Romantisches hatte. Sein Haar war hell und gewellt, eher lang. Er erinnerte sie an manche Drucke aus dem neunzehnten Jahrhundert, gewisse Helden aus dem Risorgimento. Während er vorlas, streichelte sie ihm den Nacken. Schließlich verstummte Stefano. Er drehte den Kopf, näherte seine Lippen ihrem Mund und küsste sie. Sie spürte Wärme, den süßen Geschmack von Wein. Sie löschte das Licht. Das Blau der Nacht erfüllte den Raum wie ein nächtliches Meer. Sie ließen sich auf den Boden gleiten und liebten sich zwischen den Zeitungen und den Lyrikbänden, drängende, sich aneinanderpressende Leiber inmitten vollgeschriebener Seiten und tintenverschmierter Zettel.

Später lagen sie noch lange aneinandergeschmiegt im Bett. Sie sprach mit leiser Stimme. Es war eine neue Stimme, klangvoller, ruhiger. Sie erzählte ihm, wenn sie des Nachts Gedichte oder an dem Roman schreibe, den sie schon lange plane, höre sie manchmal Geräusche, die vom Dachboden kamen, vielleicht eine kleine Schar Mäuse oder auch Gespenster. Vielleicht sei es aber auch ein Engel, der in seiner Faust den geheimen Rhythmus der Worte und Laute habe.

»Ein Engel?«, fragte er.

»Es gibt Momente, besonders wenn ich Gedichte schreibe, in denen ich so konzentriert und versunken in das bin, was ich tue, dass ich beginne zu schweben … und genau dann kommt es, das perfekte Bild, der Vers, von dem ich niemals gedacht hatte, dass ich ihn mir ausdenken könnte. Ich kann es dir nicht erklären. Es ist, als hätte da jemand die Feder gepackt und führte meine Hand. Das sind so intensive, so tiefe Momente, dass sie mir fast Angst machen. Sie kommen nur selten vor, doch … Jetzt denkst du bestimmt, ich bin verrückt.«

»Nein, ganz im Gegenteil. Ich würde gerne mal etwas von dir lesen.«

»Nur über meine Leiche. Dann würdest du mir nur wieder vorwerfen, alles zu ›vereinfachen‹ …«

Er lachte und drückte sie an sich. Der Morgen graute. Das erste Licht stieg von der anderen Seite der Welt auf. Sie hörten die Vögel zwitschern, hörten, wie sie am Rande der Nacht entlangtrippelten. Ein heller Himmel spannte sich wie ein Tuch über die Dächer der Häuser, die verlassenen

Straßen, über die Rasenflächen der Vorstadt. Sie schlief an seiner Seite. Als wäre es nie anders gewesen, ging es Stefano durch den Kopf.

~

Sie konnten nicht mehr ohne einander sein. Die meisten Nächte verbrachten sie bei Stefano, die ganze Zeit aneinandergeschmiegt, und wenn sich im Schlaf einer vom anderen löste, hatte ihn der andere schon bald wieder an sich gedrückt. Donata konnte nicht mehr studieren, und auch er hatte seine Mühe zu arbeiten, ging ohne große Begeisterung an die Uni und zählte die Minuten, bis er Donata endlich wiedersehen konnte. Sie verbrachten ganze Nachmittage im Bett, oder sie saßen eng aneinandergekuschelt auf dem Sofa und redeten. Was Donata am meisten an ihm mochte, das war das, was sie auch fuchsteufelswild machte: seine Seelenruhe, wenn sie über Politik diskutierten, diese besondere Fähigkeit, alles genau zu analysieren und ein Problem in all seinen Facetten zu betrachten. Während sie dazu tendierte, ein kategorisches Urteil abzugeben, zog Stefano immer die verschiedenen Blickwinkel in Betracht, und das brachte sie jedes Mal auf die Palme.

»Aber es sind doch nicht alle Künstler links«, unterstrich er zum Beispiel.

»Natürlich sind sie das. Wenn sie nicht fortschrittlich sind, dann ist es auch keine Kunst, was sie machen.«

»Eliot arbeitete auf der Bank und war alles andere als ein Linker, aber er gehört zu den größten Dichtern dieses Jahrhunderts. Und Borges? Ich dachte, du liebst ihn.«

»Was hat denn Borges damit zu tun?«

»Er war elitär und machte aus seiner Verachtung für die Demokratie der Massen keinen Hehl.«

»Das wusste ich nicht.«

»Und jetzt, wo du es weißt? Hast du beschlossen, ihn nicht mehr zu lesen?«

»Einen Rechten kann ich nicht bewundern, nicht einmal wenn er Borges heißt.«

»Du kannst doch Menschen nicht nur nach ihrer Gesinnung beurteilen.«

»Na klar kann ich das! Die Menschen sind das Ergebnis der Politik. Egoismus, soziale Ungerechtigkeit, das Fehlen von Empathie für den Nächsten – das sind alles die Folgen der Politik. Nur wenn wir die Gesellschaft ändern, werden wir auch das Schlechte an ihr beseitigen.«

»Mit einer Revolution?«

»Ja, mit einer Revolution. Sie ist das einzige Mittel, um das System zu ändern.«

»Viele Arbeiter wollen davon nichts wissen.«

»Wenn der Moment gekommen ist, werden sie eine Bildung erhalten und es verstehen. Jetzt hocken die Leute doch nur vor der Glotze und lassen sich verdummen. Oder sie kaufen sich mit zwanzig ein Auto auf Pump und meinen, sie sind reich.«

»Aber du musst doch zugeben, dass es den Arbeitern früher viel schlechter ging.«

»Und du glaubst, wenn sie ein paar Kröten mehr auf dem Konto haben, ist das ihre Rettung? Das sind doch nur Almosen, Stefano. Der historische Materialismus zeigt nur in eine einzige Richtung: die Erhebung des Proletariats.«

»Und was wird aus dem, der gegen Gewalt ist, gegen eine bewaffnete Machtübernahme?«

»Die Leute haben die Wahl: Entweder sie schließen sich der Revolution des Volkes an, oder sie werden für ihren Reformismus bezahlen.«

»Menschen sind vielschichtige Wesen, Donata. Du zum Beispiel gefällst mir auch mit den bolschewistischen Ideen, die dir im Kopf herumspuken. Und siehst du – du liebst mich auch und hast mich noch nicht mal gefragt, wen ich wähle.«

»Ich kann es mir denken, aber ich rechne damit, dass ich dich erziehen kann. Du wirst mein Versuchskaninchen«, schloss sie und verwuschelte ihm das Haar. Doch in solchen Momenten verspürte sie jedes Mal eine Vorahnung, eine Furcht, die in ihr zu wachsen begann. Dann zog sie ihn an sich, küsste ihm das Gesicht und sagte zu ihm: »Du musst mir schwören, dass sich niemand zwischen uns stellen wird.«

»Das schwöre ich. Nicht einmal Mao höchstpersönlich!«, scherzte er.

Am Sonntag liebten sie es, im hellen Morgenlicht miteinander zu schlafen, aber sie liebten es auch, im Bett zu liegen, ohne einander zu berühren. Atemlos, nachdem sie sich lange und ausgiebig geküsst hatten. Gegen die Begierde anzukämpfen. Zwei Fische am Grunde eines Meeres, das leicht war wie eine zweite Haut. Mit geschlossenen Augen. Bis der Atem des anderen Form annahm, in sie eindrang; bis das Liebemachen wie ein Ufer war, das man erreichen musste, die einzige Rettung.

»Erzähl mir von deinem ersten Mal«, bat Stefano sie lange Zeit danach, als er neben ihr lag und rauchte.

»Ich habe ihn kaum gekannt. Ich war siebzehn, er älter.

Wir hatten uns in Varese kennengelernt, in einer Bar unter den Arkaden. Er war schüchtern und hat lange gebraucht, um sich endlich zu trauen, mich zu fragen, ob ich mit ihm ausgehen will.«

Während Donata an jenen Jungen zurückdachte, stellte sie fest, dass es ihr schwerfiel, sich an sein Gesicht zu erinnern. Sie erinnerte sich gerade so an seinen Namen und daran, dass er glattes Haar hatte und die Wörter beim Sprechen dehnte. Sie erinnerte sich an den Schweiß auf seiner Haut, an die gespannten Muskeln seines Halses, an die Hand, die in ihre Jeans glitt. An das stillschweigende Überwinden ihrer Scham. Es geschah in einem Kiefernwäldchen außerhalb von Viggiù, und es war Winter. Ein sonniger Tag, doch auf dem Boden lag Schnee. Ihr Atem stieg in kleinen Wolken in die Luft. Um sie herum waren nur Bäume und Schnee. In dem Kiefernwäldchen war es mucksmäuschenstill. Nicht einmal Vogelgezwitscher war zu hören, auch keine Fuchsspur auf dem jungfräulichen Schnee zu sehen. Sie hatten unter einer Kiefer eine Decke ausgelegt und ein Feuer gemacht. Lange hatten sie sich geküsst, dann hatte sie ihm die Hose heruntergezogen. Und wie seine Augen zu schmalen Schlitzen wurden, als er zum Höhepunkt kam … Nur an das konnte sie sich gut erinnern, jedoch so genau, als wäre es gerade erst passiert.

Als der Himmel dunkel wurde, waren sie gegangen. Der Junge hatte im Wald den Geruch von verbranntem Holz und ein paar gerauchte Marlborokippen zurückgelassen, sie eine Grimasse des Schmerzes und den süßlichen Duft von Patschuli.

Sie hatten sich auf den Weg in Richtung Dorf gemacht.

Es war fast finster. Ab und zu drückte er sie an sich, gab ihr Küsschen auf die Stirn, die Wangen. Beleuchtet von den runden Scheinwerfern des Postbusses, hatten sie einander umarmt. Dann stieg er ein, setzte sich an ein Fenster und wischte die beschlagene Scheibe mit einem Ärmel ab.

Donata winkte ihm.

Der Postbus verschwand hinter einer Kurve.

Sie hatte ihn nicht wiedersehen wollen.

»In dem Alter kann man jemandem auf diese Art wehtun, ohne es zu wollen.«

»Das passiert in jedem Alter«, erwiderte Stefano und drückte sie noch fester an sich.

~

»Jetzt reicht's. Ich verstehe ja, dass du verliebt bist, aber quäl mich nicht schon wieder mit einer Auflistung all seiner Vorzüge«, protestierte Norma jedes Mal, wenn ihre Kusine anfing, über Stefano zu sprechen.

»Aber er hat durchaus ein paar Fehler.«

»Umso besser!«

»Er ist nämlich sehr konventionell und außerdem … immer ist alles ordentlich und picobello. Denk dir nur, jeden Morgen macht er sein Bett, und abends kann er nicht schlafen, wenn wir nicht das Geschirr gespült haben.«

»Es heißt ja, Gegensätze ziehen sich an.«

»Aber das ist es gar nicht. Die Politik, die bringt uns auseinander.«

»Er gehört einer anderen Klasse an, Donata. Politisch kann er nicht so denken wie ein Arbeiter.«

»Das stimmt nicht. In meiner Partei sind jede Menge Leute, die an der Uni unterrichten, es gibt Intellektuelle, Journalisten. Es ist eine Frage des Denkens, des politischen Wachsens. Aber wenn Stefano und ich diskutieren, kommt es am Ende immer zum Streit. Er hasst meine Partei.«

Donata hatte recht: Stefano Lorenzi verabscheute die Partei der extremen Linken, der sie angehörte. Sie nannte sich »Partei«, doch ihre Mitglieder waren polizeibekannt, und ihre Namen wurden regelmäßig in Zusammenhang mit bewaffneten Auseinandersetzungen oder terroristischen Anschlägen in der Zeitung genannt. Manche landeten auch im Knast. Im Lauf der Monate hatte Stefano festgestellt, dass Donata Geheimnisse vor ihm hatte. Zum Beispiel verschwand sie manchmal stundenlang, ohne zu erklären, wohin. »Ich treffe mich mit Genossen«, sagte sie dann, doch Einzelheiten nannte sie nicht.

Nur zu Beginn ihrer Beziehung waren ab und zu Namen gefallen. »Ich treffe mich mit Giovanni«, sagte sie eines Abends.

»Und wer ist das?«

»Er ist einer unserer Gründer, aber er ist klein und hat eine Glatze, du kannst also ganz beruhigt sein«, hatte sie gescherzt und war die Treppe hinuntergelaufen.

Giovanni Scuderi war weder klein noch kahlköpfig. In Wirklichkeit waren alle jungen Frauen der Partei in ihn verliebt und schwärmten, wie charismatisch er sei. Donata hingegen hielt ihn für einen Narzissten. »Das ist einer, der immer im Mittelpunkt stehen will; er findet es wunderbar, dass alle ihn anbeten. Und ihr, verehrte Fräuleins, geht ihm auf den Leim«, sagte sie herausfordernd. Donata sah zwar all seine Makel, doch sie respektierte ihn für seine Qualitäten als Führungsperson.

Ein Genosse, mit dem sie sich allerdings gut verstand, war Gino Taxi. Man nannte ihn so, weil er tatsächlich Taxi fuhr, und um ihn nicht mit einem anderen Gino in der Partei zu verwechseln. Wenn sie abends ausging, sagte Donata zu Stefano, er könne ganz beruhigt sein: »Keine Sorge, Gino Taxi bringt mich dann nach Hause.«

Donata umgab sich immer mehr mit Geheimnissen. Wenn Stefano sie fragte, mit wem sie sich treffe, nannte sie keine Namen mehr. Verließ sie um drei Uhr nachts noch einmal das Haus, beschränkte sie sich darauf zu sagen: »Ich muss Plakate kleben.«

»Aber liest du eigentlich Zeitung? Die Rechten verstehen da keinen Spaß, Donata. Wenn die dich nachts erwischen, brechen sie dir die Beine oder schießen dir gleich eine Kugel in den Kopf.«

Auch Dolfo und Zena waren wegen des politischen Engagements ihrer Tochter besorgt. Wenn sie sie besuchte, gab es am Ende immer Streit mit ihrem Vater.

»So wird das nichts mit der Revolution. Hast du noch nicht gemerkt, dass die Arbeiter euch nicht mehr unterstützen?«, fragte Dolfo hartnäckig.

»Klar. Die Revolution macht ja ihr bei der KP. Ihr versucht es schon seit zwanzig Jahren, Papa, und du hast immer noch nicht kapiert, dass man mit Wählerstimmen nirgendwo hinkommt.«

»Ihr seid doch verrückt! Verrückt und kriminell noch dazu!«, schrie Dolfo. »Es ist doch keine Lösung, Leute umzubringen!«

»Wenn ein Leben geopfert werden muss, um das von vielen zu verbessern, ist das manchmal nötig.«

»Halt den Mund! Hast du denn überhaupt eine Vorstellung davon, wie es ist, jemandem das Leben zu nehmen?«, erzürnte sich Dolfo. In solchen Momenten konnte er gar nicht anders, als an Attilio Coppi und seinen Tod zu denken.

Vater und Tochter stritten oft so heftig, dass Zena dazwischengehen musste, um die Streithähne zu beruhigen.

Als sie einige Monate zusammen waren, hatte Donata Stefano nach Viggiù mitgenommen, damit seine Eltern ihn kennenlernten. Er hatte sich auf Anhieb gut mit ihnen verstanden. Stefano war ein Mensch, der mit allen gut ins Gespräch kam und gemeinsame Themen fand, und Zena und Dolfo schlossen ihn sofort in ihr Herz.

»Das ist ein guter Junge, gib auf ihn acht«, sagte ihre Mutter beim Geschirrspülen.

Wer Stefano nicht ins Herz geschlossen hatte, war Donatas Partei. Die Genossen waren nicht mit ihrer Beziehung zu Stefano einverstanden. Es wurde sogar eine Parteisitzung anberaumt, um sie dazu zu bringen, mit ihm Schluss zu machen; auch Giovanni Scuderi nahm daran höchstpersönlich teil.

»Man kann keine Revolutionärin sein und mit dem Gegner ins Bett gehen«, begann er.

»Stefano denkt nicht wie wir, aber er ist kein Bulle oder Faschist«, nahm Donata ihn in Schutz.

»Dir ist aber schon bewusst, wer er ist?«

»Was willst du damit sagen?«

»Er ist der Sohn von Richter Lorenzi.«

»*Dem* Richter Lorenzi?«

»Ja, genau *dem* Richter Lorenzi: Alessandro Maria Lorenzi, dem Hurensohn, der Gigi in den Knast gebracht hat, und auch Agnese hat er zu acht Jahren verdonnert, obwohl er eine kleine Tochter hat, die sich nicht mehr an ihn erinnern wird, wenn er rauskommt.«

Die Idee war Donata nie gekommen, oder vielleicht hatte sie auch den Gedanken verdrängt, es könnte eine verwandtschaftliche Beziehung zwischen dem Mann, den sie liebte, und jenem Richter bestehen. Schließlich war Lorenzi ein weitverbreiteter Nachname. Erst jetzt fiel ihr auf, dass das der Grund dafür sein könnte, dass Stefano ihr gegenüber niemals von seiner Familie sprach.

Gino Taxi kam auf sie zu und strich ihr über die Wange, als er sagte: »Und du gehst mit seinem Sohn ins Bett und willst ihn vielleicht sogar heiraten.«

»Und wenn, was wirst du dann machen? Organisierst du die Weltrevolution von deinem Luxusapartment aus und dienst dem Volk aus deinem Haus im Grünen?«, fügte Giovanni hinzu.

»Aber was hat er denn verbrochen?«

»Kapierst du denn nicht, dass du uns alle in Gefahr bringst, solange du mit ihm zusammen bist?«, stieß Gino Taxi hervor.

»Diese Geschichte kann so nicht weitergehen, Donata. Wenn du an die proletarische Revolution glaubst, dann bleib bei den Proletariern und nicht bei denen, gegen die sie Krieg führen«, schloss Giovanni, dem anscheinend allmählich die Geduld ausging.

Donata war verwirrt. Manchmal dachte sie, die von der Partei hätten recht, und es sei einfach nicht möglich, Privatleben und politisches Engagement voneinander zu trennen. Außerdem musste sie zugeben, dass das Leben mit Stefano von Tag zu Tag schwieriger wurde. All die Fragen, wohin sie gehe, mit wem sie zusammen sei … Sie konnte nicht mehr. Ganz zu schweigen von der Tatsache, dass sie das Risiko einging, ihm Dinge zu verraten, die er nicht wissen durfte.

Donata versuchte, Stefano Lorenzi zu verlassen, und das mehr als ein Mal. Doch es fehlte ihr immer der Mut. Es gab Momente, in denen sie sagte, es reicht, und diese Beziehung müsse ein Ende haben. Doch dann kam prompt der Moment, in dem sie zu der Überzeugung gelangte, Stefanos einziger Fehler sei es, dass er in der falschen Familie geboren war. Ja, sie hatte es versucht, ihn zu verlassen, aber sie wusste nicht, wann, und sie wusste nicht, wie. Sie wusste nicht, wie es mit ihrem Leben weitergehen sollte, wenn er nicht mehr an ihrer Seite war.

~

»Morgen fahre ich mit dir ans Meer«, verkündete Stefano eines Tages.

»In dieser Jahreszeit?«

»In Santa Margherita ist es im Herbst am allerschönsten. Wenig Leute, und es ist gutes Wetter gemeldet. Wenn wir den Brückentag dazunehmen, können wir ganze vier Tage wegbleiben. Ich möchte dir das Haus zeigen, in dem ich seit meiner Kindheit jeden Sommer verbracht habe. Was meinst du?«

Sie fuhren los, als es noch dunkel war. Es war bereits Anfang November, doch es wurde ein herrlicher Tag, die Sonne schien, die Luft war lichtdurchflutet und immer noch warm. Donata war guter Laune und entschlossen, den Druck, den die Partei auf sie ausübte, die Forderungen von Giovanni Scuderi, Gino Taxi und all den anderen zu vergessen. Sie wollte sich entspannen und diesen Kurzurlaub mit Stefano ohne negative Gedanken genießen.

Im Auto aßen sie belegte Brote, die sie mitgebracht hatte. Aus vollem Hals sangen sie bei Liedern im Radio mit; als sie Tenco und Bruno Lauzi lauschten, schwieg sie und streichelte ihm den Nacken.

»Du weißt schon, dass ich nicht mehr ohne dich sein kann?«

»Tja, dann sind wir wohl ruiniert. Früher oder später werden wir vermutlich sogar heiraten müssen«, antwortete er lachend.

Am späten Vormittag erreichten sie Santa Margherita. Sie fuhren die Küstenstraße und mehrere mit Palmen bestandene Alleen entlang, vorbei an einer dichten Reihe Hotels. Dann bogen sie in eine kleine Seitenstraße ein.

»Da, das ist es«, verkündete Stefano, als sie an einer weißen Villa mit einem Türmchen vorbeikamen.

»Warum hast du nicht gehalten?«

»Besser, man geht von hinten rein. Das ist eine Angewohnheit, die wir uns vor Kurzem zugelegt haben. Du weißt schon, aus Sicherheitsgründen.«

Sie parkten an einer verlassenen Straße. Bei der Villa handelte es sich um einen eleganten Bau aus der Jahrhundertwende, der von einer sehr hohen Mauer umgeben war. Sie betraten das Anwesen über den Garten des Hauses nebenan, durch einen Eingang, der in einer Hecke verborgen war. Stefano erklärte, sie hätten sich mit dem Nachbarn geeinigt, dass sie hier hereinkönnten. »Das ist die einzige Möglichkeit für meinen Vater, die Villa ohne Security zu betreten und wieder zu verlassen. Damit er sich keinen Gefahren aussetzt.«

»Die Gefahren hat sich dein Vater selbst ausgesucht, er ganz allein.«

»Donata, ich bitte dich.«

»Ist ja gut. Ab jetzt keine Politik mehr.«

Es war ein behagliches Haus, in einem eher nüchternen und edlen Stil eingerichtet. Im Wohnzimmer gab es einen großen Kamin, in dem sie am frühen Abend ein Feuer schürten.

Am Morgen danach stiegen sie die Treppe hinauf, um auf der Terrasse des Türmchens zu frühstücken. Von hier aus hatte man eine herrliche Aussicht auf den Golf, die Felsen, die steil zum Meer abfielen, auf die Bucht von Portofino. Sie kauften auf dem Markt Fisch, Salat und Wein aus den Cinque Terre. Den Nachmittag verbrachten sie am Strand mit einem Buch, und am Abend gingen sie in einer Trattoria essen.

In jenen Tagen lasen sie viel, machten lange Spaziergänge, und wenn sie zu Bett gingen, redeten sie bis spät in die Nacht.

Am Nachmittag des dritten Tages, als sie am Strand saßen, sagte Stefano: »Nächsten Sommer möchte ich dort hinten, hinter dem Felsen, mit dir schwimmen gehen. Das ist eine ganz besondere Stelle dort.«

»Ich kann nicht schwimmen. Ich habe richtig Angst vor Wasser.«

»Ach was, das bringe ich dir schon bei.«

»Nein, tut mir leid. Wenn mir das Wasser nur bis zum Knie geht, kriege ich schon Atemnot. Ich weiß, es ist blöd, aber ich kann meine Angst einfach nicht überwinden.«

»Du wirst sehen, bei mir lernst du es.«

»Ach, hör auf. Du hast gut reden …«

»Was willst du damit sagen?«

»Du bist doch jemand, der jedem Risiko aus dem Weg geht. Du wäschst dir aus Angst vor Bazillen zwanzigmal am Tag die Hände und schläfst sogar im Sommer im Pyjama, damit du dich ja nicht erkältest. Kaum vorzustellen, dass du mal was außer der Reihe machst, was weiß ich, eine Reise nach Indien. Ach, was sage ich, nicht einmal nach Griechenland oder Marokko. Zu viele Keime, und dann kann man sich noch irgendwelche Magen-Darm-Sachen holen, oder man wird ausgeraubt … Und du machst einen solchen Aufstand, bloß weil ich eine kleine Phobie habe.«

»Aha! So siehst du mich also? Ein langweiliger Typ ohne jeden Abenteuergeist …« Stefano begann, sich die Schuhe auszuziehen, die Strümpfe, zog auch den Pullover aus.

»Was machst du denn?«

»Einer, der sogar im Sommer im Pyjama schläft, der sich nicht trauen würde, nach Marokko zu fahren, he?«

Donata packte ihn am Arm. »Mach doch keinen Blödsinn! … Jetzt komm schon, Stefano! Wir haben November …«

Er machte sich frei und lief ins Wasser. Ohne zu zögern, tauchte er unter, kam schreiend vor Kälte wieder an die Oberfläche. Dann brach er in Gelächter aus. »Na los, Signorina, Haie sehe ich hier keine!«

»Komm raus! Stefano, hör auf damit!«

»Du musst, glaube ich, noch einiges über mich lernen«, antwortete er und pflügte mit kräftigen Schwimmzügen durch das Wasser.

Das lange Wochenende verging wie im Fluge. Vier Tage

lang vergaßen sie Mailand, die Partei, Stefanos Vater. Nur ein kleiner Zwischenfall trübte die gute Stimmung. Wenige Stunden bevor sie nach Mailand zurückfahren wollten, entdeckte Stefano eine Schlange im Gras und tötete sie. Als Donata ihn durch den Garten kommen sah, die Schlange immer noch auf einer Heugabel aufgespießt, musste sie sofort an die Geschichten ihrer Großmutter Neve denken und bekam es mit der Angst zu tun.

»Was hast du denn?«, fragte Stefano, als er ihre Anspannung bemerkte.

»Mir ist gerade etwas eingefallen, was mir meine Großmutter vor vielen Jahren erzählt hat, eine Prophezeiung über unsere Familie … Darin ging es um ein großes Unglück, irgendwas mit einer Schlange … Wie war das noch gleich? Ach ja, die Leute vom fahrenden Volk sagen, dass es in jedem Haus eine gute Schlange gibt, die die Familie beschützt, und dass es Unglück bringt, wenn man sie tötet.«

»Das einzige Unglück, das passieren könnte, wäre, wenn du von der hier gebissen wirst«, antwortete er lachend. Er vergrub die Schlange, und bald packten sie schon für die Rückfahrt.

Als er den Motor anließ, streichelte sie ihm den Arm. »Ich fand es wunderbar hier. Komm, lass uns öfter mal wegfahren. Nur du und ich.«

»Vor Weihnachten habe ich eine Konferenz in Florenz. Was hältst du davon, wenn ich dich mitnehme?«

»Florenz, ich komme!«, rief sie und war so glücklich, wie sie sich schon lange nicht mehr gefühlt hatte.

~ 1969 ~

Am Nachmittag des 12. Dezember saß Donata in der Bibliothek der Universität. Sie war mit Recherchen für eine Prüfung beschäftigt, fühlte sich aber abgelenkt, war mit dem Kopf ganz woanders. In der kommenden Woche würde sie mit Stefano nach Florenz fahren, und so blätterte sie, statt zu lernen, in einem Reiseführer und überlegte, welche Sehenswürdigkeiten sie sich anschauen würden.

Sie warf einen Blick auf die Uhr: Es war halb fünf, und sie hatte noch jede Menge Arbeit vor sich. *Besser, ich lege den Reiseführer weg und konzentriere mich auf Schopenhauer*, dachte sie. Sie atmete tief durch und schlug das Buch auf. Gerade hatte sie angefangen, sich Notizen zu machen, als ein gewaltiger Knall den Raum erschütterte. Instinktiv hob Donata die Hände an den Kopf, um ihn zu schützen. Jemand schrie, andere sprangen auf. Alle schauten sich verängstigt an. Als sich die erste Panik gelegt hatte, liefen sie zu den Fenstern im Flur.

»Sieht man was?«, fragte Donata und zwängte sich zwischen die Gruppe von anderen Studenten, die sich vor den Fenstern drängten.

»Nur Leute, die rennen.«

»Vielleicht ist irgendwo eine Gasflasche explodiert«, mutmaßte einer.

»Das hätte nicht so einen Riesenknall gegeben«, erwiderte ein anderer. Dann machte er ein Fenster auf und schrie einem jungen Mann, der vorbeirannte, zu: »He, du, was zum Teufel ist passiert?«

An jenem Tag lag dichter Nebel über der Stadt, weshalb sie von dem Jungen nur den Umriss der roten Jacke und das verwaschene Blau der Jeans erkennen konnten. Doch als er antwortete, wurde ihnen sofort klar, dass er unter Schock stand. »Auf der Piazza Fontana … da war … eine Bombe in der Bank … voller Leute!« Dann lief er weiter.

Donata kehrte zu ihrem Tisch zurück. Sie griff nach ihrer Jacke und der Tasche und lief zu dem kleinen Raum, den Stefano für seine Arbeit als Dozent nutzen durfte.

Statt anzuklopfen, blieb sie vor der Tür stehen, die Hand auf halber Höhe. Unsicher, was sie tun sollte, stand sie noch einen Moment da, machte dann auf dem Absatz kehrt und verließ die Uni.

Sie suchte nach einer Telefonzelle, brauchte aber eine Weile, bis sie eine gefunden hatte, die frei war. Sie wählte Giovannis Nummer, doch es war immer besetzt. Erst Gino Taxi ging dran.

»Hallo, Gino? Ja, ich hab's auch gehört … Giovanni kommt zu dir nach Hause? … Na gut, ich bin gleich da.« Als sie die Kabine verließ, sah sie mehrere Krankenwagen und Polizeiautos in großer Geschwindigkeit und mit heulenden Sirenen vorbeirasen. Es fühlte sich an, als wäre in Mailand der Krieg ausgebrochen.

Zu Hause bei Gino Taxi erfuhren Donata und die anderen

Genossen aus den Fernsehnachrichten, dass um 16 Uhr 37 ein Sprengkörper mit acht Kilo TNT im Verhandlungssaal der Landwirtschaftsbank an der Piazza Fontana detoniert war. Siebzehn Menschen waren getötet worden, achtundachtzig schwer verletzt. Eine weitere Bombe, die jedoch nicht gezündet hatte, wurde ganz in der Nähe, an einem Seiteneingang der italienischen Handelsbank an der Piazza delle Scale, aufgefunden. Weitere drei Sprengkörper waren in Rom hochgegangen und hatten sechzehn Menschen verletzt. In den Nachrichten hieß es, vorerst habe sich niemand zu den Attentaten bekannt. Das MSI, die neofaschistische Partei Italiens, schrieb die Attentate der subversiven Linken zu, während die Kommunistische Partei von »Provokationen und Umsturzversuchen durch faschistische und reaktionäre Gruppen aus dem In- und Ausland« sprach, doch für Hypothesen sei es noch zu früh.

»Das waren die Faschisten«, bekräftigte Donata sofort.

Giovanni Scuderi schaltete den Fernseher aus und wandte sich seinen Genossen zu. »Jetzt reicht's mit Worten, wir befinden uns in einem Krieg. Wer nicht dabei ist, der sagt es besser gleich.«

Donata war die Erste, die antwortete.

»Ich bin dabei.« Ihre Stimme war ruhig und frei von jeglichem Zögern.

~

Am selben Abend schrieb sie Stefano einen Abschiedsbrief. Die wahren Gründe für ihre Entscheidung konnte sie ihm nicht begreiflich machen, weshalb sie ihm nur erklärte, sie sei zu dem Schluss gekommen, dass ein gemeinsames Leben mit ihm nicht möglich sei. Sie hatte noch mehr geschrieben, strich es am Ende aber wieder aus. Dann nahm sie den Brief, ging zu Stefanos Haus und warf ihn ein.

An jenem Abend klingelte Donatas Telefon lange, doch sie wollte das Risiko nicht eingehen, dass es Stefano war, und zog den Stecker heraus.

Am Morgen danach rief Stefano wieder an, und er ließ nicht locker. Später erschien er auch in ihrer Wohnung und erfuhr, dass Donata nicht mehr da war. Sie habe Geld für die Strom- und Gasrechnung hinterlassen und sei verschwunden, ohne sich zu verabschieden, hieß es. Und niemand hatte eine Idee, wo sie sein könnte.

Stefano wartete vergebens auf ein Zeichen von ihr, auf einen Anruf. Er fragte bei gemeinsamen Freunden nach ihr, und am Wochenende fuhr er sogar nach Viggiù, doch selbst ihre Eltern hatten keine Neuigkeiten.

»Wo kann sie denn nur sein?«, murmelte Zena voller Angst.

»Ich habe damit gerechnet. Ich wusste, früher oder später würde sie so enden«, wiederholte Dolfo.

»Was meinst du mit ›so enden‹? Was soll das heißen? Und jetzt? Geben wir eine Vermisstenanzeige auf?«

»Nein. Es ist ihre Entscheidung, und wenn man jetzt die Polizei informiert, könnte ihr das nur schaden«, riet Stefano.

Anschließend kehrte er nach Mailand zurück und begann sein langes Warten. Wenn er Zeitung las oder im Fernsehen die Nachrichten schaute, hatte er immer Angst, Donatas Name würde erwähnt, er würde sie in Handschellen auf dem Bildschirm erkennen oder auf dem Boden liegend und mit einer Kugel im Kopf.

~

Norma war die Erste, die wieder von ihr hörte. Das war im Juni, sechs Monate später. Norma war Lehrerin in einem kleinen Dorf in der Brianza, und eines Tages wartete Donata vor der Schule.

»Wo zum Teufel hast du denn gesteckt?«, fragte Norma und umarmte sie.

»Du hast mir gefehlt … Ihr habt mir alle gefehlt«, murmelte ihre Kusine.

Sie gingen zu Norma nach Hause. Kaum hatten sie die Wohnung betreten, bemerkte Donata die vielen Bilder an den Wänden. »Hast du die alle gemalt? Aber … die sind fantastisch, aber wirklich! Diese Farben … und da ist so viel Kraft drin … Hast du die denn mal einem Kunstexperten gezeigt?«

»Ach was, das ist doch nur ein Zeitvertreib.«

»Machst du Witze? Du hast großes Talent. Die Bilder sind so … voller Energie, unglaublich.«

»Du hast gut reden. Du hast doch selbst dein Studium aufgegeben, all deine Träume.«

»Die habe ich nicht aufgegeben. Mein Traum ist jetzt ein anderer, ich habe eine Wahl getroffen. Aber du … Ach, Norma! Du hättest nicht auf deine Eltern hören sollen! An die Akademie der Brera hättest du gehen sollen!«

»Das ist Schnee von gestern. Komm, wir machen uns ein paar Nudeln. Ich habe Pesto im Kühlschrank.«

Als sie kurze Zeit später am Tisch saßen, schaute Norma ihre Kusine an. Sie sah mitgenommen aus, war sehr dünn geworden, und ihre wunderschönen blauen Augen hatten jegliches Leuchten verloren. »Wo wohnst du denn jetzt, und was machst du?«, fragte sie Donata. Sie hatte beschlossen, auf Kommentare zu verzichten.

»In Sesto San Giovanni. Ich arbeite nicht weit von hier, in einer der wichtigsten Fabriken, ein Knotenpunkt. Wir versuchen, dort eine neue Zelle zu gründen.«

»Stefano hat dich überall gesucht.«

Donata wurde ernst. »Ich will nicht über ihn reden … Ach! Weißt du das Allerneuste? Ich habe geheiratet!« Und sie zeigte ihr den Ring an ihrem linken Ringfinger.

»Nein, wirklich? Wer ist es denn?«

»Du kennst ihn. Es ist Gino Taxi.«

~

Es folgte ein sonderbares, oft auch mühsames Gespräch. Norma kam das alles surreal vor. Donata sprach davon, dass sie dem Volk dienen wolle und entschlossen sei, bis zum letzten Gefecht zu kämpfen. Und ihre Beziehung zu Gino bezeichnete sie als »kommunistische Ehe«.

»Was soll das denn sein?«, unterbrach sie Norma.

»Eine Ehe, die zuerst mit einer offiziellen Rede der Partei gefeiert wird, dann auf dem Standesamt, mit einer ganz normalen Zeremonie.« Sie erklärte, Trauzeugen seien zwei Genossen gewesen. Keine Blumen, kein Konfetti. »Das hätte uns gerade noch gefehlt«, kommentierte sie mit ironischem Lächeln.

»Warte mal: Willst du etwa sagen, du hast geheiratet, um die Partei glücklich zu machen?«

»Nicht nur. Ich weiß, dass ich das Richtige getan habe. Es ist eine Verbindung, die unseren revolutionären Geist stärkt.«

»Was? Bist du eigentlich plemplem? Und dann auch noch Gino Taxi!«

Norma hatte Gino ein paarmal getroffen. An einem Abend waren Norma und ihre Kusine zusammen mit Genossen der Partei am Naviglio in einer Trattoria essen gewesen. Sie erinnerte sich deshalb so gut an Gino Taxi, weil er der Stillste von allen gewesen war. Da saß er, mit gesenktem Blick, und spielte mit seiner Gabel. Wenn man das Wort an ihn richtete, antwortete er einsilbig und ohne seinem Gegenüber in die Augen zu schauen. Er konzentrierte sich voll und ganz auf das Essen, als wäre es seine Rettung aus einer schwierigen Situation.

»Wie kamst du denn darauf, ausgerechnet ihn zu heiraten?«

»Gino gehört zu den angesehensten Genossen«, nahm Donata ihn in Schutz.

»Und über was redet ihr? Ich hab den noch nie etwas sagen hören, das kein politischer Slogan war. Gino Taxi – also wirklich!«

»Siehst du, du bist wie die anderen – voller Vorurteile. Gino ist ein guter Mann, der allerbeste Genosse. Er würde sein Leben für seine Ideen geben, und das ist für mich wichtiger als ein Studienabschluss.«

»Ein guter Mann … und das reicht dir? Hast du das von Stefano gehört?«

»Was denn?«

»Er geht im September nach London, mit einem Stipendium. Jedes Mal, wenn er mich anruft, fragt er nach dir.«

Donata beschränkte sich auf ein halbherziges, aber boshaftes Lächeln. Als wollte sie sagen: *Ach, das ist lange her.* »Die Familie, die Liebe, bla, bla, bla … Das ist alles bürgerliches Gedankengut, Hirngespinste und Hollywoodmärchen. Früher hat doch niemand aus Liebe geheiratet. Man tat es aus wirtschaftlichen Interessen oder einfach um zu überleben.«

»Mag sein, aber seit Urzeiten verlieben sich die Leute ineinander. Wie ist das denn mit Gino?«

Donata schaute sie an. In jenem Moment war sich Norma sicher, dass sie gleich lügen würde.

»Na ja … Sicher suchen wir noch ein bisschen nach unserem Gleichgewicht, und wir müssen an unserer Beziehung arbeiten; aber das wird schon klappen. Im Moment ist Gino in Kalabrien, bei einem Kurs der Partei.«

»Was für ein Kurs?«

»Revolutionäre Persönlichkeitsentwicklung. Eine Fortbildung für die Mitglieder der neuen Zellen.«

»Klingt ziemlich militärisch.«

»Nein, ganz anders. Man diskutiert über alles. Wir sprechen über unsere Vergangenheit, unsere Widersprüche: die Kindheit, unsere Schwachpunkte. Dafür muss man auch die intimsten Details preisgeben, ich meine, auch Einzelheiten, was unser Sexualleben angeht.«

»Sag mir, dass das nicht wahr ist …«

»Ich weiß, für einen Außenstehenden klingt das komisch. Ich habe auch eine Weile gebraucht, aber am Ende habe ich begriffen, dass sie recht hatten. Nur wenn man alle Barrieren des Privaten einreißt, stärkt man seine Bindung an die Partei; nur wer komplettes Vertrauen in diejenigen hat, die uns anführen, kann sich wirklich der Sache verschreiben.«

»Hörst du dir eigentlich selbst zu?«

»Für dich ist das schwer zu verstehen, aber wir sind wie eine Familie. Nein, es ist sogar eine noch tiefere Bindung. Aber jetzt hören wir mal auf, von mir zu reden. Was gibt's bei dir Neues? Und bei meinen Eltern?«

»Mir geht es gut und ihnen auch, aber sie machen sich Sorgen. Warum meldest du dich nicht bei ihnen?«

»Es war einfach viel auf einmal. Du weißt schon, die Hochzeit, die vielen Veränderungen in meinem Leben … aber ich rufe sie bald mal an.«

Den Rest des Nachmittages verbrachten sie mit Plaudern und Erinnerungen an ihre gemeinsame Kindheit: an ihre Streifzüge nach Sant' Elia, das Abenteuer vor dem Haus von Belón, die Lieder des Signor Pippo. Und sie fingen an zu singen.

Tira mureddu miu,
tira e camiiina,
cu st'aria frisca e duci di la chianaaa,
lu scrusciu di la rota e la catina,
ti cantu sta canzuna paisanaaaa…

»Oje! Ihr singt ja schlimmer als ein ganzer Hühnerstall«, rief Norma am Ende mit dem sizilianischen Akzent des alten Bäckers. Sie brachen in Gelächter aus und waren sich auf einmal wieder so nah, wie sie es früher einmal gewesen waren.

Die Atmosphäre war deutlich entspannter geworden,

doch wenn Norma Donata nach Einzelheiten aus ihrem neuen Leben fragte, wechselte ihre Kusine das Thema.

Gegen Abend begleitete Norma Donata zum Bahnhof.

»Warum kommst du mich nicht mal besuchen? Jetzt, wo Gino weg ist, bin ich immer allein«, sagte Donata, die bereits im Zug saß.

»Klar, wenn du willst, gleich am Samstag.«

»Wirklich? Warte, ich geb dir die Adresse.«

»Kann ich deinen Eltern sagen, dass wir uns getroffen haben?«

»Ja, schon, aber … Hör mal: Es ist besser, wenn sie nicht wissen, wo ich wohne oder was ich mache. Das hier ist meine Adresse, aber für meine Eltern ist sie nicht bestimmt. Am Ende geben sie sie an Stefano weiter, und das will ich nicht. Schwörst du mir, dass du ihnen nicht sagst, wo ich wohne?«

»Ich schwöre es dir. Ich sage es niemandem.«

~

Am darauffolgenden Samstag fuhr Norma, wie versprochen, nach Sesto San Giovanni. Donata wohnte im zweiten Stock eines großen Mietshauses aus der Nachkriegszeit. Es war eine kleine Wohnung, nur notdürftig möbliert. Zwei freudlose Zimmer, die zeigten, dass niemand sich die Mühe gemacht hatte, sie gemütlich herzurichten.

Am Abend kochten sie zusammen, dann gingen sie ins Kino. Gezeigt wurde ein polnischer Film, der sich als echter Langweiler entpuppte. Arm in Arm gingen sie nach Hause, lachten und lästerten über bestimmte Szenen. Dann plauderten sie bis spät in die Nacht, köpften eine Flasche Wein.

Irgendwann sagte Norma: »Weißt du noch, der Typ, von dem ich vorhin gesprochen habe, der mir so gefällt?«

»Ich bin mir sicher, du gefällst ihm auch.«

»Da bin ich nicht so überzeugt.«

»Dein Problem ist, dass du immer Angst vor Männern hattest. Du musst Vertrauen haben, dich fallen lassen.«

»Legst du mir die Karten?«

»Ach Quatsch! Das war doch nur Kleinmädchenkram!«

»Du bist dreiundzwanzig!«

»Manchmal zählt nicht, wie alt man ist!«

Sie gingen sehr spät zu Bett und schliefen, vom Wein beseelt, sofort ein.

Norma hatte das Gefühl, dass sie gerade erst die Augen zugemacht hatte, als sie es an der Tür klingeln hörte. Ein lang anhaltendes, beharrliches Klingeln. Draußen dämmerte der Morgen. Donata murmelte etwas mit belegter Stimme und stand auf. Norma schlief wieder ein.

Kurz darauf ein Rumpeln, Befehle, erregte Stimmen. Die Tür des Zimmers wurde eingetreten.

»Keine Bewegung, oder ich schieße!«

Vier bewaffnete Männer standen vor Norma, mit langen Bärten und in Kakijacken. Sie richteten Maschinengewehre auf sie, die Mündungen nur wenige Zentimeter von ihrem Gesicht entfernt. Norma verspürte Kälte, sie verspürte reine Angst. Es war, als stünde ihr Blut still, und jedes Organ ihres Körpers, das Herz, die Lungen, fühlte sich an wie eingefroren.

»Polizei! Hände hoch und keine Sperenzien. Und jetzt steh auf, ganz ruhig. Eine unvorhergesehene Bewegung, und wir schießen.«

Norma hob zitternd die Hände und brach in Tränen aus. Sie wusste nicht, ob vor Angst oder vor Erleichterung, weil sie das Wort »Polizei« gehört hatte. Die vier waren von einer Sondereinheit, die sich Squadra Speciale nannte, doch sie trugen keine Uniform, und zu Beginn hatte Norma gedacht, es handele sich um einen Racheakt irgendeiner Gruppe der extremen Rechten. Gerade wollte sie ganz langsam die Füße auf den Boden stellen, wie die Polizisten es ihr befohlen hatten, als Donata auftauchte und sich, ohne die auf sie gerichteten Waffen zu beachten, neben sie aufs Bett setzte. Sie nahm sie in den Arm und sagte dann, an die vier Männer gerichtet, in entrüstetem Ton: »Jetzt reicht's! Seht ihr denn nicht, dass wir hier nur zwei Frauen sind? Jetzt habt wenigstens den Anstand und lasst uns etwas anziehen!«

Die vier ließen die Waffen sinken. »Zieht euch was an. Wir warten in der Küche auf euch.« Sie verließen den Raum und zogen leise, als wollten sie sich entschuldigen, die Tür hinter sich zu.

Donata bedeutete ihrer Kusine, sie solle sich ruhig verhalten, und ging zum Schrank. Sie öffnete ihn und nahm zwei Perücken, zwei Molotowcocktails und eine Pistole heraus, steckte alles in eine Plastiktüte, öffnete das Fenster und hängte den Beutel außen an den Haken des Ladens. Dann schloss sie das Fenster wieder und sagte: »Komm, zieh dich an.«

Sie schlüpften in Hose und T-Shirt und gingen zu den Polizisten.

Diese durchsuchten die Wohnung und stellten alles auf den Kopf – die Schränke und andere Möbelstücke, die Bücherregale. Sie blätterten in Büchern, in Zeitschriften, in hektografierten Papieren. Ab und zu warfen sie etwas in einen großen Karton. Als die beiden jungen Frauen auf der Bildfläche erschienen, befahl einer der Polizisten seinen Kollegen: »Durchsucht ihr das Schlafzimmer. Wir machen hier weiter.«

Der Mann ließ die Kusinen sich setzen und begann, sie zu vernehmen. Bei Norma ging das schnell. Er wollte ihre Papiere sehen, stellte ihr ein paar Fragen zu ihrer Arbeit, wo sie wohne, was sie hier mache und wie ihre Beziehung zu Donata Martiroli sei. Ein paar Telefonate, und es war geklärt, dass sie sauber war.

»Sie können dann gehen, Signorina.«

Norma schaute zu Donata. Die rauchte und wirkte überhaupt nicht nervös.

»Geh, ich ruf dich später an«, sagte sie zu ihr und versuchte sich an einem Lächeln.

Norma ging auf die Straße hinaus und warf, bevor sie sich entfernte, einen Blick zum zweiten Stock hoch: Da hing keine Tüte am Haken des Fensterladens; das Schlafzimmer ging zum Glück nach hinten hinaus. Hoffentlich kommen die Polizisten nicht auf die Idee, das Fenster zu öffnen, dachte sie und machte sich auf den Weg zum Bahnhof.

~

In den zwei darauffolgenden Jahren sahen Dolfo und Zena ihre Tochter nur selten. Sie lernten, ihre Besuche einfach hinzunehmen, ohne sich zu beklagen oder ihr allzu viele Fragen zu stellen. Donata blieb meistens den ganzen Tag, doch sie war schweigsam geworden; ihre frühere Überschwänglichkeit war verschwunden. Die Eltern erzählten ihr, was es in der Familie Neues gab: welche Kinder auf die Welt gekommen waren, wer gestorben war, geheiratet hatte oder sich, dank eines neuen Gesetzes, scheiden lassen wollte. Gino hatte Donata nur ein einziges Mal nach Viggiù mitgebracht, und es war kein besonders glückliches Zusammentreffen gewesen, denn man musste ihm jeden Wurm aus der Nase ziehen, und er übertrug sein Unbehagen auf die anderen. Von da an war er nie mehr mitgekommen, und Zena und Dolfo beschränkten sich darauf, sich formell nach dem Befinden ihres Schwiegersohnes zu erkundigen.

»Es geht ihm gut«, antwortete Donata dann, kurz angebunden.

»Habt ihr denn Arbeit? Braucht ihr Geld?«

»Wir brauchen gar nichts.«

»Hier sind ein paar Briefe für dich. Sie sind von Stefano«, teilte ihre Mutter ihr ab und zu mit.

»Schmeiß sie weg.«

»Willst du sie nicht aufmachen?«

»Wozu denn?« Donata wechselte das Thema: »Und, wie geht's Großmutter Neve?«

»Natürlich ist sie ein bisschen gealtert, aber es geht ihr gut. Sie pilgert jeden Tag in die Messe, und dein Nonno versucht sie, wie immer, davon zu überzeugen, dass es da oben nichts gibt«, sagte ihr Vater.

Seit den ersten Wahlen im befreiten Italien am 2. Juni 1946 hatte Radames seine Stimme der Kommunistischen Partei Italiens gegeben. Zum ersten Mal in der Geschichte des Landes hatten an jenem Tag auch die Frauen wählen dürfen. Obwohl ihr Mann darauf drängte, sie solle doch auch für die Kommunisten stimmen, hatte Neve auf Don Romano gehört, der ihr in der Beichte empfohlen hatte, sich für die Christdemokraten zu entscheiden. »Gebt eure Stimme denen, die ich euch rate, sonst bringt ihr die Madonna zum Weinen!«, hatte er seinen Schäfchen gepredigt.

Seit jenen allerersten Wahlen waren mehr als zwanzig Jahre vergangen, und im Hause Martiroli lebten noch immer zwei Weltanschauungen friedlich unter einem Dach. Jeden Sonntagmorgen zog Radames los, um die *Unità* auszutragen, und zur selben Zeit begann Neve ihre Runde mit einem Stapel der *Famiglia Cristiana*, die sie den Abonnenten brachte. Um die Mittagszeit trafen sie sich wieder. Radames las Zeitung und schimpfte mal auf die Regierung, mal auf die lästigen Fliegen oder das Eis auf den Straßen, je nach Jahreszeit. Neve setzte die Suppe auf – die es jeden Sonntag gab, auch wenn vierzig Grad Hitze herrschten – und stellte dann das Radio auf den *Gazzettino Padano* ein. Punkt zwölf Uhr hörte man ein Vogelzwitschern, dann verkündete eine salbungsvolle Stimme: »Es ist zwölf Uhr mittags.« In genau diesem Moment faltete Radames seine *Unità* zusammen, setzte sich an den Tisch, band sich eine große Serviette um den Hals, und Neve brachte eine große Schüssel *Tagliatelle in brodo.* Nach den Nachrichten kam eine Schlagersendung.

Norma erinnerte sich noch gut an einen Tag, an dem Marisa Sannia das Lied *Casa Bianca* angestimmt hatte.

… tutti i bimbi come me
hanno qualche cosa che di terror li fa tremar,
è la casa bianca che …

Nonno Radames wusste ganz genau, was es mit diesem weißen Haus auf sich hatte, vor dem sich alle Kinder fürchteten: »Das ist doch klar wie Kloßbrühe«, rief er. »Das ist eine antiamerikanische Botschaft: Das weiße Haus ist das von Nixon, und wovor alle Angst haben, das ist der Krieg in Vietnam! Was denn sonst?«

Am 21. Juli 1969 wurde es für Radames Martiroli zur Gewissheit, dass die Wissenschaft endlich das unter Beweis gestellt hatte, was er schon sein Leben lang behauptete. Er und seine Frau sahen sich im Fernsehen die Übertragung der ersten Landung von Menschen auf dem Mond an. Neil Armstrong setzte seinen Fuß auf den Boden des Trabanten, machte vorsichtig die ersten Schritte und begann dann, auf jener wüstenähnlichen Fläche auf und ab zu hüpfen. An diesem Punkt wandte sich Radames triumphierend an Neve.

»Und, siehst du da oben etwa deine Madonna oder irgendwelche Heiligen? Da ist nur jede Menge Staub, aber doch kein Gott!«

Es war schon Jahre her, dass Donata ihre Großeltern besucht hatte, doch Norma schaute ab und zu bei ihnen vorbei. Bei ihrem letzten Besuch hatte Nonna Neve ihr von einem seltsamen Traum erzählt. Es war ein stürmischer Tag, und der Wind trug sie mit sich fort. Sie versuchte, sich an Bäumen oder Zäunen festzuhalten, spürte jedoch, wie sie immer mehr in Richtung Wolken gesogen wurde. Überall um sie herum herrschte Chaos, und neben dem Rauschen des Windes war ein Flüstern zu hören. Und dann, über alldem, die Stimme einer Frau, die schrie: »Ein Fluch liegt auf dieser Ehe!«

»Am liebsten würde ich gar nicht mehr schlafen aus Angst

vor meinen Träumen«, hatte sie gesagt, als sie ihrer Enkelin den Inhalt des Traumes erzählt hatte. »Ich hoffe nur, das soll nicht bedeuten, dass die Prophezeiung demnächst Wirklichkeit wird.«

»Nonna, was redest du denn da? Das ist doch nur Aberglaube«, antwortete ihr Norma.

Die alte Frau schaute sie nur wenig überzeugt an und wechselte das Thema. »Und, wie geht's Donata?«

»Ich sehe sie nur selten, aber es geht ihr gut.«

»Erinnerst du dich noch, wie sie mir mal diese Maske angerührt hat? Und wie ihr beide Parfüms hergestellt habt?«

»Ja, dieses seltsame Gebräu aus Wasser, Blumen und Seifenspänen. Sie hat mich sogar überredet, das Zeug im Dorf zu verkaufen. Und wie wortreich sie reden konnte, wenn sie versuchte, es jemandem anzudrehen!«

Sie lachten, dachten an Donatas kecke Art zurück, doch es war wie die Erinnerung an einen Menschen, der nicht mehr lebt: voller Zuneigung, voller Nostalgie, doch auch wie aus weiter Ferne. Als wären die Erinnerungen an Donata das Einzige, was von ihr geblieben war.

~ 1973 ~

Anfang Februar wurde Gino Taxi während eines Polizeieinsatzes in einem Haus in Lambrate festgenommen. Bei ihm waren zwei Untergetauchte, außerdem hatte er Geld, Waffen und Munition dabei. Es kam zu einem Schusswechsel, bei dem einer der Terroristen zu Tode kam. Gino Taxi wurde verletzt, hatte aber vorher einen der Polizisten angeschossen.

»Bei Gino ist die Kugel quer durch den Oberschenkel gegangen, ohne großen Schaden anzurichten«, erklärte Donata später ihrer Kusine. »Das Problem ist, dass er auf einen Mann in Uniform geschossen hat. Nur ein Kratzer an der Schulter, aber der Anwalt sagt, er könnte bis zu fünfzehn Jahre dafür kriegen.«

»Wann ist der Prozess?«

»Im Juni ist es so weit.«

Die beiden hatten sich in Mailand getroffen, in einer Pasticceria in der Nähe der Porta Garibaldi. Norma bemerkte, dass Donata einen Soßenfleck auf dem Kleid und ungewaschene Haare hatte. Vor allem jedoch beunruhigten Norma ihre Blässe und die Ringe unter den Augen.

»Was machst du jetzt?«, fragte sie sie.

Das schien die andere aus der Fassung zu bringen. »Ich weiß nicht. Ich weiß es nicht … ich weiß keine Lösung.« Sie legte den Kopf in die Hände, und Norma sah, dass sie zitterte.

»Nimm es dir nicht so zu Herzen. Vielleicht kommt Gino ja früher raus, als du denkst.«

»Du verstehst nicht«, sagte ihre Kusine und schüttelte den Kopf. »Das Leben mit Gino ist die Hölle gewesen, vom ersten Tag an. Wir haben es wirklich versucht: wir, die Partei. Wir haben alles getan, um diese vermaledeite Ehe zu retten, aber es war sinnlos.«

»Was hast du da gesagt?«, unterbrach Norma sie, doch ihre Kusine sprach weiter. »Du hattest recht, wir hätten nie heiraten sollen. Wenn wir stritten, brachte ich ihn mit zwei Sätzen zum Schweigen. Ich habe ihn heruntergeputzt, auch wenn ich wusste, dass er sich nicht verteidigen konnte. Ich schäme mich, das zu sagen, aber ich habe ihn fertiggemacht, bin über ihn drübergefahren wie ein Bulldozer. Er wollte mich gar nicht heiraten, aber sie haben ihn davon überzeugt, es sei für unsere Sache, und mit der Zeit würden wir schon zurechtkommen …«

»Zum Teufel mit der Partei! Es hindert euch doch nichts daran, euch zu trennen.«

»Ich bin schwanger.«

»Ein Kind … Ja, Wahnsinn. Im wievielten bist du?«

»Im dritten Monat, aber das ist es gar nicht. Wir hatten uns sowieso dafür entschieden, uns zu trennen, hatten es auch mit der Partei diskutiert … Aber jetzt? Kannst du mir sagen, wie ich ihn verlassen soll, wenn er im Gefängnis ist? Gino hat keine Familie, er hat nur mich.«

»Du kannst doch nicht bloß deshalb mit ihm zusammenbleiben, weil er dir leidtut.«

»Ich soll mich in einem Moment wie diesem von ihm abwenden? Wenn er rauskommt, ist er alt.«

»Gino kommt in jedem Fall in den Knast, und du kannst ihn immer als Freundin besuchen. Du darfst dich nicht opfern, Donata. Du hast dein ganzes Leben noch vor dir.«

»Das ganze Leben vor mir …« Diesen Satz wiederholte Donata mit einem sonderbaren Lächeln, als glaubte sie nicht daran.

Der Prozess gegen Gino fand im Juni statt. Er wurde verurteilt für seine Zugehörigkeit zu einer militanten Gruppe, für unerlaubten Waffenbesitz, Widerstand gegen die Staatsgewalt und versuchten Mord. Das Urteil fiel äußerst hart aus: vierzehn Jahre und sechs Monate.

Der Richter: Alessandro Maria Lorenzi.

~

Es war Ende Juni. Ein drückend heißer Tag, der Himmel hing tief, schmutzigweiß, die Luft war schwül und klebrig.

Donata machte sich schnell etwas zu essen, weil sie bald aus dem Haus musste. Gerade kippte sie eine Dose Tomaten zu den angebratenen Zwiebeln, als es an der Tür klingelte. Sie wischte sich die Hände ab und ging hinaus, um zu öffnen.

»Hallo.«

Vor ihr stand Stefano Lorenzi.

Sie blieb reglos stehen, stumm.

»Kann ich reinkommen?«

»Ja.« Sie trat zur Seite, damit er an ihr vorbeikonnte. Dann fragte sie: »Willst du einen Kaffee?«

»Nein danke. Ich hatte gerade einen. Wie geht es dir?«

»Das ist eine ziemlich überflüssige Frage.«

»Ja, du hast recht.« Er schaute sich um, vor allem, um zu vermeiden, ihr ins Gesicht zu blicken. Sie sah mitgenommen aus, war kaum wiederzuerkennen; aber es war doch Donata, nach so langer Zeit, und Stefano schlug das Herz so heftig in der Brust, dass er glaubte, es im Zimmer widerhallen zu hören. Sie hielt den Blick gesenkt, wirkte geistesabwesend, als wäre sein Besuch ihr vollkommen gleichgültig.

Sie setzten sich an den Tisch.

»Deine Adresse habe ich über die Prozessunterlagen rausgefunden. Ich musste nur ins Büro meines Vaters gehen und nachsehen, wo dein Mann gemeldet ist.«

»Gratuliere. Ich nehme an, du weißt, dass das illegal ist.«

»Es war die einzige Möglichkeit, dich aufzuspüren.«

»Und jetzt? Fühlst du dich besser?«

»Ich habe auf diesen Tag gewartet seit damals, als du verschwunden bist.«

Sie schaute ihn an und wusste nicht, wie sie das vor ihm verbergen sollte, was sie in diesem Moment empfand: eine Welle der Wärme, etwas, das brannte und, während es in ihr hochstieg, riesengroß wurde. »Du hättest nicht kommen sollen. Wir sind nicht mehr die, die wir mal waren«, sagte sie am Ende, doch ihre Stimme bebte.

»Ich bin immer noch derselbe. Für mich hat sich nichts geändert.«

Donatas Kehle war ausgetrocknet, ihre Hände schweißnass. Sie konnte seinem Blick nicht standhalten. Sie sprang auf, kehrte ihm den Rücken zu und ging zum Herd, um in der Soße zu rühren. »Ich habe gehört, du lebst im Ausland.«

»Ja, in London, mit einem Stipendium. Momentan bin ich hier, um den Sommer bei meiner Familie zu verbringen. Morgen fahren wir nach Santa Margherita.«

»Was willst du hier, Stefano?«

»Dich sehen. Ich bin hier, um dich zu sehen. Warum hast du nie auf meine Briefe geantwortet?«

»Wozu denn?«

»Wozu, fragst du? Da fallen mir Dutzende Gründe ein! Zum Beispiel, um mir zu erklären, warum du einfach so gegangen bist, mit ein paar dürren Worten auf einem Blatt Papier. Und warum du nicht einmal den Anstand hattest, es mir ins Gesicht zu sagen.«

»Das musste ich so tun. Es war zu schwierig, dich persönlich zu treffen, und du hättest es sowieso nicht verstanden.«

»Ach so? Glaubst du denn, ich habe es *so* verstanden?«

Donata schaute aus dem Fenster, um ihre Tränen zu verbergen.

»Du hast mir also wirklich nichts zu sagen?«, beharrte er.

»Es ist so viel Zeit vergangen. Es gibt nicht mehr viel, was wir uns zu sagen hätten.«

»Jetzt hör doch auf, Donata! Es sind drei Jahre vergangen, drei Jahre, in denen ich darauf gewartet habe, mit dir zu reden. Ich kenne dich. Ich weiß, wie dickköpfig und stolz du bist. Ich bin meinetwegen hier, aber auch deinetwegen.«

Sie drehte sich ganz langsam zu ihm um, die Hand auf den Bauch gelegt. »Hast du es nicht gemerkt?«

»Natürlich. Ich bin ja nicht blind.« Er hielt kurz inne und fügte dann hinzu: »Wenn ich dich nur mit einem Kind zurückhaben kann, dann ist es eben so. Für mich ist es in Ordnung.«

»Red keinen Blödsinn«, antwortete sie voller Ungeduld.

»Was ich sage, ist Folgendes: Wenn du willst, wird dieses Kind genauso meins sein wie all die anderen, die wir noch haben werden.«

»Hör auf. Du kennst mich nicht. Ich habe Dinge getan, die du dir noch nicht einmal vorstellen kannst.«

»Ich kenne dich sehr wohl, sonst wäre ich nämlich nicht hier. Komm mit mir nach London. Worauf wartest du denn? Oder willst du auch noch in den Knast kommen?«

Sie setzte sich ihm gegenüber an den Tisch, nahm seine Hände und drückte sie, als wäre dieser Kontakt nötig, um ihm begreiflich zu machen, dass das, was sie jetzt sagte, ehrlich war. »Pass auf: Das Mädchen, mit dem du zusammen warst, das gibt es nicht mehr. Für uns ist es zu spät, Stefano, verstehst du? Wie kommst du nur auf den Gedanken, wir könnten dieses Kind zusammen aufziehen? Wo doch dein Vater ...«

»Ich bin nicht mein Vater, verdammt noch mal! Ich habe niemanden verurteilt. Und nicht ich bin es, der dich zurückgelassen hat, mit drei hingekritzelten Zeilen auf einem Blatt Papier. Ich werde weder für meinen Namen bezahlen noch für deine Fehler oder für die Fehler deines Mannes!«

Sie begann zu weinen, doch lautlos, ohne auch nur einmal den Blick von seinem Gesicht zu wenden. Ganz still drückte sie seine Hände, und er drückte die ihren. So blieben sie lange sitzen und schauten sich an, Blicke und Hände ineinander verschränkt.

»Besser, du gehst jetzt«, murmelte sie kurze Zeit später.

»Warum weinst du, wenn ich dir nichts mehr bedeute?«

»Geh jetzt, Stefano.« Und sie zog ihre Hände zurück.

Er schaute sie an, sichtlich erschöpft. Und ließ fast eine Minute verstreichen, ehe er sagte: »Na gut, du hast gewonnen.« Er stand auf, doch bevor er ging, nahm er die Zeitung, die auf dem Tisch lag, holte einen Stift aus seiner Tasche und schrieb etwas darauf. »Das ist die Telefonnummer in Santa Margherita. Wir bleiben einen ganzen Monat dort. Ich verlange nicht von dir, dass du eine Entscheidung triffst. Aber wenn du einfach nur reden möchtest ...«

Er schob ihr die Zeitung hin, ging zur Tür und hinaus.

~

Drei Tage später klingelte in dem Haus in Santa Margherita das Telefon. Alessandro Maria Lorenzi nahm den Hörer ab.

»Ja, bitte?«

»Guten Tag! Könnte ich bitte mit Stefano sprechen?«

»Wer ist da?«

»Eine Freundin.«

»Warten Sie einen Moment.«

Nach wenigen Sekunden war er am Telefon, und seine Stimme klang wie immer: leise, vertrauenerweckend, melodisch. »Ja, bitte?«

»Ich bin's. Donata.«

»Ich hatte nicht mehr darauf gehofft ... Wie geht es dir?«

»Gut, mir geht's gut ... Du, hör mal, ich hab über das nachgedacht, was du mir kürzlich gesagt hast, und wenn ich mal mit dir reden wollte ... Ich kann dir nichts versprechen, aber ich habe auch das Bedürfnis, dir so viele Dinge zu erklären. Wenn es dir recht ist, könnte ich dich in Santa Margherita besuchen, vielleicht am Wochenende.«

»Natürlich ist mir das recht, ich freue mich! Und mach dir keine Gedanken, ich erwarte nichts von dir. Ich möchte einfach nur ein bisschen Zeit mit dir verbringen.«

»Klar, dass ich nicht bei dir wohnen kann … Sicher seid ihr ja alle da, dein Vater, deine Mutter.«

»Ich bin mit meinem Vater allein hier. Meine Mutter kommt erst Ende nächster Woche. Ich reserviere dir ein Zimmer im Hotel. Wann wolltest du denn kommen?«

»Freitagabend, nach der Arbeit. Es gibt da einen Zug, der um 22 Uhr 35 in Genua ist. Könntest du mich abholen?«

»Ich warte am Bahnhof auf dich.«

»Porta Principe, 22 Uhr 35. Du kommst sicher, ja?«

»Natürlich.«

»Stefano …«

»Ja?«

»Nichts. Bloß … Ich muss jetzt los. Dann bis Freitagabend.«

»Ja, ich warte auf dich.«

»Nicht vergessen.«

»Sei ganz beruhigt, ich vergesse es nicht«, antwortete er lachend.

»Ciao.«

»Ciao, bis dann.«

~

Donata legte den Hörer auf und drehte sich dann zu den drei Männern um, die hinter ihr saßen.

»Es klappt. Freitagabend. Er wird allein sein.«

»Sicher?«

»Ja. Die Mutter ist noch in Mailand, und der Sohn kommt nach Genua. Es muss am Freitagabend passieren.«

»Zeig uns noch mal die Karte.«

Donata kramte in ihrer Tasche und zog ein paar Blätter heraus. »Das hier ist die Adresse, und hier ist der Weg dahin eingezeichnet. Hier ist das Haus, Nummer 79. Es ist mit Sicherheit bewacht. Ihr müsst von dieser Gasse hinten rein. Die Villa der Lorenzis ist weiß, mit einem Türmchen, die könnt ihr nicht verfehlen. Sie ist von einer Mauer umgeben, aber wenn ihr dahintersteht, könnt ihr über den Garten der Nachbarn, Nummer 77, rein. Auf der linken Seite ist eine Hecke, und durch die gelangt man direkt auf die Rückseite des Hauses der Lorenzis. Die Tür, die in den Keller führt, kann man aufdrücken.«

»Ist gut.«

»Um halb elf setzt ihr die Sturmhauben auf, geht rein und dann die Treppe hoch. Um diese Uhrzeit sitzt der Richter mit Sicherheit im Wohnzimmer. Zielt auf die Beine, ein Schuss mit Schalldämpfer, und dann haut ihr ab. Morgen fahrt ihr nach Santa Margherita, um das alles zu überprüfen. Und am Freitag erwarte ich, dass ihr mich hier anruft. Das Telefon bei mir zu Hause wird mit Sicherheit abgehört. Wenn alles erledigt ist, verschwindet ihr aus Genua. Ohne zu rennen, wohlgemerkt, sonst fallt ihr auf. Ruft mich vom Autogrill in Ovada an, nicht vorher. Ihr müsst aus der Stadt verschwunden sein, bevor sie Straßensperren errichten.«

»Okay, alles klar.«

»Wir gehen die ganze Aktion noch ein paarmal durch, bis

ihr sie auswendig kennt. Und ihr schießt nur in die Beine. Verstanden, Mario? Wir wollen ihm eine Lektion erteilen, eine Warnung für die Zukunft. Keine Toten, kapiert?«

»Ja, ja, ich hab's kapiert.«

Am Freitagabend nach der Arbeit kehrte Donata in jene Wohnung zurück. Es war ein sicherer Ort, bewohnt von einem Paar, das neu zu ihrer Organisation gestoßen und noch nicht in das Raster der Polizei geraten war.

Um elf hatte immer noch niemand angerufen.

Halb zwölf. Immer noch Stille. Donata begann, nervös zu werden. »Die hätten schon längst anrufen müssen.«

»Bestimmt machen sie das gleich.«

Die Minuten vergingen, und das Telefon blieb stumm.

»Da ist doch was schiefgegangen.«

»Bleib ganz ruhig, du wirst sehen, die rufen gleich an.«

»Nein, ich hab so ein komisches Gefühl. Da ist was passiert.«

Das Telefon klingelte. Sie ging sofort dran. »Hallo? Mario?«

»Scheiße! Du hattest doch gesagt, er würde allein sein!«

»War er denn nicht allein? … Was ist denn passiert?«

»Ein Riesenchaos, das ist passiert! Rein kamen wir ohne Problem, und der Richter saß vor der Glotze und hatte uns noch nicht mal bemerkt. Ein Schuss in die Beine, alles, wie wir beschlossen hatten. Wir waren schon dabei zu gehen, da stand der plötzlich vor uns.«

»Wer?«

»Ein junger Typ, vielleicht der Sohn. Was weiß denn ich? Hallo? Hallo, Donata?«

»Mario, was ist passiert?«

»Ich hab ihn erschossen, das ist passiert! Was sollte ich denn machen? Der hat mich überrascht. Er hätte bewaffnet sein können, ich hatte Angst. Donata? … Hallo?«

»Jetzt hör mir mal zu: Um wie viel Uhr seid ihr ins Haus?«

»Um halb elf, so wie du gesagt hattest. Ich bin mir sicher, weil wir einen Uhrenvergleich gemacht haben.«

»Dann war es nicht der Sohn, das kann nicht sein. Es wird ein Nachbar gewesen sein oder ein Freund. Der Sohn war zu der Uhrzeit mit Sicherheit in Genua.«

»Verdammt noch mal! Das hat uns gerade noch gefehlt … Donata? … Donata!«

Sie hatte den Hörer fallen lassen und stürzte zum Radio. Sie schrie die andere Frau an: »Mach an, da kommen die Nachrichten. Wie viel Uhr ist es? Na los, komm …«

Eine Mischung aus Schlagermusik, Werbung, Bruchstücke eines Interviews, dann schließlich: »… Die Polizei hat noch keine Erklärung herausgegeben, aber angesichts der Rolle von Richter Lorenzi im Kampf gegen den Terrorismus kann man derzeit von einem Anschlag ausgehen. Bislang gibt es noch kein Bekennerschreiben. Und nun die Wetteraussichten für …«

»Schnell, sucht weiter, komm!« Noch einige Sekunden, dann landete sie bei einer anderen Nachrichtensendung. »Nur an den Beinen verletzt. Der dreißigjährige Sohn Stefano ist während der Fahrt ins Krankenhaus verstorben.«

Sie hörte keine Geräusche mehr. Sie hörte weder die Stimme aus dem Radio noch die der Frau neben ihr, die nach ihr rief, die sie schüttelte, ihren Namen sagte.

Sie brachten sie ins andere Zimmer, setzten sie auf das Bett. Die Frau drückte ihr die Hände und sagte wieder und wieder: »Ganz ruhig atmen … atmen, na komm … denk an das Kind.« Doch Donata hörte nichts, weder das Surren des Ventilators noch den Straßenlärm und auch nicht die Stimme der Frau, die ihren Mann wieder und wieder bat, er möge etwas tun, ihr ein Glas Wasser bringen.

Sie verlor das Zeitgefühl, das Gehör, den Tastsinn. Sie saß einfach nur dort, wo sie sie hingesetzt hatten: stocksteif, nur mit Mühe atmend, mehrere Minuten lang. Dann, ganz allmählich, schien sie in die Welt zurückzukehren. Ihre Lippen nahmen wieder Farbe an, ihr Atem wurde regelmäßig.

Sie weinte nicht, sagte nichts. Die beiden anderen meinten, sie solle sich auf dem Bett ausstrecken, und kehrten in die Küche zurück, ließen die Tür angelehnt. Donata hörte, wie sie diskutierten, überlegten, ob es angebracht sei, einen Arzt zu rufen oder sie ins Krankenhaus zu bringen. Mehr als eine Stunde blieb sie auf dem Bett liegen. Dann stand sie auf, zog leise ihre Schuhe an und schlüpfte aus dem Zimmer und aus der Wohnung.

Sie ging auf die Straße hinaus, so wie sie war, ohne Handtasche, ohne Geld, ohne Autoschlüssel. Stundenlang lief sie durch die Gassen Mailands, verwirrt, wie ferngesteuert. Ganz allmählich gingen in den Häusern die Lichter aus. Nur noch wenige Fenster waren erleuchtet, dort, wo andere Menschen keinen Schlaf finden konnten.

Langsam nahm die Wirklichkeit dessen, was gerade geschehen war, wieder Gestalt in ihr an. Donata versuchte zu begreifen. Warum war Stefano zu jener Zeit zu Hause gewesen? Warum war er nicht nach Genua gefahren? Vielleicht hatte er ja Verdacht geschöpft; irgendwie musste er geahnt haben, dass an ihrem Anruf etwas faul war. Gewiss, genau so war es abgelaufen … Und jetzt würde er nie erfahren, wie viel es sie gekostet hatte, ihn anzulügen. Sie hatte ihn beschützen wollen, und als sie ihm gesagt hatte, sie wolle ihn sehen, sie brauche ihn, war das nicht einmal gelogen gewesen. Sie hatte ihn immer gebraucht, jeden Tag, jeden Tag … Doch die politische Pflicht ging vor, sie stand über allen Gefühlen. Und jetzt war er tot, und das war ihre Schuld. Eine Schuld, die sie bis ans Ende ihrer Tage würde tragen und ertragen müssen.

Stundenlang irrte sie in der Nacht umher, schier überwältigt von ihrem Schmerz. Sie lief wie ein Roboter und versuchte, das zu begreifen, was doch unbegreiflich war.

»Donata …«

»Stefano!« Beim Klang dieser glasklaren, vertrauten Stimme fuhr sie herum, doch die Straße war leer. Ein Vogelschwarm erhob sich aus einem Baum und flog zeternd gen Himmel. Dann wieder Stille.

Donata stand lange da, den Blick nach oben gerichtet. Sie schloss die Augen und war sich sicher, dass der Schmerz sie umbringen würde.

Eine weitere Stunde später erreichte sie den Naviglio. Sie ging den Weg entlang, den damals Stefano und sie bei ihrem ersten Rendezvous genommen hatten. Im *Capolinea* war alles dunkel. Sie blieb am Ufer stehen und schaute hinab, in das schwarze Wasser, das reglos direkt unter ihr lag. Sie hatte schon immer Angst vor dem Wasser gehabt, doch erst jetzt begriff sie, warum.

Lange stand sie dort am Ufer. Sie betrachtete den Kanal wie hypnotisiert, nur mit Marios Worten im Kopf und dann der Meldung in den Nachrichten. Die Lichter der Lampions spiegelten sich im Kanal. Auf einmal verspürte sie eine Art Locken, eine berückend schöne Musik, die aus dem Wasser kam. Donata berührte ihren Bauch, machte einen Schritt aufs Ufer zu. Sie schloss die Augen. Dann noch ein Schritt, und sie ließ sich fallen.

Sie verspürte Kälte, kam einen Moment lang nach oben, doch die Strömung riss sie wieder hinab. Instinktiv schloss sie den Mund. Sie bewegte Arme und Beine, und die Luft in ihren Lungen ließ sie erneut an die Oberfläche steigen. Sie holte Luft, schrie aber nicht. Zappelnd hielt sie sich kurz über Wasser, doch nach ein paar Sekunden ging sie wieder unter.

Sie hielt den Mund geschlossen, presste die Kiefer aufeinander. Um sie herum war alles schwarz. Als sie versuchte, wieder an die Oberfläche zu kommen, schaffte sie es nicht mehr. Langsam ging ihr die Luft aus, sie glaubte, gleich würde ihr Kopf platzen. Plötzlich ein Funke im Dunkeln. Ein Licht schwebte langsam auf sie zu, und dann sah Donata, wie sich eine weibliche Gestalt darin abzeichnete. Sie kam immer näher, und ihre Umrisse wurden deutlicher. Donata erkannte die Frau wieder, die sich näherte und ihr die Hände entgegenstreckte. Dann auf einmal war alles klar – natürlich! Das auf der Teufelskarte war ihr eigenes Leben gewesen. Sie und Gino, das waren der Mann und die Frau, in Ketten geschlagen, und das Kind im Bauch des Teufels war ihr eigenes.

Sie hörte zu kämpfen auf und gab sich der Strömung hin. Wie durch Zauber leicht wie eine Feder im Wind, trieb sie auf Viollcas ausgestreckte Arme zu. Sie ergriff die Hände ihrer Vorfahrin. Sie schauten sich an.

Dann riss sie den Mund auf, um Luft zu holen.

Es war vorbei.

~

»Donata …«

Am Samstag, dem 30. Juni 1973, bei Morgengrauen, schreckte Neve aus dem Schlaf hoch und rief nach ihrer Enkelin. Ihr Atem ging schwer, so beklemmend war ihre Angst. Einen Moment lang blieb sie im Bett und versuchte, sich zu beruhigen. »Diese vermaledeiten Träume!«, rief sie wütend aus. Dann schwang sie die Beine aus dem Bett.

Sie ging in die Küche und machte sich einen Kaffee, ließ die Kekse aber unangetastet, weil sie nichts herunterbekam. Der Albtraum ging ihr einfach nicht aus dem Kopf.

»Na klar, was soll schon sein«, brummte sie am Ende.

Sie kramte in der Schublade der Anrichte nach dem Büchlein mit den Telefonnummern. Sie schrieb eine auf ein Stück Papier, steckte es in ihre Tasche und ging wie gewohnt zur Messe.

Als der Gottesdienst zu Ende war, kniete sie vor der Statue der Jungfrau Maria. Sie zündete eine Kerze an und verharrte lange im Gebet.

Um neun Uhr betrat sie die Bar an der Piazza Pepoli.

»Berta, könntest du bitte meinen Sohn für mich anrufen? Da ist die Nummer«, bat sie die Frau hinter der Theke.

Kurz darauf klingelte bei Dolfo zu Hause das Telefon. Er merkte sofort, wie aufgewühlt seine Mutter war, aber zunächst redete sie um den heißen Brei herum.

Schließlich fragte sie: »Und Donata?«

»Es geht ihr gut. Sie hatte gerade eine Vorsorgeuntersuchung, und da hieß es, alles ist in Ordnung.«

»Wann hast du denn das letzte Mal von ihr gehört?«

»Vergangene Woche, und da hat sie mir eben gesagt ...«

»Ruf sie an, bitte. Mach es sofort und dann lass es mich wissen. Ich bin bei Berta in der Bar und warte.«

»Aber was ist denn, Mama?«

»Nichts. Ich bin einfach nur ruhiger, wenn du sie anrufst.«

»Du weißt doch, dass sie uns ihre Nummer nicht geben will. Ich muss zuerst Norma anrufen.«

»Na gut, dann mach das gleich.«

Dolfo legte auf und wählte sogleich die Nummer seiner Nichte. Noch hatte er nicht fertig gewählt, als er Zena aus dem anderen Zimmer rufen hörte: »Oh mein Gott ... Nein, nein!«

Er stürzte zu seiner Frau. Zena stand vor dem Fernseher und sah aus wie ein Gespenst.

»Sie haben Stefano umgebracht.«

»Wen?«

»Stefano, den Freund von Donata. Gestern Abend haben sie ihn erschossen.«

Sie riefen sofort Norma an. Sie sagte, sie habe nichts von Donata gehört, würde aber gleich bei ihr anrufen. Zwei Minuten später meldete sie sich wieder bei Dolfo.

»Sie geht nicht dran. Ich habe ihr eine Nachricht auf dem Anrufbeantworter hinterlassen. Vielleicht ist sie unterwegs.«

»Wenn sie das von Stefano gehört hätte, hätte sie sich bestimmt bei uns gemeldet. Nein, da ist was Schlimmes passiert.«

»Wir warten bis Montag. Vielleicht ist sie ja übers Wochenende weggefahren.«

Norma rief immer wieder bei ihrer Kusine an, sowohl am Sonntag als auch am Montag nach der Arbeit.

Am selben Abend erklärte Dolfo seine Tochter für vermisst. Er gab alle ihre Daten bei der Polizei an. Als der Beamte bei der Rubrik BESONDERE KENNZEICHEN anlangte, antwortete er: »Sie ist im siebten Monat schwanger.«

Es war nicht schwer, ihre sterblichen Überreste zu finden. Im Leichenschauhaus von Niguarda gab es nur zwei nicht identifizierte Leichen: die eines alten Mannes und die einer jungen, ertrunkenen Frau, die im fortgeschrittenen Stadium einer Schwangerschaft war. Als die Polizei Dolfo informierte, ließ er sich auf einen Stuhl fallen und begann, sich vor und zurück zu wiegen, mit dem Kopf in den Händen.

»L'è lé, Zena, l'è la nostra putina!«, sagte er wieder und wieder. Ja, es war ihre Kleine.

Norma begleitete ihren Onkel, als er die Tote identifizieren sollte, Zena war dazu nicht in der Lage.

In Niguarda führte man sie in ein fensterloses Zimmer, das blassgrün gestrichen war. Es roch stark nach Desinfektionsmittel, und die Holzpantinen der Wärter klapperten auf dem Boden. Man ließ sie mit einem Polizisten allein. Nur wenige Minuten später waren die Wärter wieder da und rollten eine Bahre mit einer Leiche darauf herein, die in einem Plastiksack verschlossen war.

»Wenn Sie bitte …«, sagte der Polizist mit gedämpfter Stimme.

Dolfo Martiroli machte einen Schritt vorwärts. Als der Angestellte des Leichenschauhauses den Reißverschluss öffnete, gab er ein Stöhnen von sich, das fast nicht mehr menschlich war. Er brauchte ein paar Momente, bevor er sagen konnte: »Ja, das ist meine Tochter.«

~

Eine Woche später öffneten Norma und Zena die Wohnung in Sesto San Giovanni. Sie wollten ein paar Sachen holen, bevor die Entrümpelungsfirma den Rest mitnehmen würde.

Voller Unbehagen schauten sie sich um, weil sie es nicht übers Herz brachten, Donatas Sachen in Plastiktüten zu stecken. Sie durchsuchten die Schränke, strichen über ihre Jacken, die geblümten Unterhemden, streichelten die Rüschenröcke, die schreiend bunten Kleider. Die Ketten, Ohrringe, die indischen Armreife steckten sie in eine Schachtel, dann auch die Notizbücher, die Tagebücher, die Fotos. Auf den allermeisten sah man Donata mit Stefano. Unter den älteren Aufnahmen fand Norma ein Schwarz-Weiß-Foto, das sie selbst und ihre Kusine als kleine Mädchen zeigte. Sie standen auf dem Damm von Stellata. Es war Sommer, und sie trugen kurze Hosen und Plastiksandalen. Norma zog eine Schnute; sie ließ sich nicht gerne fotografieren. Donata hingegen schaute herausfordernd in die Kamera: einen Fuß nach vorne gestellt, die Hände auf den Hüften, und sie streckte dem Fotografen die Zunge heraus. Eine ungezähmte Mähne umrahmte ihren Kopf.

»Tante, kann ich das hier behalten?«

»Natürlich, nimm dir, was du willst.«

Sie durchforsteten die ganze Wohnung, küssten manche der Dinge, strichen zärtlich über das ungemachte Bett, schnupperten an dem Shirt, das auf dem Stuhl lag, an dem Handtuch, an der Seife, mit der sich Donata gewaschen hatte. Sie suchten nach ihrem ganz eigenen Duft, nach den kleinsten Spuren ihrer Anwesenheit.

Sie wollten die Dinge aufheben, die sie aufgehoben hätte, all das, was sie mitgenommen hätte, wenn sie auf eine lange Reise gegangen wäre. In der obersten Schublade der Kommode fanden sie Kleidung für ein Neugeborenes: die Häkeldecke fürs Bettchen, die Babyschuhe und Mützen, die Zena gestrickt hatte.

Während sie in der Küche waren, fiel urplötzlich ein Glas mit Reis herunter und zerbrach auf dem Boden. Die Reiskörner sprangen zu ihren Füßen herum.

»Wie konnte das denn jetzt fallen, wo niemand in der Nähe war?«, rief Zena aus.

Plötzlich erfüllte ein intensiver Patschuligeruch den Raum.

»Donatas Parfüm«, flüsterte Norma ganz leise, weil sie fürchtete, das kleinste Geräusch könnte den Moment zerstören.

Zena drückte ihre Hand. So blieben sie lange stehen, überwältigt von ihren Gefühlen, und warteten auf ein Zeichen, auf irgendetwas, das dieses schreckliche Gefühl der Leere in ihnen lindern könnte.

Fast waren sie schon auf dem Weg nach draußen, als Zena bemerkte, dass der Anrufbeantworter rot blinkte.

»Warte! Vielleicht sollten wir den noch abhören.«

Sie ging zu dem Apparat und drückte auf die Abspieltaste. Es waren fünf Nachrichten, die Donata nicht abgehört hatte. Drei davon waren von Norma; die vierte datierte vom

Freitag, den 29. Juni, um 17 Uhr 32. Es war die Stimme eines Mannes.

»Hallo, Donata, ich bin's. Stefano. Ich hoffe, du kommst noch mal zu Hause vorbei, bevor du nach Genua fährst. Ich wollte dir sagen, dass es ein Problem gibt. Meinem Vater ging es heute Morgen nicht gut. Der Arzt sagte, es sei nichts Ernstes, aber es ist mir nicht recht, ihn heute Abend allein zu lassen. Mach dir keine Sorgen, ich habe ein Taxi bestellt, das dich in Porta Principe abholt. Der Fahrer steht am Bahnsteig, an dem du ankommst, und hat ein Schild in der Hand …«

Die Stimme wurde unterbrochen. Eine letzte Nachricht gab es noch. Zena drückte erneut auf den Knopf.

»Meine Güte, auf diesen Dingern hat man nie genug Zeit fertig zu reden. Wie gesagt … es tut mir leid, dass ich dich nicht selbst abholen kann, aber selbst wenn du diese Nachricht nicht mehr abhörst, siehst du ja den Taxifahrer, der auf dich wartet. Und außerdem wollte ich dir sagen … ich liebe dich, Donata. Genau. Das wollte ich dir noch sagen.«

~ 1974 ~

Als Adele aufwachte, war sie schlechter Laune. Sie blieb im Bett liegen; ihr Gesicht war immer noch schön, doch ihr Körper hager und die Hände von Altersflecken gezeichnet. Fröstelnd sinnierte sie eine Weile über die Zipperlein des Alters. Es ging ihr durch den Kopf, dass ihr mit ihren fast achtzig Jahren nicht mehr viel zum Leben blieb. Gewiss, sie erfreute sich guter Gesundheit und arbeitete immer noch, doch allmählich musste sie sich mit dem Gedanken abfinden, dass der Sensenmann jederzeit an die Tür klopfen konnte.

In jedem von uns ist ein kleiner Teil, der jenseits der Zeit lebt. Dass die Jahre vergehen, nehmen wir manchmal nur bei besonderen Gelegenheiten wahr, doch ansonsten bleiben wir in unserer Wahrnehmung immer dieselben. Wir haben kein Alter. Für Adele Casadio war eine dieser Gelegenheiten vor einem Jahr gekommen, als sie die Nachricht von Donatas Tod erhalten hatte. Schmerz oder Kummer hatte sie dabei nicht empfunden, da sie ihre Großnichte gar nicht gekannt hatte, doch es war dennoch ein Schreck, eine Art tiefer Bestürzung gewesen. Gewiss rechnete man in ihrem Alter mit der Nachricht vom Tode eines Bruders, eines

Freundes, doch noch nie hatte sie sich mit der eigentlichen Sterblichkeit beschäftigt, und erst recht kam der Tod eines so jungen Menschen, noch dazu einer Frau, die ein Kind unter dem Herzen trug, für sie unerwartet. In dem Moment, als sie von Donatas Ableben erfuhr, hatte Adele das Gefühl gehabt, das Gewebe, das die Familie für so viele Generationen zusammengehalten hatte, sei in Auflösung begriffen, als wäre der Faden, der bislang so viele Leben miteinander verbunden hatte, auf einmal gerissen.

Ihre eigenen Eltern waren vor vielen Jahren gestorben: Armida während des Krieges, Beppe einige Jahre danach. Man hatte ihr geschrieben, ihr Vater sei eines Sonntagabends zu Bett gegangen und am nächsten Tag nicht mehr aufgestanden. Am Morgen hatte man ihn gefunden, quer über dem Bett liegend, mit einem Bein bereits auf dem Boden. Vielleicht hatte ihn der Tod ereilt, als er gerade um Hilfe rufen wollte, aber möglicherweise hatte Beppe Casadio auch in jenem allerletzten Moment gedacht, dass das Sterben eigentlich eine ganz leichte Sache war, und es dabei belassen.

Rasch überschlug Adele im Kopf die Fakten: Von jener Generation lebte nur noch die jüngere Schwester ihres Vaters, Tante Edvige. Wie alt mochte sie sein? Wenn die Erinnerung sie nicht trog … musste sie fast hundert Lenze zählen. Neve schrieb, die alte Dame lebe immer noch allein in dem Haus an der Fossa und wolle von einem Umzug nichts wissen. »Ich gehe zwei- oder dreimal in der Woche zu ihr, um nachzusehen, ob sie noch am Leben ist. Ich kaufe für sie ein und helfe ihr beim Putzen, aber jedes Mal, wenn ich ihr Haus betrete, habe ich Angst, sie tot vorzufinden.«

Ab und zu schickte Neve Fotografien von irgendeiner Hochzeit oder Taufe nach Brasilien. Edvige stach auf diesen Bildern unter den restlichen Verwandten hervor: immer in Schwarz gekleidet, in Kleidung aus einer anderen Epoche, der Körper immer ausgezehrter, doch mit einer gewaltigen Mähne weißen Haares, das sie offen trug, ohne sich die Mühe zu machen, es schneiden zu lassen oder zu bürsten. Das Haar umrahmte ihr Gesicht wie eine große Aureole. Adele lächelte und dachte voller Zärtlichkeit, dass diese Tante ihr Leben verändert hatte, mehr als jeder andere Mensch auf der Welt. Wenn sie wenigstens Edvige noch einmal sehen wollte, dann musste sie es bald tun.

Kurz darauf verkündete sie Núbia Vergara am Frühstückstisch bei einer Tasse Kaffee: »Heute fahre ich in die Stadt und kaufe mir eine Fahrkarte nach Italien.«

»Und wann reist Ihr ab?«, wollte Núbia wissen, die schon seit einer Weile die neunzig überschritten hatte und praktisch blind war, aber noch immer über einen Geist verfügte, der so frisch und klar war wie in ihrer Jugend.

»Ich nehme den nächsten Flug, den ich kriegen kann. Diesmal kein Schiff; ich werde fliegen.«

Kaum hatte sie ihr Ticket erstanden, schrieb Adele an Neve und teilte ihr die Einzelheiten ihrer Reise mit.

Am 17. August bin ich in Italien. Der Flug von São Paulo nach Malpensa landet um die Mittagszeit. Da dein Guido nicht weit entfernt wohnt, könnte ich vielleicht ihn als Ersten treffen. Ich nehme das Flugzeug. Es heißt, man schläft ein, und wenn man die Augen wieder aufmacht, ist man am anderen Ende der Welt. Nicht wie damals, als ich auf der Fahrt nach

Brasilien fast gestorben bin, so oft spie ich mir auf jenem Schiff die Seele aus dem Leib.

~

Guido holte sie mit seinem Fiat 127 von Malpensa ab, dem Ersatz für seinen alten Fiat 500 und davor die bananengelbe Vespa. Am Flughafen traf er auch Norma, die direkt aus ihrem Dorf in der Brianza kam. Zusammen standen sie in der kleinen Menschenmenge, die vor der Absperrung für die Ankunft von internationalen Flügen stand.

Die ersten Reisenden aus São Paulo kamen heraus.

»Da ist sie«, rief Guido, der seine Tante Adele sofort erkannt hatte. Zwar hatte er sie noch nie gesehen, weil sie Italien verlassen hatte, bevor er auf die Welt kam, doch als sie zusammen mit den anderen Passagieren durch die Sperre kam, hatte er keinerlei Zweifel: Sie ähnelte der Hälfte der Familie aufs Haar, aber ihre Augen waren hell, so wie seine eigenen und die seiner Tochter.

Norma hatte mit einer großen Frau von beachtlicher Präsenz und gewichtigem Auftreten gerechnet. Immerhin handelte es sich um eine Großgrundbesitzerin, die in Brasilien zu beachtlichem Wohlstand gekommen war. Stattdessen stand eine eher kleine Frau mit weißem Haar und schlichtem Gebaren vor ihr. Das Allererste, was sie jedoch an ihr bemerkte, war ihre melancholische Art, dieses Lächeln, das freundlich, aber wie erloschen war. Sie umarmten sich, luden das Gepäck auf einen Wagen und verließen den Flughafen.

Adele sprach mit einem seltsamen Akzent und verschluckte das R, wie es in Brasilien üblich war. Auch sonst betonte sie einiges anders, als man es in der Heimat tat, und manchmal fehlten ihr Worte, wenn ihr Gedächtnis sie im Stich ließ. Doch sie war auch sehr müde, und so beschlossen sie, sie nicht mit Fragen zu bestürmen.

Schweigend fuhren sie die Umgehungsstraße entlang. Die Vorstadt erstreckte sich kilometerweit, eine einzige große Baustelle. Hier schossen Hochhäuser in die Höhe wie Pilze, dicht an dicht, und über den Gerippen der Neubauten ragten Kräne auf. Als sie von der Autobahn abfuhren, sahen sie riesige Plakattafeln am Straßenrand, auf denen für Zahnpasta, Kräuterlikör oder das neueste Modell von Plattenspielern geworben wurde. Die Mauern waren mit großen Lettern beschrieben: ES LEBE MARX ES LEBE LENIN ES LEBE MAO TSETUNG, stand da zum Beispiel, ALLE MACHT DER ARBEITERKLASSE oder auch FASCHISTEN VERPISST EUCH, KEINER VERMISST EUCH.

Wenige Stunden später, als der Wagen auf den Damm von Stellata fuhr, goss Neve gerade die Pfingstrosen. Nachdem ihre Kinder geheiratet hatten und es im Haus nicht mehr viel zu tun gab, brachte sie den größten Teil ihrer Zeit mit ihren Pflanzen zu: Sie wässerte die Tulpen, zupfte die vertrockneten Blüten von den Geranien, beschnitt die Hortensien. Fast hatte es den Anschein, als schenkte sie ihre ganze Liebe – die Liebe, die sie so viele Jahre für sich behalten hatte und die an dem Tag gestorben war, als sie Radames dazu verdonnert hatte, in einem anderen Zimmer zu schlafen – nun ihren Blumen und widmete sich mit Feuereifer der Schönheit ihrer Rosen und dem Gedeihen ihrer Veilchen und Jasminsträucher.

Während sie sich um ihre Pflanzen kümmerte, dachte Neve über das nach, was Radames kürzlich zu ihr gesagt hatte: dass sie mit den Jahren ein böses altes Weib geworden sei. Vielleicht hatte er ja recht. Sie hatte immer gedacht, sie sei wie ihre Mutter, doch ihre Mama hatte mehr Herz gehabt als sie. Wenn sie im Hof Spinnen fand, so rettete sie sie, und die Ameisen kehrte sie mit dem Besen beiseite, statt Giftköder auszulegen. Armida konnte buchstäblich keiner Fliege etwas zuleide tun, erst recht nicht ihrem Ehemann. Neve hingegen fragte sich, ob es wirklich nur zur Vermeidung weiterer Schwangerschaften gewesen war, dass sie Radames eines Tages des Bettes verwiesen hatte. Da war etwas, das schon vor Jahren in ihr zerbrochen war und das sie niemals wieder hatte flicken können, wie einen in Scherben gegangenen Krug. Und doch wusste sie zu lieben. Sie liebte ihre Kinder, ihre Enkel, und auch ihre Tiere lagen ihr am Herzen. Erst vor ein paar Tagen hatte sie unter Tränen eine ihrer Katzen begraben müssen, die ihr mehr als zwanzig Jahre Gesellschaft geleistet hatte. Radames wollte, dass sie sich wieder eine zulegte, doch Neve wusste, wenn diese dann starb, würde sie auch wieder traurig sein. Und so hatte sie Radames gebeten, ihr keine neue Katze zu besorgen, sondern Gift, um die Ratten in Schach zu halten.

Jeden Abend, nachdem sie wie jeden Tag das Foto des kleinen Vittorio aus der Küche ins Schlafzimmer gebracht hatte, drehte die alte Frau ihre Runde im Haus und ließ in allen Zimmern kleine Häuflein roter Kügelchen zurück. Am Morgen lagen sie dann da, die kleinen Kadaver, steif, mit Schaum vor der Schnauze und den Beinchen in der Luft. Dann nahm Neve sie mit spitzen Fingern an den Schwänzen und begrub sie neben den Rosen. Es waren Momente, die sie traurig stimmten, denn sie machten ihr bewusst, dass sie ganz allein alt geworden war. Mit den Jahren waren Radames und sie zu zwei Menschen geworden, die nebeneinanderher lebten. Aber wie gern wäre sie einmal gestreichelt worden oder hätte einen Kuss auf die Stirn bekommen! Doch für manche Dinge war es einfach zu spät. Zu viele Jahre schon waren sie getrennt, zu übermächtig war das Schweigen, das sich in jenem halb leeren Bett angesammelt hatte.

Kaum hatte sie den 127er auf dem Damm erblickt, stellte Neve die Gießkanne auf den Boden und stieg die kleine Treppe auf den Damm hoch. Früher hatte sie immer zwei Stufen auf einmal genommen, doch dazu fehlte ihr jetzt die Puste. Als sie oben angekommen war, stand Adele vor ihr.

»Sinquant'an …«, flüsterte sie. Ja, fünfzig Jahre. Dann versagte ihr vor lauter Rührung die Stimme. Die beiden Schwestern umarmten sich, dann gingen alle in die Küche.

Der Raum lag im Halbdunkel, die Läden waren verschlossen.

»Wo ist Papa?«, fragte Guido.

»Wo soll er schon sein? Er ist runter zum Fluss gegangen und sucht nach irgendeinem verborgenen Schatz, *cum al fa sémpar* wie immer«, antwortete Neve und schüttelte den Kopf.

In vorgerücktem Alter war in Radames wieder seine alte Leidenschaft für antike Objekte aufgeflammt. Weil sein krummer Rücken ihn zwang, beim Gehen den Blick nach unten zu senken, hatte er eines Tages etwas im Staub schimmern sehen. Als er sich bückte, fand er, halb verborgen in der Erde, eine Silbermünze, und tatsächlich hatte sich herausgestellt, dass es sich um einen Dukaten der Republik Venedig aus dem fünfzehnten Jahrhundert handelte.

Seit jenem glücklichen Fund war Radames wie besessen von der Entdeckung vergrabener Schätze. Er hatte sich sogar per Post einen englischen Metalldetektor kommen lassen und war – allen Warnungen zum Trotz, dass die Suche nach Gold und anderen Antiquitäten ohne Lizenz gesetzlich verboten sei – zum Archäologen der Gegend geworden.

»In der Zeitung steht, dass sie in der Adda Gold gefunden haben – warum soll ich es dann nicht im Po finden können?«, gab er Skeptikern zur Antwort.

Mittlerweile verbrachte er den ganzen Morgen damit, am Flussufer spazieren zu gehen und mit seiner Schatzsuchmaschine Kornfelder, Weinberge und die Obstgärten der Nachbarn zu durchkämmen. Oft sah man ihn auf Feldwegen, wie er, tief gebeugt und das kaputte Bein hinter sich herziehend, im Boden stocherte. Im Sommer lief ihm der Schweiß in Bächen übers Gesicht, und wenn es ein Gewitter gegeben hatte, knirschten die Häuser der Schnecken unter seinen Schuhen. Doch ab und zu schlug seine Maschine tatsächlich an, und er fand etwas im Graben. Meistens handelte es sich nur um eine alte Gabel oder einen verrosteten Nagel, doch am Ende wurde seine Hartnäckigkeit doch manchmal belohnt. Begraben im Schlamm des Flusses, fand Radames immerhin einige mittelalterliche Münzen und dann – ein wundersamer Fund, den er aus Vorsicht sogar seiner Frau verschwieg – eine antike Goldkette, die perfekt erhalten war. Jahre nach seinem Tod ließ Neve das Schmuckstück vom British Museum in London untersuchen und erfuhr, dass es sich tatsächlich um eine Kette aus römischer Zeit handelte.

Neve und die Neuankömmlinge saßen bereits eine Stunde plaudernd in der Küche, als Radames nach Hause kam.

»Hallo, Papa, schau mal, wen ich dir mitgebracht habe«, begrüßte ihn Guido.

»Als ich dich das letzte Mal gesehen habe, wuchs dir noch nicht einmal ein Bart«, scherzte Adele und schloss ihn in die Arme.

»Hast du denn was gefunden?«, fragte ihn Neve.

»Wo denkst du hin? Aber wenn man am wenigsten damit rechnet, passiert es.«

»Klar, und dann stecken sie dich gleich ins Gefängnis!«

In diesem Moment sprang der Kuckuck aus der Uhr und verkündete die volle Stunde. Eigentlich hatten sie schon vor dem Krieg aufgehört, die Uhr aufzuziehen, doch sie funktionierte immer noch, und Neve und ihr Mann hatten schon lange damit aufgehört, darüber zu staunen. Neben der Uhr hing ein Porträt von Beppe und Armida in Sepiabraun: er in einem bis zum Hals zugeknöpften Hemd, Jacke und mit Hut auf dem Kopf, Armida mit weißem Haar und einem dunklen Kleid mit viereckigem Ausschnitt. Sie schauten mit ernster Miene in die Linse, eingeschüchtert von diesem Apparat, der mit solcher Präzision auch die Gefühle der Menschen einfangen konnte.

Sie plauderten noch eine Weile, dann fragte Adele: »Und Dolfo?«

»Seit der Tragödie ist er nicht mehr derselbe«, seufzte Elsa. »Und Zena erst recht. Wie kann man nur mit einem solchen Schicksal leben? Die einzige Tochter, und dann auch noch mit einem fast geborenen Kind im Leib.«

»Es wird dauern, und wer weiß, ob man über so einen

Verlust überhaupt hinwegkommt«, sagte Neve mit feuchten Augen.

Alle verfielen in Schweigen. Die Erinnerung an Donata hatte den Raum erfüllt.

»Und Tante Edvige?«, fragte Adele, um das Thema zu wechseln.

»Sie ist uralt geworden und nicht mehr ganz richtig im Kopf. Sie führt Selbstgespräche, und wenn es ihr einfällt zu essen, deckt sie gleich für zwei oder drei. Sie sagt, sie erwarte Gäste, dabei sieht sie schon seit Jahren nur noch uns. Wir besuchen sie jetzt gleich.«

»Ich fahre euch«, sagte Guido, und sie machten sich auf den Weg zu dem Haus an der Fossa.

~

Seit mehr als zwei Jahrzehnten hatte Edvige damit aufgehört, Brautkleider zu nähen, weil die Arthritis ihre Finger krumm gemacht hatte und sie mittlerweile fast blind war; dennoch weigerte sie sich umzuziehen. Sie lebte wie eine Einsiedlerin in den vier Wänden des Hauses an der Fossa und besuchte Neve nur gelegentlich, wenn ihre Neffen sie abholten und sie praktisch dorthin schleppten. Abgesehen von diesen sporadischen Besuchen, waren ihre Tage alle gleich. Am Morgen stand sie auf, wusch sich und ging in die Küche, wo das Frühstück schon bereitstand: die blütenweiße Decke auf dem Tisch, frisches Brot, die Kaffeetasse mit Zucker und Löffel daneben. Auf dem Herd standen die kleine Espressokanne und der Stieltopf mit der schäumend heißen Milch.

»Danke, Mama«, sagte Edvige dann.

Für sie war das alles ganz normal. Sie befand sich mit dem einen Bein in dieser Welt und mit dem anderen in der Welt der Toten. Jeden Nachmittag spielte sie Karten mit Giacomo, der sich pünktlich mit der Schlinge um den Hals einfand. Urgroßvater und Urgroßenkelin saßen einander gegenüber am Tisch, und Edvige teilte mit ihm eine Tasse Kaffee, die Kekse und ein paar Gläschen Anisschnaps. Wenn sie dann eine Flasche des Gesöffs auf die Einkaufsliste setzte, protestierte Neve: »Aber ich hab dir erst letzte Woche eine gekauft!«

»Das hab ich doch nicht alles allein getrunken«, rechtfertigte sich Edvige. Später jedoch sagte sie zu Giacomo, er solle sich beim Anis ein wenig zurückhalten, sonst bekomme nur sie wieder die Schuld.

Es war, als hätte ein Teil von Edvige die Reise in die Welt der Toten bereits hinter sich gebracht. Ab und zu kehrte sie zu den Lebenden zurück, zum Beispiel wenn ihr die Gicht allzu sehr zu schaffen machte oder ein Zeuge Jehovas bei ihr an die Tür klopfte, doch immer mehr Zeit verbrachte sie damit, mit ihrem Vater Achille und ihrer Mutter Angelica zu streiten, so wie sie es als junges Mädchen getan hatte, als man sie eingeschlossen hatte, oder indem sie mit ihrem Urgroßvater Giacomo Briscola spielte. Immer öfter kam es vor, dass sie sich fragte, ob ihr der Trank für den Magen vom Arzt verschrieben worden war oder ob Viollca ihn für sie gebraut hatte, bei anderen Gelegenheiten wusste sie nicht mehr, ob sie bestimmte Sätze von Dollaro gehört hatte oder im Radio. Wie auch immer – an den Gedanken des eigenen Todes gewöhnte sie sich allmählich besser, als sie sich jemals an den ihres eigenen Lebens gewöhnt hatte.

Die einzige wichtige Veränderung in den vergangenen fünfzig Jahren war der Kauf eines Fernsehgeräts gewesen. Vor etwa zehn Jahren, als sie bei Neve zum Abendessen war, hatte Edvige im Fernsehen eine Episode von *Cittadella* mit Alberto Lupo und Anna Maria Guarnieri gesehen. Als junge Frau, zu der Zeit, als sie ihre Affäre mit Umberto gehabt hatte und seine beiden Kinder ertrunken waren, hatte sich Edvige geschworen, bis ans Ende ihrer Tage keinen Roman mehr zu lesen. Doch an jenem Abend saß sie wie verzaubert vor dem kleinen, flackernden Bildschirm und dachte, eine solch wundervolle Entdeckung würde doch bestimmt nicht bedeuten, dass sie ihr Gelübde brach, denn die Romane aus diesem Kasten würde sie nur anschauen, nicht lesen. Und so hatte sie schließlich ihre Skrupel beiseitegeschoben, die letzten Ersparnisse zusammengekratzt und Radames nach Bondeno geschickt, damit er ihr einen Fernseher kaufte.

Wenn sie nun weder mit Giacomo Briscola spielte noch ihre Zeit damit verbrachte, sich mit den Seelen von Angelica und Achille zu kabbeln, saß Edvige wie angenagelt vor den Nachrichten, vor der Werbeshow *Carosello* oder vor den neuesten Folgen von *Rischiatutto.* Ihr gefielen auch Dokumentarfilme über Tiere, und richtig besessen war sie von Krimis, vor allem von Straßenfegern wie *Ritratto di donna velata* oder *Ho incontrato un' ombra.* Ihre absolute Lieblingssendung war und blieb jedoch *Belphégor.*

In jenen Jahren, die sie vor der Glotze verbrachte, hatte sich die alte Frau einen neuen Wortschatz zugelegt, eine geschliffene Sprache, wie man sie aus dem Munde von Tito Stagno, Ruggero Orlando und anderen Journalisten der RAI zu hören bekam. Es kam vor, dass sie bei der letzten Runde Briscola zu Giacomo Sätze sagte, die sie direkt den Nachrichten oder den politischen Diskussionsrunden im Fernsehen abgelauscht hatte. »Hier müssen dringend stra-te-gische Maßnahmen ergriffen werden«, warnte sie ihn; oder sie begann einen Satz mit den Worten: »Und daraus folgt der Schluss, dass …«

»Parla cum at' magni!«, beklagte sich dann ihr Urgroßvater über ihre gestelzte Sprechweise.

Manchmal verwechselte Edvige auch einige der Wörter, die wie ein großer Schwarm Hummeln in ihrem Kopf herumsummten.

»Gestern hat Colonnello Bernacca gesagt, es kommt eine große Gewichserfront auf uns zu«, zitierte sie zum Beispiel den berühmtesten Wetterfrosch des Landes anlässlich eines Familienmittagessens, was bei der Tafelrunde zu großer Belustigung führte.

Guidos Fiat 127 fuhr auf der Straße entlang, die vom Dorf zu dem Haus an der Fossa führte. Adele hatte damit gerechnet, Stellata kaum wiederzuerkennen; bestimmt gäbe es jede Menge neuer Häuser, alte Gebäude seien abgerissen, und auch die Piazza Pepoli sei zumindest neu gepflastert worden. Doch das Dörfchen, das sie vor einem halben Jahrhundert verlassen hatte, hatte sich erhalten, als wäre es einbalsamiert: Die Piazza sah genauso aus wie früher, ebenso die Kirche, nur an den Häusern hatte sichtlich der Zahn der Zeit genagt. Die Festung war baufällig wie eh und je, und sogar das Pappelwäldchen am Fluss war noch da. Das Cinema Cristallo hatte zugemacht, und an seine Stelle war ein Supermarkt getreten, aber abgesehen davon sah alles aus wie früher. Dennoch spürte Adele, dass hier etwas fehlte, und was das war, begriff sie beim Überqueren der Piazza Pepoli, als sie bemerkte, dass nur noch alte Leute da waren. Die Jungen – sie waren alle fortgegangen.

Als sie das Haus an der Fossa erreichten, saß Edvige am Küchentisch und putzte einen riesigen Berg grüner Bohnen. Es war derselbe Eichentisch, auf den man vor zwei Jahrhunderten Giacomos Leichnam gelegt hatte, und dieselbe Küche, in der der kleine Dollaro mit seinem toten Vater parliert und an dem im Kriegsjahr 1916 das Phantom von Erasmo erschienen war.

Edvige nahm eine der Hülsenfrüchte nach der anderen zur Hand, schlitzte sie geschickt mit dem Fingernagel auf und ließ die knackige grüne Pracht in ein Nudelsieb fallen.

»Tante, schau mal, wer da ist. *Sía, guarda chi ghè!*«, rief Neve, noch bevor sie die Küche betrat.

Edvige hob den Blick und stand mit großer Mühe vom Tisch auf. Wie gewohnt trug sie Schwarz von Kopf bis Fuß, ein bodenlanges Spitzenkleid, doch dazu trug sie kunterbunte Strümpfe, die Neve ihr aus Wollresten gestrickt hatte.

Es war so viel Zeit ins Land gegangen, und so vieles war geschehen, doch jetzt, wo sie vor ihr stand, begriff Adele, dass die große Entfernung zwischen ihnen und all die vielen Jahre nur wenig Macht besaßen. Ihr genügte ein Blick, um zu erkennen, dass das, was einen Menschen ausmacht, sich nicht verändert, und so erkannte sie sogleich in Edvige ihre eigene Einsamkeit.

»Dann machen wir mal einen schönen Kaffee«, meinte ihre Tante nach mehreren Umarmungen. Sie drehte ein wenig den Kopf und sagte, an einen unsichtbaren Anwesenden gerichtet, er sei ja ganz aus dem Häuschen, und den Kaffee würde sie schon selber machen: *»Lasa pèrdar, al fag mi. An gh'è mia bisogn d'agitáras in c'la manera.«*

Adele warf Neve einen fragenden Blick zu, die, von Edvige unbemerkt, den Finger an ihrer Schläfe kreisen ließ, wie um zu sagen: Was will man machen, das ist das Alter.

Alle setzten sich an den großen Tisch, redeten über dies und das, über all die Jahre, die vergangen waren, darüber, wie es im Dorf so lief, bevor sich das Gespräch erneut der Person zuwandte, die bei diesem Familientreffen so schmerzlich vermisst wurde.

»Ich erinnere mich noch, als Donata klein war und unbedingt von mir nähen lernen wollte«, sagte Edvige, die urplötzlich und mit Leib und Seele wieder in die Welt der Lebenden zurückgekehrt war. Um kurz darauf hinzuzufügen: »Bestimmt kommt sie mich bald besuchen.«

»Tante, Donata ist tot«, versuchte Neve, sie zu korrigieren.

»Macht doch nichts, ich warte trotzdem auf sie«, entgegnete Edvige und schaute sie mit ihren himmelblauen Augen an, die durch den Star milchig geworden waren.

An jenem Abend beschloss Adele, bei Edvige zu übernachten. Als es dunkel geworden war, schlossen die beiden Frauen die Tür und legten die Kette davor. Adele schaute sich um. Es war ein Haus, das mit Erinnerungen und allerlei Gespenstern bevölkert war. Der Wind brachte die Fensterscheiben zum Klirren, und die Nägel schienen wie verrückt im Holz zu tanzen. In den halb leeren Zimmern waren überall Stimmen zu hören, ein Echo, ein Ächzen, zumindest schien es so. Es pfiff im Gebälk, ein Geräusch, das sich mit dem Atmen der Verstorbenen mischte.

»Fällt es dir nicht schwer, ohne ein wenig Gesellschaft zu leben?«, fragte Adele.

»Ich habe hier meine Toten, und die lassen mich nie allein.«

An jenem Abend teilten Tante und Nichte das Bett. Auch nachdem das Licht schon lange gelöscht war, plauderten sie noch. Beide waren alte Damen, und sie sprachen über die Vergangenheit, als wären nur die Erinnerungen ein Teil ihres Lebens, während es über die Gegenwart und erst recht die Zukunft wenig zu sagen gab.

»Wie geht es deiner Tochter?«, fragte Edvige.

»Sie hat ihr eigenes Leben. Ich sehe sie so selten. Von ihrem Mann hat sie sich schon vor Jahren getrennt, aber es war gut so. Jetzt unterrichtet sie Kunst an einer Schule«, antwortete Adele.

»Du tust nicht gut daran, sie nicht zu sehen; sie ist dein einziges Kind.«

»Wir sind so verschieden, Tante. Und es war immer schwierig mit ihr.«

»Unsere Kinder suchen wir uns nicht aus. Wenn sie kommen, müssen wir sie nehmen, wie sie sind.«

Es trat eine lange Pause ein, dann sagte Adele leise: »Vielleicht wäre es besser gewesen, keine Kinder zu bekommen.«

Ihre Tante drehte sich abrupt zu ihr und schaute sie mit Augen an, die hinter die Dinge zu schauen schienen. *»Un fiol l'è sémpar 'na fortuna.«*

War ein Kind wirklich immer ein Glück? Adele gab ihr keine Antwort. Sie dachte an Maria Luz, und wie immer hinterließ der Gedanke an sie ein Gefühl des Unbehagens. Ihre Traurigkeit erfüllte das Bett, sie breitete sich im Zimmer aus, ging durch die Mauern hindurch, überquerte die Kanäle, bis sie die Kornfelder erreicht hatte.

Am Morgen danach schreckte Adele aus dem Bett hoch, weil eine dröhnende Stimme sie geweckt hatte.

»In nomine Patris, et Filii et Spiritus Sancti … Gratia Domini nostri Christi, et caritas Die, et communicatio Sancti Spiritus sit cum omnibus vooobiss.«

»Um Himmels willen, bin ich jetzt erschrocken! Aber was ist das?«

»Nichts. Das sind die Megafone von Don Romano, der die Messe liest. Die Kommunisten versuchen seit Jahren, ihm Einhalt zu gebieten, aber da war nichts zu machen.«

Trotz des Konzils hielt Don Romano immer noch an der lateinisch abgehaltenen Messe fest. Als der Dorfarzt ihn dazu um eine Erklärung gebeten hatte, antwortete er: »Würdest du denn mit deiner Frau Italienisch reden, wenn ihr euch vierzig Jahre im Dialekt verständigt habt? Für mich ist es das Gleiche. Mit unserem Herrn habe ich immer Latein gesprochen, und dabei bleibt es.«

»Aber lebt der alte Romano denn immer noch?«, fragte Adele erstaunt.

»Er ist älter als ich; folglich wird er mittlerweile hundertdrei oder hundertvier Jahre auf dem Buckel haben. Es gibt einen jungen Priester, der ihm hilft, aber die Sonntagsmesse will er immer noch selbst abhalten. Manchmal schläft er beim Knien vor dem Altar ein oder wenn er die Kommunion erteilt. Aber was will man in diesem Alter auch anderes erwarten … Außerdem ist er berühmt, es kommen sogar Leute aus Rimini zu ihm.«

»Wieso das?«

»Exorzismus. Es ist seine Spezialität, Besessenen den Teufel auszutreiben.«

»Und die Leute glauben daran?«

Edvige lüpfte die Lider und blickte einen Moment lang ins Leere. Dann sagte sie, mit ihren schmalen Lippen, den eingefallenen Wangen und den zahnlosen Kiefern: »Was sollen wir armen Alten denn sonst noch hier machen, als an Märchen zu glauben?«

Der junge Priester, der Don Romano zur Hand ging, kam aus Ferrara. Er war schmächtig und trotz seiner jungen Jahre bereits kahlköpfig, und er war nur ungern in dieses armselige Dorf am Fluss gekommen. Die Kirche gehörte zu den heruntergekommensten der Diözese mit ihren von rosa Schimmel zerfressenen Fresken und der Statue der Muttergottes, die einen dichten Bart aus Spinnweben hatte. Seit einiger Zeit hatte er es aufgegeben, die Gemeinde in Schuss zu halten. Er kam, bezahlte die Rechnungen, nahm den alten Leuten die Beichte ab und bereitete ein paar Kinder auf die Kommunion vor, dann hängte er seinen Talar in den Schrank, bestieg seinen hellblauen Fiat 500 und kehrte, so schnell er konnte, in die Stadt zurück.

Während Don Romano scheppernd über Megafon die Messe auf Latein las, machte Guido einen Spaziergang am Fluss entlang. Er war schon bei Morgengrauen wach geworden, weil er pinkeln musste, und machte sich sogleich auf den Weg zu der Treppe, die zum Dachboden führte, denn auf diesen Stufen standen bis heute die mit weißem Emaille verkleideten Nachttöpfe der Familie. Guido lebte seit Jahren in einem Haus mit WC samt automatischer Spülung. Trotzdem kam es ihm an diesem Morgen ganz normal vor, die Pötte in Reih und Glied auf der Treppe stehen zu sehen.

Nachdem er sich angezogen hatte, ging er in den Hof, wo seine Mutter gerade die Hühner fütterte.

»Geh mal schauen, ob sie ein Ei gelegt haben, dann schlage ich es dir mit Zucker auf und tue es dir in den Kaffee«, sagte Neve zu ihrem Erstgeborenen.

Er sammelte ein paar noch warme Eier ein, und seine Mutter bereitete ihm eine besonders süße Zabaione zu, damit er zu Kräften kam; genau wie sie es getan hatte, als ihr Sohn damals aus dem Gefängnis kam und so sehr von den Entbehrungen gezeichnet war, dass sein Großvater Beppe ihn nicht wiedererkannte.

Nach dem Frühstück brach Guido zu einem Spaziergang auf. So früh am Tag war die Luft noch frisch und der Himmel farblos. Leise rauschte der Fluss in Richtung Meer, und die Blätter der Pappeln schimmerten silbrig im ersten Licht des Tages. Ein paar Frauen fegten das Pflaster, und irgendwo in einem Hühnerstall krähte ein Hahn, der verschlafen hatte. Alles sah so ordentlich und ruhig und zutiefst vertraut aus, als wäre es eine Erinnerung aus uralten Zeiten, die vom Vater auf den Sohn weitervererbt wurde.

Während er über diese Dinge nachsann, stand Guido auf einmal vor dem Haus von Nena Casini, der Störfischerin, die er schon seit seiner Kindheit kannte. Die Frau zog gerade ihre Stiefel an.

»Grüß dich, Nena.«

»He, Guido! Wann bist du angekommen? *Quand'è ch'at sé rivà?*«

»Gestern Abend. *Vèt a Po?* Gehst du zum Fluss?«

»Ist die beste Zeit jetzt.«

Sie war alt geworden, die Nena, mit ihrem struppigen Haar und den kleinen Äuglein hinter der dicken Brille. Doch ihre Energie war immer noch zu spüren, wie sie mit bärenstarken Schritten durchs Gras ging und die Frösche aufscheuchte, die in alle Richtungen davonhüpften.

Die Alten sind immer noch da, und es riecht nach Kühen und Schweinen, während die Jungen weggehen, um in den Fabriken zu arbeiten, dachte Guido an diesem Morgen. Und trotzdem schien ihm Stellata immer noch unversehrt zu sein, so unglaublich und verzehrend schön, dass er zum ersten Mal, seit er von dort weggegangen war, dachte, genau hier, am Fluss, wolle er einmal sterben.

~

»*Tási*, schweig!«, rief Radames mehrfach.

Doch Neve hatte einen Schwips und ließ sich nicht davon abbringen, schmutzige Witze zu erzählen. »Oder der hier. Sagt eine alte Frau zu ihrem Mann: ›Du, Schatz, nach so vielen Ehejahren möchte ich dir etwas beichten.‹ ›Klar, Liebes, nur zu.‹ ›Immer, wenn wir miteinander geschlafen haben, hab ich dabei an Amedeo Nazzari gedacht.‹ Darauf der Ehemann: ›Wo wir gerade beim Beichten sind: Ich auch.‹«

»Tási! C'at parli sol parchè at ghè la lengua in boca«, schimpfte Radames auf seine geschwätzige Ehefrau, die das Herz auf der Zunge trage, aber sie hörte gar nicht auf ihn und lachte sich schief.

Es waren etwa dreißig Gäste, die im Hof hinter Neves Haus saßen, um Adeles Rückkehr aus Brasilien zu feiern.

Dolfos Abwesenheit und das große Unglück, das die Familie im vergangenen Jahr ereilt hatte, hatten die Stimmung zunächst getrübt, doch ein Schlückchen hier und ein Gläschen da trugen zur Aufmunterung bei, und so wurde aus dem, was als ruhige Familienzusammenkunft begonnen hatte, bald ein rauschendes Fest. Man aß und trank, und an der Mauer stapelten sich die leeren Weinflaschen.

Um elf Uhr schien Radames der einzig Nüchterne zu sein. Zu dem Essen waren Guidos Brüder und Schwestern mit ihren Familien gekommen, und auch andere Mitglieder der Familie Casadio hatten sich eingefunden, um Adele zu feiern. Tante Edvige saß am Kopfende des Tisches, und wenn sie ab und zu einnickte, war ihr Schnarchen bei der ausgelassenen Stimmung am Tisch kaum zu hören.

Während die Frauen plauderten, gaben die Männer allerlei Gassenhauer von *Bella ciao* bis zu Celentanos *Ragazzo della via Gluck* zum Besten. Die Kinder rannten um die Tische herum. Ein Grüppchen hatte eine heiße Diskussion über die Vorzüge von Eddy Merckx gegenüber Fausto Coppi vom Stapel gelassen, andere redeten sich die Köpfe darüber heiß, ob Deutschland im vergangenen Monat verdient Weltmeister geworden war.

Ab und zu wachte Edvige vom lauten Gelächter auf und schaute verwirrt in die Runde.

»*A mè pasà al cor.* Ich hab nur einen Moment die Augen zugemacht«, flüsterte sie.

»Geh doch ins Bett, na komm«, sagte Neve ab und zu.

Es rührte sich kein Lüftchen. Um Mitternacht schliefen alle Kinder, manche auf einem Stuhl, andere auf einem der ausgeklappten Liegestühle, die sie im Sommer immer an den Po mitnahmen, wenn sie zum Schwimmen gingen. Die Erwachsenen hingegen schienen noch nicht die Absicht zu haben, das Gelage zu beenden.

»*Andè a ca' vostra, avanti, cl'è ora d'andar a lèt!* Zeit, sich auf den Heimweg zu machen, das Bett ruft!«, forderte Neve sie auf, und am Ende rappelten sich alle auf. Im Haus blieben nur Radames und Neve, Guido mit Elsa und Norma, Adele und Tante Edvige, die mittlerweile wieder wach war.

Es war immer noch drückend heiß, und in der Stille, die dem Aufbruch der Verwandten gefolgt war, kam auf einmal eine melancholische Stimmung auf. Schweigend setzten sich alle an den Tisch. Keiner hatte mehr Lust, schlafen zu gehen.

»Bei dieser Hitze kann man kaum atmen. Kommt, gehen wir ein paar Schritte auf dem Damm«, schlug Guido vor.

Sie schlossen die Tür ab und stiegen die Treppe hoch, die seitlich auf den Damm führte. Edvige stützte sich auf ihren Stock, während sie sich auf der anderen Seite bei Neve eingehängt hatte. Elsa half Radames, der im Dunkeln stärker humpelte als sonst.

»*Sém mís pran mal!* Heute geht es aber besonders schlecht«, lamentierte der alte Mann.

»*Pasín pasín, ma as va' avanti*«, ermutigte ihn Edvige. Schritt für Schritt. Selbst sie schleppte sich schnaufend die Treppe hoch, aber sie schaffte es.

Es war eine sternenklare Nacht. Durch den Vollmond konnte man viel weiter sehen, als das Licht der Lampions reichte. Der Fluss war glatt wie Seide. Sie gingen langsam Seite an Seite, wechselten kaum ein Wort, denn die Stille um sie herum war so zart, dass sie fürchteten, sie mit dem Klang ihrer Stimmen zu zerbrechen.

Am Morgen darauf würden Guido, Elsa und Norma nach Hause fahren. Adele würde einen ganzen Monat bleiben, doch sie spürte schon jetzt, dass die Zeit viel zu schnell verflog und es ihr schwerfallen würde, wieder nach Brasilien zurückzukehren. *Warum muss es denn eigentlich immer so schwer sein zu gehen?*, fragte sie sich. Manchmal war ihr in jenen Tagen schon der Gedanke gekommen, dass sie ja im Grunde auch bleiben und beschließen könnte, die letzten Jahre ihres Lebens hier zu verbringen. Doch sie wusste, dass sie an die Tochter denken musste, die sie dort drüben zurückgelassen hatte; es gab immer jemanden oder etwas, das einen Menschen an die Welt band. Und sie spürte, dass sie nirgendwo mehr hingehörte, auch nicht in das Land, in dem sie geboren war.

Sie waren stehen geblieben, um den Po zu bewundern. Der Fluss glitzerte.

»Papa, in einem Monat gehe ich fort«, verkündete Norma auf einmal.

»Wohin gehst du?«, fragte Guido, ohne den Blick vom Fluss zu wenden.

»Ins Ausland. Hier kann ich nicht mehr bleiben.«

Wie gewohnt sagte ihr Vater nichts, doch Norma wusste, dass er einen Kloß im Hals hatte.

Neve starrte aufs Wasser, denn sie hatte bemerkt, dass es das Bild einer Frau mit Federn im Haar spiegelte. Auf einmal ging ein Beben durchs Wasser, und das Antlitz vermischte sich mit dem von Donata. Es war nur ein Augenblick, dann verschwand das Bild wieder.

Neve seufzte und dachte an ihr Leben und an das vieler anderer in ihrer Familie. Vielleicht hatte sich Viollca ja getäuscht, so wie auch sie sich schon getäuscht hatte. Vielleicht waren es ja gerade die Träume, die die Menschen am Leben erhielten. Das ging Neve in jener Sommernacht am Ufer des Flusses Po durch den Kopf, und sie spürte, dass die Zeit der düsteren Vorahnungen ein Ende hatte.

Schweigend standen sie am Fluss und schauten ins Wasser, als Neve sagte: »Am 9. September sterbe ich. Das habe ich vorgestern Nacht geträumt.«

»Wie kommst du denn auf die Idee? Zuerst werde ja wohl ich ins Gras beißen, wo ich so viel älter bin als du«, brummte Adele.

»Chi toca, toca«, entfuhr es Edvige, eine Weisheit, mit der niemand gerechnet hatte, und alle brachen in Gelächter aus. Ja, irgendwann war jeder dran.

Neve hob den Blick. Der Mond, der über ihnen am Himmel hing, war so riesengroß, dass man das Gefühl hatte, ihn berühren zu können, wenn man die Hand ausstreckte. »*Ma guardèla*, schaut nur!«, flüsterte sie.

Und so schauten sie diesen prachtvollen Mond an, der so außergewöhnlich hell und so außergewöhnlich nah war, und ein jeder von ihnen hatte die Müdigkeit des Tages vergessen, und auch seine eigene Einsamkeit. Noch einmal ertönte Neves Stimme in der Dunkelheit: »So eine Nacht werden wir nie mehr erleben.«

~

Als Adele an jenem Morgen erwachte, war sie seltsam guter Dinge. Es war eine Woche her, dass sie in das Haus am Damm umgezogen war, weil sie das Gefühl hatte, ihre

Schwester Neve zu enttäuschen, wenn sie die ganze Zeit bei Tante Edvige blieb. Die Sommerhitze flaute allmählich ab, und die Nächte waren angenehm frisch geworden. Schwungvoll hob sie die Beine aus dem Bett und ging zum Fenster. Sie stieg die drei Stufen hoch, ging auf die Zehenspitzen, dann konnte sie den Fensterladen aufstoßen. Die Luft war leicht, der Himmel klar. Adele sog den Duft des Flusses ein: Es roch nach feuchter Erde, nach fruchtbarem Wasser, nach gemähtem Gras. Es war ein Duft, der fest mit ihrer Kindheit verbunden war. Sie schloss die Augen und atmete tief ein.

Sie zog sich etwas Leichtes über, wobei sie versuchte, nicht auf die Schmerzen in der Schulter und den Knien zu achten, die sie schon seit Langem plagten, und ging in die Küche hinunter.

Normalerweise war Neve um diese Uhrzeit bereits in der Küche und hantierte mit der Espressokanne und den Tassen, doch an jenem Morgen war die Küche verlassen und leer. Adele machte sich ihren Kaffee selbst, setzte sich an den Tisch und wartete auf ihre Schwester und den Schwager.

Sie schaltete das Radio ein. Am Tag zuvor war der Begründer der Roten Brigaden, Renato Curcio, verhaftet worden, und darüber wurde ebenso berichtet wie über die Räumung der besetzten Häuser im römischen Viertel von San Basilio, wo bei Zusammenstößen mit der Polizei ein Neunzehnjähriger zu Tode gekommen war. Adele ging es durch den Kopf, dass die Welt wahrlich auf dem Kopf stand, ob mit toten Schlangen oder nicht.

Radames kam zu ihr in die Küche und zog das kaputte Bein stärker nach als sonst. Er trug immer noch seinen alten Bürstenschnitt, sein Rücken war gebeugt. »Und Neve?«, fragte er und wunderte sich, dass seine Frau nicht da war.

»Die wird noch schlafen.«

Im Radio verkündete eine Stimme: »Und jetzt die Wettervorhersage für heute, den 9. September. Vereinzelte Regenfälle im Nordosten …«

Radames stutzte. »Was für ein Tag ist heute?«

»Der 9. September«, antwortete Adele, ohne weiter darüber nachzudenken.

Dann schauten sich die beiden an und liefen zu Neves Zimmer.

Sie machten die Tür auf und hielten den Atem an.

Sie lag ausgestreckt auf dem Bett, ganz ruhig, mit Vittorios Bild auf der Brust. Es sah so aus, als würde sie schlafen. Sie hatte ein Lächeln auf den Lippen, war aber vollkommen reglos, das Gesicht ohne Farbe. Sie atmete nicht mehr.

Es war kühl im Zimmer. Sonnenlicht drang durch die Ritzen in den Fensterläden ein und malte Lichtstreifen an die Wand, genau wie an dem Tag, an dem Neve auf die Welt gekommen war, mit den Füßen voraus und munter wie ein Fröschlein. Ihr Körper verströmte das intensive Aroma von karamellisiertem Zucker und Narzissen. Ein Schwarm Bienen umsummte sie, so wie es immer in den Momenten vorkam, in denen sie glücklich war.

Adele berührte den Arm ihres Schwagers. »Es war ein sanfter Tod.«

Radames gab ihr keine Antwort. Er trat ans Bett und legte sich zum ersten Mal seit dreißig Jahren wieder an die Seite seiner Frau. Er streichelte ihr das Gesicht und schaute sie mit der gleichen Intensität an wie an jenem Nachmittag, als er mit ihr an den Fluss gegangen war und sie sich zum ersten Mal geliebt hatten. Er rückte näher an sie heran, schmiegte sich an sie und nahm sie schließlich in die Arme.

Adele schloss die Tür hinter sich, darauf bedacht, keinen Lärm zu machen, und ließ die beiden allein.

EPILOG

~ 2013 ~

Auf einer Schuhschachtel steht das Wort SANTINI. Ich nehme den Deckel ab. Dutzende von Gesichtern, die sich alle ähneln, blicken mir entgegen, auf der Rückseite steht ihr Geburtsdatum, der Todestag. Sie haben alle den gleichen Familiennamen. Meine Mutter hat diese Bilder gesammelt, Begräbnis um Begräbnis, um sie in diesem bescheidenen Familienheiligtum aufzubewahren: einer Schachtel von Schuhen Größe 44, die einmal meinem Vater gehört haben. Als ich noch ein Kind war, kamen die Heiligenbildchen jedes Jahr, an Allerseelen, dem 2. November, zu Ehren, wenn Mama die Tradition von Großmutter Neve fortsetzte. Sie holte die Schachtel vom Schrank, stellte die Heiligenbildchen eins neben das andere auf die Kommode und zündete dann jede Menge Kerzen an. Wenn ich am Abend an der Kommode vorbeikam, lief ich erschrocken davon, weil ich davon überzeugt war, dass die Seelen der Toten mich mit ihren Augen verfolgten.

Die Männer des Umzugsunternehmens kommen und gehen, sie tragen Kartons und Möbel und Lattenroste. Nach dem Tod meines Vaters haben meine Mutter und ich das Haus zum Verkauf angeboten. Es ist das Haus in Stellata, das neben dem Damm, das Großvater Radames während des Krieges gekauft hat. In ihm haben zunächst meine Großeltern und dann, in den letzten Jahren, auch meine Eltern gewohnt. Als er pensioniert wurde, hatte mein Vater beschlossen, hierher zurückzukehren. Niemand hatte damit gerechnet, doch als sein eigener Vater starb, zahlte er seinen Geschwistern ihr Erbteil aus und zog hierher, um mit Mama hier zu leben. Es ist ein heruntergekommener Bau mit altmodischem Bad, Blümchenfliesen aus den Siebzigern und einer Heizung, die nur funktioniert, wenn sie will, und Papa regelmäßig auf die Palme brachte. Er schwor, dieser vermaledeite Boiler mache das absichtlich, als hätte er einen eigenen Willen. Das Haus zu verkaufen, war in diesen Krisenzeiten nicht schwer. Wir nahmen das allererste Angebot an; es war, als würde man sich einen Zahn ziehen lassen, ohne zu versuchen, ihn zu retten, einfach weil man sich den Schmerz ersparen will.

Die Männer im blauen Overall tragen Möbel hinaus, schieben Pakete hin und her und laden die Türen des Schrankes ein, während ich auf dem einzigen verbliebenen Karton in der Küche sitze, mir die Heiligenbildchen ansehe und mich einfach nicht davon losreißen kann. Ich schaue sie mir alle an, meine toten Vorfahren. Da ist das Foto von Adele, in jungen Jahren: Sie ist wirklich wunderschön, mit dieser weißen Strähne über der Stirn und dem melancholischen Ausdruck auf dem Gesicht. Dann ist da das von Erasmo in Uniform aus dem Ersten Weltkrieg. Ich greife zu dem Konterfei von Großvater Radames in Abessinien, mit nacktem Oberkörper und Bürstenschnitt, und dem von Edvige als alter Frau, im schwarzen Spitzenkleid und mit einer gewaltigen weißen Haarmähne. Sie ist 1975 gestorben, ein Jahr nach dem Fest für Adeles Rückkehr aus Brasilien. Sie wurde hundert Jahre alt. Nach dem Tod von Großmutter Neve hat Radames seine Schatzsuche rund um das Haus an der Fossa fortgesetzt, doch nur wenige Monate später nahm auch er seinen Abschied von der Welt. Seine letzten Worte lauteten, sein Platz sei an der Seite seiner Frau, und er sei froh, sich endlich zu ihr auf den Weg machen zu können.

Es war Onkel Decimo, der jüngste Bruder von Papa, der Edvige fand. Sie saß vor dem ausgeschalteten Fernseher, mit weit aufgerissenen Augen und einem Ausdruck des Staunens auf dem Gesicht. Als der Moment kam, sie für das Begräbnis vorzubereiten, entdeckte man, dass ihr Körper hart wie Marmor war, weshalb man ihn nicht auf der Bahre ausstrecken konnte. Man musste sie so begraben, wie sie gestorben war, auf einem Stuhl sitzend, mit offen stehendem Mund und einem Ausdruck der Verwunderung in den Augen. Damals erinnerten sich nur noch wenige in Stellata an sie, und nur eine Handvoll Leute aus dem Dorf gab ihr damals zusammen mit den Verwandten das letzte Geleit auf den Kirchhof.

Einige Tage nach ihrem Begräbnis räumten wir allerlei Schnickschnack aus dem vergangenen Jahrhundert aus ihrem Haus, lauter Dinge, die ihre Welt bevölkert haben. Als ich in der untersten Schublade der Kommode kramte, entdeckte ich etwa hundert Briefe, die unter einem Stapel Betttücher versteckt waren. Sie waren säuberlich gestapelt, und obendrauf lag die Fotografie eines gut aussehenden Mannes mit hellen Augen und gewinnendem Lächeln. In einer Ecke des Bildes stand eine Widmung: *Für immer, Umberto.* Die

Briefe steckten noch in den Umschlägen und waren an einen gewissen Umberto Cavalli in einem Dorf in der Provinz Novara adressiert, von dem ich noch nie gehört hatte. Sie waren in chronologischer Reihenfolge sortiert, nach Jahren geordnet, und jeweils mit einem Band verschnürt. Das Papier war vergilbt und roch nach Talkumpuder. Die Briefe waren nie abgeschickt worden.

Ich lege Edviges Konterfei wieder in die Schachtel zurück und habe Donatas Foto in der Hand. Sie ist eine Augenweide, mit dieser Masse rabenschwarzen Haares und den leuchtenden himmelblauen Augen. Jeder, der sie anschaut, würde sagen, dieser Frau könnte niemals etwas Schlimmes zustoßen, so viel Kraft und Lebensfreude strahlt sie aus. Und ab und zu besucht sie mich: Dann kippt ein Glas einfach so auf dem Tisch um, ich höre es ans Fenster klopfen, oder die Tür fällt von ganz allein ins Schloss. Dann lächle ich und sage: »Du bist mir vielleicht eine!«

Dann ist da auch ein Foto von ihren Eltern. Zena und Dolfo lächeln dem Fotografen zu. Er trägt einen dunklen Anzug und Krawatte. Zena sieht wunderschön aus, ist aber ein wenig seltsam gekleidet, denn sie trägt zwar ein elegantes, kastig geschnittenes Kostüm, aber auf dem Kopf einen weißen Turban mit jeder Menge aufgenähten Blümchen, sodass sie ein wenig aussieht wie Carmen Miranda. Ich lächle und denke, sie musste sich einfach immer etwas Exzentrisches anziehen, damit die Leute was zu reden hatten.

Einige Jahre nach dem tragischen Tod ihrer Tochter waren Dolfo und Zena nach Caposotto zurückgekehrt. Wenn ich in Stellata war und meine Eltern besuchte, gehörte es zum Pflichtprogramm, bei ihnen zu Abend zu essen. Sie sagten immer, mich bei sich zu haben, fühle sich ein wenig so an, als wäre auch Donata zurückgekehrt, und sie hätten das Gefühl, ihr näher zu sein, wenn ich da war. Eines Abends, es wird wohl Mitte der Neunzigerjahre gewesen sein, saßen sie gerade vor dem Fernseher und aßen, als Dolfo auf einmal ganz ernst wurde.

»Schau mal. Kennst du den da, links hinter Berlusconi?«

»Irgendwie kommt der mir bekannt vor. Wer ist das?«

»Giovanni Scuderi. Der ehemalige Parteichef von Donata.«

»Was macht denn der mit Berlusconi?«

»Der hält sich wohl für besonders schlau. Als er der Partei den Rücken gekehrt hat, ist er mit dem Geld abgehauen, das sie für die – so nannte er es – Kultivierung der Genossen gesammelt hatten. Er hat ein paar Jahre gewartet, bis Gras über die Sache gewachsen war, und da ist er wieder und erscheint geschniegelt und gespornt an der Seite von Berlusconi. Von wegen proletarische Revolution!«

Ich lege das Bild in die Schachtel zurück und nehme das jüngste Heiligenbildchen heraus: das meines Vaters. Darauf nur der Name und zwei Daten: Guido, 1926–2012.

Ich selbst hatte ihn begleitet, um das Foto zu machen; er brauchte es für einen neuen Personalausweis. An jenem Tag wusste er noch nichts von dem Tumor, doch heute finde ich, dass man ihm deutlich ansieht, wie krank er war.

In der Woche darauf brachte ich ihn zu einer Untersuchung ins Krankenhaus. Es war ein klarer Morgen, und die Luft war mild, obwohl es erst Januar war. Die Sonne schien hell auf die Gärten, die Felder und die Straßen. Die

Landschaft sah aus wie ein Gottesgeschenk, eine vollkommene, lichtdurchflutete Welt.

Ich hatte ihn am Eingang zurückgelassen. »Warte hier auf mich, ich suche einen Parkplatz«, hatte ich zu ihm gesagt. Als ich zurückkehrte, war er nicht da. Ich lief zur Notaufnahme, schaute bei der langen Reihe von Rollstühlen. Ich rannte zurück auf die Straße, mitten in das Gehupe, kehrte dann wieder in das Gewusel des Empfangs zurück. Er war nirgendwo, ich hatte ihn verloren. Ich schaute mich um, rief laut seinen Namen, und irgendwann hörte ich, wie er zurückrief. Da saß er, hinter einer Ecke, das Kinn auf den Griff seines Spazierstockes gelegt, die Augen halb geschlossen. »Papa, was machst du denn da? Komm, gehen wir, wir sind spät dran.«

In jenem Moment erhob sich ein Vogelschwarm in den Himmel, federleicht, die Schwingen vom Wind geglättet. Damals glaubte ich nicht, dass die Vögel ein böses Omen waren. Vielmehr hatte ich einen Moment lang das Gefühl, sie würden uns ein gutes Zeichen schicken: die Aussicht auf eine Gabe, ein Geschenk, die Hoffnung auf ein wenig Zukunft. Zeit zum Leben. Doch nur eine halbe Stunde später diagnostizierte ein Arzt den Tumor, der angesichts des hohen Alters und des schwachen Herzens meines Vaters weder operiert noch anders geheilt werden könne.

Die Umzugsleute bringen das zerlegte Bett herunter. Als Nächstes ist der Schrank aus Walnussholz dran, dann sehe ich die Kommode an mir vorüberziehen, auf der du, Papa, die Kreuzworträtselhefte der *Settimana Enigmistica* gestapelt hast, daneben die BIC-Kulis ohne Deckel, und auch ein Päckchen MS-Zigaretten durfte nicht fehlen. Als ich noch ein kleines Mädchen war, hast du nachmittags bei dunklen Jalousien in deinem Zimmer gesessen und eine Weile deinen Träumen nachgehangen, in denen für mich oder Mama kein Platz war. Und ich spürte, dass du in jenen Momenten weit weg warst, auch wenn dir im allerletzten Moment der Mut gefehlt hatte, jener anderen Frau zu folgen. Als dein Leben auf dieser Erde allmählich zur Neige ging, saßt du oft am Fenster und starrtest in den Regen hinaus. Vielleicht bereutest du es, auf jene Liebe verzichtet zu haben, aber vielleicht hast du am Ende auch beschlossen, es sei besser so und dass das Bleiben die richtige Entscheidung gewesen war.

Am Tag des großen Schnees warst du bereits im Krankenhaus. »Komm, lass mich den Schnee sehen«, batest du mich. Ich half dir aus dem Bett. Wir gingen den langen Flur entlang, du auf mich gestützt, und hatten beide die Angst von zwei Menschen in den Augen, die sich in einer fremden, neuen Stadt befinden. Als wir vor dem Fenster ankamen, sagte keiner von uns etwas. Draußen war es dunkel, der Schnee fiel ohne Unterlass. Wir schauten in diesen Segen, den der Himmel für uns bereithielt und der alles Böse verdeckte. Ich weiß es: Wir dachten beide, dass es das letzte Mal war. Nie wieder würdest du sehen, wie der Schnee die Felder bedeckte, die Häuser, die verlassenen Gärten. Die Welt war weiß. Alles zwischen uns war stumm. So wie es immer gewesen ist.

Nach dem Schlaganfall hast du nicht mehr gesprochen. Es war, als würdest du am Grund eines Teiches dahingleiten und immer tiefer in den Schlund des schwarzen Wassers hineingesogen werden, in das das Koma dich gestürzt hatte. Nur ab und zu kehrtest du zu uns zurück, wie in einem kurzen Flug. Dann das Dunkel. Wir riefen dich, wir berührten dich, doch es war, als würde man mit einem Fötus sprechen, einem Wesen, das in seiner ganz eigenen Welt eingeschlossen ist. Nah. Unzugänglich. Vor ihrer Abreise nach Schottland besuchte dich meine Tochter Federica, um sich von dir zu verabschieden. Das Gesicht ganz nah bei dir, rief sie deinen Namen, wieder und wieder. Plötzlich öffnetest du die Augen. Du sahst sie an, voller Kraft, voller Schmerz, voller Hunger. Du schautest sie mit der Traurigkeit eines Mannes an, der im Sterben lag, dem steifen Körper eines Menschen, der mit aller Kraft versuchte, ihr Bild in sich zu bewahren. Dann zog dich eine dunkle Welle mit sich fort, und deine Lider schlossen sich wieder. Federicas himmelblaue Augen waren das Letzte, was du von dieser Welt gesehen hast. Und das war auch richtig so: Deine Enkelin, die Tochter, die ich erst in späten Jahren bekommen habe, ist die Einzige in der Familie, die deine Stimme und dein Talent geerbt hat. Gerade schließt sie das Konservatorium ab, Papa. Ich weiß, dass du stolz auf sie bist, wo auch immer du gerade sein magst.

Als du starbst, wurde die Messe in derselben Kirche abgehalten, in der du selbst dich von deinen Eltern und deinen Großeltern verabschiedet hattest. Alle waren da: deine Brüder, ihre Familien, die Zwillinge aus Bologna, die wenigen verbliebenen Freunde. Dolfo gehörte zu den Ersten, die eintrafen, gestützt auf den Arm einer Pflegerin. Als ich ihn erblickte, ging mir durch den Kopf, dass eigentlich Donata hätte da sein sollen, um ihm in diesem schweren Moment beizustehen. Er trug eine dunkle Brille und tastete sich vorsichtig mit seinem Stock vorwärts. Platz nahm er neben meiner Mutter. »Hallo, Elsa«, sagte er. Mehr brachte er nicht heraus, aber er nahm ihre Hand und drückte sie.

Dolfo lebt immer noch in Caposotto, dem Heimatdorf von Tante Zena. Im Alter ist er zu einem gutmütigen Riesen geworden, der streunende Katzen füttert; solange er noch sehen konnte, züchtete er Tauben. Papa besuchte ihn fast jeden Tag. Dann saßen sie im Schatten des Rebstocks und spielten eine Runde Karten, oder sie erinnerten sich an ihre gemeinsame Kindheit am Fluss: wie sie im Po geschwommen waren; wie Nena Casini mit den Stören kämpfte; oder sie gerieten über Irma ins Schwärmen, mit diesem Körper, der besser war als der von Gina Lollobrigida. Ach, und dann die gerösteten Kürbiskerne von Itala Palula, das Cinema Cristallo, die Pontonbrücke über den Po …

Zena ist schon vor mehr als zehn Jahren von uns gegangen. Dolfo, der mittlerweile ganz blind war, hätte eigentlich in ein Pflegeheim gemusst, zog es aber vor, sich zu Hause von einer Pflegerin aus der Ukraine betreuen zu lassen. Sie spricht nur wenig Italienisch, und eine große Hilfe ist er ihr auch nicht, weil er sich nur im Dialekt ausdrückt und ohne Hemmungen flucht, wenn er in seiner Blindheit wieder einmal über etwas gestolpert ist.

Ich lege das Heiligenbildchen meines Vaters in die Schachtel zurück und schaue mir meine Toten noch einmal an, einen nach dem anderen. Viele haben dunkle Augen und den gleichen ruhelosen Ausdruck im Gesicht; bei anderen sind die Augen hell, und darin liegt der unverwechselbare Blick von Träumern. Doch in jedem von ihnen erkenne ich die gleiche Geschichte: eine Geschichte von Erde. Überall auf ihrer Haut glaube ich Spuren von Erde zu erkennen;

Erde liegt in ihrem Blick, Staub von den Feldern haftet in ihrem Haar, auf der Zunge, unter den Nägeln. Und ich weiß, obwohl ich wie eine Städterin wirke, habe auch ich all diese Erde an mir, und mein Schicksal ist das der heillosen Träumer.

»Signora, wir wären dann fertig«, sagt einer der Umzugsmänner.

»Gehen Sie nur, ich schließe dann ab. Und danke für alles.«

Ich höre, wie die Tür ins Schloss fällt, dann Schritte auf der Treppe, die auf den Damm hochführt. Kurz darauf das Brummen eines Motors, und der Lastwagen fährt davon.

Ich schaue mich um: Hier ist nichts mehr. Nicht einmal ein Blatt Papier, ein Kleiderbügel, ein Teebeutel. Nichts von uns ist in diesen vier Wänden geblieben, nichts von all dem, was wir einmal waren. Jetzt wird dieses Haus anderen Menschen gehören. Es wird anders klingen, anders riechen, am Herd werden eine andere Kaffeemarke und andere Gewürzen ihren Duft verströmen. Andere Füße werden ihre Spuren auf dem Boden hinterlassen. Andere Menschen werden hier atmen, andere Sommer werden ins Land gehen, andere Stimmen ertönen.

Ich bleibe mit der Hand auf der Türklinke stehen. Schließlich gebe ich mir einen Ruck und drehe den Schlüssel zweimal im Schloss. Die Luft draußen ist kalt. Ich steige die Treppenstufen zum Damm hoch, die Schachtel mit meinen Heiligen fest an die Brust gedrückt. Unter meinen Füßen rieselt meine Kindheit davon. Ein letztes Mal drehe ich mich um, dann gehe ich weiter, ohne noch einmal zurückzublicken.

Ich steige ins Auto und lege den ersten Gang ein. Langsam fahre ich auf der Straße am Fluss entlang. Der Pegel des Po ist hoch, Wassermassen, die in Richtung Meer fließen, düster und aufgewühlt. Es ist fast dunkel, über den Feldern schwebt ein Nebelstreifen. Am anderen Ufer gehen im Dorf plötzlich die Lichter an. Doch jetzt ist es Zeit zu gehen. Zeit, um die Jahre zu leben, die uns noch bleiben, in der Stille der Erinnerung, um unsere Kinder zu lieben und die kleinen Glücksmomente des Alltags zu genießen. Zeit, um unsere Kriege zu vergessen und unsere Niederlagen, Zeit, um die geheime Kraft der Träume schätzen und lieben zu lernen, ebenso wie die Momente des Innehaltens, die uns gewährt werden: diesen Duft von Feuerholz, das Schimmern der Lichter am anderen Ende der Felder, die Götter des großen Flusses und den ersten Nebel des Herbstes.

DANKSAGUNG

Dank schulde ich an erster Stelle meiner Familie. Durch ihre Erzählungen habe ich viel über die Geschichte und die Traditionen der Gegend erfahren, in der ich auf die Welt kam, die ich jedoch schon als Kind verlassen habe, ohne mich daran zu erinnern. Ich danke meiner literarischen Agentin Carmen Prestia, die an den Roman geglaubt hat und wusste, wie man ein Wunder bewirken kann. Ein großer Dank geht auch an meinen italienischen Verlag Casa Editrice Nord, der mich mit Wärme und Begeisterung bei sich aufgenommen hat und aus meinem Traum dieses Buch werden ließ. Ich stehe beim gesamten Team des Verlages, das diesem Roman auf die Welt verhalf, in tiefer Schuld, doch mein besonderer Dank gilt Cristina Prasso, die das alles möglich gemacht hat und noch viel mehr. Danke für deine Liebe zur Literatur; danke für dein unermüdliches Engagement, mit dem du dem Buch seinen Feinschliff gabst, für deine Geduld, deine Sorgfalt, die bis ins kleinste Detail geht, und für die Präzision, mit der du mich durch den gesamten Produktionsprozess des Buches begleitet hast. Danken möchte ich auch meinen Freundinnen Marta Bombarda, Lorena Baretta, Gabrielle Preston und Ornella Fiorini, einer Künstlerin, die den großen Fluss in Musik und Bildern verewigt. Ihre Erzählungen haben mich zu einigen Passagen aus diesem Buch inspiriert. Danke sage ich auch meiner Kusine Alfa Gavioli und meiner Tochter Francesca für ihre Feinfühligkeit und ihr Können. Es ist ihr Verdienst, dass es mir gelang, das Gerüst zu bauen, auf dem die Geschichte der Familie Casadio ruht. Mein Dank geht auch an die Zeitschrift *Sermidiana*, in der ich auf viele Kleinode stieß, die mir dabei halfen, historische Ereignisse wie die große Flut des Jahres 1951 zu rekonstruieren. Ich danke dem Schriftsteller Pederiali, der in seiner Erzählung *La Nena e il Po* von Nena Casini berichtet.

Last but not least gilt meine tiefe Anerkennung der Schriftstellerin und Freundin Rosalba Perrotta, die mir das Schreiben beigebracht hat. Sie hat mich jahrelang gedrängt, dieses Manuskript fertigzustellen. Danke dafür, dass du den Text gelesen, wieder gelesen, kommentiert und korrigiert hast, Schritt für Schritt, mit Sorgfalt, mit Liebe und mit Durchhaltevermögen, und mir jedes Mal wertvolle Ratschläge gegeben hast. Ohne deine Hilfe hätte dieser Roman niemals das Licht der Welt erblickt.

DIE FAMILIE CASADIO

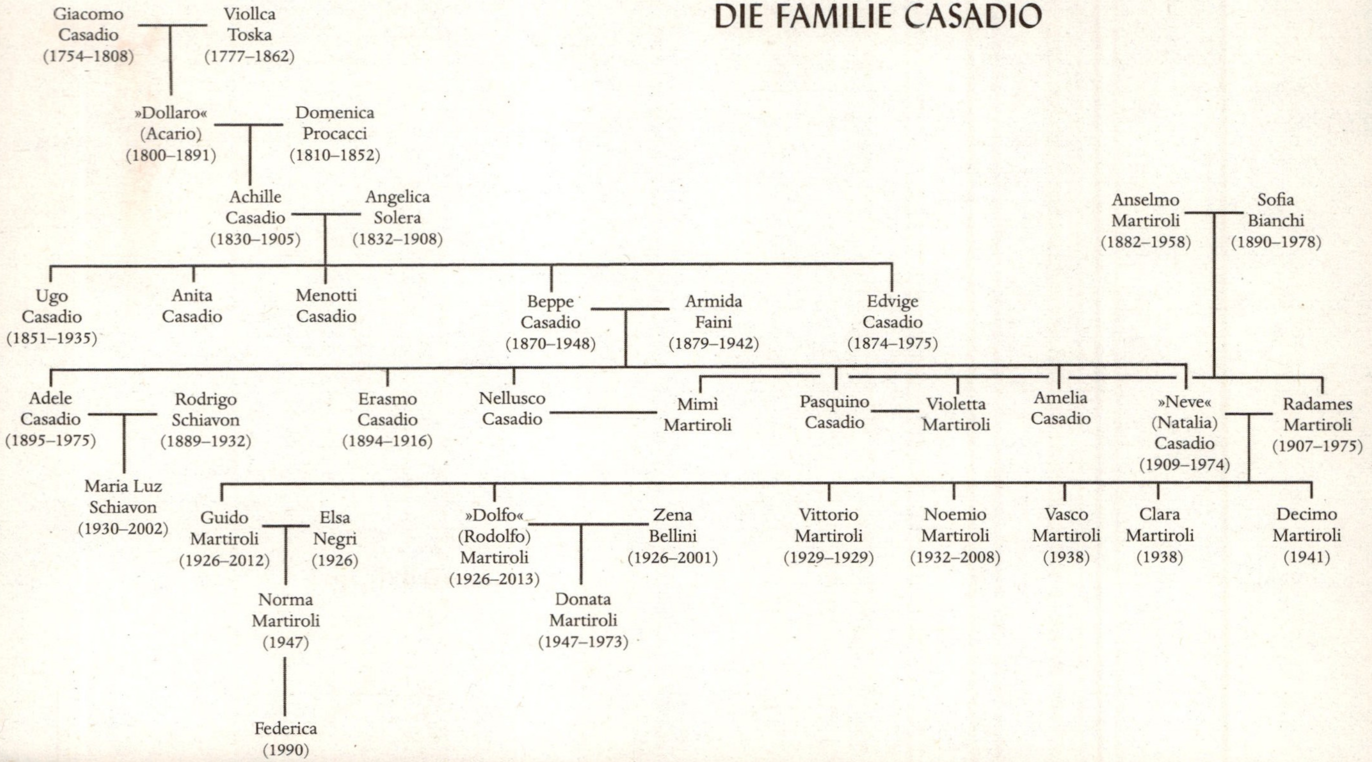